W0075214

SCIENCE FICTION

Herausgegeben
von Wolfgang Jeschke

DAVID BRIN
&
GREGORY BENFORD

IM HERZEN
DES KOMETEN

Science Fiction Roman

Deutsche Erstveröffentlichung

WILHELM HEYNE VERLAG
MÜNCHEN

HEYNE SCIENCE FICTION & FANTASY
Band 06/4236

Titel der amerikanischen Originalausgabe
IN THE HEART OF THE COMET
Deutsche Übersetzung von Walter Brumm
Das Umschlagbild schuf A. Gutierrez

Redaktion: Wolfgang Jeschke
Copyright © 1985 by David Brin & Gregory Benford
Copyright © 1986 der deutschen Übersetzung
by Wilhelm Heyne Verlag GmbH & Co. KG, München
Printed in Germany 1986
Umschlaggestaltung: Atelier Ingrid Schütz, München
Satz: Schaber, Wels
Druck und Bindung: Elsnerdruck, Berlin

ISBN 3-453-31224-4

INHALT

ERSTES BUCH

Engelsbanner:
Oktober 2061

*Teurer als die bittere Wahrheit
ist uns der erhabene Wahn.*

ALEXANDER PUSCHKIN

Für
Poul und Robert
Greg und Carolyn
Larry und Jerry
Charles und Harry
und alle anderen, die sich abmühen.

1

CARL

Kato starb als erster.

Er hatte die Baumaschinen gewartet – selbststeuernde Roboter, die auf der staubigen grauen Eisdecke des Kometen Gittermasten errichteten.

Von Carls Standort auf einer ungefähr einen Kilometer entfernten Anhöhe war Katos Schutzanzug ein orangefarbener Punkt inmitten der schwerfälligen grauen Geräte.

Nicht weit von Kato und dem Nordpol des Kometen standen bereits acht dünne Gittermasten, die zusammen eine Art Zeltdach oder Pyramide bildeten. Wo ihre Spitzen sich vereinten, ruhte die Parabolantenne des Mikrowellenbohrers wie eine umgestülpte Schüssel. Kato arbeitete hundert Meter entfernt, unbekümmert um die wütende Energie, die sich dort in das Eis fraß.

Carl hatte oft gedacht, daß der Bohrer in seinem Gestell einer grotesken, langbeinigen Spinne gleiche. Aus dem Bohrloch darunter schossen in kurzen Abständen Dampfausbrüche.

Als grübe sie geduldig nach Beute, spie die Spinne unsichtbare Mikrowellen in Abständen von fünf Sekunden in den Schacht. Augenblicke nach jedem Energiestoß schoß ein Dampfstrahl aus dem Loch, vermischt mit der gelblichblauen Flamme erhitzter Gase. Der Dampfstrahl wurde von Abweisblechen in sechs weißen Fahnen seitwärts abgelenkt, bevor er den Mikrowellensender erreichen konnte.

Dieser war seit Tagen am Werk und bohrte mit elektromagnetischen Zentimeterwellen einer Frequenz, die Kohlendioxidmoleküle zerlegte, geduldig Schächte in den Kometenkern.

Bei jedem Impulsstoß spürte Carl ein leises Zittern unter den Füßen. Der Horizont aus altem grauen Eis krümmte sich in alle Richtungen. Zutageliegende Schichtenköpfe aus Clathratenschnee verschiedener Einschlußverbindungen erhoben sich reinweiß aus der grauen, rostfleckigen Oberfläche.

Kato und seine Maschinen waren durch im Eis verankerte Leinen gesichert. Die geringe Schwerkraft des Kometenkopfes vermochte sie nicht am Boden zu halten, wenn sie sich bewegten. Am schwarzen Himmel über ihnen wehten dünne Fahnen von Eiskristallen und gefrorenen Gasen, Kato überwachte die gefährliche Arbeit seiner Robotermaschinen aus Stahl und Keramik. Er hatte dem Bohrgestell den Rücken zugekehrt.

Carl blickte gerade von seiner eigenen Arbeit auf, als es geschah.

Der Bohrer verrichtete methodisch seine Arbeit und verwandelte Eis in Dampf, der bald nach dem Austritt ins Vakuum zu Eiskristallen gefror. Plötzlich löste sich einer der tragenden Gittermasten in einer lautlos aufstiebenden Schneewolke aus seiner Verankerung, der Einfallswinkel der Mikrowellen veränderte sich und brachte Kato für eine Sekunde in den Wirkungsbereich. Das war genug.

Ehe Carl zu einer Reaktion fähig war, sah er Kato eine ruckartige Wendung machen, als wollte er davonlaufen. Später wurde ihm klar, daß es des Mannes kurzer Todeskampf gewesen sein mußte.

Der Strahl des Bohrers riß das Oberflächeneis auf, und leuchtende gelbe und orangenfarbene Gas- und Dampfschleier stoben in den schwarzen Himmel. Geräuschlos.

Der unsichtbare Strahl wanderte in unregelmäßiger Bahn weiter über die Eisfläche und tastete mit dem Nachgeben eines weiteren Trägers auf den nahen Horizont zu. Carl tastete nach der Fernbedienung, zog die Schutzkappe ab und drückte den Notschalter. Alle Maschinen und Geräte auf dieser Seite des Kometenkerns wurden abgeschaltet. Der Mikrowellenfinger hörte auf, seine Spur auf das Eis zu schreiben.

Das Bohrgerüst begann zusammenzubrechen. Der Halleysche Komet, auf dem jeder Körper, bedingt durch die vergleichsweise geringe Masse, nur ein Zehntausendstel dessen wiegt, was er auf der Erdoberfläche wiegen würde, hätte den Rückstoßeffekt des arbeitenden Mikrowellengenerators nicht ausgleichen können, aber ohne den Strahlungsdruck machte sich die schwache Anziehungskraft des Kometenkerns bemerkbar. Das Gerüst wankte und fiel wie in Zeitlupe beklemmend langsam in sich zusammen.

»Was ist los?« dröhnte eine Stimme aus dem integrierten Funksprechgerät im Helm. »Ich hab keinen Saft mehr.«

Das mußte Jeffers sein. Andere Stimmen plapperten dazwischen.

»Helft mir! Kato ist verletzt.«

Carl schoß über das schmutziggraue Eis dahin. Seine Impulsdüsen zündeten sicher und rasch, als er zur Unfallstelle startete. Jahrelange Übung verlieh seinen Bewegungen im Zustand annähernder Schwerelosigkeit eine natürliche Anmut, die unbewußt jede Vergeudung von Energie vermied. Die Überquerung von Halleys runzligem Gesicht war ein Dahinsegeln über eine gefrorene graue See unter schwarzem Himmel.

Als er an der Unfallstelle eintraf, fand Carl etwas, was weniger einem Menschen als vielmehr einem geschwärzten, verzerrten, schlecht gebratenen Huhn ähnelte.

Umolanda war die zweite.

Der Zeitplan ließ nicht viel Raum, Kato zu betrauern. Ein Arzt und ein Sanitäter kamen vom Flaggschiff, der *Edmund Halley*, zur Oberfläche herab, um Katos Leichnam zur Obduktion mitzunehmen, aber dann hieß es zurück an die Arbeit.

Carl hatte schon vor Jahren gelernt, trotz beunruhigender Nachrichten, Unfälle, Verwirrungen weiterzuarbeiten. Den Tod eines Kollegen mit einem Achselzucken abzutun, war weniger leicht. Er hatte Katos Energie, seinen schlagfertigen Humor und seine Zuversicht gemocht. Das Versprechen, dem Andenken des Freundes wenigstens eine gründlich betrunkene Gedächtnisfeier zu widmen, blieb ein unvollkommener Trost.

Carl und Jeffers richteten das Bohrgerüst wieder auf, Carl schnitt den verbogenen Abschnitt des Gittermasts heraus, und gemeinsam setzten sie ein neues Stück ein. Während Carl es hielt, ließ Jeffers die Flamme des Schweißbrenners über die Nahtstellen züngeln. Die selbstschweißende Legierung verband sich in orangegelber Glut. Die Reparatur war erledigt, bevor Katos Leichnam an Bord der *Edmund Halley* eintraf.

Über der nahen Krümmung des Horizonts erschien Umolanda. Die blaßblauen Stichflammen ihrer Impulsdüsen trieben sie das Äquatorialkabel entlang. Die einfachste Art und Weise, den unregelmäßigen Eisball des Kometenkerns zu umkreisen, bestand darin, daß man sich am Äquatorialkabel oder dem rechtwinklig dazu verlaufenden Polarkabel einhängte und die Impulsdüsen betätigte. Das Kabel hielt einen wenige Meter über der Oberfläche und seine magnetischen Verankerungen klinkten im Augenblick des Durchgangs automatisch aus, um den Reibungsverlust so gering wie möglich zu halten.

Umolanda war für den Innenausbau verantwortlich, die Ausformung der unregelmäßigen Bohrschächte zu geraden Stollen und Räumen. Sie traf Carl beim Eingang zu Schacht 3, etwa einen Kilometer vom Schauplatz des Unfalls entfernt. Das Bohrgerüst hatte die Arbeit schon wieder aufgenommen.

»Eine dumme Geschichte«, sagte sie in das helmintegrierte Funksprechgerät.

»Ja.« Die Erinnerung an den Anblick des Toten verdüsterte Carls Miene. »Ein netter Kerl, obwohl er die ganze Zeit diese alten Videofilme laufen ließ.«

»Wenigstens war es ein rascher Tod.«

Dazu hatte er nichts zu sagen, wollte hier draußen ohnehin nicht lange darüber reden. Wer wollte, konnte mithören, und es hielt die Arbeit auf.

Umolandas sanfte Augen musterten ihn durch die schmutzbespritzte Scheibe des Helmes. Der Halsring verbarg ihr gespaltenes Kinn. Er war überrascht, daß dieser Umstand sie als eine auffallend schöne Frau erscheinen ließ, deren ebenholzfarbene Haut durch die hohen Backenknochen einen Ausdruck ironischer Verschmitztheit erhielt. Seltsam, daß es ihm vorher nie aufgefallen war.

»Haben Sie die Ursache festgestellt?« fragte sie.

»Ich habe die Stelle überprüft, wo der Gittermast sich aus

der Verankerung löste«, sagte Carl. »Anscheinend hat ein darunterliegender Hohlraum nachgegeben.«

Sie nickte. »Nicht überraschend. Ich habe unten immer wieder solche Hohlräume gefunden, die sich bildeten, als radioaktive Kerne in ferner Vorzeit das Eis erwärmten. Wenn heiße Gase und Wasserdampf von den Bohrarbeiten durch einen dieser Hohlräume zur Oberfläche entweichen, können sie weiteres Abschmelzen und Einbrüche verursachen.«

Carl blinzelte zum Horizont und stellte sich den ganzen Kometenkopf von gewundenen Stollen und Schächten durchlöchert vor. »Das wird es sein.«

»Hätte der Bohrer nicht ausgeschaltet werden sollen, sobald er aus der Richtung kam?«

»Doch.«

»Und der Schalter?«

»Der Sicherheitsschalter war defekt«, sagte Carl verdrießlich. »Funktionierte nicht, das verdammte Ding.«

Sie zog die Brauen zusammen. »Wieder fehlerhaftes Material!«

»Ja. Irgendein Unternehmen hat seine Gewinnspanne ein wenig verbessert.«

»Haben Sie es gemeldet?«

»Selbstverständlich. Aber die Lieferung von Ersatzteilen ist ein Kapitel für sich.« Er lächelte ironisch.

»Es wird immer Unfälle geben. Auch auf Encke haben wir Leute verloren.«

»Das macht es nicht leichter.«

»Gewiß nicht.«

»Übrigens war Encke ein Muster von einem Kometen. Alt. Ausgegast. Jede Menge fester, sicherer Fels.«

Sie lächelte. »Vielleicht kann dieses Eis uns langfristig am Leben erhalten, aber kurzfristig bringt es uns um.«

Carl deutete zu drei Maschinen, die auf Arbeitsanweisungen warteten. Staub, Gesteinsbrocken und Schlamm hatten ihnen bereits eine Schmutzschicht und die ersten Narben beigebracht. »Das sind Ihre Maschinen. Kato hat sie bereitgestellt.«

»Sie sehen einwandfrei aus.« Umolanda besah die farbkodierte Ablesung auf der Oberseite des nächsten Geräts und nickte. »Ein Glück, daß der Mikrowellenstrahl sie nicht getroffen hat. Ich werde sie mit hinunter nehmen und in Schacht 3 einsetzen.«

Sie hängte die Sicherheitsleinen der gedrungenen, mehrarmigen Roboter ein und zog sie im Schlepptau zum Schachteingang. Carl sah ihr nach, bis sie in der Öffnung verschwand, die Maschinen wie Kälber am Strick führend, obwohl die Maschinen in manchen Dingen so klug wie Zehnjährige waren, und viel koordinierter.

Er ging weiter, die von der *Edmund Halley* mit Raumfähren gelandeten Ersatzteile, Maschinen und Materialien zu kontrollieren und mit den Listen zu vergleichen. Es war langweilige Arbeit, doch hatte er seit Tagen in den Schächten gearbeitet und brauchte eine Abwechslung von den endlosen Wänden aus Eis und Trümmergestein.

Am schwarzen Himmel über ihm wehten florartige Lichterscheinungen in gemessenem Reigen. Der doppelte Kometenschweif schimmerte wie durchscheinende blaugrüne Seide. Er verblaßte jetzt allmählich, Monate nach dem sommerlichen Sonnenumlauf, der sich für den Kometen alle sechsundsiebzig Jahre wiederholte. Aber noch waren die Banner entfaltet und das leuchtende Gas wehte wie in einer trägen Brise, die Fahnen mächtiger Engelsheere.

Die Expedition hatte für ihre Landung auf dem Halleyschen Kometen einen Zeitpunkt nach dem Sonnenumlauf im Perihel seiner elliptischen Bahn gewählt, als er wieder unterwegs in die äußeren Bereiche des Sonnensystems war. Hier, jenseits der Umlaufbahn des Mars, hatte die starke Aufheizung durch die Sonneneinstrahlung mit ihrer Ausgasung von Kohlendioxid, Wassermolekülen und Staub, die den Kometen während seines kurzen Sommers zu so einer aufsehenerregenden Erscheinung machte, erheblich nachgelassen.

Aber die Wärme hielt sich. Monatelang, während der Komet sich der wilden, alles verzehrenden Glut der Sonne angenähert und sie umkreist hatte, war die Strahlungshitze durch Eis und Staub eingedrungen, hatte sich in Höhlen und

Felsgestein konzentriert. Noch jetzt, als der Komet wieder in die Dunkelheit des äußeren Sonnensystems zurückkehrte, gab es in seinem Innern gespeicherte Wärme.

Der sandige graue Ball war ein gefrorenes Gemisch aus Wasser, Kohlendioxid, Methan, Ammoniak und Cyanwasserstoff. Jeder dieser zu Schnee gefrorenen Stoffe verdampfte bei einer anderen Temperatur. So war es unvermeidlich, daß die eingedrungene und konservierte Wärme an verschiedenen Stellen Eisbestandteile schmolz oder verdampfte. Die Hohlräume, wo sich solche erwärmten Bestandteile sammelten, standen gegenüber dem Vakuum des umgebenden Weltraumes unter Überdruck.

Carl war mit dem Zusammenbau eines chemischen Filtersystems beschäftigt, als er über das Funksprechgerät einen scharfen, hohen Aufschrei hörte, dem unheilverkündende Stille folgte. Der Signalgeber an seinem Handgelenk blinkte gelb und blau, gelb und blau: Umolandas Kode.

Verdammt. Zweimal in einer Schicht?

»Umolanda!«

Keine Antwort. Er hakte sich an das Äquatorialkabel und zog sich Hand über Hand zur Öffnung von Schacht 3.

Maschinen arbeiteten an einer Einsturzstelle und räumten inmitten von Nebelschwaden Eisbrocken und Schutt beiseite. Von Umolanda kam kein Signal. Er ließ die Maschinen arbeiten, nahm aber ihre Bildaufzeichnungen an sich, um sie durchzusehen, während er arbeitete. Es gehörte nicht viel Phantasie dazu, sich vorzustellen, was geschehen war.

Tief im Eis des Kometenkerns hatten die Maschinen an der Erweiterung der ersten Kaverne gearbeitet. Umolanda blieb aus Sicherheitsgründen im Hauptstollen und lenkte sie durch Fernsteuerung. Die Fernsehübertragung sagte ihr, wann die Maschinen einer neuen Arbeit zugeteilt werden konnten, wann Einzelheiten nachzuarbeiten waren, wo zu bohren und zu sprengen war. Sie war angeschnallt und überwachte die Arbeiten am tragbaren Ablesegerät. Hin und wieder schaltete sie sich selbst in die Steuerung einer Maschine ein, um besonders knifflige Arbeiten auszuführen.

Bei der Arbeit war eine der Maschinen auf einen mächtigen

17

Block aus dunklem Meteoreisen gestoßen, dessen Durchmesser mehr als zwei Meter betrug. Weil dieser Block eine brauchbare Rohstoffquelle sein mochte, setzte Umolanda alle drei Maschinen zu seiner Bergung ein. Unter ihrer Anleitung versuchten sie den Block mittels Hebelstangen aus dem umgebenden Material zu lösen. Aber er rührte sich nicht von der Stelle.

Darauf war Umolanda zur Arbeitsstelle gekommen, um die Sache in Augenschein zu nehmen. Carl konnte es nachempfinden; Maschinen waren gut, oft aber war es schwierig zu sehen, ob sie den besten Ansatzwinkel gefunden hatten.

Carl hatte ein dunkles Vorgefühl. Der Block hatte seit Monaten Wärme absorbiert und in einen hinter ihm liegenden Hohlraum weitergegeben, der sich mit einem schlammigen Gemisch aus Gesteinsbrocken, verflüssigtem Kohlendioxid und Methan angefüllt hatte. Diese Suppe war dem kritischen Punkt nahe und bedurfte nur einer geringfügigen Temperaturerhöhung oder eines nachlassenden Drucks von außen, um in Dampf überzugehen und explosionsartig hervorzubrechen.

Eine der Maschinen hatte ihre Hebelstange am Block vorbei in dieses Reservoir gestoßen. Umolanda sah die Eisenstange plötzlich nachgeben und wies den Roboter über das Programm der Fernsteuerung an, es noch einmal zu versuchen, diesmal aber vorsichtiger.

Die Maschine gehorchte. Ihre Aluminiumverkleidung war von mehrtägiger Arbeit im Eis bespritzt und verfärbt, doch zeigten ihre Ablesungen, daß sie in einwandfreiem Zustand war. Sie benutzte ihre eigene Verankerung in der Wand als Angelpunkt, setzte die Stange neben dem Block ein, bediente sich ihrer Hebelwirkung, und der Eisenblock brach aus der Wand.

Das Nachlassen des Druckes setzte die Verdampfungsenergie frei, riß die Eisenstange aus dem Griff der Maschine und schleuderte sie wie einen Ladestock durch den Lauf einer Kanone.

Umolanda war nur zwei Meter entfernt. Die Stange durchbohrte ihren Leib.

Carl wartete geduldig, während die Maschinen den Weg freimachten. Es bestand kein Anlaß zur Eile.

Expeditionsleiter Miguel Cruz sagte alle Arbeiten für die nächsten zwei Schichten ab. Die Bautrupps hatten seit einer Woche beinahe ununterbrochen gearbeitet. Zwei tödliche Unglücksfälle an einem Tag ließen den Schluß zu, daß die Leute aus schierer Übermüdung Fehler begingen.

Carl nahm die letzte Fähre hinauf. Der Kometenkern schrumpfte zu einem grauen Punkt, der in einer leuchtenden orangegelben Wolke schwamm. Obwohl die verwischte, langgestreckte Wolke des Schweifs mit einem kleinen Teleskop von der Erde aus immer noch beobachtet werden konnte, waren die schimmernden Ionenschleier vom Kometenkopf selbst kaum erkennbar. Gas und Staub wurden nach wie vor durch die Oberfläche des Kometenkerns ausgestoßen und erschwerten das Manövrieren mit Ladungen. Dieses Ausgasen rührte jetzt nicht mehr so sehr von der nachlassenden Sonneneinstrahlung her als vielmehr von der Wärme, die Menschen und ihre Arbeitsprozesse erzeugten.

Nach Umolandas Unfall war der Schlammausbruch in den Stollen gedrungen und hatte einen perligen Nebel erzeugt, der sich eine Stunde lang hielt. Außerdem hatte er die Maschinen in den Stollen hinausgetragen und Umolanda unter einem Strom aus Schlamm und Eis begraben. Dadurch waren Carl und andere Helfer von außen so lange aufgehalten, daß es für eine Bergung und mögliche Wiederbelebung zu spät war. Umolanda war verloren.

Als die Fähre sich weiter vom Kometen entfernte, zeigte sich in verkürzter Perspektive der doppelte Schweif, ein blasses Überbleibsel der Pracht, die noch vor zwei Monaten die Betrachter auf der Erde bezaubert hatte. Unregelmäßige Lichtströme wehten wie die zerfaserten Enden eines Doppelwimpels hinaus zu Jupiters strahlendem Lichtpunkt. Carl achtete nicht darauf, streckte sich aus und döste, während die Fähre auf das Mutterschiff zuhielt.

Als sie mit metallischem Schlagen gegen die Schleuseneinfassung andockten, schälte er sich aus seinem Schutzanzug und schwebte zum Schwerkraftrad im Bug. Er stieg eine der

Speichenleitern hinab und stolperte hinaus in den unvertrauten Zug eines Achtels der Erdschwere. Mit der Wiederkehr des Gewichts senkte sich bleierne Müdigkeit auf ihn herab.

Ja, Schlaf brauchte er, um sein inneres Gleichgewicht wiederherzustellen. Zuerst aber kam Virginia. Er hatte sie eine Ewigkeit nicht gesehen. Sie war in ihrem Arbeitsraum auf der anderen Seite des Rades. Heutzutage verließ sie ihn kaum noch. Die Tür öffnete sich seufzend. Der Raum war ein aus dem Rad geschnittenes Kreissegment, und zwischen den mit Speichereinheiten bedeckten Wänden herrschte eine Stille, die fast an eine Kathedrale gemahnte, das Bewußtsein einer Gegenwart und ein Summen undeutlicher Geräusche an der Grenze der Hörbarkeit. Er setzte sich still neben ihrem zurückgekippten Stuhl und wartete, bis sie für ihn Zeit hätte. Durch neurale Verbindungen und am Handgelenk befestigte Fernbedienungen an mehrere Kommunikationskanäle angeschlossen, bewegte sie sich kaum. Sie mußte wissen, daß er da war, gab es aber durch kein Zeichen zu erkennen.

Von Zeit zu Zeit regte sich ihr schlanker Körper unruhig, und die Hände und Füße zuckten wie bei einem träumenden Hund, der imaginären Kaninchen nachstellte.

Ihr langes, halb polynesisches Gesicht war den Reihen der über ihr aufgehängten holographischen Darstellungen zugekehrt, und der Blick ihrer Augen ging in seiner unbedingten Konzentration nicht ein einziges Mal in seine Richtung. Selbstvergessen und zugleich angespannt blickte sie zu den vielfältigen Szenen bewegter Information auf, zu den flakkernden Mengen sich stets erneuernder Daten, veränderlichen und sich fortentwickelnden geometrischen Diagrammen, die ihr neue Einsichten bescherten.

Er wartete geduldig, während sie irgendein unentzifferbares Problem durcharbeitete. Sie verzog das Gesicht zu einer angestrengten Grimasse und entspannte sich wieder, als die Hürde genommen war. Auch sie hatte feine, hohe Backenknochen, wie Umolanda. Sie, Umolanda und er selbst gehörten dem Drittel der Expeditionsteilnehmer an, die Percelle waren, Produkte von Simon Percells Programm zur genetischen Korrektur von Erbkrankheiten und negativen Merkmalen. Carl fragte sich, ob feinknochige, aristokratische Züge zu den erwünschten Merkmalen zählten, die der DNS-Zauberer anstelle des üblichen rundköpfigen Mischtyps eingeführt hatte. Möglich war es; der Mann war ein Genie in der Manipulation von Erbanlagen gewesen. Carls eigenes Gesicht war allerdings breit und gewöhnlich, dabei war er kaum ein Jahr vor Virginia ›entwickelt‹ worden, wie es in der antiseptischen Fachsprache hieß. Vielleicht hatte Percell solche Fürsorge nur den Frauen angedeihen lassen. Wollte man den Anekdoten Glauben schenken, die über Percell im Umlauf waren, so konnte man die Möglichkeit nicht ausschließen.

Wie man es auch sehen mochte, Virginia Kaninamanu Herbert war ein erfolgreiches Experiment. Äußerlich ein manipulativ verfeinertes Mischprodukt pazifischer Rassen, verfügte sie über eine rasch zupackende Intelligenz, die sich in einer angenehm menschlichen Weise mit Sinn für Humor und einem Schuß Unberechenbarkeit verband. Die schnellen, konzentrierten Blicke, mit denen sie den Wust von Informationen im Auge behielt, verrieten rastlose Energie, doch der Mund darunter sprach von kritischer Distanz und abwägender Nachdenklichkeit. Sie war im üblichen Sinne vielleicht nicht sehr attraktiv, denn ihr Gesicht war ein wenig zu lang, der Mund zu voll, das Kinn zu stumpf und nicht so gerundet, wie das derzeitige Schönheitsideal es verlangte.

Carl war das alles gleich. In ihr war ein Schwung, den er bewunderte, und er träumte davon, die Frau in ihr zu erreichen. Aber seit er sie kannte, war sie in ihrem höflichen Kokon geblieben, stets freundlich, aber kaum mehr. Er war entschlossen, das zu ändern.

Die zentrale Darstellung zeigte in schräger Draufsicht zwei präzise ineinandergreifende Fassungen. Das Bild kam zum Stillstand.

Plötzlich wurde Virginia lebendig, als wäre ein belebender Funke aus den Labyrinthen ihrer elektronischen Ergänzung zu ihr zurückgekehrt. Sie entledigte sich der Fernbedienung, und die weiße Fassung ihres neuralen Anschlusses glänzte einen Augenblick auf, als sie mit den Fingern durch die Haare fuhr und ihre Frisur ordnete.

»Carl! Nett, daß du gewartet hast, bis ich fertig war.«

»Wollte dich nicht bei der Arbeit stören.«

Sie machte eine wegwerfende Handbewegung. »Nur Auf-
räumungsarbeiten. Ich mußte noch die Simulationen des
Andockens und Überführens prüfen, wenn wir alle hinun-
terbringen. Durch die Ausgasung des Kerns kann es zu Unregelmäßigkeiten kommen, die von den Fähren ausgeglichen
werden müssen. Die Programme sind jetzt fertig.«

»Es wird noch eine Weile dauern.«

»Nun ja, ein paar Tage noch.« Sie schlug den Blick nieder.
»Ich habe davon gehört.«

»Verdammtes Pech.« Er verzog verdrießlich den Mund.

»Übermüdung?«

»Das auch.«

Sie legte ihm die Hand auf den Arm. »Du konntest nichts
dafür.«

»Wahrscheinlich nicht. Aber vielleicht hätte ich sie nicht
gleich nachdem es Kato erwischt hatte, in den Schacht gehen
lassen dürfen. Solche Dinge bringen einen aus dem Gleichgewicht und beeinträchtigen das Urteilsvermögen. Die Un-
fallgefahr wächst.«

»Du warst nicht ihr Vorgesetzter.«

»Richtig, aber ...«

»Es war nicht deine Schuld. Wenn es eine Ursache gibt, die
nicht in der Natur der Dinge selbst liegt, dann sind es einfach
die Zwänge, unter denen wir arbeiten müssen. Der Zeitplan ...«

»Ja, ich weiß.«

»Komm mit, wir trinken eine Tasse Kaffee!«

»Was ich nötig habe, ist Schlaf.«

»Nein, du mußt dich aussprechen. Mit Leuten reden.«

Er machte ein Gesicht. »Mit deinen Computerleuten Witze
reißen? Das liegt mir nicht; in solcher Gesellschaft bin ich ein
Langweiler.«

Sie erhob sich mit einer fließenden, geschmeidigen Bewegung, und nutzte die geringe Schwerkraft, um sich gleichzeitig ihm zuzuwenden. »Überhaupt nicht!« Etwas in ihrer jähen, elektrisierenden Munterkeit machte, daß ihm leichter

ums Herz wurde. »Du heiteres Gemüt bist nie ein Langweiler gewesen.«

»Heiteres Gemüt, Gott, das hat noch gefehlt.«

»Es ist wahr. Komm mit!«

2

SAUL

Die meisten Leute hätten das Geschöpf abscheulich gefunden. Von rundlicher Gestalt, gelb und ockerfarben gefleckt und am ganzen Körper mit dornigen Auswüchsen besetzt, war seine äußere Erscheinung von einer Art, die nur in einer überaus nachsichtigen Mutter liebevolle Empfindungen wachrufen konnte.

Oder in einem Stiefvater, dachte Saul Lintz.

Tausende der winzigen häßlichen Tierchen schossen im beengten Raum eines einzigen glänzenden Tropfens Salzwasser herum, den die Oberflächenspannung in einem flachen runden Hügel auf dem gläsernen Objektträger des Mikroskops zusammenhielt.

Saul drehte an der Optik, bis die Vergrößerung einen einzelnen Cyanuten heranholte. »Da haben wir ihn«, murmelte er. »Du taugst zum Versuchsobjekt, mein Junge.«

Er drückte einen Auslöser, und das zytologische Instrument übernahm die Verfolgung der winzigen Mikrobe in ihrem kleinen Universum.

Stärkere Vergrößerung zeigte, daß der Einzeller sich durch rasch pulsierende Bewegungen winziger gelber Flimmerhärchen fortbewegte, aber das war Saul nicht neu. Er kannte das Lebewesen bis in seine kleinsten Bestandteile, selbst dort noch, wo das Mikroskop versagte – auf der Ebene der Säuren und Basen, der Zucker und fein ausbalancierten Lipoide.

Es sauste zwischen Tausenden von anderen pulsierenden Einzellern hin und her und suchte, was es zum Überleben brauchte.

Nicht anders als wir, dachte Saul. Nur hat unsere Suche uns eineinhalb Milliarden Kilometer von der Heimat entfernt.

Er rieb sich die Augen und beugte sich vor, einer alten Gewohnheit aus längst vergangenen Tagen folgend, als man noch durch Okulare gespäht hatte, ehe er sich wieder entspannte. In einer Zeit, da derlei Mühseligkeiten von der Elektronik übernommen wurden, genügte es, vor dem Bildschirm zu sitzen.

Selbst hier, im langsam rotierenden Gravitationsrad der *Edmund Halley*, war die Anziehungskraft nicht stark genug, daß man gegen sie ankämpfen mußte. Es kam darauf an, locker zu bleiben, oder es kostete einen unverhältnismäßigen hohen Energieaufwand, einfach stillzuhalten.

Nur die Hälfte der Bildschirme und Hologramme in der biologischen Abteilung waren eingeschaltet. In einem Dutzend anderer dunkler Oberflächen spiegelte sich Sauls eigenes blasses Ebenbild: dichte Augenbrauen über einer fleischigen Nase, gelichtetes Scheitelhaar und Falten, deren Herkunft die meisten Leute, die ihn kennenlernten, eher im Lachen als in Trübsal vermuteten.

Nur jene, die Saul gut kannten – und ihrer waren in diesen Tagen wenige –, kannten den wahren Ursprung dieser tiefen Furchen: einen Stoizismus, der den Schmerz vieler Verluste abwehrte.

Die Furchen vertieften sich jetzt, als Sauls schwarze Augen sich in angestrengter Konzentration verengten. Die Fingerspitzen am Steuergerät, senkte er eine Hohlnadel in den Salzwassertropfen auf dem Glas des Mikroskops. In der holographischen Bildwiedergabe erschien die winzige Nadel wie eine Lanze, als der Computer ihre Spitze zum auserwählten Versuchsobjekt führte.

»Komm schon!« murmelte Saul, als die Mikrobe ihr Heil in der Flucht suchte. »Halt still für Papa!«

Der Cyanut hatte einen Durchmesser von weniger als fünfzig Mikron und war damit so winzig und unauffällig, daß seine Vorfahren in stiller Symbiose seit Jahrmillionen friedlich in menschlichen Körpern gelebt hatten, bis sie vor einer Generation entdeckt worden waren. Für Saul enthielt die winzige Kreatur so viele Wunder wie der riesige Komet, der draußen so viel Aufmerksamkeit auf sich lenkte.

Die Bildwand des Laboratoriums war auf eine Ansicht des Halleyschen Kometen eingestellt, zeigte diesen aber nicht, wie er jetzt war – eine allmählich abnehmende Wolke von diffusen Lichterscheinungen um einen zehn Kilometer dicken Kern aus Eisen, Gesteinen und schmutzigem Schnee –, sondern wie er noch vor Monaten gewesen war, auf dem Höhepunkt seiner kurzen Prachtentfaltung, als er im halben Orbitalabstand der Erde die Sonne umkreist hatte und sein doppelter Schweif im protonischen Sonnenwind die größte Ausdehnung erreicht hatte.

Sie standen einander an Schönheit nicht nach, der gigantische kosmische Bote, der für den größten Teil eines Jahrhunderts ihre Heimat sein sollte, und das mikroskopische Wunder, das den Aufenthalt möglich gemacht hatte. Dennoch war es kein Wunder, daß Saul sich statt auf den Kometen auf das winzige Lebewesen konzentrierte, das im Wassertropfen schwamm.

Schließlich hatte er es gemacht.

Aber nein, sagte er sich. Es gibt nur einen Gott – selbst wenn er seine Werkzeuge zur Gestaltung des Lebens in unsere Hände legt. Er tut es nur, um zu sehen, was wir damit anfangen werden.

Wer in seinem Fach arbeitete, tat gut daran, sich dies von Zeit zu Zeit zu vergegenwärtigen.

Als die Nadelspitze sich dem Versuchsobjekt bis auf eine Zellenbreite angenähert hatte, löste Saul die Versuchsabfolge aus. Ein winziger, undeutlicher Flüssigkeitsaustritt trübte das Wasser in unmittelbarer Nähe der Nadelspitze, wo Spuren von Cyanwasserstoff-Lösung ausgestoßen wurden.

Es handelte sich nur um wenige Moleküle, doch der kleine Organismus reagierte fast augenblicklich. Seine Flimmerhärchen gerieten in heftig pulsierende Bewegung, und der Cyanut sprang vorwärts ...

Vorwärts, auf die Nadelspitze zu. Er umkreiste und berührte sie wiederholt in eifriger Aktivität.

So weit, so gut. Saul wäre überrascht gewesen, wenn die

Mikrobe sich anders verhalten hätte. Die Cyanuten waren schon auf der Erde gründlich untersucht worden, bevor die Expedition zum Halleyschen Kometen hatte genehmigt werden können. Kein Faktor war für den Erfolg und die Gesundheit von vierhundertzehn mutigen Männern und Frauen wichtiger als diese kleinen Lebewesen.

Er war zuversichtlich. Aber das Leben – und das galt selbst für genetisch maßgeschneidertes Leben – hatte die Gewohnheit, sich zu verändern, wenn man es am wenigsten erwartete. Das Überleben aller Expeditionsteilnehmer hing von der planmäßigen Arbeit der winzigen Cyanuten ab. Er hatte die Forschungsgruppe geleitet, die sie entwickelt hatte, und er konnte sich keine Mißerfolge leisten. Es gab in seinem Leben schon so mehr als genug Schatten. Miriam, die Kinder, das Land und das Volk seiner Jugendzeit ... und natürlich Simon Percell.

Der arme Simon. Nur zu gut erinnerte er sich, wie ein Fehler das Leben des Freundes und nahezu alles, was zu erreichen ihm höchstes Ziel gewesen war, ruiniert hatte. Es war gefährlich, Gott zu spielen.

Bald zeigten die Instrumente an, daß alles HCN verschwunden war, absorbiert von dem hungrigen Organismus. Saul nickte befriedigt. Jeder an dieser Expedition beteiligte Mensch hatte Millionen Cyanuten in seinem Blutkreislauf und in den Lungenbläschen. Diese Probe – willkürlich einem der Besatzungsmitglieder entnommen – hatte gerade demonstriert, daß sie ihrer Hauptaufgabe gerecht wurde, nämlich der Absorption jeder Spur des tödlichen, gelösten Blausäuregases, bevor dieses die roten Blutkörperchen des Wirts erreichen konnte. Die Zufuhr gelösten Kohlenmonoxids erwies die Fähigkeit der Mikrobe, auch dieses Gas zu absorbieren, ehe es sich dem Hämoglobin anschließen konnte.

Nun löste Saul den nächsten Schritt des Versuchs aus. Winzige Spuren einer neuen Lösung wurden dem Salzwassertropfen zugeführt. Diesmal zog sich die kleine Mikrobe auf dem Bildschirm eilig von der Nadel zurück, krümmte sich beinahe, als ob sie gestochen worden wäre. Blausäure und Kohlenmonoxid waren fette Weide für dieses Geschöpf, aber

die Bestandteile menschlichen Zellgewebes schienen es abzustoßen.

Auch das war gute Nachricht. Der zweite Test bestätigte,
daß der Cyanut völlig abgeneigt war, menschliche Zellen als
Nahrung anzusehen.

Dies waren jedoch nur die Grundlagen. Es gab zahlreiche
andere Punkte, die der Überprüfung bedurften und mit denen die automatische Phase der Testreihe programmiert war.
Zu diesen gehörte eine Reproduktionsrate, die sich selbst in
Grenzen hielt, Akzeptanz durch das menschliche Immunsystem, pH-Empfindlichkeit, ein gefräßiger Appetit auf andere
mögliche Gifte ...

Es war nicht so sehr ein Katalog von Eigenschaften als
vielmehr eine Litanei von Herausforderungen, denen man
sich stellen und die bestanden werden mußten. Saul verspürte berechtigten Stolz auf seine kleine Gruppe zu Haus
auf der Erde, die Vorurteile, bürokratische Hindernisse und
abergläubische Vorstellungen hatte überwinden müssen, um
diese Arbeit zu leisten. Am Ende aber hatten sie ein Wunderding geschaffen – einen neuen menschlichen Symbionten.

Cyanuten sollten von nun an bleibende Bestandteile aller
Expeditionsteilnehmer für den Rest ihres Lebens sein ... und
vielleicht, so wagte er sich vorzustellen, aller Menschen, nicht
anders als die Darmflora, die dem Menschen von jeher geholfen hatte, seine Nahrung zu verwerten, und wie die Mitochondrien in seinen Zellen, die Zucker für ihn verbrannten
und in nutzbringende Energie umwandelten.

»Wer kann sich mit dir vergleichen, o Herr ...«, flüsterte er
in schiefmäuliger Verspottung seiner unausrottbaren Neigung zu allzu menschlicher Hybris. Vor langer Zeit schon
war er zu dem Schluß gelangt, daß Gott und er Geduld miteinander haben mußten. Vielleicht war das Universum für
keinen von ihnen zweckdienlich eingerichtet.

Er beobachtete die Versuchsergebnisse am Bildschirm – alle
wie erwartet und nahezu vollkommen –, bis ein leises Quiet-
schen hinter ihm verriet, daß jemand die Tür zum Labor öffnete.

»Ah! Soso! Wir ärgern wieder unsere Haustiere, wie? Können Sie die armen Dinger nicht in Ruhe lassen, Saul?«

Er brauchte nicht aufzusehen, um die Stimme Akio Matsudos zu erkennen. »Hallo, Akio.« Er hob die Hand, ohne den Blick vom Bildschirm zu wenden. »Nur eine Überprüfung. Und alles sieht gut aus, danke. Sind es nicht liebenswerte Tierchen?«

Er mußte lächeln, als der hagere japanische Arzt mit raschen Bewegungen an seine Seite kam und ihm einen säuerlichen Blick zuwarf. Der Chef der biologisch-medizinischen Abteilung hatte aus seiner wahren Meinung von Sauls Geschöpfen niemals einen Hehl gemacht. Sie waren notwendig, für den Erfolg ihrer achtundsiebzigjährigen Reise sogar lebenswichtig. Aber dem armen Akio war es nie gelungen, ihre ästhetische Seite zu sehen.

Matsudo winkte ab. »Bitte erinnern Sie mich nicht an die Infektion, die meine Körperflüssigkeiten durchschwärmt. Wenn Sie mir nächstes Mal Parasiten injizieren wollen ...«

»Symbionten«, berichtigte Saul eilig.

»... gegen die mein Körper keine Immunreaktion mobilisieren kann, werde ich es vorziehen, den Einschnitt selbst zu machen – von links nach rechts!« Und er machte die Bewegung des Harakiri.

Saul grinste, als Matsudos strenge Maske in kichernder Heiterkeit aufbrach. Es klang wie »Chi-chi-chi« und wurde von der Besatzung unter Deck bereits als eine Art Signal imitiert. Akio machte häufig solche lockeren Scherze über die Traditionen des alten Japan.

Vielleicht war es vergleichbar mit Sauls Neigung, jiddische Brocken in seine Sprache einzustreuen, obwohl er sich erst seit einem Jahrzehnt mit dem Idiom beschäftigte – weil er fand, daß es die rechte Sprache für Verbannte sei.

»Was haben Sie mir gebracht, Akio?« fragte er mit einer Kopfbewegung zu dem dünnen Blatt in der Hand seines Besuchers.

»Ach ja. Weil wir gerade vom Immunsystem sprachen: Ich bin gekommen, Sie zu bitten, mit mir die Liste der Reizmittel durchzugehen, Saul. Ich glaube, es ist an der Zeit, eine abge-

28

schwächte Krankheit in das Ventilationssystem einzugeben.«

Saul machte ein Gesicht. Solche Aktionen waren ihm verhaßt.

»So frühzeitig? Sind Sie sicher? Vier Fünftel der Expeditionsteilnehmer liegen doch noch gefroren an Bord der *Sekanina* und der anderen Transporter. Wach sind gegenwärtig nur die Besatzung der *Edmund Halley* und die Mitglieder der Arbeitstrupps.«

»Ein Grund mehr«, erwiderte Matsudo. »Seit mehr als einem Jahr leben dreißig Raumfahrer zusammen in der Enge dieses Schiffs. Weitere vierzig sind seit zwei oder mehr Monaten aus den Kühlfächern. Alle Erkältungen und kleineren Viruserkrankungen, die sie von der Erde mitbrachten, haben inzwischen ihren Gang genommen. Ich habe eine Inventur der Erkrankungen und ihrer Erreger vorgenommen und festgestellt, daß mehr als drei Viertel der zum menschlichen Umkreis gehörenden pathogenen Organismen bereits ausgestorben sind. Höchste Zeit, die Immunsysteme der Leute mit einer neuen Herausforderung wachzurütteln.«

Saul seufzte. »Sie sind der Chef.« Tatsächlich sollte das gesamte wissenschaftliche Personal der biomedizinischen Abteilung über Maßnahmen zur Kräftigung des Immunsystems beschließen, aber wenn er Akio daran erinnerte, würde es den Mann nur beleidigen. Das Verfahren war ohnehin eine Routineangelegenheit.

Aber Sauls Nase juckte bereits in unfroher Erwartung.

Er wandte sich zur Bibliothekskonsole und gab die Kodenummer ein. Auf dem Bildschirm erschien eine Seite voller Daten vor schwarzem Hintergrund.

Saul deutete mit einem Kopfnicken zu der grün leuchtenden Beschriftung. »Da steht Ihnen eine hübsche Auswahl bösartiger Erreger zur Verfügung, Doktor. Mit welcher Seuche möchten Sie Ihre Patienten infizieren? Wir haben Windpocken, Masern, Röteln, Mumps ...«

Matsudo winkte ab. »Nichts Drastisches. Wenigstens nicht so frühzeitig.«

»Nein? Nun, dann gibt es Blasengrind, Fußpilz ...«

»Um Himmels willen, Saul! In dieser Feuchtigkeit? Bevor das Stollensystem im Kometenkern fertiggestellt und die Lufttrocknungsanlage installiert ist? Sie wissen, wie sehr man Pilzbefall an Bord eines Raumschiffs fürchtet. Cruz würde uns die Hammelbeine langziehen ...«

Er brach ab und lächelte pikiert. »Ha ha. Sehr komisch, Saul. Sie wollen mich nur zum Besten haben.«

Saul kannte Matsudo seit vielen Jahren von wissenschaftlichen Kongressen und durch Veröffentlichungen, doch war ihre Bekanntschaft in früherer Zeit eher flüchtig gewesen, und noch immer war ihm manches an dem Mann rätselhaft. Warum, zum Beispiel, hatte er sich zur Teilnahme an dieser Expedition freiwillig gemeldet? Welchem der Typen, die bereit waren, Heimat, Familie und Karriere aufzugeben, dreiundsiebzig von den achtundsiebzig Jahren der Expeditionsdauer im gekühlten Tiefschlaf zuzubringen und schließlich in eine fremd gewordene Welt zurückzukehren, konnte man Akio zuordnen? War er ein Idealist, der Kapitän Miguel Cruzs Traum von einer für die ganze Menschheit wichtigen Mission folgte? Oder war er ein Verbannter, ein Flüchtling, wie so viele Teilnehmer an diesem Unternehmen?

Vielleicht ist er, wie ich, ein wenig von beidem, dachte Saul.

Matsudo fuhr sich durch das glänzende schwarze Haar, das dicht wie das Haar eines Jungen war. »Suchen Sie mir einen Schnupfenvirus aus, seien Sie so gut, Saul. Etwas, was die Immunsysteme der Leute hinreichend herausfordern kann, um ihre Antikörperproduktion in Gang zu halten. Sie brauchen es nicht einmal zu merken, wenn es nach mir geht.«

Saul gab eine Kodenummer ein, und eine neue Seite erschien auf dem Bildschirm. »Der Kunde hat immer recht«, antwortete er. »Und Sie haben Glück! Wie es scheint, haben wir achtzig Varietäten von grippalen Infekten auf Lager.«

»Na, ich lasse mich überraschen«, sagte Matsudo. Dann aber zog er die Stirn in Falten und hob beide Hände. »Nein! Wenn ich es genau bedenke, wähle ich lieber selbst! Ich möchte nicht, daß Sie welche von Ihren experimentellen Ungeheuern loslassen, ganz gleich, was Sie über die Wunder der Symbiose sagen!«

Saul machte ihm Platz, und Akio beugte sich vor und überflog die Liste der verfügbaren Viren, wobei er kaum hörbar vor sich hin murmelte. Offenbar hatte er wieder seine Kontaktlinsen vergessen.

Er mochte zwanzig Zentimeter größer sein als sein Großvater, dachte Saul, und doch war ihm Veränderung suspekt. Ein Wissenschaftler, dabei aber zu konservativ, um sich durch eine Hornhautoperation von seinem Sehfehler befreien zu lassen. Was war denn aus den innovationsfreudigen, zukunftshungrigen Japanern früherer Zeiten geworden?

Was das anbelangte, konnte man geradeso gut fragen, was aus Israel geworden war, seinem eigenen Heimatland. Wie hatten die Abkömmlinge der Negev-Pioniere, deren Militärmaschine jahrzehntelang den Nahen Osten in Atem gehalten hatte, so tief in Aberglauben und Borniertheit versinken können? Was hatte nüchterne Sabras in verwirrte Schafe verwandelt, die sich von fanatischen Leviten und Salawiten vor den Karren spannen ließen?

Vielleicht waren diese Rätsel Teil eines anderen, dem Saul auf der Spur zu sein glaubte: der Ausbreitung einer allgemeinen Hoffnungslosigkeit unter der Menschheit, obwohl nach dem Ende eines Jahrhunderts der Verwüstungen und des Kulturverfalls bessere Zeiten nahe schienen.

Es war kein beruhigender Gedankengang. Auch die biologischen Wissenschaften befanden sich in schlechter Verfassung. Die großen Hoffnungen, die Simon Percell und andere Gentechniker zu Beginn des Jahrhunderts beflügelt hatten, waren vor mehr als einem Jahrzehnt in einer Serie von Skandalen zusammengebrochen, aus der nur eine gleichmütige pharmazeutische Industrie und ein paar kleine Außenseiter wie Saul halbwegs ungeschoren hervorgegangen waren.

Und auf Erden machten verschärfte Bestimmungen und verstärkte Überwachung diesen Außenseitern das Leben zunehmend schwer – einer der Gründe, daß er an dieser Expedition teilnahm. Ein Exil in Raum und Zeit war zweifellos ei-

nigen der Alternativen vorzuziehen, die er hatte auf sich zukommen sehen.

»Wir werden den Virus TR-3-APZX-471 nehmen«, erklärte
Matsudo selbstzufrieden. »Sind Sie einverstanden, Saul?«

Saul glaubte bereits einen Niesreiz zu verspüren. »Eine
harmlose kleine Varietät, deren Anmaßung jedoch nicht ver-
fehlen wird, Sie zu erheitern«, murmelte er.

»Wie bitte?«

»Hat nichts zu sagen«, sagte er verdrießlich. »Als offizieller
Hüter kleiner Tiere werde ich Sorge tragen, daß Sie bis morgen eine frisch ausgebrütete Kultur dieses lästigen Ungezie-
fers erhalten.« Er drückte eine Taste, und das Verzeichnis
verschwand vom Bildschirm.

Unterstützt durch die minimale Schwerkraft, schwang sich
Matsudo mühelos auf den Tisch und blickte seufzend auf
seine Hände. Saul sah ihm an, daß er im Begriff war, sich in
Erörterungen allgemeiner Lebensphilosophie zu ergehen. Im
Laufe ihrer langen gemeinsamen Reise hatten sie ungezählte
Schachpartien gespielt und ihre Ansichten über die Welt
ausgetauscht, aber keinem von ihnen war es je gelungen, den
anderen in irgendeiner Frage zur eigenen Ansicht zu bekehren.

»Was hat sich nicht alles geändert, seit wir Medizin studierten! Wir wurden dazu erzogen, alle Krankheitserreger zu bekämpfen und wenn möglich vom Angesicht der Erde zu til-
gen. Heutzutage kultivieren und gebrauchen wir sie. Sie sind
unsere Werkzeuge.«

Saul nickte. Heutzutage war es nicht die geringste unter
den Pflichten eines Arztes, durch die sorgfältige Verabrei-
chung eben dieser Krankheitserreger Herausforderungen der
körpereigenen Abwehr zu schaffen.

»Das Immunsystem des Patienten wird gekräftigt und ge-
übt, damit es die Aufgaben erfüllen kann, denen die Medizin
nicht gewachsen ist. Es ist ohne Zweifel eine bessere Methode, Akio, als an Symptomen herumzukurieren, wie wir es mit
unseren Medikamenten meist getan haben. Ich wünschte
nur, Sie würden einsehen, daß meine Cyanuten Teil des gleichen Fortschritts sind.«

Matsudo verdrehte die Augen zum Himmel. Sie hatten dieses Thema viele Male erörtert.

»Ich bedaure, daß ich nicht zustimmen kann, Saul. In einem Fall lehren wir den Körper, seine eigenen Abwehrkräfte zu gebrauchen und abzustoßen, was fremd ist. Sie aber beschwatzen ihn, einen Eindringling aufzunehmen, für alle Zeit!«

»Eine ungeheuer große Zahl der in einem menschlichen Körper lebenden Zellen gehört zu symbiotischen Lebensformen – Darmbakterien, Follikelreiniger. Sie helfen uns, wir helfen ihnen.«

Matsudo wedelte abwehrend mit der Hand. »Ja, ja, das kennen wir. Ich weiß, Sie sehen uns nicht als Individuen, Saul, sondern als große, zusammenwirkende Ameisenhaufen verschiedener Arten.« Seine Stimme hatte eine gewisse Schärfe, die Saul früher nicht herausgehört zu haben glaubte. Und Übertreibung war gewöhnlich nicht Matsudos Stil.

»Akio ...«

Aber der andere ließ sich nicht unterbrechen. »Aber nehmen wir ruhig einmal an, Sie hätten recht, Saul. All diese Organismen, die unsere Körper mit uns teilen und mehr oder weniger nützliche Funktionen darin erfüllen, sind im Laufe von Jahrmillionen zu Symbionten geworden. Das ist etwas völlig anderes als praktisch von heute auf morgen gentechnisch zusammengeschusterte Mikroben, über deren langfristige Mutationsfähigkeit nichts bekannt ist, in ein so fein ausbalanciertes Gleichgewicht einzuführen.«

Saul errötete ein wenig. Er überlegte, ob er noch einmal erklären solle, daß die Cyanuten Abkömmlinge von Einzellern waren, die seit Urzeiten friedlich im Menschen gelebt hatten. Aber er wußte nur zu gut, was Akio antworten würde. Nach allen Veränderungen, die durch gentechnische Manipulation an der Lebensform vorgenommen worden waren, handelte es sich bei den Cyanuten um ein neues Lebewesen, das von seinen natürlichen Vettern so verschieden war wie der Mensch vom Affen.

»Saul, die Bewegung für Rückbesinnung und Erneuerung lehrt uns, daß wir sorgfältig überlegen müssen, bevor wir in natürliche Abläufe eingreifen. Die Fehler der Vergangenheit haben gezeigt, wie gefährlich das sein kann.«

Saul blickte zum Hologramm des Mikroskops auf, wo sein winziges Versuchstier noch immer durch das Versuchsprogramm gejagt wurde. Es pulsierte nach wie vor nahe der Nadelspitze – gequält aber wohlauf.

»Ich ...« Dann schüttelte er den Kopf und verstummte. Er konnte sich denken, was seinen Freund beunruhigte.

»Noch kein Zeichen von der *Newburn?*«

Matsudo schüttelte den Kopf. »Kapitän Cruz und seine Offiziere halten noch Ausschau. Vielleicht, wenn der Komet sich weiter beruhigt, wenn der Schweif sich weiter zurückbildet und die Ionisierung geringere Störungen verursacht ... Glücklicherweise waren dort nur vierzig Leute an Bord. Wäre es einer der anderen Transporter, die *Sekanina,* oder die *Whipple,* oder die *Delsemme* ...« Er zuckte die Achseln.

Saul nickte. Kein Wunder, daß Matsudo reizbar war. Mehr als dreihundert Männer und Frauen waren vier Jahre vor der *Edmund Halley* ausgesandt worden, zusammen mit dem größten Teil des schweren Materials. Sie befanden sich – bei herabgesetzten Lebensfunktionen bis nahe an den Gefrierpunkt abgekühlt – an Bord von vier selbststeuernden Raumsonden, deren viele Kilometer weit ausladende Gazesegel den Strahlungsdruck des Sonnenwindes als Antriebskraft nutzten.

Nur die ›Gründermannschaft‹ nahm den schnellen, energiewirtschaftlich kostspieligen Weg an Bord der alten *Edmund Halley*. Nach ihrem Eintreffen – sie hatten ihren Treibstoff bei der Angleichung an die beschleunigte rückläufige Bahnbewegung des Kometen nahezu aufgebraucht – war es die erste Aufgabe der Gründungsmannschaft, die nötigen Vorbereitungen zur Bergung der zylindrischen Raumsonden zu treffen, in denen die Masse der Expeditionsteilnehmer in Tiefschlaf lag.

Beide Reisearten hatten ihre Nachteile. Die Leute an Bord der *Edmund Halley* hatten während der mehr als einjährigen Reise durch den Raum beengte Lebensumstände und Langeweile zu ertragen. Außerdem teilten sie die in letzter Zeit offenbar gewordenen Gefahren, die mit der Errichtung eines Stützpunktes verbunden waren.

Auf der anderen Seite hatten sie eine gewisse Möglichkeit, ihr Schicksal selbst zu bestimmen. Es war nicht ihr Los, jahrelang im Kälteschlaf dahinzutreiben und sich darauf verlassen zu müssen, daß andere sie einholten, ihr Fahrzeug bargen und sie schließlich weckten.

Würden die Männer und Frauen der *Newburn* für alle Zeit durch den Raum treiben? Wenn Cruz und seine Mannschaft die Sonde nicht entdeckten, würde sie vielleicht nie, vielleicht erst in einem fernen Zeitalter von anderen gefunden werden. In welch einer Welt mochten sie nach so langer Fahrt auf dem Strom der Zeit erwachen? Falls sie jemals wieder erwachten ...

»Es werden lange achtzig Jahre sein, Saul.« Matsudo schüttelte nachdenklich den Kopf und betrachtete die Bildwand, die den Halleyschen Kometen in seiner vollen Prachtentfaltung vor dem Hintergrund des Sternhimmels zeigte. Der lange Schweif aus Plasma und Staub schimmerte wie phosphoreszierendes Plankton in nächtlicher See. »Eine lange Zeit wird verstreichen, bis wir die Heimat wiedersehen.«

Saul verbarg das eigene bange Vorgefühl dem Freund zuliebe hinter einem Lächeln. »Wir werden den größten Teil davon verschlafen, Akio. Und wenn wir dann heimkehren, werden wir reich und berühmt sein.«

Matsudo schnaufte skeptisch, anerkannte aber Sauls gute Absicht mit einem Lächeln. Ironie war der gemeinsame Wesenszug, der sie zu Freunden machte, waren sie auch sonst oft verschiedener Meinung.

Ein Glockensignal ertönte, und Saul blickte auf, als die Nadel der Sonde sich aus dem Salzwassertropfen zurückzog. Das kleine Versuchstier trieb jetzt grau und leblos. Der letzte Versuch der Testreihe hatte den Beweis zu erbringen, daß die Cyanuten noch immer leicht abgetötet werden konnten, sollte es jemals notwendig werden.

Er fragte sich, ob es das Vorrecht eines Schöpfers sei. Oder beugten sich seine Schultern kaum merklich unter einer weiteren kleinen Schuld?

Schon näherten sich beutesuchende Einzeller dem mikroskopischen Leichnam. Saul streckte die Hand aus und schaltete die Bildübertragung ab.

3

_____

VIRGINIA

Es roch ranzig nach ungewaschenem Mensch. Virginia rümpfte die Nase, als sie den Gymnastikraum betrat, um ihr vorgeschriebenes Training zu absolvieren. Seltsame Geschöpfe sind wir, dachte sie bei sich. Säugetiere entwickeln Gerüche, die aggressiv und nervös machen, wenn eine größere Zahl zusammenkommt, und dann stecken wir eine Menge Leute für ein Jahr oder mehr zusammen in eine Blechdose und erwarten von ihnen, daß sie nett zueinander sind.

Tatsächlich machte ihr der Geruch nicht allzuviel aus. Nicht einmal Männer machten ihr etwas aus. Andererseits waren sie auch nicht der Grund, daß sie dieses Exil auf sich genommen hatte und auf einem Brocken Meteorgestein und Eis in die große Nacht hinausflog.

Virginia hatte ihre eigenen Gründe. Ihre freiwillige Meldung für das Halley-Projekt hatte mit dem Gedanken der wirtschaftlichen Nutzung von Kometenkernen wenig zu tun.

Sie legte ihr Turnzeug an, bestieg einen Fahrrad-Ergometer und legte die Klebekontakte und Manschetten des Biomonitors an. Darauf legte sie sich ins Zeug und beschleunigte, bis die Ablesung zeigte, daß sie Dr. van Zoons Anforderung genügte.

Der Gymnastikraum war im Gravitationsrad der *Edmund Halley* untergebracht, wo auch die Schlafräume der Mannschaft lagen und den Leuten ermöglichten, ihre Schlafperioden unter Gewicht zuzubringen. Virginia verstand das Bedürfnis, den Körper hin und wieder die alte Anziehungskraft fühlen zu lassen und ihn so in Form zu halten. Aber diese dreimal wöchentlich angesetzten Übungsstunden mit Expandern, Gewichten und Ergometern waren ihr verhaßt.

Sie hatte schon daran gedacht, das medizinische Datenmaterial zu manipulieren und von allen Übungsgeräten simulierte Rückkopplungen einzuschieben. Sie traute es sich zu. Virginia kannte keine falsche Bescheidenheit, wenn es um ihre Fähigkeit in der Datenverarbeitung ging. Lon d'Amaria mochte Abteilungsleiter sein, aber sie war die Beste.

Immerhin gestand sie sich ein, daß sie die Übungen wahrscheinlich brauchte, und so strengte sie sich an, bis ihr der Schweiß ausbrach und auf ihrer olivbraunen Haut glänzte.

Außerdem legte sie Wert auf ihre Figur. Zu Hause in Hawaii war sie jeden zweiten Tag surfen gegangen. Nun aber schien es, daß sie gegen eine Trägheit ankämpfen mußte, die ihr nach einem Jahr Kälteschlaf noch anhaftete. Bis vor drei Wochen hatte sie mit auf ein Minimum herabgesetzten Lebensfunktionen im Tiefschlaf gelegen. Vielleicht war die Trägheit eine Nachwirkung der Medikamente, die sie als vorbereitende Behandlung vor dem ›Winterschlaf‹ hatte schlukken müssen.

Nun, wenn es sich so verhielt, kam es jetzt darauf an, die Trägheit zu überwinden.

Mit erneuerter Willensanstrengung trat sie in die Pedale und stellte sich vor, sie fahre mit dem Rad über die Brücke zwischen Lanai und Maui. Das allgegenwärtige Rollen des Gravitationsrades wurde zur eingebildeten Geräuschkulisse brausenden Windes und rauschender Brandung. Virginia stellte sich vor, daß die Tür vor ihr aufgehen und sie in strahlenden Sonnenschein und den Duft von Salzwasser, blühenden Sträuchern und Ananaspflanzungen entlassen würde.

Nach dem Übungspensum waren ihre Muskeln warm und elastisch, und es war tatsächlich ein gutes Gefühl, verschwitzt unter die Dusche zu treten und sich hinterher das lange schwarze Haar zu bürsten. Die Rückkehr in den mausgrauen Overall war jedoch Erinnerung genug, daß Maui hundertfünfzig Millionen Kilometer von ihr entfernt lag.

Sie hatte es sich selbst zuzuschreiben. Die Wahl war getroffen, und hier draußen gab es Arbeit zu tun ... wichtigere Arbeit als ihr im heimatlichen Südseeparadies offen gestanden hätte.

Sie entschloß sich zu einem Spaziergang um das Gravitationsrad, bevor sie zum schwerelosen Teil des Schiffs zurückkehrte, und nahm die Richtung, die der Rotation entgegengesetzt war.

Niemand war zu sehen. Dr. Marguerite van Zoon drängte die Raumfahrer nicht zum Besuch des Gymnastikraumes. Diese armen Leute hatten zur Zeit schon so genug zu schwitzen und waren von den gesundheitlichen Bestrebungen der flämischen Ärztin ausgenommen.

Virginias Rundgang durch den Korridor, der dem äußeren Perimeter des Rades folgte, führte sie an einer der Leitern vorbei, die zum Laboratoriumsteil des Rades führten. Die Türen in Sichtweite waren alle geschlossen, also vermochte sie nicht zu beurteilen, ob die biologisch-medizinische Abteilung zur Zeit besetzt war. Sie machte vor einer bestimmten Tür halt und hob die Hand halb zum Klingelknopf.

Sie schalt sich wegen ihres Zögerns. Schließlich war nicht zu erwarten, daß Saul Lintz sie beißen würde. Warum also dieses backfischhafte Herzklopfen?

Der Mann übte einen Zauber auf sie aus, den sie sich selbst nicht erklären konnte. Sie empfand mehr für ihn, als sie seit Jahren für jemand empfunden hatte. Lag es an seiner Welterfahrenheit? Oder am Ausdruck seiner dunklen Augen, in denen sie Beharrlichkeit und ruhige Stärke zu sehen glaubte? Sie wußte es nicht.

Seit sie aus dem Kühlfach gekommen war, hatte sie gehofft, daß er etwas sagen, einen ersten Schritt tun werde. Um so frustrierender war die bald darauf folgende Erkenntnis gewesen, daß er einfach anzunehmen schien, eine Art Vaterfigur für sie zu sein. Damit erhob sich für Virginia die Frage, ob sie den ersten Schritt tun sollte.

Das Zögern vor der Tür dauerte an, bis sie sich lächerlich vorkam. Es würde so berechnend und abgeschmackt aussehen, wenn sie jetzt bei ihm hineinplatzte. Und was sollte sie sagen?

Später würden sich noch genug Gelegenheiten bieten, etwas zu arrangieren, was weniger beabsichtigt wirken würde. Schließlich hatten sie genug Zeit.

Das war ein überzeugendes Argument. Sie machte kehrt und ging, ohne den Summerknopf berührt zu haben. Wenn sie sich auf Menschen doch nur halb so gut verstünde wie auf Maschinen!

Als sie durch den Korridor weiterging, fiel ihr an verschiedenen Einzelheiten auf, wie sehr die *Edmund Halley* während des vergangenen Jahres gealtert war. Die Korridore glänzten nicht mehr. Die farbkoordinierten Wandverkleidungen hatten ihre Frische verloren und sich stellenweise gelöst, zeigten da und dort sogar blasige Aufwerfungen. Das Schiff hatte diese Reise nicht gerade in der Blüte seiner Jugend angetreten, und kein Raumschiff seiner Größe hatte jemals so lange beschleunigen müssen. Die Anforderungen an das Material waren allenthalben sichtbar.

Virginia redete sich gern ein, daß nichts sie überraschen könne, doch als sie sich der nächsten Leiter näherte, blieb sie stehen und sperrte die Augen auf. Konnte es sein, daß es schon so schlimm war?

Aus einer Belüftungsöffnung tropfte Kondenswasser und rann die Wand herab bis zum Boden, wo es sich unter der Einwirkung der Corioliskraft seitwärts verteilte. An den nassen Stellen hatte sich schleimiger dunkelgrüner Algenbewuchs ausgebreitet.

Mißbilligend schürzte sie die ein wenig wulstig geratenen Lippen, ging an der moderig riechenden Stelle vorbei und erstieg eine feuchte Leiter zur Nabe. Sie beschloß der Instandhaltungsabteilung von ihrer Beobachtung Meldung zu machen. Es war freilich schwer zu glauben, daß sie die Stelle als erste entdeckt hatte.

Die Leitersprossen drückten sich gegen sie, als sie sich rechtwinklig zum rotierenden Rad bewegte. Der wie eine Speiche angelegte Durchgang war trübe erhellt, feucht und ziemlich übelriechend. Nur die Hälfte der in die Decke eingelassenen Lichtquellen war hier in Betrieb, und der Aufstieg gemahnte an die Inspektion einer städtischen Abwasserbeseitigung.

Es war gut, daß die Wohnbereiche im Inneren des Kometenkerns vor der Fertigstellung standen, dachte sie. Dieser knarrende Seelenverkäufer hatte eine gründliche Überholung nötig.

Für die vierhundert Expeditionsmitglieder würde es während der nächsten fünfundsiebzig Jahre wenig genug zu tun geben. Die Erforschung der Geheimnisse eines größeren Kometenkerns; die Erprobung der Geräte, vor allem der großen Rückstoßgeräte zur Kursbeeinflussung. Danach stand erst wieder in dreißig Jahren eine arbeitsreiche Zeit bevor, wenn der Halleysche Komet sich dem sonnenfernsten Punkt seiner Bahn näherte und Virginia helfen würde, die Berechnungen für das wichtige Große Manöver vorzubereiten; dann die lange Rückreise zum Jupiter und dann heimwärts.

Die Zwischenzeit würden fast alle Expeditionsteilnehmer in totenähnlichem Kältetiefschlaf verbringen, während sich daheim die Gehälter auf den Konten ansammelten. Zur gleichen Zeit konnten die kleinen, abwechselnd diensttuenden Notbesatzungen nach und nach das Schiff überholen.

Sieben Jahrzehnte sollten reichen. Bis zum nächsten feurigen Sturz des Kometen ins innere Sonnensystem mußte dieser alte Kahn soweit hergerichtet sein, daß er sie wieder zur Erde zurückbringen konnte.

Als sie Hand über Hand weiterstieg, fühlte Virginia ihr Gewicht schwinden, je näher sie den kollernden Lagern kam, wo wieder die Schwerelosigkeit des Weltraums herrschte. Die vier Speichen-Tunnels trafen in einem kleinen, rotierenden, achteckigen Raum zusammen.

Kurz bevor sie die Nabe jedoch erreichte, bemerkte sie zu ihrer Verblüffung ein kleines Leck, aus dem ein feiner, fettiger Nebel aus Schmiermitteln in den Gang sprühte.

Sie wußte, daß die meisten Leute der Schiffsbesatzung abgerufen worden waren, um auf dem Kometenkern zu arbeiten, dennoch schien ihr diese Vernachlässigung unentschuldbar. Schließlich wurde das Rad noch lange benötigt.

»Abscheulich«, murmelte sie. »Einfach schauderhaft!«

Sie schrak zusammen, als jenseits des öligen Sprühnebels eine Stimme sagte: »Ganz meiner Meinung, Virginia.«

Ihr suchender Blick fiel auf einen dicklichen Mann in grauer Arbeitskleidung, der bei einem der Ausgänge in der Schwerelosigkeit schwebte. Sein breites Gesicht zeigte einen mißmutigen Ausdruck. Er hatte eine Wollmütze über das spärliche, graumelierte Haar gezogen. Seine Arme waren lang und sahen enorm muskulös aus, ein Eindruck, der vielleicht durch den Umstand, daß er keine Beine hatte, verstärkt wurde.

Seine Behinderung schien den Astronauten Otis Sergejow niemals ernstlich beeinträchtigt zu haben. Im Gegenteil, sie schien ihn in der Schwerelosigkeit gewandter und schneller zu machen.

Sie hatte gehört, daß Sergejow den Astronomen unter Joao Quiverian zugeteilt war, die den Kometen studierten. Er war außerdem der älteste Percell, den Virginia kannte.

Zu den ersten einer neuen Rasse zu zählen, hatte seine Nachteile. Simon Percells bahnbrechende frühen Arbeiten auf dem Gebiet der Gentechnologie hatten kinderlosen Freiwilligen wie den Sergejows zu einer besonderen Art von Nachwuchs verholfen. Aber ein Mosaikfehler hatte ihm statt der Beine nur kurze Stummel beschert.

»Oh, hallo, Otis«, begrüßte sie ihn. »Etwas muß geschehen, nicht? Ist der Schaden noch nicht gemeldet worden?«

Der Astronaut zuckte die Achseln. »Wozu so etwas melden, zum Teufel? Kein Mensch unternimmt etwas, soviel ist sicher. Diese verdammten Kretins!«

Virginia war verblüfft. Selbstverständlich würde Kapitän Cruz sofort Reparaturarbeiten veranlassen, wenn jemand ihm den Schaden meldete ...

Dann bemerkte sie, daß Sergejow überhaupt nicht in die Richtung blickte, wo das Leck war. Sie ließ sich durch die langsam rotierende Nabe tragen, bis sie auf gleicher Höhe mit Sergejow war, dann duckte sie sich unter den Sprühnebel und stieß sich von der Wand ab.

Der achteckige Raum schien um sie zu wirbeln. Zweimal mußte sie zugreifen, um einen der gummiüberzogenen Handgriffe zu fassen zu kriegen, und trotzdem schlug ihr Körper plump gegen die gepolsterte Wand. Ärgerlich über ihre Ungeschicklichkeit, versuchte sie, sich genau zu orientieren.

Sergejow machte eine Kopfbewegung. »Sie glauben, die Ortho-Bürokraten werden etwas unternehmen?« sagte er mit hartem Auflachen. »Deswegen?«

Virginia zwinkerte verwirrt. Dann bemerkte sie, daß er eine Wandschmiererei meinte, die nahe den rumpelnden Achsenlagern auf die Wandverkleidung gemalt war. Sie stellte in grob symbolischer Form eine hinter der Erdkrümmung aufgehende Sonne dar.

»Der Sonnenbogen«, sagte er beißend. »Die verfluchten Kakashkias sind uns gefolgt, bis hier heraus.«

»Ich kenne das Zeichen«, sagte Virginia nach einer Pause. Der unerwartete Anblick des Zeichens hatte ihr die Sprache verschlagen. »Sogar in Hawaii ...«

»So?« unterbrach er sie rauh. »Selbst im Land der Goldenen Menschen? In Ihrem techno-humanistischen Paradies?«

Virginia zog die Brauen zusammen. Schon in der Ausbildungszeit hatte sie eine Abneigung gegen Sergejow gefaßt, Percellgefährte oder nicht. Er hatte die meiste Zeit seines Lebens im Weltraum verbracht, wo es ihm gelungen war, seine körperliche Benachteiligung in der Schwerelosigkeit zum Vorteil zu wenden, und doch verspürte sie bei jeder Begegnung mit ihm ein Unbehagen, als ob eine allzu lang unterdrückte Bitterkeit von dem Mann ausginge.

Sie beschloß, mit Hilfe ihres Computers in das gespeicherte Programm der Personalplanung einzudringen und notfalls durch heimlich vorzunehmende Änderungen dafür zu sorgen, daß sie während der nächsten sieben Jahrzehnte niemals eine Arbeitsperiode außerhalb der Kühlfächer miteinander teilten.

»Auf Wiedersehen, Otis. Ich habe zu tun.« Aber er hielt sie am Arm zurück.

»Sie müssen wissen, daß dies nicht der erste Vorfall ist«, sagte er. »Nur der auffallendste. Einige von diesen Sonnenkreisern lehnen es sogar ab, mit uns Percellen zu sprechen. Sie meiden uns, als ob wir unrein wären!«

Virginia zuckte die Achseln. »Alle haben in letzter Zeit un-

ter Streß gestanden. Es wird sich ändern, sobald die Wohnräume und Stollen im Kometenkern fertiggestellt sind und
die Leute wieder Raum haben, sich frei zu bewegen. Sobald
wir ein paar Leute aus den Transportsonden aufgetaut haben
und zur Abwechslung ein paar neue Gesichter zu sehen bekommen ...«

Jahrelanger Umgang mit schwerem Gerät hatte Sergejows
Griff eisenhart gemacht. »Das könnte helfen, die Symptome
zu mildern«, räumte er ein, »aber die Krankheit geht weiter.
Sie sahen selbst, wie es auf der Erde war, als wir abreisten. In
der Dritten Welt nimmt die Zahl der Länder, die Gesetze zur
Einschränkung unserer Rechte einführen – der Rechte aller
genetisch vervollkommneten Menschen –, ständig zu!«

Virginia wollte nur, daß der Mann ihren Arm losließ. Sie
versuchte es mit gutem Zureden.

»Die Nationen Afrikas und Lateinamerikas haben ein
schlimmes Jahrhundert hinter sich, Otis. Mir gefällt die Wendung, die ihre Ideologie in den vergangen Jahren genommen
hat, auch nicht, aber wenigstens sind sie heutzutage umwelt-
bewußt. Wenn sie in dieser Richtung ein wenig fanatisch geworden sind, dann ist es eine Reaktion auf die unbeküm-
merte Umweltzerstörung, die ihre Großväter mit Hilfe der
Industrienationen betrieben haben. Jeder wird zugeben, daß
der Bewußtseinswandel eine große Verbesserung ist, wenn er
auch – wie gewöhnlich – vielfach zu spät kommt, um zu retten, was schon vertan worden ist. Es scheint eine Eigenart
der Menschheit zu sein, ständig von einem Extrem ins andere
zu fallen. Das Pendel wird wieder zurückschwingen.«

Sergejow sah sie an, als fände er sie bemitleidenswert, sogar sträflich naiv. »Meinen Sie? Nein, mein liebes Kind, so
rasch wird das nicht geschehen, denken Sie an meine Worte.
Wir beide werden kaum erleben, daß das Pendel zurück-
schwingt. Was hier geschieht, ist erst der Anfang! Sie befinden sich bereits im Krieg mit uns!«

Sein schlecht rasiertes Gesicht schob sich näher heran.
»Und wer kann es ihnen verdenken? Wenn der Homo sapiens erst merkt, was gespielt wird, werden wir, die Nachfolge-
rasse, mehr und mehr Unterdrückung zu spüren bekommen.

Hier geht es um nichts Geringeres als um das Gesicht zukünftiger Generationen!«

»Na, kommen Sie, Otis!« Virginia lachte unbehaglich, bemüht, einen leichteren Ton anzuschlagen. »Es ist nicht so, als ob wir paar Percelle der nächste Schritt in der Evolution wären.«

Sergejows Augen verengten sich. »Nein, hören Sie zu! Dies ist der Hauptgrund all solcher paranoider Reaktionen und Verfolgungen! Man kann den Neandertalern nicht verdenken, daß sie versuchen, ihre obsolet gewordene, entwicklungsgeschichtlich überholte Rasse zu erhalten. Jede Art bemüht sich um Selbsterhaltung.«

Er machte eine bedeutungsschwere Pause, dann fügte er mit einem düsteren Lächeln hinzu: »Das heißt für uns, daß wir uns von den Bastarden nicht unterdrücken lassen dürfen, solange sie in der Mehrzahl sind. Es ist an uns, zu handeln, wenn wir nicht untergehen wollen!«

Obwohl sie allein waren, sah Virginia sich unwillkürlich um. Sie wollte mit diesen aufrührerischen Reden nichts zu schaffen haben, da nicht auszuschließen war, daß sie abgehört wurden. Ohne sich noch einen Augenblick zu besinnen, setzte sie einen im Judokurs gelernten Befreiungsgriff ein und riß sich los. Der Mann segelte rückwärts und stieß mit dem Kopf gegen das ungepolsterte Schott.

»Au!« protestierte er in schmerzlicher Überraschung. »Govenka! Warum haben Sie das getan?«

»Sie und ihresgleichen haben die Antwort auch nicht«, schnaubte sie. »Sie bringen mit solchen Reden nur uns Percelle in Mißkredit. Wir sind nicht Nietzsches Übermenschen. Wir sind mißverstandene menschliche Wesen. Das ist alles!«

Sergejow rieb sich den Hinterkopf und schnitt eine Grimasse. »Fragen Sie die normalen menschlichen Wesen, die Orthos, ob sie uns für ihre Brüder halten«, sagte er mürrisch.

Virginia verzichtete auf eine Antwort, stieß sich mit den Händen von der Wand ab und schwebte rückwärts davon, einem Fisch gleich, der sich einem Hai zu entziehen sucht, obwohl Sergejow keine Neigung zeigte, ihr zu folgen. Ein paar Schritte in der Öffnung des Korridors drehte sie sich herum und stieß sich gegen die allmählich zunehmende Schwere weiter den schlechtbeleuchteten Korridor entlang zu ihrem Zufluchtsort.

Alles in Virginias persönlichem Arbeitsraum war geordnet, sauber und übersichtlich. Die Bildschirme und Hologramme, die ihren verstellbaren Sessel umgaben, funktionierten alle einwandfrei. Weit von ihrer Heimat entfernt und allem, was ihr vertraut gewesen war, mit einer Geschwindigkeit von dreißig Kilometern pro Sekunde unterwegs in die Tiefen des äußeren Sonnensystems, war dies ihr Ruhepunkt, das Zentrum ihres Universums. Hier, umgeben von den Werkzeugen ihrer Arbeit, fühlte sie sich sicher.

Offiziell war sie der Rechenabteilung zugeordnet, doch hatte sie sich mit der Hoffnung, ihre eigene Arbeit weiterverfolgen zu können, in diese Expedition eingeschleust. In dem Wissenschaftsklima, das sich in der Heimat herausbildete, wurde die Arbeit, für die sie sich interessierte, scheel angesehen.

Bio-organische Rechner ... Maschinen, die wirklich denken konnten ... Dies waren Gebiete, die von der zunehmend konservativen Wissenschaft des einundzwanzigsten Jahrhunderts als unerwünscht und sogar gefährlich angesehen wurden. Selbst in ihrem technologiefreundlichen Hawaii war die Aufmerksamkeit, die ihre Arbeit in der Außenwelt fand, ihren Vorgesetzten immer unangenehmer geworden.

Aber sie war immer überzeugt gewesen, daß organische Komponenten eines Tages Silizium und Gallium überlegen sein würden, und daß man aus Maschinen mehr machen könne als mechanische Vorrichtungen. Stochastische Prozessoren konnten zum Denken gebracht werden.

Zur Rechten, unter einer Tischplatte versteckt, befand sich der gedrungene Kasten, der ihre eigene Simulationseinheit enthielt. Der organische Computer hatte sie die Arbeit von Jahren und fast alle Einkünfte gekostet, aber er war es wert.

Kontrollämpchen blinzelten ihr zu, als die Tür sich seufzend hinter ihr schloß. Virginia ließ sich auf ihren Lehnstuhl nieder, der zurückgeklappt und als Liege verwendet werden konnte, schnallte sich zur Unterstützung der minimalen Schwerkraft an und sagte:

»Hallo, Johnvon.«

Der angeschlossene Bildschirm begann zu flimmern.

HALLO, VIRGINIA
WIRD ES HEUTE ARBEIT ODER SPIEL SEIN?

Sie lächelte. In dem Teil der nächsten achtzig Jahre, den sie wachend verbringen würde, hoffte sie große Fortschritte zu machen. Es mußte geschehen – selbst gegen den Druck einer steigenden Flut wissenschaftlichen Konservatismus.

Aber schon jetzt war ihr Schützling das beste, was es auf diesem Gebiet gab: unkonventionell, auf der Basis biotechnologischer Erkenntnisse und Methoden, an deren Verbot in der Heimat nicht mehr viel fehlte, die in ihrer eigenen Einschätzung jedoch absolut überlegen war.

Sie hatte die Einheit nach John von Neumann benannt, dem Erfinder der Spieltheorie. Der Programmrahmen konnte menschliche Verhaltens- und Reaktionsmuster gut genug nachahmen, um eine ahnungslose Person während eines angelegentlichen Gesprächs am Bildtelefon minutenlang in dem Glauben zu lassen, das Gesicht und die Stimme des Teilnehmers am anderen Ende gehörten einem wirklichen Menschen und seien keine Computersimulation.

Johnvon konnte sogar einen anzüglichen Witz erzählen, dazu den schlauen Gesichtsausdruck imitieren und zur richtigen Zeit schmunzeln.

Beispiellos, ja. Aber solche Kunststücke waren noch keine echte ›künstliche Intelligenz‹ – nicht in dem Maße, wie es nach Virginias Meinung möglich sein sollte.

Das molekulare Material in diesem Fünf-Liter-Behälter sollte imstande sein, die komplexe stehende Welle in einem menschlichen Gehirn nachzubilden. Virginia war sich dessen gewiß. Zu Hause war man anderer Meinung gewesen, und so hatte das Projekt niemals die wünschenswerte Förderung erfahren.

In den nächsten Wochen würde ihr wenig Zeit für ihre pri-

46

vaten Experimente bleiben. Sie mußte ihre Arbeitskraft und ihre Rechnerkapazität einschließlich Johnvon zur Unterstützung des Schiffs-Programmrahmens einsetzen. Nahezu all ihre Zeit war der Vorbereitung der mathematischen Modelle gewidmet, die Kapitän Cruz und seine Navigatoren ständig benötigten.

Später aber, während der Jahre ihres Wachdienstes, würde sie Zeit haben. Zeit, sich ganz auf ihre Arbeit zu konzentrieren.

In früheren Zeiten, dachte sie, hatte man sich auf kühne Pläne verstanden. Man hatte nicht an Grenzen geglaubt, weil man sie noch nicht erreicht hatte. Es erklärte ihre Vorliebe für alte Abenteuerromane und -filme aus der ersten Hälfte des zwanzigsten Jahrhunderts. Zwar hatten die Leute damals mit ihrer Gier die Schönheiten der Erde zerstört und ihre Welt beinahe zugrunde gerichtet, aber Virginia fühlte sich ihnen enger verwandt als ihren Zeitgenossen. Sie war von dem gleichen Ehrgeiz besessen, der jene Leute nicht hatte ruhen noch rasten lassen, bis sie Computer, Atombomben und Raketen gehabt hatten. Wie Virginia hätten sie keine Mühe gescheut, Maschinen zu entwickeln, die denken konnten.

Sie sah auf die Uhr. »Wie wäre es mit zwanzig Minuten Unterhaltung, Johnvon?«

Sie nahm ein Kabel von der Konsole und strich das Haar von einer weißlichen Beule an ihrem Hinterkopf zurück. Der Kontakt klickte, und ihrem Kopf begleitete eine klangvolle Stimme die Zeichen auf dem Bildschirm.

EIN GEDICHT, VIRGINIA?

Sie antwortete rasch mit einer aus dem Augenblick geborenen Improvisation:

»Ka Honua
– Mein Heimatland,
E hoomanao no au ia oe
– Dein will ich immer gedenken.

Möcht wissen, was er gerne tut,
Und ob einen Gruß ich wert ihm bin ...

Nach einem Augenblick kam die Antwort auf den Bildschirm. Ihre akustische Verbindung erwachte zum Leben.

STILVERMISCHUNG, VIRGINIA?
BEZIEHT SICH DER ZWEITE TEIL AUF LIEBE?

Sie errötete. »Oh, sei still, Dummchen! Komm, laß uns sehen, wie es um deine Gesprächsroutine bestellt ist.«

4

CARL

Die staubige Eisfläche war verschiedenfarbig gefleckt, durchlöchert und von Spuren durchzogen.

Carl Osborn wendete seine Arbeitskapsel und flog von der scharf sich abzeichnenden Dämmerungslinie zum Nordpol, wo ihr Stützpunkt wuchs.

Die körnige, bucklige graue Oberfläche veränderte sich jetzt rasch. Maschinen, gedrungenen Ameisen gleich, bewegten sich darauf hin und her und bereiteten Landeplätze vor. Andere bohrten mit Mikrowellengeräten Stollen ins Eis und störten mit ihren Emissionen den Funksprechverkehr. Alle paar Minuten mußte Carl die Frequenz einstellen, bis die Interferenz aufhörte.

Schacht 4 war nahezu fertig, ein gähnendes weites Loch wie eine Augenhöhle. Er sollte bald die erste Gruppe von Kühlfächern mit Schlafenden aufnehmen. Ein Kilometer Eis und Gestein würde die Schläfer sicher vor der tödlichen Gefahr kosmischer Strahlung schützen, deren Intensität durch häufige Sonnenausbrüche immer wieder emporschnellte.

Aushöhlungen und Schmelzlöcher umgaben den Schacht in willkürlicher Anordnung. Mit den Entladungen ihrer Treibstoffzellen hatten die Maschinen das krustige Eis mit Narben gezeichnet. Verschüttete Chemikalien hatten sich zu pulvrigen grünen und gelben Flecken verbreitet. Überflüssige Gittermasten, leere Behälter, Muffen und Mantelrohre lagen überall verstreut. Was der Mensch auch immer studieren möchte, dachte Carl mißmutig, verdirbt er vorher.

Über dem stark gekrümmten Horizont kaum sichtbar, aber nun entlang der Dämmerungslinie allmählich in Sicht kommend, waren die schwarzen Gasrückhalteblenden. Sie waren Teil eines noch nicht abgeschlossenen Experiments und sollten Menschen und Gerät vor den hohe Geschwindigkeiten erreichenden Gas- und Staubwirbeln schützen und gleichzeitig Elektrizität aus der Sonneneinstrahlung gewinnen. Ihre Schatten reduzierten das Ausgasen des Kometenkopfes auf einem Achtel der Oberfläche, so daß eine Asymmetrie erzeugt wurde. Die beweglich aufgestellten Blenden konnten auch Wärme einfangen und damit das Ausgasen auf der Nachtseite des Kerns verstärken. Man versprach sich davon eine schwache, aber gleichmäßig wirkende Kraft, die mit der Zeit die Umlaufbahn des Kometen verändern konnte.

Das jedenfalls besagte die auf Berechnungen gestützte Theorie der Astronomen. Für Carl war die Aufstellung der großen schwarzen Blenden eine Woche angestrengter Arbeit gewesen. Sie waren zu empfindlich, als daß man ihre Aufstellung allein den Maschinen hätte überlassen können. Und so hatten er und Lani und Jeffers sie an die beweglichen Arme montiert, die sie durch ferngesteuerte Signale bewegen sollten. Die Ingenieure und Astronomen waren immer noch mit der Feineinstellung beschäftigt. Einmal in Betrieb, sollten die Blenden fortlaufend Daten liefern, die während der langen Reise ins äußere Sonnensystem analysiert werden konnten.

Es war schwierig zu unterscheiden, was ein beabsichtigtes Experiment und was herumliegendes Abfallmaterial war, und er fragte sich, wie es mit der Verschmutzung des Kometenkerns weitergehen würde. Wenn sie das gegenwärtige Tempo beibehielten, brauchten sie keine siebzig Jahre, um diese Eisflächen gründlich mit Chemikalien, Schmelzlöchern und Unrat zu verunreinigen.

Aus dem Schatten der Dämmerungslinie zog sich ein dünner schwarzer Streifen herüber – das Polarkabel. Es umgab den Kometenkern von Pol zu Pol und traf rechtwinklig auf das Äquatorialkabel, von dem es aus Sicherheitsgründen jedoch durch mehrere Meter Höhendifferenz getrennt war. Diese Kabel erleichterten die Bewegungen an der Oberfläche ungemein: man hängte sich ein, zündete die Impulsdüsen des Manövriergeräts und sauste über die Oberfläche hin, ohne Kurskorrekturen machen zu müssen. Dennoch machte Carl selten Gebrauch von dieser Erleichterung. Er erhob sich gern über die öde Eisfläche und schwebte in der Schwärze über allem.

Unter ihm krabbelten die Maschinen, die er zu beaufsichtigen hatte, über die langsam rotierende, kartoffelförmige Eiswelt. Er tippte Anweisungen in die Konsole seiner Arbeitskapsel, murmelte mechanisch Kodenummern und beobachtete, wie die entfernten Maschinen ihre Last – einen riesigen orangefarbenen Zylinder – handhabten. Seine glatte Oberfläche reflektierte hartes Sonnenlicht.

»Kanal D an Osborn. Wirklich hübsch, nicht?« sagte Jeffers, der unten bei der Schachtöffnung stand.

»Na, ich weiß nicht ...«

Scheußliche Farbe, dachte er. Und das ist die innere Schachtverkleidung. Mehr als siebzig Jahre lang werden wir uns das ansehen müssen.

Seine behandschuhten Finger schwebten über der Tastatur. Die Maschinen gingen tiefer, drehten und hoben den Zylinder zur Schachtöffnung, wie er es ihnen befahl. Der Kern des Halleyschen Kometen rotierte alle 9,6 Stunden um seine Achse, gerade schnell genug, um bei der Annäherung des Zylinders Nachjustierungen notwendig zu machen. Außerdem herrschte ein dünner Nebel von Ausgasungen, der auf diese Distanz – 8,3 Kilometer, wie sein Entfernungsmesser sagte – die Umrisse verschwimmen ließ und den Gebrauch seines automatischen Ausrichtungsprogramms erschwerte.

Für den Fall eines Versagens hatte er eine Direktverbindung mit der *Edmund Halley*. Das war theoretisch gut, aber bis er jemanden an der Leitung hätte, könnten die Maschinen in ihrem Pflichteifer versuchen, die Zylinder in einen Eishügel zu stopfen. Trotz Virginias unwandelbaren Glaubens konnten Computer eben nicht alles. Und von da an, wo sie ihre

Grenze erreichten, mußte man die Dinge selbst im Auge behalten.

»Langsam hereinbringen!« sagte er laut ins Helmmikrophon.

»Sieht ein bißchen verschoben aus. Zwei Grad zu stark nach Norden geneigt«, antwortete Jeffers.

Carl spähte hinab, sah, daß Jeffers recht hatte. »Verdammt!« Er gab die Korrekturen ein.

»Alles klar bei dir?« fragte Jeffers.

»Ja. Laß die Leuchtfeuer weitermachen!«

Die vier Laserstrahlen, angeordnet um die Schachtöffnung, machten eine genaue Ausrichtung erst möglich, und Carl steuerte die Maschinen mit ihrer Hilfe in die richtige Position. Noch eine Ausgleichsdrehung, die sein Rechner billigte. Gut. Aber nun gingen sie tiefer, die unregelmäßige Eisoberfläche kam rasch näher, und ...

Die Schwerkraft! Er hatte die verdammte Schwerkraft vergessen! Der Kern des Halleyschen Kometen hatte nur ein Zehntausendstel der Erdanziehung, aber während des halbstündigen Fährmanövers von der Sonnensegel-Frachtsonde herab zur Oberfläche hatte sich eine erhebliche Fallgeschwindigkeit aufgebaut, langsam aber gleichmäßig ... er tastete eine Korrektur und sah die Gleichungen über den Kontrollschirm der Arbeitskapsel flimmern.

Lampen glühten rot auf. »Ich bremse«, sagte er ins Funksprechgerät und zündete die Bremsdüsen der Maschinen. Es war ein anhaltender, schwacher Gegendruck, nur ein Bruchteil der gegenwirkenden Kraft, aber er sah, daß das Manöver ausreichte, die Röhre wieder in die markierte Position zu bringen. Er hatte noch Zeit.

Auf die Schwerkraft konnte er ohnedies verzichten. Er hatte schon an der Expedition zum Kometen Encke teilgenommen und wochenlang am felsigen Kometenkern gearbeitet. Es war wie jede Arbeit im Weltraum gewesen, manchmal beinahe wie ein Tanz, sicher und reibungslos, und in entscheidenden Augenblicken viel Schweiß und Kraftaufwand. Immerhin war es im Grunde einfach, wenn man darauf achtete, daß die Vektoren stimmten, nicht anderswo als im

Masseschwerpunkt anstieß, gleichmäßig arbeitete und einen kühlen Kopf bewahrte.

Aber Encke war ein Zwerg. Eine alte Dörrpflaume von einem Kometen, ausgekocht von ihrem langen Aufenthalt im inneren Sonnensystem. Halley hatte viel mehr Masse, überwiegend Eis. An der Oberfläche bemerkte man die geringe Zugkraft kaum, doch war es angenehm, daß die Schwerkraft stärker war als die Zentrifugalkraft der Rotation. Es verhinderte, daß ungesicherte Gegenstände davonflogen. Aber bei Manövern wie diesem, wenn man sich Zeit nahm, um sorgfältig zu zielen, konnte dieses Zehntausendstel der Erdanziehung der Ladung Geschwindigkeit geben, ohne daß man es bemerkte.

Die Oberfläche kam rasch näher. Die blauen Strahlen der Impulsdüsen brannten vor dem Hintergrund der schmutzigen Eisfläche und verlangsamten das Landemanöver, aber plötzlich sah Carl, daß es nicht ausreichte. Der schwerfällige, hundert Meter lange Zylinder kam zu schnell herunter. Er war nicht mehr zu bremsen.

Er ließ die Steuerbordmaschine wenden und ihre Schubkraft einsetzen. Die Einheit gehorchte und verfeuerte ihre Reserve.

»Was, zum Teufel, hast du vor?« rief Jeffers.

»Schacht klarmachen!«

»Was ...?«

»Mach ihn schon frei!«

Die übliche Verfahrensweise war die, daß große Lasten in ungefähr fünfzig Metern Höhe abgebremst und dann Meter für Meter langsam abgesenkt wurden. Sein Rechner verriet ihm, daß dieses Manöver unmöglich war. Sein Instinkt sagte ihm, daß er etwas anderes versuchen mußte.

Er jagte vorwärts, holte den Zylinder mit seiner Arbeitskapsel beinahe ein. Ein Antippen von der unteren Backbordmaschine, zwei leichte Drehungen hier, ein Stoß von der Seite, um die Ausrichtung genau zu erreichen ...

Ein Pfeil aus der Höhe, gezielt in ein kleines schwarzes Loch.

Der orangefarbene Zylinder traf den Rand von Schacht 3,

wurde momentan aufgehalten, dann brach er eine Eiskante los und stieß in den Schacht, daß Eissplitter emporstoben.

Volltreffer, frohlockte er. Das Material aus elastischen Kunststoffibern paßte sich biegsam an, als der Zylinder in den Schacht gerammt wurde und darin verschwand.

»He!« rief Jeffers. »Was soll das?«

»Er ist mir ausgerutscht.«

»Von wegen! Du gibst an, das ist alles.«

Carl setzte die Arbeitskapsel neben Jeffers auf und stieg aus. »Wirklich nicht! Ich habe in letzter Minute noch korrigiert. Dachte mir, es sei besser, einen saubereren Treffer zu versuchen, als mit einem Gewaltmanöver 'ne Menge Treibstoff zu verbrennen. Um so mehr, als ich ihn sowieso nicht hätte aufhalten können.«

Der Zylinder kam in zwanzig Metern Tiefe zum Stillstand. Jeffers schüttelte den Kopf. »Reine Angeberei«, beharrte er, dann ging er in den Schacht, um den Zylinder nach Materialrissen zu untersuchen.

Es gab keine. Das Material, glatt und elastisch, konnte über scharfe Kanten und Ecken gleiten, was es zur Auskleidung der Schächte und Stollen im Kometenkern besonders geeignet machte.

Die fünfzehn Angehörigen der Montagegruppe hatten zehn Tage Zeit, die Stollen und Schächte eines begrenzten Bereichs im nördlichen Polargebiet fertigzustellen, die Schächte und Stollen mit druckfesten Isolierungen auszukleiden, Belüftungspumpen und Lufterneuerungsanlagen einzubauen, Schleusenkammern zu installieren und die fertiggestellten Teile mit Luft zu füllen. Nicht lang genug. Und unterdessen wurden die neuerdings geweckten Wissenschaftler an Bord der *Edmund Halley* ungeduldig.

Selbst mit einhundertzwölf Hilfsgeräten und Maschinen war die Arbeit kaum innerhalb der gesetzten Frist zu bewältigen, da es nur eine begrenzte Zahl von Spezialisten zur Anleitung und Überwachung gab. Die gesamte Expedition verfügte gegenwärtig nur über 67 ›lebendige‹ Mitglieder. Annähernd dreihundert weitere lagen in den Kühlfächern, mit Körpertemperaturen knapp über dem Gefrierpunkt.

Am schwarzen Himmel warteten die Raumsonden mit ihren teils menschlichen, teils materiellen Ladungen. Ihre ungeheuren Sonnensegel waren eingerollt und zusammengefaltet, wurden für die nächsten siebzig Jahre nicht mehr benötigt. Neben dem walähnlichen Rumpf der *Edmund Halley* wirkten die silbrigen Sonden wie lauernde Barracudas.

Die weitesten der frisch gebohrten Schächte reichten tief in den Kern hinein und dienten der Aufnahme der Sonden. Dort konnten die Besatzungen abwechselnd die langen Jahre des Fluges durch das äußere Sonnensystem verschlafen. Einige wenige würden jedes Jahr geweckt, andere an ihrer Stelle in die Kühlfächer gehen.

»Alles in Ordnung?« zwitscherte von irgendwo eine Stimme in ihren Helmlautsprechern.

Carl blickte umher und sah eine am Polarkabel rasch näherkommende Gestalt. Lani Nguyen. Sie hatte sich mit einer Armklammer ans Kabel gehängt und winkte mit der freien Hand, was ihr Ähnlichkeit mit einem kranken Vogel verlieh, der mit nur einem schlagenden Flügel dicht über den Boden flattert.

»Was sonst?« erwiderte Jeffers.

»Ich dachte, ich hätte von Schwierigkeiten gehört ...«

Sie hakte sich aus und steuerte in ihre Richtung, wobei sie sich geschickt umdrehte, ihren Schwerpunkt verlagerte und so vermied, von den Düsen den Manövriergeräts in Drehung versetzt zu werden. Sie macht ihre Sache gut, dachte Carl. Lanis zarter kleiner Gestalt war nicht anzumerken, daß sie muskulös und ausdauernd war. Aber warum kam sie wegen einer Kleinigkeit herüber?

»Nicht der Rede wert«, sagte Carl.

»Nun, ich war fertig, gerade auf dem Weg hinein.« Sie landete mit katzenhafter Geschmeidigkeit zehn Schritte vor ihnen und wirbelte eine Staubwolke auf. »Wie wär's mit einer Pause?«

»Kann nicht«, sagte Jeffers. »Wir müssen die Röhre untersuchen, sehen, ob sie richtig sitzt und unbeschädigt ist.«

Lani blickte zu Carl. »Das ist Routine. Dazu sind keine zwei nötig.«

Carl sagte: »Cruz sitzt uns wegen der Sicherheit im Nakken.«

Sie beobachtete ihn durch die staubige Sichtscheibe. »Wollen Sie wirklich nicht? Ihre Schicht ist sowieso um.«

»He, meine Dame, ich arbeite nicht allein«, sagte Jeffers gutmütig aber entschieden.

Sie zuckte die Achseln. »Meinetwegen. Wollte nur ein bißchen Unterhaltung. Bin meinem Fahrplan etwas voraus.«

»Dann bis heute abend«, sagte Jeffers mit einem spekulativen Blick, den sie jedoch nicht zu bemerken schien.

»Gut«, sagte sie, zu Carl gewandt. »Heute abend.«

Sie hob anmutig ab und steuerte zum Hauptschacht.

»Hätte gar nichts dagegen«, sagte Jeffers träumerisch auf dem Kanal für kurze Distanz. Carl ging nicht darauf ein.

»Wir werden bald daran denken müssen, Paare zu bilden.«

»In einem Monat bist du ein Eiszapfen.«

»Man muß vorausplanen.«

»Meinst du, du kannst sie dazu bringen, eine Schicht mit dir zu teilen?«

»Schon möglich. Später wird es kalt und einsam sein.«

Carl lachte. »Deine Idee von Vorspiel sind sechs Bier und eine Partie Billard. Sie ist nicht dein Typ.«

»Die Not macht seltsame Bettgenossen, sagte Shakespeare, nicht wahr?«

»Bleib bei der Arbeit, das ist deine Stärke.« Und er gab Jeffers einen freundlichen Rippenstoß zum Schachteingang.

»Ein Versuch kann nicht schaden.«

»Nun los, dir hängt schon die Zunge raus!«

Sie holten ihre Maschinen zusammen und trieben sie vor sich her durch die Höhlung des orangefarbenen Zylinders. Die Wandung der Röhre preßte alle zwei Minuten ein hundert Meter langes Segment aus sich heraus, druckversiegelte automatisch die Enden und begann ein weiteres Stück auszustoßen – jedes wie bei einem Teleskop ein wenig enger als das vorausgegangene. Die Röhre glich einer grellfarbigen Made, die sich durch Regeneration ins Innere eines Apfels vorarbeitete.

Seitenstollen erforderten mehr Sorgfalt. Die Maschinen schnitten Löcher für die Einmündungen, versiegelten sie und setzten die kleineren Preßröhren an. Carl und Jeffers mußten die genaue Einpassung übernehmen, Anschlüse und Versiegelungen prüfen und sich vergewissern, daß nichts an einem Felsvorsprung oder Eiszacken hängenblieb. In den Stollen lösten sich immer wieder Brocken vereister Agglomerate aus den Wandungen – die Maschinen waren manchmal unbeholfen – und trieben frei durch die dunklen Räume, was diesen in den tastenden Lichtkegeln der Helmlampen einen unheimlichen Eindruck scheinbarer Belebtheit verlieh. Selbst unter den Bedingungen annähernder Schwerelosigkeit war es anstrengende und wegen der erforderlichen Sorgfalt ermüdende Arbeit.

Die Essenspause fand in einem Stollenabschnitt statt, der kurz zuvor mit Luft gefüllt worden war. Sie öffneten ihre Helme und hängten sich an einer Wand ein, genossen die Freiheit, obwohl die kalte, unnatürlich scharf riechende Luft in Nasen und Bronchien biß.

»Meinst du, man kann sich daran gewöhnen?« fragte Jeffers, während er auf einem selbstwärmenden Riegel Nahrungskonzentrat kaute. »Hier drinnen zu leben?«

»Klar. Das Übungsrad und elektrische Stimulatoren werden die fehlende Schwere ausgleichen, behaupten die Ärzte.«

»Du vertraust ihnen, für siebzig Jahre?« Jeffers' hageres Gesicht schien für eine skeptische Miene wie geschaffen; die Mundwinkel zogen sich herab zum spitzen Kinn, die Augen blickten schmal und kritisch.

»Wir haben keine andere Wahl. Die Spritzen und die verdammten Übungen sind mir auch nicht angenehm, aber was soll's? Ich habe drei Jahre so gelebt und weiß, was mich erwartet.«

»Nein, ich meinte das Eis ringsum. Fühlst du nicht, wie kalt es ist? Und das trotz Isolation und obwohl unsere Anzugheizungen voll aufgedreht sind.«

»Es wird schon noch wärmer. Vergiß nicht, wir haben einen Meter Isolation um diese Wandung gelegt.«

56

»Das wird ein langer Winter.« Jeffers lächelte. Bald würde er im Kühlfach liegen und nichts mehr wissen, und der Gedanke verschaffte ihm offenbar Befriedigung. Er hatte während des ganzen Fluges Dienst getan, hatte sich tödlich gelangweilt, und nun wurde er mit harter und gefährlicher Arbeit überrollt. Es war Zeit, daß andere übernahmen, die Erste Wache.

Carl wußte nicht recht, worauf Jeffers hinauswollte. »Die Kühlfächer sind nicht ohne Risiko, weißt du«, sagte er. »Es kann Fehlfunktionen des Systems geben, oder ...«

»Ich weiß, ich weiß. Meine Biochemie könnte durcheinandergeraten. Oder die Leute vom Wachdienst drehen den falschen Schalter, schneiden mir den Saft ab, und die Sicherheitsvorkehrungen versagen. Oder ein Asteroid trifft den Kometenkern, und er platzt auseinander.« Er lachte. »Trotzdem, für die nächsten Jahrzehnte ist es eine Einbahnstraße.«

»Und?«

»Ich ziehe es vor, während des langweiligen Teils zu schlafen und Geld auf meinem Konto zu sammeln.« Jeffers' schmales Gesicht verzog sich zu einer ironischen Grimasse. »Vorausgesetzt, die Politiker bescheißen uns nicht um unser Geld.«

»Wieso? Warum sollten sie?«

»Stell dich nicht so dämlich, du bist auch ein Percell! Du weißt genau, wie diese Expedition zusammengesetzt ist.«

»Ah ... wie?«

»Die Orthos haben alles in der Hand.« Jeffers zählte die Namen an den Fingern ab. »Cruz, dann Oakes, Matsudo, d'Amaria, Ould-Harrad, Quiverian. Alle Abteilungsleiter sind Orthos.«

»Und was schließt du daraus?«

»Sie halten uns für Monster!«

»Na, ich weiß nicht.«

»Und ob! Sieh dir an, wie die Orthos in der Heimat unseresgleichen behandeln! Glaubst du, diese hier seien anders?«

»Sie sind nicht wie dieser Mob, der letzte Woche die Versammlungshalle in Chile niedergebrannt hat, wenn du das meinst. Gewiß, ich habe auch davon gelesen, und was es anderswo gegeben hat. Das ist ein Grund, warum ich hier bin, genau wie du.«

»Im Raum ist es nicht anders.«

»Ist es doch. Diese Orth – diese Leute wissen, daß sie tatsächlich genau wie wir sind.«

»Aber sie *sind* es nicht«, erwiderte Jeffers triumphierend. Carl lächelte verdrießlich. »Wer hat hier Vorurteile?«

»Gott, Carl, du weißt, daß wir nicht wie sie sind.« Jeffers wurde ernst und beugte sich zu ihm. »Unsere Körper sind besser, weniger anfällig, ausdauernder bei weniger Nahrung, das ist bekannt. Aber wir sind auch klüger. Das zeigen die Tests.«

»Glaub ich nicht.«

»Weil du nicht willst. Aber die Statistiken sprechen eine klare Sprache!«

Carl grunzte irritiert.

»Sieh mal, als wir heranwuchsen, waren wir Wunderkinder – bevor die Leute anfingen, sich gegen uns zu wenden. Alle Percelle waren so. Du erinnerst dich an die Stipendien? Die besondere Förderung?«

»Die hatten wir verdient. Wir waren eben klüger.«

Carl schüttelte den Kopf. »Wir wurden klüger – wegen der Vorzugsbehandlung.«

»Irrtum, mein Lieber! Intelligenz wird nicht erworben, sie ist angeboren, das solltest du wissen. Als Percell bin ich bloß Durchschnitt, aber ich bin immer weit besser herausgekommen als der typische Ortho, obwohl ich kein guter Redner bin.«

»Gut. Aber du bist nicht besser als Kapitän Cruz oder Dr. Oakes.«

»Einverstanden«, sagte Jeffers. »Aber die sind auch keine durchschnittlichen Orthos, sondern Spitzenbegabungen, von denen es vielleicht eine auf fünfhundert gibt, sonst wären sie nicht hier. Du kennst die Verhältnisse zu Hause. Sie sind gegen uns, weil sie wissen, daß wir besser sind.«

»Unsinn! Sie wissen nur, daß wir anders sind.« Carl stand zu schnell auf, und seine Klebegriffe rissen sich von der Stollenwandung los. Er flog zur anderen Seite hinüber, machte einen unfreiwilligen Überschlag und schlug mit dem Kopf gegen die Wand.

»Verdammt!« Es war peinlich. Jeffers lachte, sagte aber nichts. Carl rieb sich den Kopf, als er zurückkam, ließ sich seine Gereiztheit aber nicht weiter anmerken. Jeffers war wie allzuviele Percelle – durch die Ereignisse in der Heimat in eine Art Verfolgungswahn getrieben, der jede eingebildete Zurücksetzung oder Kränkung zu einer schwärenden Wunde machte. Redete man darüber, wurde der Antagonismus nur gefördert.

»Ich weiß nicht, wo du deine Augen hast«, sagte Jeffers. »Willst nichts hören und sehen, wie? Aber auch du mußt dich schon gefragt haben, warum sie Leuten wie uns die gefährliche Arbeit geben?«

»Weil viele von uns Astronauten geworden sind und für Schwerelosigkeit ausgebildet. Wir hatten die Stipendien, die uns dafür qualifizierten.«

»Warum haben sie dann keinen Percell zum Leiter aller Außenarbeiten gemacht?«

»Na, weil ... weil wir noch nicht alt genug sind. Kein Percell ist so erfahren wie Cruz oder Ould-Harrad oder ...«

Jeffers schenkte ihm einen mitleidigen Blick. »Das glaubst du selbst nicht. Dahinter steckt der politische Wille, uns von den Schalthebeln fernzuhalten. Wir sollen in der Drecksarbeit die Köpfe hinhalten, aber bestimmen dürfen wir nicht. Warum sind so wenige von uns in Wissenschaft und Politik?«

»Was weiß ich?«

»Weil man uns mit scheinbar günstigen Lockvogelangeboten in ein paar Bereiche bugsiert, wo wir nicht viel Unheil anrichten können! Astronautik, Luftfahrt, Kommunikationstechnik ...«

»Meinst du?«

»Natürlich. Wo es um Macht, Einfluß und das große Geld geht, wollen die unter sich bleiben.«

Carl versuchte zu lachen. »Komm schon, das ist ...«

»Sieh nur, wie es in der Abteilung Chemie und Geologie aussieht. Sollten wir hier etwas finden, was nur halb so wertvoll wie Enkon ist, kannst du dir leicht ausrechnen, wer davon profitieren wird. Kein Wunder, daß sie dort alle Orthos sind, ausgenommen Peters.«

»Jeder von uns hat eine patentrechtliche Teilungserklärung unterschrieben. Werden auf unserer Expedition neue Techniken entwickelt, bekommen wir alle einen Anteil, nach Abzug der Unkosten.«

Jeffers' Miene verzog sich in grämlicher Ironie. »Richtig, weil damit nicht viel zu holen ist. Was sollen wir hier draußen schon entwickeln? Aber ich sprach nicht von Techniken, sondern von seltenen Mineralen und Bodenschätzen. Da geht es um mehr, und die Orthos achten darauf, daß sie unter sich bleiben.«

Carls eigene Überzeugung geriet ins Wanken. Wie, wenn er recht haben sollte? Dann aber verdrängte er den Gedanken. »Hör endlich auf damit! Wir können diese dummen Streitigkeiten von der Erde hier draußen nicht fortsetzen.«

»Wir tun es auch nicht – sie sind es.«

Verdrießlich steckte Carl die Reste seiner Mahlzeit in den Tragbeutel. »Laß uns gehen – ich arbeite lieber, statt zu streiten!«

Gleichwohl plagten ihn an diesem Abend beunruhigende Gedanken, als er den Gesellschaftsraum betrat und nach Virginia Ausschau hielt. Sie war eine vernünftige Percell und mochte verstehen, was er sich am Nachmittag nur widerwillig eingestanden hatte – daß er mit einigen von Jeffers' Anschuldigungen und Folgerungen halbwegs übereinstimmte. Vielleicht hätte er ganz und gar mit ihm übereingestimmt, wenn der Ton des Mannes und seine Gewohnheit, alles schwarzweiß darzustellen, nicht einen Widerstand in ihm erzeugten.

Zuerst ging er an die Bar, ließ sich ein Getränk geben, wandte sich zum Durchgang und sah das Schild DUCKEN ODER MECKERN gerade noch rechtzeitig. Er zog den Kopf ein und ging in den Gesellschaftsraum. In der ersten Woche an Bord hatten er und andere Percelle sich Dutzende von Malen die Köpfe gestoßen; die Erbauer der *Edmund Halley* hatten offenbar geglaubt, daß nur Orthos Geselligkeit pflegten.

Kaum hatte er den Durchstieg hinter sich, da fing Lani Nguyen ihn schon ab. »Ah, da sind Sie ja endlich.«

Sie vermittelte einen Eindruck geschmeidiger Kraft und Beweglichkeit. Ihre bloßen hellbraunen Arme waren wohlgeformt und doch muskulös, aber der Rest von ihr steckte in einem weiten, tiefblauen Anzug, der ihren Bewegungen in der geringen Schwerkraft mit einer anmutigen, bescheidenen Unabhängigkeit folgte. Carl fand den Effekt, den ihre zierlichen und präzisen Bewegungen dadurch erhielten, ungewöhnlich reizvoll.

»Ach ja, wir hatten Schwierigkeiten mit den Stollenanschlüssen.« Er lächelte ihr freundlich zu und versuchte gleichzeitig den Gesellschaftsraum zu überlicken, ohne daß sie es merkte.

Dr. Akio Matsudo sprach ernst und eindringlich auf Korvettenkapitän Ould-Harrad ein, den Leiter der Außenarbeiten. Durch die Bullaugen sah man den Kern des Halleyschen Kometen schimmernd im schwarzen Himmel schwimmen, bis das Schwerkraftrad sich weiterdrehte. Kapitän Cruz beherrschte den Raum mit seiner hohen Gestalt, umringt von der üblichen Schar mesmerisierter Damen.

Wo war Virginia?

»Ach ja?« fragte Lani mit einem verlorenen Lächeln. »Das sollte automatisch funktionieren.«

»Wir stießen auf ein paar Blöcke.«

»In solchen Fällen schicke ich eine Maschine vor, um sie mit einem Schneidgerät abzusägen. Dann ...«

Jeffers kam vorbei, und Carl hielt ihn fest. »Das erzählen Sie lieber dem hier, er ist in unserer Gruppe die Hauptfigur. Ich muß schnell eine Kleinigkeit erledigen ...« – und weg war er, frei, ehe Lanis Überraschung zu Protest werden konnte. Sollte Jeffers seine Chance haben, dachte er. Er hatte sie verdient. Vielleicht war es ein wenig unfair gegenüber Lani Nguyen, aber er hatte seine eigenen Prioritäten. Virginias Schicht mußte inzwischen zu Ende sein ...

Als er die Gruppe um Kapitän Cruz passierte, folgte er einer momentanen Regung und blieb stehen. Cruz verstand es, immer zu der ganzen Gruppe zu sprechen, niemanden unbeachtet zu lassen und keinem den Vorzug zu geben. Nun lächelte er Carl zu. »Wie geht es da unten?«

Carl war verdutzt, daß er sofort angesprochen wurde. Er hatte nur zuhören wollen. »Ah, ziemlich hart, Kapitän, aber wir kommen voran.«

»Ich habe diesen hübschen Trick bei Schacht 3 gesehen.« Cruz hob die Brauen und sein Blick schweifte über die Gruppe. Er war so groß wie die meisten Percelle und hatte nicht die ihnen eigentümliche etwas gebeugte Haltung.

Carl fühlte, wie ihm das Gesicht heiß wurde. Er mußte etwas sagen, aber was? »Nun, ich glaube, es war ein ...«

»Wunderbar! Ein Volltreffer! Ich habe Ihnen applaudiert.« Der Kapitän schmunzelte.

Carl fiel von einer Verlegenheit in die andere. »Nun ja ... ich ...«

»Es tut gut, ein Zeichen von Entschlußkraft und Kühnheit zu sehen«, sagte Cruz mit Wärme.

Carl lächelte betreten. Ob der Kapitän wußte, daß es ein Irrtum gewesen war? »Wir müssen planmäßig fertig werden.«

»Richtig. Ich wünschte nur, andere Abteilungen würden so gut vorankommen wie Sie.«

Carl fragte sich, ob es womöglich ironisch gemeint sei, aber Cruz hob sein Glas Bourbon und prostete ihm zu, und zu Carls Überraschung taten die anderen es dem Kapitän nach. Carl verbarg seine Verwirrung hinter einem Schluck aus seinem Glas und beobachtete die Umstehenden nach Anzeichen von Belustigung. Aber sie schienen es ernst zu meinen. Er war erleichtert. Gewiß, er hatte das Annäherungsmanöver verpfuscht, aber die Situation gerettet. Das war, was für den Kapitän zählte.

Ihre Blicke begegneten einander, und für einen winzigen Moment war ein Verstehen zwischen ihnen. Er weiß, daß ich es verpfuscht habe, dachte Carl, aber er bewertet Initiative höher als furchtsames Zögern. Carl hatte während des langen Fluges der *Edmund Halley* stets versucht, tadelfrei seine Pflicht zu tun, doch bis zu diesem Augenblick hatte Cruz ihm niemals mehr als höfliche, distanzierte Gleichgültigkeit entgegengebracht.

Wahrscheinlich hatte es mit Kato und Umolanda zu tun. Cruz war bestrebt, seine Leute bei Laune zu halten. Er wußte, daß die beiden durch fehlerhaftes Gerät und unglückliche Umstände ums Leben gekommen waren, nicht durch Unachtsamkeit.

»Wir werden unsere Termine einhalten, Sir«, sagte Carl mit Entschiedenheit.

Cruz nickte. »Gut.« Mit der beiläufigen Geschicklichkeit langer Übung wandte er seine Aufmerksamkeit einer Frau von der Nachrichtenabteilung zu, die in der Gruppe stand. »Wie ich höre, sind die neuen Mikrowellenantennen planmäßig aufgebaut worden. Aber es wird schwierig sein, Signale durch den Plasmaschweif zu empfangen, nicht wahr?«

»Ein wenig, ja.«

»Wann können wir für die Suche nach der *Newburn* ein Mikrowellenradar einsetzen?«

»Bis morgen werde ich eine Schätzung für Sie haben, Sir.«

Carl hörte zu, wie Cruz in freundlicher, offener Art Informationen sammelte, sie kommentierte und einen kleinen Scherz machte, der die Umstehenden zum Lachen brachte. Das nennt man Führungskunst, dachte Carl bei sich. Er weiß Bescheid, ist mit allem in Berührung und macht nie ein sorgenvolles Gesicht.

Er wäre gern länger geblieben, wollte aber Virginia ausfindig machen. Er entdeckte sie in einer lachenden Gruppe olivbrauner Hawaiianer. Ihr Kleid war ein blauer Schimmer, der andeutete, ohne zu enthüllen. Der halbautonome Staat Hawaii hatte zwanzig Prozent der Expeditionskosten aufgebracht. Als Zentrum der Panpazifischen Wirtschaftsgemeinschaft investierte er kräftig in Raumfahrtunternehmungen, und seine Landeskinder verliehen den gesellschaftlichen Veranstaltungen an Bord Farbe und Heiterkeit.

Er wartete auf eine Gesprächspause, konnte Virginia auf sich aufmerksam machen und zog sie zu einer Nische. Rasch brachte er das einleitende Geplauder hinter sich und schilderte ihr, was Jeffers gesagt hatte. »Meinst du, daß er recht haben könnte?«

»Wenn du fragst, ob die Orthos versuchen werden, aus

dem Unternehmen herauszuholen, was sie können, dann sicherlich«, sagte sie. »Das ist keine Vergnügungsreise.«

»Ich habe mich nicht zur Expedition gemeldet, um eine Menge Geld zu verdienen.« Carl richtete sich auf und verschränkte die Arme vor der Brust; wahrscheinlich würde es klüger sein, sich einen weltläufigen, sogar ein wenig zynischen Anschein zu geben; das zumindest wirkte nach seiner Meinung auf die meisten Frauen anziehend. Aber irgendwie kam sein wahres Selbst immer wieder zum Durchbruch.

»Ist das so empörend?« fragte Virginia und lächelte mit blitzend weißen Zähnen. »Sei nicht so pedantisch. Auch Idealisten müssen essen.«

»Hast du zu Hause irgendwelche kleinen Vereinbarungen unterschrieben?«

Virginia runzelte die Stirn. »Natürlich nicht. Sieh mal, es wird immer Gerüchte geben, daß der und der sich hübsche Nebeneinnahmen durch Gutachten oder besondere Informationen verschaffe. Wer weiß, vielleicht wird jemand lange vor unserer Rückkehr Erkenntnisse und Informationen zurücksenden und kassiert dafür ein Bündel, das ihn in einer schwedischen Bank erwartet.«

»Würde mich nicht wundern. Bei dreihundert Teilnehmern, die abwechselnd länger als siebzig Jahre Wache schieben, wird es sehr viele Gelegenheiten zu Betrügereien geben.«

Virginia rührte mit einem rosa Plastikhalm in ihrem Glas Pina Colada. Carl schienen die festlichen Farben im Gesellschaftsraum fehl am Platz, da er nicht verdrängen konnte, daß nur Meter entfernt kalter Stahl und Vakuum lagen. Vielleicht dachten die Psychologen, tropische Farbkleckse von Bernstein, Grün und Gold würden die Leute von der rauhen Wirklichkeit ablenken, aber bei ihm war das Rezept unbrauchbar.

»Es gibt ein altes Sprichwort«, sagte Virginia nach einer Weile. »Gewöhnliche Menschen wählen ihre Freunde, aber ein Genie wählt seine Feinde.«

»Und was soll es besagen?«

»Zugegeben, die Orthos leiten diese Expedition. Aber

wenn wir Reibungen schaffen, können sie noch viel mehr tun, um uns einzuheizen.«

Er dachte darüber nach. »Gut, richtig. Aber das ändert nichts an meinen Zielen.«

Sie nickte. »Ach ja. Die dritte Ebene.«

Carl wußte, daß sie seine Ansichten allzu vereinfachend fand, zu sehr wie ein Abklatsch der Kolonisationsdoktrin. Dennoch vermochte er sich nicht vorzustellen, daß sie anderer Meinung sein könnte.

Ein Jahrhundert der Mühen und unaufhörlichen Ringens hatte der Menschheit die Technologie zur Ausbeutung des Sonnensystems verschafft – kostengünstige Transportmittel, mechanisierte Montage- und Abbautechniken, integrierte künstliche Biosphären jeder benötigten Größe.

Die Verfechter der Kolonisation sahen den Zeitpunkt des großen Aufbruchs gekommen.

Unbemannte Satelliten waren die erste Ebene der Raumfahrt gewesen. Schon in den achtziger Jahren des zwanzigsten Jahrhunderts waren Nachrichtensatelliten ein großes Geschäft geworden.

Automatisierte Raumplattformen und erste Versuche, mit ferngesteuertem Gerät Minerale auf dem Mond abzubauen und zu verarbeiten, hatten das Übergreifen auf die zweite Ebene markiert.

Jede Ebene war zuerst von einigen wenigen anvisiert worden, die die Vorteile frühzeitig erkannt hatten und bereit waren, zur Verwirklichung ihrer Visionen große Risiken auf sich zu nehmen. Die zweite Ebene wäre fast gescheitert, wurde dann aber zu einem unerwarteten wirtschaftlichen Erfolg, der die angespannte Rohstofflage auf einigen Sektoren normalisiert hatte. Jedes Vordringen zur nächsten Ebene war begleitet von mannigfachen Befürchtungen und Sorgen – zuerst, daß die eingesetzten Investitionen verlorengehen oder besser zur Verwirklichung ökologischer Programme und umweltfreundlicher Technologien eingesetzt würden, dann, daß die Fixierung auf eine Kolonisation lebensfeindlicher Räume zur Vernachlässigung dringender Probleme auf der Erde führen müsse. Von diesen waren die sozialen Probleme nicht die geringsten, aber sie entfielen in den kleinen Raumfahrerkolonien, die von einer technisch-wissenschaftlichen Elite bevölkert wurden. Gesetze, nach denen alle Kinder des im Raum stationierten Personals auf der Erde zur Welt gebracht und dort die drei ersten Lebensjahre verbringen mußten, waren vielleicht auch ein juristischer Ausdruck tieferliegender Befürchtungen.

Das Erdgeburtsgesetz, wie die Kolonisten es im Laufe der Zeit nannten, war ursprünglich eine Maßnahme zur Erhaltung des Lebens und der Gesundheit gewesen. In den frühen Kolonien war die Abschirmung dünn, und es gab gute Gründe, Ungeborene und Säuglinge vor den Gefahren der Weltraumstrahlung zu schützen. Hinzu kam die bereits durch frühe medizinische Untersuchungen erwiesene Tatsache, daß Knochen und Organe sich bei fehlender oder zu geringer Schwerkraft nicht natürlich entwickelten. Später wurden rotierende Kolonien entwickelt, deren künstliche Schwerkraft solchen Problemen begegnete. Das Gesetz aber blieb bestehen, und die Kolonisten sahen es mehr und mehr als ein Symbol des Schürzenzipfels, dem sie sich längst entwachsen fühlten.

Die dritte Ebene war ein Traum, eine politische Frage, ein wirtschaftlicher wunder Punkt, eine Glaubensfrage alles in einem. Die Kolonisten wollten die Asteroiden und äußeren Planeten erforschen, benötigten aber Treibstoffe und vor allem flüchtige Elemente für den Aufbau und die Erhaltung der in den entfernten Stützpunkten benötigten Biosphären. Um wenigstens ihren Flüssigkeitsbedarf aus eigenen Mitteln zu decken, hatten sie auf Ganymed sogar mit dem Abbau von Eis begonnen, freilich ohne großen Erfolg und mit enormem Aufwand.

Nun sah man Kometen als Schlüssel zu künftigem Wohlstand und mehr Unabhängigkeit, und in der Enge der Raumstützpunkte fehlte es nicht an Kolonisten, die inbrünstig glaubten, sie könnten sich wie Löwenzahnsamen durch das Sonnensystem verteilen, wenn es ihnen erst gelänge, die Himmelskörper in Umlaufbahnen zu lenken, wo sie nutzbringend ausgebeutet werden könnten.

Virginia ließ sich in den kunstledernen Sessel zurücksinken. »Du kannst nicht erwarten, daß Mutter Erde so rasch die Zügel aus der Hand geben wird.«

»Die Leute haben nur zu gewinnen! Wir werden ihnen Asteroiden zuhauf bringen, neue Märkte schaffen ...«

Sie hob abwehrend die Hand. »Bitte, ich kenne die Litanei!« Ein halb ironischer Ausdruck überstrapazierter Geduld ging über ihre Züge und entwaffnete ihn augenblicklich. Vielleicht war es nicht so beabsichtigt gewesen, aber sie hatte es mit einer einzigen Geste zuwege gebracht, daß er sich selbst als einen schwerfälligen, tölpelhaften Langweiler sah. Und vielleicht war er es wirklich; schließlich hatte er mehr als die Hälfte seines Erwachsenenlebens im Raum zugebracht.

»Weil es bekannt ist, muß es nicht falsch sein.«

»Glaubst du wirklich, daß die Ausbeutung der Kometen zur Gewinnung von flüchtigen Elementen das goldene Zeitalter einläuten wird?« Heiterkeit blitzte in ihren kohlschwarzen Augen.

»Wo sonst können wir die Stoffe billig bekommen?« Für ihn war dies die Trumpfkarte, eine ökonomische Tatsache. Als das Sonnensystem sich aus Verdichtungskernen gebildet hatte, da hatte die heiße junge Sonne die meisten leichten Elemente durch ihren Strahlungsdruck nach außen geblasen. Die schwereren Elemente hatten sich nicht so weit bewegen lassen und waren zu den kleinen, dichten inneren Planeten geworden. Daraus erklärte sich, daß die äußeren Planeten Gasriesen war, gewaltige Reservoire von Wasserstoff, Wasser und Kohlenstoff. Nur die Erde hatte genug flüchtige Elemente in ihrem Anziehungsbereich zurückgehalten, um ihren felsigen Mantel mit einer dünnen Haut aus Luft und Wasser zu umkleiden. Als Menschen sich in den Raum hinausgewagt hatten, um die schweren Elemente des inneren Sonnensystems auszubeuten – den Mond, die Asteroiden, den Mars –, da hatten sie Flüssigkeiten von der Erde heranschaffen müssen.

»Gewiß«, sagte Virginia. »In siebzig Jahren werden wir zurück sein. Heil und Sieg den heldenhaften Eroberern! Aber bis dahin mag jemand unter der Staubschicht unseres eigenen Mondes gefrorene Seen entdecken. Oder sogar eine billigere Methode entdeckt haben, einen von Jupiters kleinen Eismonden selbständig zu machen – wer weiß?«

Carl war verdutzt. »Das ist verrückt! Die Kosten, in Jupiters Schwerefeld zu gehen, nur um Eis oder Wasser herauszuholen, sind unerschwinglich. Das hat das Jupiterprojekt bewiesen.«

Sie zuckte die Achseln. »Siebzig Jahre sind eine lange Zeit.«

Carl sah ihren Augen an, daß sie ihn neckte, aber er konnte nicht loslassen.

»Es gibt grundlegende Naturgesetze, an denen niemand vorbeikommt«, sagte er eindringlich, und die Worte waren noch nicht heraus, da wurde ihm bereits undeutlich klar, daß er seine Gelegenheit, weltläufig und weise und durch nichts überrascht zu sein, vertan hatte. Nun, zum Teufel damit! »Niemand wird eine Methode finden, Kometen zu steuern, es sei denn, wir haben mit der Ausgasungsmethode Erfolg. Niemand wird flüchtige Elemente auf dem Mond finden, weil sie längst ausgebacken worden sind. Niemand wird die Asteroiden mit Maschinen allein erkunden und ausbeuten, denn das Auffinden von Erzlagerstätten ist noch immer eine Kunst, keine Wissenschaft. Ausgegaste Kometen wie Encke können nicht gesteuert werden, weil dieses Steuerungsmittel ausfällt. Also ...«

Sie hielt beide Hände hoch. »Ich ergebe mich, ich ergebe mich!«

Carl zwinkerte. Verdammt, dachte er. Er war auf dem besten Wege, es sich durch seine schwerfälligen Fachsimpeleien mit der einzigen hübschen Percell dieser Arbeitsperiode zu verderben.

Eine tiefe Stimme hinter Carl sagte: »Niemals vorschnell kapitulieren, Virginia! Zuerst Verstärkungen anfordern.«

Carl wandte sich um. Saul Lintz ließ sich in einen der benachbarten Sessel sinken und steckte sein Glas in eine der in die Tischplatte eingelassenen Vertiefungen.

»Zu spät«, sagte Carl, bemüht, den verlorenen Boden durch eine geistreiche Bemerkung zurückzugewinnen. »Sie ist bereits zu dem Schluß gekommen, daß ich ein Langweiler bin.«

»Dann ist meine Hilfe überflüssig«, sagte Saul schmunzelnd, aber Carl fühlte eine rasche Aufwallung von Gereiztheit.

»Ich sagte, daß wir alle bei dieser Expedition reich werden können, wenn wir Geduld haben«, sagte er so ruhig wie möglich. »Und darum sollten wir die Politik hinter uns lassen.«

Saul nickte, trank aus seinem Glas. »Eine lobenswerte Haltung.«

»Wir müssen. Der Kometenkern ist zu klein für die Art von kleinlichem Gezänk.«

»Münze einwerfen für Vorlesung zwölf«, sagte Virginia munter.

»Nun, es ist wahr, nicht?« Carl wußte nicht, wie er sie nehmen sollte, auch mißfiel ihm die nicht zu übersehende Art und Weise, wie ihre Aufmerksamkeit von dem Augenblick an, als Saul sich zu ihnen gesetzt hatte, sich diesem zugewandt hatte. Sie hatte sich sogar in ihrem Sessel halb zur Seite gedreht, um Saul gegenüber zu haben. Bei einem Achtel der Erdschwere schien es unwahrscheinlich, daß sie es nur getan haben sollte, um bequemer zu sitzen. Sie sah Saul beim Trinken zu und blickte kaum herüber, als Carl sagte: »Und wenn es Andeutungen gibt, daß einige von uns mehr profitieren werden als andere – nun, dann kann das nur zu Unzuträglichkeiten führen.«

Saul hob fragend die Brauen. Er schien sich darauf zu verstehen, auf alles, was man sagte, mit einer minimalen Geste oder Ausdrucksveränderung zu reagieren; darin zeigte sich eine Ökonomie der Bewegungen und Gefühlsbekundungen, um die Carl ihn beneidete.

»Er bezieht sich darauf, daß unter Deck gemurrt wird«, erklärte Virginia, die noch immer nur Saul ansah. »Auf den Umstand, daß ... ah ... Orthos alle Schlüsselpositionen besetzt halten, sei es in den Abteilungen, sei es in der Schiffsführung.«

»Darf ich mich auch dazurechnen?«

»Wenn Sie schon davon sprechen«, sagte Carl.

»Das ist eine Sache des Dienstalters. Schließlich gibt es keine genetisch behandelten Personen über vierzig.«

»Und das soll alles sein?« Carl beugte sich vor, die Ellbogen auf die Knie gestützt, die Hände ineinander gesteckt.

Der ältere Mann runzelte die Stirn. »Selbstverständlich. Was sonst?«

»Könnte es nicht sein, daß man uns von allen Posten fernhalten möchte, wo wir Schwierigkeiten machen könnten?«

Saul stellte sein Glas zurück und lehnte sich in den Sessel. »Es liegt nicht in der Macht der Verbannten, dem Pharao Kopfschmerzen zu bereiten«, sagte er wie zu sich selbst.

Die Bemerkung schien Carl irritierend undurchsichtig. »Warum beantworten Sie nicht einfach meine Frage?«

Saul warf ihm einen frostigen Blick zu. »Das war keine Frage, es war eine Anschuldigung.«

Vielleicht war seine Stimme rauher gewesen, als er gewollt hatte, aber Carl wollte verdammt sein, wenn er jetzt zurücksteckte. »Selbst meine Gruppe, die Installation von lebenserhaltenden Systemen, untersteht dem Abteilungsleiter Ould-Harrad, einem ...«

»Ortho?« sagte Saul.

»Ja, so ist es.«

»Richtig. Genetisch orthodox.« Saul legte die Fingerspitzen zusammen. »Mit anderen Worten, eine unveränderte zygotische Mischung aus dem natürlichen Reservoir menschlicher Gene, nicht mehr. Gene sind nicht Meinungsträger.«

Carl schüttelte den Kopf. Im mißfiel die pedantische Art, die Wissenschaftler im Gespräch mit Leuten wie ihm unweigerlich annahmen, als ob ihr Fachjargon sie besser, klüger oder weiser machte. »Sehen Sie – die Arbeiten am Projekt der Bahnveränderung durch künstlich gesteuerte Ausgasung, die Personalentscheidungen, die Zusammensetzung der Arbeitsschichten – alles liegt in den Händen von ... Ihresgleichen.«

»Sie vermuten, Bethany Oakes oder andere werden die Früchte solcher Projekte für sich behalten? Um sie und die zugehörigen Techniken bei der Rückkehr meistbietend zu verkaufen?«

»Die Möglichkeit ist nicht von der Hand zu weisen, Saul«, sagte Virginia.

Saul schien überrascht, dies von ihr zu hören. »Ich fürchte, für mich ist das unmöglich. Eine solche Anschuldigung, verbunden mit der direkten Unterstellung, daß es eine Art Verschwörung des normalen Kontingents gäbe ...«

»Siehst du?« sagte Carl zu Virginia. »Er nennt seine Leute ›normal‹. Daraus folgt, daß wir es nicht sind.«

»So habe ich es nicht gemeint«, sagte Saul steif.

»Aber so kam es heraus!«

Virginia sagte: »Carl, du kannst nicht auf alles springen, was ...«

»Tue ich auch nicht. Ich halte nur Ausschau, und wenn ich Rauch sehe, dann muß es Feuer geben.« Ihm war warm geworden, und er stürzte sein Getränk hinunter.

Saul schwieg eine Weile und befeuchtete sich die Lippen. »Wenn Sie etwas über mich wüßten, Carl, würden Sie verstehen, daß ich Ihresgleichen nicht feindselig gegenüberstehe. Ganz im Gegenteil.« Sein Blick fixierte Carl. »Ich nehme an, Sie würden es früher oder später doch erfahren ... Ich habe jahrelang mit Simon Percell gearbeitet.«

Carl war verblüfft. Virginia hauchte: »Wirklich? Ich hörte Gerüchte, glaubte aber nicht daran.«

»Bloß in der Nachsorge. Unser letztes Projekt galt der Untersuchung von Abweichungen in der Aktivationsebene von Lupus erythematosus. Sie werden sich vielleicht erinnern, daß dies eine der wichtigsten Krankheiten war, von denen Percell sie befreite. Dieses schreckliche, unbehandelbare Leiden, das die Haut, das Bindegewebe, die Milz und die Nieren angreift.«

Virginia nickte. »Meine Mutter starb daran.«

Saul nickte. »Auch Ihre Großmutter.«

»Woher wußten Sie das?«

»Ich erinnere mich an Ihren Fall. Simon führte die notwendigen Veränderungen in der DNS Ihrer Mutter aus, als ich die Technik lernte.«

Virginia sah ihn groß an. »Haben Sie auch ...?«

»Die eigentliche Arbeit getan? Ich erinnere mich nicht daran, offen gesagt. Als Assistent war ich an vielen gezielten Erbgutveränderungen beteiligt, manchen, die experimentellen Charakter hatten, und anderen, die durchaus praxisbezogen waren.«

»Dann könnten Sie ...«

Saul räusperte sich, wich ihrem hingerissenen Blick aus. »Es war eine rein mechanische Aufgabe. Sehr wenig Forschung dabei, im Gegensatz zu meinem Teil. Ich untersuchte, wie die entstehenden ... ah ... Zellen auf chemische Eindringlinge reagierten, die bei gewöhnlichen Lupusfällen ein spontanes Ansteigen der Erkrankungsrate verursachen würden.«

»Und meine waren nicht so?«

»Sie waren offensichtlich einer unserer Erfolge. Ich hoffe, Sie haben keine Spur von Lupus?«

Sie schüttelte den Kopf. »Das verdanke ich Ihnen.«

»Nein, Simon Percell. Ich ging nur zu ihm, seine Techniken zu lernen. Das geschah während der wenigen Jahre, in denen er volle Unterstützung genoß, als alles möglich war. Wie wir uns einbildeten.«

»Ich wußte nicht, daß Sie mit Percell gearbeitet haben«, sagte Carl. Er war bekümmert. Wahrscheinlich war Saul dabei gewesen, als die Gene von Carls Mutter behandelt und von der mikroskopischen molekularen Anordnung befreit worden waren, die erbliche Leukämie übertrugen. Dann hatten sie zusätzliche DNS-Strukturen eingebaut, um ihm die körperlichen Verbesserungen zu geben, die ihn nun als einen ›Percell‹ auszeichneten. In Carls Verständnis war diese kleine mutige Gruppe von Gentechnikern legendär. Er hatte noch nie einen aus diesem Kreis kennengelernt.

Saul schlug die Beine übereinander, zupfte in sichtlichem Unbehagen an der Bügelfalte. Carl begriff, daß der Mann ziemlich häufig ähnliche Begegnungen haben mußte und die angestauten Emotionen, die aus jedem beliebigen Percell hervorbrechen mochten, mit gemischten Gefühlen erwartete.

»Ich ... es tut mir leid, was ich sagte«, murmelte er.

Saul nickte schweigend. Auch er hielt hinter schmalen Lippen Empfindungen zurück.

Virginia hatte Tränen in den Augen. »Sie ... könnten mein ...«

Carl verstand, daß sie sagen wollte ›Sie könnten mein Vater sein‹, aber er konnte nicht ahnen, wie komplex die Mischung von Empfindungen war, die sie bewegte. Saul hatte geholfen, Tausenden, die durch Erbkrankheiten am Gedeihen behindert, entstellt oder zum Tode verurteilt waren, das Leben zu schenken. Diese Leistungen aber waren in den Schatten fataler Mißerfolge geraten und von einer argwöhnischen, erbitterten Mehrheit bald vergessen worden.

Diese Reaktionen hatten Percell getötet, wenn er sich die Revolvermündung auch selbst an die Schläfe gesetzt und abgedrückt hatte, wegen eines – inzwischen als unvermeidlich angesehenen – Fehlers in eine tiefe Depression getrieben.

Ein gentechnischer Fehler in einem Programm zur Verhinderung einer erblichen Nierenkrankheit hatte einen ganzen Jahrgang betroffener Kinder getötet. Schlimmer noch, sie waren erst im Alter von drei Jahren gestorben. Dann hatte es sie plötzlich ereilt.

Der Anblick so vieler Kinder in allen Teilen der Welt, die sich, gelbhäutig und verkrümmt, in Todesqualen wanden, da ihre Nieren- und Leberfunktionen plötzlich ausgesetzt hatten, war für Percell und die ganze Gentechnik das Aus gewesen. Die Medien verbreiteten die Schreckensbilder der Welt. Der mächtig anschwellende Chor der öffentlichen Meinung, die immer gebieterischer die völlige Einstellung aller genetischen Programme und die unnachsichtige Strafverfolgung der Verantwortlichen forderte, und die plötzliche Sperrung aller bereits bewilligten Forschungsmittel waren für einen Mann, der an sich selbst die höchsten Ansprüche zu stellen gewohnt war, zu viel gewesen.

Carl schüttelte sich. Die Erinnerungen waren noch allzu lebendig. Der elende Tod seiner eigenen Mutter. Die Jahre besorgten Wartens und Beobachtens, ob auch er die Symptome zeigen würde. Dann die befreiende Gewißheit, daß alles in Ordnung war und er das Zeugnis genetischer Gesundheit bekommen konnte, das Voraussetzung für seinen Beruf war. Diese Erinnerungen waren noch immer frisch in ihm.

»Ich … kann ich Ihnen noch ein Glas spendieren?« fragte Carl lahm.

»Gut, warum nicht?«

»Und später vielleicht eine Partie Schach?«

»Gern«, sagte Saul mit Entschiedenheit. »Diesmal gibt es kein Pardon. Ich verteidige die Ehre der normalen Menschen.« Sie lachten. Dann mußte er niesen.

Carl und Virginia erschraken ein wenig, dann aber lächelten sie alle, denn die Spannung war von ihnen gewichen.

»Das hier«, sagte Saul nach neuerlichem Niesen, »ist eine Sache, für die ich allerdings die Verantwortung übernehmen muß. Ein Schnupfenvirus zur Kräftigung der körpereigenen Abwehr. Wie Sie sehen, habe ich damit meine Schwierigkeiten, aber Sie sind ja gegen die verflixten Erkältungen gefeit. Ich werde Sie erst recht beneiden, wenn Akio Matsudo einen Virus von der unangenehmeren Art losläßt, die er ›Herausforderung‹ nennt.«

Sie schmunzelten.

Aber noch Jahre später sollte Carl sich dieser krampfartigen Eruption erinnern, war es doch das erste – wenn auch beileibe nicht das letzte – Mal, daß er Sauls explosives Niesen vernommen hatte.

5

SAUL

Kurznachricht – Weltnetz 4: Das heute in Tokio zusammentretende Internationale Olympische Komitee beugte sich dem Druck der Sonnenkreisliga und stimmte für den Ausschluß genetisch veränderter Personen – sogenannter Percelle – von der Teilnahme an den Spielen des Jahres 2064 in Lagos.

Die Vertreter des Fortschrittsblocks stimmten für ihre Länder als einzige gegen den Antrag. Nach Bekanntwerden des Abstimmungsergebnisses bekräftigten die Vertreter Dänemarks, Hawaiis, Indonesiens, Texas' und der Südpazifischen Gruppe ihren Einspruch, indem sie ihre Teilnahme an den

Spielen absagten, welche nun die umstrittensten seit der von Streitigkeiten überschatteten Olympiade des Jahres 2036 zu werden versprechen.

Dazu erklärte der Generalsekretär des IOC, Asoka Barawayandra: »Die Entscheidung der betreffenden nationalen Komitees ist keine große Überraschung. Die von ihnen vertretenen Länder haben zahlreiche Percelle als Einwanderer aus anderen Ländern aufgenommen, in denen diese Menschen nicht mehr gern gesehen sind. Ihre nationalen Sportverbände waren durch dieses fragwürdige Element bereits kompromittiert.«

Der Stimme enthielten sich Großrußland, die Vereinigten Staaten von Amerika, Wales, Sowjetgeorgien und die Flüchtlingsföderation.

Beobachter erwarten, daß die Entscheidung zu einer Diskriminierungsklage beim Internationalen Gerichtshof führen wird.

Nachdem Saul den Fernschreiberausdruck durchgelesen hatte, blickte er zu dem Mann auf, der ihn ihm gegeben hatte.

»Dafür verschwenden Sie das Papier der Ausdruckstation, Joao? Sie hätten es genauso leicht auf meinen Bildschirm übertragen können.«

Joao Quiverian war ein schlanker Mann mit gelblich-blassem Gesicht, einem widerspenstigen schwarzen Haarschopf und einer Habichtnase. Er tat Sauls Einwand mit einer Handbewegung ab.

»Eine Bildschirmübertragung hätten Sie einfach ignoriert. Aber ich möchte gern wissen, was Sie von diesem Abstimmungsergebnis halten, Saul!«

»Seit wann ist meine Meinung von Wichtigkeit? Ich bin enttäuscht, daß die Flüchtlingsföderation sich mit einer Stimmenthaltung begnügt hat. Eine weltumspannende Vereinigung von Vertriebenen und Flüchtlingen sollte in einer Frage wie dieser klar Stellung beziehen. Aber sie bemühen sich so angestrengt um Akzeptanz und Gleichberechtigung auf der internationalen Bühne, daß es tatsächlich keine Überraschung ist.« Er gab das Blatt zurück. »Abgesehen davon

würde ich sagen, daß das Ergebnis die Welt zeigt, wie sie ist.«
Die Antwort konnte Joao Quiverian, der erst vor drei Wochen zum Chefplanetologen aufgerückt war, als sein Vorgänger, Prof. Lehmann, durch einen Unfall ums Leben gekommen war, offensichtlich nicht befriedigen. Der Brasilianer befand sich ohnedies in einer enttäuschenden Situation. Da war er nun wenige Dutzend Kilometer vom Kern eines wirklich bedeutenden Kometen entfernt und mußte sich dem Befehl beugen, daß die wissenschaftliche Erforschung noch auf Wochen hinaus dem Ingenieurwesen den Vorrang einzuräumen hatte.

Quiverian mußte sich vorläufig auf Teilzeithilfe von ein paar ›Amateurkometologen‹ verlassen, die sich selbst auf dem Gebiet sachkundig gemacht hatten. Ohne Zweifel konnte er es kaum erwarten, einige seiner schlafenden Kollegen aus den Kühlfächern zu holen, um mit anerkannten Fachleuten über die Geheimnisse des Kometenlebens zu diskutieren.

Saul kam im allgemeinen mit ihm aus, solange sie über Fragen wie die Zusammensetzung der Materie des frühen Sonnensystems diskutierten. Diesmal war Quiverian jedoch in einer politischen Stimmung.

»Na hören Sie! Diese Nachricht ist wichtig, ein Meilenstein! Ich hatte mehr von Ihnen erwartet. Einen empörten Protest. Vielleicht eine Erklärung, daß Percelle wirklich menschliche Wesen seien.«

Saul war hier im Labor des Planetologen, um bei der Analyse der Bohrproben zu helfen, die von den Astronauten vom Kometen an Bord gebracht wurden. Er hatte die Berufung nur seinen Kenntnissen in Laboratoriumstechnik zu verdanken und war nicht hierhergekommen, um sich von Quiverian aufziehen zu lassen. Er hakte den linken Fuß hinter das Stuhlbein und sagte verdrießlich: »Kommen Sie, Joao! Sie wollten, daß ich für Sie ein paar Einschlüsse auf ihre organische Herkunft untersuche. Zeigen Sie mal den Bohrkern!«

Er streckte die Hand nach dem dünnen, versiegelten, über zwei Meter langen Rohr aus, das der Brasilianer hinter sich auf den Tisch gelegt hatte.

Aber Quiverian zeigte sich beharrlich. »Niemand behauptet, daß diese armen Mutanten keine Menschen seien. Nur, daß sie ein schrecklicher Fehler waren. Sie können der Menschheit – mit den Nationen des Sonnenkreises als Vorhut – nicht vorwerfen, daß sie nach Kontrollen verlangen.«

Saul nickte. »Kontrollen wie dem Ausschluß von Percellen von den Olympischen Spielen? Was wird als nächstes kommen? Getrennte Wasch- und Speiseräume? Besondere Trinkwasserzapfstellen? Gettos?«

Quiverian lächelte. »Sie machen es sich zu einfach, Saul. Es ging nicht bloß um die paar Leichtathletikrekorde, die von einer Handvoll Percellen gebrochen worden sind – groteske Selbstdarstellungen, die den Zorn von Millionen erregten. Die waren nur der Tropfen, der das Faß zum Überlaufen brachte. Ihre Schöpfungen ...«

Saul schüttelte heftig den Kopf. »Nicht *meine* Schöpfungen.«

»Wie Sie wollen. Simon Percells Schöpfungen, seine Ungeheuer, sind lebende Erinnerungen an die Arroganz der Wissenschaft der Industriestaaten des Nordens im zwanzigsten Jahrhundert, die beinahe die Welt zerstörte!«

Saul seufzte. »Sie können der Wissenschaft und den alten Industriestaaten des Nordens nicht die Schuld an allem geben. Gewiß, sie verbrauchten ein Vielfaches der Rohstoffe und Naturschätze, die ihnen von der Bevölkerungszahl her zustanden. Aber Sie reden, als ob die Nationen des Sonnenkreises völlig unschuldig an allem wären, was damals geschah. Wer hat denn trotz aller Warnungen die tropischen Regenwälder abgeholzt? Wer hat den Kohlendioxidanteil der Atmosphäre erhöht ...?«

Quiverian unterbrach ihn mit rotem Gesicht. »Sie glauben, ich sei mir dessen nicht bewußt? Sehen Sie sich mein Heimatland an – Brasilien! Jetzt erst, nach generationenlangen Mühen und Entbehrungen, beginnen wir uns von einer Umweltkatastrophe zu erholen, die ein Drittel aller auf der Erde vorkommenden Arten auslöschte ... Alle hingeopfert auf dem Altar gedankenloser Begehrlichkeit.«

»Gut, dann ist die Schuld also verteilt.«

»Ja, gewiß! Aber eine der Hauptursachen allen Unheils war die Technik selbst, weil sie den Ausbeutern und Naturzerstörern die Werkzeuge für ihr Vernichtungswerk in die Hände gab.«

Saul seufzte. Leider war alles immer viel komplexer als es sich auf den ersten Blick ausnahm. Vor der Jahrhundertwende hatten die Industriestaaten des Nordens angesichts der eigenen Probleme angefangen, einer achtlosen Dritten Welt Umweltbewußtsein zu predigen – nachdem sie den größten Teil der zugänglichen Reichtümer der Erde bereits an sich gebracht hatten. Nun hatte das Pendel nach der anderen Seite ausgeschlagen. Die Völker des äquatorialen Sonnenkreises schienen besessen von einem mystischen Naturgefühl und einer Trauer um ihre verlorenen Paradiese, die ihre landhungrigen Großeltern in höchstes Erstaunen gesetzt hätte.

Warum müssen Einsichten immer so spät kommen? Warum bekehren die Menschen sich so spät, daß sie sich nur noch bei Leichen entschuldigen können?

Eine Antwort auf diese Fragen blieb ihm erspart, denn hinter einem hoch mit gestapelten Bohrkernen beladenen Tisch erhob sich eine stark akzentbehaftete Stimme.

»He! Ist mir was entgangen? Wie? Für welche Verbrechen war die wohltätige Wissenschaft verantwortlich? Ich fürchte, unser brasilianischer Freund bezieht sich insbesondere auf ausländische Ärzte, die in Länder wie das seinige kamen, um die Säuglingssterblichkeit zu verringern. Das war natürlich unverantwortlich, heller Wahnsinn in einer Welt, die an ihrer Bevölkerungsexplosion zu ersticken drohte! Die – bestärkt durch päpstlichen Zuspruch – frischfröhlich weitervögelte.«

Quiverians Gesicht lief rot an. »Malenkow, Sie fetter russischer Heuchler! Kommen Sie heraus und argumentieren Sie wie ein Mann von Angesicht zu Angesicht! Sie brauchen sich nicht zu verstecken; ich bin kein ukrainischer Heckenschütze!«

»Wenigstens dafür sei den Heiligen gedankt.« Nikolai Malenkow kam hinter dem Tisch hervor, eine Klemmtafel in der Hand. Ein lächelnder, ungeschlachter Riese von einem

78

Mann, der sich selbst in den Schwereverhältnissen des Gravitationsrades mit der natürlichen Anmut eines ehemaligen Meisterringers bewegte.

Gerettet, dachte Saul dankbar. Er ergriff die Gelegenheit, das Thema zu wechseln. »Nikolai, es geht das Gerücht, Cruz und die Ingenieure hätten bereits vorläufige Ergebnisse von dem Ausgasungsexperiment mittels Abweisblenden. Ist Ihnen etwas darüber bekannt?«

Malenkow nickte. »Sie wollten bei der Auswertung wenigstens einen von uns Kometenliebhabern dabeihaben, und Joao war mit den Bohrproben beschäftigt. Also nahm ich teil.«

Dr. Malenkow war – wie Saul und der beinlose Astronaut Otis Sergejow – ein nebenberuflicher Kometologe, was Joao Quiverian häufig Anlaß zu erschrockenem Einspruch gab. Der Russe breitete die Hände aus. »Meine Freunde, die Ergebnisse sind ermutigend. Obwohl erst einige wenige Abweisblenden aufgestellt sind, haben wir die Umlaufbahn des Halleyschen Kometen bereits verändert! Die Wirkung ist gering, tatsächlich kaum wahrnehmbar, aber sie ist eindeutig festzustellen. Die Technik der Anwendung asymmetrischer Sonnenerwärmung zur Steuerung des Ausgasungsprozesses läßt sich zur Veränderung der Umlaufbahn verwenden!«

Saul nickte. »Selbstverständlich wirkt die Methode nur in Perihel – solange sich der Komet im sonnennahen Raum befindet.«

»Gewiß. Diese Versuchsserie kann nur einen geringfügigen, weiter abnehmenden Effekt messen. Bald wird die Ausgasung vollständig aufhören. Das Projekt wird für die nächsten siebzig Jahre ruhen. Aber nächstesmal, wenn es wieder hineingeht, zur Hitze, dann wird diese Arbeit sich als nützlich erweisen. Mit den großen Rückstoßgeräten, die ihre maximale Wirkung im Aphel erreichen werden, und den Abweisblenden zur Steuerung der Ausgasung im Perihel, wird uns ein ausgezeichnetes System zur Verfügung stehen, mit dessen Hilfe wir diesen uralten Eisball in beinahe jede gewünschte Umlaufbahn bringen können!«

Quiverian schüttelte mit finsterem Stirnrunzeln den Kopf.

»Angenommen, all diese Einmischungen wirken sich wie gewünscht aus. Was genau, Doktor, würden Sie mit einem umgelenkten Kometen anfangen wollen?«

Saul verzog sein Gesicht zu einer schmerzlichen Grimasse. Er sah, welche Richtung das Gespräch nahm, aber es war bereits zu spät, um es in andere Bahnen zu lenken.

»Wen kümmert es?« sagte Malenkow enthusiastisch. »Seit mehr als einem Jahrhundert sind Ideen im Schwange, was man mit Kometen anfangen könnte.«

»Hirnrissige Ideen, meinen Sie.«

Malenkow zuckte die Achseln. »Der gegenwärtige Plan ist die Vorbereitung einer Bahnkorrektur, die uns in siebzig Jahren in die Nähe Jupiters bringen und die Anziehungskraft des Riesenplaneten zu einem Bremsmanöver nutzen soll, das den Kometen in eine zugänglichere Umlaufbahn bringt. Dieser Eisball kann zu günstigen Bedingungen flüchtige Elemente liefern und der Menschheit helfen, eine dritte Raumplattform im erdnahen Bereich zu errichten.«

Quiverian schnaubte. »Propaganda. Habe ich tausendmal gehört.«

Malenkow fuhr unerschütterlich fort: »Die Reihe der Möglichkeiten ist endlos. Wenn wir bewiesen haben, daß der Kältetiefschlaf über längere Perioden ohne schädliche Folgen möglich ist, könnten Kometen großartige Raumschiffe abgeben, mit denen man ungefährdet das Sonnensystem durchkreuzen kann.«

Saul bemerkte, daß sich vor der offenen Tür des Laboratoriums ein kleines Publikum eingefunden hatte, Neugierige aus benachbarten Büros. Malenkow bemerkte sie gleichfalls und wurde noch begeisterter.

»Damit nicht genug, finden wir vielleicht neue wertvolle Elemente und Chemikalien, wie diejenigen, die Joao und Cruz auf Encke entdeckt haben ...«

»Lassen Sie mich aus dem Spiel!«

»Und schließlich könnten sogar ausgefallene Pläne wie die, Venus oder Mars mit Hilfe von Kometen in einen erdähnlicheren Zustand zu versetzen, als verdienstvoll angesehen werden!«

»Meine Herren«, versuchte Saul sich einzuschalten, »ich schlage vor, wir ...«

Quiverian schenkte ihm keine Beachtung. Er schüttelte die dünne Plastikröhre mit dem Bohrkern vor Malenkows Gesicht. »Dies ist die Haltung, die ich nicht ertragen kann. Zuerst sollte es nur um das Studium der Kometen gehen, dieser ursprünglichsten von allen Schöpfungen Gottes. Aber das hat sich inzwischen fast vollständig geändert. Wissen um seiner selbst willen scheint nicht mehr gefragt zu sein. Jetzt soll dieser Komet nicht nur ausgeplündert, sondern auch noch in völlig unverantwortlicher Weise als Geschoß benutzt werden, um ganze Welten zu verändern, ehe wir auch nur dazu gekommen sind, sie zu verstehen!«

Malenkow zwinkerte überrascht. Saul wußte, daß Nikolai mit Politik nicht viel im Sinn hatte. Er war einer der brillantesten Köpfe, die Saul je kennengelernt hatte – ein Arzt, spezialisiert auf Raumfahrtmedizin, und Absolvent des Leningrader Instituts für Marxismus-Leninismus. Aber er schien niemals gelernt zu haben, daß eine Meinungsverschiedenheit für manche Leute keine Schachpartie war, kein Sport für Herren. In dieser Hinsicht war er ein höchst unrussischer Russe.

Saul unternahm einen weiteren Vorstoß. »Joao, Nikolai sprach nur von *Möglichkeiten!* In fünfunddreißig Jahren werden die Leute auf Erden Zeit genug gehabt haben, zu einer Entscheidung zu finden ...«

Aber der zornige Brasilianer hörte nicht auf ihn. Seine Bakkenmuskeln traten knotig hervor, die rechte Hand war zur Faust geballt, und die linke umklammerte die Röhre mit dem Bohrkern.

»Wir sind gerade aus dem schrecklichsten Jahrhundert der Menschheitsgeschichte hervorgegangen ... dem schlimmsten für unsere Welt seit der Katastrophe des Pleistozäns! Und nun kommen Idioten daher und wollen riesige Eisbälle auf den Mars hinabschleudern!«

»Ich habe nie gesagt ...«

Aber Quiverian trat drohend auf Malenkow zu. »Sagen Sie mir, Doktor, wie lange mag es dauern, bis das Ziel nicht Mars oder Venus heißen wird, sondern Erde?«

Er begleitete seine Worte mit abgehackten Armbewegungen, die ihn beinahe aus dem Gleichgewicht brachten. Dabei schlug die lange Röhre auf die Tischplatte und platzte mit einem lauten Knall auf. Dunkelbraunes Eis, durchzogen von schwärzlichen und weißlichen Adern, ergoß sich auf den Arbeitstisch.

»Idiot! Gojische Kopf!« Saul hielt den Brasilianer zurück, ehe dieser, vom eigenen Schwung mitgenommen, gegen das große Mikroskop prallen konnte. Er wandte sich rasch zur Seite und winkte den Leuten bei der Tür.

»Hinaus, alle miteinander! Schließt die Tür und macht sie luftdicht! Nikolai, Joao, wir brauchen Schutzmasken!«

Quiverian war mit drei Sprüngen am Erste Hilfe-Schrank und öffnete ihn. Mit schnellen aber vorsichtigen Bewegungen nahm er einen weißen Kunststoffbehälter heraus und entleerte die zusammengeknüllten Computerausdrucke darin auf den Boden. Inzwischen war Malenkow dabei, eine kleine Schutzmaske vor dem Gesicht zu befestigen. Dies getan, hielt er Saul eine zweite hin, aber der war bereits damit beschäftigt, Splitter des rasch schmelzenden Eises zusammenzufegen und in den Konststoffbehälter zu tun.

»Ihre Maske, Saul!« sagte der Russe mit durch die Maske gedämpfter Stimme. »Legen Sie sie an!«

Saul schüttelte den Kopf und arbeitete weiter. Er hatte volles Vertrauen zu der Fähigkeit seiner kleinen Symbionten, ihn vor Blausäure und anderen möglichen Giften zu schützen. Sie mußten mit solchen Zwischenfällen fertig werden, oder die Kolonie würde im Inneren des Kometen nicht lange überleben.

Kapitän Cruzs gegenwärtige Befehle lauteten, keine unnötigen Risiken einzugehen, aber Saul sah die Situation nicht als gefährlich an. Außerdem war er froh, daß der Zwischenfall einen politischen Streit beendet hatte. Was er in den letzten Jahren an Zank und politischem Hader miterlebt hatte, reichte ihm für den Rest seines Lebens. Im Moment war er mehr darauf bedacht, eine Verunreinigung der anderen Proben zu verhüten, als an mögliche Gefahren zu denken.

Bei der Arbeit bemerkte er, daß die Splitter gefrorenen Gases einen leichten, nicht unangenehmen Duft auszuströmen schienen – beinahe wie die Erinnerung an die Mandelbaumpflanzungen am See Genezareth im Frühling.

»Mein Bohrkern!« rief Quiverian entsetzt, als er zu ihm kam, mit dem Festbinden der Gesichtsmaske beschäftigt. »Was tun Sie da, Sie Unglücklicher? Das war der Kern der tiefsten Bohrung, die wir bisher niedergebracht haben!«

Saul zuckte die Achseln, während er die letzten Splitter zusammenfegte, in den Behälter schüttete und dessen Deckel verschloß. Der Komet enthielt annähernd eine Trillion Tonnen Eis, dem Quiverian nach Herzenslust Proben entnehmen konnte. Dies war keine wissenschaftliche Tragödie.

»So schlimm ist es nicht, Joao«, sagte Malenkow zuversichtlich. Er sortierte die selbstkühlenden Röhren auf dem Arbeitstisch. »Erst vor einer Stunde kam mein Landsmann Otis Sergejow mit einem neuen Bohrkern zurück, der in einem Kilometer Tiefe gewonnen wurde! Er war überzeugt, daß Sie erfreut sein würden. Lassen Sie sehen! Die Probe muß unter diesen hier sein.«

»Sergejow!« Quiverians nachfolgende Verwünschung wurde glücklicherweise durch die Maske gedämpft. »Dieser fanatische Percell-Mutant? Ach du lieber Gott! Es gab so viele gute Kollegen, die hätten mitkommen können! Warum in aller Welt mußte ich mit solchen Assistenten belastet sein – einem riesigen russischen Dummkopf, einem beinlosen Percell und einem genetischen Zauberer!«

Melenkow zuckte die Achseln und antwortete liebenswürdig, als sei es die vernünftigste Frage der Welt: »Ich denke, Sie haben uns am Hals, weil diese anderen Kollegen nicht mitgekommen sind, Joao.«

Saul schloß die Augen und bedeckte das Gesicht mit den Händen.

»Aaah!« Quiverian stürzte zur Tür, ohne das gelbe Warnlicht zu beachten, und brach durch die draußen stehende Menge.

»Was hat er nur?« fragte Malenkow Saul, nachdem die Tür sich zischend wieder geschlossen hatte. Er runzelte die Stirn. »Saul! Was ist mit Ihnen? Haben Sie Schmerzen?«

Saul nahm die Hände vom Gesicht. Tränen standen ihm in den Augen.

»Saul? Warum haben Sie die Maske nicht umgebunden, mein Freund? Ich ...«

Saul schlug mit der flachen Hand auf die Konsole neben sich und prustete laut heraus, unfähig, die Heiterkeit länger zurückzuhalten.

»Joao hat recht«, sagte er, sich die Augen wischend. »Der Halleysche Komet hat wahrhaftig Besseres verdient als uns.« Er lachte weiter über die Ironie, und endlich rang sich auch Malenkow ein mattes Lächeln ab.

Saul war nicht sonderlich überrascht, als nach einer Weile ein Offizier kam, den Zwischenfall zu untersuchen. Aber er war doch erstaunt, als Korvettenkapitän Suleiman Ould-Harrad eintrat, eine Klemmtafel in einer Hand und einen Gasdetektor in der anderen. Der dunkelhäutige Mauretanier war der letzte, mit dem er gerechnet hatte.

Ould-Harrads Spezialität waren große, massive Versorgungs- und Filtersysteme von der Art, wie sie gegenwärtig im Innern des Kometenkerns installiert wurden. Aber er mußte der einzige gewesen sein, der im Moment abkömmlich war, um den Unfall zu untersuchen.

Jeder wußte, warum Ould-Harrad an der Expedition teilnahm. Der junge Offizier hatte Freunde in einer Verschwörung gehabt, und nur verwandtschaftliche Beziehungen zur königlichen Familie seines Landes hatten ihm statt Einkerkerung wegen Verbindungen zu staatsgefährdeten Umtrieben zum Exil verholfen.

In den vergangenen drei Jahren hatte der Mauretanier nicht mehr als zehn Worte zu Saul gesprochen. Dieser hatte die Nichtbeachtung erwidert.

Doch nun lag die Erde weit hinter ihnen, und nichts konnte die Vergangenheit ändern. Er trat zur Seite. »Kommen Sie herein, Kapitän! Ich habe bereits eine Unfallmeldung diktiert. Sehen Sie sich um, während ich eine Kopie für Sie ziehe!«

Ould-Harrad schien voll Unbehagen, als er ins Laboratorium trat. Seine breiten Nasenlöcher weiteten sich schnüffelnd, als ihn das schwache Aroma entwichener Kometengase anwehte. Sein Blick ging immer wieder zu den Ablesungen des Detektors. Sauls offensichtliches Wohlbefinden schien wenig geeignet, seine säuerliche Miene aufzuheitern.

»Dr. Lintz, Sie hätten nicht hierbleiben sollen, nachdem der Leckalarm ausgelöst wurde.«

»Ja, ja, ich weiß. Aber jemand mußte bleiben und aufräumen. Außerdem kann ich geradesogut wie jeder andere das erste Versuchstier sein. Auch ist es nur passend, daß ich den Blutcyanuten den ersten Feldversuch zukommen lasse, nicht wahr?«

Die Konsole zischte und spuckte einen schmalen, bedruckten Streifen aus. Saul markierte ihm mit seinem Namenskürzel und reichte ihn Ould-Harrad mit einem Lächeln. »Sollte ich tot umfallen, können wir alle genausogut in Kühlfächer steigen und warten, bis wir in siebzig Jahren abgeholt werden, weil diese Expedition dann vorbei ist.«

Der Astronautenoffizier nickte knapp, mußte die Logik hinnehmen, wenn auch vielleicht widerwillig. »Nichtsdestoweniger gibt es Bestimmungen«, sagte er, als er den Streifen überflogen hatte. »Verfahrensweisen, die der allgemeinen Sicherheit und Ordnung dienen.«

Saul lachte mit einiger Bitterkeit. »Sicherheit und Ordnung, ja. Wie gut erinnere ich mich dieser Worte. Führte nicht auch General Lynchon diese Worte im Munde, als seine UN-Truppen in Galiläa und Judäa einmarschierten, um den ›Frieden zu erhalten‹ und ›Sicherheit und Ordnung wiederherzustellen‹?«

Ould-Harrad schüttelte unbeeindruckt den Kopf. »Die Operation fand mit allseitiger Zustimmung statt, Dr. Lintz. Die Koalitionsregierung Israel-Palästinas hatte sie um ihr Eingreifen gebeten.«

»Nachdem die Leviten und Salawiten genug oppositionelle Parlamentarier liquidiert hatten.«

»Es schien eine günstige Gelegenheit, Frieden zu stiften«, sagte der Afrikaner mit leiser Stimme. »Nach einem Jahrhundert der Aggressionen und bewaffneten Auseinandersetzungen war die Welt der Gefahren für den Weltfrieden überdrüssig, die von diesem Unruheherd ausgingen.«

»Und ist es jetzt besser? Der Hohepriester in Jerusalem regiert über ein balkanisiertes Staatsgebilde, in dem eine Sekte die andere bekämpft. Und hat es der Region geholfen? In den vergangenen Jahrzehnten hatte man dort mehr Bäume gepflanzt als vorher in tausend Jahren. Wie ich hörte, ist ein Drittel dieser Bäume umgehauen worden, um Barrikaden zu errichten.«

Ould-Harrad wurde womöglich noch dunkler als seine natürliche Hautfarbe es schon war. Saul machte sich bereit, einem Angriff auszuweichen. Aber der Mauretanier dachte nicht daran. »Dr. Lintz, ich hatte mit der versuchten Sprengung des Großen Tempels nichts zu schaffen. Es trifft zu, daß ich Freunde unter den Verschwörern in meinem Heimatland hatte, und daß es zwischen diesen und den Attentätern Querverbindungen gab, aber das war mir zu der Zeit nicht einmal bekannt. Wie Sie wissen, bin ich wegen meiner Bekanntschaft mit einigen Verschwörern zu dieser vom Unglück verfolgten Expedition strafversetzt worden, aber wenn Sie mit Ihrer Bemerkung auf eine Mitverantwortung meinerseits an dem versuchten Anschlag anspielen wollten liegen Sie falsch.«

»Ach, hören Sie auf!« rief Saul, bewegt halb von Mitleid und halb von Verärgerung über seine schmerzlichen Erinnerungen. »Seit zehn Jahren haben Sie und Ihresgleichen gehört, aber nicht zugehört und verstanden. Wann werden Leute wie Sie jemals begreifen, daß wirkliche Juden diesen verwünschten Tempel niemals gewollt haben?«

Ould-Harrad blickte ihn erstaunt an. Der Gasdetektor hing vergessen in seiner Hand. »Ich weiß, daß eine Anzahl Kibbuzim und Zionisten, die von einem Großisrael träumten, dagegen waren, aber ...«

»Aber nichts!« rief Saul erbittert. »Die große Mehrheit der Juden, in Israel und anderswo, stimmte dagegen, stritt und kämpfte dagegen. Es wurde uns aufgezwungen, von mörderischen Fanatikern und einer ignoranten Welt, die vor allem ein Mittel darin sah, der Region einen Frieden aufzuzwingen, den sie nie gekannt hatte. Frieden!« Saul spuckte das Wort aus. »Diese Dummköpfe zerstörten nicht nur meine Nation und meine Familie, Kapitän, sie setzten Hohepriester ein, die tatsächlich die Stirn hatten, mir zu sagen, was ich tun müsse, um ein Jude zu sein! Das hatte nicht mal Hitler versucht!«

Ould-Harrad sah ihn mit wachsendem Unwillen an. »Dr. Lintz, ich fürchte, Sie überschätzen mein Interesse an Ihren jüdischen Angelegenheiten, aber wenn ich es richtig sehe, kommt der Führer des Synedriums, des Hohen Rates der Juden, aus Ihrer Priestersippe der Cohen. Und der Erste Tempeldiener ist ein Levite ... Ich verstehe nicht, worüber die Juden sich beklagen müssen. Sind mit der Erbauung des Tempels nicht endlich zwei Jahrtausende alte Prophezeiungen erfüllt worden?«

Saul antwortete nicht gleich. Er blickte zur Wand hinüber, wo Malenkow eine Abbildung Alt-Kiews mit den vergoldeten Turmzwiebeln der Sophienkirche und des Höhlenklosters befestigt hatte. Die frischen, im Sonnenuntergang leuchtenden Vergoldungen und die sorgfältig wiederhergestellten Gebäude der Altstadt kündeten von Großrußlands Rückwendung zu seiner Vergangenheit.

Zehn Jahre, dachte er. Und noch immer scheint es unmöglich, Außenstehenden die Vorgänge verständlich zu machen.

Vielleicht schuldete er es dem Mann, einen Versuch zu machen. Aber wie konnte man mit wenigen Worten erklären, daß das Judentum sich in mehr als zweitausendjährigem Exil verändert hatte, seit die Römer den Tempel der Makkabäer niedergebrannt und die Priester erschlagen hatten, worauf das Volk sich in alle Winde zerstreut hatte?

Die Splittergruppen waren in fremde Klimazonen ausgewandert, hatten fremde Ideen und Lebensweisen übernommen. Nachdem ihre west- und mitteleuropäischen Diasporagruppen im Mittelalter nach Ostpolen und Rußland vertrieben worden waren, hatten sie sich dort in den engen kleinen Städten Galiziens und Wolhyniens zu einer städtisch geprägten Händler- und Handwerkerbevölkerung entwickelt. Die Priestersippen der Cohen und Leviten verloren ihren Einfluß, denn wie sollten sie ihre priesterlichen Ämter versehen, wenn es keinen zentralen Tempel mehr gab, wo sie ihre zürnende Gottheit durch Opfer besänftigen konnten?

Die geistige Führung fiel den Rabbi zu, den religiösen Lehrern, die damit eine Rolle übernahmen, die nicht ererbt wurde, sondern durch das Studium der Thora und durch Weisheit erworben wurde.

Eine Rolle, wie sie ähnlich von Jesus geschrieben worden war, nur war auch er von Männern umgeben gewesen, die in seinem Namen prophezeit hatten. Und auch auf ihn waren Priester gefolgt.

Nach einem Jahrhundert der Kriege, Aufbauleistungen, Zwistigkeiten und Unterdrückungsmaßnahmen gegen den moslemischen Bevölkerungsteil war der Staat Israel in Sauls Jugend allmählich durch innere Uneinigkeit zerfallen. Propheten erschienen an jeder Straßenecke, und immer neue strenggläubige Sekten erblickten das Licht der Welt.

Auch der Islam hatte seine Spaltungen durchgemacht, und die Christenheit war geteilt, ihre Bedeutung im Dahinschwinden.

Aus diesem Nährboden war die große Idee gewachsen, eine offensichtliche Lösung. Aber wie so viele offensichtliche Lösungen war sie katastrophal falsch.

Die Diaspora hatte uns alle verändert, dachte Saul. Im Exil waren wir zu Individualisten geworden, hatten uns unseren Wirtsvölkern angeglichen, waren verweltlicht, ein Volk, das mit Blutopfern auf goldenen Altären nichts mehr im Sinn hatte. Zwar betrauerten wir den verlorenen Tempel Salomons, aber war sein Brand nicht vielleicht ein Zeichen gewesen, daß es Zeit sei, Gott in anderer Weise zu erkennen?

Außenstehende wie Ould-Harrad würden nie verstehen, daß kein moderner, unorthodoxer Jude im Umgang mit seinem Gott einen Fürsprecher wollte. Er wollte zu seinem eigenen Verständnis mit Gott kommen.

Saul räusperte sich. »Entschuldigen Sie, Kapitän. Ist das alles? Wenn Sie fertig sind, würde ich mich gern wieder meiner Arbeit zuwenden.«

Ould-Harrad sah zu ihm hin und nickte knapp. »Ich werde melden, daß die Situation unter Kontrolle ist.«

Saul hatte sich bereits wieder dem Mikroskop zugewandt, als er hinter sich das Zischen der Tür hörte. Er versuchte sich auf die Arbeit zu konzentrieren, die zuerst von Joao Quiverian und dann von Ould-Harrad unterbrochen worden war, aber seine Hände lagen wie gelähmt auf den Bedienungsinstrumenten.

Schließlich gab er sich einen Ruck und zog das Mikrophon heran. »Raumbeleuchtung um fünfzig Prozent reduzieren!« sagte er, und die Hälfte der Laboratoriumslampen erlosch.

Arbeit war ein sicheres Mittel, unerfreuliche Gedanken und Erinnerungen abzuschütteln. »Probe AR 71B-78S auf Bildschirm zwei«, sagte er zu dem wartenden Laborrechner. »Sehen wir einmal, ob diese Einschlüsse jetzt noch so verdächtig aussehen, wie ich es mir dachte, bevor Joao die Bude vollstank.«

Der letzte Teil war nicht für den Computer bestimmt. Und obwohl er, über seine Instrumente gebeugt, noch immer Mühe hatte, sich auf die geheimnisvollen Einschlüsse zu konzentrieren, fand Saul, daß ihm der leichte Geruch nach Mandeln und Ammoniak eigentlich überhaupt nichts ausmachte.

6

VIRGINIA

Sie klopfte behutsam. Dann, als keine gedämpfte Antwort kam, ein wenig kräftiger. Darauf war ein verdrießliches Grunzen zu vernehmen, und als die Tür sich endlich zischend öffnete, trat Virginia durch, während die Tür sich schmatzend hinter ihr schloß.

Schüchtern sagte sie: »Sie hatten Bruch bei einer Probe?«

Es schien ihr ein guter Anknüpfungspunkt. Die Gefahr – wenn je eine bestanden hatte – war längst vorüber, als sie von der Geschichte gehört hatte. Saul hatte Quiverians Laboratorium, wo die Probe zerbrochen war, bereits verlassen und war in sein eigenes Labor zurückgekehrt. Aber die Besorgnis, mit der viele auf den kleinen Unfall reagiert hatten, war für sie der Anlaß gewesen, ihren Mut zusammenzunehmen und einen Vorwand zu suchen.

»Mmmh?« Saul beobachtete seine Bildschirme und machte mit einem altmodischen Bleistift winzige Notizen in ein kleines Hauptbuch. Sie wunderte sich über diese Überspanntheit; die Expedition verwendete standardisierte elektronische Kennzeichnungen und Erinnerungshilfen. Er mußte Bleistifte und Notizbücher in seinem persönlichen Gepäck mitgebracht haben. Sie hatte von Leuten gehört, die Kaviar und sogar alten Rotwein mitgebracht hatten – aber *Bleistifte* ...?

Nun, und sie hatte den größten Teil ihrer Gepäckbewilligung benutzt, einen Biocomputer mitzuschleppen, der in der Heimat als allgemein hoffnungslos aufgegeben worden war, als eine technologische Sackgasse ...

Sie sagte nichts. Es war besser, sie ließ ihn weiterarbeiten und von selbst aus den Tiefen seiner Konzentration auftauchen. Sie wanderte durch den Wirrwarr seines Labors: Meßdaten auf Bildschirmen, vergrößerte Schnitte durch Gewebeproben und Zellen, Reihen von Reagenzgläsern mit chemischen Lösungen, Kabel, ein leises Gurgeln und Rauschen von Wasser, Anordnungen für biochemische Analysen. Sie war froh, daß sie mit diesen Dingen nichts zu tun hatte. Der Umgang mit abgekühlten Elektronen schien ihr einfacher.

»Noch ein paar Minuten, Virginia, dann bin ich für Sie da.«

Er blickte nicht einmal auf, während er schrieb, seinen Rechner befragte, die Stirn runzelte. Im Dahinschlendern versuchte sie die Beschriftungen zu lesen und der verwickelten Logik des Laboratoriums zu folgen. Hier konnte Saul Erbträger wie Spielzeug auseinandernehmen und Moleküle mischen wie ein Kartenspiel. Immer wieder kam es ihr phantastisch vor, wie solch unschuldig aussehende Lösungen schicksalhafte Bedeutung gewinnen und Menschenleben in neue Bahnen lenken konnten. Als versteckte sich hinter diesen harmlos aussehenden Geräten und Anordnungen eine heimliche Macht von monströser Reichweite.

Und so war es. Die Menschen flößten ihren Schöpfungen eigene Wesenheit und Macht ein, projizierten ihre Gemütsbewegungen unaufhörlich auf unbelebte Schablonen. Unlogisch – und die schlimmsten Sünder darin waren die angeblich objektiven, leidenschaftslosen Wissenschaftler.

Sie selbst hatte ihre Programme nach den eigenen Denkprozessen geformt, hatte sich selbst Johnvons gekühlten organischen Gittern aufgeprägt. Unterwegs hierher war ihr der Gedanke gekommen, wie sehr die ganze Expedition davon gekennzeichnet war – getrennte Räume, weitreichende Ideen, abgeschlossen gegeneinander, alle zum gemeinsamen Ganzen beitragend, doch zugleich isoliert. Männer und Frauen in der Abgeschiedenheit ihrer jeweiligen Abteile, in der seltsam stillen Enge der *Edmund Halley*, alle begierig, die ausgehöhlte Welt zu betreten und sich dort in ihren jeweiligen Nischen zu vergraben.

Sie fragte sich, ob die Expeditionsteilnehmer besser miteinander kommunizieren würden, wenn sie erst alle im Kern des Kometen untergebracht wären. Viele hatten während der jahrelangen Reise gearbeitet. Sie selbst hatte zehn Monate im Kühlfach geschlafen. Die vielfältigen Vorbereitungen für die Expedition hatten vor dem Reiseantritt keine Zeit für gesellschaftliche Veranstaltungen gelassen; die meisten Expeditionsteilnehmer waren ihr damals unbekannt gewesen, viele hatte sie nicht einmal zu Gesicht bekommen.

Sie hatte die Unterbringungspläne im Kometenkern studiert. Als schematische Darstellung, als Rißzeichnung sah alles gut aus, aber bald würden sie alle eingeschlossen in einem euklidischen Labyrinth leben. Noch mehr als hier, wo das unaufhörliche leise Geräusch des Gravitationsrades die Künstlichkeit der Umgebung unterstrich. Wie schmerzlich empfand sie dieses ausgeprägte Innen und Außen, diese Trennwände und Barrieren. Sie alle waren Spezialisten, jeder geeignet für eine bestimmte Aufgabe, abgeschlossen. Kaum Kontakt.

Um dem entgegenzuwirken, war sie hierher gekommen. Hatte endlich ihren Mut zusammengenommen, einen Anlauf genommen.

Als sie die Gasse zwischen den Arbeitstischen und Regalen bis zum Ende gegangen war, wanderte sie wieder zurück. Jeder Augenblick war eine Absonderung und trennte eine unruhige Vergangenheit von einer gähnend leeren Zukunft, riesige Zeitabschnitte, die auf den dünnen Keil eines nervösen, zerbrechlichen Jetzt preßten.

Laß diese ziellose Inspektion, sagte sie sich ärgerlich, und stelle dich dem, was du dir vorgenommen hast! Aber es war schwer, die Hürde zu überspringen, eine messerscharfe Barriere, und nicht zu wissen, was sie dahinter erwartete.

»Saul?«

Er tauchte aus tiefer Selbstvergessenheit empor. »Ah, was? – Ja?« Er zwinkerte, tiefe Falten um die müden Augen. »Verzeihung ...«

»Was – was haben Sie gefunden?«

Es war, anders als sie sich vorgenommen hatte, ein Ausweichen. Aber vielleicht war es richtig so. Jeder fühlte sich geschmeichelt, wenn man ihn nach seiner Arbeit fragt.

Saul schüttelte zweifelnd den Kopf. »Eine komische Sache.« Er rollte den Bleistift zwischen den fleckigen Fingern hin und her.

»Was?«

»Verunreinigungen, glaube ich. Von uns eingeführte Verunreinigungen in den Proben. Dieser verdammte Quiverian ...« Er brach ab, als sein Blick etwas im Bildschirm erspähte. »Augenblick, vielleicht könnte dies ...«

Virginia beobachtete am Kontrollbildschirm, wie er Mikrosonden lenkte, die Proben aus mehreren länglichen, gefleckten Massen heraustrennte. Auf seiner Ebene wurde das Experiment zur Kunst. Mikromotoren übersetzten seine winzigen Handbewegungen in vielfach verfeinerte chirurgische Präzision um, führten die Sonden sicher und ohne Zittern vorbei an kristallinen Strukturen und den schlangengleich zusammengerollten Molekülketten schlüpfriger, farbenfroher Kohlenwasserstoffe. Sichere Finger und ein sehr forscher Geist.

Er arbeitete schweigend und konzentriert, zurückgezogen in seine dunklen Geheimnisse. Gut, laß dir Zeit! dachte sie. Nicht drängen! Allzu mutig war sie nicht gewesen, aber sie tröstete sich mit dem Gedanken, daß Männer eben Zeit brauchten, um von einer Großhirnhälfte auf die andere umzuschalten.

Sie entspannte sich und wandte ihre Aufmerksamkeit dem
Wandschmuck zu. Jedes Expeditionsmitglied hatte das
Recht, seinen oder ihren Raum im Rahmen des Möglichen zu
gestalten. Die Möglichkeiten waren in Sauls Laboratorium
sehr begrenzt, weil kaum eine Wand frei war, aber Virginia
gefiel, was er gewählt hatte. Ein metallisch blauer Fluß wanderte durch tiefgrünes Marschland, und darüber kreiste ein
Mövenschwarm. Die Konturen waren klar, und ein glänzender Spritzer sprang aus dem Flußwasser, wo ein Vogel die
Oberfläche zur Landung berührte. Im Hintergrund sprenkelten verstreute kleine Inseln eine blasse See. Zur Linken lag
weißer Strand im Licht des Sommertages. Neuengland,
wahrscheinlich Massachusetts.

Ja, sie hatte gehört, daß er einmal in Harvard gewesen war.
Und im Sommer, natürlich. Fast alle Ansichten, die man hier
zu sehen bekam, entstammten einer Jahreszeit, die behagliche
Wärme ausstrahlte und geeignet war, die frostige Kälte des
alten Eises abzuwehren, die sie bald umgeben sollte. Das
schräg einfallende Licht deutete auf Spätnachmittag hin. Am
Horizont erhob sich eine ferne Gewitterfront aus dem sommerlichen Dunst, und ein leichter Wind kräuselte das Wasser
des Flusses, das unter knorrigen Uferbäumen in samtenen
Schatten lag. Eine angenehme und ermutigende Wärme
strahlte von der Szene aus, obwohl es eher ihre eigenen
Wollsachen waren, die den Effekt bewirkten. Saul trug einen
bequemen Baumwollanzug, blau mit feinen weißen Streifen.
Ein rüschenbesetzter Hemdkragen war der einzige modische
Akzent. Offenbar legte er nicht allzuviel Wert auf seine Kleidung, würde vielleicht sogar nackt gehen, wenn Temperatur
und Gesellschaft es erlaubten.

Während sie ihn gedankenverloren betrachtete, schüttelte
er irritiert den Kopf, grunzte und schaltete den Bildschirm
aus.

»Fertig?«

»Ja, aber ohne Ergebnis.« Er trommelte mit den Fingern auf
die Konsole.

»Wonach haben Sie gesucht?«

»Nach einer Verunreinigung, die ich zu sehen meinte. Es war ... – nein, nichts.«

»Sie machen sich wegen etwas Sorgen.«

Er lehnte sich zurück, und die Anspannung der Konzentration verlor sich aus seinen Zügen. »Nein ... das heißt, nicht mehr als gewöhnlich.«

»Wir sind beide für die Erste Schicht eingeteilt«, sagte sie. »Das wird uns viel Zeit geben, an unseren eigenen Forschungen zu arbeiten.«

Er nickte. »Ich freue mich darauf. Sechzehn Monate Ruhe und Frieden, Eis zerschneiden und nach Einschlüssen Ausschau halten.«

»In ein paar Wochen werden wir die ersten Leute in die Kühlfächer stecken.«

Er nickte zerstreut. Dann sagte er plötzlich: »Ich bin ein schlechter Gastgeber. Etwas aus der Bar?«

»Sie haben von der Alkoholration etwas übrig?«

»In diesem Labor? Ich kann wirklich alles machen, was ich will. Ich habe mein eigenes Bier, wenn Sie es riskieren wollen?«

»Gern.« Sie verspürte das Bedürfnis nach einem Durchbruch, um ihn zu erreichen. Sein Gesicht war von Widersprüchen gezeichnet, eine vom Leben und der Zeit eng beschriebene Schiefertafel. Während seine Augen wie unbeteiligt in die Ferne zu blicken schienen – vielleicht zu einem Problem, das sich langsam in den Brennpunkt schob –, waren seine vollen, sinnlichen Lippen zu einer ironischen Grimasse verzogen, in der ein Ausdruck von Leidenschaft und Machthunger wohnte. Der kühle Verstand, der die Augen beherrschte, wußte nichts von dieser niederen, unterdrückten Macht. Der Streit dieser widersprüchlichen Elemente war überall in seinem Gesicht zu erkennen, dessen untere Hälfte von einem Gemisch weißer und dunkler Bartstoppeln bedeckt war, und auf dessen hoher, glänzender Stirn sich die Deckenbeleuchtung gelblich spiegelte. Genießerisch öffnete er zwei langhalsige braune Flaschen und wirkte plötzlich wie ein kahlköpfiger Händler.

Virginia biß sich auf die Unterlippe. Nun, da sie die ersten Augenblicke überstanden und den Schritt getan, den sie hundertmal erwogen hatte, merkte sie, daß sie die Augen nicht von ihm abwenden konnte.

»Sie sind wegen des Gesprächs hier, das wir kürzlich führten, nicht wahr?« sagte er. Sein Gesichtsausdruck wurde freundlicher, löste sich aus der Selbstversenkung. Sein Blick begegnete ihrem.

»Ah, ja.« Ein Grund war so gut wie der andere.

»Was, sagten Sie, hatte Ihre Mutter?«

»Ich ... Lupus.«

»Ach ja.« Ein Schatten ging über sein Gesicht, er lehnte sich in seinem Drehstuhl zurück, verschränkte die Hände im Nacken und streckte die Beine von sich. »Ich entsinne mich jener Jahre. In diesem Fall gelang uns eine saubere Lösung. Keine Nebenwirkungen, wie man an Ihnen so deutlich sehen kann. Hm. Haben Sie jemals einen wirklich schweren Fall gesehen?«

»Nein, nur darüber gelesen ...«

»Das ist nicht das gleiche. Unter dem Mikroskop sind die Zellen nicht wie kleine Zylinder, sondern mißgestaltet und krumm. Das Bindegewebe des Patienten wird undurchlässig. Es gibt zahlreiche Symptome, und sie aufzuspüren bereitet keine Schwierigkeiten. Angeschwollen, schmerzende Gelenke. Wiederholte Infektionen. Leberschaden, früher Tod. Es hatte schon vor uns gute Diagnosemöglichkeiten gegeben, und ein kluger Arzt konnte die Eltern warnen, wenn ihr Kind es hatte, aber das eigentliche Problem – die Erbanlage – war nicht zu überwinden, bis es uns gelang. Das heißt, bis es Simon Percell gelang.«

»Sie brauchen Ihr Licht nicht unter den Scheffel zu stellen.«

Er lachte. »In den letzten Jahrzehnten hing meine Karriere davon ab, daß ich mir das nicht als Verdienst anrechnete.«

»Na, hier bei uns ist es anders.«

Er lächelte müde – und ein wenig mißtrauisch, wie ihr schien. »Sie, Virginia, sind ein Beispiel dafür, wie verschieden eine Landkarte vom Territorium ist.«

Sie blickte hilflos.

»Tut mir leid, ich bin wieder unklar. Gewohnheit von mir. Wir hatten die DNS-Nukleotiden schon vor langer Zeit bestimmt und kartiert. Wußten, wo alles war – ein großartiger Plan. Nur wußten wir nicht, was er bedeutete.«

»Meine Gene sind frei von der Erbanlage, die den Lupus überträgt; Sie wußten genug, um das zu tun. Und die üblichen Percell-Verstärkungen sind wirksam.«

»Wie man sieht«, sagte er lächelnd.

Sie fühlte, wie sie errötete, suchte nach Worten. »Wir haben die verschiedensten Vorteile . . .«

»Richtig . . .« Er versank wieder in Nachdenken, hing Erinnerungen an Zeiten nach, die sie nicht gekannt hatte. Dennoch würden jene Tage nicht in Vergessenheit geraten, solange es Percelle gab. Und dieses Vermächtnis lebte hier an Bord fort.

Endlich sagte er mit einem Seufzer: »Aber mit alledem standen wir erst am Anfang. Wir konnten die erblichen Blutkrankheiten ausmerzen, die Huntingtonsche Chorea, alle die leichten Ziele. Da genügte es, ein paar Moleküle abzutrennen. Es war wie das Beschneiden von Obstbäumen. Man änderte ein paar Zeichen der Formel und fertig.«

»Ich habe gelesen, daß es mehr als zwei Millionen Menschen geben soll, die Ihnen das verdanken.«

»Das müssen Sie in den verbotenen Percell-Untergrundzeitschriften gelesen haben«, sagte er mit gespieltem Tadel. »Ja, richtig, Sie sind aus Hawaii. Dort ist man noch ziemlich pro-Percell, wie? Wer hat Ihre Sicherheitsüberprüfung vorgenommen?«

»Ich bin so gut, daß man mich mitkommen lassen mußte«, sagte sie mit selbstgefälligem Lächeln.

»Bravo. Und es ist wirklich so, Sie sind gut – ich habe selbst einen Blick in Ihre Akte geworfen, als Cruz mich in den Einstellungsausschuß berief.«

»Tatsächlich?« Das ernüchterte sie. »Was – was steht drinnen? Hat man . . .?«

Er winkte ab. »Nichts über Ihre subversiven Ideen. Nicht ein Jota.«

Sie machte große Augen, ihr Mund bildete ein erschrockenes O – dann sah sie, daß er scherzte. »Ah ...«

»Es ist den vorgesetzten Stellen gleich, ob Sie glauben, daß Percelle genausogut wie Orthos sind, wissen Sie«, sagte er mit ironischem Lächeln. Er beugte sich vor, die Ellbogen auf die Knie gestützt, die Hände ineinander verschränkt, und fügte mit gedämpfter Stimme hinzu: »Weil alle davon überzeugt sind, daß sie es nicht sind.«

Auf einmal erkannte sie, daß sie recht gehabt hatte: seine Haltung vor anderen war eine Maske. »Das ist die allgemeine Einstellung, nicht wahr?«

»Ich fürchte es. Jedenfalls bei den meisten.«

»Trotzdem ließen sie einige von uns an dieser Expedition teilnehmen.«

»Lassen Sie mich ...«, fing er an, dann brach er kopfschüttelnd ab. »Sie hatten ihre Gründe. Es ist alles sehr komplex.« Er lehnte sich wieder zurück und ließ die Spannung verebben.

»Aber ...«

»Ist Ihnen nie der Gedanke gekommen, daß es eine sehr anziehende Idee sein könnte, eine Menge intelligenter, fleißiger, unruhestiftender Percelle loszuwerden?«

»Selbstverständlich.«

»Und Sie ... sind Sie nicht in einer Weise froh, all die Schwierigkeiten und Anfeindungen zu Hause los zu sein?«

Sie mußte zugeben, daß es so war. Als die *Edmund Halley* die Erdumlaufbahn verlassen hatte, war ihr leichter ums Herz gewesen als seit Jahren. »Nun ... in mancher Hinsicht.«

»Und zwar?« Er schien wirklich interessiert, sein Blick war aufmerksam, die glänzende Stirn unter dem kahlen Scheitel in Falten gelegt. Trotz alledem wirkte er nicht alt auf sie, nur weise und freundlich und in einer unaufdringlichen Weise männlich.

»Ach ... wissen Sie, mein Vater hielt mich für etwas Besonderes. Er meinte, unsere Familie sei außergewöhnlich, so etwas wie ein historisches Experiment.«

»Ich verstehe. Eine verbreitete Einstellung.«

»Ich ... mir war sie zuwider.«

»Sie wollten nicht besonders sein?«

»Ich wollte nicht anders sein.«

»Das sind Sie nicht, wirklich.«

»Machen Sie das denen klar!«

»Ihre Eltern hätten Sie dagegen abschirmen sollen.«

»Meine Eltern ...? Passen Sie auf! Mit elf Jahren war ich das einzige Mädchen in meiner Klasse, das keine Nylonstrümpfe hatte. Ich ging ins nächste Kaufhaus und kaufte mir welche. Ich wußte nicht, wie ich sie obenhalten sollte – irrtümlich hatte ich die alte Art genommen, keine Strumpfhose.«

»Ihre Mutter ...«

»Sie starb, als ich zehn war.«

»Lupus.«

Sie nickte.

»Nun, in der Hitze dort muß es ohne Strümpfe sowieso angenehmer gewesen sein. Ich stelle mir vor, daß Sie ein rechter Wildfang waren, in der Sonne Hawaiis am Strand lagen und sich mit dem Surfbrett vergnügten.«

»Ja, es war schön, aber ... Nun, mein Vater erzog mich. Ich erinnere mich eines Tages, als ich mit den Jungen Fangen spielte und sie sich über meine hüpfenden Brüste lustig machten. Das war auf Maui, wo niemand sich etwas dabei denkt, über solche Dinge zu reden. Ich ging wieder ins Kaufhaus. Die Verkäuferin mußte mir alles über Büstenhalter erklären; ich wußte nicht mal, was die Größen bedeuteten. Dann, in der siebten Klasse, fing ich an, Röcke statt Jeans zu tragen, weil die anderen Mädchen es auch taten. Einer meiner Mitschüler wurde auf meine behaarten Beine aufmerksam und schrie, sie wollten alle zusammenlegen und mir zu Weihnachten einen Rasierapparat schenken. Ich wäre am liebsten im Boden versunken! Am nächsten Tag nahm ich den Rasierapparat meines Vaters und schnitt mich so schlimm ins linke Schienbein, daß die Narbe immer noch zu sehen ist.«

»Ich sehe.«

Sie wurde plötzlich verlegen. All das war irgendwie ungeplant herausgekommen. »Ich war nicht sehr geschickt in diesen Dingen. Zwar sagte ich mir, es liege daran, daß meine

Mutter tot und auch sonst niemand da sei, mir alles zu erklären. Und ich konzentrierte mich auf Mathematik, auf Computer.«

»Hätten Sie das nicht getan, könnten Sie heute eine glückliche Hausfrau sein und Kinder am Schürzenzipfel hängen haben.« Sie erwiderte sein Lächeln, aber gleich darauf gewann ein alter Reflex die Oberhand. »Zum Teufel damit!«

»Genau!«

Außerdem stand mir die Wahl nicht offen, dachte sie. »Für jedes Für gibt es ein Wider.« Sie versuchte auf seine ironische Art einzugehen und ihm zu zeigen, daß sie nicht bloß ein Schulmädchen war, das wegen Anpassungsproblemen als Jugendliche zur Computernärrin geworden war.

Aber Sauls Gesicht hatte wieder den nachdenklichen Ausdruck angenommen, und seine Augen blickten wie nach innen. »Sie liegen mir alle am Herzen, wissen Sie, alle Percelle. Sie müssen dafür bezahlen ...«

»Wofür bezahlen?«

»Für unsere Sünden.«

»Was heißt Sünden? Und wieso bezahlen wir? Sie haben nichts Schlechtes getan! Es sind andere, die ...«

Er brachte sie mit erhobener Hand zum Schweigen. »Tut mir leid! Manchmal denke ich zurück, wie es war. Was wir erhofften, wofür wir arbeiteten. Das ist alles verloren, kein Zweifel. Und darin liegt einer der Hauptgründe, daß ich angeheuert habe. Um vor einem ganzen Wust von Fehlschlägen und Mißerfolgen davonzulaufen.«

»Aber Sie haben doch keine ...«

»Nein, lassen wir das! Es ist so, daß ... es unmöglich ist, jene Tage zu vergessen, aber zwecklos, sie zu erinnern. Besser, man redet nicht davon.«

»Saul, ich ... ich habe den größten Respekt vor ...«

Aber er winkte energisch ab. »Geben Sie mir Ihr Glas, damit ich es auffülle! Und ... und ...« – er beugte sich schnell zur Seite und nieste.

»Verflixt! Ich werde dieses Ding nicht los.«

»Nehmen Sie was!«

»Habe ich.«

Ein weiteres Kreuz, das er zu tragen haben wird, dachte sie. In einem Schneeball zu leben und die ganze Zeit zu schnupfen.

Percelle brauchten sich nicht mit Halsschmerzen und laufenden Nasen zu plagen. Die Genetechniker hatten, während sie Anämie und Lupus und die anderen Zielkrankheiten beseitigt hatten, auch den Komplex der Schlüsselmoleküle beschnitten, der den Viren ihren Freiraum gegeben und der Menschheit eine Million Jahre Erkältungen und Grippe beschert hatte.

»Vielleicht ist es besser, ich mache uns eine Tasse Tee.«

Er lächelte unbestimmt, und wieder war der abwesende Ausdruck in seinen Augen, als hinge er Gedanken an eine ferne Vergangenheit nach, die so weit zurücklag, daß sie nur ihm zugänglich war. »Ja, tun Sie das! Meine Mutter machte es auch so. Danach gab es Hühnersuppe.« Er lachte, aber seine Augen hatten daran nicht teil.

7

CARL

Er unterdrückte ein Lachen. Die entscheidende Phase, das Einschieben der Sonden mit den Kühlfächern in den Kometenkopf, hatte wenig Ähnlichkeit mit dem Höhepunkt einer gefährlichen, fünfjährigen Reise mit dem Segelschiff, einer Glanzleistung moderner Technik. Statt dessen glich es der Vereinigung monströser Genitalien.

Die schlanke Transportsonde glitt vorwärts, die Nase nach unten. Von Antennen und Sonnensegeln befreit, zeigte sie die einförmige rotbraune Farbe, die gewählt worden war, um während des jahrelangen Fluges ein möglichst gutes Wärmegleichgewicht zu erzielen. Die Kühlfächer waren im Vorderteil der Sonde untergebracht, die eine zusätzliche Abschirmung gegen kosmische Strahlung besaß und dadurch etwas dicker war als der übrige Rumpf.

Unter der Sonde lag Schacht 4. Das umgebende Eis war durch die Abtragung und die Kratzspuren der Maschinen von seiner staubig-schmutzigen Oberflächenschicht befreit und leuchtete gelblichweiß im harten Sonnenschein, dem es seit der Zeit, als die Planeten entstanden waren, nicht mehr ausgesetzt gewesen war.

Carl verbarg sein belustigtes Glucksen hinter einem Hüsteln. Durch die Nebengeräusche der offenen Frequenz würde es wahrscheinlich niemandem auffallen. Er zwinkerte, aber die pornographische Illusion wollte nicht weichen. Er mußte viel stärker übermüdet sein als er glaubte.

»Noch drei Grad auf den Azimutalwinkel von sechzig«, sendete Jeffers.

»Verstanden«, erwiderte Carl. Jeffers Daten wurden integriert, während er noch sprach, und Carls in den Helm integrierter Kontrollschirm zeigte ein Diagramm grüner Linien auf schwarzem Grund, das die Position der Sonde und ihre Axialneigung zeigte. Dann kam die gewünschte Berechnung in Gestalt überlagernder orangefarbener Linien, die in zwei Achsen von der anderen Darstellung abwichen. Carl gab die Korrekturen ein.

Er wußte, daß die Abteilungsleiter das Manöver auf dem Fernsehschirm verfolgten, und unten auf der Oberfläche stand Ould-Harrad, die Augen kritisch zusammengekniffen. Wahrscheinlich würden sie eine redigierte Fassung des Vorgangs zur Erde senden. Viele Augen, denen kein Fehler entging. Die vielleicht zu sehen bekämen, wie Carl Osborn siebzig bis achtzig Seelen auf halbem Weg hinein festklemmte.

Er schüttelte die Vorstellung ab. Es kam bloß darauf an, die Ausrichtung zu korrigieren und die Arbeit zu tun. Fing man einmal an, sich von den Nerven ablenken zu lassen, hatte man schon verloren.

Er zündete vier Steuerdüsen hinter dem zentralen Triebwerksgehäuse der Sonde. Sie pulsierten vor dem Schwarz des Raums. Die Flammen erloschen nacheinander, als die orangefarbenen Linien auf dem Kontrollschirm mit den grünen in Deckung kamen. »Alles klar!«

»Achtung – los!« sendete Andy Carroll. Er war kurz zuvor

an Bord der Sonde gegangen, saß nun in ihrer kleinen Kabine und hatte nominell die Leitung des Manövers.

Achtern glühte für Sekunden ein blaßblauer Verbrennungsstrahl, und die Sonde glitt langsam in den Schacht, fast ohne mit der gelben Schutzverkleidung in Berührung zu kommen.

»In den Führungsschienen!« sagte Andy.

Die Sonde glitt planmäßig in den Schacht, nun gehalten von den Führungsschienen, die Seitenbewegungen im Innern des Schachts verhinderten. Über die offene Frequenz hörte Carl Hochrufe und sogar etwas Applaus, die aus dem Aufenthaltsraum der *Edmund Halley* kommen mußten.

Der Kopfteil der Sonde löste sich vom Rest. Die Transportsonden waren so schlank und funktional wie die klassischen Windjammer des neunzehnten Jahrhunderts. Sie beförderten ihre schlafende Ladung, Proviant und Versorgungsgüter sowie eine Besatzung kybernetischer, elektronisch gesteuerter Maschinen. Der röhrenförmige Sondenkörper gab das Rückgrat für die weit ausgreifenden Segel ab, die den Sonnenwind einfingen. Diese Segel waren jetzt eingerollt und erwarteten neue Verwendung als Spiegel für die Oberflächengewächshäuser. Zurück blieb das nackte Rahmenwerk der Segel, das zu einem Skelett zusammengelegt werden konnte.

Und irgendwo dort draußen segelt die *Newburn* weiter, dachte Carl. Ein verirrtes Opfer unerkannter Fehlfunktionen.

Ein weiteres Signal, und Andy Carroll manövrierte den Rumpf der Sonde vorsichtig rückwärts aus dem Schacht. Für den Antriebsteil gab es einen eigenen Schacht, der zur Wartungskammer führte. Das Kühlfach-Modul wurde nun von Jeffers' Maschinen weiter durch den zwei Kilometer tiefen Schacht in eine vorbereitete Kaverne geleitet.

Carl schaltete das Kassettengerät in seiner Brusttasche ein und aus den Kopfhörern seines Helms drang Beethovens fünfte Violinsonate. Eine Belohnung. Das Bewegen großer Massen war alltäglich, aber es war doch ein anderes Gefühl, wenn neunzig Menschenleben auf dem Spiel standen. Er brauchte Entspannung. Das Hauptspektakel war vorüber, aber er hatte noch Stunden intensiver Arbeit vor sich.

Die anmutigen, flüssigen Melodieführungen der Kammermusik schienen Carl eine natürliche Entsprechung bei der Arbeit im schwerelosen Zustand. Er konnte Jeffers und Sergejow nicht verstehen, die während der Arbeit ständig dieses heisere, monoton rhythmische Zeug hörten. Er steuerte seine Arbeitskapsel abwärts und winkte der entfernten kleinen Gestalt, die Ould-Harrad war.

Über Schacht 6 verlangsamte er, um den Afrikaner zu begleiten, der raumtüchtig aber weniger gewohnt war, sich mit Geschwindigkeit durch Schächte und Stollen zu bewegen. Eine Fehleinschätzung konnte dazu führen, daß man mit betäubender Wucht gegen die Wand prallte. Und manche brauchten eine Weile, bis sie wirklich glaubten, daß Schwerelosigkeit nicht auch das Fehlen des Trägheitsmoments bedeutete.

Sie sausten abwärts. Die glatten Fiberwände rasten vorüber, in regelmäßigen Abständen erhellt von gelben Flecken elektrifizierter Phosphorfarbe. Aus den Augenwinkeln beobachtete Carl das dunkelhäutige Gesicht seines Begleiters, um Zeichen einer Reaktion darin zu sehen, aber der Mann blickte aufmerksam geradeaus und ließ sich nichts anmerken. Carl war ein wenig enttäuscht. Er hatte diesen Schacht selbst ausgekleidet, ohne Maschinen, hatte Vierzehn-Stunden-Tage eingelegt, um den Termin zu halten. Und es war saubere Arbeit. Aber wenn er glaubte, daß jemand ein Wort darüber verlieren würde, sah er sich getäuscht.

Natürlich war Ould-Harrad ein Ortho von kompromißloser Strenge, wenn man Sergejow Glauben schenken wollte. Während der ganzen Reise hatte der Mann auf Distanz gehalten, war förmlich geblieben und hatte sich niemals eine Gefühlsregung anmerken lassen. Offensichtlich erwartete er, daß junge Emporkömmlinge wußten, wo ihr Platz war. Es war unwahrscheinlich, daß er einem gewöhnlichen Percell Komplimente machen würde.

Carl drehte die Violinsonate auf. Erst nach einer Weile wurde ihm wieder bewußt, daß sie schließlich kopfüber in einen Schacht fielen, der sich in der Ferne verlor, wo die Phosphorflecken zu einer dünnen Linie verschmolzen ... Selbst unter den Verhältnissen minimaler Schwerkraft mußten inzwischen Ould-Harrads innere Alarmsignale schrillen.

»Abbremsen, die Höhle ist nur noch ein paar hundert Meter voraus«, sendete Carl.

»Verstanden. Gut.«

Sie verlangsamten und gelangten aus dem Schacht in eine geräumige Höhlenkammer, die zum Teil bereits mit grünem Isoliermaterial ausgekleidet war. Der Kopfteil der Transportsonde war durch Schacht 4 herabgekommen und füllte die nicht isolierte Hälfte der Höhle nahezu aus. Überall glänzten die Lichtreflexe der Lampen von Menschen und Maschinen auf dem Eis der Wände. Carl hatte geholfen, die Kaverne mittels großer Industrielaser auszuhöhlen. Die geschmolzenen und wieder gefrorenen Schichten rostiger Konglomerate und kohlenstoffhaltiger Gesteinstrümmer bildeten gekräuselte, geheimnisvolle Muster auf die Flächen schwarzen Eises, wie die Schrift einer unsichtbaren Hand.

Ould-Harrad seufzte, als er zum Stillstand kam. Carl bemerkte, daß der Mann erleichtert aussah. Vielleicht hätten sie langsamer fahren sollen.

»Komm schon!« rief Jeffers auf der offenen Frequenz. »Wir müssen diese Särge begraben.«

Sofort fuhr Ould-Harrads gebieterische Stimme dazwischen: »Ich würde es begrüßen, wenn Sie die Kühlfächer nicht in dieser Art und Weise bezeichnen würden.«

»Jawohl, Sir«, sagte Jeffers. »Ganz gewiß.«

Carl sagte: »Ich werde die blau kodierten Maschinen nehmen«, und tippte den Kode in den Signalgeber. Ein Dutzend der Maschinen hörte nun auf seinen Befehl. Die Kühlfächer und ihre Versorgungseinrichtungen waren von den arbeitenden Maschinen fast verdeckt.

Die Schläfer wurden in drei weit voneinander entfernten Kammern untergebracht, um die Gefahr, daß ein einziger Unfall die Expedition ruinieren würde, so gering wie möglich zu halten. Auch technische Arbeitstrupps, Computer, biologisch-medizinische Einrichtungen und der Maschinenpark waren gleichmäßig verteilt. Die kastenförmigen Kühlfächer waren sternförmig um die Versorgungsleitungen angeordnet. Jedes Kühlfach hatte sein eigenes lebenserhaltendes System, das zur Überwachung und Regelung der Körperfunktionen diente, individuell auf Unregelmäßigkeiten reagieren konnte und wie ein rundlicher Rucksack auf jedem der Särge ruhte – Carl konnte nicht umhin, die Kühlfächer so zu sehen, sowohl von ihrer äußeren Erscheinung her als auch nach dem Zustand der Schläfer, die dem Tode so nahe waren, wie man ihm kommen konnte, ohne ihm ganz anheim zu fallen.

Die Kühlfächer mußten in Kunststoffgehäuse eingepaßt werden, die sie schützten und gleichzeitig einen Wärmeaustausch mit dem benachbarten Eis gestatteten. Ursprünglich hatte man die Schläfer direkt durch das Eis kühlen wollen, aber Carl hatte die Ergebnisse solcher Versuche auf Encke gesehen. Neben gefrorenem Ammoniak und Methan enthielt das Eis eine Menge Kohlendioxid, das bei Erwärmung explosionsartig vom gefrorenen in den gasförmigen Zustand übergehen konnte und die Ventile und Verschlüsse der Särge gefährdete. Es war keine Kleinigkeit, in einem Vakuum mit flüchtigen Elementen umzugehen, und deshalb hatten die Ingenieure Gehäuse entwerfen müssen, um die Schläfer vor Erschütterungen und Stößen und dem jähen Tod durch Gefrieren zu schützen.

»Pack die Orthos eng zusammen, damit sie sich nicht einsam fühlen!« sendete Jeffers auf der Kurzstreckenfrequenz.

Jeffers montierte in der Nähe Schlauchleitungen, und seine Sendung war gegen die anderen abgeschirmt. Carl beendete seine Arbeit und stieß sich ab.

»Nun laß schon gut sein! Es sind auch Percelle darunter.«

»Nicht allzu viele.« Dies kam von Sergejow, der hinter einem silbrigen Wärmeaustauscher hervorkam. Er war ein schneller und sicherer Arbeiter; als Carl zu ihm hinsah, machte er einen Salto zur anderen Seite der Kaverne, nahm dort aus der Bewegung ein Kabelende auf und stieß sich wieder ab, um es an ein Steuerpult anzuschließen. Seine Beweglichkeit war so erstaunlich, daß man ihn fast beneidete. Fast. Percells gentechnische Behandlung hatte die Blutkrankheit eliminiert, die Sergejow von seinen Eltern geerbt hätte, aber sie hatte ihn auch die Beine gekostet.

Unvorhergesehene Nebenwirkungen.

Diese kühle, distanzierte Wendung hatte Carl schon oft in Wut gebracht. Sergejow war einer der frühen Fehlschläge, und er konnte von Glück sagen, daß er noch lebte. Aber Überlebende wie er hatten bestehende Zweifel an der Gentechnologie verstärkt und zu schlimmen Befürchtungen Anlaß gegeben. Jeder konnte sehen, daß Sergejow keine Beine hatte. Und fast zwangsläufig hatte sich vielen die Frage nach Veränderungen gestellt, die eingetreten sein mochten, aber unsichtbar blieben. Wie war es um den Verstand dieser manipulierten Menschen bestellt, deren Erbanlagen verändert waren? Waren sie normal? Waren sie überhaupt menschlich?

Wenn es normal war, eine halbe Flasche Wodka zu trinken und danach mühelos die leeren Gläser, fünf aufeinander, zu balancieren, dann war Sergejow zweifellos normal.

Besser als normal. Er hatte die Astronautenlaufbahn eingeschlagen, wo Beine eher ein Nachteil waren. All diese kräftigen Muskeln und Knochen waren in der Schwerelosigkeit nutzlos, verlangten Nahrung und Sauerstoff und Zeit zu ihrer Übung. Überbleibsel vom Kampf gegen die Schwerkraft. Sergejow hatte schon als junger Bursche in Orbitalstationen gelebt und als Monteur Spitzenlöhne verdient. Seine Arme sahen wie Baumstämme aus; Carl hatte einmal gesehen, wie er einen glücklosen Inspektor, der zur Station herausgekommen war und Bemerkungen gemacht hatte, die Sergejow als Beleidigung empfunden hatte, wie eine hilflose Puppe jongliert hatte. Aus psychologisch verständlichen Gründen verausgabte Sergejow seine Energien in einer verdeckten, schwelenden Abneigung gegen alle, die von der Erde kamen.

»Macht euch nicht naß«, sagte Carl. »Helft mir lieber mit den Schutzgehäusen!«

»Na gut, vielleicht sind es nicht gar so wenige«, sagte Sergejow. »Und aus gutem Grund, versteht sich. Ein Percell arbeitet gut und hat Verstand, also wird er Astronaut. Und weil er den Orthos sowieso lästig ist, bleibt er draußen im Weltraum.«

»Und chauffiert Orthos hinaus zum Neptun und zurück«, warf Jeffers ein.

Sergejow lachte. Seine Hände, deren ungewöhnliche Größe sogar durch die Schutzhandschuhe auffiel, arbeiteten geschickt an den Kabelanschlüssen, frei vom Gegengewicht baumelnder Beine. »Ja. Aber warum sollten wir den Orthos als Arbeitstier dienen?«

»Ja, warum?« sagte Jeffers. »Wenn wir unsere eigene Arbeit tun könnten.«

»Und die wäre?« fragte Carl.

Jeffers zog sich mit einem Arm herum, während der andere eine Laserpistole an ihrem Kabel heranzog. Er schaltete sie ein, und ein dünner, bläulichweißer Lichtblitz bohrte sich in die einige Meter entfernte Eiswand.

»He!« rief Carl.

Weißer Dampf brodelte an ihnen vorbei und verbreitete sich, dünner werdend, in der weiten Kaverne, aber Ould-Harrad sah ihn. »Was soll das? Ich habe angeordnet, daß hier nicht mit Lasern gearbeitet werden soll!«

Sergejow zwinkerte Jeffers zu und sagte: »War nur eine kleine Stelle. Mußte eine Steckbuchse nacharbeiten.«

»Diese Schläfer sind Menschen!«

»Verzeihung.«

Sergejow grinste, als er es sagte. Ould-Harrad war hundert Meter entfernt und konnte die Zeichnung nicht sehen, die Jeffers mit geübter Geschicklichkeit in die Eiswand geschnitten hatte. Es war das Marszeichen, in dessen Kreis eine stilisierte Blüte eingeschrieben war – die graphische Darstellung eines Traumes. Eine im Aphelium außerhalb Neptuns kunstvoll bewirkte Bahnveränderung des Kometen konnte diesen auf Kollisionskurs mit dem Mars bringen und ihn auf dessen Oberfläche zerschellen lassen.

Der Beschuß des roten Planeten mit Kometenkernen könnte eine dichtere Atmosphäre aufbauen und vielleicht sogar zu erneuertem Vulkanismus führen. Dem allmählichen Verflüchtigungsprozeß der Marsatmosphäre wäre entgegengewirkt, die seit Jahrmilliarden fortschreitende Austrocknung beendet – ein prometheischer Traum. In Glut gehüllte Eisberge würden den Permafrost der Oberfläche aufreißen und das alte Eis im Untergrund freisetzen. Wolken, Nebel, dann

Regen – unbekannte Wettererscheinungen, seit die schwache Sonnenwärme in ferner Vorzeit zur Austrocknung der letzten Schlammflächen in den tief eingeschnittenen Flußtälern geführt hatte.

Die Verfechter dieses Traumes glaubten, daß ein entsprechend angepaßter Mensch ein Jahrhundert später in der Lage sein könnte, die Marsatmosphäre an der Oberfläche zu atmen. Die Idee war nicht neu, doch gab es unter den Percellen einige, in denen sie sich zur Vision einer besseren Zukunft verfestigt hatte. Diese Leute sahen Mars als den einzig denkbaren Ort, wo genetisch veränderte Menschen einen Platz finden könnten. Obschon noch trocken und kalt und von gewaltigen Stürmen heimgesucht, sollte der Mars eine Welt werden, wo ihre genetisch noch weiter veränderten Abkömmlinge die Norm sein würden, während Orthos sich innerhalb von Minuten die Lungen aushusten würden.

»Wofür, glaubst du, arbeite ich?« sagte Jeffers.

»Das ist verrückt«, erwiderte Carl. »Die Herstellung erdähnlicher Klima- und Lebensbedingungen würde bestenfalls Jahrhunderte in Anspruch nehmen. Das ist keine Lösung unserer Probleme.«

»Wir könnten es im Kälteschlaf abwarten«, meinte Jeffers.

»Man müßte wissen, wie hoch die Lebenserwartung eines Percells im Raum ist.«

»Spielt keine Rolle«, sagte Jeffers. »Mit ein paar eingeschobenen Schlafpausen könnten wir es alle noch erleben.«

»Wir sind nicht hier, das zu tun«, sagte Carl.

»Jeffers blickt voraus«, entgegnete Sergejow.

»Zu weit voraus.«

»Sei dessen nicht so sicher«, sagte Jeffers ruhig.

Sergejow stieß ihn an. »Du bist auch ein Über? Zwei Ideen, die sich nicht widersprechen, glaube ich.«

Jeffers musterte ihn reserviert. »Vielleicht. Vielleicht nicht.«

Carl runzelte die Stirn. Das Gespräch ging über die Kurzstreckenfrequenz, das war das einzig Gute daran. ›Über‹ stand für den von Friedrich Nietzsche entworfenen Übermenschen, den vorgezeichneten nächsten Schritt der

Menschheitsentwicklung. Dieser Schritt aber sollte geplant erfolgen, ohne die langwierigen, ungewissen Versuchsreihen im Laboratorium der Natur. Viele – vielleicht die meisten – Percelle sahen sich als den ersten Schritt auf einem langen, aber unausweichlichen Weg zu gesteuerter Höherentwicklung.

Carl kannte Sergejows Ansichten, aber es erschreckte ihn, daß auch Jeffers mit ihnen liebäugelte.

»Wenn die Orthos zur Umwandlung des Mars nein sagen«, beharrte Sergejow, »sage ich erst recht ja. So einfach ist es.«

»Man kann die Entwicklung in physikalischen und chemischen Simulationsreihen ebenso voraussagen wie durch Computer-Hochrechnungen«, fügte Jeffers hinzu. »Was dabei herauskommt, sieht günstig aus. Freilich wird das Einfangen und Umlenken von Kometen draußen beim Neptun wenigstens ein Jahrhundert in Anspruch nehmen, selbst wenn es weitgehend maschinell geschieht, aber wir könnten die meiste Zeit davon durchschlafen.«

»Manchmal kann man klarer denken, wenn der Mund geschlossen ist«, sagte Carl und machte eine Handbewegung zu Ould-Harrad, der sein Manövriergerät in Betrieb genommen hatte und rasch näherkam.

»Gut, hören wir auf«, sendete Jeffers.

»Aber es ist wahr. Denkt darüber nach! Vielleicht ist es ein erster Schritt zu ungeahnten Möglichkeiten«, schloß Sergejow und machte sich wieder über seine Arbeit her.

Aber wie sich herausstellte, hatte der stellvertretende Kapitän nichts von ihrem Gespräch mitgehört; er brachte nur neue Pläne zur Programmierung der Maschinen. Carl nutzte die Gelegenheit, allein auf der anderen Seite der Kühlfächer weiterzuarbeiten. Er war noch nie ein Freund von Politik gewesen. Und ihre abenteuerlichen Reden hatten ihn beunruhigt.

Er tauchte ein in die schwebende, gleitende Anmut von Beethovens Kammermusik, während er sich durch tintenfarbene Schatten und grellgelbes Flutlicht bewegte, zog und stieß, die säuerliche Luft im Anzug roch, die Vibrationen des Druckluft-Schraubenschlüssels im Arm fühlte, das schweißfeuchte Ziehen und Drücken des Anzugs an Schultern und Knien.

Er war mit seinen Eltern die Küstenstraße hinauf nach Norden gefahren.

Hinter ihm hatten vier Jahre am Caltech gelegen, ineinanderfließende Erinnerungen an goldenen Sonnenschein, durchgearbeitete Nächte, Wochenendstreiche und nichtendenwollende Problemstellungen und Vorlesungen und herzlich wenig Sex. Er hatte keine Zeit dafür gehabt. Sergejow war so felsenfest davon überzeugt, daß ein Percell etwas Besonderes sei – nun gut, vielleicht mußte Sergejow so denken, weil er Kompensation brauchte. Aber Carl dachte anders darüber.

Er war vorwärts gekommen, weil er gearbeitet hatte, nicht weil er klüger gewesen war als die anderen. In seiner Studienzeit am Caltech hatte er eine wachsende Verwandtschaft mit all den Männern und Frauen gespürt, die jemals lange Stunden in der Einsamkeit des Studierzimmers verbracht hatten. Anders als griesgrämige Neider oder unerfahrene Jungen glaubte er nicht einen Augenblick lang, daß kreative Menschen ihre Zeit in Müßiggang verbrachten und dann, wenn die Erleuchtung über sie kam, in gewaltsamen, fiebrigen Ausbrüchen von Inspiration brillante Ideen herausschleuderten.

Wollte man irgend etwas gut machen, so waren Ausdauer, Stetigkeit und Sorgfalt ebenso nötig wie Verstand und Inspiration.

Und diese Eigenschaften hatte er, mochte es ihm auch an Brillanz fehlen.

Mit dieser inneren Wahrheit rang er, als er mit den Eltern die Küste entlang nordwärts fuhr. Er hatte sich in Berkeley um einen Studienplatz für Weltraumingenieurwesen beworben und ihn gegen all seine Erwartungen bekommen. Allerdings war ihm weder ein Stipendium noch eine andere Lernbeihilfe bewilligt worden. Das bedeutete, daß er ein Grenzfall war. Sein loyaler Vater sah in der Verweigerung des Stipendiums jedoch ein weiteres Symptom der zunehmenden Vorurteile gegen Menschen mit künstlich veränderten Erbanlagen.

Carl wußte es besser. Universitäten sind schwerfällige Organisationen, die von den Flutwellen öffentlicher Vorurteile, wenn überhaupt, erst spät erfaßt werden. Der Zulassungsausschuß hatte zweifellos seinen Notendurchschnitt von 3,3 gesehen und bemerkt, daß er hauptsächlich auf guten Leistungen in praktischen Fächern wie Labortechnik und Konstruktionsentwurf beruhte. Mathematik und Physik hatten ihn mehr als einmal in die Seile geworfen, groggy von den komplexen variablen Integrationen und der Quantenelektronik.

Das fröhliche Geplapper seiner Stiefmutter war von einem überschäumenden Enthusiasmus, der ihm immer exaltiert und übertrieben vorgekommen war. Er selbst neigte mehr zur Bedächtigkeit. Auch war er niemals imstande gewesen, das langsame Sterben seiner Mutter zu vergessen und sich an diese neue Frau im Leben seines Vaters zu gewöhnen. So hatte er auf dem Rücksitz gesessen, die Landschaft betrachtet und versucht zu überlegen. Nördlich von Ventura blieben die herbstlich gelben Hügel zurück, und die blaue Fläche des Ozeans breitete sich vor ihnen aus. Die Straße folgte nun der Küste, und Carl bemühte sich in wiederholten Anläufen, ihnen seine Zweifel zu erklären. Seine Berichte von den entfernten intellektuellen Schlachtfeldern klangen hohl, setzte man sie der Wirklichkeit draußen entgegen. Silbergrau verwitterte Scheunen, Reihen von Eukalyptusbäumen, üppige Obstgärten an den Hängen, dünnbeinige Bockbrücken, auf denen die Bahnstrecke Schluchten überquerte, Kühe, die unbeweglich wie Statuen in den Schatten immergrüner Eichen standen. All die kostbaren Schönheiten der Erde.

Als sie am Abend in Moro Bay Station machten, war das Wasser der Bucht von gläserner Klarheit. Seine Stiefmutter konnte sich nicht genug tun, eine schnittige, alabasterfarbene Yacht zu bewundern, die draußen vor der schützenden Sandbank vorbeizog. Hübsch war sie, ja. Aber Carl gefielen die an der Landungsbrücke vertäuten Fischkutter besser – ölig und rostig, nach Fisch und Salzwasser riechend und überhäuft mit Netzen, Tauwerk, Ankerketten und Gerät. In einem Hafenrestaurant diskutierten sie über einem Fischgericht, und sein Vater kam so in Fahrt, daß er den Chardonnay fast allein austrank und mit rotem Gesicht eine zweite Flasche bestellte.

Als Carl am nächsten Morgen erwachte, wußte er, was er zu tun hatte. Die Fahrt ging durch das grasbedeckte Hügelland der Vorberge landeinwärts nach San Luis Obispo, das zwischen niedrigen, felsigen Bergen lag. Dort sagte er seinem Vater, wozu er sich durchgerungen hatte, und auf einmal gelang es ihm, sich klar auszudrücken. Rückblickend begriff er, daß es brutal gewesen war.

Sein Vater hatte mit einer ausholenden Armbewegung gerufen: »Du willst dies alles aufgeben?« Damit hatte er Berkeley und die wissenschaftliche Fachausbildung gemeint, aber Carl war über Nacht klargeworden, daß er sich in die Bücher würde vergraben müssen und nie mehr lebendig zum Vorschein kommen würde. Vielleicht würde er einen akademischen Grad erlangen und einen gutbezahlten Schreibtischjob bekommen, mit sehr viel Glück sogar einen Doktortitel.

Aber er war in der Theorie nie eine Leuchte gewesen und wäre immer zweite Wahl geblieben. Und er hätte Jahre verloren.

Er dachte zurück an die empörte Armbewegung des Vaters über Tal und Hügel hin, und sah, wie recht der alte Herr damals gehabt hatte: er hatte das alles wirklich aufgegeben, sogar die Erde selbst.

Er erinnerte sich bis ins kleinste Detail, obwohl inzwischen elf ereignisreiche Jahre vergangen waren. Jahre, in denen er gelernt hatte, wie die Verhältnisse im Raum wirklich waren – nicht die geometrische Gewißheit mathematischer und physikalischer Aufgaben, wo jedes Problem eine klare Lösung in einem geordneten Universum hatte. Er hatte gelernt, wie es wirklich war – schmutzig, anstrengend, mit vielen Problemen, für die es keine Lösung gab.

Es war wohl eine zwangsläufige Entwicklung, daß vielen Percellen diese Laufbahn reizvoll erschienen war, hoch über den zusammengedrängten, gärenden Massen, die sie fürchteten und verabscheuten. Sicherlich traf es zu, daß der Weltraum seine Schönheit hatte, aber die Orte, die der Mensch dort für sich bereitet hatte, glichen mehr den rostigen Fischkuttern in der Moro Bay, abgenutzt und erfüllt von Gerüchen, verbeult und behelfsmäßig, funktionell, aber häßlich und fern von aller Ästhetik.

Ringsum wurden ungefüge Massen bewegt, Scheinwerfer durchbohrten das frostige Halbdunkel. Särge in Isoliergehäusen wurden in schwarzglänzende Eisnischen geschoben. Beethovens Violine sang zu plätschernder Klavierbegleitung und überbrückte mühelos die gähnende Stille von eineinhalb Jahrhunderten. Carl mühte sich weiter, dachte an seine langen, im Raum verbrachten Jahre, weit von den Verwirrungen der Erde, aber auch von ihren Schönheiten.

8

SAUL

Es war nicht leicht, sich zu vergegenwärtigen, daß die Halle tatsächlich eine riesige Kristallhöhle war, herausgeschnitten aus dem Herzen eines uralten Eisbergs. Nirgends war das dunkle Glitzern gefrorenen Ammoniaks und Kohlenmonoxids zu sehen, das geädert war von glänzenden Schichten gefrorener Hydrate und Gase. Überall war die Urmaterie des Nukleus unter rosa Fibergewebe und aufgesprühter hellgelber Dichtungsmasse verborgen.

Für Saul Lintz hatte das Ganze den Charakter einer Kathedrale des Kitsches.

Die große Halle war das Herz des Zentralkomplexes – eines wahren Ameisenhaufens von Kavernen und Stollen, die hier in Halleys Kern aus dem Eis gehöhlt waren. Stollen und Schächte führten von hier in die sechs Hauptrichtungen. Zur besseren Unterscheidung waren sie bernsteinfarben, gelb, grün, braun, blau und rotorange gekennzeichnet. Diese letztere Farbmarkierung hatte Schacht 1, ein breiter, vertikaler Tunnel von fünfzehn Metern Durchmesser, der in gerader Linie einen knappen Kilometer zum Nordpol des Kometenkerns hinaufführte.

Die Maschinerie der Klimaanlagen hatte die eingepumpte Atemluft gereinigt und erwärmt, und die zur Einweihung in die große Halle strömenden Menschen nahmen nur einen schwachen, an Mandeln erinnernden Geruch war.

Dann und wann, wenn er einen klaren Kopf bekam, konnte sogar Saul das Aroma riechen.

Er schneuzte sich und steckte das Taschentuch schnell ein, bevor jemand aufmerksam würde. Aus diesem Grund saß er auf einem leeren Bretterverschlag an der Rückseite des Saales und nicht näher der Tribüne des Sprechers. Er war wohlversorgt mit Antihistaminen, doch tropfte seine Nase darum unbekümmert weiter, und er fühlte sich immerfort von Niesreiz bedroht.

Zum Henker mit Akio und seinen ›zahmen‹ Viren.

Er blickte zur gewölbten Decke auf. In den zwei Tagen, die er im Untergrund mit der Beaufsichtigung der Überführung und Neuaufstellung des biomedizinischen Laboratoriums in neuen, größeren Räumen verbracht hatte, war es ihm noch nicht gelungen, sich an die seltsamen, fremdartigen Perspektiven hier unten zu gewöhnen.

Auf der anderen Seite der Halle lag der Antriebsteil der Transportsonde *Sekanina,* wie das gebrechliche Skelett eines zergliederten Tieres. Seine Ladung aus Maschinen, Versorgungsgütern und achtzig schlafenden Männern und Frauen war anderswo untergebracht worden. Daneben lagen die zusammengelegten Teleskopstangen, an denen die riesigen, hauchdünnen Gazesegel zum Auffangen des Sonnenwindes befestigt gewesen waren – offenbar die einzigen beweglichen Teile, die noch nicht ausgeschlachtet oder in den großen Zelten auf der Polarebene gelagert waren.

Die Halle füllte sich langsam, als Männer und Frauen aus allen Richtungen hereinschwebten. Hier, beinahe einen Kilometer tief im Kern des Kometen, war die spürbare Schwerkraft so gering, daß jemand, der durch den vertikalen, orangeroten Schacht fiel, mehrere Minuten brauchte, bis er den Boden erreichte.

Erfahrene Astronauten schätzten keine langen Übergänge; sie stießen sich an der Tunnelöffnung ab und durchmaßen

114

seine ganze Länge in weniger als einer Minute, um erst im letzten Augenblick abzubremsen.

Ein junger Mann – Saul vermutete, daß er hatte angeben wollen – war bereits Opfer seiner Fehlkalkulation geworden. In einem Nebenraum des F-Stollens, wo Akio Matsudo und seine Ärzte die Krankenstation eingerichtet hatten, wurde nun sein gebrochenes Handgelenk behandelt.

Die Leute kamen zu zweit und zu dritt, bildeten kleine Gruppen in der Halle, um zu plaudern, oder machten es sich auf Kisten und herumliegendem Verpackungsmaterial bequem, um ein wenig auszuruhen.

Unweit der *Sekanina* hatten sich die Leiter der Expedition eingefunden.

Miguel Cruz-Mendoza überragte die anderen fast um einen Kopf. Er war Expeditionsleiter, Kapitän und treibende Kraft hinter den zehnjährigen Vorbereitungen, die zu diesem Tag hingeführt hatten. Die grauen Schläfen des hochgewachsenen, stets höflichen Chilenen verstärkten seine charismatische Erscheinung. Es wurde scherzhaft erzählt, daß er sich so sehr für das Zustandekommen dieser Expedition eingesetzt habe, um einen großen Schritt vorwärts in die Zeit zu tun und dadurch seinen zahlreichen Geliebten und Verehrerinnen zu entkommen.

Der Scherz war nicht so abwegig, wie es scheinen mochte. Saul hatte nie einen Mann gekannt, der sich besser als Cruz auf den Umgang mit der Damenwelt verstanden hätte. Einige seiner Feinde und Neider schrieben Cruzs Erfolg seinen guten Beziehungen zu bestimmten weiblichen Senatoren zu.

Gleichviel, der Kapitän war zugleich eine Führungspersönlichkeit, der man sich gern unterordnete. Viele Leute hatten zusammengewirkt und geholfen, die Halley-Expedition zu ermöglichen, aber kein anderer als Miguel Cruz hätte diesen Tag können Wirklichkeit werden lassen.

Der Kapitän fing Sauls Blick auf und nickte ihm zu. Sie hatten einander während der Entwicklung der Cyanuten und anderer Symbionten gut kennengelernt. Saul nickte zurück und lächelte. Dies war ein großer Tag für seinen Freund.

Dr. Bethany Oakes, die stellvertretende Expeditionsleiterin

sagte etwas zu Cruz, und er lachte in fröhlicher Unbekümmertheit.

Saul kannte Oakes weniger gut, aber was er von der energisch aussehenden, brünetten Frau wußte, hatte ihn beeindruckt. Sie nahm dem Kapitän nicht nur einen Großteil der verzweigten und komplexen Verwaltungsarbeit ab, sondern war außerdem noch Leiterin der Hauptabteilung Wissenschaft.

Um die beiden standen die Abteilungsleiter – alle bis auf Matsudo, der vermutlich noch seinen Patienten behandelte. Nikolai Malenkow oder Marguerite van Zoon hätten den kleinen Unfall genausogut verarzten können. Selbst Saul, dessen klinische Fähigkeiten ein wenig eingerostet waren, hätte den Bruch behandeln können.

Aber der Rang hat seine Privilegien, und Akio hatte sich in letzter Zeit gelangweilt. Unfälle, die nicht augenblicklich zum Tode geführt hatten, waren selten gewesen. Und die überdurchschnittlich gesunde Mannschaft gab einem Arzt nicht viel mehr zu tun als die Kühlfächer zu beaufsichtigen und gelegentlich Krankheitserreger freizusetzen, die das Immunsystem der Leute abwehrbereit zu halten hatten. ›Arzt, heile dich selbst‹, dachte Saul. Er hatte sich eigens eine Portion Dexbrompheniramin angefertigt, ein seit langem veraltetes Antihistamin, das aber leicht zu synthetisieren war, so daß er der Notwendigkeit enthoben blieb, sich selbst etwas aus der Expeditionsapotheke zu verschreiben und eine entsprechende Eintragung zu hinterlassen.

Er wußte, daß dieses Verhalten ein wenig unethisch war, da er die Sache vor Akio Matsudo verbarg. Aber er hatte nicht die Absicht, sich wegen eines verdammten Schnupfens in ein Kühlfach schieben zu lassen. Nicht zu einem Zeitpunkt, der zu den erregendsten Augenblicken in der Geschichte der Wissenschaft zählte.

Mehr als einhundert Menschen hatten sich in der Halle versammelt. Bis auf zwei Dutzend, die anderswo Wachdienst taten, war die gesamte Besatzung der *Edmund Halley* anwesend, dazu ungefähr dreißig zeitweilig geweckte Tiefschläfer, die an ihrer blassen Gesichtsfarbe zu erkennen waren.

116

Ein paar Leute setzten sich aus alter Gewohnheit nieder, aber die meisten ruhten in einer Art Hockstellung aus, die sich in der Schwerelosigkeit bewährt hatte: auf den Zehen sitzend, die Knie gebeugt und die Arme zu beiden Seiten herabhängend.

Kapitän Cruz und Dr. Oakes bestiegen eine aus den Resten der *Sekanina* errichtete Plattform, wo Cruz die Hände erhob. Das leise Gemurmel der Gespräche verstummte.

»Also!« fing er an und rieb die Hände aneinander. »Hat schon jemand kalte Füße?«

Die versammelten Astronauten und Wissenschaftler schmunzelten. Obwohl sie verschiedene Kulturkreise und Religionsgemeinschaften repräsentierten, gab es keinen Zweifel daran, daß sie alle ihren Expeditionsleiter mochten und bewunderten.

Cruz wärmte sie noch ein wenig mehr an.

»Ich möchte Ihnen allen danken, daß Sie diese vielen Millionen Kilometer gekommen sind, an dieser Versammlung teilzunehmen. Ich habe Sie hier zusammengerufen, um Ihnen zu sagen, daß die Expedition leider abgesagt worden ist. Wir sollen alle unsere Sachen packen und noch heute abend umkehren.«

Das riß alle mit. Gelächter und Applaus erfüllten die Halle. Auch Saul lachte mit und klatschte. Cruzs instinktsichere Kunst der Menschenführung zeigte sich auch darin, daß er mühelos die Moral hochhalten und das Beste aus einer Gruppe herausholen konnte.

Selbstverständlich gab es für keinen von ihnen eine Möglichkeit, umzukehren ... nicht bevor die ihnen zugemessenen sechsundsiebzig Jahre verstrichen wären. Gegenwärtig flogen sie mit dem Halleyschen Kometen mit einer Geschwindigkeit von dreißig Kilometern pro Sekunde aus dem inneren Sonnensystem. Diese enorme Geschwindigkeit mußte erst wieder aufgezehrt werden und im sonnenfernsten Punkt Null erreichen, bevor der Riesenkomet wieder der Sonne entgegenzufallen begann. Und erst wenn er sich wieder auf Annäherungskurs befand, konnte man an eine Heimkehr denken.

Saul hing seinen Gedanken nach und verpaßte den nächsten Scherz. Aber die Reaktion war die gleiche. Sie lachten gemeinsam und machten den Eindruck einer rundum zufriedenen Mannschaft. Cruz gab sich absichtlich volksverbunden und lockerte die Stimmung auf, während er gleichzeitig seinen Nimbus vollständiger, entspannter Beherrschung aufrechterhielt.

Dennoch konnte selbst Saul die Trennungslinien sehen. Die erfahrenen Astronauten hatten sich zur Linken versammelt. Die Wissenschaftler, Spezialisten verschiedener Fachrichtungen unter Oakes' Oberleitung, hatten sich vorn zusammengefunden. Hinter ihnen waren Techniker und Ingenieure aus mehr als zwei Dutzend Nationen im Saal ausgebreitet.

Dazu gab es mehrere kleinere Gruppen, deren innerer Zusammenhalt von der Geographie oder ihrer gemeinsamen Muttersprache bestimmt wurde. Und allenthalben war die subtile aber deutliche Trennung zwischen der Mehrheit der Orthos und den stattlichen jungen Percellen zu beobachten.

Selbstverständlich gab es auch Vermischungen, insbesondere unter den Berufsastronauten. So bemerkte Saul, wie Carl Osborn sich zur Seite beugte und Lani Nguyen, die keine Percelle war, etwas zuflüsterte. Sie lachte hell auf, dann schlug sie errötend die Hand vor den Mund. Darauf blickte sie mit leuchtenden Augen zu Carl auf, aber der hatte sich wieder abgewandt und lauschte den Worten seines Kapitäns.

»Warum wir hierhergekommen sind?« fragte Cruz, die Fäuste in die Hüften gestemmt. Nun, da er sie angewärmt hatte, nahm sein Tonfall kaum merklich eine ernstere Färbung an. »Es werden verschiedene Gründe genannt. Philosophen sprechen von reiner wissenschaftlicher Forschung, von der bedeutsamen Frage nach dem Ursprung des Sonnensystems, die ihre Antwort finden könnte, wenn wir die ursprünglichste Materie im Weltraum analysieren.

Andere glauben einfach, daß wir auf dem Halleyschen Kometen sind, weil er da ist ... oder vielmehr, hier.« Er lächelte. »Und warum sollte nicht anerkannt werden, daß die Faszination des Unternehmens an sich ein Grund zur Teilnahme daran ist? Dieser fliegende Eisberg ist seit Jahrtausenden über den Erdhimmel gezogen und hat so viele unserer Vorfahren bezaubert, hat zu allerlei Deutungen und Legenden Anlaß gegeben und nicht wenige unserer Ahnen in Angst und Schrecken versetzt.«

Sauls Blick fiel auf die Gruppe der Hawaiianer, acht Männer und Frauen von insgesamt dreißig, die ihr zukunftshungriges Land zur Expedition beigesteuert hatte. Sie trugen bunte Hemden mit Blumenmustern über den einteiligen Arbeitsanzügen. Gleichmäßig aufgeteilt zwischen Percellen und Orthos, war die Gruppe eine farbenfrohe Mischung von Typen und Farben. Als hätte sie seinen Blick gefühlt, wandte Virginia Kaninamanu Herbert den Kopf und sah zu ihm herüber. Sie machte ihn aus und lächelte strahlend. Saul zwinkerte zurück.

»... Suche nach neuen chemischen Verbindungen oder vielleicht zur lebenspendenden Erneuerung unseres Nachbarplaneten Mars, der von der Natur weniger freigebig ausgestattet wurde als unsere geliebte Erde.

Vielleicht haben manche von Ihnen sich wegen der versprochenen Lohnfortzahlung freiwillig gemeldet – für fünfundsiebzig Jahre Schlaf am Arbeitsplatz.«

Diesmal gab es Hochrufe und beifällige Pfiffe.

Cruz breitete die Hände aus.

»Aber es gibt zwei besondere Gründe, die uns hierher geführt haben, auf einer Mission, welche die meisten von uns für immer von allen Angehörigen und Bekannten trennen wird.

Zunächst, das sage ich Ihnen ganz offen, wird diese Mission mit ihren vielen Mitgliedern von genetisch veränderter Herkunft zu Hause als eine Probe der Fähigkeit des Menschen gesehen, sich über Vorurteile und Aberglauben zu erheben. Seit hundert Jahren haben Menschen guten Willens sich auf allen Ebenen bemüht, unserer Spezies den am tiefsten sitzenden Gruppeninstinkt auszutreiben – die Furcht vor dem Fremden, dem, der anders ist, die seit undenklichen Zeiten so viel Haß und Schrecken erzeugt hat ...«

Seit undenklichen Zeiten ... Saul schloß die Augen und

sah wieder die Rauchwolken über Jerusalem, als die Salawiten und Leviten die Universität auf dem Herzlberg in Brand
gesteckt hatten, unter den Augen der untätigen ›Friedens-
truppen‹.

»... werden einen bedeutenden Erfolg erzielen, wenn wir
den Beweis erbringen können, daß sogenannte Orthos und
sogenannte Percelle, die auf einer langen und gefährlichen
Mission zusammenleben und -arbeiten, sich als Mitmenschen aufeinander verlassen können und in gemeinsamer
Arbeit neue Erkenntnisse und Entdeckungen in die Heimat
zurückbringen können, von denen die ganze Menschheit
Nutzen ziehen wird.

Das gleiche gilt für die zahlreichen nationalen und ethni-
schen Gruppen, die hier vertreten sind. Wir sind Abgesandte
des einundzwanzigsten Jahrhunderts in die Zukunft. In den
kommenden siebzig und mehr Jahren werden die Menschen
daheim wissen, daß wir hier oben sind und zum Wohle der
Menschheit zusammenarbeiten.«

Cruz ließ die Worte in das kollektive Bewußtsein eindringen. Saul bemerkte, daß viele der Anwesenden wie in plötzli-
chem Unbehagen auf ihre Füße blickten, als fühlten sie sich
dieses Vertrauens nicht ganz würdig.

»Natürlich gibt es auch die angenehme Seite«, sagte Cruz
lächelnd und rieb sich die Hände. »Wir sind hier herausgekommen, um eine Menge technisches Spielzeug zu erproben.
Die Umlenkung von Kometen in zugängliche Bahnen mag
die Tür zum Raum öffnen. Und die Aussicht auf neuen
Wohlstand, die sich der Menschheit nach den Schwierigkeiten und Fehlern der Vergangenheit bietet, wird in Zukunft
besser abgesichert sein.

Und wenn es uns gelingt, aller Welt vorzuführen, daß
Kühlfächer mehr als siebzig Jahre nicht nur arbeitsfähig bleiben, sondern ihren Zweck zur vollsten Zufriedenheit erfüllen
können – und alle uns zugänglichen Daten weisen darauf
hin, daß sie es tun werden –, werden wir den Beweis geführt
haben, daß die Menschheit nicht in das Sonnensystem einge-
sperrt bleiben muß. Der Weg zu den Sternen wird uns offen-
stehen.«

Die Worte hingen in der kalten Luft, in der man nun das Summen der Ventilatoren hörte.

Und Saul sah in vielen Gesichtern gläubige Zuversicht. Carl Osborn schob in heroischer Entschlossenheit, das von seinem Kapitän gesteckte Ziel zu erreichen, den Unterkiefer vor. Nun, vielleicht war es auch nur Hartnäckigkeit, dachte Saul ironisch. Wenn Carl Schach spielte, geschah es mit einer methodischen Zähigkeit, die bis zum bitteren Ende keine Niederlage eingestand. Aber nein, dachte Saul, als ihm der Glanz in den Augen des jungen Mannes auffiel, er glaubte an diesen Traum.

Das Gefühl wurde offenbar von vielen geteilt. Es drückte die Leidenschaft jener aus, die sich nach der dritten Ebene sehnten, der Trittleiter zum Himmel.

Immerhin gab es auch andere. Sie verhielten sich still, aber man konnte die Zeichen lesen. Schließlich waren die Mitglieder dieser Expedition nicht ausschließlich aus den Reihen realitätsfremder Idealisten rekrutiert worden. Für nicht wenige, zu denen auch Saul sich zählte, war es eine mehr oder weniger unfreiwillige Entscheidung gewesen.

Marguerite van Zoon, zum Beispiel, die neben Akio Matsudo am Eingang zum F-Stollen stand, wo die neue Krankenstation untergebracht war. Das französische Imperium hatte ihr die Möglichkeit gegeben, sich entweder ›freiwillig‹ zu dieser Expedition zu melden oder mit ihrer ganzen Familie wegen staatsfeindlicher Betätigung in ein Internierungslager zu gehen. Saul hatte zuletzt gehört, daß ihr Mann sich, sobald die Kinder herangewachsen wären, in ein Kühlfach legen wollte, um schlafend ihre Rückkehr abzuwarten. Vielleicht war es ein kleiner Trost für sie.

Ein weiteres Beispiel war Korvettenkapitän Suleiman Ould-Harrad. Verwandtschaftliche Bande zu den Mächtigen hatten ihm eine leitende Funktion in dieser Expedition gesichert und den Aufenthalt in einem mauretanischen Gefängnis erspart. Aber Ould-Harrad schien über diese Wendung der Dinge alles andere als glücklich zu sein. Er stand auf der rechten Seite bei Joao Quiverian und anderen Leuten aus den äquatorialen Ländern des sogenannten Sonnenkreises.

Percelle und Orthos, Menschen aus den Industriestaaten und solche aus der Dritten Welt, Liberale, Gemäßigte und sogar ein paar Fanatiker; Saul war überzeugt, daß es unter denen, die noch im Kälteschlaf lagen, ziemlich gleich aussah. Cruz und Oakes waren Führergestalten, Integrationsfiguren, die das Beste aus den Leuten herausholen konnten, aber nicht einmal sie konnten erwarten, daß diese lange Reise ganz ohne Schwierigkeiten und Reibungen verlaufen würde.

Wo immer Menschen zusammenlebten, gab es Reibungen. Und Exil war nicht das gleiche wie Flucht.

Kapitän Cruz hatte die Ansprache in seinem munteren Ton fortgesetzt und zu Ende gebracht.

»Und nun habe ich für Sie alle eine Überraschung. Hoffnungen, daß es auf dieser Reise große wissenschaftliche Fortschritte geben werde, haben sicherlich viele von uns gehegt, aber wer mag erwartet haben, daß wir innerhalb von Wochen nach unserer Ankunft schon ein neues Kapitel menschlichen Entdeckergeistes schreiben würden?«

Eine Bewegung ging durch die versammelten Zuhörer. Leute sahen einander verdutzt an, zuckten die Achseln und verrieten damit, daß das Geheimnis in den drei letzten Tagen hektischer Erprobungen, Experimente und Nachprüfungen gewahrt worden war.

Saul zog das Taschentuch hervor und schneuzte sich leise die Nase. Es mochte einstweilen die letzte Gelegenheit sein.

Cruz blickte lächelnd über seine Zuhörer hin und kostete die Spannung aus. Dann hob er die Hände, und es wurde wieder still.

»Ich will Sie nicht länger auf die Folter spannen oder jemandem den Platz im Rampenlicht wegnehmen ...«

Saul wäre ihm nicht böse gewesen, wenn er es getan hätte. Er hatte Cruz sogar gebeten, auf diesen Rummel zu verzichten.

»... also will ich nun den Mann zu mir aufs Podium rufen, der diese epochale Entdeckung gemacht hat und auf dessen Namen man überall, wo Menschen sind, Hochrufe und Trinksprüche ausbringen wird, ehe die Woche um ist. Kommen Sie hier herauf, Saul Lintz, und erzählen Sie uns, was Sie gefunden haben!«

O Gott!

Zu vereinzeltem Applaus stieß sich Saul von der Lattenkiste ab. Nach dem ersten Stolpern trieb er sekundenlang in geringer Höhe über dem Boden dahin und mußte es ertragen, daß andere, die in annähernder Schwerelosigkeit geübter waren als er, ihn von Hand zu Hand weiterreichten.

Unterwegs sah er, daß der Applaus hauptsächlich von bestimmten Gruppen kam – Matsudo und Malenkow, die ihm bei den Analysen geholfen hatten, von anderen Mitgliedern der medizinisch-biologischen Abteilungen, von einigen Percellen, von einzelnen Hawaiianern ...

Andere aber, vornehmlich unter den Kontingenten der Afrikaner, Araber, Asiaten und Lateinamerikaner, ließen die Hände sinken und blickten teilnahmslos, wenn nicht gar enttäuscht. Wie er selbst, konnten auch sie nicht vergessen.

Jemand setzte beide Hände an seinen verlängerten Rücken und stieß kräftig schräg aufwärts. Er segelte ohne die geringste Neigung, sich um die eigene Achse zu drehen, in einem sanften Bogen auf das Podium und landete unmittelbar neben Dr. Bethany Oakes. Gut gezielt, dachte er, als die matronenhafte Frau ihn festhielt und zum Publikum umdrehte.

»Denken Sie sich nichts dabei, Saul«, sagte Cruz mit halblauter Stimme. »Sie werden sich schon noch daran gewöhnen. Ihr Problem ist, daß Sie zuviel Zeit in dem verdammten Gravitationsrad verbracht haben.«

Saul zuckte die Achseln. »Manche von uns sind zu alt, um sich noch zu ändern, Kapitän.«

Cruz lachte und übergab ihm mit einer einladenden Geste den Platz des Redners. Saul schob vorsichtig einen Fuß vor und zog den anderen nach. Dann blickte er über die Versammlung hin.

»Ah, sicherlich werden Sie sich alle erinnern ...«

»Lauter, Saul!« rief eine stark akzentbehaftete Stimme aus dem Hintergrund des Saales. »Sie brauchen nicht zu flüstern, um uns zu beweisen, daß Sie kein Schreihals sind!«

Köpfe wandten sich erschrocken um, einige Zuhörer lachten. Saul hatte Malenkows Stimme erkannt und sah ihn vom rückwärtigen Teil der Kaverne winken. Der Mann hatte das Taktgefühl eines Unwetters, aber Saul lächelte.

»Verzeihung, ich werde versuchen, lauter zu sprechen.

Ich war im Begriff zu sagen, daß Sie alle sich der unglaublichen Menge organischer Verbindungen erinnern werden, welche die Expedition zum Kometen Encke vorfand, während sie die für diese gegenwärtige Mission erforderlichen Techniken erprobte. Viele dieser Verbindungen waren bis dahin völlig unbekannt und führten zu revolutionären Neuerungen im Bereich der Industriechemie.

Tatsächlich ist es eines unserer Ziele hier, festzustellen, ob die Natur womöglich weitere wertvolle Polymere und Agglutinaten für uns zusammengekocht hat, die vielleicht ebenso nützlich sein werden wie Enkon und andere es inzwischen geworden sind.«

Joao Quiverian, der ganz vorn zu Füßen des Podiums stand, runzelte die Stirn. Er hatte jene Verbindungen auf der Expedition zum Kometen Encke entdeckt, also kam in gewisser Weise ihm das Verdienst an dieser zusätzlichen Motivation zur Erforschung und ›Ausbeutung‹ von Kometen zu.

»Aber eine der aufregendsten Entdeckungen auf Encke war, daß der Kern dieses alten, nahezu ausgegasten und im Zerfall begriffenen Kometen eine Vielzahl von Chemikalien enthielt, die man am besten ›präbiotisch‹ nennen sollte – Ansammlungen von Purinen, Pyrimidinen, Phosphaten und Aminosäuren, die in ihrer Mischung mit jener ›Ursuppe‹, welche nach dem Kenntnisstand der modernen Biologie zur Entstehung des Lebens auf der Erde führte, nahezu identisch waren. Als wir diese Reise antraten, hofften wir durch das Studium eines größeren und jüngeren Kometen Aufschluß darüber zu erhalten, wie die Verhältnisse auf unserer Heimatwelt vor vier Milliarden Jahren waren, als alles anfing.«

Saul räusperte sich und hoffte, das Kratzen in seiner Kehle sei allgemeiner Heiserkeit und der Aufregung zuzuschreiben. Zehn oder fünfzehn Reihen entfernt, unter den farbenfrohen Hawaiianern, sah er Virginia Herberts lächelndes Gesicht. Die Bewunderung in ihren Augen war angenehm, wenn auch ein wenig verwirrend.

Langsam, alter Junge, sagte er sich. Bilde dir nicht mehr ein als da ist! Sicherlich sieht sie dich als eine Art Ersatzvater.

»Nun«, fuhr er fort, »Dr. Malenkow, Dr. Quiverian und ich haben einen der letzten Bohrkerne untersucht, die von Dr. Sergejow gewonnen worden sind ...«

»Seien Sie nicht so bescheiden, Saul!« unterbrach ihn Malenkow abermals. »Sie waren es, Sie haben die Schuld!«

Diesmal lachten und applaudierten die Leute wenigstens. Saul lächelte und dankte Nikolai im stillen. Und er fragte sich, ob die Wahl des Wortes ›Schuld‹ sich nicht eines Tages als die richtige erweisen möchte. Betrachtete man das Schicksal Simon Percells, dessen Name neben denen eines Galen und eines Paracelsus in die Geschichte hätte eingehen müssen, so blieb nur der Rückgriff auf die alte Erkenntnis, daß der Ruhm ein wetterwendischer Geselle war.

»... Ah, nun, mit der Hilfe der erwähnten Herren gelang mir die Isolierung eines ...«

Er stockte wieder. Wie sollte er es bezeichnen? Und was würde Miriam denken, könnte sie ihn hier stehen und stammeln sehen, wo er die Gelegenheit hatte, eine Erklärung von solcher Bedeutung abzugeben? Saul richtete sich auf, wobei er um ein Haar den Boden unter den Füßen verloren hätte, blickte über das Publikum hin und entlieh eine von Miguel Cruzs Gesten, indem er die Hände ausbreitete.

»Die Zeichen sind eindeutig, die Muster unscheinbar. Keine Verunreinigung könnte erklären, was wir gefunden haben. Eine Woche lang haben wir gearbeitet, um Gewißheit zu erhalten, daß es nichts ist, was wir von daheim mitgebracht haben.

Wie es hierher gekommen ist, entzieht sich vorläufig unserer Kenntnis. Auch haben wir keinen Hinweis, wie es überlebte oder sich entwickelte. Aber was wir heute wissen, ist, daß wir allem Anschein nach auf ein Phänomen gestoßen sind, dem die Menschheit nachgejagt ist, seit unsere ersten Entdecker vor annähernd einem Jahrhundert einen anderen Himmelskörper betraten.«

Er lächelte, mochten sie davon halten, was sie wollten.

»Zum ersten Mal, meine Damen und Herren – zum ersten Mal haben wir eindeutige Zeichen von Leben außerhalb der Erde gefunden.«

ZWEITES BUCH

Im heißen Atem
jener Tage:
November, Dezember
2061

*Wenn Bettler sterben, ist
kein Komet zu sehen –
Flammend verkünden die Himmel
selbst den Tod eines Prinzen.*

WILLIAM SHAKESPEARE

1

VIRGINIA

Der gewaltige, träge rotierende Eisberg sauste hinaus in den leeren Raum. Hinter ihm, kleiner und schwächer mit jeder Wache, die verging, blieb die Sonne in der ewigen Schwärze zurück.

Für kurze Zeit hatte die lohende Sonnenglut den gefrorenen Himmelskörper erwärmt und genarbt, hatte Risse entstehen lassen und eine kurzlebige Atmosphäre erzeugt, deren Banner aus ionisierten Gasen im Sonnenwind wehte.

Dann aber war der kurze Sommer vergangen. Die Flammen blieben wieder zurück, noch hell, doch von Stunde zu Stunde harmloser. Der wilde Überschwang des Durchgangs in der Sonnennähe schwand rasch aus dem Gedächtnis.

Leichte Staubfälle kennzeichneten den Herbst. Winzige Teilchen, im nachlassenden Druck des entweichenden Gases von der Oberfläche fortgetragen, hatten niemals ganz die Fluchtgeschwindigkeit erreicht, nicht einmal aus der schwachen Anziehungskraft des Kometen. Allmählich sanken sie wieder zurück und bildeten eine dunkle, pulvrige Patina auf den Eisfeldern und felsigen Hügeln. Der Schweif aus leuchtendem Plasma war bereits verschwunden, und nun, als der alte Komet die Umlaufbahn des Mars kreuzte und jene des Jupiter ansteuerte, löste sich auch der verkürzte Staubschweif auf, der vor nicht langer Zeit noch wie ein schimmerndes Nordlicht geglüht hatte.

Virginia fand es schön. Der dunkle Montmorillonit lag da und dort bloß und zeigte verschiedenfarbige eisige Unterschichten. Obwohl noch immer eine dünne Hülle ionisierter Gase den Kometenkern umgab, zeigte das Himmelsgewölbe bereits mehr Sterne als die schwarzen tropischen Nächte in der Heimat.

Mit eigenen Augen gesehen, mußte der Anblick noch großartiger sein. Eines Tages sollte sie wirklich selbst an die Oberfläche gehen.

Ein Gurt aus weichem Gewebe hielt sie auf ihrem zurückklappbaren Sessel in einem Höhlenlaboratorium unter Millionen Tonnen urzeitlicher Materie. Ansonsten aber war es beinahe so, als ob sie an der Oberfläche wäre. Die holographischen Darstellungen vermittelten ihr eine nahezu vollkommene Illusion, draußen auf dem Eis zu sein.

Sie steuerte dort oben probeweise eine kybernetische Maschine der dritten Generation und bewegte deren dünne Spinnenbeine, als wären es ihre eigenen, blickte durch ihre Objektivaugen und glaubte sogar das leise Vorbeistreichen treibender Gasmoleküle als einen Wind im Gesicht zu spüren. Ihre Fingerspitzen bewegten sich behutsam in den handschuhartigen Bedienungselementen der Fernsteuerung, die jedoch nur zur Unterstützung und Korrektur der Gedankenkommandos dienten, durch die sie die Maschine auf dem Eis manövrierte.

Die Methode war erstmals im ausgehenden zwanzigsten Jahrhunderts erprobt worden und hatte zu der Zeit recht vielversprechende Aussichten gehabt, bis mehrere berüchtigte Katastrophen zur Aufgabe der Direktsteuerung von Maschinen durch die neuralen Impulsströme des Gehirns geführt hatten. Wie sich herausstellte, bedurfte es einer besonders disziplinierten Persönlichkeit, um eine Maschine in dieser Art und Weise zu steuern, ohne willkürliche Gedanken und allzu menschliche Reflexe einfließen zu lassen, die unberechenbare Folgen haben konnten. Zu dieser naheliegenden Erkenntnis war man freilich erst nach ebenso naiven wie unbekümmerten ersten Anwendungen in Luftfahrt und Industrie gelangt. Seither galt die Technik als unzuverlässig, und ihre Anwendung war in vielen empfindlichen Bereichen untersagt. Astronauten wie Carl Osborn mißtrauten ihr bis auf den heutigen Tag und gaben Systemen den Vorzug, bei denen die Eingabe durch gesprochene Anweisungen oder Tastendruck erfolgte.

Virginia sah das anders. Einer der Gründe, die sie bewogen hatten, an dieser Expedition teilzunehmen, war der Umstand, daß zum erstenmal seit Jahrzehnten im größeren Umfang von gedankengesteuerten kybernetischen Systemen Gebrauch gemacht werden sollte.

Vasha Rubenchik ist ein echter Genius, dachte Virginia, als sie die Maschine über eine kleine Anhöhe steuerte. Die Russen waren schlecht beraten gewesen, als sie ihn zu dieser Expedition abschoben, von welcher Art seine politischen Ansichten auch sein mögen. Noch nie hatte sie eine so perfekte Gedankenverbindung mit einer Maschine gehabt.

Es war schade, daß Vasha bereits im Kühlfach lag, denn sicherlich hätte er gern gehört, daß er mit seiner geschickten Konzeption und Anlage der neuroelektrischen und holographischen Verbindungen die von ihr vorgegebenen Spezifikationen mehr als erfüllt hatte. Dies allein würde ihnen beiden Lizenzeinnahmen verschaffen, sobald das Datenmaterial zur Erde gefunkt und die nötigen patentrechtlichen Vorkehrungen getroffen wären. Die Einnahmen würden sich auf ihren Konten ansammeln, während sie die vor ihnen liegenden sieben Jahrzehnte verschliefen.

Obwohl Geld für sie nicht an erster Stelle stand, hatte Virginia gesehen, wie nützlich es sein konnte, vor allem, wenn man auf Gebieten arbeiten wollte, für die es keine staatlichen Subventionen gab.

Sie konnte kaum erwarten, daß die Verhältnisse sich nach den Umstellungsschwierigkeiten wieder normalisierten und ihr mehr freie Zeit ließen. Sie wollte einige dieser neuen Techniken in Experimenten mit Johnvon erproben.

Als hätte sie damit ein Signal gegeben, summte ihr eine Stimme im Kopf:

– Ich bin jederzeit bereit, neue Probleme in Angriff zu nehmen, Virginia. Meine Kapazität ist im Rahmen der Mission gegenwärtig nur zu fünf Prozent ausgelastet. Soll ich eine simulierte Persönlichkeit annehmen?

Keine schlechte Idee, dachte sie. Aber wie sollte sie eine Maschine draußen an der Oberfläche steuern, während Johnvon ihr einen Laurence Olivier oder Peter O'Toole oder einen anderen alten Kino-Herzensbrecher auf den Leib rükken ließ?

In der Vergangenheit hatte sie des öfteren Filmschauspieler aus den fernen Tagen, als es noch kein Video gegeben hatte, für Experimente der Persönlichkeitssimulation gewählt, teils

130

aus romantischem Atavismus und teils weil sie den Zeitgenossen kaum noch bekannt und somit besonders gut zu blinden Tests an nichtsahnenden Versuchspersonen geeignet waren. Die Simulationen hatten daheim auf der Erde beinahe jeden getäuscht, obwohl sie noch weit von dem entfernt waren, was Virginia für erreichbar hielt.

»Nicht jetzt, Johnvon. Mutter ist beschäftigt. Wenn du nicht ausgelastet bist, kannst du dich mit den Sekundärproblemen beschäftigen, die ich dir zugewiesen habe.«

– Gut. Dann werde ich weiter die Datenspeicher der Kolonie durchsuchen und feststellen, was die einzelnen Teilnehmer innerhalb der Freigrenze an Privatgepäck mitgebracht haben. Du äußertest Neugierde darüber.

Virginia stimmte nach kurzem Zögern zu. »In Ordnung. Tue das! Aber hinterlasse keine Spuren!«

Natürlich war es unethisch, daß sie sich ihrer besonderen Fähigkeiten und Mittel bediente, um in anderer Leute Privatangelegenheiten zu schnüffeln. Aber Virginia hatte schon immer an ein Gemeinschaftsdenken geglaubt und gefunden, daß die Leute zuviel Geheimniskrämerei trieben. Außerdem erweiterte es die Zahl derer, an die man denken konnte. Das Dutzend Besatzungsmitglieder, das noch Dienst tat, war kaum genug, um in den sechzehn Monaten der ersten Wache auch nur ein Minimum an Klatsch aufrechtzuerhalten. Der Zwang zum sparsamen Umgang mit Lebensmitteln hatte bewirkt, daß alle anderen bereits in den Kälteschlaf versetzt worden waren, während die erste Wache die notwendigen Wartungs- und Instandhaltungsarbeiten ausführte.

Nun, sie hatte sich mit dem Wissen, daß es eine von den arbeitsreichsten sein würde, freiwillig für die erste Wache gemeldet. Später, so hoffte sie, nachdem sich alles eingespielt hätte, würde sie dafür ihre Chance in Gestalt langer und ungestörter Arbeitsperioden erhalten.

Ihre Maschine beendete die langsame Drehbewegung auf der Oberfläche, und die Öffnung von Schacht 12 kam in Sicht. Zernarbt und zerkratzt, übersät mit allerlei Unrat, Schrottmetall und leeren Stahlfässern, hatte die nördliche Polarregion nichts mehr von einem unberührten Überrest der Schöpfung.

Lattenverschläge mit Ersatzteilen und anderem Material waren auf der Oberfläche festgemacht und zum späteren Gebrauch mit Planen aus Fiberstoff abgedeckt. Schutt lag überall.

Weiter entfernt erhoben sich sechs hohe, pyramidenartige Haufen dunklen Aushubmaterials, das beim Anlegen der Schächte und Stollen zutage gefördert worden war. Es war bereits durch eine Separatorenanlage gelaufen und vorsortiert in Haufen von Nickeleisen, platin- und iridiumreichen Erzen sowie kohlenstoffhaltigem Aushub, der den kanadischen Teersänden ähnelte. Zu einem späteren Zeitpunkt, lange nachdem Virginia ins Kühlfach zurückgekehrt wäre, würden die Wachmannschaften mit der Verarbeitung des Rohmaterials zu nützlichen Dingen wie Gehäusen für die Rückstoßgeräte beginnen.

Nicht zum ersten und auch nicht zum letzten Mal überlegte sie, wie die Erde bei ihrer Rückkehr aussehen würde. Würde sie ihre Heimat wiedererkennen, freundlicher und aufgeschlossener finden? Oder würde sie sich in einer fremdgewordenen Welt sehen, verändert bis zur Unkenntlichkeit?

> Sonnenwärts stürzt er
> in seiner Bahn
> seit Jahrtausenden –
>
> Einmal in einem Menschenleben.
>
> Ausschöpfend
> die wechselnden Zeiten,
> das Leben der Völker –
>
> Mit einem Schlag seines Herzens.

Hm. Glücklicherweise war sie gerade zu beschäftigt, sonst hätte sie versucht sein können, diesen Einfall aufzuzeichnen. Trotzdem ließ sich vielleicht etwas damit machen.

– Soll ich es speichern oder löschen?

»Johnvon, ich dachte, du hättest ausgeschaltet. Das waren persönliche Betrachtungen.«

Eine kurze Pause verriet ihr, daß eifrige Korrelationsversuche angestellt wurden.

– Private Betrachtungen – Überlegungen – Phantasien ...

»Genug!«

Und Johnvon war augenblicklich still.

Irritiert bemeisterte sie ihre abschweifenden Gedanken und konzentrierte sich darauf, die Maschine zum Ausgangsort zurückzumanövrieren. Die spinnenartigen Gelenkbeine tasteten sich langsam weiter. Oberflächenvibrationen wurden in Geräusche umgesetzt, so daß sie die Füße der Maschine im dunklen, pulverisierten Eis knirschen hören konnte.

Während der Ausschachtungsarbeiten war eine Menge Wärme und Dampf ausgetreten, und einige der freigesetzten Gase waren hier draußen nahe dem absoluten Nullpunkt gleich wieder kondensiert und gefroren, bevor sie in den Raum entweichen konnten. So hatten sich funkelnde Schneekristalle um die aus den Stollen und Kavernen des Innern herausführenden Schächte gebildet und verschönten auch den Eingang zu Schacht 12 mit Verkrustungen aus verschiedenfarbigem Schnee.

Die Luftschleuse selbst war ausnahmsweise mehr als eine eintönige funktionale Konstruktion; Virginia sah sie sogar als ein Kunstwerk an. Die Verstärkungsstreben waren in hohen, eleganten Bogenformen gepreßt, und die Verankerungen sahen wie die knorrigen Tatzen von Wasserspeiern aus, die sich in die Urmaterie des Kometen krallten.

Nur wenige besonders beanspruchte Teile bestanden aus dem kostbaren kältebeständigen Metall, das aus den Transportsonden gewonnen worden war. Die Masse bestand aus bearbeitetem Wassereis, dessen kristalline Struktur in der tiefen Temperatur zäh und hart wie Stahl war.

Es war eine Erklärung, daß Virginia gern draußen auf Quadrant 12 arbeitete, wo Jim Vidor die Bauarbeiten geleitet hatte. Der Mann war ein Künstler.

»Wir bauen am besten, wenn wir zur Improvisation gezwungen sind«, sagte sie zu sich selbst.

Eine Trägerwelle griff plötzlich ein, gefolgt von einer Frauenstimme.

»Was war das, Virginia? Sagten Sie etwas?«

Virginia wandte den Kopf ein wenig zu schnell, und die Maschine an der Oberfläche geriet ins Schleudern, als sie der Bewegung zu folgen versuchte. Endlich kam eine schmale Gestalt in einem Schutzanzug in Virginias Gesichtsfeld. Sie stand bei einer Reihe dunkler Körper, die am Eis festgemacht waren.

»Oh, Verzeihung, Lani. Ich habe nur die Arbeit bewundert, die Jim Vidor und seine Leute bei der Anfertigung dieser Luftschleuse leisteten.«

Lani Nguyens Schutzanzug war nun, da der Sommer vergangen war und die Ausgasung keine harten Eispartikel mehr aus der Oberfläche riß, um seine schwere Panzerung erleichtert. Ein Heroldsrock aus weißem Stoff bedeckte den Oberteil des Anzugs. Auf ihm war der Kopf eines Einhorns zu sehen – ein Symbol, das Lani für alle Arbeiter kenntlich machen sollte, die zu weit entfernt waren, ihr Gesicht zu sehen. Die harten Sonnenreflexe auf der blendfreien Visierscheibe machten ihre feinen asiatischen Züge ohnedies unsichtbar.

»Ja, hübsch. Aber meiner Meinung nach nicht völlig sicher. Während der nächsten Schicht soll Jeffers die Verhüttungs- und Gießereianlagen aufbauen und einiges von dem Nickeleisen und den anderen nützlichen Erzen verarbeiten, die hier draußen aufgehäuft liegen. Ich werde viel ruhiger in meinem Kühlfach schlafen, wenn ich weiß, daß die Luft von einem richtigen, dehnungsbeständigen und bruchfesten Schleusentor im Inneren festgehalten wird.«

Virginia seufzte leise. »Ja, das wird wohl so sein. Trotzdem hoffe ich, daß sie einige dieser gelungenen Provisorien an Ort und Stelle lassen werden. Es wäre wahrhaftig eine Schande, wenn die einzigen Zeichen, die wir auf dieser kleinen Welt hinterließen, Narben, Schmutz und Unrat auf jedem Quadratmeter wären.«

Lani enthielt sich höflich eines Kommentars.

Es war Virginia kein Geheimnis, daß die Mehrzahl der Astronauten wohlmeinende Mahnungen zur Erhaltung der Natur als wirklichkeitsfremde Spinnerei verkappter Maschi-

nenstürmer abtat. Zwar war es schön und gut, daß andere zu
retten versuchten, was von der armen, ausgeplünderten Erde
noch übrig war, gab es dort doch ohnehin nichts mehr zu holen, aber die Übertragung und Anwendung solcher Vorstellungen auf andere Himmelskörper mußte ihnen – echten
Nachfahren jener ökonomisch-technisch orientierten Macht-
eliten, die schnellen Gewinnen zuliebe in knapp zweihundert Jahren die Reichtümer der Erde verpulvert hatten – als
unbequeme Dickköpfigkeit erscheinen.

Kurzsichtig oder nicht, die allein an Ausbeutung orientierte
Schatzgräbermentalität hatte sich nicht geändert, und auch
auf Erden war eine Mehrheit der Meinung, daß es gleichgültig sei, was auf anderen Himmelskörpern geschehe. Manchmal war selbst Virginia nicht ganz sicher, ob ihre Einstellung
nicht allzu rigoros war.

Sie lenkte die Maschine zu den Materialstapeln zurück und
half Lani ungebeten beim Entladen eines weiteren Lattenver-
schlages mit Fibermaterial zur Innenauskleidung der Stollen.
Lani erwartete Carl Osborn, der mit ihr eine neue Querver-
bindung von Schacht 12 zu Schacht 10 fertigstellen sollte.

Die Maschine arbeitete zu Virginias voller Zufriedenheit.
Das Modell war augenscheinlich wendig und klug genug, um
Lani ohne direkte Fernsteuerung zu helfen. Gemeinsam be-
förderten sie den Lattenverschlag zur offenen Luftschleuse.
Lani brauchte nur gelegentlich selbst Hand anzlegen, um ein
Anstoßen der ungefügen Last zu vermeiden.

»Da wir schon in Verbindung sind, Virginia, möchte ich
Ihnen danken, daß Sie mitgeholfen haben, meine Einteilung
für die Erste Wache zu arrangieren.«

Die Maschinen ließen den Lattenverschlag auf den Boden
der Luftschleuse sinken, und Lani überzeugte sich, daß das
äußere Schleusentor geschlossen werden konnte.

»Nichts dabei, Lani. Ich glaube wirklich nicht, daß ich zu
der Entscheidung etwas beitragen konnte.«

Das war die Wahrheit. Vor drei Wochen, als hundert vorübergehend aus dem Tiefschlaf erweckte Männer und Frauen
wie Ameisen umhergekrabbelt waren, um die Vorbereitungen für den langen Winter zu treffen, hatte Lani Andeutun-

gen wegen einer Beeinflussung der Schichteinteilung gemacht. Sie wollte in die erste Schicht und während der nächsten eineinhalb Tage wach bleiben, wenn fast alle anderen schlafengelegt wären.

Nicht wenige Expeditionsmitglieder schienen mit ihr den Glauben zu teilen, daß Virginia über einen geheimen Zugang zum Zentralrechner der Expedition an Bord der *Edmund Halley* verfüge. Manche hatten sich nicht gescheut, noch dreistere Ansinnen an sie zu richten, sie aber war all diesen mehr oder minder offenen Unterstellungen mit jener höflichen Unverbindlichkeit begegnet, die besser aufgenommen wurde als eine direkte Ablehnung.

Um ehrlich zu sein, hatte Virginia Lanis schüchterne Bitte über allem Herumlaufen und der Aufregung um die Übersiedlung ins Innere des Komentenkerns vergessen, bis sie jetzt daran erinnert worden war.

Die Anziehungskraft des Kometen war so gering, daß Lani die Lattenkiste anschieben mußte, um sie so raumsparend wie möglich zwischen dem übrigen Material unterzubringen.

»Ich weiß, Sie können es nicht offen zugeben, aber ich bin Ihnen wirklich dankbar. Es wäre mir schrecklich gewesen, in meinem Gemütszustand einfach in den Tiefschlaf zu gehen ... soviel Zeit zu verbringen ... Es gibt verschiedenes, was ich noch innerlich verarbeiten muß.«

Obwohl sie ihre Position während der Arbeit ständig verändern mußte, konnte Virginia ihr Gesicht jetzt durch die Visierscheibe des Helms sehen. Die junge Vietnamesin, deren gesundem, glattem Gesicht nicht so leicht eine Gefühlsregung anzumerken war, schien von einer inneren Unruhe ergriffen, denn selbst als sie geendet hatte, arbeitete ihr Mund weiter, als suche sie nach Worten, ihren Zustand auszudrükken.

Nun, es war kaum verwunderlich. Schon vor dem Antritt der Reise hatte man ihnen allen eingeschärft, daß sie einander abwechselnd als Therapeuten, Zuhörer und Seelenhirten zu dienen hätten. Außerdem war die Expedition ein Rettungsanker für manche gewesen, die in der Heimat aus persönlichen, beruflichen oder politischen Gründen nicht vorangekommen waren.

Eine Versammlung von seelisch oder körperlich Verkrüppelten, von Flüchtlingen und Vertriebenen, dachte sie seufzend. Und wenn sie ehrlich mit sich selbst sein wollte, mußte sie zugeben, daß sie nicht weniger verwirrt war als dieses arme Mädchen.

Sie wartete, und nach einer Weile setzte Lani das Gespräch fort. Die automatische Trägerwelle schaltete sich einen Augenblick vor Ankunft ihrer Stimme ein.

»Sagen Sie, Virginia, was halten Sie von den Gesetzen über den Aufenthaltsort bei Geburten und für Mütter mit Kleinkindern?«

Virginia war froh, daß die andere ihr erstauntes Gesicht nicht sehen konnte. »Nun, ich weiß nicht ... Manche finden sie nicht mehr zeitgemäß, aber ich denke mir, daß es Argumente zugunsten beider Seiten gibt. Sicherlich finden Sie diese Gesetze lästig, Lani. Schließlich sind Sie ...«

»Astronautin, ja. Meine Großeltern waren nach Kalifornien ausgewandert, und meine Eltern sind dort von ihrer Ausbildung her ganz und gar naturwissenschaftlich geprägt worden. Mein Vater war so begeistert von der Raumfahrt, daß er mir schon Geschichten über die Zukunft des Menschen im Weltraum erzählte, als ich kaum das Säuglingsalter hinter mir hatte. Er meinte, irgendwie werde die Menschheit eines Tages hier herausziehen und wieder reich und glücklich und großherzig sein. Nur die Langweiler und Stubenhocker würden noch auf der Erde leben. Natürlich sehe ich heute, daß das eskapistische Phantasien waren, denn niemals wird es im Sonnensystem außerhalb der Erde Lebensraum für Milliarden Menschen geben, aber ich ließ mich von diesen Ideen begeistern und wählte meinen Beruf ...«

Virginia rückte unbehaglich auf ihrem Platz hin und her, und die Maschine draußen an der Oberfläche reagierte mit der entsprechenden Körperverlagerung.

»Ihre Eltern hatten sicherlich darin recht, daß die Raumfahrt der Menschheit eines Tages mehr Nutzen wird bringen können, als sie kostet. Freilich weiß niemand, wann das sein wird, aber selbst die Reaktionäre und Leute aus dem Sonnenkreis glauben mehr oder weniger daran. Warum hätte Hawaii sonst so viel in diese Expedition investiert? Diese Hoffnungen werden sich einmal bewahrheiten.

Wenn so viele Menschen und Nationen mißtrauisch abseits stehen, dann liegt es, so glaube ich, vor allem daran, daß die schweren Zeiten des vergangenen Jahrhunderts noch frisch in jedermanns Erinnerung sind und im allgemeinen Bewußtsein nachwirken. Zuerst muß die Raumfahrt der Erde dienen, ihren Kostenaufwand einbringen, bis die Erholung vollständig ist. Aber da würde ich mir an Ihrer Stelle keine Sorgen machen; bestimmt werden Sie noch Ihre Dritte Ebene zu Gesicht bekommen.«

Die Linsen der Maschine hatten sich dem Halbdunkel in der Luftschleuse angepaßt, und Virginia sah, wie Lani den Kopf schüttelte.

»Für mich wird es wahrscheinlich zu spät sein. Wenn ich Kinder haben will, werde ich sie auf der Erde zur Welt bringen müssen, und kein Astronaut wird seinen Beruf aufgeben, um mit mir dort zu bleiben.«

Da war es, wie eine offengelegte Wunde. Virginias Unbehagen nahm zu. Wenn es ein Thema gab, das sie lieber nicht erörterte, dann war es dies.

»Kommen Sie, Lani«, sagte sie mit gespielter Unbekümmertheit. »Sehen Sie das nicht etwas einseitig? Ich meine, als Sie sich für den Beruf entschieden, werden Sie gewußt haben, daß er mit Kindern und Familienleben nicht zu vereinbaren ist.«

Lani blickte auf. Ihre dunklen Augen waren traurig.

»Sicher habe ich es gewußt, und anfangs war ich nur für meinen Beruf Feuer und Flamme, aber mit den Jahren ... Viele von uns lassen Spermien und Eizellen in Banken auf der Erde einfrieren. Manche suchen sich Leihmütter, die ihre Kinder austragen, aber meistens endet es dann mit einer Adoption ... Anders sieht es für diejenigen aus, die keine Leihmütter oder Pflegeeltern finden, weil sie Percelle sind. Sie sind noch schlechter dran als wir Orthos.«

Wenigstens, dachte Virginia ironisch, hatte das Mädchen

noch etwas einzulagern. Eine Fahrkarte in die Zukunft, wenn man so wollte. Was hatte demgegenüber sie, außer ihrer Arbeit?

»Die Strahlungsmengen, in denen Sie leben und arbeiten müssen, machen das notwendig, das wissen Sie selbst, Lani.«

Lani zuckte die Achseln. »Wenn man uns richtige Raumkolonien bauen lassen würde, statt provisorische Verarbeitungsanlagen und enge kleine Wohnzellen mit mangelhafter Strahlenisolation, könnten wir Astronauten heiraten und Familien gründen. Wie die Dinge liegen, müssen die weiblichen Astronauten, die in die Heimat zurückkehren, weil sie Kinder aufziehen möchten, dort bleiben. Fast alle von ihnen heiraten schließlich Männer aus anderen Berufen, weil kein Mann wie Car ... weil kaum ein Astronaut freiwillig seinen Beruf aufgeben würde.«

Virginia versuchte dem Gespräch wieder eine Wendung ins Abstrakte zu geben, wo sie sich sehr viel wohler fühlte. »Das ist eine harte Entscheidung Lani, kein Zweifel. Aber wer sollte die Errichtung solch vollkommener Raumkolonien finanzieren, und wo sollten sie entstehen? Ich glaube, wir können auf die Gesetze vorläufig nicht verzichten ...«

»Diese Gesetze sind untauglich! Sie wissen, daß es nur reaktionäre Maßnahmen gegen etwas sind, was für die Massen neu und beängstigend ist! Man will die Herrschaft über uns hier draußen nicht verlieren! Man fürchtet die Veränderung!«

Virginia unterdrückte ihre erste Reaktion – dem Mädchen zu sagen, es solle sie nicht belehren. Was in aller Welt hatte ein gesundes Mädchen ihr über die Bedingungen des Lebens zu sagen? Über Bitterkeit und den dunklen Schatten der Bedrängnis? Hier draußen gab es nur einen, auf den Virginia hörte und der in ihren Augen das Recht hatte, etwas über diese Fragen zu sagen.

Etwas von dieser Zurückweisung mußte in die Haltung der sechsbeinigen Maschine eingegangen sein. Lani richtete sich auf und hob wie beschwichtigend die Hand.

»Entschuldigen Sie, daß ich laut geworden bin, Virginia.«

»Das ist schon gut, Lani. Kommen Sie, ich helfe Ihnen den Rest hereinschaffen! Sie wissen, daß selbst die Hölle nicht dem Zorn eines Unteroffiziers über unverrichtete Arbeit gleichkommt. Wir müssen fertig sein, ehe Seine Zornröte, Astronaut erster Klasse Carl Osborn, eintrifft.«

Lani lachte, aber es endete mit einem Schnupfen. Virginia streckte vorsichtig einen Greifarm der Maschine aus und berührte den Ärmel des Schutzanzugs. Lani nickte, und sie zogen wieder hinaus unter die Sterne, um den letzten Lattenverschlag hereinzuschaffen.

Sie hatten ihn eben halbwegs zur Luftschleuse gezogen, als von links ein Lichtkegel herübertastete, gefolgt von einer weißlichen Wolke ausgestoßenen Gases.

Gleich darauf kam eine große, in ihrem Schutzanzug unförmig wirkende Gestalt in Sicht. Virginia, die eine jahrelange gute Bekanntschaft mit Carl Osborn verband, erkannte den Astronauten an der trägen Anmut seiner Bewegungen, noch bevor sie das Namensschild an seinem Anzug lesen konnte.

»Hallo, Carl«, sagte Lani.

»Und pünktlich auf die Minute«, fügte Virginia hinzu.

Carl machte abrupt halt.

»Virginia! Du hier oben? Siehe da, konntest dich nicht von mir fernhalten, wie?«

Er beugte sich zu ihrer Maschine nieder. »Ein hübscher Tag für einen Spaziergang an der Oberfläche. Wenn du nächstesmal vorhast, heraufzukommen, solltest du es mir sagen.«

Darauf erst wandte er sich der jüngeren Kollegin zu.

»Hallo, Lani. Geben Sie acht mit diesem Ende, es hängt herunter!«

»Oh. Tut mir leid, Carl. Ich kriege es schon.«

Eigentlich hätte Carl die lebende Person anreden sollen, bevor er zu der sprach, die nur mittelbar anwesend war. Lani Nguyens Helm war unter dem blendenden Schein der Sonne gedunkelt, und Virginia konnte die Reaktion des Mädchens nicht erkennen. Aber sie dachte sich ihren Teil.

»Ich werde Sie mit diesem Geschenk des Himmels für in den Raum verschlagene Frauen allein lassen, Lani«, sendete Virginia. »Er ist sicherlich imstande, auch ohne mich gute Arbeit zu tun, wenn man gut auf ihn achtgibt.«

Carl hatte der Sonne den Rücken zugekehrt, und seine Visierscheibe war klar. Virginia sah ihn alarmiert mit den Augen zwinkern und den Mund öffnen.

»Du könntest eigentlich mitkommen, Virginia. Wir sind bei unseren Tiefbohrungen auf interessante gesinterte und rekristallisierte Formationen gestoßen, die anders als alles sind, was wir bisher angetroffen haben.«

Obwohl sie Carls Aufmerksamkeiten etwas übereifrig und manchmal peinlich fand, mußte Virginia zugeben, daß sie ihr schmeichelten. Er war ein netter Kerl, und verdammt attraktiv ... in der Art eines Kinohelden.

Wenn dieser Typ derjenige gewesen wäre, nach dem sie Ausschau hielt ... aber das war nicht der Fall. Nicht in diesem Leben. Oder zumindest nicht jetzt.

Sie ließ die Maschine einen Knicks nachahmen. »Das hört sich aufregend an, Carl. Ich werde Saul Lintz verständigen. Er und Joao Quiverian fungieren während dieser Wache als die Kometologen vom Dienst. Sicher werden sie begierig sein, deinen Bohrkern zu sehen.«

Carl machte eine säuerliche Miene. Das war offensichtlich nicht, woran er gedacht hatte.

»Bis später, Carl. Viel Glück, Lani!«

Mit einem Signal aktivierte sie die kybernetische Selbststeuerung der Maschine und unterbrach die Verbindung. Die Bilder verblaßten, aber bevor sie ganz erloschen und nur noch die Realität ihres Laboratoriums blieb, bemerkte sie, daß Carl noch immer ›sie‹ ansah, während Lani Nguyen ihn nicht aus den Augen ließ.

2

CARL

Ihre Laser waren blaue Klingen aus Licht, die den siedenden Nebel durchschnitten.

»Nur ruhig halten! Es wird gleich klar sein«, sagte Carl.

Lani Nguyen bohrte den Strahl in einen vorstehenden krustigen Brocken Wassereis. Welch eine Eruption! Es mußte seit einer Milliarde Jahren hier eingeschlossen gewesen sein.

Sie waren bei der Nacharbeit in einem neuen Stollen. Maschinen hatten eine Woche zuvor die grobe Arbeit getan. Für die Nacharbeit war menschliche Arbeitskraft besser; Maschinen hatten die merkwürdige Gewohnheit, messerscharfe, gefährliche Kanten stehenzulassen.

Sie hatten die Lasergeräte mit niedrigem Wirkungsgrad und fächerförmiger Projektion eingesetzt, um vorstehende Hindernisse aus Eis und Gestein abzuschneiden und zu glätten. Stießen sie, was dann und wann vorkam, auf größere Blöcke, so mußten sie außen herum arbeiten oder das Hindernis mit scharf gebündeltem Strahl loskochen. Dann schoben sie ihn zurück zur nächsten Stollenkreuzung, wo eine Maschine sie übernehmen und dem Abraum zuführen würde.

Lani war mit dem Loslösen eines bottichgroßen Blocks beschäftigt, als Carl lakonisch sagte: »Denken Sie an Umolanda.« Sie nickte, ging vorsichtiger ans Werk, zog und rüttelte – und plötzlich platzte der Block unter Druck von hinten aus der Wand. Perliger Nebel strömte in den Stollen.

Lani fächerte fruchtlos mit dem Lasergerät. »Könnte es wieder ein Tonerdevorkommen sein?«

Bisher hatte die Expedition vierzehn solcher Einlagerungen gefunden, und jede hatte Dampf und sogar ein wenig Flüssigkeit enthalten. Carl spähte durch das Loch in der Wand.

Am Boden einer geräumigen, ungefähr kugelförmigen Höhle blubberte ein Teich, aus dem vielfarbiger Dampf aufstieg und die Wände mit frostigen Niederschlägen überzog. »Verdammt! Die Suppe ist am Kochen.«

Lani runzelte die Stirn, was ihr gut stand. »Ursuppe, ja. Lintz und Malenkow sind ganz begeistert davon.«

»Hält sie davon ab, uns im Nacken zu sitzen.«

»Ich wette, Quiverian hat Alpträume, daß die beiden alles mögliche saftige Zeug auf *seinem* Kometen finden.«

Sie streifte einen klebrigen rötlichbraunen Klumpen vom Ärmel. »Iii. Gott allein weiß, was für Zeug das ist.«

Carl lächelte. Lani zog die nüchterne Einfachheit der Arbeit im Raum vor, die Newtonsche Mechanik gerader Linien und bekannter Vektoren. Von sonnengereinigtem Stahl und kahlen, übersichtlichen Oberflächen. Der Schmutz und die schlechten Sichtverhältnisse bei der Arbeit im Stollen waren ihr zuwider.

»Ist es nicht wunderbar, was die Natur mit ein paar einfachen Molekülen anfangen kann?« sagte er mit unbewegter Miene. Seit er Virginias Maschine vor Stunden an der Oberfläche getroffen hatte, war ihm ein wenig unbehaglich zumute. Die Maschine und Lani waren offenbar in ein vertrauliches Gespräch vertieft gewesen und hatten es bei seinem Erscheinen sofort abgebrochen. Vielleicht konnte er Lani dazu bringen, ihm zu verraten, was Virginia bewegte.

Lani zog die dunklen Brauen hoch, dann bemerkte sie verspätet, daß er sie neckte, und errötete. »Das ist nicht komisch. Dieses klebrige Zeug könnte in ein Gelenk geraten und es versteifen.«

»Es wird verdunsten.«

»Meinen Sie? Wie kommt es dann, daß es das nicht schon vor vier Milliarden Jahren getan hat?«

»Es hat unter Druck gestanden.«

»Aber nach der Frühzeit muß alles gefroren gewesen sein.«

»Wahrscheinlich. Dieser Komet war Milliarden von Jahren nichts als ein fliegender Eisberg, weit draußen, jenseits von Neptun. Aber zuvor, als die solare Materie aus kosmischen Nebeln kondensierte und sich verdichtete, gab es im Halleyschen Kometen eine Menge Aluminate. Die chemische Abteilung hat die Zerfallsprodukte analysiert.«

»Ja, ich erinnere mich. Jemand stellte die Theorie auf, es handle sich um Rückstände derselben Supernova, deren Ausbruch die Bildung des Sonnensystems ermöglicht habe.«

»Ja, das ist eine Theorie unter mehreren. Wie dem auch sei, die Zerfallsisotope dieser Aluminate haben die Kammern ausgeschmolzen. Vielleicht hielten sie das umgebende Material lange genug in Bewegung, daß es durchmischt wurde und diese exotischen Molekülverbindungen und Vorformen von Leben bilden konnte, die Lintz gefunden hat. Ich weiß nicht.«

Lani erweiterte die Öffnung mit einer Spitzhacke. »Und Sie

meinen, daß die Sonne diese warmen Stellen wieder aufwärmte, als Halley in seine gegenwärtige Umlaufbahn gezogen wurde? Wärmeeinwirkung bei jeder Sonnenannäherung?«

Carl zuckte die Achseln. »Muß wohl so sein.« Ihm wollte nicht einfallen, wie er dieses Gespräch zu Virginias Geheimnissen überleiten könnte.

»Die Sonnenhitze des letzten Jahres ... die muß noch immer durch das Eis herabdringen und genug Erwärmung erzeugen, daß diese örtlichen heißen Stellen flüssig bleiben.«

»Das stimmt. Malenkow und Vidor haben die Temperatur gemessen.«

Das Sprudeln und Blubbern ließ nach, erstarb. Wattige Wolken zogen über die Flüssigkeit hin, entwichen in den Stollen hinter ihnen und verloren sich.

»Das sehen wir uns einmal an.« Carl stieß einen letzten Gesteinsbrocken aus dem Weg und stieg durch die Öffnung in den Höhlenraum. Der Lichtkegel seiner Stirnlampe tastete durch den Raum.

Carl stockte der Atem. Allenthalben glänzten kristalline Facetten. Spitzen schimmerten rubinrot, smaragdgrün, braunorange. Wohin er die Stirnlampe auch wandte, von überall kamen Lichtbrechungen in blitzenden Aufsplitterungen zurück.

»Ein Kristallpalast«, sagte Lani leise hinter ihm. »Wie schön.«

»Die Farben!«

»Konzentrationen von Metall? Magnesium, Eisenoxid? Kobalt? Die rosa und purpurnen Zwischentöne!«

»Machen Sie ein paar Aufnahmen, Lani! Die Strahlungswärme unserer Anzüge könnte genügen, dies alles zum Schmelzen zu bringen.«

»Meinen Sie?« Lani reichte ihm das Lasergerät und trat zurück, während sie die Kamera losmachte. »Sehen Sie die großen Kristalle!« sagte sie. »Ich kann mich ganz darin sehen! Sie müssen einen Meter Durchmesser haben, mindestens.«

Carl bewegte sich behutsam vorwärts, leicht auf den Zehenspitzen gehend. Die spitz herausragenden arsenblauen

Kristalle sahen besonders gefährlich aus. Sie trugen beheizte Arbeitsanzüge, dünn und flexibel genug für schwierige Arbeiten, doch aus den gleichen gewebten Kettenmolekülen gemacht, aus denen das Fibermaterial der Wandverkleidungen war. Dennoch konnte eine scharfe Kante oder Spitze das Material leicht durchschneiden.

Carl spähte mit zusammengekniffenen Augen in die Regenbogenstreifen des Lichts, das seinen Brennpunkt in ihm zu finden schien. Unwillkürlich kam ihm ein optisches Problem in den Sinn, das ihm vor mehr als einem Jahrzehnt am Caltech gestellt worden war. Was würde man sehen, wenn man sich im Inneren einer reflektierenden Kugel befände? Wie viele Spiegelbilder? Die naheliegende Antwort war: unendlich viele. Die richtige Antwort war, daß man nur ein Spiegelbild sehen würde.

Hier jedoch nicht. Jede Lichtbrechung jeder Facette nährte andere und erzeugte einen Schwarm ungezählter winziger Carls in den verschiedensten Farben. Sie vollzogen jede Bewegung gleichzeitig mit ihm, bunte Insekten, die ihn außer Reichweite in einer Wolke umschwebten.

Schwindelerregend. Tausende von Lanis, die alle eine Kamera bedienten. Zwischen ihnen war eine dunkle Stelle. Er stieß sich vorsichtig ab und glitt näher.

»Hier ist eine Art Bruch oder Verwerfung.«

»Nehmen Sie sich vor diesen scharfen Spitzen in acht, Carl!«

»Ja, keine Bange.«

Er bückte sich langsam und brachte den Kopf mit der Stirnlampe auf gleiche Höhe mit der Öffnung. »Hier scheint es weiterzugehen.«

»Sehr weit?«

»Schwer zu sagen. Ein flüssiges braunes Zeug ist da drinnen. Sieht naß aus.«

»Lieber nicht. Überlassen Sie es den Biologen!«

»Gut.« Er richtete sich auf und schwebte träge zurück über ein glitzerndes Stoppelfeld steiler Kristallspitzen. »He, Essenszeit.«

»Wir können hier essen.«

»In der Zentrale könnten wir gutes warmes Essen bekommen.«

Sie zog ein Gesicht. »Und die Anzüge ausziehen, bloß um hineinzukommen? Und nachher wieder anziehen? Nicht einmal gebratener Fasan mit Kastaniensoße wäre es wert, hier noch einmal anzufangen.«

Sie machten sich an der Decke fest und zogen Proviantröhren hervor. »Dieses Zeug ist ziemlich ekelhaft, auch wenn es sich selbst erwärmt«, brummte Carl. »Oder vielleicht deshalb.«

»Ich nehme das in Kauf, wenn ich nicht bei den anderen sein muß.«

»Ja. Ich verstehe, was Sie meinen.«

Der Proviant war neben den Sauerstoffflaschen in ihren Traggestellen untergebracht, wurde dort erwärmt und war erreichbar, indem man an einer Röhre saugte, die nahe dem Kinn in dem Helm eingeführt war. Das Essen der notwendigerweise verflüssigten Nahrung war kein ästhetischer Vorgang. Dies vertrug sich schlecht mit Lanis natürlicher Anmut, und so wandte sie sich bei jedem Schluck der leichten, aromatischen Brühe zur Seite. Sie schwebte mit untergeschlagenen Beinen und auf den Knien liegenden Armen wie eine asiatische Betende im Lotussitz, eleganter als die übliche gekrümmte Haltung der anderen. Carl war mit ihr als Arbeitskollegin zufrieden. Sie war eine harte Arbeiterin ohne Zimperlichkeit, geschickt, wendig, von unermüdlicher Energie.

»Ich habe es gern, wenn wir für uns sind.«

»Mmh.«

»Besonders, wenn es in einem so schönen, wie juwelenbesetzten Palast ist.«

»Ja, wirklich. Sehr hübsch.«

»Müssen wir jemandem davon erzählen?«

»Äh – wie?«

»Könnte es nicht ein Ort ... nur für uns sein?«

»Ah – wieso?«

»Wenn wir für uns sein wollen. Wir könnten herkommen und uns an den Spiegelungen erfreuen und hätten, nun, Zeit zu reden.«

Diese Wendung des Gesprächs verursachte Carl Unbehagen. »Sehen Sie, jemand würde es sehr bald finden. Ich meine, wir würden eine Durchgangsöffnung in der Isolierverkleidung lassen müssen, um selbst hier hereinzukommen.«

»Nicht, wenn wir es irgendwie tarnten.«

Carl suchte nach einer Antwort, einem technischen Grund, warum es nicht machbar wäre. »Sie meinen, wir sollten es als Druckluke kennzeichnen? Etwas von der Art?«

»So ungefähr.« Sie sah ihn unverwandt an, sagte aber nichts mehr.

Nach längerer Pause ergriff er wieder das Wort. »Jemand würde es bemerken. Sähe Samuelson ähnlich, hier vorbeizukommen und uns zu kontrollieren. Die Versiegelung zu öffnen und die Entdeckung für sich selbst zu wiederholen.«

»Glauben Sie?«

»Klar, er ist ein pedantischer Typ, ein ... hm.« Er konnte sich gerade noch daran hindern, zu sagen: ein Ortho, wie er im Buche steht. Auch Lani war eine Ortho, aber eine von den guten. »Ich möchte das nicht auf meine Kappe nehmen«, sagte er.

Sie nickte. »Ich nehme an, wir sollten es melden.«

»Ja. Samuelson würde vor Wut platzen, wenn er erführe, daß wir den Fund verschwiegen haben.«

»Trotzdem ... Ich hätte gern einen Zufluchtsort, wissen Sie.«

»Im Kometen ist viel Platz. Mehr als fünfhundert Kubikkilometer. Da sollte man schon ein Plätzchen finden.« Er konnte sich nicht vorstellen, daß er jemals das Verlangen haben sollte, sich in ein Loch mit Eiswänden zu setzen, selbst wenn es mit der Möglichkeit verbunden wäre, dem Rest der Dutzend Leute in der Ersten Wache zu entgehen. Wenn man allein sein wollte, ging man besser ins Freie hinaus. Da gab es Raum und Einsamkeit genug.

»Nun, vielleicht später einmal. Wir könnten es ganz allein machen, ohne die Maschinen.« Lani schaute ihn wieder an, einen erwartungsvollen Ausdruck in den Rehaugen. Carl blickte nervös weg.

»Ich weiß nicht. So einen Raum müßte man isolieren.«

Wenn er das Gespräch nicht auf Virginia lenken konnte, wollte er es lieber ganz unpersönlich und ihre Beziehung freundlich-kollegial, aber streng innerhalb der beruflichen Notwendigkeiten halten. Er fing an, über die Isolationsprobleme zu sprechen, und um wieviel schwieriger sie hier zu lösen seien als auf Encke.

Menschen schätzten Temperaturen um dreihundert Grad über dem absoluten Nullpunkt, aber verschiedene der gefrorenen Gase verdampften schon bei hundert Grad über dem absoluten Nullpunkt in einer heftigen Phasentransformation. Es genügte, mit einem beheizten Arbeitsanzug eine unverkleidete Wand zu streifen, um eine Gasverpuffung zustande zu bringen. Die Aufrechterhaltung des Temperaturunterschieds von zweihundert Grad erforderte die Entwicklung flexibler, mehrschichtiger Isolationsmaterialien. Ein bloßer Atemhauch normaler Körpertemperatur würde genügen, die Wand eines nicht isolierten Raumes zu durchlöchern. Ein gewisses Maß an Ausgasung war durch das Stollenlabyrinth im Innern des Kometenkerns trotz Isolation unvermeidlich, und darum mußten die Dämpfe und Gase zur Oberfläche entweichen. Gleichzeitig war die kontrollierte Ausbeutung der gefrorenen Elemente der Schlüssel zum Erfolg der Expedition. Hinzu kam, daß die Biosphäre einen Umlauf von Wasser, Atemluft und Wärme benötigte, der unausweichlich von den Gasen und Staubpartikeln aus Gestein und Metall, die den Kometen durchsetzten, verunreinigt war. Darum mußten die schädlichen Bestandteile der Ausgasungen fortwährend aus der Atemluft gefiltert werden. Nur so gelang es, zum Beispiel den Blausäuregehalt der Luft in den künstlichen Lebensbereichen unter der gesundheitsschädlichen Grenze zu halten.

Ohne ein praktisch wartungsfreies Kreislaufsystem zur Erneuerung der Atemluft und des Wassers würden sehr viel mehr Leute wach und an der Arbeit sein müssen. Das wiederum hätte zusätzliche Anforderungen an die Versorgungsleistungen gestellt und die Kosten in die Höhe getrieben. Dies war der eigentliche Grund, daß das Leben im Innern des Kometenkerns notwendig war. Wie gewöhnlich, hatte der Rechenstift bei der letzten Entscheidung wieder Pate gestanden.

Das Abdichten von Schleusen, Türen und Schlössern, um zu verhindern, daß Wärme an das benachbarte Eis gelangte, war eine schwierige und mühevolle Arbeit, die Carl mißfiel. Er handelte diesen Punkt mehrere Minuten lang in aller Ausführlichkeit ab, nicht weil er sich gern beklagte, sondern weil ihm nichts anderes einfiel, um das Gespräch im unpersönlichen Bereich zu halten. Aber endlich kam er zum Schluß, und es entstand eine lange, unangenehme Pause.

»Ich hatte gehofft, wir könnten Zeit finden, allein zusammen zu sein«, sagte Lani. Sie war so aufgeregt, daß ihre Augenlider flatterten.

»Ja ... ich ... Das habe ich verstanden.«

»Sie haben es gefühlt?«

»Nun ... ich ... ah ...«, sagte Carl lahm.

»Ich kenne Sie jetzt seit zwei Jahren. Lang genug, um zu wissen, daß Sie anders sind als die übrigen.« Ihre Augen waren groß und schwarz und unergründlich. Sie war so direkt und unverblümt, daß es ihn eine Willensanstrengung kostete, nicht wegzusehen. Ihm wurde immer klarer, daß sie dies alles eingeübt hatte.

»An mir ist wirklich nichts Besonderes«, sagte er unbehaglich. »Ich tue meine Arbeit, und sie gefällt mir. Sie ist mein Leben, wie sie das Ihrige ist.«

»Da haben wir viel gemeinsam.«

»Ja, das stimmt.«

»In der langen Zeit, die wir zusammen auf Wache verbringen, könnten wir vielleicht ...« Sie schlug den Blick nieder.

»Ich ... ah ... ich halte viel von Ihnen, Lani.«

»Das freut mich.« Aber ihr Antlitz hatte den konzentrierten, zielbewußten Ausdruck eingebüßt. Ihre Sicherheit schwand dahin. Und er konnte nichts tun. Es gab keine Möglichkeit, ihr die Antwort zu geben, die sie wollte.

»Aber ich meine, ich sehe das ... nicht so persönlich wie Sie.«

Sie erstarrte. »Oh.«

Wenn es um solche Dinge geht, fehlt es ihr wie mir an

Wortgewandtheit, dachte er. Und sie ist nicht feinfühlig genug, meine Andeutungen zu verstehen. Also muß ich es geradeheraus sagen, und das wird sie verletzen. Es war eine unangenehme Aufgabe. »Sie sind eine … eine großartige Kollegin, da gibt es keinen Zweifel.«

Ihre langen Wimpern schlugen mehrere Male. Der schmallippige, breite Mund verzog sich kläglich. »Danke.«

»Mein Gott, bitte fassen Sie es nicht so auf, als wollte … als wollte ich Sie beiseite schieben.«

»Sie brauchen sich nichts dabei zu denken. Sie sprechen die Wahrheit, wie Sie es tun müssen.«

»Sie sind auch wirklich attraktiv, damit hat es absolut nichts zu tun.«

Nun, da er darüber nachdachte, mußte er sich eingestehen, daß sie tatsächlich gut aussah. Und weil sie eine Wache von achtzehn Monaten vor sich sah, suchte sie einen Partner. Wie die anderen alle es auch tun würden. Trotzdem hatte er sie nie anders als eine Arbeitskollegin gesehen. Warum?

Irgendwie war sie einfach nicht sein Typ. Keine augenblickliche Anziehung, kein Herzklopfen.

Oder war das eine Gewohnheit, die er angenommen hatte – alle Frauen abzuweisen, für die er nicht sofort Feuer und Flamme war? Er mied Lanis Blick und sog an seiner Proviantröhre. Sogar im Urlaub auf der Erde hatte er stets auf klare Verhältnisse Wert gelegt. Als Astronaut hatte man Chancen beim schönen Geschlecht, und es gab viele leichtlebige und abenteuerlustige Frauen, denen man ohne weiteres zu verstehen geben konnte, daß man an zwei Wochen Sex und Gelächter und Spaß in der Sonne interessiert war. Manchmal war er versucht gewesen, die Telefonnummer einer Frau aufzubewahren und sie nächstes Mal anzurufen, aber sobald er wieder draußen im Arbeitsleben steckte, verblaßten die Bilder, und sein kühler Ehrgeiz regierte. Er rief niemals an.

Die Gelegenheit begünstigte denjenigen, der vorbereitet war, wie die alte Redensart lautete, aber hier draußen begünstigte sie auch die ungebundene Seele. Wenn eine lange Mission anstand, fiel Männern mit Familienbanden die Teilnahme schwer. Und der beratende Psychologe zog das in Betracht, was die Einsetzbarkeit des Betreffenden und damit seine Einstufung verringerte. Man behauptete, solche Diskriminierungen gäbe es nicht, aber jeder kannte die Wahrheit. Dies alles fand in seine Berechnungen Eingang. Und so war die große Chance – Halley – gekommen und hatte seine Strategie gerechtfertigt.

Außerdem war Lani eine Ortho. Diese Leute sollten unter ihresgleichen heiraten.

Virginia hingegen war klug, attraktiv und eine Percell. Jede Menge Temperament. Am besten hielt man sich an seinesgleichen. Mit Ausnahme der Urlaubszeiten hatte er diese Politik befolgt, seit sein jugendlicher Überschwang nachgelassen und er Zeit gehabt hatte, wirklich zu denken. Im Raum gab es genug Percellfrauen, um ihn vollauf zu beschäftigen.

So sehr er sich bemühte, im Ortho-Percell-Konflikt eine vermittelnde Haltung einzunehmen, sein persönliches Leben war eine andere Sache. Zwar mochte es für einen Percell kluge Taktik sein, zu behaupten, daß alle gleich seien, doch konnte dies nicht bedeuten, daß man die menschliche Natur ignorieren durfte. Er war überzeugt, daß die menschliche Rasse früher oder später eine Spaltung durchmachen würde. Die Orthos würden den Percellen immer mit Mißtrauen begegnen, das war nur natürlich. Am besten wahrten die beiden Rassen Distanz, indem sie den Weltraum zu einer Percelldomäne machten. Kreuzungen zwischen beiden würden nichts lösen, sondern die Lage nur verschlimmern.

Er streckte ihr die Hand hin. »Es gibt keinen Grund, daß wir nicht weiterhin als gute Kollegen zusammenarbeiten und Freunde sind.«

Sie ergriff die dargebotene Hand, und sogar durch den Isolierhandschuh ihres hellblauen Schutzanzugs konnte er ein sehnliches, zupackendes Verlangen spüren. Ihr Körper verriet, was ihr Gesicht verborgen hatte. Sanft machte er sich los.

»Ich ... ich hatte gehofft ...«

»Gewiß, ich kann das verstehen.«

»Es werden während jeder Wache nicht viele von uns Dienst tun.«

Er runzelte die Stirn. »Ja, wir werden die Rotation noch genauer ausarbeiten müssen.«

»Ja. Es wird eine öffentliche Diskussion notwendig sein.« Sie schnupfte, machte eine Bewegung, als wollte sie sich mit der Hand die Nase wischen, und hielt inne, als der Handschuh den Helm berührte. Sie mußte sich des Tropfenfängers hinter der Visierscheibe bedienen. »Ich ...«

Es war eine peinliche und unglückliche Situation. Daß sie seinetwegen weinte, während er die ganze Zeit nicht einmal an sie gedacht hatte. Er haßte derartige Szenen, und diesmal um so mehr, als er entdecken mußte, daß er ein dickfelliger Klotz gewesen war, ohne es zu wissen. Als ob andere Leute auf Frequenzen eingestimmt wären, die er selbst nicht empfangen konnte.

Unter diesen Empfindungen aber regten sich auch Befriedigung und Stolz. Die alten Verhaltensweisen waren noch immer stark und tief genug verwurzelt, daß ein Mann sich von einem unerwarteten Antrag geschmeichelt und angenehm überrascht fühlte. Natürlich würde er niemandem davon erzählen, aber vielleicht könnte er Jahre später einmal Virginia eine Andeutung machen ...

Lani schnupfte wieder. Sie schloß die Augen und nieste vernehmlich, ein Geräusch, das durch die Kopfhörer in beinahe schmerzhafter Verstärkung an sein Ohr drang.

Sie zwinkerte und blickte trübe in ihrem glitzernden Kristallpalast umher, dessen Schönheit sie jetzt gleichgültig ließ.

Carl erkannte unterdes kläglich, daß sie überhaupt nicht um ihn geweint hatte. Sie hatte ihren fehlgegangenen Antrag bereits abgetan und konzentrierte sich auf näherliegende Dinge.

Sie hatte eine Erkältung.

3

SAUL

Saul schneuzte sich und steckte das Taschentuch weg.

Die hektischen Wochen des Umzugs und der Einrichtung des Stützpunkts waren in die lange, hohle Stille der Ersten Wache übergegangen. Und in dem Maße, wie seine verdammte Erkältung andauerte, ging er Nikolai Malenkow und seiner skeptischen medizinischen Sorgfalt mehr und mehr aus dem Weg. Es war nur eine Frage der Zeit, daß Malenkow etwas über sein unaufhörliches Schnupfen sagen würde.

Er war nicht sicher, was Malenkow tun würde, wenn sich nicht bald Besserung einstellte, aber Saul war nicht gewillt, sich ins Kühlfach zu legen. Wenigstens nicht vorläufig. Es gab einfach zuviel zu tun.

Er drückte die Knochenhöhle über der Nase zwischen Daumen und Zeigefinger. Die verräterischen Antihistamine hatten ihn in einen Zustand ständiger Benommenheit versetzt, aber das ließ sich nicht ändern.

Er betrachtete die pastellfarbenen Wände des schwerelosen Gesellschaftsraums, der die beengten Freizeitmöglichkeiten des Zentrifugalrades ergänzen sollte. Der kahle, halbleere Raum bot einen wenig einladenden Anblick. Mit Ausnahme einiger Sessel und Vitrinen war der einzige fertig eingerichtete Teil hier bei der Selbstbedienungsbar. Wahrscheinlich würden Jahre vergehen, bis der Gesellschaftsraum aussehen konnte, wie die Planer es sich vorgestellt hatten.

Das dünne Kopierpapier von Ausdrucken bedeckte den Tisch vor ihm bis auf den Platz, wo ein transportables holographisches Projektionsgerät einen Querschnitt des acht Kilometer langen Sphäroids zeigte, der der Kern des Halleyschen Kometen war.

Nur am oberen Rand der Darstellung, nahe dem Nordpol, war ein spärliches Stollennetz zu erkennen, wo Menschen eingedrungen waren.

Zuviel Grundbesitz, um ihn jemals wirklich zu kennen. Und doch viel zu wenig, um eine Heimat daraus zu machen.

Der Mann gegenüber hüstelte höflich.

»Entschuldigen Sie, Joao«, sagte Saul. »Diese Benommenheit ist schlimmer als die Erkältung selbst.«

Der brasilianische Kometenforscher gab sich damit zufrieden und faßte zusammen, was er gesagt hatte, ehe Sauls Geistesabwesenheit ihn zum Abbrechen seines Vortrags gebracht hatte.

»Es geht um diese Kavernen, Saul.« Er steckte die Hand in das computererzeugte Bild und machte eine Bewegung wie ein Fingerschnippen. Obwohl in dem holographischen Projektionsraum nichts als Luft war, las das Gerät seine Absicht, als ob er eine Seite umgewendet hätte. Die Wiedergabe des Querschnitts drang in tiefere Schichten des Kometenkörpers vor und zeigte neue Stollennetze im Norden und Osten, die eine Anzahl länglicher Höhlungen miteinander verbanden.

»Ich glaube, ich habe eine Antwort auf die Frage, wie die Kammern entstanden sind«, verkündete Quiverian.

Saul blickte von der holographischen Darstellung zu Quiverians blassem, schmalem Antlitz, dessen Hakennase die Ähnlichkeit mit einem Raubvogel verstärkte. Die leichte Erregbarkeit und Unberechenbarkeit des Mannes ließen den Vergleich noch passender erscheinen.

»Ich dachte, darüber bestünde bereits Klarheit«, sagte Saul vorsichtig. »Der Komet bildete sich aus demselben kosmischen Material, dessen Gas- und Staubmassen mit der allmählich einsetzenden Wirkung der Gravitationskraft nach und nach Verdichtungskerne bildeten, aus deren größtem die Sonne und aus deren kleineren die Planeten entstanden. Die fortschreitende Verdichtung bewirkte Erhitzung bis zu radioaktiven Reaktionen, der Entstehung neuer Elemente und schließlich dem Prozeß der Kernfusion, der in der Sonne noch im Gange ist. Im Falle der kleineren Himmelskörper, wie unserem Kometen, ging dieser Prozeß mangels Masse frühzeitig zu Ende, und je nach Größe begann die Abkühlungsphase. Hier im Kometen erwärmten radioaktive Zerfallsprodukte Teile des Innern, wodurch die Höhlungen ausgeschmolzen wurden, während die äußere, der Weltraumkälte ausgesetzte Schale kalt blieb, eine Isolierschicht um die geschmolzenen Stellen im Innern.«

Quiverian wedelte ungeduldig mit der Hand.

»Ja, ja, diese alte Theorie. Aluminium, Aluminate und andere kurzlebige Elemente werden eine Zeitlang sicherlich Ausschmelzungen bewirkt haben.«

»Ich habe damit angefangen, ein auf dieser Theorie beruhendes Modell der Biogenese zu entwickeln. Aber nun sagen Sie, die Theorie sei nicht mehr aktuell?«

Quiverian beugte sich eifrig vor. »Radioaktive Zerfallsprodukte können nicht genug Wärme erzeugt haben, um alle beobachteten Aufschmelzungen zu bewirken. Und sie erklären auch nicht das Ausmaß der Fraktionierung, die wir festgestellt haben.«

»Fraktionierung?«

»Das Ausmaß, in dem Elemente und Minerale durch einen dynamischen Prozeß voneinander getrennt wurden und diese Erzkörper bildeten, die wir allenthalben finden. Die Theorie der Restradioaktivität kann diese Dinge nicht erklären, Saul. Verstehen Sie? Darum habe ich die Literatur nach anderen Ursachen durchforscht.«

»Nun, das hört sich tatsächlich interessant an, Joao. Ich wollte Malenkow gerade sagen, daß allem Anschein nach nicht genug ...«

»Haben Sie eine Minute Nachsicht mit mir, Saul.« Quiverian blätterte einen Stapel von Ausdrucken durch. »Da ist etwas, was ich Ihnen zeigen möchte. Ich habe es irgendwo hier.«

Saul zuckte die Achseln. »Lassen Sie sich Zeit, Joao!« Einstweilen war er zufrieden, sich eines momentan klaren Kopfes zu erfreuen, und die mit einem leichten Mandelgeruch behaftete Luft war endlich einmal frisch in seiner Nase. Er betrachtete die langsam rotierende Computerdarstellung des Kometenkerns.

Seismische Untersuchungen hatten den größten Teil der dreidimensionalen Karte mit undeutlichen grauen und weißen Bruchlinien durchzogen, die in verschwommenen Umrissen die Lage von vielen der größeren Verwerfungen und

Höhlen zeigte. Immerhin blieb im wesentlichen alles bis auf einen kleinen Teil des Himmelskörpers geheimnisvoll und unerforscht – ein Bereich, dessen Untersuchung den langen, ruhigen Wachen der kommenden Jahrzehnte überlassen werden konnte. Weniger als ein Zehntel der Gesamtmasse, ein Gebiet, das sich um den Nordpol erstreckte, konnte als gut bekannt bezeichnet werden.

Die nördliche Rotationsachse wurde von einer dünnen orangefarbenen Linie durchbohrt, die »Schacht 1« markiert war und einen Kilometer tief gerade hinab zu einer Ameisenkolonie von Kavernen und Stollen führte, die ›Zentralkomplex‹ etikettiert war. Zu ihr gehörten auch dieser Gesellschaftsraum und die meisten wissenschaftlichen Arbeitsräume und Laboratorien. Der Schacht setzte sich einen weiteren Kilometer ins Innere fort und endete ungefähr auf halbem Wege zum Mittelpunkt des Kometenkerns.

Entlang seiner Ausdehnung gingen zahlreiche horizontale Stellen vom Schacht 1 aus, angefangen mit den rot eingefärbten der Ebene A nahe der Oberfläche, über die grün bezeichnete Ebene F hier, wo sie saßen, bis hinab zur gelb markierten Ebene N.

Anderswo war die Einteilung weniger übersichtlich. Verschiedentlich öffneten sich Stollen in große natürliche Höhlen, die erst bei den Ausschachtungsarbeiten entdeckt worden waren. Drei dieser großen Höhlenräume enthielten jetzt die Bugteile der Transportsonden *Sekanina, Whipple* und *Delsemme,* sowie die Mehrzahl der schlafenden Kolonisten. Eine weitere Höhle, näher an der Oberfläche, beherbergte jetzt das beinahe wieder zusammengesetzte Gravitationsrad der *Edmund Halley.*

Die computererzeugte Darstellung war so gut, daß sie sogar die mit Planen bedeckten Lagerstapel zwischen den Eishügeln um den Nordpol und unweit von Schacht 1 den teilweise abgewrackten Rumpf der *Edmund Halley* zeigte, der mit Trossen an drei Masten festgemacht war. Als Saul genauer hinsah, glaubte er sogar zwei winzige Punkte auszumachen, die sich dort bei der *Edmund Halley* bewegten: winzig kleine menschliche Gestalten ... Es mußten Kapitän Cruz und der technische Leiter Vidor sein, die Inventur machten und das Arbeitsprogramm für die nächsten eineinhalb Jahre langen Wachen vorbereiteten.

Saul war Computerdarstellungen von seiner Arbeit her gewohnt. Gewohnheitsmäßig ›tauchte‹ er visuell in die einzelligen Lebensformen, die er studierte. Gleichwohl fand er diese Wiedergabe vollkommen in ihrer detailreichen Genauigkeit. In Reichweite der Drehantennen des zentralen Rechners konnte man überall Bildausschnitte heranholen und sich die Aktivitäten der diensttuenden Besatzungsmitglieder überspielen lassen, durch eine automatische Gerätesperre auf die Arbeitszeit beschränkt, gleichwohl aber ein nahezu perfektes Überwachungsinstrument. Die Privatunterkünfte zeigten sich in der Darstellung als kleine schwarze Würfel, die entlang den Stollen der Ebenen E, F und G aufgereiht waren und deren Innenleben der Computersimulation mangels Daten nicht zugänglich war.

Astronauten waren es gewohnt, in engen Räumen zu leben. Tatsächlich mußte ihnen die Weiträumigkeit dieser Stollen und Höhlenanlagen gleichsam paradiesisch erscheinen. Für Zivilisten wie Saul aber hatte die Kolonie etwas zuviel vom System eines Ameisenhaufens.

Zu Höhlenbewohnern sind wir geworden, dachte er, zu regelrechten Kobolden. Doch gibt es an Planung und Durchführung nichts auszusetzen. Alles entwickelt sich planmäßig.

Und da er abergläubisch war, klopfte Saul in Ermangelung eines hölzernen Gegenstandes an die Seite seines Kopfes und lächelte.

Selbst das vorauszusehende Aufsehen, das seine Entdeckung hervorgerufen hatte, war weniger lästig gewesen als erwartet. Die Zeitverzögerung in allen Kommunikationen mit der Heimat hatte ihm die Möglichkeit gegeben, seine Medieninterviews so zu führen, daß man ihn nicht überrumpeln konnte. Die Nichtbeantwortung gefährlicher Fangfragen oder bösartiger Angriffe konnte einfach mit ›Empfangsstörungen‹ erklärt werden. Es hatte deutliche Vorteile, wichtige Entdeckungen weit entfernt von der wankelmütigen und leicht erregbaren Menge zu machen.

Leider war ihm noch immer nicht eingefallen, wie es hatte geschehen können, daß primitive prokaryotische Organismen gefroren unter der Oberfläche eines urzeitlichen Eisballes gefunden wurden. Niemand konnte sich vorstellen, wie die Lebensformen hierher gekommen waren, geschweige denn, wie sie gelebt hatten.

»Ich hab's!« rief Quiverian und hielt ein dünnes Blatt in die Höhe. »Wie ich sagte, es ging um die Erklärung der vielfachen Anzeichen früherer Schmelzvorgänge, die wir hier sehen. Nun, auf meiner Suche stieß ich wiederholt auf Stellen, die sich mit der induktiven Aufheizung während der T Tauri-Phase der Sonne befassen.«

»Wie meinen Sie?« fragte Saul ratlos.

Quiverian lächelte. »Ich verstehe. In Ihrer Ausbildung werden Sie kaum etwas mit Sonnenphysik zu tun gehabt haben, nicht wahr? Nun, vielleicht kann ich es Ihnen mit wenigen Worten erklären T Tauri ist der Name eines ziemlich neuen Sterns im Sternbild Stier; eine ganze Klasse von Sternen wurde danach benannt. Wissenschaftler beschäftigen sich seit mehr als einem Jahrhundert mit dem Studium dieser Objekte. Eigentlich sind sie keine besonders gearteten Sterne, sondern vielmehr eine Phase in der Entwicklung eines jungen Sterns. Unsere Sonne muß sie frühzeitig nach der Entstehung des Sonnensystems durchlaufen haben.«

Quiverian steckte die langen Finger ineinander und blickte ins Leere, als versuchte er aus dem Gedächtnis zu zitieren. »Das interessanteste Merkmal eines Sterns vom T Tauri-Typ ist der unglaublich starke Sonnenwind: Strömungen erhitzter Protonen und Elektronen, die in Gasausbrüchen fortgeschleudert werden.«

»Ich weiß wirklich, was der Sonnenwind ist«, sagte Saul sanft.

»Um so besser! Was Sie wahrscheinlich nicht wissen, ist, daß der Sonnenwind während der T Tauri-Phase unserer Sonne um ein Vieltausendfaches stärker gewesen sein muß als jetzt. Und dieser Partikelstrom trug ein wahrhaft großartiges Magnetfeld.«

Quiverian blickte ihn erwartungsvoll an, aber Saul konnte

nur den Kopf schütteln. »Tut mir leid, ich weiß nicht, worauf Sie hinauswollen.«

Der Brasilianer schnalzte mißbilligend. »Diese unwissenden Biologen! Können Sie es nicht sehen? Die Protoplaneten und Kometen jener Zeit durchliefen alle dieses gewaltige Magnetfeld, während sie die junge und sehr viel größere Sonne umkreisten. Man kann den Vorgang mit einem riesigen Generator vergleichen. Lorentz-Kräfte. Widerstände. Wirbelströmungen!«

Saul klatschte in die Hände. »Ah, masel! Induktive Erwärmung!«

Quiverian rümpfte die Nase. »Hat man Ihnen in Haifa wenigstens etwas beigebracht. Sehen Sie jetzt? Verstehen Sie?«

Saul nickte. Seine Gedanken eilten bereits voraus. »Die der Weltraumkälte ausgesetzte Oberfläche würde kalt bleiben, eine nahezu vollkommene Isolierdecke. Selbst wenn das Innere größtenteils aus flüssigem Wasser bestanden hätte, wäre die Wärme gefangen geblieben und hätte nicht entweichen können.«

»Richtig. Natürlich arbeitet das Modell nur unter bestimmten Bedingungen. Man braucht einen sehr großen Kometen, wie den Halleyschen, und ziemlich viel Salze oder andere Quellen freier Elektrolyten, wie wir sie hier gefunden haben.«

Saul stemmte unbewußt die Hände auf den Tisch und hob sich damit vom Stuhl, so daß er in lächerlicher Haltung hilflos schwebte, ehe es ihm gelang, den Körper wieder unter Kontrolle zu bringen. Seine Muskeln waren von zuviel Laborarbeit und zu wenig Gymnastik verspannt. Vielleicht sollte er doch einmal versuchen, an den Ballspielen der anderen teilzunehmen.

»Wie lang dauert diese Phase?«

Quiverian hob die Schultern. »Das wissen wir nicht, jedenfalls nicht sehr lange. Vielleicht ein paar Millionen Jahre. Aber lange genug, um diese Hohlräume zu schaffen! Und angesichts der starken elektrischen Aufladung der Teilchen ist leicht zu sehen, wie es dazu kommen konnte, daß zahlreiche Elemente und Verbindungen sich in dünnen Adern durch den ganzen Kern verteilten.«

Quiverian hatte offensichtlich alle Ursache, in gehobener Stimmung zu sein. Er hatte Saul um seine Entdeckung und die Aufmerksamkeit, die diese in der Presse gefunden hatte, beneidet, aber nun konnte er eine eigene, nicht unbedeutende Leistung vorweisen. Seine Theorie würde zweifellos als sensationell diskutiert werden, vor allem in seinem Heimatland.

»Meinen Glückwunsch, Joao«, sagte Saul aufrichtig. »Das ist wirklich großartig. Ich nehme an, Sie haben Ihre Kollegen zu Hause bereits von Ihrer Theorie unterrichtet.«

»Ja, selbstverständlich.«

»Darf ich dann eine Kopie von Ihrem Quellenverzeichnis haben, um es durchzusehen?«

»Nehmen Sie! Nehmen Sie es, es ist eingespeichert!«

Saul war drauf und dran, ihm einige der Ideen mitzuteilen, die ihm kreuz und quer durch den Kopf schossen. »Ich bin sicher, Joao, daß diese Erkenntnisse mir in meinen eigenen Untersuchungen helfen werden.«

Aber Joao schien nicht sonderlich interessiert, diesen Gedankengang aufzunehmen. »Das freut mich. Aber wissen Sie, ich werde Hilfe brauchen. Um die Theorie einwandfrei auszuarbeiten, werden sehr komplexe Computersimulationen notwendig sein. Und ich möchte nicht von zu Hause Hilfe anfordern, solange die Sache nicht besser entwickelt ist. Können Sie helfen, Saul? Sie sind gut in solchen Dingen.«
Es entstand eine kurze Pause.

Saul wiegte den Kopf von einer Seite zur anderen. »Als Dilettant mag ich einigermaßen brauchbar sein. Aber warum fragen Sie nicht Virginia Herbert? Sie tut mit uns in dieser Wache Dienst und ist eine der besten Fachkräfte.«

Quiverian schaute unbehaglich drein, als wäre ihm lieber gewesen, wenn Saul ein etwas verdrießliches Thema nicht zur Sprache gebracht hätte. »Ich weiß nicht, aber ich halte diese Herbert nicht für sehr kooperativ«, sagte er knapp. »Ihre Art ...« Er zuckte die Achseln und ließ den Rest ungesagt, als wäre ohnedies klar, was er meinte.

Und Saul war ziemlich sicher, daß er verstand, was Quiverian meinte. Er hatte es früher schon gehört.

»Wir können keine Flüchtlinge aufnehmen. Wir haben unsere eigenen Probleme, und die Art dieser Leute, das muß einmal gesagt werden, ist seit Hunderten von Jahren immer wieder zum Problem geworden.«

»Sollen sie doch in ihrem Gelobten Land bleiben. Zuerst haben sie dafür gekämpft, und nun laufen sie vor ihren eigenen Leuten fort. Leute von der Art zieht es eben immer dorthin, wo es was zu holen gibt.«

»Es kann keine Rede davon sein, daß sie in Lebensgefahr geschwebt hätten. Sie brauchten nur die Gebote ihrer eigenen Religion befolgen. Und es besteht Religionsfreiheit und alles ...«

»Mit denen hat es immer schon Probleme gegeben ...«
»Ihre Art ...«

Quiverian bemerkte Sauls verdüsterte Miene und regte sich nervös auf seinem Platz. »Diese Percelle sind verschlossen, nicht zur Zusammenarbeit geneigte Leute, Saul. Ich glaube kaum, daß sie bereit sein würde, einem Kollegen aus einer anderen Fachrichtung zu helfen, wenn sie daraus nicht selbst Gewinn ziehen kann.«

»Ich werde mit ihr sprechen und Ihnen wieder Bescheid geben, Joao. Wir könnten morgen wieder zum Mittagessen hier zusammentreffen. Und wir sollten Nikolai Malenkow an der Diskussion beteiligen. Vielleicht werde ich bis dahin selbst ein paar neue Gedanken beizutragen haben.«

Er war froh, als Quiverian sich mit einem verdrießlichen Kopfnicken begnügte und seufzte: »Ich werde hier sein.«

Als Saul ging, betrachtete der Kometologe die langsam rotierende holographische Darstellung, deren Farben einen matten Widerschein auf seine scharfgeschnittenen Züge warfen. Und Saul fiel auf, daß Quiverian nicht besonders gut aussah.

Der Bursche sollte sich mehr Schlaf gönnen, dachte er. Es könnte ihn zu einer positiveren Lebenseinstellung führen.

Eine Stunde später saß Saul vor seiner eigenen holographischen Projektion an der Arbeit, murmelte Anweisungen in ein Mikrophon und versuchte in dem Bemühen, mit den eigenen Denkprozessen Schritt zu halten, seinen Computer zu füttern. Ideen kamen rascher, als er sie notieren, geschweige denn in das neue Modell integrieren konnte. Jedesmal, wenn er einen Aspekt untersuchte, öffnete sich vor seinem inneren Auge ein neuer Ausblick auf unerwartete Verästelungen.

Es war der echte schöpferische Prozeß, weniger eine Trance als eine Art göttlicher, nervöser Inspiration, ebenso anstrengend wie erregend.

Aber er konnte es beinahe sehen. Da war es, aufflackernd und wieder erlöschend wie ein Irrlicht jenseits eines von Nebeln umzogenen Sumpfes. Eine Theorie. Eine Hypothese.

Eine Erklärung, wie es im Halleyschen Kometen zu einer geheimnisvollen Entwicklung von Leben gekommen sein konnte.

Saul hatte Wochen mit dem Studium des Datenmaterials verbracht, das die Expedition über diesen kleinen Himmelskörper gesammelt hatte, und er hatte sämtliche Zutaten untersucht, die aus der Speisekammer der urzeitlichen Sonne stammen mochten. Sie waren alle da, aber die richtige Küche hatte gefehlt.

Jetzt aber schien Joao Quiverians Theorie den Kochtopf zu liefern, nach dem er gesucht hatte. Doch statt das Geheimnis zu lüften, türmten sich neue Fragen noch rascher auf als zuvor.

Die T Tauri-Phase ... In ihrer Jugendzeit war die Sonne ein ungebärdiges Kind.

Also hatte es Elektrizität gegeben. Großartig. Aber wieviel, und für wie lange?

Es gab Zyan und Kohlendioxid und Wasser, wie sie die Uratmosphäre der Erde gesättigt haben mußten, also konnte es relativ frühzeitig zur Bildung der grundlegenden Aminosäuren gekommen sein. Aber die nächsten Schritte waren schwieriger zu erklären. Gab es beispielsweise Tone oder Eisenoxide, die sich als Anreicherungsorte eigneten? Die Liste der Faktoren wurde länger und länger, das dreidimensionale

Netz wechselseitiger Beziehungen in seiner holographischen Darstellung wurde immer komplizierter, ein ragendes, schwankendes Bauwerk aus zusammengeklebten Annahmen.

Er verwünschte sich selbst und die Maschine. Seine Finger fühlten sich wie unbeholfene Würste an, und die geheimnisvolle Mathematik, die er aus den astronomischen Berechnungen eingebracht hatte, blieb außerhalb seiner Reichweite. Er war außerstande, die Gleichungen in das Gesamtschema, wie es ihm vorschwebte, zu integrieren.

Aus einer Stunde wurden zwei, dann drei, aber es wollte einfach nicht gelingen. Er zog die eingespeicherten Informationsblocks einen nach dem anderen zurück und setzte noch mehr parallele Prozessoren ein, um die Aufgabenstellung zu wiederholen. Es war alles andere als ein eleganter Annäherungsversuch und glich dem Vorgehen eines Mannes, der im Dunkeln ein Haus suchte und zu diesem Zweck eine Elefantenherde in die Nacht hinausjagte, weil er hoffte, aus dem Geräusch splitternden Holzes die Richtung zu erfahren.

Ich fasse dies alles falsch an, dachte er. Ich sollte ein Bier trinken gehen. Etwas von Bach hören. Oder die Wandprojektion auf einen Sonnenuntergang in der Südsee umstellen. Abwarten, bis es sich setzt.

Er trommelte mit den Fingern auf der Armlehne. Vielleicht sollte er Hilfe anfordern. Grübelnd saß er in sich versunken, nicht so sehr müde im Körper wie im Geist, im Herzen.

Dies, die Ausforschung von Geheimnissen der Natur, war die einzige Freude, die ihm im Leben geblieben war. Und noch immer war er frustriert und ungeduldig wie ein kleiner Junge, wann immer es schien, daß die Natur sich ihm zu entziehen suchte und ihn zwang, ihr die Geheimnisse durch Schmeichelei und allerlei Überredungskünste zu entlocken, statt sie freiwillig und ohne ein Ringen preiszugeben.

Wie viele von den Freuden des Lebens waren zum Zeitpunkt ihres tatsächlichen Geschehens schmerzhaft? Vergib mir, Miriam, dachte er bei sich, aber du wußtest immer, daß ich das Leben und die Natur ein wenig mehr liebte als dich und die Kinder.

Und nun saß er da und war verdrießlich, weil seine älteste Liebe ihm wieder einmal nicht entgegenkommen wollte.

Sein Blick fiel auf die holographische Darstellung, und er setzte sich mit einem Ruck auf.

Was zum ...

Die plötzliche Bewegung hob ihn vom Stuhl, aber er bemerkte es kaum. So unglaublich es scheinen mochte, etwas geschah ohne sein Zutun mit der Darstellung vor ihm. Eine Umwandlung fand statt.

Sie begann im oberen rechten Quadranten der Berechnung. Auf einmal wurden die Elemente um die Ränder undeutlich. Stücke schienen sich willkürlich voneinander zu lösen, stießen gegeneinander. Dann begann sich der Gordische Knoten der Logik unerklärlich aufzulösen. Zuerst dachte er, die gesamte Darstellung falle einfach auseinander. Dann sah er, daß es nicht so war.

Aus dem Chaos nahmen neue Formen Gestalt an. Aus komplizierter Häßlichkeit wurde einfache Schönheit!

Es war so, als sähe er eine Lösung in wachsenden, wunderschönen Kristallen ihren Niederschlag finden. Es war zu schön.

Jemand oder etwas mußte seine Hand im Spiel haben. Und mit diesem Gedanken kam eine weitere Erkenntnis: daß dieser Jemand oder dieses Etwas offensichtlich ein gutes Stück klüger war als er.

Gleichungen gingen auf wie eine von RNS gespaltene Zelle. Die Teile fielen auseinander, und während er noch in Verblüffung starrte, ordneten sie sich Reihe um Reihe zu einem leuchtenden Gebäude der Logik. Und an der Spitze ...

Sein Atem ging schneller, als er die gipfelnde Formel las. Der Pulsschlag pochte hörbar in seinen Schläfen.

»Ich bitte um Entschuldigung, daß ich mich ungefragt eingemischt habe, Saul. Aber Sie trampelten durch das ganze Datensystem. Früher oder später hätten Sie zwangsläufig Alarm ausgelöst.«

Saul kam zu sich.

»Das ist schon in Ordnung, Fräulein Herb ... ah ... Virginia ich ... ich bin Ihnen dankbar für die Hilfe.«

Nach kurzer Pause ging ein holographisches Projektionsgerät zu seiner Linken an und Virginia Herberts Gesicht kam darin zum Vorschein, zuerst undeutlich wie durch Hitzeflimmern, dann klar und von satter Farbe, die Assoziationen mit salzigen Meeresbrisen und tropischer Sonne hervorrief. Das lange schwarze Haar floß ihr über die Schultern, locker und ein wenig aufgebauscht, als hätte sie es erst vor Augenblicken eilig gebürstet.

»Ich bin froh, daß Sie nicht zornig auf mich sind.«

Er lachte. »Zornig! Sie haben einen von uns gerettet, entweder mich oder diese verstockte Maschine!«

Virginia lächelte. »Na, es ist eine Erleichterung zu wissen, daß ich das Richtige getan habe. Allerdings muß ich zugeben, daß es ziemlich kompliziertes Zeug ist, womit Sie da arbeiten, und daß ich nichts davon verstehe. Ich bin bloß eine glorifizierte Zahlenakrobatin.«

»Da bin ich anderer Meinung«, sagte Saul. »Sie sind eine Künstlerin.«

Virginias olivbraune Haut wurde merklich dunkler, und ihr »Danke schön« war kaum hörbar. Saul tauschte ein langes Lächeln mit ihr aus.

»Ach, wenn Sie mögen, könnten Sie zu mir herunterkommen, dann würde ich Johnvon an Ihrem Problem arbeiten lassen. Sie wissen, er ist ein stochastischer Prozessor. Und ich glaube, das macht ihn für die Art von Aufgabe, die Sie dort haben, viel geeigneter als diese alten parallelen Recheneinheiten. Ich bin sicher, daß wir eine Simulation aufbauen können, neben der diese da sich wie eine Bildergeschichte mit Strichmännchen ausnehmen wird.«

Saul nickte. »Nur wenn ich eine Flasche mitbringen darf, Virginia. Ich habe das Gefühl, wir werden es brauchen.«

»Abgemacht!« sagte sie freudig.

Als er aufstehen wollte, streckte sie den Arm aus, dessen holographische Wiedergabe gespenstisch über seinen Schreibtisch reichte und auf die pulsierende Formel über der Datenanordnung zeigte.

»Was hat das eigentlich zu bedeuten? Ist es etwas Besonderes?«

»Ich denke, man könnte es sagen. Es ist die chemische Formel einer Purinbase. Und zwar einer ziemlich einfachen, die als Adenin bezeichnet wird.«

Sie zog ihre geisterhafte Hand zurück. »Nun, ich hoffe, Sie können etwas damit anfangen. Aber wichtig oder nicht, ich glaube bestimmt, wir werden diese Sache noch ein gutes Stück weiterbringen. Ich habe ein Gefühl dafür, wissen Sie.« Sie lächelte ihm strahlend zu. »Bis gleich also! Ende.« Ihr Bild verschwand.

Saul stand eine Weile in gedankenvollem Schweigen. »Ja«, sagte er dann zu der Gegenwart, die sie zurückgelassen zu haben schien. »Ich glaube wirklich, wir werden es noch ein gutes Stück weiterbringen.«

4

VIRGINIA

Molekulare Stränge wie vielfarbige Treppen ... Blitze, die in der Dunkelheit aufleuchten ...

Im Maßstab der Simulation war das Molekül wenig mehr als eine aus Standardteilen zusammengesetzte stilisierte Leiter: helle, eingekerbte Splitter von blauer, grüner und roter Farbe, gleichbedeutend mit Phosphaten, Aminosäuren und einfachen Zuckern, die wie schlecht sortierte Teile eines komplizierten Puzzlespiels verbunden waren.

Die Kette schien sich zu drehen und zu winden, als sie in einen Mahlstrom geriet. Ein Netzwerk silbriger Linien markierte elektrische Ströme, die ungleichmäßig durch die salzige Flüssigkeit knisterten. Leuchtend goldene Radikale stießen auf die wachsenden Polymere. Die meisten prallten in kurzen Lichtblitzen wieder ab, doch gelegentlich riß eines ein Bruchstück los und verringerte das Molekül, das nun eine herabhängende, ausgefranste Ecke zeigte. Etwas häufiger fand das kollidierende Teilchen eine Nische von der richtigen Form und Größe und saß fest.

Mit dem Wachstum des Polymers vergrößerte sich der Maßstab der Darstellung, als ob die Kamera zurückgezogen würde. Ein neuer Strang fügte sich zum ersten, dann ein dritter, und verband sich in einem unübersichtlichen, verschlungenen Durcheinander. Der Klumpen fiel auf eine große, ockerfarbene Fläche, die unterhalb lag, eine rostfarbene, von unregelmäßigen Löchern durchsetzte Ebene.

Der molekulare Knäuel verfing sich am Rand einer der schwärzlichen Öffnungen, hielt sich für Augenblicke in der Schwebe, dann fiel er hinein.

»Es ist eine Art Tonerde – etwas wie Montmorillonit, glaube ich. Beachten Sie, wie die Molekülketten sich in das offene Gittermuster einfügen. Nur wenige der Formen, die im offenen Strom entstehen, werden imstande sein, ebenso mühelos einzudringen. Es handelt sich um einen frühen Schritt im langen Prozeß der Selektion, genauso wie es in ferner Urzeit auf der Erde geschehen sein dürfte. Endlich sind die Moleküle gegen das Durcheinander, das Geben und Nehmen der elektrisch aufgeladenen Strömung geschützt. Nur bestimmte Radikale können sie dort erreichen ... und die Form der Aushöhlungen richtet die Moleküle aus. Der Aufbau – vorher langsam und chaotisch – beginnt nun Gestalt anzunehmen.

Seltsam, daß es ein Tonmineral ist. Ich hätte eher etwas wie Eisenoxid erwartet. Aber man kann sehen, wie die Peptide tatsächlich das Wachstum neuer Schichtgitter des Tonminerals zu katalysieren scheinen. Es ist erstaunlich.«

Virginia ließ ihn reden, teilte auch bis zu einem gewissen Grad seine Erregung, war aber zu beschäftigt, um zu antworten, solange er keine direkte Frage stellte. Im Augenblick war es Herausforderung genug, all die verschiedenartigen Elemente seines komplizierten Programmes zu integrieren.

Sie war sowieso farbenfrohe Bilder und lebhafte Simulationen gewohnt. Nein, was sie beeindruckte, war die Verwikkeltheit dieser Welt der Moleküle und Strömungen, der Elementarteilchen und des über allem waltenden Gleichgewichts. Es war ein Mahlstrom winziger Anziehungskräfte, die in einem mehrdimensionalen Matrizenrahmen durchgerechnet werden mußten, und die Verschiedenartigkeit der Formen verblüffte sie immer wieder aufs neue.

Der holographische Projektionsraum zeigte dabei nur den oberflächlichsten Teil des Ganzen – die durchschnittlichen Probeergebnisse von Johnvons stochastischem Korrelator. Was Virginia beschäftigte, war die dem Modell zugrundeliegende Mathematik. Nur gelegentlich blickte sie auf, um zu sehen, wie die optische Wiedergabe sich entwickelte.

Momentan folgte die Simulation den sich in ihrer neuen Umgebung entwickelnden Molekülen. Sie saßen in Nischen und Winkeln des komplexen Schichtgitters der Tonerde, ließen aber einen zentralen Zufluß offen, durch den frisches Material von außen eindringen konnte. Neue Stücke wurden hinzugefügt und alte abgestoßen, um von der Strömung fortgetrieben zu werden. Die Form der noch immer wachsenden Kette veränderte sich weiter, bald erschien sie als eine einfache Spirale, bald verdoppelt oder mit wechselnden Verlängerungen links und rechts.

»Hier muß mich ein wenig schwindeln«, bemerkte Saul. »Um der Schnelligkeit willen die Sünde der Teleologie begehen. Wir haben Ursprungsbedingungen hergestellt und lassen der Entwicklung einer großen Zahl simulierter Moleküle freien Lauf, so daß Ihr Rechner unter Millionen die erfolgreichste Linie auswählen kann, indem sie die vielversprechenden Molekülketten anregt, unter diesen Bedingungen das Beste aus ihrem Potential zu machen. Wir werden sehen, ob ein kleiner Anstoß da und dort diesem primitiven Ding weiterhelfen kann ...«

Nun, da Johnvons System die Grundregeln dieses Spiels übernommen hatte und selbst weiterentwickeln konnte, wurde Virginias Arbeit leichter. Oder lag es daran, daß Saul an seinem Ende besser wurde? Sie saßen auf einer breiten Hängematte in ihrem Laboratorium, beide durch Kabel verbunden mit dem komplizierten Konstrukt, das die technischen Einrichtungen der Datenverarbeitungsanlage mit dem Programmteil in sich vereinigte und das sie nach einem wunderlichen Genie benannt hatte, das mehr als ein Jahrhundert vor ihrer Geburt gestorben war. Für Virginia war es eine vertraute Erfahrung, den Induktionsanschluß zu tragen, ihre Kommandos präzise auf der Gedankenebene zu erteilen und, wenn es nötig wurde, leicht wie ein Pianist mit den Fingern über die Programm- und Korrekturtasten zu gehen. Saul hingegen, der keinen chirurgisch implantierten Anschluß besaß, mußte einen ungefügen Helm mit Kontaktfühlern an der Kopfhaut tragen, um an der Arbeit teilzunehmen.

Doch überwand er seine anfängliche Ungeschicklichkeit rasch. Und seine Aufregung war ansteckend. Daß er mit ihr und dem Konstrukt unmittelbar auf der Gedankenebene kommunizieren konnte, war etwas Neues für ihn. Auch beeindruckte ihn Johnvons Vielseitigkeit und Leistungsvermögen.

»Das ist großartig, Virginia! Weit mehr als ein bloßes Simulationsprogramm. Ihr Konstrukt versteht es, mit Möglichkeiten zu spielen, erprobt Hunderte von verschiedenen Wegen, mißt jeden sowohl an den Regeln als auch am gewünschten Ergebnis. Bewundernswert.«

»Johnvons Prozessor ist bio-organisch. Eine Matrize aus synthetischen Eiweißkörpern in einem Geflecht aus supraleitenden Fasern. Daheim hat man diese Methode vor Jahren aufgegeben, weil die Fehlerquote ziemlich hoch ist. Heutzutage wird man schon als verschroben angesehen, wenn man nur davon spricht.«

»Hmm. Es läßt sich denken, daß mehr Fehler auftreten, wo es auf präzise Lösungen ankommt. Aber man kann so viele Redundanzkreise in einem winzigen Raum unterbringen, daß es nicht so wichtig ist, nicht wahr?«

Virginia war beglückt, daß er so rasch verstanden hatte. »So ist es. Ein stochastischer Prozessor arbeitet nach der Monte Carlo-Methode mit Wahrscheinlichkeiten, nicht mit Antworten auf der Basis von ja oder nein.«

»Es ähnelt der Art und Weise, wie Kunie die Arbeitsweise des menschlichen Vorbewußtseins beschreibt. Haben Sie welche von seinen Arbeiten gelesen?«

Virginia mußte lachen. »Selbstverständlich! Ohne die Gedanken dieses Mannes über den schöpferischen Prozeß hätte ich nicht so weit kommen können. Aber es überrascht mich, daß Sie von ihm gehört haben. Begriffliche Heuristik ist in den Bibliotheksregalen nicht in der Nähe der Molekularbiologie.«

Saul bewegte ein besonders großes molekulares Knäuel aus dem simulierten Strömungstunnel, bevor er den Zufluß neuen Materials verhindern konnte, eine in seinen Augen zulässige Einmischung um das Gelingen dieses frühen Versuches willen.

»Ich kannte Kunie, Virginia. Er war ein hochanständiger Mann. Seine Familie gewährte mir nach meiner Ausweisung Unterkunft.«

Die ›Wände‹ des simulierten Schichtgitters erbebten ein wenig, und Virginia tat das ihrige zur Stabilisierung des Modells gegen weitere Störungen durch Sauls Gemütsbewegungen. Ohne es ihn merken zu lassen, schuf sie einen weiteren Pfad für seine Gefühlsregungen – fort vom Modell und in eine kleine Seitenverbindung, wo sie kein Unheil anrichten und untersucht werden konnten.

»War es zu der Zeit, als Sie anfingen, mit Simon Percell zu arbeiten?« fragte sie. Geschichte war nie ihre Stärke gewesen, und sie wußte gerade noch, daß es mehr als eine Vertreibung aus dem Land namens Israel gegeben hatte.

»Lieber Himmel, nein!« Diesmal mußte er lachen. Der Ton erzeugte Schwingungen wie Cellosaiten. »Als ich anfing, in Birmingham mit Percell zu arbeiten, waren die Leviten noch eine fanatische jüdische Randgruppe im Hügelland von Judäa, und ihre Verbündeten, die Salawiten, waren nichts als ein Haufen wutschäumender Exilanten aus Syrien.«

Während Johnvon die Weiterentwicklung des Simulationsmodells besorgte, versuchte Virginia den schmerzlichen Empfindungen nachzugehen, die sie schärfer als in jeder früheren Mensch-zu-Mensch-Verbindung in ihm spürte. Aber dann wechselte Saul wieder das Thema.

»Wir hätten Werkzeuge wie dieses gut gebrauchen können, als Simon Percell und ich am Problem der Gametenseparation arbeiteten«, meinte er. »Damals hatten wir nur Kilobit-Parallelprozessoren, riesige Datenspeicher und folgerungsfähige Sequenzanalysatoren, die Wochen brauchten, das Potential eines einzigen Chromosoms zu analysieren. Aber es waren gute Zeiten.«

Virginia war von seinem angespannten Ernst gerührt und bemühte sich, die Gedankenverbindung zu ihm zu festigen, indem sie Kapazität und Einfühlung verstärkte. Saul war leichter zu sondieren als alle Versuchspersonen, die sie bisher gehabt hatte, ausgenommen vielleicht die kleineren Kinder.

Und aus irgendeinem Grund war es diesmal nicht unangenehm desorientierend; im Gegenteil, sie empfand es als angenehm und erregend, wenn auch ein wenig beängstigend. Bei aller Widersprüchlichkeit war der Mann ... eigenwillig.

»Ich würde gern mehr über jene Zeiten hören. Sie hatten einmal angefangen, Carl und mir von Ihren frühen Arbeiten an Heilbehandlungen für Anämie und Lupus zu erzählen.«

»Heilbehandlungen!« sagte Saul mit bitterem Lachen. »Ja, damit beschäftigte ich mich. Glücklicherweise gingen die meisten unserer späteren Bemühungen besser aus. Einige der frühen ›Erfolge‹ verdienten diese Bezeichnung nur zum Teil.«

Virginia wußte das. Sie war bereits in die Datenspeicher der Expedition eingedrungen und hatte alle Spuren eigener Schwächen aus den Unterlagen getilgt. Dies war ihr nur durch ihre Vertrautheit mit dem System und den Sicherungen der zentralen Datenverarbeitung gelungen, und natürlich hätte auch die allgemeine Kenntnis von diesen Dingen kaum einen Einfluß auf ihre Stellung und ihre Pflichten gehabt, aber sie hatte die Daten trotzdem gelöscht. Sie hatte die Möglichkeit dazu, und es ging niemand etwas an.

Sie glättete ihre eigene Gemütsbewegung und konzentrierte sich auf die Lösung des Geheimnisses dieses sonderbar offenen Kanals zu Sauls verdeckten Empfindungen. An diesem einen Tag konnte sie mehr über ihn erfahren als vorher in einem Jahr.

Sie spürte Johnvons zentrale Gegenwart, die ihre Aktionen imitierte und durch ›Zusehen‹ lernte, wie sie die Kanäle schaltete und Resonanzen regulierte. Auf ihr Kommando hin schlüpfte ihr Maschinensurrogat an ihre Stelle und übernahm die Aufsicht. Bald war sie in der Lage, sich eine Minute zurückzuziehen und die biologische Simulation zu betrachten, die schließlich der vorgeschobene Grund ihrer und seiner Anwesenheit war.

Der Aufbau des Modells machte weitere Fortschritte, und der Maßstab war wieder zurückgenommen worden, um ein ganzes Feld von Gitterschichtöffnungen darzustellen, jede mit einem Saum von großen, blauweißen Molekülen besetzt, die in der elektrischen Induktionsströmung wogten wie die Fangarme um die gähnenden Mundöffnungen von Seeanemonen.

Während dies alles vor sich ging, versuchte sie das Gespräch weiterzuführen. »Aber Sie waren nicht mehr mit Percell zusammen, als er ...«

»Als er seinem fatalen Irrtum erlag? Nein. Vielleicht hätte ich bei ihm sein sollen. Ach, diese armen Monstrositäten! Durch meine Anwesenheit hätte ich vielleicht mehr erreichen können als durch die Rückkehr nach Haifa, um an dem Ringen teilzunehmen. Inzwischen war es schon zu spät. Die alten Sabras und Kibbuzim, die Linken und Liberalen hatten sich erhoben und waren von den Leviten und ihren ›friedenstiftenden‹ Söldnern zerschlagen worden. Miriam und die Kinder ...«

Die jähe Gefühlsaufwallung, die seine Worte begleitete, war unmittelbar und überwältigend. Virginia kamen die Tränen, als sie die Schreckensszenen ›erinnerte‹, die brennenden Häuser und Siedlungen zu sehen schien und das panische Aufbranden von Angst fühlte.

Wütend befahl sie Johnvon, die Manipulation mit diesen Vorstellungsbildern einzustellen. Solche Einmischungen waren nicht Sache der Maschine!

– Ich verstärke nur, Virginia, erwiderte Johnvon über ihren privaten Kanal. Diese Neuigkeit verblüffte sie noch mehr als die überraschende Erscheinung eines Tempels, der sich auf einem Hügel erhob. Virginias Mund war plötzlich trocken.

– Aber ...

– Ich simuliere oder unterschiebe nichts davon. Diese verstärkten Bilder stammen direkt von der angeschlossenen Person.

Ihre Finger krümmten und streckten sich wie in einem Krampf und zwangen die Maschine, ihre Handsteuerung automatisch auszuschalten. Ihr Atem ging kurz und keuchend; die Erkenntnis der Wahrheit war begleitet von einem plötzlichen Schwächeanfall.

Als geschehe es einer anderen Person, fühlte sie, wie ihr die Kontakthandschuhe von den Fingern gezogen wurden; ein kräftiger Arm legte sich um ihre Schultern.

»Fehlt Ihnen was, Virginia?« sagte Saul mit lauter Stimme. »Es war nicht meine Absicht, Sie zu erschrecken. Ich dachte, Sie täten dies die ganze Zeit.«

Verwirrt blickte sie in sein besorgtes Gesicht auf. »Sie ... Sie wußten, was ich vorhatte?«

Er lächelte. »Wer hätte es nicht gewußt, wenn Sie und Ihr kybernetischer Vertrauter die Ränder seines Bewußtseins umschleichen und darin herumschnüffeln?« Er schüttelte den Kopf. »Offen gesagt, Virginia, was Sie hier getan haben, ist erstaunlich. Ich fühlte es unmittelbar! Gedankenkontakt. In so vielen Geschichten und Filmen ist davon die Rede gewesen, selbst nachdem Margan angeblich bewiesen hatte, daß es unmöglich sei, aber ...«

Virginia war noch wie betäubt. »Das ist es. Unmöglich, meine ich. Ich gebrauche Johnvon als Mittler, um Wahrscheinlichkeiten zu berechnen und Simulationen aufzubauen. Aber ich hatte nie erwartet ...«

Sauls Miene wurde ernst. »Wollen Sie damit sagen, daß es Ihre erste Erfahrung dieser Art war?«

»Ja, meine erste«, antwortete sie lächelnd. »Aber seien Sie unbesorgt, Saul, Sie waren ein vollkommener Ehrenmann.«

Sie lachten beide, teils vor Freude über ihren Erfolg und teils aus Erleichterung. Die Spannung verlor sich, und einen langen Augenblick schien keiner von ihnen zu bemerken, daß er noch immer den Arm um sie gelegt hatte.

Wie gut sich das anfühlt, dachte sie schließlich. Sie blickte zu ihm auf. »Ich wußte, daß Sie ein trauriges Leben hatten, Saul, aber es ist etwas anderes, wenn man es selbst fühlt, beinahe erinnert.«

Am Rand des Gesichtskreises erhob sich ein weiteres Vorstellungsbild. Eine Frau stand dort, keine Schönheit – kurzes dunkles Haar, das ein etwas pausbäckiges Gesicht umrahmte –, aber ihr Lächeln war voll Wärme, und in ihrem Auge war ein schöner Glanz. Hinter ihr waren zwei kleinere Gesichter, ein Junge und ein Mädchen.

– Miriam? Ihre Kinder?

– Ja.

Ein von der Zeit gelinderter Schmerz. Unverminderte Liebe.

Und in ihrem eigenen Herzen ein weiterer, noch heftiger Schmerz. Unerwiderte Liebe.

»Sie verabscheuen mich nicht?« fragte Saul.

Virginia blickte schnell auf und schüttelte den Kopf. »Früher einmal verabscheute ich Sie und Simon Percell. Später lernte ich dann durch das Schicksal meiner Mutter Patienten kennen, die durch Ihre Behandlung vom Lupus geheilt worden waren, und das gab mir zu denken. Ich beschäftigte mich eingehender mit den Problemen und erfuhr, daß ich ohne die gezielte Veränderung meines Erbgutes totgeboren oder verkrüppelt zur Welt gekommen wäre. Ich verdankte es nur dem Glück der Ziehung, daß gerade ich . . .«

»Ist schon gut.« Saul zog sie näher zu sich heran, und sie schloß die Augen.

»Wir beide haben noch immer unsere Arbeit. Gute Arbeit. Und das gibt uns auch ein Stück von der Zukunft, Virginia.«

»Ja, unsere Arbeit . . . und vielleicht ein bißchen mehr.« Aus der Wärme und Geborgenheit hob sie das Gesicht zu ihm auf. Saul mußte die Kabel seines Helms beiseite schieben, um sie zu küssen.

So etwas hat es noch nie gegeben, während ich angeschlossen war, dachte sie inmitten der Flutwelle ihrer Gefühle. Ich bin neugierig, was Johnvon davon halten wird.

Unbeachtet war die Simulation vor ihnen wieder in die Halbtotale zurückgefahren und zeigte die Schichtgitter einer tonigen Wand und eine salzige, von elektrischen Entladungen durchpulste Strömung.

Lebhafte kleine Einzeller hatten begonnen, aus den rostfarbenen Öffnungen zu schwärmen. Sie sausten in der heißen Strömung umher, gepanzert gegen die aufprallenden Moleküle, und machten sich auf, eine vielfarbige Welt zu erobern, indem sie einander verzehrten, wuchsen, und durch Teilung kleine Abbilder ihrer selbst erzeugten.

5

CARL

Zuerst dachte Carl, es sei nichts von Bedeutung.

Er wischte den grünlich-bräunlichen Schmutz von den Destillationsröhren und ging weiter. Die Gassammelzone abseits von Schacht 3 war ein langer dunkler Stollen, dessen phosphoreszierende Beleuchtungsstreifen allem ein fahlgrünes Aussehen verlieh.

Die Rohrleitungen sahen gut aus. Magnetische Motoren summten, Flüssigkeit gurgelte in Rohren, Schwefelverbindungen verbreiteten den Geruch fauler Eier. Hier wurden Kondensationsniederschläge aus den vielen Kilometer Stollen gesammelt, die den Kern des Halleyschen Kometen durchzogen. Die biologische Abteilung hatte Überschüsse an nützlichen Flüssigkeiten vorzuweisen und erörterte Möglichkeiten der Einlagerung. Die Überschüsse würden sich wahrscheinlich in dem Maße verringern, wie die flüchtigeren Elemente unter den gefrorenen Gasen aufgebraucht wurden, außerdem würde es während der langen Reise ins äußere Sonnensystem weniger wärmeerzeugende Aktivitäten geben. Alles sah recht zufriedenstellend aus.

Aber da war schmieriges braunes Zeug in den Filtern. Mist, dachte er, es ist überall. Sorgfältig reinigte er die Filter mit einem Wasserstrahl und spülte seinen gedeckten Eimer in das Abluftrohr, wo der Inhalt durch Schnellerhitzung verdampft und unmittelbar in den freien Raum hinausgeleitet wurde.

Dieses seltsam aussehende Zeug sollte es nicht geben. Grobfilter hatten das größere Material zurückzuhalten, worauf es nach nützlichen Stoffen sortiert wurde. Diese Feinfilter hatten Verunreinigungen zurückzuhalten und zu kristallisieren. Vielleicht hatte es mit diesem klebrig-schleimigen Stoff eine besondere Bewandtnis.

Er füllte eine Flasche – die Bioleute waren wegen Spuren irgendwelcher neuartiger Stoffe ständig hinter ihm her – und schlug die Richtung zum Zentralkomplex ein. Malenkow sollte sich das einmal ansehen.

Als er durch die große Schleuse in den Zentralkomplex gelangte, wurde ihm bewußt, daß er Jeffers vermißte. Die Gründermannschaft lag ›eingesargt‹ in den Kühlfächern, und so war es für die Erste Wache ein wenig einsam. Kapitän Cruz hatte ihn zum Obermaat ernannt, was lediglich bedeutete, daß er für Nachprüfungen zuständig war und mehr herumkam als die anderen, aber die kleine Ehrung erfreute ihn.

Er arbeitete ohnehin gern allein – glitt sicher und geschmeidig durch die Schleusen und Stollen, die herrliche Musik Bachs oder Mozarts in den Ohren. Vielleicht war er von Natur aus ein Eremit. Und vielleicht hatten die Leute vom Personalamt es seinen Psychotests entnommen und eben darum seine Bewerbung befürwortet. Die Mitglieder der Mannschaft waren in erster Linie nach dem Gesichtspunkt der Vielseitigkeit ausgewählt worden, um die Zahl der Teilnehmer möglichst gering zu halten, doch mußte auch die Fähigkeit, allein zu arbeiten und sich selbst zu genügen, eine Rolle gespielt haben. Er hatte seit Tagen kaum jemanden gesehen, aber das machte ihm nichts aus. Es gefiel ihm, einige Zeit an der Oberfläche mit dem Transport von Ausrüstungsgegenständen oder der Wartung von Gerätelagern zu verbringen und dann wieder Kontrollgänge in den Stollen zu machen. Es fehlte nie an Abwechslung.

Als er den rückwärtigen Eingang der biologisch-medizinischen Abteilung erreichte, hörte er als erstes erhobene Stimmen.

»Er ist jetzt dran! Ich kann keinen Kompromiß schließen«, schnitt Malenkows rauhes Organ durch das Stimmengewirr.

Carl umrundete eine Ecke und sah den hünenhaften Arzt mit Saul Lintz im Korridor stehen. Virginia Herbert sah mit verschränkten Armen zu. Sie schenkte Carl einen Blick, schien aber traurig und zerstreut.

»Ich möchte eine Probe untersuchen«, beharrte Saul.

»Ich habe Proben genommen.« Malenkow stemmte die Hände in die Hüften und beugte sich bedrohlich vor. »Nur Epidermis und Flüssigkeiten.«

»Ich werde mehr als das brauchen, um herauszufinden, was ...«

»Nein! Später werden wir ihn vielleicht wiederbeleben! Wenn wir wissen, was ihn getötet hat. Wenn Sie ihm jetzt Proben von inneren Organen entnehmen, wird es uns später um so schwerer fallen, ihn zurückzuholen.«

Carl furchte die Stirn. »He, was ist ...?«

Saul wischte sich mit einem Taschentuch die Nase, ohne Carl zu beachten, und sagte: »Sie können ihn nicht heilen, solange Sie nicht wissen, was ihn umgebracht hat!«

»Sie haben Abstriche von Mund und Rachen, Urin, Blutproben ...«

»Das mag nicht ausreichen. Ich ...«

»He!« rief Carl. »Was geht vor?«

Malenkow, eben im Begriff, eine Entgegnung herauszuschleudern, bemerkte Carl zum erstenmal. Sein Ausdruck veränderte sich plötzlich von schmallippigem Zorn zu trauriger Niedergeschlagenheit. »Kapitän Cruz.«

»Was? Das ist ... Ich habe ihn doch noch vor zwei Tagen gesehen!«

Keiner der beiden anderen sagte etwas; sie waren noch ganz in ihrem Streit gefangen. Virginia sagte leise: »Gestern bekam er Fieber und legte sich ins Bett. Als Vidor heute früh zu ihm kam, konnte er ihn nicht wachbekommen. Eine Stunde später war er tot. Anscheinend gab es neben dem Fieber keine anderen Symptome.«

»Fieber? War das alles?« Carl konnte es nicht fassen.

»Er ist offenbar nicht mehr aufgewacht.«

Der Schock der Nachricht drang erst allmählich in Carls Bewußtsein und gab ihm das Gefühl, ins Bodenlose zu fallen. Kapitän Cruz war nicht nur Leiter der Expedition gewesen, sondern auch ihr Herz und ihr Hirn. Ohne ihn ...

»Was ... was sollen wir tun?«

Malenkow mißverstand die Frage. »Wir stecken ihn ins

Kühlfach – jetzt gleich. Noch besteht wenig oder keine Schädigung des Gehirns.«

»Nun ja ... gewiß ... aber ich meinte ...«

»Ich bin noch immer der Meinung«, sagte Saul, »daß wir mehr Daten brauchen, um diese Fälle zu untersuchen ...«

»Wir wissen nicht, wie lange er mit Fieber herumlief. Wenn wir länger warten, riskiert er eine Gehirnschädigung.« Malenkow wedelte brüsk abwehrend mit der Hand und löschte alle Einwände aus. »Kommen Sie!«

Zusammen gingen sie zum Kühlfach-Komplex, Carl halb betäubt. Er versuchte zu denken und biß sich auf die Lippen, aber der Schock des Verlustes lähmte seinen Geist. Die Soziologen hatten ausführlich beschrieben, warum kleine, risikoreiche Unternehmungen wie im militärischen Bereich einen eindeutig legitimierten Führer brauchten, um die Gefahren der Fraktionsbildung zu vermeiden und unausweichlich schwierige Zeiten zu überstehen. Einen Magellan, einen Drake, einen Washington. Ohne eine solche Führergestalt ...

Im desinfizierten Vorbereitungsraum nahmen Samuelson und Peltier die vorgeschriebenen Überprüfungen vor und setzten einem Körper, der bereits in ein graues Bahrtuch aus Kabeln und Leitungen gehüllt war, die Kontakte von Diagnosegeräten an. Das Antlitz des Toten verströmte Ruhe, doch war der kraftvolle Ausdruck von Zielbewußtsein nicht daraus gewichen. Die Temperatur im Vorbereitungsraum war so tief, daß nur in Schutzanzügen gearbeitet werden konnte. Nebelschleier hingen in der Luft. Malenkow sprach mit den beiden, während die anderen die letzten Vorbereitungen vor der Einbettung des Toten verfolgten.

»Also haben Sie die Überführung bereits vor unserer kleinen Meinungsverschiedenheit angeordnet«, bemerkte Saul ohne Erregung.

»Ich wollte Sie von der Logik meiner Überlegung überzeugen. Solange Matsudo im Kühlfach liegt, bin ich für die Gesundheit der gesamten Expedition verantwortlich«, erwiderte Malenkow.

»Das sind Sie in der Tat«, bemerkte Saul mit einer Andeutung von Ironie.

»Ich hoffe, wir werden ihn bald wiederbeleben können«, sagte Malenkow. »Ein schwerer Verlust! Und das am Anfang!«

»Wir werden alle zusammenhelfen«, sagte Virginia tapfer. »Natürlich werden wir ...«

»... einen neuen Expeditionsleiter finden müssen«, beendete Saul ihren Satz. »Ein Glück im Unglück, daß es da keine Zweifel gibt. Bethany Oakes steht als Stellvertreterin an zweiter Stelle.«

Carl nickte widerwillig. Wieder eine Ortho. Das gesamte Führungspersonal bestand aus Orthos. Und Oakes kam nicht einmal aus den Reihen der Astronauten.

Schweigend sahen sie zu, wie Peltier und Samuelson den Körper des Kapitäns in ein Kühlfach rollten und die Ventile der Versorgungsleitungen öffneten. Das Kühlfach glitt in eine breite Wand aus Reihen gleicher Fächer, deren glänzende Stahldeckel ihre Gewißheit hinter wattigem Nebel verbargen. So sehr dem Tod ähnlich, und doch die einzige Hoffnung künftigen Lebens. Wenn es gelang, die Todesursache zu ermitteln. Wenn.

Malenkow seufzte. »Wir sollten eine Abschiedszeremonie halten. Aber es war keine Zeit zu verlieren.«

»Und vielleicht ist es nicht ratsam«, sagte Saul, »alle an einem Ort zu versammeln.«

Carl dachte bei sich, daß Cruz kein steifes kleines Ritual mit Ansprachen gewünscht hätte; ihm wäre es lieber gewesen, wenn die anderen sich zusammengesetzt und ein paar Gläser auf ihn getrunken hätten. Das wäre im Sinne des Kapitäns gewesen.

Malenkow nickte stirnrunzelnd. Carl begriff, daß sie darüber sprachen, was Cruz umgebracht hatte, und ob es womöglich ansteckend sei. »Verbreitung, ja. Nun, Osborn kann die Arbeitsverteilungspläne der Lage anpassen, bis wir Oakes auftauen.«

»Ich gehe zurück ins Labor«, sagte Saul. »Ich brauche alle Untersuchungsresultate, die wir über Cruz zur Verfügung haben.«

»Ich denke nicht«, sagte Malenkow.

Carl sah, daß Saul bereits halb in Gedanken über die Frage verloren war, worauf er seine Nachforschungen zunächst konzentrieren solle. Saul antwortete nicht gleich, sondern blickte durch den Dunst zu dem Stahlendeckel, der sich hinter Cruz geschlossen hatte. Dann wandte er sich langsam zu Malenkow. »Mmmh? Wie?«

»Sie sind an der Reihe, Saul.«

»Was?«

»Dieser Todesfall kann mich nur bestärken.« Malenkow preßte die Lippen zusammen, seine Backenmuskeln traten knotig hervor.

»Das ist lächerlich«, sagte Saul verdutzt. Er machte ein Gesicht, als hätte Malenkow ihn mit einem schlechten Scherz überrascht.

»Schon durch dieses Gespräch riskieren wir, daß Sie infiziert werden.« Malenkow gestikulierte unmißverständlich. »Ins Kühlfach mit Ihnen.«

Saul trat zurück. »Nein, keineswegs. Ich kann helfen. Lieber Himmel, wenn mein Verdacht zutreffen sollte, bin ich der einzige, der verstehen kann, was vorgeht ...«

»Sie sind in dieser Situation nicht so groß und unentbehrlich«, entgegnete Malenkow. »Peltier kennt sich in der Immunologie gut aus.«

»Ich bestehe darauf ...«

»Wir dürfen nicht riskieren, daß Sie tot umfallen, mein Freund.«

»Nikolai, ich habe nicht, was Miguel Cruz umgebracht hat!«

»Sehen Sie sich an!« sagte Malenkow. »Die Augen gerötet, die Nase läuft. Sie haben etwas. Vielleicht ist es ein Erreger, den Sie in Ihrem Labor erwischt haben.«

Virginia trat an Sauls Seite und wischte ihm mit einem Taschentuch die Stirn. »Du hast eine heiße Stirn«, sagte sie.

Carl beobachtete unangenehm überrascht, wie sie die Hand in unbewußter Intimität an sein Gesicht legte. Er sieht tatsächlich verdammt krank aus, dachte er dann. Malenkow hat recht.

»Wie lange geht es dir schon so?« fragte Virginia leise.

»Seit einigen Tagen, mal stärker und mal schwächer«, sagte Saul wegwerfend. »Eine Erkältung, das ist alles. Ein wenig Fieber.«

Malenkow sagte: »Das ist nicht gewiß.«

»Ich glaube, es ist ein Überbleibsel von Matsudos letzter Herausforderung an unser Immunsystem. Das heißt aber nicht, daß ich Typhus hätte.«

»Der Kapitän ist innerhalb von Stunden gestorben«, sagte Malenkow.

»Nicht an etwas, was er in meinem Laboratorium erwischt hätte. Er ist nicht mal in der Nähe gewesen.«

»Er kann sich direkt bei Ihnen angesteckt haben.«

»Genau! Warum bin ich dann noch am Leben? Gebrauchen Sie Ihren Kopf, Nikolai!«

»Tue ich.«

»Sie brauchen mich, um diesen Erreger zur Strecke zu bringen!«

»Es geschieht zur Rettung Ihres eigenen Lebens!« Malenkow schüttelte die Faust in Sauls Richtung.

»Nein! Ich möchte daran arbeiten. Sie alle könnten zugrunde gehen, wenn ich nicht ...«

»Saul, du mußt!« drängte Virginia. Ihre Stimme klang gepreßt. »Wir können ohne ...«

»Genug davon!« rief Malenkow. Seine mächtige Gestalt war nur zu sehr geeignet, dem Befehl Nachdruck zu verleihen. Der mit gehärtetem Fibergewebe ausgekleidete Raum verschaffte dem Ausruf zudem eine dröhnende Resonanz.

Ich wußte, daß er anfangen würde, die Leute grob anzufahren, wenn er die Gelegenheit bekäme, dachte Carl bei sich. Lassen wir es ihm jetzt durchgehen, werden wir für immer seine Befehle ausführen müssen. Ich kenne diesen Typ.

Malenkow machte eine schnaufende Pause und nutzte sie, die anderen nacheinander ins Auge zu fassen. »Ich erwarte, daß Sie sich fügen!«

»Sie sind weder Kapitän, noch haben Sie eine Befehlsfunktion«, sagte Carl ruhig. Niemand schien bemerkt zu haben, daß Malenkow nicht offiziell mit der Führung beauftragt war, ganz gleich, was er sich anmaßte. »Wenn ich mich recht entsinne, steht die Abteilung Versorgungssysteme an zweiter Stelle in der Mannschaftsliste, und ich bin stellvertretender Leiter.«

Alle drei schauten ihn überrascht an. Wissenschaftler blikken nie über ihr eigenes Lehnsgut hinaus, dachte er mit trokkener Heiterkeit.

Malenkow zögerte, blickte zu den anderen und lenkte ein. »Das ist richtig – einstweilen. Aber wir können Bethany Oakes bald auftauen.«

»Tun Sie das«, sagte Carl einfach. Sollte sie dann diese Machtspiele mit Malenkow treiben, und er konnte sich zurückziehen.

»Das scheint vernünftig«, sagte Saul.

Carl konnte sich ein ironisches Lächeln nicht verkneifen. Und ob es richtig ist, dachte er. Gerade habe ich deinen Hintern vor dem Kühlfach bewahrt.

»Einverstanden«, sagte Virginia, doch verriet ihr Mienenspiel, daß widerstreitende Empfindungen in ihr um die Oberhand rangen. Wenn Saul eingesargt wurde, würde sie ihn für ein oder zwei Jahre verlieren. Aber wenn er zu Tode käme ...

»Das ist jedoch nicht die Hauptsache«, fuhr Carl fort. »Wir haben andere Probleme. Ich habe festgestellt, daß ein schleimiges Zeug die Filter verstopft. Wir täten gut daran, uns vordringlich damit zu beschäftigen, um Gewißheit zu erhalten, daß es nicht gefährlich ist.«

Malenkow sagte: »Ich sehe noch immer nicht, warum Saul ...«

»Weil wir jeden Mann brauchen, deshalb!« fuhr Saul auf.

»Da bin ich anderer Meinung.« Malenkows Miene war ein Bild felsenfester Entschlossenheit.

Carl sagte: »Beschweren Sie sich bei Oakes!«

»Wir werden uns gleich darum kümmern«, sagte Malenkow und riß die Tür auf. »Saul sollte sich von uns allen fernhalten. Ich werde nicht mehr im selben Raum mit ihm arbeiten.«

»Kommen Sie, Nikolai«, fing Saul an, »Sie ...«

»Ich bin noch immer Leiter der Biologisch-Medizinischen

Abteilung!« versetzte Malenkow zornig. »Ich stelle Sie unter Quarantäne!«

»Das ist ...«

»Keine Kontakte! Sie arbeiten in Ihrem eigenen Laboratorium, allein!«

»Ich erhebe Einspruch ...«, sagte Saul, aber Malenkow ging hinaus und warf die Tür hinter sich zu.

»Du weißt, daß er recht hat«, sagte Virginia.

»Nichts da! Danke für Ihr Eingreifen«, sagte Saul zu Carl. »Ich hatte vergessen, wie die Befehlsstruktur ist. Organisationspläne sind nicht meine Sache.«

Carl hob die Schultern. »Niemand hätte den Plan so aufgestellt, daß Malenkow gleich an zweiter Stelle käme.«

Sie schmunzelten, und Carl begann sich zu fragen, ob er wirklich klug gehandelt habe. Er verstand nicht genug von Medizin und war nur seinem Instinkt gefolgt. Jahrelange Erfahrung in hierarchisch gegliederten Organisationen hatte ihn gelehrt, daß das im allgemeinen nicht empfehlenswert war.

Virginia nahm Saul beim Arm und schalt ihn, daß er auf sei und herumlaufe, wenn er im Bett liegen sollte. Sehen zu müssen, auf welch vertrautem Fuße sie mit Saul stand, schmerzte Carl.

»He, er steht unter Quarantäne, weißt du.«

Virginia blickte ihn stirnrunzelnd an, aber Saul nickte und meinte: »Er hat recht. Ich werde allein nach Hause kriechen.«

Carls Zweifel an der Weisheit seines Eingreifens mehrten sich. Hätte er den Mund nicht aufgetan, wäre Saul jetzt auf dem Weg aus seinem und Virginias Leben.

Andererseits sah Saul nicht so aus, als könnte er noch viel länger durchhalten. Und wenn sie ihn einsargten, sobald er dem Tode nahe wäre, würde mit seiner baldigen Rückkehr nicht zu rechnen sein. Der Gedanke, einmal an der Oberfläche, erschreckte ihn. War es Eifersucht, oder was waren hier seine wahren Motive?

Es schmerzte sogar, wenn er die Blickrichtung veränderte ...

Pochende Schmerzen und ein dumpfer Druck füllten seinen Kopf, seine Kehle war trocken und kratzte. Solch einen Kater hatte er seit seinem zwanzigsten Jahr nicht mehr gehabt ...

Er setzte sich in völliger Dunkelheit auf, fühlte und hörte das Rascheln des Bettzeugs, und in einer Sturzflut brach die Erinnerung über ihn herein.

Keawi Langsthon, der Hawaiianer, war mit einer großen Flasche feurigem Kokosschnaps gekommen, um mit Carl, Jim Vidor und Ustinow Malenkows Anordnung gegen Versammlungen zu verletzen und auf Kapitän Cruz Andenken zu trinken. Wer hätte je gedacht, daß Hawaiianer eine irische Totenwache halten würden?

Undeutlich wurde ihm bewußt, daß er sich in stumpfer Vorsätzlichkeit betrunken hatte, obwohl er von Anfang an gewußt hatte, daß es diese schreckliche Hoffnungslosigkeit nicht würde auslöschen können.

Bisweilen konnte man den Toten nur durch eine stürmische, gedärmeberstende Gedenkfeier sinnlosen Exzesses den schuldigen Tribut zollen. Ungefähr die Hälfte der Mannschaft war zur gleichen Schlußfolgerung gekommen.

Aber noch etwas war geschehen ... Er versuchte sich zu erinnern, aber es mißlang.

Nun ja, gut. Er hatte dienstfrei gehabt und seine Freizeit genutzt, wie er es für angemessen gehalten hatte. Nur war das übermäßige Trinken und Feiern sonst seine Sache nicht, und nun mußte er den Preis entrichten.

Als wäre es eine Antwort auf den Gedanken, durchbohrte ein stechender Schmerz seinen benommenen Schädel. Er streckte die Hand nach dem Licht aus und berührte statt seiner einen weichen Schenkel.

Ach du lieber Gott! Die Erinnerung kehrte bruchstückhaft zurück. Auf einmal hatte er sie unglaublich attraktiv, witzig und teilnehmend gefunden ...

»Mmmh?« murmelte Lani schlaftrunken. »Carl?«

Er versuchte zu sprechen, mußte sich räuspern. Nachdem er schmerzhaft geschluckt hatte, krächzte er: »Ah, ja. Morgen.«

Sie schaltete ihre schwache Nachttischlampe ein, deren

Schein ihre Schatten auf die Wände des gemütlichen kleinen Raumes warf. »Du ... du siehst furchtbar aus.«

Er versuchte zu lächeln. Es fühlte sich an, als hätte ein Riß sein Gesicht gespalten. »Besser als ich mich fühle.«

Lanis breites Gesicht sah auch nicht gerade frisch aus. »Möchtest du etwas?« fragte sie stirnrunzelnd.

»Nein, ich werde es ausschwitzen.«

»Ich habe etwas B-Komplex, das die Auswirkung dämpfen kann.«

»Na gut, laß uns sehen, was die Wissenschaft kann.« Er wußte, daß es nichtssagend klang, fühlte aber instinktiv, daß er einen leichten Ton anschlagen mußte. Nur trübe konnte er sich entsinnen, wie er hier in ihrem Raum gelandet und was gesagt worden war. Sein Unterbewußtsein hatte ihn wieder in Schwierigkeiten gebracht.

Sie warf die Decke ab und glitt durch den Raum, nackt, graziös und ohne Scham. Sie suchte in einer Medikamentenschublade und kam mit fünf Tabletten und einem Wasserbeutel zurück. Er ließ sich mit dem Schlucken Zeit und versuchte zu überlegen, wie er sich zu dieser Entwicklung stellen sollte.

Er konnte sich erinnern, daß er sich über Virginia geärgert hatte, das war der Anfang gewesen. Dann hatte er einiges von Langsthons tödlichem selbstgebrauten Kokosschnaps getrunken, und dann war Saul Lintz irgendwo auf einem Bildschirm aufgetaucht, hatte sich eingeschaltet, um zu sehen, was vorging. Ja, das mußte der Auslöser gewesen sein. Bis dahin war alles in normalen Bahnen verlaufen, aber der selbstgerechte alte Saul hatte die Brauen zusammengezogen und sie alle mit seinem mißbilligenden Blick bedacht, und das hatte Carl sehr aufgebracht. Gegen ihn, gegen Virginia ...

»Besser?« fragte Lani.

»Ah. Geringfügig.« Er ließ sich vorsichtig aufs Bett zurücksinken, bemerkte, daß auch er nichts anhatte.

Sie schwebte in Lotusposition in der Luft über dem Bett. »Du solltest weiterschlafen.«

»Äh, ich ... wie spät ist es?«

Sie lächelte ein wenig, als hätte sie seine Absicht erraten. »Gleich zehn.«

»Oh ... Meine Wache fängt bald an.«

Ihr Lächeln wurde breiter. »Zuerst mußt du zu den Lebenden zurückkehren.«

»Es ... es geht schon.« In Wahrheit fühlte er sich noch schlechter als zuvor. Er konnte nicht klar denken. Er war nie in einer Situation gewesen, wo er sich beim besten Willen nicht besinnen konnte, ob er mit einer Frau geschlafen hatte oder nicht. Verdammt unwahrscheinlich, dachte er. Ich habe doch jedesmal schlapp gemacht, wenn ich einen Rausch hatte.

»Du fragst dich, ob wir ...«, sagte Lani, und das leise Lächeln umspielte ihre Lippen.

»Hm ... ja.« Sie war immer einen Zug voraus.

»Sagen wir, deine Motive waren unschuldig.«

»Wie?«

»Wir redeten über dies und das, und du sagtest, du wolltest meine Wandwelt sehen.«

»Deine *was?*«

Sie richtete sich auf und berührte einen Lichtschalter. Sofort wurde der Raum ringsum zu funkelnder, blitzender Realität.

»Au!«

»Oh, entschuldige. Ich werde das Licht dämpfen.«

Es war die Kristallhöhle. Sie war dorthin zurückgekehrt, hatte sorgsam die vielen Gesichtswinkel mit den ungezählten Facetten aufgenommen. Überall glitzerte gespielte Helligkeit. Und wunderbarerweise war es ihr gelungen, die Aufnahmen zu machen, ohne Spiegelungen ihrer selbst oder ihrer Ausrüstung ins Bild zu bringen, so daß die funkelnde Höhle eine Vision war, wie man sie in der Realität niemals sehen konnte. Es war besser als die Realität. Dann hatte sie ihren Raum so eingerichtet, daß Mobiliar und Geräte dunkle Teile der Höhle besetzten, was den Gesamteffekt kaum störte.

»Phantastisch. Alle anderen haben Bilder aus der Heimat.«

»Dieses *National Geographic*-Touristenzeug kann ich jederzeit bekommen.«

Trotz des schrecklichen Katers, der seine ganze Aufmerksamkeit beanspruchte, war er beeindruckt. Und nach und nach fiel ihm das Gespräch wieder ein, und daß sie ihm witzig, warmherzig und von Ideen übersprudelnd vorgekommen war. Früher war ihm das nie aufgefallen, er hatte ihr nie eine Chance gegeben ...

»Und ich kam hierher, mir das anzusehen?«

Sie nickte mit belustigtem Ausdruck. »Nun, du bist dann gleich eingeschlafen.«

»Oh.«

»Ich dachte, du würdest es vielleicht nicht schätzen, daß die Leute sehen, wie du halb bewußtlos durch die Stollen zu deinem Quartier gezogen wirst.«

»Ganz recht.«

Sie blinzelte, biß sich auf die Unterlippe und sagte dann vorsichtig: »Mir hat die Art gefallen, wie wir gestern abend miteinander sprachen, Carl. Früher hatten wir nie Gelegenheit zu persönlichen Gesprächen.«

»Ja«, sagte er unbehaglich. »Die viele Arbeit ...«

Sie gab sich einen Ruck. »Ich weiß, du wirst Virginia nicht gleich aufgeben wollen.«

»Aufgeben? Ich habe sie nicht.«

»Dann eben die Hoffnung aufgeben.«

Er nickte verdrießlich.

»Nicht sofort, das ist mir klar.«

Er schaute Lani an, als sähe er sie zum erstenmal. Sie war tatsächlich anders, als er gedacht hatte. Er war von Virginia geblendet gewesen, hatte nie über seine Nase hinausgesehen. Vielleicht ...

»Es ist nicht eilig«, sagte sie, und wieder schien sie genau zu wissen, was er dachte. Alle seine Gemütsbewegungen mußten ihm ins Gesicht geschrieben sein. Es war sehr unangenehm.

»Ich ... Vielleicht hast du recht. Ich bin so verdammt durcheinander.«

Sie beugte sich zu ihm herüber und küßte ihn sacht auf die Lippen. »Dazu gibt es keinen Anlaß. Tu einfach deine Arbeit und überlaß Kleinigkeiten wie Liebe und Leben einer späteren Zeit.«

Er mußte lächeln. »Du machst es mir viel einfacher, als ich es verdiene.«

»Ich möchte es gern.«

Irgendwie schien Lani ihm jetzt völlig anders. Er konnte sie jetzt als Frau sehen, nicht als Astronautin oder Ortho oder eine Kollegin im Film seines Lebens. Mit Bedauern erkannte er, daß er sie bisher immer Kategorien zugeordnet und ihr niemals wirklich Beachtung geschenkt hatte.

»Ich ...«

Schnell legte sie einen Finger an seine Lippen. »Still! Du mußt jetzt nicht versuchen, höflich zu sein, nicht mit solch einem Kater.«

Er nahm eine Dusche – sie hatte den Anschluß selbst installiert und die Projektion der Kristallhöhle sogar in die Duschkabine fortgesetzt – und kleidete sich an. Sie küßte ihn zum Abschied, und ehe er ihr Gespräch noch recht verarbeitet hatte, sah er sich schon unterwegs zur Garderobe, den Schutzanzug anzulegen, wacklig aber dienstbereit.

Er war längst an der Arbeit, als das Medikament endlich wirkte und die Kopfschmerzen nachließen. An ihrer Stelle senkte sich wieder das lastende Gewicht der Depression auf ihn herab. Seit er die Heimat verlassen hatte, war er ganz in der Arbeit aufgegangen, ohne jemals Fragen zu stellen. Nun aber war es ihm unmöglich, seine Gedanken von den größeren Problemen abzulenken, die er voraussah. Es gab niemanden, dem er ihre Lösung zutraute, nicht mehr.

Er fühlte eine Leere, eine unheilvolle Vorahnung.

Cruz war tot. Was sollte nun geschehen?

6

_____

SAUL

Es hätte nicht möglich sein sollen.

Saul nahm ein frisches Taschentuch aus dem Sterilisiergerät und wischte sich die Nase, bevor er sich über den Flecken grünlichen Materials in der Petrischale beugte. Es gehörte nicht viel Erfahrung zu der Erkenntnis, daß er etwas vor sich hatte, was es einfach nicht geben sollte.

Neben ihm stand Jim Vidor, Astronaut zweiter Klasse, in der für geringe Schwereverhältnisse charakteristischen gekrümmten Haltung und spähte ihm über die Schulter. Genau genommen, sollte auch er nicht hier sein. Die Schutzmaske über Mund und Nase war ein Zugeständnis an die offizielle Quarantäne, unter der Saul stand.

Nach zwei Tagen, als alles darauf hindeutete, daß Sauls Körper es nicht eilig hatte, an dieser fiebrigen Erkältung oder was immer es war, zu sterben, hatte der Quarantänebefehl etwas von seiner ursprünglichen Dringlichkeit verloren. Die meisten Astronauten betrachteten Krankheit ohnedies als eine abstrakte Bedrohung. Sehr viel realer waren ihnen die Schwierigkeiten, die sie mit schleimig-klebrigen Stoffen unbekannter Herkunft hatten, die sich in Luftfiltern, Versorgungsleitungen und Maschinen festsetzten und zu einer Bedrohung der Anlagen geworden waren, die sie alle am Leben erhielten.

Nichtsdestoweniger bedeutete Saul dem Astronauten, zurückzutreten – aus demselben Grund, aus dem er Virginia trotz ihrer an Meuterei grenzenden Gesuche ferngehalten hatte.

Saul war noch nicht gänzlich überzeugt. Nikolai Malenkow mochte schließlich doch recht haben. Alles war möglich, wenn der Komet imstande war, mit Überraschungen wie dieser in der Schale vor ihm aufzuwarten.

»Das Zeug wuchs in der großen Luftentfeuchtungsanlage, wo Schacht 1 die Ebene A schneidet, Dr. Lintz. Nach meiner Rückkehr zum Zentralkomplex zeigte ich es Dr. Malenkow, aber seit Peltier ausgefallen ist, hat er in der Krankenstation alle Hände voll zu tun. Er sagte, Sie seien der große Hüter einheimischer Tiere auf diesem Eisberg, also brachte ich es zu Ihnen.«

Wahrscheinlich hatte Nikolai angenommen, er werde einen maschinellen Boten verwenden, dachte Saul. Alle paar Stunden klopfte eine mechanische Hand an seine Tür und brachte eine Thermosflasche voll Tee oder Suppe und eine winzige Nachricht von Virginia. Wer konnte es wissen, vielleicht waren diese kleinen Sendungen der eigentliche Grund, daß seine Infektion sich nicht verschlimmert hatte.

Die behandschuhten Hände in einem Isolierkasten, arbeitete er mit sterilisierten Pinzetten, um den klumpigen Knäuel roter und grüner Fäden auseinanderzuziehen und auf den Objektträger des Mikroskops zu übertragen. Dieses Zeug, das es nicht geben konnte, existierte offensichtlich. Es mußte untersucht werden.

Natürlich würde Malenkow nicht sonderlich interessiert sein, sich etwas so Makroskopisches wie dieses anzusehen; als Chefarzt der ersten Schicht beschäftigte ihn die Frage, wer und was die Erreger der seltsamen und beängstigenden Krankheit waren, die aus dem Nichts erschienen war, den Expeditionsleiter getötet und nun ein zweites Oper niedergestreckt hatte.

Die Wiederbelebung von Bethany Oakes und einem halben Dutzend weiterer Ersatzleute war durch die Entdeckung bräunlichen Schleims in den Erwärmungsbehältern, die nun in mühsamer Handarbeit gereinigt werden mußten, verzögert worden. Dies und die übrigen Vorbereitungen zum ›Auftauen‹ beschäftigten Malenkow neben seinen übrigen ärztlichen Pflichten zu sehr, als daß er sich mit etwas so großem – und infolgedessen ›harmlosem‹ – wie Fäden abgeben konnte, die irgendwo in einem entfernten Stollen aufgetaucht waren.

Saul, in die Quarantänestation seines eigenen Laboratoriums verbannt, hatte wenig mehr zu tun als die Gewebeproben zu analysieren, die man dem armen Miguel Cruz und dem anderen Patienten entnommen hatte – und sich mit Nachfragen einer besorgten Bodenkontrollstation herumzuschlagen. Hauptsächlich arbeitete er an einem Breitspektrum-Inkubationsprogramm, von dem er frühestens in zwei Tagen Resultate erwarten konnte.

»Wissen Sie schon, was den Kapitän umgebracht hat, Doktor?«

»Ich habe Anzeichen einer Infektion gefunden, dazu körperfremde Eiweißfaktoren, aber damit hat es sich auch schon.« Saul war zu der Erkenntnis gelangt, daß er den oder die pathogenen Faktoren ohne sehr viel mehr Daten wahrscheinlich niemals finden würde. Er mußte mehr über die Grundlagen Halleyscher Lebensformen wissen.

Wenn Nikolai ihn nicht an die Patienten heranließ, mußte er anderswo suchen, und am liebsten wäre er hinausgegangen in die Kavernen und Stollen und hätte sich selbst umgesehen, Proben gesammelt, eine Basis zur Sammlung von Daten geschaffen, um herauszufinden, was den Kapitän getötet hatte. Aber diese verdammte Quarantäne ...

Er wandte den Kopf und hob ein Taschentuch an die Nase, bevor er nieste. Es dröhnte ihm in den Ohren, und die Sicht verschwamm für einen Augenblick.

Nun, wenigstens schien Jim Vidor sich nicht sonderlich gefährdet zu fühlen, wenn er einen Aussätzigen besuchte. Zwar war er bei der plötzlichen Eruption zurückgewichen, aber als Saul sich geschneuzt hatte, kam der Astronaut wieder näher, um ihm über die Schulter zu sehen.

»Haben Sie eine Ahnung, was das ist, Dr. Lintz? Dieses neue Zeug war überall um die Einlaßrohre auf Ebene B, und ich fürchte, es könnte zu einem ebenso schwierigen Problem werden wie dieser grüne Schleim, wenn es die Entfeuchtungsanlage verstopft.«

Nikolai und ich, dachte Saul, fürchten die kleinen Dinge ... mikroskopische Lebensformen, die von innen töten. Aber Astronauten wie Jim Vidor oder Carl Osborn hatten andere Sorgen. Sie sorgten sich um festsitzende Ventile, um Luft und Wärme und die saugende Nähe des kalten Vakuums.

»Ich weiß nicht, aber ich denke ...«

Im Bildschirm wurde es endlich lebendig, und ein winziger Knäuel von Fäden erschien in vergrößerter Ansicht. Saul räusperte sich und gab in rascher Folge eine Anzahl Kommandos ein. Ein scharfer Lichtstrahl stieß ins Bild und verdampfte ein winziges rötliches Segment in heller Glut. Ein anderer Bildschirm zeigte das Ergebnis der automatischen Spektralanalyse.

»Nichts. Ich denke, es kann keine mutierte Form von etwas sein, was wir mitgebracht haben. Es muß einheimisch sein.«

Er las das Verteilungsprofil der Isomere ab und rieb sich den Kiefer. »Nichts, was auf Mutter Erde entstanden ist, hat je einen solchen Zuckerkomplex gebraucht.« Er fragte sich, ob es in den Archiven der Chemie überhaupt einen Namen dafür gab.

Vidor nickte, als habe er von Anfang an nichts anderes erwartet. Unkenntnis gelangt bisweilen mit einem Sprung zu richtigen Schlüssen, wo das Wissen sich mit allen Kräften sträubt.

Auch Saul hatte ähnliches geargwöhnt, als er das Zeug zum erstenmal gesehen hatte. Denn es glich nichts Irdischem, was ihm je vor Augen gekommen war. Aber er hatte es bis jetzt schwierig gefunden, wirklich daran zu glauben. Mikroben waren eine Sache, das konnte er rational begründen, insbesondere, nachdem er Johnvons großartige Simulation einer möglichen Evolution von Leben in einem Kometenkern gesehen hatte. Primitive prokaryotische Mikroben, ja. Aber wie in aller Welt konnte es zu so komplexen Formen kommen, die so sehr einer Flechte ähnelten? Noch dazu unter einem Panzer aus gefrorenen Gasen nahe dem absoluten Nullpunkt?

Er mußte sich eingestehen, daß er Carl Osborns Geschichten von Makroorganismen in den Höhlen und Stollen nie wirklich geglaubt hatte. Er hatte es einfach verdrängt, hatte Meldungen dieser Art verunglimpft und Feindseligkeit mit Feindseligkeit beantwortet. Ohne die Hinweise, daß hier etwas bei weitem Größeres vorging, zu beachten, hatte er sich mit Routinearbeit beschäftigt und Mikroorganismen untersucht.

Freilich war Carl auch nicht gerade kooperativ gewesen. Sie hatten einander seit jenem schicksalhaften Morgen bei den Kühlfächern nicht mehr gesehen. Und Carl schickte niemals die Proben, um die er ihn gebeten hatte. Kein Wunder, daß er froh gewesen war, als Jim Vidor die Initiative ergriffen hatte.

»Mangels einer besseren Bezeichnung werde ich dieses Ding ein Lichenoid nennen müssen, weil es den irdischen Flechten verwandt scheint. Das heißt, daß es sich um ein koloniebildendes Lebewesen handelt, eine Kombination von einem autotrophen, das heißt, sich selbst ernährenden Teil, wie eine Alge, mit einem komplexen heterotrophen Teil wie einem Pilz. Ich muß allerdings zugeben, daß ich der Sache ratlos gegenüberstehe. Ich kann mir nicht vorstellen, wie unter diesen Bedingungen derart kompliziertes Leben entstanden sein sollte.«

»Kennen Sie eine Methode, wie man das Zeug abtöten kann?« platzte Vidor heraus. Sein Blick war auf den Bildschirm fixiert, wo die Fasern sich unter der starken Vergrößerung langsam bewegten.

Auf einmal verstand Saul. Von Malenkow konnte Carl keine brauchbare Hilfe bekommen. Und natürlich wollte er nicht selbst kommen und ihn, Saul um Unterstützung angehen, da er ihm wegen Virginia zürnte.

Eine neue Welle von Benommenheit und Schwindelgefühl überkam ihn, und er hielt sich an der Tischkante, um die Symptome zu verbergen.

Es war gut möglich, daß Malenkow recht hatte. Vielleicht war dies nicht bloß ein Grippeerreger. Vielleicht war er schon verloren, ohne es zu wissen. In diesem Fall mußte er Carl recht geben. Was hatte er Virginia anderes zu bieten als vielleicht die Gefahr, sich zu infizieren, wenn er aus der Quarantäne entlassen würde? Und welches Recht hatte er, zwischen Carl und ihr zu stehen, wenn er ohnedies dem Untergang geweiht war? Ganz abgesehen davon, daß Carl im Alter zu ihr paßte, während er ihr Vater sein könnte ...

Die Vorstellung, daß er tatsächlich sterben könnte, führte seltsamerweise zu einer Beschleunigung seines Herzschlages. Er hatte sich frei von jeglicher Todesfurcht gewähnt, und das seit wenigstens zehn Jahren. Nun aber genügte der bloße Gedanke, und ihm wurde der Mund trocken.

Unglaublich. Ob Virginia diese Wandlung in ihm bewirkt hatte? Hatte sie ihm die Fähigkeit, Angst zu empfinden, wiedergegeben? Angst vor ihrem Verlust?

Es war erstaunlich. Saul bemerkte, daß Jim Vidor ihn ansah, offenbar eine Antwort erwartete, und lächelte zurück.

»Sagen Sie Carl Osborn, daß ich ihm einen Vorschlag mache. Er befreit mich aus diesem Quarantänegefängnis, damit ich selbst hingehen und sehen kann, was geschehen ist. Als Gegenleistung werde ich tun, was ich kann, um etwas zu finden, was die Filter und Rohre von diesem schleimigen Zeug freihält. Selbst wenn es bedeuten sollte, daß ich nicht mehr tun kann, als wie alle anderen mit Putzkübel und Schwamm zu arbeiten.«

Vidor überlegte einen Augenblick, dann nickte er. »Werd's ihm sagen, Dr. Lintz. Und einstweilen vielen Dank.«

Er wandte sich um, gab der Tür das Kodesignal, so daß sie offen war, als er sich abstieß und durch die Öffnung hinaussegelte. Saul sah ihm nach, bis die Tür sich selbsttätig hinter ihm schloß. Dann wandte er seine Aufmerksamkeit wieder dem Knäuel der fremdartigen Fäden auf dem Bildschirm zu.

Er fragte sich, ob es moralisch gerechtfertigt sei, nach Möglichkeiten zur Vernichtung der einheimischen Lebensformen zu suchen, die den Astronauten soviel Kummer bereiteten. Schließlich waren die Menschen hier die Eindringlinge. Sie waren von einer fernen Welt gekommen, welche sich von dieser unterschied wie der Himmel von der Hölle. Niemand hatte die Menschen eingeladen. Sie waren einfach gekommen und fühlten sich als Herren und Besitzer, wie sie es immer getan hatten.

Seine und Simon Percells genetischen Versuche konnten im gleichen Licht gesehen werden.

Saul zuckte die Achseln. Die schwache kleine Stimme des Moralisten war leicht zu unterdrücken, ebenso leicht wie der unerwartete Anflug von Todesfurcht. Er würde kämpfen und leben. Denn zum erstenmal in einem Jahrzehnt hatte er jemand, für die er kämpfen und leben konnte.

So ist's recht, dachte er ironisch. Schieb es auf Virginia, du Heuchler!

Er wischte sich die Nase, warf das Taschentuch in den Sterilisator. Dann nahm er eine weitere Antihistaminpille.

Grimmig lächelnd trat er zum Elektronenmikroskop und verstärkte die Vergrößerung.

»Also, Freundchen«, murmelte er. »Du hast mich neugierig gemacht. Ich möchte alles über dich erfahren. Wenn wir schon kämpfen müssen, möchte ich vorher wissen, wie und wovon du lebst.«

Er schaltete das Tokio-Streichquartett auf die Videowand, aufgezeichnet von Kameras und Mikrophonen, die nur wenige Schritte von jenem berühmten Ensemble des vergangenen Jahrhunderts entfernt aufgestellt worden waren. Sie spielten Bartok für ihn, während er Einstellräder drehte, in ein Mikrophon sprach, verbissen lächelte und gelegentlich nieste.

7

VIRGINIA

Laß die Puppen tanzen, laß die Puppen spielen, dachte Virginia verdrießlich. Seit Stunden war sie mit der Umprogrammierung von Maschinen beschäftigt, und die Arbeit wurde immer schwieriger. Sie lag ausgestreckt im zurückgeklappten Sessel, körperlich entspannt und bequem, aber irritiert und beunruhigt von den immer neuen Anforderungen. Gegenwärtig erprobte sie eine neu programmierte Arbeitsfunktion an einer Maschine, deren Vorgangsweise sie auf der zentralen Projektion verfolgte und steuerte. Die Maschine wendete und näherte sich einem Phosphorstreifen. Vorsichtig, vorsichtig dachte sie, schaltete sich aber nicht ein. Ein Fehler von einem bloßen Zentimeter würde den Greifarm der Maschine durch die Phosphorfarbe stoßen, die Leiterelemente in der dünnen Farbschicht unterbrechen und die Leuchtkraft des Streifens trüben. Der Vorzug der Phosphorfarbe lag in der einfachen Anbringung: man brauchte die Farbe lediglich aufzutragen, an den Rändern Schwachstromkabel zu befestigen, und schon hatte man eine billige Lichtquelle, von der keine Wärme ausging. Nachteilig wirkte sich aus, daß ihre mechanische Widerstandskraft gering war und überdies zur Bildung fleckiger dunkler Partien neigte, wo der Strom ungleichmäßig floß. Eine Maschine konnte solch einen Streifen mit einer unkontrollierten Bewegung stark beschädigen.

Was diese vor ihren Augen zu tun sich anschickte. Wie das neue Programm es verlangte, versuchte sie das schleimige grüne Wachstum auszumachen und mit einem Saugschwamm wegzuwischen. Nachdem sie die Hälfte des Streifens bearbeitet hatte, drehte sie den Arm jedoch in seinem Gelenk, und der Greifer grub sich mit einem knirschenden Geräusch in die Phosphorschicht. Der Lichtschein flackerte und wurde schwächer.

Virginia zog die Maschine zurück und deaktivierte sie. Dann machte sie sich wieder über das kurz zuvor aufgesetzte Programm her und versuchte den Fehler zu finden, der den Greifarm in diesem entscheidenden Augenblick falsch bewegt hatte.

»Virginia! Ich brauche noch fünf in Schacht 4, es eilt!« dröhnte Carls Stimme aus dem Lautsprecher.

Sie machte ein Gesicht. »Geht nicht! Alle voll beschäftigt.« Sie machte sich wieder daran, die Programmeinheiten in der dreidimensionalen Anordnung durchzuprüfen, weil sie die Struktur des Programms nicht löschen wollte. Es konnte nur an Kleinigkeiten liegen, einer Feineinstellung hier, einer kleinen Anpassung dort ...

»He, ich brauche sie *jetzt!*«

»Schieb ab, Carl! Ich hab zu tun.«

»Und ich nicht? Nun mach schon! Der Schleim frißt uns hier draußen lebendig auf!«

»Wir sind bereits überbeansprucht.«

»Ich muß die Dinger haben. *Jetzt!*«

Es war hoffnungslos. Sie tastete eine letzte Korrektur ein und löste die Sequenz aus. Auf einem separaten Kanal sendete sie:

– Johnvon, sieh dir das an! Wo liegt das Problem? Ich bin zu dumm, es zu sehen.

– Erlaubnis, die Maschine zu befragen und Bordprogramm einzustellen?

Das war ein wenig riskant; Johnvon war großartig in der Analyse, hatte aber in der unmittelbaren Arbeit mit Maschinen nicht viel Erfahrung. Aber dies war eine Krise.

– Gewiß.

»Virginia? Laß mich nicht im Stich!«

»Ich bin hier. Komme mir vor wie die Köchin in einem Schnellrestaurant. Alle drängen mich, du und Lani und Jim Vidor, aber die Zeit reicht nicht, diese Oberflächenmaschinen für die Arbeit in den Stollen umzuprogrammieren.«

»Nun, tut mir leid, aber ich habe es hier mit einer üblen Situation zu tun«, sagte Carl etwas weniger laut. »Dieses Zeug breitet sich rasch aus – es muß hier mehr Feuchtigkeit in der Luft sein. Ich befürchte, es wird Würmer anlocken, und wenn die ein Loch machen, werden wir sie im Vakuum ausräumen müssen. Das ist viel schwieriger.«

»Ich weiß, ich weiß.« Carl erklärte immer geduldig, warum er Hilfe benötigte, als ob sie nicht verstünde.

Sie schaltete auf einen anderen Kanal, überblickte die Situation im Schacht 4 und gab eine Reihe von Befehlen unmittelbar durch ihren neuralen Anschluß. Dann zurück zu Carl. »Hör zu, ich kann es jetzt nicht machen.«

»Wieso nicht?« War das ein gereizter, nörgelnder Ton? Nun, zum Teufel mit ihm!

»Weil ich bis zum Hals in der Scheiße stecke«, schrie sie und unterbrach die Verbindung.

Es war ein gutes Gefühl.

8

CARL

Es begann mit einem hohen, dünnen Pfeifen.

Carl arbeitete an einer Armatur und verwünschte den schleimigen grünen Überzug, als er das Geräusch hörte, anfangs nur als ein entferntes schrilles Winseln. Er war weit draußen in Schacht 3, nahe der Oberflächenschleuse, und vermutete, daß das Geräusch von jemandem komme, der weiter drinnen arbeitete, zum Zentralkomplex hin.

Er war allein, weil es an Arbeitskräften fehlte. Er hatte mit einer von Virginias umprogrammierten Maschinen gearbeitet, dies aber nach Möglichkeit vermieden. Er reagierte empfindlich darauf, daß sie Saul Lintz den Vorzug gab, und es störte ihn bei der Arbeit, wenn die Maschine mit ihrem singenden Akzent sprach. Die ersten Wiedererweckten sollten nach dem Plan am folgenden Dienstag ›auftauen‹, und er hoffte, daß es sich auf den Fortgang der Arbeiten günstig auswirken würde. Der schleimige Bewuchs war schlüpfrig, widerwärtig und hartnäckig; er verabscheute das Zeug.

Und dazu die verdammten Fäden, die sich in den Be- und Entlüftungsanlagen angesiedelt hatten. Was, zum Teufel, konnte das sein? Vielleicht hatte Jim Vidor recht; vielleicht sollte er Saul aus der Quarantäne entlassen und ihm Gelegenheit geben, die Gewächse vor Ort zu untersuchen.

Hätte er mit einem Partner gearbeitet, so wäre er sicherlich weniger gedankenverloren gewesen und hätte es eher gehört. Das Geräusch dauerte an, während er die Armatur mit dem Kombischlüssel festzog, dessen schnarrendes Nachvibrieren seinen ganzen Arm durchlief.

Dann fühlte er eine Brise und hob den Kopf.

Im Labyrinth der Stollen und Schächte gab es immer Luftzirkulation, die von Ventilatoren in Gang gehalten wurde, wenn die natürlichen Temperaturunterschiede nicht genug Konvektion erzeugten. Aber nicht so weit vom Zentralkomplex entfernt, und nicht dieser gleichmäßige leichte Zug.

Er hielt inne und lauschte. Dasselbe gleichmäßige Geräusch. Es kam von unten, aus der Richtung der Zentrale.

Dann knackte es in seinen Ohren.

Er holte sein Werkzeug ein und stieß sich ab, alles in einer glatt abrollenden Bewegung. Phosphorstreifen markierten den Schacht alle hundert Meter mit matten, gelblichgrünen Lichtinseln; er gebrauchte sie gewohnheitsmäßig zur Beurteilung seiner Geschwindigkeit, damit er nicht ein Tempo erreichte, das er nicht würde abbremsen können. Manche der Phosphorstreifen waren teilweise überzogen von den schleimigen grünen Algen, deren Gedeihen offenbar von der schwachen Wärmeentwicklung gefördert wurde.

Er passierte horizontal abzweigende Stollen, 3B, 3C und 3D, aber aus ihnen drang das Geräusch nicht. Als er zu 3E kam, verlangsamte er, weil das Pfeifen lauter wurde und ein gleichmäßiger Luftzug ihn abwärts zu ziehen suchte. Er hatte immer eine Abneigung gegen gellende hohe Geräusche gehabt, und dieses war jetzt schrill und durchdringend. Er suchte die Wände nach einem Riß in der Isolierung ab, war aber in keiner Weise darauf vorbereitet, was er fand.

Würmer! – Er war vollkommen perplex.

Dunkelpurpurne Würmer, die sich schlangengleich wanden und im Luftstrom wiegten. Feucht, schlüpfrig, umringten sie den Stolleneingang, der nun einem lebenden Mund glich, der mit einem durchdringenden Winseln rief. Der Luftzug war hier so stark, daß er seufzte und rauschte und ihn zu den winkenden purpurnen Tentakeln hinzog, die sich wie die Fangarme einer riesigen Seeanemone begierig nach ihm auszustrecken schienen.

Er stieß sich mit aller Kraft rückwärts ab und erreichte einen Handgriff an der Wand des Schachtes. Der Wind pfiff an ihm vorbei, riß ihm die Wollmütze vom Kopf und fuhr ihm durchs Haar, seine Werkzeugleinen wehten im Luftstrom. Das Geräusch war jetzt ohrenbetäubend, und er merkte, daß er sich davon nervös machen ließ. Er hatte so lange im Raum gearbeitet, daß er Stille erwartete und keine gewohnheitsmäßige Abwehr gegen mörderischen, erbarmungslosen Lärm hatte.

Er öffnete seine Nottasche und zog einen aufblasbaren Helm heraus. Es dauerte ziemlich lange, bis er ihn auf den Halsring seines Anzugs geschraubt hatte. Die vorgeschriebenen Übungen waren seit langem vernachlässigt worden, und nicht nur von ihm.

Er zog die Versiegelung der Druckluftflasche ab, und die Helmblase expandierte mit einem ermutigenden Zischen. Das gab eine gewisse Schallisolierung, aber nicht viel. Nicht genug.

»Ein Leck in Schacht 3, Stollen E«, sendete er über den Notfällen vorbehaltenen Kanal. »3E, 3E. Sieht schlecht aus. Der ganze Bereich um die Stollenmündung ist aufgebrochen.«

Eine Stimme fragte: »Kann man das Leck mit Sprühschaum abdichten? Wir haben welchen da.«

»Ich bezweifle es. Etwas ... etwas ist durchgebrochen. Es handelt sich nicht bloß um einen Riß.«

Er biß sich auf die Lippe. Wie sollte er es beschreiben? Die anderen würden in ein paar Minuten da sein, aber der Schacht verlor Ströme von Luft.

Die roten Würmer mußten durch eine Spalte gebrochen sein, die mit der Oberfläche in Verbindung stand.

Er stieß sich ab und segelte quer durch den Schacht. Der Wind blies ihn mehrere Meter in der Längsrichtung, bevor er die andere Seite erreichte und an der Isolierung Halt fand. Dort blieb er hängen und beobachtete die Windungen und das Pulsieren des nächsten der purpurnen Würmer, die wie von Nässe glänzten.

Der Wurm schwoll an, zog sich zusammen, schwoll wieder an, und jedesmal erweiterte er die Öffnung in der Isolierschicht und drang weiter in den Schacht ein. Der nächste war mindestens einen Meter lang und schob ständig mehr von seinem Körper nach, indem er den langsamen Wechsel von Anschwellen und Zusammenziehen beibehielt. Seine Mundöffnung glitzerte wie von feinen Kristallen.

Carl sah, wie die Würmer sich gegen die algenartigen Schichten des Bewuchses innerhalb ihrer Reichweite drückten, und ihm wurde klar, daß sie es auf den grünen Schleim abgesehen hatten. Sie schienen ihn unmittelbar aufzunehmen. Sie weiden das Zeug ab! dachte er. Und saugen die Fäden aus der Luft.

Um die Stollenmündung aus Aluminium und Stahl zählte Carl dreizehn von den Tieren. Er gab etwas Leine aus, und der kreischende Sturmwind blies ihn näher zu einem der augenlosen, schlüpfrigen Würmer.

Carl biß die Zähne zusammen. Er atmete jetzt Luft aus der Sauerstoffflasche, hätte aber schwören mögen, daß er das Ding riechen könne – stickig und feucht, wie moderndes Laub.

Er hakte den Laser-Schneidbrenner los, stellte ihn auf maximale Leistung und feuerte auf einen der Würmer. Der Strahl schnitt eine dünne rote Linie mittendurch – ohne nennenswerte Wirkung.

Beim nächsten Versuch ließ er sich etwas mehr Zeit und durchschnitt das Ding einige Zentimeter über der Basis. Eine Sprühwolke roter Tröpfchen wurde vom Wind fortgerissen. Genauso erging es dem abgetrennten Stück.

Weitere Flüssigkeit sickerte aus der Wunde, dann begann sie zu gerinnen. Vor Carls Augen begann sich eine Kruste zu bilden, unter der sich bereits eine Anschwellung frischen Gewebes abzeichnete. Dann, als es prall und dunkelpurpurn wie eine Aubergine aussah, begann es wieder zu wachsen – seitwärts zuerst, dann wieder geradeaus, so daß die Schnittwunde an die Flanke verschoben wurde und im Wachstum des Organismus nur eine kurzzeitige Unterbrechung darstellte.

Carl fühlte, wie es ihm prickelnd über den Rücken lief.

»... sieht es jetzt aus? Ich wiederhole, kein Empfang, möchten wissen ...«

Der Rest blieb unverständlich. Carl konnte niemanden im Schacht sehen. Wo steckten sie?

Er zog die Spritzpistole aus ihrem Halfter an seinem linken Schenkel. Sie war für kleine Ausbesserungsarbeiten gedacht und enthielt einen nur geringen Vorrat Dichtungsmasse, aber er wußte nicht, was er sonst tun sollte.

Um näher an die Bruchstelle heranzukommen, gab er einen weiteren Meter Leine aus, dann holte er ein Stück davon hastig wieder ein, als das rasch sprossende Ding sich in seine Richtung wandte. Konnte es ihn fühlen? Ohne Augen oder andere sichtbare Sinnesorgane? Vielleicht spürte es die von seinem Anzug ausgehende Wärme. Jedenfalls wollte er nichts riskieren.

Die Spritzpistole spuckte gelbe Dichtungsmasse auf das Loch. Sie spritzte über die Öffnung und breitete sich rasch aus, als die langen Kettenmoleküle zur Festigung der Oberfläche auseinanderflossen. Die Sogwirkung des Luftzuges drückte die Dichtungsmasse blasenartig nach innen, aber der gelbe Flicken hielt.

Fast eine Minute lang. Dann stieß der Wurm gegen den härtenden gelben Stoff, drängte vorwärts und riß die Dichtungsmasse los. Der Wind erfaßte den Rand, und der Flicken

schlug nutzlos wie eine zerfetzte Flagge gegen die Stollenwandung.

»Wir brauchen das schwere Gerät«, sagte Carl. »Bringt alles, was wir haben!«

»... schwer verständlich ... irgendwelche andere Maßnahmen?«

»Ja. Macht alle Schleusen dicht! Überall!«

»... nicht ver ... wir schicken alles.«

»Wenn uns die Dichtungsmasse ausgeht, sind die Schleusen unsere einzige Unterstützung.«

Und wenn die versagen, dachte er, werden wir in Schutzanzügen leben müssen.

Zehn Minuten später schien diese Vorstellung nicht einmal
unwahrscheinlich.

Nur Lani, Samuelson und Conti konnten gleich zu Hilfe
kommen; die Mannschaft war allzu dünn verteilt. Lani war
geschickt und eingespielt, aber die anderen zwei hatten hier
mit Arbeiten zu tun, die ihnen nicht vertraut waren. Das Ab-
schlagen der Würmer oder Fühler war einfach, aber weitere
drängten herein, ehe die Dichtungsmasse härten konnte.

Sie arbeiteten so rasch wie möglich. Carl und Samuelson
entdeckten, daß sie ganz nahe an die Isolation herangehen
und den gesamten Umkreis bis zum anstehenden Eis ausräumen mußten, um überhaupt einen Fortschritt zu erzielen.

»Müssen das Teufelszeug sauber herausschneiden«,
knurrte Samuelson. Er war sichtlich nervös. »So was hab ich
noch nicht gesehen.«

»Passen Sie auf da, Sie sind nahe am Eis!« Carl mußte Samuelsons Sicherungsleine halten, um zu verhindern, daß der
Mann vom Luftzug direkt gegen die Öffnung gepreßt wurde.
Vor Beginn der eigentlichen Abdichtungsarbeit hatten sie mit
Schraubhaken, Karabinern und Seilen Sicherungen angebracht, um zu verhindern, daß der heulende Wind sie von
den Schachtwänden riß. Nun ließ das schrille, hohle Pfeifen
allmählich nach, da die Luft in Schacht 3 allmählich ausging.

»Nicht zu nahe!«

Zu spät. Ein Dampfstrahl schoß aus der Öffnung und blies
Samuelson fort, der sich mehrmals in der Luft überschlug.

Sein schwerer Industrielaser hatte mit den purpurnen Gewächsen aufgeräumt, dann aber eine Ader Kohlendioxideis getroffen, das augenblicklich verdampft war.

»Lani! Wo bleibt die Dichtungsmasse?« rief Carl. Er gab ein paar Meter von Samuelsons Sicherungsleine aus, damit er von der Reparaturstelle abtreiben konnte, denn in wenigen Augenblicken mußte es eine Menge Schmutz geben.

Lani manövrierte am Ende einer Sicherungsleine, das Strahlrohr der Schlauchleitung in beiden Händen. »Es geht los.«

Die klebrige gelbe Dichtungsmasse spritzte über die gereinigten Löcher der Bruchstellen. Carl und Conti bestrichen die frischaufgespritzte Masse mit gefächerten Laserstrahlen von geringster Intensität, um die Schnelltrocknung zu fördern. Die erhärtende gelbe Masse bildete Krusten und Schuppen an der Oberfläche, schien aber zu halten.

Lani spritzte dicke Schichten gelben Dichtungsmaterials über die Risse und dichtete die Stollenmündung ab. Da und dort gab das Material unter dem Druck nach, aber sie spritzte rasch mehr auf und verhinderte ein neuerliches Aufbrechen.

»Für diesen Verwendungszweck ist die Masse nicht gemacht«, sagte Conti. »Zu dick. Das Zeug wird uns bald ausgehen.«

»Ein dünneres Dichtungsmaterial würde sofort reißen«, erwiderte Samuelson, der sich an der Sicherungsleine zu ihnen zog.

»So oder so, es wird bald nichts mehr da sein.«

»Lassen Sie das dumme Gerede«, sagte Carl scharf. Wenn man eine Mannschaft nörgeln ließ, verlor sie Arbeitsfreude und Konzentration und gab nicht mehr ihr Bestes.

Lani rief, daß sie fertig sei. Das Zischen der unter hohem Druck herausgespritzten Dichtungsmasse hörte auf.

Die jähe Stille war beinahe erschreckend. Carl stieß sich von der Wand ab und konnte sich nun, da der Luftzug aufgehört hatte, schwebend an Ort und Stelle halten. Es war kaum noch ein Luftdruck übrig.

»Vielleicht wird das jetzt halten.«

»Was, zum Teufel, war das?« fragte Samuelson.

»Etwas, was im Eis wächst«, antwortete Conti.

»Im Eis? Bei Weltraumtemperatur?«

»Eine andere Erklärung gibt es nicht«, sagte Conti. »Vielleicht kommen sie durch Spalten? Durch Adern weicheren Schnees? Jedenfalls sind es keine irdischen Lebensformen.«

»Und so groß«, bemerkte Lani. »Was Saul fand, waren hauptsächlich Mikroorganismen, nicht?«

»Ja«, sagte Conti. »Und der grüne Algenschleim und die Fäden, aber sie jagen einen nicht herum, soviel ich weiß.«

Samuelson lachte. »Diese Dinger sind ein hübsches Stück größer.«

»Und kräftig. Sie durchbrechen die Isolierschicht«, bemerkte Carl.

Sie hingen an ihren Sicherungsleinen im annähernden Vakuum und sahen einander an. Dann stieß Samuelson sich von der Wand ab und wies aufwärts, wo die Phosphorstreifen zu beiden Seiten des Schachtes sich als gestrichelte Linien in der Ferne verloren. »Das gleiche könnte überall wieder passieren.«

Carl schüttelte den Kopf. »Die Dinger kamen nahe der Einmündung durch, sonst nirgends. Was ist an dieser Stelle anders?«

»Vielleicht die Abdichtung um den Kragen, wo der Stollen in den Schacht mündet«, meinte Conti.

Samuelson sagte: »Aber wie? Wir haben hier überall doppelte Isolierung.«

»Vielleicht nicht genug«, warf Lani ein.

Carl nickte. »Wir werden alle Kreuzungen und Einmündungen überprüfen müssen.«

»Richtig«, sagte Samuelson. »Und wir sollten alle Teile von dem Zeug einsammeln, die in den Schacht geblasen worden sind.«

»Gute Idee«, antwortete Carl. »Also an die Arbeit.«

Sie verteilten sich durch den Schacht und die benachbarten Stollen. Carl erwischte mehrere treibende Stücke der purpurnen Würmer und steckte sie in eine Plastiktüte. Gallertige Klumpen trieben frei im Schacht oder hatten sich an den Wänden festgesetzt. Das Zeug war leicht klebrig und hinterließ Schmierstellen, wo es mit den Wänden oder der Kleidung in Berührung kam. Während der Arbeit kommentierte er seine Beobachtungen für die Zentrale, wo Malenkow das Geschehen verfolgte. Nach einer Weile schaltete sich auch Saul Lintz ein und überschüttete ihn mit Fragen. Er hatte keine Ahnung, wie er sie alle beantworten sollte. Saul verlangte sofort Muster.

»Wir werden uns alle desinfizieren müssen, bevor wir in Zonen mit normalem Luftdruck zurückkehren, soviel ist klar.«

»Nun, tun Sie, was Sie können. Ich werde Ihnen ein paar Flaschen für die Proben schicken.«

»Ich kann mich so behelfen. Lassen Sie niemand in diesen Abschnitt!«

»Sie meinen, es sei gefährlich?«

»Verdammt richtig!«

Er brach das Gespräch ab und setzte die Suche fort. Seine Gruppe überprüfte die benachbarten Kreuzungen und Einmündungen auf Anzeichen von Materialermüdung oder Ausbeulungen. Nichts. Eine unausgeformte Idee rumorte im Hintergrund seines Bewußtseins, aber er hatte keine Zeit, innezuhalten und nachzudenken. Die Stücke und Fetzen der purpurnen Würmer hatten sich weithin verteilt, und er verfügte nur über wenige Leute, sie alle einzusammeln.

In einem Stollen, der horizontal zur Zentrale führte, fand Samuelson eine purpurne Spitze, die sich gerade durch Isoliermaterial und Wandverkleidung gebohrt hatte. Er rief Conti, und die beiden nahmen eine Probe.

Sie waren unachtsam.

Als Carl einige Minuten später vorbeikam, klatschten sie Flicken auf ihre Anzüge und schrien vor Schreck und Schmerz durcheinander. Durch ihre Visierscheiben sah er überraschte, bleiche Gesichter mit großen, entsetzten Augen.

»Was ist passiert?«

»Ich fing dieses Stück, aber es entwischte mir«, sagte Samuelson.

»Conti griff danach, und es fraß sich durch seinen Handschuh.«

Contis rechte Handfläche war mit einem großen, ungeschickt angebrachten Flicken bedeckt. »Ich nehme an, Sie haben das Ding berührt?« fragte Carl.

»Ja, und das verdammte Ding hat mich gestochen.«

Conti zog eine Grimasse schmerzlicher Selbstbemitleidung. »Es wird schlimmer.«

»Samuelson, gehen Sie mit ihm zum Noteinstieg! Ich werde Malenkow rufen und ihn verständigen, daß Sie kommen.«

»Wa ... was tut es, meinen Sie?« fragte Conti.

Es frißt, dachte Carl, behielt es aber für sich. »Gehen Sie zum Arzt, der wird Ihnen helfen.« Er gab beiden einen Stoß in die Richtung der Zentrale. »Und beeilen Sie sich!«

Binnen einer Stunde berichtete Malenkow ihm über ihren Zustand. Das purpurne Ding hatte sich durch das zähe Fibermaterial ihrer Schutzanzüge gefressen, das es wahrscheinlich als potentielle Nahrung angesehen hatte. »Vielleicht mag es einfach lange Kettenmoleküle«, hatte Malenkow gemeint. Einmal im Anzug, hatte es die Haut verbrannt. Etwas war vermutlich in die Blutbahn gelangt. Conti und Samuelson klagten über sich ausbreitende, dumpfe Schmerzen. Sie hatten Beruhigungsmittel bekommen und waren unter Beobachtung.

Carl warnte Lani und setzte die Suche fort. Ungefähr eine Stunde später hatte er plötzlich eine Idee.

»Lintz! Sind Sie im Dienst?«

Es summte, dann meldete sich eine Stimme. »Ja.«

»Dieses purpurne Zeug ist leicht und beweglich. Das meiste davon, was wir abgeschnitten haben, wurde vom Luftstrom in die Löcher gesaugt.«

Carl vergegenwärtigte sich die Schichten aus festem Material und Vakuum, aus denen die Wandisolierungen bestanden. Zwischen ihnen und dem anstehenden Eis waren volle zwei Zentimeter Helium, die den Zweck hatten, die Wand zusätzlich vom Eis zu isolieren. Außerdem ermöglichten diese Zwischenräume auf vielen Wegen die Ausgasung zur Oberfläche. »Wohin geht die Entlüftung dieses Schachts?«

»Die Entlüftung von Schacht 3 leitet alles vom Kühlfachkomplex 1 zur Oberfläche. Aber das ist nicht meine Abteilung, fragen Sie lieber Vidor.«

»Nein, hören Sie zu! Wir gehen immer davon aus, daß die Entlüftung ebenso wie die Ausgasung benachbarter Substanz aufwärts geschieht, nicht wahr? Aber der Wind, den wir hier hatten, war wie ein Sturm.«

»Ja. Wir haben eine Menge Luft verloren.«

»Die Sache ist die, daß der Luftstrom stark genug war, einiges von dem Zeug nach innen zu blasen.«

»Schon möglich. Aber es wird trotzdem ziemlich rasch nach oben entweichen, selbst wenn ... Ah, ich verstehe. Sie machen sich Sorgen.«

»Richtig. Das purpurne Zeug ist vom Luftstrom zur Zentrale getragen worden.«

»Dort sind Lagerräume, und ...«

»Stimmt.« Carl zögerte, kam zu einem Entschluß. »Passen Sie auf, während dieser Krise setze ich Malenkows Anweisung außer Kraft! Sie sind ab sofort außer Quarantäne. Schnappen Sie sich Quiverian und alle, die Sie finden können! Gehen Sie hinunter zur Ebene 3J! Ich fürchte, Sie werden schnell denken und handeln müssen, denn diese Dinger sind wahrscheinlich in den Kühlfachkomplex gelangt.«

9

SAUL

Saul wischte die letzten grünen Spuren von den Rändern der Filtereinheit und blinzelte müde durch einen Antihistamindunst doppelter Dichte. Von hoher Wissenschaft degradiert zu Putzarbeiten, dachte er verdrießlich. Hatte Mama sich als Wäscherin die Finger wundgerieben, um ihren kleinen Jungen studieren zu lassen, damit er den Putzer machte?

Natürlich hatte seine echte Mama nichts dergleichen getan. Sie war Oberst in der Israelischen Armee gewesen, hatte 2009 an der Eroberung von Bagdad teilgenommen und hätte es wahrscheinlich gebilligt, daß ihr Sohn von Zeit zu Zeit gezwungen würde, mit Putzkübeln und Wischlappen umzugehen.

Doch die ironische Phantasie amüsierte Saul, und er spann den Faden weiter, während er den Filter mit zusammengebissenen Zähnen und nicht ohne Kraftanstrengung wieder anbrachte. Dreißig Jahre Erziehung und Ausbildung, und eine Reise, die ihn eine halbe Milliarde Kilometer in den Raum hinausgeführt hatte, um hier eine Art Hausmeister zu sein. Es bestätigte seinen seit langem bestehenden Glauben, daß es doch einen Fortschritt gab.

Die gegenwärtige Krise schien ihn wenigstens von der Liste der Unberührbaren gestrichen zu haben. Jede Arbeitskraft wurde zum Kampf gegen die Infektionen einheimischer Arten benötigt, und kaum jemand nahm Anstoß an einem gelegentlichen Niesen oder Schneuzen.

Endlich war er fertig.

Er steckte den Schwamm in den Eimer, schloß den Deckel und entledigte sich der Handschuhe. Sein Blick ging über die Reihen der sargähnlichen Kühlfächer, die beschlagen waren von innerer Kühle und Kondensation, und von denen jedes eine Gestalt im Winterschlaf enthielt. Seit zwei Tagen arbeitete er hier unten in der Kälte und versuchte die Kühlfächer vor eindringenden Fremdkörpern zu schützen.

Jenseits der Schläferreihen stand ein Arbeitstisch, übersät mit Glasstücken und elektronischen Bauteilen, die einem halben Dutzend ausgeschlachteten Instrumententafeln entstammten. Eine hohe Gestalt stand über das Durcheinander gebeugt.

»Sind Sie mit den Lampen fertig, Joao«, rief Saul. »Ich habe sie Osborn für bald versprochen.«

Der blasse Brasilianer schüttelte mißmutig den Kopf und murmelte: »Seit Ihrer letzten Frage habe ich vier Birnen ausgepackt und befestigt, Saul. Lassen Sie mir Zeit!«

Quiverian war offensichtlich abgeneigt, sich hier draußen im Kühlfachkomplex, wo es kalt und gefährlich war, zur Verrichtung ›niedriger Arbeiten‹ drängen zu lassen. Um ihn überhaupt hierher zu bringen, hatte Saul selbst zur Zentrale hinuntergehen und den Mann von einer langen Fachsimpelei mit einem Kollegen zu Hause auf der Erde fortzerren müssen.

Bis dahin hatte Joao sich benommen, als ob der Befehl zur totalen Mobilmachung ihn nichts angehe.

Als erstes hatte der Kühlfachkomplex zentimeterweise nach eingedrungenen Fremdkörpern durchsucht werden müssen. Anschließend waren stundenlange mühsame Reinigungs- und Desinfektionsarbeiten notwendig gewesen. Die Filter der Luftzirkulation waren verseucht von den fadenartigen Lichenoiden, die drauf und dran gewesen waren, einer Reihe von Kühlfächern die Luftzufuhr abzuschneiden. Mit Ausnahme einer kurzen Schlafperiode hatten sie beinahe vierzig Stunden ohne Unterbrechung gearbeitet.

Glücklicherweise hatten Virginias Maschinen aus den anderen beiden Kühlfachkomplexen nur geringe Probleme gemeldet.

Zuletzt, als Quiverian schon am Rand der Rebellion gewesen war, hatte Saul ihm den Zusammenbau der Wasserstofflampen überlassen, eine leichtere Arbeit als den Umgang mit Schrubber, Wischlappen und Desinfektionsflüssigkeit.

»Wenn Sie es so verdammt eilig haben«, murrte Quiverian, »können Sie ja den Faulpelz dort aufwecken. Lassen Sie ihn was Nützlicheres tun als schnarchen und die ganze Höhle mit seiner elektrischen Decke aufwärmen!«

Saul blickte zu der schlafenden Gestalt, die in einem dunklen Winkel am Boden lag. Tech Garner hatte vier Tage ununterbrochen Dienst getan und schlief jetzt ein paar Stunden, bevor er wieder an die Arbeit ging. Verglichen mit der seinigen war Joaos Arbeit eine Art Urlaubsvergnügen.

»Lassen Sie ihn in Ruhe, Joao! Ich werde die ersten vier Lampen übernehmen und erproben. Arbeiten Sie nur an den anderen weiter.« Nach einer Pause fügte er hinzu: »Nur seien Sie bitte vorsichtig, Joao! Versuchen Sie, keine Birne mehr zu zerbrechen. S'ist eine weite Reise zurück zum Ersatzteillager.«

Quiveran zuckte die Achseln. »Zuerst sagen Sie, ich solle mich beeilen, dann, ich solle vorsichtig sein. Entscheiden Sie sich!«

Saul erkannte, daß der Mann ihn vollends entnerven würde, wenn er hierbliebe. »Tun Sie einfach Ihr Bestes!« Er trat an den Arbeitstisch und nahm behutsam vier von den dünnen Lampen an sich, die ursprünglich dazu bestimmt gewesen waren, auf dem Mond oder im Raum arbeitenden Astronauten Lichtsignale zu übermitteln, sich aber hier, wie er meinte, in einer anderen Funktion bewähren könnten.

Die Frage war, ob sie gegen lästige einheimische Lebensformen verwendbar waren.

Mit langsam gleitenden Schritten steuerte er den Eingang zum Stollen J an, einem bernsteinfarbenen Ausgang aus der großen Kaverne des Kühlfachkomplexes 1, der jetzt, im Dämmerlicht der gedämpften Beleuchtung, ein unheimliches Aussehen gewann. Die gewölbten Nischen schienen tiefer, dunkler und geheimnisvoller, wie die Gewölbe einer alten Gruft. Das gehärtete Fibergewebe der Innenverkleidung rundete die Kanten und Ecken ab, aber die weitläufige Höhle blieb dennoch ein unregelmäßig geformtes Loch tief unter dem Eis. Man dachte ungern daran, wie viele Tonnen in dem Kilometer oder mehr bis zur Oberfläche über einem hingen.

In der Mitte der Kaverne lag das Bugende der Transportsonde *Whipple* und warf im Licht der wenigen aktiven Beleuchtungskörper diffuse Schatten. Ringsum säumten die Reihen der sargähnlichen Kühlfächer die Wände, Ruhestätten für mehr als hundert überwinternde Männer und Frauen.

Ging dieser Kampf verloren, so war es fraglich, ob die Schlafenden jemals wieder Licht sehen würden. Waren sie womöglich schon zum Tode verurteilt?

Und Saul überlegte, ob und wie etwas von der Verzweiflung der Lebenden zu den Schlafenden dringen und ihre verlangsamten Träume stören könnte.

Wahrhaftig, es war wie eine Gruft. Und es war kalt.

Die Beleuchtung war gedämpft, um Energie zu sparen. Vor zwei Wochen, als bis auf vierzehn Angehörige der Ersten Wache alle schlafengelegt worden waren und jedermann eine lange, ruhige und langweilige Dienstperiode erwartet hatte, war der kleine Fusionsreaktor abgeschaltet worden. Nun fehlte es an den Arbeitskräften, einen wieder angefahrenen Reaktor zu überwachen. Alle wurden in den Stollen, in den Lagerräumen und in der Krankenstation benötigt.

Außerdem gehörte Licht zu den Faktoren, welche die Lichenoiden und die purpurnen Würmer anlockten. Licht und Wärme ebenso wie Luft und Nahrung ...

Sicherlich war es kein Zufall, dachte Saul, daß diese Lebensformen dieselben Bedingungen schätzen, die dem Menschen unentbehrlich waren. Der größte Unterschied bestand darin, daß die einheimischen Lebensformen nur einmal in 75 Jahren für kurze Zeit eine Art Frühling erlebten, wenn die Hitzewellen von der sonnenerwärmten Oberfläche in die Tiefe drangen. Sie waren durch ihre Entwicklungsgeschichte zu raschem Wachstum programmiert, um die jäh einsetzende Saison voll zu nutzen.

Noch immer war Saul verblüfft von der Artenvielfalt und der Vielgestaltigkeit der Lebensformen, die sich von dem grünen, algenähnlichen Bewuchs nährten. Durch ihre bloße Existenz verletzten sie die Grundsätze der modernen Biologie.

Aber er dachte praktisch genug, um nach einer Weile aufzuhören, »Unmöglich!« zu murmeln. Später konnte er versuchen, eine Antwort zu finden; im Moment galt es Möglichkeiten zu finden, ihnen Einhalt zu gebieten.

Inzwischen konnte er sich besser im schwerelosen Raum bewegen. Dennoch kamen ihm die eigenen Füße in die Quere, als er nahe der Schleuse zum Stollen J landete.

Glücklicherweise gab es nur wenige Eingänge zum Kühlfachkomplex 1. Der durch Stollen J war der kritische. Nur ein paar hundert Schritte weiter und eine Ebene höher waren Carl Osborn und seine ermüdeten Helfer dabei, den schleimigen grünen Algenbewuchs wegzuscheuern, um eine kritische Strecke aus dem Nahrungsangebot herauszunehmen, das von den abscheulichen purpurnen Würmern genutzt wurde.

Bisher hatten großzügige Dosen bestimmter Desinfektionsmittel und synthetischer Herbizide den erhofften Erfolg gebracht, zumindest vorläufig. Aber es war klar, daß sie sich nicht für alle Zeit auf die Wirksamkeit dieser Mittel verlassen konnten.

Vorsichtig legte er drei von den Lampen aus der Hand und brachte die vierte im Stollen hinter der offenen Schleuse in Position. Er mußte nach der passenden elektrischen Fassung suchen, und fand sie schließlich halb überwuchert von einem zarten, schimmelartigen Gewebe vielfarbiger feiner Fäden. Er mußte sie mit dem Stiefel beiseitewischen, bevor er das Gerät einstecken und die Zeituhr stellen konnte.

Er schaltete das kleine Kopfhörer-Mikrophon ein, das unter seiner Wollmütze hervorschaute.

»Lintz sucht Sprechverbindung mit Osborn, bitte Anschluß herstellen!« Er wußte, daß es wirtschaftlichere Methoden gab, den Zentralrechner um eine Verbindung zu ersuchen – des öfteren hatte er miterlebt, wie andere ihre Instruktionen in kürzerer Zeit hervorbrachten als für einen Schluckauf benötigt wurde – aber er hatte die richtige Vorgangsweise vergessen. So bestand jedenfalls nicht die Gefahr, daß der Rechner eine Fehlverbindung herstellen würde.

Ein kurzes Knacken, dann eine zischende Trägerwelle.

»Osborn. Was gibt es?«

Die Meldung hätte kaum knapper ausfallen können, aber manche Leute waren so. Bündigkeit hatte nicht unbedingt etwas zu bedeuten.

»Carl, Joao Quiverian und ich sind mit der Überprüfung des Kühlfachkomplexes 1 fertig. Wir haben dreiundzwanzig Infektionsherde vernichtet. Ich kann nicht mit Gewißheit sagen, daß wir nicht ein paar kleinere übersehen haben, aber die Fächer scheinen nicht mehr in unmittelbarer Gefahr zu sein.«

Er unterdrückte einen prickelnden Niesreiz und beeilte sich, zum Ende zu kommen.

»Ich verbrachte eine Stunde an der Oberfläche und durchsuchte die Lagerzelte nach brauchbaren Gegenständen. Dort waren ein paar Dutzend Halogen-Wasserstoff-Signallampen, die mich auf eine Idee brachten. Ich denke mir, wir könnten einige davon an kritischen Kreuzungen und Einmündungen anbringen und sie in Verbindung mit Zeituhren so einstellen, daß sie bestimmte Bereiche in Intervallen ultraviolett bestrahlen. Wer weiß, es könnte den Bewuchs und seine Ausbreitung wenn nicht verhindern, so doch verlangsamen.«

Es folgte eine Pause. »Klingt einleuchtend«, sagte Carl dann. »Aber wir wollen nicht, daß irgendwelche Gesundheitsschäden entstehen.«

»Daran habe ich gedacht. Habe Schutzbrillen und Sonnencreme für die Leute mitgebracht, die in den Stollen arbeiten. Außerdem habe ich eine unbenutzte Schalttafel zur Maschinensteuerung auseinandergenommen und ein paar Alarmgeber ausgebaut ... Sie wissen schon, diejenigen, die Brrr-ap! Brrr-ap! machen.«

Auf der Trägerwelle kam ein Geräusch wie ein Husten, bis er merkte, daß Carl über seine Wiedergabe lachte. Er grinste.

»Die Alarmgeber können so eingestellt werden, daß sie eine Minute vor dem Einschalten einer Lampe losgehen. Und die Bestrahlungsdauer könnte fünf Minuten pro Stunde betragen.«

»In Ordnung. Wo wollen Sie die Lampen anbringen?«

»An den Eingängen zu den Kühlfachkomplexen, außerhalb der Zentrale und an den Kreuzungen entlang Schacht 1. Ich weiß nicht, ob wir genug Energie oder Birnen haben, um mehr zu tun, also werden wir uns damit begnügen müssen.«

»Fein. Aber ich möchte sie zuerst an etwas anderem ausprobieren. Ich werde Vidor und Ustinow hinunterschicken, daß sie ein halbes Dutzend Lampen und die Schutzbrillen abholen.«

»Worum geht es?«

Wieder trat eine kurze Pause ein. Dann vertraute Carl ihm seinen Plan an: »Wir sind dabei, einen Angriff auf die purpurnen Würmer zu starten, die unsere Kraftanlage umringt haben. Vielleicht wird sich Ihre Idee dabei als nützlich erweisen.«

»Hoffen wir es.«

»Ja. Lassen Sie Garner noch ein paar Minuten schlafen, bis Vidor kommt, dann wecken Sie ihn und sagen Sie ihm, er solle mit Vidor zurückkommen! Wir werden bei dieser Aktion jeden Mann brauchen. Osborn Ende.«

Die Trägerwelle schaltete aus. Saul stand eine Weile still und schüttelte den Kopf. Die Kraftanlage. Er hatte keine Ahnung davon gehabt.

Kein Wunder, daß Virginia bei seinem letzten Anruf so wortkarg gewesen war. Er war sich wie ein alberner Jüngling vorgekommen, geplagt von Befürchtungen, ob sie ihn noch liebe, weil sie ihn mit einer hastigen Kußhand abgefertigt und von der Frequenz gedrängt hatte.

Wahrscheinlich hatte sie mit dem Umprogrammieren der Maschinen alle Hände voll zu tun. Wenn eine Kühlwasserleitung oder ein Luftfilter durch organisches Material verstopft würde, wäre eine automatische Abschaltung die Folge. Diese wiederum könnte für sie alle das Ende bedeuten.

Aber er sollte die Lampen einem kurzen Probeversuch unterziehen, bevor er sie Carl zugehen ließ. Wozu den Mann mit nutzlosem Gerät belasten, wenn die Lampen nicht mehr vermochten als den einheimischen Lebensformen etwas Sonnenbräune zu geben? Saul zog sich eine Schutzbrille über den Kopf und stellte die Zeituhr ein.

Das jähe Schnarren des kleinen Alarmsignals ließ ihn zusammenfahren, obwohl er darauf vorbereitet war. Dann kam ein leise knackendes Geräusch, und die Lampe füllte den bernsteinfarbenen Stollen mit scharfem, grellem Licht. Saul mußte trotz der Schutzbrille die Augen zusammenkneifen und sich abwenden.

Als er wieder hinsah, fiel ihm etwas Sonderbares auf. Auf einmal schienen alle Oberflächen von einem schimmernden Dunst überzogen. Die Wände selbst, so schien es, gerieten in dehnende, kriechende Bewegung, wie der Pelz auf dem Rücken einer Raupe. Zuerst hielt er es für eine optische Illusion, eine der Intensität und Färbung des Lichts. Dann wurde es ihm klar.

Überall gab es einheimisches Leben! Es hatte das Fibermaterial der Wände und die Isolierungen durchdrungen, und nun versuchte es dem Lampenschein zu entgehen.

Der wattige Überzug wich in wellenförmigen Bewegungen zurück. Näher zur Lampe hin begann feiner Staub die Luft wie mit einem Nebel zu erfüllen, der sich von den Wänden löste und mit fast unmerklicher Langsamkeit zum Boden niederschwebte. Saul vermutete, daß es abgetötete Organismen waren, und bemühte sich, nichts davon zu inhalieren, während er davon in einen Probenbeutel wedelte und ihn luftdicht versiegelte.

Dann erlosch die Lampe so plötzlich, wie ihr strahlendes Licht aufgeflammt war. Das knarrende Alarmsignal verstummte ohne Echo, und auf einmal war alles Stille und trübes Halbdunkel. Saul zog die Schutzbrille ab, zwinkerte und wartete, daß die Nachreflexe verblaßten.

In seinem Kopfhörer knisterte es.

»Lintz, Vidor. Sah den Lichtschein durch den ganzen Schacht, Doktor. Ist es jetzt sicher hereinzukommen? Carl möchte Garner und diese Lampen gleich haben ... am liebsten gestern.«

»Ja, richtig.« Lintz schüttelte den Kopf. »Wir haben Lampen und Schutzbrillen und frischen Kaffee für Sie. Kommen Sie nur herein!«

Er machte kehrt und stieß sich rückwärts durch die gewölbte, unregelmäßig geformte Höhlenkammer. Die Deckplatten der Kühlfächer waren beschlagen. Die Kontrolleuchten an jedem Deckel erzeugten in der Mitte der halbdunklen Kaverne ein trübes, farbiges Glimmen wie von einem phosphoreszierenden Weihnachtsbaum oder ein Schwarm von Leuchtfischen am Grunde des Ozeans.

Neunzig Särge, neunzig Schläfer, die auf ihre Auferstehung warteten. Eines Tages, dachte Saul. Wenn wir es schaffen.

Die mehrmals verschobene Wiederbelebung dringend benötigter Ersatzkräfte näherte sich in der Krankenstation, wo Nikolai Malenkow jetzt ganz allein Dienst tat, einem kritischen Stadium. Ein Krankenpfleger war am Biß eines purpurnen Wurmes gestorben, und Peltier, der andere, war am Vortag einer nicht einzudämmenden Infektion erlegen. Bei dieser Rate war die Frage, ob die ›aufgetaute‹ Ersatzmannschaft lebendige Kollegen vorfinden würde, die sie beim Erwachen begrüßten, mehr als ein makabrer Scherz.

Nein, sagte er sich, wir werden Erfolg haben. Wir müssen! Er passierte den Arbeitstisch, wo Joao Quiverian, noch immer vor sich hinmurmelnd, mit schneckenartiger Sorgfalt Lampen und Fassungen und Zeituhren zusammenbaute. Später, das wußte Saul, würde er persönlich alle Lampen überprüfen müssen. Er vergewisserte sich, daß die Kaffeemaschine voll war, dann stieg er in seinen Schutzanzug.

Die Leute oben brauchten alle Hilfe, die sie erhalten konnten, obwohl Malenkow ihn zum Invaliden erklärt hatte. Vielleicht war er nicht in der Lage, so lang und angestrengt wie diese jungen Leute zu arbeiten, aber selbst ein alter Knacker vorgerückten Alters konnte noch eine Lampe halten oder auf eine Sprühdose drücken.

Und das Seltsame daran war, daß er sich trotz aller Müdigkeit und der immerwährenden leichten Benebelung durch die Antihistamine in mancher Weise niemals besser gefühlt hatte. Seine Verdauung, zum Beispiel; das Magendrücken hatte aufgehört, und er erfreute sich eines regelmäßigen Stuhlgangs, und seine Kniegelenke knirschten nicht mehr bei jeder Anstrengung.

Das mochte auf die Schwerelosigkeit und die Kalziumzufuhr zurückzuführen sein ... oder vielleicht einfach darauf, daß er sich wieder geliebt fühlte. Man durfte die Auswirkungen des psychischen Befindens nicht unterschätzen.

Er war nahe daran, Virginia anzurufen. Aber wenn er die anderen zur Kraftanlage begleitete, würde er seine Chance bekommen und mit ihr sprechen können, zumindest indirekt durch ihre ferngesteuerten Maschinen, welche die Arbeit von zehn Männern verrichteten.

Vielleicht würde er sogar eine Gelegenheit haben, einer ihrer Videokameras zuzuzwinkern und sie zum Lächeln zu bringen.

Kaum hatte er den Anzug angelegt und griff zu seiner mit einer DNS-Doppelspirale geschmückten Brustbinde, da wurden am Eingang Stimmen laut und verrieten die Ankunft von Osborns Leuten.

Vidor und Ustinow katapultierten sich in routinierter Eleganz durch die Öffnung. Ermüdet oder nicht, der Stolz ließ es nicht zu, daß sie sich in Sprüngen fortbewegten oder an den Wandkabeln entlangzogen. Die beiden beschrieben noch im

Flug eine Kehrtwendung und landeten gleichzeitig zwei Schritte vor Saul.

»Wo ist Garner?« fragte Josef Ustinow knapp. Saul wies über die Schulter, und der bärtige Kanadier bewegte sich zwischen den gestapelten Packkisten zu der halbdunklen Ecke, wo Garners elektrische Decke wohlige Wärme verbreitete.

»Haben Sie den Kaffee, Doktor?« fragte Vidor grinsend. Er schien angesichts der Herausforderungen der letzten Woche aufgeblüht zu sein. Die tagelangen ermüdenden Arbeiten in Stollen, Schächten und Kavernen hatten ihn aus der Depression gerissen, die über ihn gekommen war, seit er Kapitän Cruz halbtot in seinem Raum gefunden hatte.

»Gewiß.« Saul reichte ihm einen Saugbecher mit heißem, schwarzem Kaffee und machte sich daran, für Carl und die anderen eine Thermosflasche zu füllen. »In dem Beutel dort sind belegte Brote. Ich werde Ihnen helfen, die Lampen und Brillen zu befördern, und Osborn zeigen, wie ...«

Ein schriller Entsetzensschrei gellte durch den Höhlenraum.

Saul fuhr herum, daß heißer Kaffee in dampfenden kleinen Kügelchen versprüht wurde. Auf der anderen Seite drüben, wo Garner lag, bewegte sich Ustinow in ruckartigen, unkontrollierten Bewegungen. Er hatte sich vom Boden gelöst und schwebte hilflos rudernd in der Luft, eine Art Keule in einer Hand, und seine unartikulierten, schluchzenden Schreie wollten kein Ende nehmen.

Jemand oder etwas mußte ihm einen fürchterlichen Schrecken eingejagt haben, so daß er instinktiv zurückgeprallt war. Wie von Sinnen glotzte er stieren Blicks auf den Gegenstand, den er hielt.

Als Saul und Vidor noch zu ihm hinüberstarrten, schrie Ustinow wieder auf und schleuderte den Gegenstand von sich, der in weitem Bogen durch die Luft flog und einen Lattenverschlag wenige Schritte von Joao Quiverians Arbeitstisch traf.

Quiverian schrak zurück, zuerst in erschrockener Abwehrreaktion, dann in Entsetzen, als er sah, was neben ihm niedergefallen war. Eine empfindliche Birne zerplatzte in seiner Linken.

Zu seinen Füßen lag ein abgetrennter, Blut vertropfender menschlicher Arm. Und so unglaublich es scheinen mochte, er schien noch zu zucken.

Rote Würmer, bemerkte Saul, dem Erbrechen nahe, durchwimmelten das Fleisch des Armes und krochen daraus hervor.

Er packte den entsetzt starrenden Vidor beim Kragen und stieß ihn zu den Ausrüstungsstücken. »Holen Sie Schutzbrillen und eine Lampe!« sagte er schnell. »Die sind hier unsere einzigen Waffen. Joao! Machen Sie eine Verlängerung zum nächsten Anschluß! Schnell Schnell!«

Diesmal erhob Quiverian keine Einwände. Vidor fummelte mit zitternden Fingern an den Schnüren, mit denen die Lampen zum Transport zusammengebunden waren, während Saul einen Spritzer heißen Kaffees auf einen der purpurnen Würmer schoß, der sich gerade hinter ein Kühlfach verkroch. Nun zog er sich ins Freie zurück.

»Verdammt, Doktor!« fluchte Vidor. »Was machen Sie für Knoten?«

Saul wollte antworten, sah eine Bewegung und blickte über die Schulter. Er stöhnte. »Bin gleich zurück.«

»Wohin wollen Sie?«

Doch da waren die Würfel schon gefallen. Saul hatte sich vom Boden abgestoßen.

Vidor war für diese Art von Luftakrobatik besser qualifiziert, aber im Moment hatte er sich in Schnüren und Kabeln verstrickt. Saul hatte gesehen, daß Ustinow wieder abwärts sank, und bemerkt, daß der Mann noch immer außer sich war und nicht erkannte, wohin seine Bahn ihn führte. Selbst Halleys minimale Schwerkraft erlaubte in diesem Fall weder Erklärungen noch Verzug.

Ustinows Schutzanzug war viel anspruchsvoller als Sauls, aber der Mann war von Sinnen und dachte nicht daran, irgend etwas zu tun, um nicht in die zerfetzten Reste von Tech Garners elektrischer Decke zu fallen, die nun von roten Würmern wimmelten.

Alles geschah wie in Zeitlupe.

»Hier Lintz. Verbindung mit Osborn und Herbert. Achtung! Würmer in Kühlfachkomplex 1! Garner ist tot. Versuchen uns zu helfen!«

Die zwei in der Luft treibenden Männer näherten sich einander, der eine aufsteigend, der andere mit geringer Beschleunigung sinkend. Nach einem Blick hinab auf das, was den fallenden Astronauten erwartete, wandte Saul sich ab. Es war mehr als sein Magen vertragen konnte.

O Gott, dachte er bei sich, wenn ich es nur richtig angefangen habe!

Aber nein. Er merkte, daß seine Flugbahn zu niedrig war; er würde unter Ustinow durchschweben. Es sah so aus, als gäbe es nichts, was verhindern konnte, daß der Mann in die sich ausbreitende, wimmelnde Masse zurückfiel.

Als er dem anderen so nahe war, wie er ihm zu kommen hoffen konnte, rief er: »Ustinow, wachen Sie auf! Strecken Sie sich aus!«

Vielleicht hatte der andere ihn verstanden, vielleicht war es nur eine erschrockene Reaktion; ein gestiefelter Fuß stieß zu und traf schmerzhaft Sauls ausgestreckte Hand. Er versuchte den Stiefel zu fassen, und die wechselnde Schwungkraft brachte ihn aus der Bahn. Die Höhle kreiste um ihn, als er zwei, drei Sekunden festhielt und dann von Ustinows nächster Zuckung fortgestoßen wurde.

War es genug? Hatte er den Kurs des anderen ablenken können? Oder war er vielleicht selbst auf dem Weg, in ein Gewimmel von Würmern zu fallen?

Der Boden kam auf ihn zu. Alles schien in Zeitlupe abzulaufen, aber er mußte mit einer Energie landen, die derjenigen seines Abstoßens gleich war, und er hatte sich eilig und mit Kraftaufwand abgestoßen. Seine rechte Schulter prallte hart auf, ein heftiger Schmerz durchzuckte ihn, und er mußte nach Luft schnappen.

Er wälzte sich herum und kam auf alle viere. Es dauerte einen Moment, die Nachwirkungen des schwindelerregenden Kreisens zu überwinden und zu Atem zu kommen. Dann sah er Ustinow nur zwei Meter entfernt ächzend am Boden liegend, den Kopf schütteln und anscheinend nichts von den kleinen roten Würmern ahnen, die aus gringer Entfernung auf seine Körperwärme zukrochen.

Saul schnappte noch einmal nach Luft und setzte alles daran, den anderen noch rechtzeitig zu erreichen. Er sprang auf ihn zu, bekam seinen Schutzanzug zu fassen und suchte einen Halt, um Ustinow rückwärts fortzuziehen.

»Bleiben Sie, wo Sie sind, Dr. Lintz!« rief Vidor. »Zwei sind schon hinter Ihnen! Die elektrische Decke muß einen Kurzschluß gehabt haben, alle, die nicht an Garner fressen, breiten sich über den Boden aus!«

Nie zuvor hatte Saul gegen andere Lebewesen so mörderische Empfindungen gehegt, nicht einmal gegen die Fanatiker in dem Pöbelhaufen, der die Technische Hochschule niedergebrannt hatte. Nun aber wünschte er, Blicke könnten wirklich töten. Er starrte auf die widerwärtigen Dinger, die von allen Seiten herankrochen, und wußte, was Abscheu war.

Es gelang ihm, den zitternden Ustinow zu sich zu ziehen und zu halten. Er konnte nicht verstehen, was der Mann hatte, war stets der Meinung gewesen, Astronauten seien aus einem anderen Holz geschnitzt als dieser hier.

Mein Gott, ging es ihm durch den Kopf, ich wette, er ist gebissen worden!

Unter den herrschenden Schwereverhältnissen wog Ustinow nicht viel, aber Masse und Trägheit waren unverändert, und das machte den Umgang mit ihm schwierig. Saul, der selbst noch schwindlig und desorientiert war, konnte nicht daran denken, sich mit dieser ungefügen Bürde durch einen Sprung zu retten.

Aber es gab nur das eine oder das andere: springen oder werfen. Er hockte sich nieder.

»Achtung, ich werfe ihn hinüber! Halten Sie sich bereit!«

»Nein, warten Sie! Ich habe hier eine Lampe ...«

»Keine Zeit!« rief Saul zurück. Er schnellte empor und stieß seine Last mit aller Kraft von sich. Der hilflose Mann flog aus seinen Armen, segelte über die wimmelnde Masse, die auf der Suche nach Wärme durch das Fibermaterial des Bodens gebrochen war.

Es war ein guter Wurf, doch sorgte der Rückstoß dafür, daß er selbst den Boden unter den Füßen verlor und rückwärts trieb. Er sah sich um. Es war unvermeidlich, daß er zwischen den fleischigen, hungrigen Würmern landen würde.

Seltsamerweise war er weniger besorgt als neugierig. Es war seine erste Gelegenheit, eine der höheren einheimischen Lebensformen, die noch nicht zur Untersuchung eingelegt und abgetötet war, aus der Nähe zu betrachten. Im Kriechen hielten die Tiere das suchend von einer Seite zur anderen pendelnde Kopfende erhoben, das keine Augen und kein erkennbares Gesicht hatte, nur eine fleischige Mundöffnung, die von roten, glitzernden Nadeln aus primordialem Nickeleisen umgeben war. Trotz des Fehlens sichtbarer Sinnesorgane schien der Wurm genau zu wissen, wo er war.

Vielleicht handelte es sich um eine Wahrnehmungsfähigkeit im Infrarotbereich.

Es waren in der Tat eigenartige Geschöpfe, wenn auch nicht eigenartiger als die geheimnisvollen Röhrenwürmer, die um heiße Tiefseequellen in den Zentralgräben der mittelozeanischen Rücken in immerwährender Finsternis und unter ungeheurem Wasserdruck existierten, wo sie sich von den gelösten Mineralstoffen der heißen Quellen und schwefelabbauenden Bakterien ernährten. Die Wunder des Lebens und seiner Anpassungsfähigkeit verblüfften immer wieder aufs Neue.

Wunderbar und geheimnisvoll, ja. Aber häßlich war häßlich und Tod war Tod.

Er suchte an seinem Gürtel nach etwas, was er von sich werfen könnte, um seine Flugbahn zu verändern, aber die Gürtelschlaufen waren leer. Er bewirkte nur, daß er sich selbst in eine unbeholfene Drehung versetzte, ohne seinen Kurs zu ändern.

Zweifellos könnte er jede Menge dieser Würmer mit den bloßen Händen zerquetschen, aber er verspürte kein Verlangen, sich mit ihnen einzulassen, wenn es sich vermeiden ließ, um so weniger als Samuelson und Conti, die so sehr unter ihren vergifteten Wunden gelitten hatten, ihm als abschreckende Beispiele vor Augen standen.

Saul wand sich katzenartig herum, und irgendwie gelang es ihm, die Füße nach vorn zu bringen. Sein linker Stiefel blieb irgendwo hängen, und der rechte versuchte zu kompensieren und traf den aufgerichteten Vorderteil eines Wurmes, der durch den Aufprall mit einem ekelhaft patschenden Geräusch zermalmt wurde, und Saul glitt auf den Resten aus und begann wieder vornüber zu fallen.

»Springen!«

Es war seine Chance. Doch als er in die Knie ging, fuhr ein stechender Schmerz von seinem linken Knöchel aufwärts, und das Bein gab nach. Er bemühte sich, durch schnelles Ausweichen einer Menge durcheinanderkriechender Würmer zu entgehen, und geriet vollends aus dem Gleichgewicht.

Die Zeitlupenillusion half, als er auf den Fingerspitzen landete und es irgendwie fertig brachte, sich auf den Händen über den Boden zu bewegen, indem er von Arm zu Arm hüpfte und den verdammten Dingern auswich. Es gab keine andere Möglichkeit. Wenn er anhielt, um sich auf die Beine zu stellen oder Kräfte zu sammeln, würden sie ihn erreichen.

Endlich sah er voraus eine offene Fläche, wo er sich aufrichten und weitersehen konnte ...

»Saul!« schrie jemand. »Augen zu!«

Er hörte ein lautes, kratzendes Geräusch. Ausgerechnet in dem Augenblick, da er sehen mußte, wohin er sich bewegte!

Im allerletzten Moment schloß er fest die Augen. Das letzte, was er sah, war eine schmutzige, durch Segmentringe unterteilte fleischig-purpurne Wurst, die sich behende seiner Körperwärme zuwandte und eine runde, von scharfen, spitzen Zähnen glitzernde Öffnung zeigte.

Dann verschwand die Welt in grellem Licht. Saul schrie auf, stieß sich mit beiden Händen vom Boden ab und trieb in unbekannte Richtung davon. Er barg die Augen in der Armbeuge und zog sich zu einem Ball zusammen. Sollte er nächstes Mal unter den heißhungrigen Kreaturen landen, so würde er darauf hoffen müssen, daß sein Schutzanzug seinem Namen Ehre machen würde, bis er wieder auf die Beine käme.

Das kratzende Geräusch wurde lauter, und eine zweite Lampe ging auf einer anderen Seite an. Ihr greller Lichtschein war auf der Haut als Hitze zu fühlen. Saul konnte die Augen nicht einmal weit genug öffnen, um irgendwo Zuflucht vor dem Licht zu suchen, das bestimmt war, über Tausende von Kilometern offenen Raumes vor den diamanten funkelnden Sternen sichtbar zu sein.

Er prallte wieder auf und kam neben etwas Hartem zu liegen. Er versuchte stillzuhalten und stellte sich vor, er sei ein Eiszapfen.

»Saul? Hier Virginia. Kannst du Genaueres mitteilen? Was ist geschehen? Meine Aufnahmegeräte im Kühlfachkomplex 1 sind plötzlich ausgefallen.«

Eine weitere Stimme schaltete sich ein. »Lintz, Osborn. Sind unterwegs. Vier mit Sprühgeräten und Lasern. Ankunft zweihundert Sekunden.«

Saul begriff, daß nicht mehr als ein paar Minuten vergangen sein konnten, seit er seinen Notruf ausgesandt hatte. Für ihn hatte die Zeit sich wie ein Teleskop gedehnt. Die Mannschaft war unterwegs, aber würde er lange genug aushalten, daß die Hilfe ihm nützen konnte?

Irgendwo hinter ihm murmelte Vidor überrascht Verwünschungen, dann fing er an, in sein Mikrophon zu schreien.

»Carl, Jim! Starke Ultraviolettstrahlung treibt sie zurück! Sie lösen sich auf, wenn sie nicht schnell genug aus dem Licht kommen können!«

Saul lag noch zusammengekrümmt, aber sein Atem ging jetzt leichter. Wenn nur ...

Es gab ein lautes platzendes Geräusch, und die schmerzhafte Helligkeit, die seine zusammengekniffenen Lider durchdrang, war plötzlich halbiert. Flüche folgten, dann meldete sich von neuem Vidor.

»Eine der Birnen ist gerade geplatzt, aber ich glaube, es macht nicht mehr viel aus. Sie sind alle tot oder geflohen. Halten Sie aus da drüben, Saul! Ich werde Ihnen eine Schutzbrille bringen.«

Kurz darauf fühlte Saul eine Hand an seiner Schulter, und ein Schatten verdeckte die sonnengleiche Helligkeit. Dankbar, die Lider noch immer geschlossen, hob er den Kopf und half Vidor beim Überziehen der Schutzbrille.

»Meinen Glückwunsch, Doktor. Verdammt gute Waffe.«

Saul blinzelte durch Tränen und tanzende blaue Punkte und sah, daß der junge Astronaut ihm die Hand hinstreckte. Er nahm sie und ließ sich auf die Beine ziehen.

»Danke.« Aber er erinnerte sich, daß nur wenige Birnen in der Inventurliste waren. Drei davon waren schon weg. Sie mußten sich bald etwas Besseres einfallen lassen. Es war auch unmöglich, die ganze Zeit mit Schutzbrillen zu arbeiten.

Die beiden bewegten sich wie afrikanische Stammestänzer in kleinen geduckten Sprüngen vorbei an den zusammengeschrumpften, schwärzlich purpurnen Hülsen ausgetrockneter Würmer zu einem wie verkohlt aussehenden Loch im gelben Fibermaterial des Bodens, wo die Reste Garners zusammen mit der schlecht gewählten elektrischen Decke in eine enge Spalte gefallen waren. Es war eine Verwerfung in der Höhle, die niemand beachtet hatte, als der Raum ausgewählt und mit Isoliermaterial und härtendem Fibergewebe verkleidet worden war.

Vidor seufzte. »Also graben sie sich nicht durch massives Eis. Wir hatten es schon befürchtet. Dann könnten sie von überall her zuschlagen. Welch eine Erleichterung!«

Saul konnte nur in tiefem Erschrecken auf die menschlichen Überreste starren, die unten in einer steilen Spalte im Eis verstreut lagen. Vidor war anscheinend aus hartem Holz geschnitzt.

Saul räusperte sich. »Dann verbreiten sie sich durch Adern niedriger Dichte?«

Vidor nickte. »Wir werden nach Spalten wie dieser Ausschau halten und sie zuschmelzen müssen. Ich weiß schon, wie es zu machen wäre.«

Saul erinnerte sich, daß Virginia ihm Bilder von architektonischen Details gezeigt hatte, die Jim Vidor aus Eis verfertigt hatte. Wenn jemand mit dem Zeug umgehen konnte, war er es.

Vom Eingang des Stollens J kamen Stimmen, und Vidor wandte sich um. »Ich muß den Leuten Schutzbrillen geben oder die Lampe ausschalten.«

Saul folgte ihm. Für den armen Garner kam ohnehin jede Hilfe zu spät. »Vergessen Sie die Sonnencreme nicht«, rief er. »Wir zwei werden schon so einen Sonnenbrand haben.«

Trotz des schmerzenden Knöchels und eines abklingenden Adrenalinstoßes fühlte er sich gut. Ein elementarer Instinkt in ihm schien freudig erregt, daß er die letzten paar Minuten durchgemacht und überlebt hatte. Aktion hatte ihre Vorteile. Es gab Befriedigungen, die einem im Laboratorium versagt blieben.

Mit der Schutzbrille sah Joao Quiverian wie ein unheimlicher Nachtmahr aus. »Sie sollten sich um Ustinow kümmern!« sagte er zu Saul. »Sein Zustand ist ziemlich schlecht.«

Saul nickte. »Ich gehe meine Sachen holen.«

»Wenn er dieselben Gifte in sich hat, die Conti umbrachten ...«

»Ich werde alles in meiner Macht Stehende versuchen. Aber ich muß rasch handeln. Sie können mir dabei helfen, Joao.«

Selbst wenn er Ustinow nicht retten konnte, würde es diesmal vielleicht gelingen, die chemische Reaktion soweit zu verlangsamen, daß sie ihn in ein Kühlfach legen konnten. Eines Tages würde dann vielleicht ein Gegenmittel zur Verfügung stehen.

Die verbliebene Lampe brannte weiter, begleitet vom unaufhörlichen Schnarren des Alarmsignals.

Unter ihrem grellen Schein holte Saul seine schwarze Tasche vom Eingang, wo er sie abgestellt hatte, und widmete sich nach langer Zeit wieder der praktischen Ausübung der Medizin.

10

VIRGINIA

Sie schrieb die Zeilen auf, die sie am Tag zuvor entworfen hatte, und versuchte sie leidenschaftslos zu betrachten. Dies war ihre Arbeitspause, und die Beschäftigung mit dem, was sie für Dichtung hielt, schien eine bessere Art und Weise, sie zu verbringen, ein erholsameres geistiges Abschalten nach der anstrengenden Umprogrammierungsarbeit, als im Gesellschaftsraum Kaffee zu schlürfen. Um so mehr als wahrscheinlich niemand sonst dort sein würde; wer nicht arbeitete, schlief sicherlich den Schlaf der Erschöpfung.

Es wurde erwartet, daß die Mannschaft ihre Schlafenszeit im Rad verbrachte, wo die zentrifugale Pseudoschwerkraft Bedingungen herstellte, die Schlafstörungen und Unausgewogenheiten durch Schwerelosigkeit verhindern konnte. Aber wirklich ausruhen konnte man besser im schwachen Schwerefeld des Kometen. Die Überlebenden hatten die Gewohnheit angenommen, nahe ihren Arbeitsplätzen isolierte Winkel und Nebenräume aufzusuchen, die frei vom grünen Algenschleim waren, und dort ihren Schlaf zu finden.

Der Kampf war jetzt nicht mehr von Panik geprägt, aber noch nicht aus dem kritischen Stadium heraus. Es war ihnen gelungen, die Plage aus den Kühlfachkomplexen und der Kraftanlage zu vertreiben und ihr ein neuerliches Vordringen durch Zuschmelzen des Eises hinter den am meisten gefährdeten Stellen zu verwehren, doch war die Gefahr damit noch keineswegs gebannt.

Sie sollte ausruhen, schlafen, war aber innerlich zu unruhig.

Zum Teufel mit der Außenwelt, mit der rauhen Wirklichkeit! dachte sie und beugte sich über ihr Geschriebenes.

> Warzen, Nabel und
> das Dreieck
> einem Gesichte sind sie gleich.
> Siehst du, lieber Freund,
> es lächeln?
> Willkommen hier im Himmelreich.

»Hm«, machte sie nachdenklich. »Künstlerisch ist es nicht. Vielleicht Therapie.«

– Sicherlich enthüllt es den allgemeinen Inhalt der Gedankengänge.

Die blaugrünen Buchstaben schwebten über ihr in der holographischen Projektionszone.

»Johnvon, dies ist persönlich! Ich hätte die Verbindung unterbrechen sollen.«

– Verzeihung. Ich weiß dies nicht auszudrücken.

»Der gesunde Menschenverstand sollte dazu imstande sein, aber das ist etwas, um das ich mich nicht sonderlich bemüht habe, nicht wahr?«

– Einige meiner simulierten Persönlichkeiten kennen Regeln, aber ich habe keine klare Deutung für ›gesunden Menschenverstand‹. Vielleicht ist er in der täglichen Arbeit nicht nützlich?

»Nein, es war einfach nicht genug Zeit ... mach dir nichts daraus.«

– Bedürfen sexuelle Angelegenheiten des gesunden Menschenverstandes?

»Wenn du mit Menschen zu tun hast, ja. Aber es wäre besser, du würdest still bleiben. Niemand ist der Meinung, Maschinen hätten etwas zur Sexualität zu sagen.«

– Es gibt psychoanalytische Programme, die ich abfragen kann, Gutachten von Sachverständigen, die in der Diagnose bedeutende Erfolge erzielt haben ...

»Nein, Johnvon. Laß mich weitermachen!«

– Darf ich zusehen?

»Ich kann dich kaum daran hindern, meine Knüttelverse zu lesen, nicht? Sie befinden sich im Speicher unter Allgemeine Manuskripte.«

– Ich kann Resultate in meinen eigenen Speichern verbergen.

»Gute Idee. Ich möchte nicht, daß jemand zufällig auf diese Unterlagen stößt.« Sie starrte in den Projektionsbereich. Johnvons Einmischung hatte sie in Verlegenheit gebracht. Sie war noch nie so unverhüllt obszön gewesen und sah ihre Leidenschaft als eine rein persönliche Sache, die nur sie selbst und Saul etwas anging. In der Heimat hatte sie sogar als etwas prüde gegolten.

Nun, für diese Art von Schüchternheit war sie eigentlich zu alt. Sie mußte das überwinden.

Stirnrunzelnd betrachtete sie ihr Erzeugnis. Der alte Brauch verlangte, daß Gedichte mit Tinte auf Papier geschrieben und nicht in Leuchtbuchstaben projiziert wurden. Nun, zum Teufel damit! Mal sehen … Mit dem Himmelreich war das so eine Sache … Lohnte es sich überhaupt, diesen Teil für die Alliteration zu retten? … Besser, sie versuchte etwas anderes …

Rot die Leiber und bewegt
dein Gesicht ganz heißes Bangen
fiebrig, ja, und lebenssteigernd
zart und heftig, wild erregt,
selbstvergessen vor Verlangen.
Schnell!
Schneid mich, Dr. Eisenbart,
bestehe drauf, ich beuge mich
nie fürchtet ich
von Angesicht zu Angesicht
dir nah zu sein.
Schwitzend ohne Hygiene,
glatt und naß und wenn es sein muß,
auch mit dir in Quarantäne
ich bin nun mal von dieser Art:
schnaufen und wühlen, sich wälzen im Staub
Dampfmaschinen-Eisenbart
du Doktor meiner Liebe –
Lehre mich leben die Gegenwart,
vergessen, was war und sollte sein,
auch ohne der Himmelsmechanik Kraft
die himmlische Nähe zu finden
erbebend und wissend, er ist mein.
Es schmilzt mein Eis, ach
laß nicht nach!
Klebrige Herrschaft von Feuer und Süße
Drück' mich durchdring' mich entrück'
mich bezwing' mich …

Sie brach ab. Ihr Herz klopfte.

– Uneinheitliche Versformen, mangelhafte syntaktische Struktur ...

»Sei still!«

Virginia löste den Haltegurt, zog den Kontaktstecker, sprang auf, stieß sich zur Tür.

– Speicherbefehl?

»Schmeiß es weg! Was kümmert's mich?«

Dann war sie draußen und eilte durch die Korridore. Das lange Dahingleiten zwischen den Bodenberührungen und dem Abstoßen schien kein Ende nehmen zu wollen. Zu Sauls Laboratorium waren es nur ein paar Minuten, eine kurze Strecke, zog man in Betracht, wie unerreichbar er gewesen war und wie sehr sie ihn vermißt hatte.

Kurz bevor sie in Schacht 1 bog, der sie zu ihm führen würde, traf sie auf Carl Osborn und Jim Vidor, die ohne ihre Helme aus der Richtung der Zentrale kamen. Ihre Anzüge waren zerknittert und von Chemikalien fleckig. Vidors Gesicht wirkte geschwollen, er war unrasiert, und sein Blick irrte umher. Sie hatten einen umhüllten Körper im Schlepptau.

»Wer ...«

»Quiverian«, sagte Carl. »Er ist zu krank geworden. Wir können nicht länger warten, oder er stirbt vor unseren Augen weg.«

»Da hilft kein Weh, da hilft kein Ach«, witzelte Vidor matt, »er muß hinein ins Kühlungsfach.«

Virginia suchte an einem Handgriff halt. »Wir ... wir werden jemanden wiederbeleben müssen.«

Carl nickte bekümmert. »Sechs haben wir fast aufgetaut. Möchtest du entscheiden, wer der nächste sein soll?«

»Nein, ich ...« Sie wußte, daß sie helfen sollte, aber ... »Ich werde mit Saul reden.«

»Der Zutritt zu ihm ist noch immer untersagt, ausgenommen in Fällen dringender Notwendigkeit«, sagte Carl steif.

»Sie sehen ihn auch. Er arbeitet neben Ihnen allen!«

»Gewiß, aber wir sind mit ihm nicht intim. Du weißt so gut wie ich, was ihr ...«

Sie errötete. »Kümmere dich um deine eigenen Geschäfte, Carl!«

Carl zuckte die Achseln, um seine Verärgerung zu verbergen. »Malenkow hat Sauls Quarantäne nur gelockert, nicht aufgehoben.«

»Ich finde nicht, daß das noch viel Bedeutung hat, da Malenkow selbst krank ist. Saul ist jetzt unser Aushilfsarzt.«

»Ich halte es für eine schlechte Idee, Gesundheit und Arbeitsfähigkeit zu riskieren, um ...«

»Carl, ich nehme die Gefahr auf mich.«

»Dann halten Sie sich von uns anderen fern!« sagte Vidor. »Lintz ist in Ordnung, aber ich lasse ihn nicht zu nahe an mich heran. Wenn Sie ihn anfassen, gilt das gleiche für Sie.«

Virginia war erschrocken. Sie mochte Vidor, aber nun war er auf einmal feindselig und mißtrauisch, sein Gesicht eine starre Maske. Er zog an der Schleppleine des kranken Quiverian und stieß sich ab. Doch schien es Virginia, als ob seine gewohnte Sicherheit geschwunden wäre, und daß er Schwierigkeiten hätte, sich und seine Bürde auf Kurs zu halten. Er wirkte unbeholfen wie ein Anfänger.

»Keine Sorge, das werde ich«, erwiderte Virginia zornig. »Vielleicht gehe ich auch gleich in Quarantäne!«

Sie stieß sich ab und sauste in die Gegenrichtung davon, ohne sich noch einmal umzusehen. Lächerlich, dachte sie, Vidor sieht schlechter aus als Saul. Dann überwand sie ihre Gereiztheit so gut sie konnte.

Als sie ins Laboratorium kam, blickte Saul überrascht auf. Sein müdes graues Gesicht hellte sich auf. Sie wußte, daß sie die richtige Entscheidung getroffen hatte.

»Du solltest wirklich nicht riskieren ...«, sagte er ohne viel Überzeugung.

Sie verschloß ihm den Mund.

Zum Teufel mit stümperhaften Gedichten, dachte sie, ich halte mich an die Realität!

11

CARL

Jim Vidor war keine große Hilfe.

Er hustete in die vorgehaltene Hand und lehnte an der Wand des Vorbereitungsraumes. Auch sah er sehr schlecht aus; sein blasses Gesicht hatte die gleiche fleckig-teigige Beschaffenheit und den schweißigen Glanz, den sie in den beiden letzten Tagen bei Quiverian beobachtet hatten.

Nachdem er Quiverians Körper in die Bettung des Kühlfaches gelegt und es ihm so bequem wie möglich gemacht hatte, brachte er Versorgungsanschlüsse und Sensoren an. Alles sah gut aus, aber sicherheitshalber überprüfte er noch einmal die gesamten chemischen Anschlüsse und die Schaltkreise der Überwachung. Man konnte nicht vorsichtig genug sein. Ein falscher Anschluß, eine defekte Zuleitung, und das Todesurteil war gesprochen. Der Monitor-Computer sollte Fehler rechtzeitig erkennen und melden, aber wenn man erst anfing, sich auf die Sicherheitssysteme zu verlassen, dann war das in seinen Augen bereits der Anfang vom Ende.

Je länger die Krise andauerte, desto pedantischer wurde Carl in seiner Arbeitsauffassung; es war seine Methode, der Übermüdung entgegenzuwirken.

Der pH-Wert des Blutes war stabilisiert. Die Kreislaufwerte entsprachen den Anforderungen. »Wir können ihn einschieben und zusperren«, sagte Carl.

Vidor nickte und kam zu ihm. Seine Bewegungen waren matt, seine Augen tränten. Gemeinsam manövrierten sie den ›Sarg‹ in die Kühlfachöffnung, verschlossen sie mit dem luftdichten Deckel und schlossen die Außenschläuche an. Die Reihen der gefüllten Fächer im Vorbereitungsraum umgaben sie auf allen Seiten, und sie arbeiteten unter einer bereiften Kuppel. Wattiger Nebel zog träge in den Luftströmungen über ihren Köpfen. Diese Kühlfächer waren aus der *Sekanina* ausgebaut worden und hatten schwierige Schlauchverbindungen. Immer haperte es mit der Standardisierung des Materials, selbst bei einer Mission wie dieser, dachte Carl. Später verbrachte man dann Jahre mit Reparaturen und Improvisationen.

»Diesmal keine Zeremonie?« fragte Carl.

»Mir ist nicht danach zumute«, sagte Vidor.

Sie waren alle zu abgearbeitet, um mehr als das Nötigste zu tun. »Geh schon, ruh dich ein bißchen aus!« sagte Carl freundlich. Aber er glaubte selbst nicht, daß es viel helfen würde.

Er trug Quiverian in die Monitorprogramme ein, während Vidor schon ging. Er bewegte sich wie unter Gelenkschmerzen. Genau wie Quiverian, dachte Carl. Aber keiner von beiden bekam diesen braunen Ausschlag, der Samuelsons ganzen Körper bedeckte. Verschiedene Symptome oder verschiedene Krankheiten?

Nicht, daß es allzu wichtig gewesen wäre, denn eine Heilmethode gab es nicht. Wenn die Erkrankungen in der gegenwärtigen Rate ihren Fortgang nahmen, würden sie alle innerhalb einer Woche tot sein.

Was bedeutete, daß er sofort mit dem Auftauen weiterer Ersatzleute anfangen mußte. Jetzt.

Sie standen an einem Kreuzweg. Die sechs, die gegenwärtig in der Krankenstation aufgetaut und wiederbelebt wurden, würden nicht ausreichen, die Halley-Kolonie am Leben zu erhalten, zumal sie erst wieder zu Kräften kommen mußten. Wenn auch Virginia, Saul, er selbst und Lani aufs Krankenlager geworfen würden, wäre die Expedition gescheitert. Ohne Aufsicht und Wartung würden die Kühlfächer eins nach dem anderen durch Fehlfunktionen ausfallen. Halley würde zu einem die Sonne umkreisenden Friedhof gefrorener Leichen werden.

Er gab dem Computer den Prioritätskode ein und machte sich an die Arbeit. Verschiedene Systeme mußten angewärmt und in Betrieb genommen werden, Berechnungen waren notwendig, Arzneimittel mußten bereitgestellt und das Bestandsverzeichnis geändert werden. Carl hatte von der Enkke-Mission einige Erfahrung mit den Verfahrensweisen. Er arbeitete so gut er konnte und schlug im Handbuch nach, wann immer er Zweifel hatte. Wenn absolut nötig, konnte Saul Lintz ihn beraten ... trotz seiner eingerosteten Kenntnisse war Saul noch immer der Arzt. Aber ...

Aber was? Ja, ich weiß, sagte er sich: Ich will ihn nicht anrufen. Ich bin nicht scharf darauf, den Bastard wiederzusehen. Natürlich spielt auch kindische Eifersucht mit. Aber das macht die Dinge nicht leichter. Im Gegenteil.

Es war jedenfalls eine gute Idee, sich selbst sachkundig zu machen. In ein paar Tagen würde er wahrscheinlich Saul einsargen. Er hoffte nur, daß Virginia sich nicht vorher noch ansteckte.

Er arbeitete bedächtig und sorgfältig, denn seine Gedanken schweiften immer wieder ab, was er durch ein verstärktes Bemühen um Konzentration auszugleichen suchte. Er mußte die Unaufmerksamkeit abschütteln, oder ihm würde irgendein dummer Fehler unterlaufen. Musik? Das war ungefähr alles, was er dieser Tage hatte. Jeden Tag hörte er sechzehn Stunden lang Mozart, Liszt und Haydn; es war die einzige Möglichkeit, sich selbst von der anstrengenden, nichtendenwollenden Säuberungsarbeit zu distanzieren. Und die ganze Zeit mußte man die Augen überall haben, um zu sehen, ob nicht irgendwo ein Wurm die Isolationsschicht durchbrochen hatte und womöglich darauf wartete, an ihn heranzukommen, sich durch den Schutzanzug zu fressen und sein tödliches Gift in ihn zu ergießen ...

»Carl!«

Er wandte sich um, überrascht von der weiblichen Stimme, die so unerwartet an sein Ohr drang. Virginia! War sie also doch nicht zu Saul gegangen ...

Der Anblick Lanis, die den Vorbereitungsraum betrat, machte seine jäh aufkeimende Hoffnung zunichte.

»Ich hörte, daß ihr Quiverian schlafenlegt, und dachte, ich sollte herunterkommen und ... Ihr habt ihn schon im Kühlfach?«

Carl nickte.

»Keine Zeremonie?«

»Wir waren nicht in der Stimmung. Jim ist nicht auf dem Damm, und ganz allein ...«

Lani betrachtete ihn mitfühlend. »Ich verstehe.«

»Vielleicht können wir heute abend alle zusammenkommen und ein paar Gläser Bier trinken ...« Er ließ den Satz vage in der Luft hängen, denn in diesem Augenblick fiel ihm ein, daß sie vor ein paar Lebzeiten beinahe eine Romanze angefangen hätten. Er hatte seit längerem nicht mehr daran gedacht. Mit jedem Tag revidierte er seine Meinung von Lani nach oben, aber noch immer beschleunigte sich sein Puls, wenn er Virginia sah. Nicht, daß es wichtig gewesen wäre; sie waren alle abgearbeitet und erschöpft.

Sie nickte mit Nachdruck. »Ja, wir könnten ein wenig Gruppensolidarität gebrauchen. Du bist jetzt der Führer, Carl. Du mußt uns zusammenhalten.«

Seit mehr als einer Woche war er nominell Schichtleiter, aber ohne die Zeit, sich selbst in dieser Rolle zu betrachten. »Alle sechs? Mit zwei oder drei Kranken? Eine großartige Mannschaft. Die Hälfte der Ersten Schicht ist in zehn Tagen ausgefallen. Nein, in weniger.« Er schüttelte den Kopf. »Es geht alles zu schnell.«

Er fragte sich, was Kapitän Cruz an seiner Stelle getan hätte. War es möglich, daß er Wichtiges versäumt hatte?

»Du bist müde.« Sie legte ihm die Hand auf die Schulter und tätschelte ihn freundlich. Wie einen Ochsen, dachte er. Nun, viel besser als ein Ochse bin ich zur Zeit nicht.

»Äh ... freut mich, daß du gekommen bist.«

»Schon gut. Du brauchst sicherlich Hilfe.«

»Ich habe schon angefangen, ein paar Ersatzleute aufzutauen.«

»Werden wir nicht mindestens ein Dutzend brauchen?«

»Dafür brauche ich Hilfe. Wir müssen gute Leute haben, aber ... also, wen würdest du aussuchen, um ihn in dieses Totenhaus zu stoßen?«

Lani nickte mit nachdenklicher Miene. Er überlegte, wie sie emotional mit der allgegenwärtigen Gefahr zurechtkam. Sie lief Gefahr, sich in diesem Augenblick bei ihm anzustecken – oder er sich bei ihr. Niemand hatte eine klare Vorstellung davon, welchen Gesetzen diese Krankheiten und ihre Erreger folgten.

»Nicht meine Freunde ...«

Er war überrascht. »So hatte ich es nicht gedacht. Ich möchte Leute auswählen, von denen ich weiß, daß sie einer solchen Situation gewachsen sind.«

»Ich verstehe. Zuerst dachte ich daran, meine Freunde zu schützen; du denkst daran, diejenigen aufzutauen, denen du vertrauen kannst. Deshalb bist du geeignet, den Befehl zu führen, und ich nicht.«

Carl machte eine verlegene Gebärde. Er wußte nur zu gut, daß er keine echte Führergestalt war, nicht entfernt wie Kapitän Cruz; er tat bloß, was offensichtlich schien. Aber ihr Argument war zutreffend; es war sehr viel weniger schmerzlich, Fremde krank werden und sterben zu sehen.

»Ich treffe diese Entscheidungen nicht gern allein. Ich bin bloß ein gewöhnlicher Astronaut. Hier geht es um Leben und Tod, um Himmels willen.«

»So ist es.«

In einer subtilen Art und Weise zog Lani sich von ihm zurück, stand abseits, das Gesicht neutral, der Blick wachsam, und erwartete seine Anweisungen. Sie wollte die Verantwortung nicht. Aber er wollte sie auch nicht.

»Gut, ich muß dem System eingeben, welche Fächer angewärmt werden müssen, sonst kommen wir nicht weiter.« Er wandte sich zur Konsole und fuhr mit dem Finger über die Liste der Mannschaftsmitglieder und ihrer ausgewiesenen Fähigkeiten. Dann drückte er die Tasten neben zwei Namen.

»Jeffers und Sergejow«, sagte er grimmig. Dann ließ er ein trockenes, verkrustetes Lachen hören. »Junge, werden die überrascht sein.«

12

SAUL

Genug! sagte er sich. Laß den armen Kerl in Ruhe!

Er richtete sich vom Behandlungstisch auf und legte das Besteck aus der Hand.

»Kode blau beendet. Wiederbelebungsprogramm anhalten«, sagte er zu den spinnenartigen medizinischen Hilfsmaschinen, die sich um Nikolai Malenkows blasse, wächserne Gestalt drängten. »Sauerstoffversorgung des Gewebes aufrechterhalten. Vorbereitende Glykogeninfusion für zeitweilige Einlagerung.«

Es war zu spät, den Russen als Kranken ins Kühlfach zu legen. Sein unerwarteter Tod hatte diese Möglichkeit verbaut. Sauls einzige Zuflucht lag in der Notversorgung des Leichnams mit Sauerstoff, um ihn dann für einen erhofften Tag in der Zukunft einzufrieren, wo Techniken und Methoden zur Heilbehandlung zur Verfügung stehen würden.

Das Steuergerät meldete sich mit einem doppelten Summton. Saul, der traurig seinen toten Freund betrachtet hatte, blickte auf.

»Ja? Was gibt es?«

»Eine Bitte um Klärung, Doktor«, sagte die Anlage. »Bitte wählen Sie Infusion und Kühlungsprofil. Auch ist zur zeitweiligen Tiefkühlung eine Sterbeurkunde erforderlich.«

Er nickte. Bei seinen eingerosteten klinischen Fertigkeiten war es ein Wunder, daß er sich überhaupt der richtigen Gesamtprozedur erinnerte.

»Richtig. Stimmenidentifikation: Dr. Saul Lintz, Bürger der Diaspora-Konföderation, siebter Arzt der Halley-Expedition. Kodenummer ...« Er drückte die Fingerspitzen gegen die Schläfen. »Habe ich vergessen. Sie kann den Unterlagen entnommen und eingesetzt werden.«

Die Maschine willigte ein.

»Ich bescheinige hiermit, daß Dr. Nikolai Malenkow, Bürger von Großrußland, zweiter Arzt der Expedition, nach den Erkenntnissen der Medizin tot ist und durch verfügbare Mittel nicht wiederbelebt werden kann. Todesursache: massive periphere neurale Schäden, hervorgerufen durch nicht diagnostizierte Infektionsträger, die vor drei Stunden die Blut-Gehirn-Schranke überwanden. Einzelheiten und Gewebeanalyse in der Anlage. Der Patient wurde heute, am ...«

Saul blickte auf und sah sein mattes Spiegelbild in der Verkleidung des Steuergerätes. Blaß war er, und müde. Und er fühlte sich noch müder als er aussah.

Welches ist das Datum? War es noch November 2061? Oder schon Dezember?

Habe ich Miriams Geburtstag vergessen? dachte er schuldbewußt. Nur zehn Jahre nach ihrem Tod? Und doch kommt es mir vor, als sei es in einem anderen Jahrhundert gewesen.

Manchmal war es, als kämpfte er nur aus einem Grund weiter: daß Virginia ihren neunundzwanzigsten Geburtstag erleben würde. Wenn sie dann, in sechs Monaten, noch am Leben wären, um ihren Geburtstagskuchen mit einer weiteren Kerze zu versehen, dann würde er eine neue Priorität finden. Immer eins zur Zeit.

»Das Datum kann eingesetzt werden. Ebenso die Auswahl des gebräuchlichsten Abkühlungsverfahrens für neural geschädigte Fälle«, sagte er dem Gerät.

»Ja, Doktor.« Der Computer würde den Programmrahmen an Bord der *Edmund Halley* befragen und die Einzelheiten entsprechend in die Gerätesteuerung eingeben.

Die Wahrscheinlichkeit, daß es der medizinischen Wissenschaft in achtzig Jahren gelingen würde, solch ein massives Trauma rückgängig zu machen und Methoden zu finden, wie man massiv gefrorene Körper schadlos auftauen und wiederbeleben könnte, war sehr gering. Immerhin war er es Nikolai schuldig, ihm diese geringe Chance zu bieten.

Immerhin erforderte die Tiefkühlung keine menschliche Überwachung; man konnte sie den Maschinen überlassen. Nach der Heimkehr – sollte es je dazu kommen – wäre es am besten, wenn die zur Tiefkühlung und Einlagerung der Körper verwendeten Verfahren so einheitlich wie möglich waren.

Saul machte kehrt, um den Behandlungsraum zu verlassen. Hinter ihm summte der Apparat des automatischen Verfahrens. Nachdem die Tür sich zischend geschlossen hatte, lehnte er sich mit der Schulter gegen die Wand aus Fibergewebe. Seine Arme waren ihm schwer, selbst in der geringen Schwerkraft. Ein dumpfer Druck in den Nasenhöhlen erzeugte ermüdenden, gleichmäßigen Schmerz.

Nun? fragte er nach innen. Was habt ihr vor? Wollt ihr eine richtige Krankheit entwickeln und mich umbringen? Oder aufhören, mich zu plagen, und weggehen? Seit acht Wochen schon schlug er sich mit der verdammten Erkältung herum. Sein Leben lang von kleineren grippalen Infekten des einen oder des anderen Virus geplagt, hatte er niemals eine derart hartnäckige Erkrankung der Atmungswege erlebt. Aber nun begann ihm diese unaufhörliche Benommenheit, dieser dumpfe Druck wirklich zuzusetzen.

Er schüttelte den Kopf. Entscheidet euch endlich! sagte er den Erregern in ihm, und es war ihm in diesem Augenblick gleich, ob sie eine einheimische Geißel oder banalere Importe von einer warmen und fruchtbaren Erde waren. Er sah auch nichts Unwissenschaftliches in der Personifizierung seiner Parasiten. Er haßte sie.

Der arme Nikolai Malenkow, überlebt von dem Mann, den er beinahe ins Kühlfach geschoben hätte. Saul versuchte sich des großen, ebenso kraftvollen wie intelligenten Mannes zu erinnern, wie er ihn im Leben gekannt hatte, aber es war hoffnungslos. Er konnte nur die bleichen erschlafften Wangen sehen, unbelebt von Empfindung, die Leere gebrochener Augen.

Mein Gott, betete er, erspare Virginia ein solches Schicksal.

Vor zwei Tagen hatte sie sich unter dem Vorwand dringender ärztlicher Betreuung Zutritt zu seinem Raum verschafft und, so konnte man getrost sagen, einen völlig schamlosen Akt der Vergewaltigung verübt. Seine schwächlichen Proteste waren unter ihrem warmen Körper, ihrem heißen Mund erstickt worden, und im Nu hatte sie alle Mikrofauna, die ihn plagte, mit ihm geteilt und dadurch allen Argumenten, sie vor Ansteckung zu schützen, den Boden entzogen.

Eine entschlossene Frau. Seither war sie kaum von seiner Seite gewichen, ausgenommen während der vierzehnstündigen Schicht. Und obgleich er sich sorgte, konnte Saul nicht sagen, daß er über diese Entwicklung etwas anderes als froh war.

Es war ihre Wahl. Und Carl Osborn würde eben lernen müssen, damit zu leben.

Wenigstens so lange, wie sie aushielten.

Tags zuvor hatte er geholfen, Jim Vidor einzusargen, den

die Krankheit in Fieberphantasien gestürzt hatte. Wenigstens war es ihnen diesmal gelungen, den armen Kerl rechtzeitig schlafenzulegen. Lani Nguyen hatte bekümmert zugeschaut; mangels der ersehnten Aufmerksamkeit von Carl hatte sie sich in den letzten Tagen Jim zugewandt. Nun war sie wieder allein.

Sein Signalgeber summte. Die Maschinen im Wiederbelebungsraum signalisierten ihm.

Genug der Untätigkeit, dachte er. Jemand mußte endlich aufgewacht sein. Einer von den ersten sechs.

Setz ein fröhliches Gesicht auf, ermahnte er sich, während er die desinfizierte Kleidung anlegte. Beim Schuheanziehen berührte er den Verband um seinen linken Knöchel.

Die Wunde war fast verheilt. Er war sich noch immer nicht ganz im klaren, wie er dazu gekommen war, aber es mußte während seines verzweifelten Ringens mit den purpurnen Würmern im Kühlfachkomplex 1 gewesen sein. Anfangs war er überzeugt gewesen, daß es sich um den Biß eines dieser abscheulichen Würmer gehandelt habe, doch nach allem, was Peltier, Ustinow und Conti zugestoßen war, hatte er später seine Meinung geändert. Ein Biß hätte auch für ihn wahrscheinlich tödliche Folgen gehabt. Die Verletzung aber war nur von einer Anschwellung begleitet gewesen, dann war sie normal verheilt.

Wahrscheinlich war es nur ein Kratzer gewesen. Und ein Mann wie er, so sagte er sich, würde ohnedies nicht am Biß eines Wurmes sterben. Und zum Aufhängen reichte die Schwerkraft nicht.

Seine Nase juckte.

Wahrscheinlich würde er niesend sterben.

Sobald er sich umgezogen hatte, setzte er einen Isolierhelm auf und trat in die Luftschleuse, über deren Eingang ein grünes Blinklicht pulsierte.

Jemand war in der Tat aufgewacht. Es war Bethany Oakes, die erste, nach Kapitän Cruz Tod zur Wiedererweckung vorgesehene Person. Ihre Belebung war nicht einfach gewesen.

Winterschlaf war keine natürliche menschliche Funktion.

239

Seine Herbeiführung machte massive Dosen komplexer Medikamente nötig, die den Körper in einen todähnlichen Tiefschlaf versetzten. Die gleichzeitige Abkühlung des Gewebes auf knapp ein Grad über dem Gefrierpunkt reduzierte die Stoffwechselfunktionen zusätzlich und sorgte für ein Andauern des erreichten Zustands. Selbst nach jahrzehntelangem Gebrauch in der Raumfahrt war das Verfahren alles andere als Routine. Seine Brauchbarkeit für spätere Zeiten interstellarer Reisen zu beweisen, war Miguel Cruz-Mendozas Traum gewesen, eines der Geschenke, welche die Halley-Expedition der Menschheit machen sollte.

Da er allein hatte arbeiten müssen, obendrein mit Material, das möglicherweise noch von einheimischen Lebensformen infiziert war, hatte Malenkow sich für die langsame Auftaumethode entschieden, die dem Patienten die natürliche Überwindung der Unterdrückung durch das Schlafzentrum gestattete. Die Entscheidung war nicht unumstritten. Sie mochte sicherer sein, ließ aber die Möglichkeit offen, daß die Wiederbelebten zu einem Zeitpunkt wach würden, da niemand mehr am Leben wäre, sie zu begrüßen.

Bethany Oakes war immer noch eine große, füllige Frau. Drei Wochen Winterschlaf am Tropf hatten daran nicht viel ändern können. Aber ihre Augenlider waren bereits dunkel verfärbt von der bleiernen Schläfrigkeit der Erstarrung. Als Saul zu ihr trat, flatterten die Lider und öffneten sich. Ihre Pupillen zogen sich im Licht nur zögernd zusammen.

Er dämpfte die Beleuchtung und nahm eine Tube mit elektrolytischer Ausgleichsflüssigkeit an sich, um ihr die Lippen zu befeuchten. Die Zunge kam hervor und zog die Süßigkeit in den Mund.

Gut. Der Reflex war eine Daumenregel, die Nikolai ihn gelehrt hatte. Ein Zeichen normaler Erholung.

In den haselnußbraunen Augen spiegelte sich Ungewißheit und ein innerer Kampf: ein Bewußtsein, das sich mühsam aus der Umklammerung der lähmenden Kälte befreite.

»S-Saul Lintz ...?« Ihre Stimme war kaum hörbar.

»Ja, Dr. Oakes. Ich bin es, Saul Lintz.« Er beugte sich über sie.

»Sind wir . . .« Sie schluckte, lächelte matt. »Sind wir schon am Punkt der Sonnenferne?«

Natürlich, die Stellvertreterin des Expeditionsleiters sollte erst in dreiunddreißig Jahren aufgetaut werden, wenn der Komet sich dem sonnenfernsten Punkt seiner Bahn näherte und wenn die Kolonie für kurze Zeit wieder zur Geschäftigkeit erwachen würde, um die Treibsätze für die Kursänderung zu zünden, welche die Rückkehr des Kometen vorbei am Jupiter in den erdnahen Raum bewirken sollte, beinahe vier weitere Jahrzehnte danach.

Wie sollte er ihr klarmachen, daß statt der erwarteten dreiunddreißig Jahre eher dreiunddreißig Tage vergangen waren?

Bekümmert schüttelte er den Kopf, wünschte, er hätte bessere Neuigkeiten, und überlegte, wie er ihr die schlechten beibringen könnte.

»Willkommen unter den Lebenden, Dr. Oakes«, sagte er und lächelte ihr aufmunternd zu wie ein gütiger Hausarzt. »Nein, wir sind noch nicht ganz dort. Aber wir freuen uns, Sie wieder bei uns zu haben.«

DRITTES BUCH

Als es im Höllenpfuhl endlich Frühling wurde: Januar 2062

Nur feste Prinzipien führen zu den wirklich großen Torheiten.

MELBOURNE

1

VIRGINIA

Welch einen Unterschied machten bloße drei Wochen!

Der Gedanke ging Virginia nicht zum erstenmal durch den Kopf, als sie in ihrem gleitenden Schritt an geschäftigen Arbeitern vorbeiging. War es noch nicht länger her? Waren nur fünfundzwanzig Tage vergangen, seit die Überreste der Ersten Wache sich übermüdet und abgezehrt versammelt hatten, um das Jahr 2061 zu verabschieden?

Ein übersprudelnder Silvesterabend war es nicht gewesen. Obwohl die Wandprojektionen die freundlichsten Sommerlandschaften gezeigt hatten, war es dennoch wie die winterliche Götterdämmerung des Ragnarök. Sie waren in einer Ecke des weitläufigen Gesellschaftsraumes im Zentralkomplex beisammengehockt, vier arme Überlebende, und hatten mit Carls sorgsam gehütetem Cognac angestoßen.

Die Flasche war bald leer gewesen, und niemand hatte einen Anlaß gesehen, viel zu reden. Alle Anläufe zu einem Gespräch waren im Schweigen versandet. Die Fernsehfilme von der Erde waren zu deprimierend gewesen, um die Zeit mit ihnen zu verbringen: flotte Szenen vom kommerziellen Konsumrausch oder, noch schlimmer, ein fürchterliches Melodram über die Scott-Expedition zum Südpol ... – wahrscheinlich jemandes ebenso geschmacklose wie einfältige Idee einer Geste zu ihren Ehren.

Auf ihren Vorschlag hin hatten Saul und Carl versucht, ihre erste Partie Schach seit dem Tode des Kapitäns zu spielen – oder seit Saul und Virginia zusammengezogen waren. Aber es war nicht wie früher gewesen. Die beiden Männer hatten kaum ein Wort oder einen Blick gewechselt, und die Partie hatte alle Züge eines erbitterten Zweikampfes angenommen. Als Sauls Signalgeber ihn abberufen hatte, um sich wieder der auftauenden Schläfer zuzuwenden, hatten Lani und Virginia einen Blick der Erleichterung ausgetauscht.

So lange sie lebte, würde sie niemals jenen trübseligen Abend vergessen.

Seitdem war weniger als ein Monat vergangen. Inzwischen hatte sich vieles geändert. Zumindest oberflächlich sah es viel besser aus. Wenigstens hörte man wieder Stimmen in den kühlen Stollen und Kavernen, und die Leute versuchten, Lösungen zu finden.

Virginia hatte auch gelernt, sich in Halleys annähernder Schwerelosigkeit besser zu bewegen. Sie hatte einen gleitenden Schritt entwickelt, der sie rasch vorwärts brachte, wobei ihr die rauhen Gummisohlen ihrer Slipper ebenso gute Dienste leisteten wie die Wandkabel, an denen sie sich halten und entlangziehen konnte.

Es war noch immer neu für sie, ohne Übermüdung, Benommenheit und Erschöpfung an die Arbeit zu gehen. Volle sieben Stunden Schlaf kamen ihr wie sündiger Luxus vor.

Tags zuvor war ihre Dienstzeit mit der Sauls zusammengefallen, und zum erstenmal seit einer Woche hatten sie Gelegenheit gehabt, miteinander zu schlafen und dann wie Eheleute beisammen zu liegen, verbunden durch ihren elektronischen Vertrauten, dessen Kontrolleuchten trüben, anheimelnden Schein verbreitet hatten. Saul hatte frühzeitig gehen müssen, um Vorbereitungen für die Erprobung seiner neuen Erfindung zu treffen, aber als Virginia erwacht war, hatte sie seine Wärme noch neben sich gefühlt, seinen muffigen, inzwischen vertrauten Geruch an ihrem Arm gehabt.

Eines Tages, dachte sie, wenn ich wieder freie Zeit habe, werde ich in Erfahrung bringen müssen, was Johnvon sich aus unseren Träumen macht. Saul und sie waren einander immer noch näher gekommen, und ihre geteilten, verstärkten Sinne hatten eine lebhafte Entfaltung erlebt. Diese Erfahrungen hatten in ihr die Hoffnung erweckt, daß sie möglicherweise doch recht hatte und daß es gelingen könnte, menschliche Denkprozesse so zu simulieren, daß eine Art Telepathie möglich wurde.

An diesem Morgen hatte sie vor dem Verlassen ihres Raumes an der Tür gezögert und war noch einmal umgekehrt, einen Schreibstift zur Hand zu nehmen. Auf die Seite eines Notizblocks hatte sie eilig ein paar Zeilen gekritzelt ... kein Gedicht, das noch nicht, aber eine Gedankenskizze für eines.

Hoku welo welo,
　　Oh, unversöhnlicher Komet –
Ua luhi au,
　　Ich bin sehr erschöpft –

Die Idee dazu war ihr mit einem Anflug von Heimweh gekommen. Sie vermißte Keawi Langsthon, den einzigen anderen Hawaiianer der Ersten Schicht, der am Weihnachtsabend
bei einer Explosion auf Ebene A einen Arm verloren und sofort in ein Kühlfach hatte gelegt werden müssen, als es zu einer Infektion des Stumpfes gekommen war.

Kein Hawaiianer war unter den Ersatzleuten. Sie wußte
nicht, ob sie es bedauern oder froh darüber sein sollte, daß ihren Landsleuten diese schreckliche Zeit erspart blieb.

Die Neuigkeiten von der Inselrepublik waren ohnehin
nicht gut. Als sie zuletzt Zeit gehabt hatte, die Nachrichten
aus der Heimat zu hören, war von wachsenden Spannungen
die Rede gewesen. Verschiedene der im Sonnenkreis zu-
sammengeschlossenen Nationen der Dritten Welt hatten
Gouverneur Ikedas Regierung beschuldigt, mit ihren Projek-
ten zur Ausbeutung unterseeischer Bodenschätze die Umwelt der Region zu gefährden. Und seit jenem Abend vor
Monaten, als sie für kurze Zeit Sauls Erinnerungen an seine
verlorene Heimat geteilt hatte, war sie von einer tiefen, rational nicht ohne weiteres erklärlichen Sorge um die gefährdete
Wiedergeburt ihres Volkes bedrückt.

Haalulu kuu lima
　　Meine Hand zittert –
E awiwi ... Ka la
　　Sei rasch, o Sonne –

Die Skizze war in Johnvons stochastischen Gedächtnisspeicher eingegangen. Vielleicht würde sie sich wieder damit
beschäftigen, wenn sie einmal Zeit hätte oder sich daran erinnerte. Einstweilen konnte ihre Denkmaschine sich mit den
Gedanken beschäftigen. Im Gegensatz zu den nüchternen
Prozessoren, wie sie in der Heimat verwendet wurden, oder
dem Zentralrechner der Expedition, der gegenwärtig mit

sämtlichen Speichern des Programmrahmens zerlegt und von der *Edmund Halley* zum neuen Zentralkomplex transportiert wurde, um dort neu aufgebaut zu werden, beschränkte sich Johnvon nicht bloß auf die Speicherung von Daten. Er – es – war programmiert, ein eingespeichertes Datenmaterial ohne Anweisung von außen zu erinnern und selbständig zu anderen Daten in Beziehung zu setzen.

Sie selbst hatte keine Zeit, sich dem Projekt zu widmen, mit dem sie die Langeweile der Jahre hatte vertreiben wollen. Aber Johnvon bekam immer wieder neues Material, um es für eine spätere Zeit zu sammeln und zu organisieren, wenn sie ihre Aufmerksamkeit wieder auf die Frage künstlicher Intelligenz richten konnte.

Sie kam zu einer Doppelschleuse, über der eine Lampe bernsteinfarbenes Licht verbreitete. Der Eingang zur Zentralen Leitung, der Kommandostation der irdischen Eindringlinge.

Bevor sie eintrat, mußte sie sich einer weiteren lästigen Reinigung unterziehen. Neben der Luke ragte eine plumpe Maschine auf.

»Bitte halten Sie alle Oberflächen zur Ultraschallreinigung bereit!« befahl sie und schob Virginia einen Greifarm entgegen, der eine flache, summende Platte und einen Staubsaugerschlauch hielt.

Sie trat seufzend auf die vorgeschriebene und markierte Stelle und drehte sich langsam vor der doppelröhrigen, provisorisch zusammengebauten Maschine. Harmonien von Hochfrequenzschallwellen strichen in vielfachen Oktaven über ihre Haut, bis hinab zu einem tiefen, knurrenden Brummen, das ihre Zähne vibrieren machte, doch waren dies alles nur unerwünschte Begleiterscheinungen des Provisoriums.

Natürlich kannte sie alle Kodes, die ihr ohne die lästige Prozedur Zutritt verschaffen konnten, aber es war besser, sich diesen Maßnahmen zu unterwerfen, so wenig wirksam sie auch waren. Jemand mußte früher oder später darauf kommen, wenn sie die Gewohnheit annahm, aus Bequemlichkeit die Bestimmungen zu umgehen.

Das leise Prickeln verriet ihr, daß Staubkörner und andere Unreinheiten aus ihrer Kleidung und von ihrer Haut losgeschüttelt und in die Schlauchöffnung gesaugt wurden. Dieses grobe Verfahren war natürlich nicht geeignet, die Ausbreitung einheimischer Mikroben und Krankheitserreger durch die Besatzung zu verhindern. Saul hatte sogar die Meinung vertreten, daß die einzige langfristige Wirkung die sein würde, daß sie all ihre Kleider und schließlich auch noch ihr Gehör ruinieren würden.

Das Prickeln hörte auf, und der Staubsauger schaltete sich aus. Virginia stellte sich vor, wie hoch über ihr eine kleine Wolke aus Luft, Baumwollfasern, Hautschuppen und Bakterien in den Weltraum stieg, wo die Sterne ruhig auf eine öde Eislandschaft schienen.

»Bitte Augenschutz anlegen!«

Sie zog die Schutzbrille unter dem Gürtel hervor und zog sie über den Kopf. Kaum hatte sie die Augenmuscheln angepaßt, erfüllte grellweißes Licht den Raum, und sie kniff unwillkürlich die Augen zu. Dies war reiner Schwachsinn, dachte sie. Die Ultraviolettlampen waren ihre beste Waffe gegen die einheimischen Lebensformen, aber es waren nur noch zwei Dutzend übrig, und von diesen brannte durchschnittlich jeden Tag eine durch. Außerdem gab es bereits zahlreiche Fälle von Sonnenbrand und Hautausschlag.

Der unangenehme blendende Glanz erlosch, und sie atmete auf.

»Bitte weitergehen!« sagte die Maschine.

»Danke«, antwortete sie ironisch, als die innere Schleusentür mit leisem Zischen aufging und sie in einen Raum ließ, der von Geschäftigkeit summte.

Gedämpfte Stimmen mit besorgten Untertönen. Gestalten an Datenanschlüssen und Maschinenfernsteuerungen. Ja, in den vergangenen drei Wochen hatte sich sehr viel geändert.

Aber die Unterströmung existentieller Furcht war nicht gewichen; sie hatte womöglich noch zugenommen.

In einer Ecke umstand ein halbes Dutzend Gestalten eine holographische Projektion. Virginia erkannte Dr. Oakes und ihre engsten Mitarbeiter. Wieder eine verdammte Strategie-besprechung.

Sie sind die Chefs, dachte Virginia, der Himmel sei uns gnädig. Sie trat hinter Walter Schultz, der jetzt die Fernsteuerung 1 bediente. Sie war pünktlich, aber er hatte die Ablösung offensichtlich nötig. Unter der Schutzhaube zeichneten sich seine Schultern ab, die gebeugt und müde wirkten, und seine Hände umklammerten mit weißen Knöcheln das komplizierte Steuergerät der Fernbedienung.

Sie wußte, was er durchmachte. Die Leute an den Fernbedienungen hatten es beinahe so schwer wie ihre Kollegen in den Stollen und Schächten. Zwar waren sie nicht in unmittelbarer Gefahr, aber die stundenlange Konzentration und die angespannte geistige Anstrengung waren schlimmer und ebenso erschöpfend. Nervosität und Überreiztheit waren die Folge. Die Kontrollbildschirme zeigten, daß er ganz allein vier große Maschinen steuerte. Er brauchte eine Pause.

Gleichwohl wäre es verkehrt, ihn allzu abrupt zu unterbrechen. Vor zwei Tagen hatte sie ihn auf die Schulter getippt und am Ärmel gezogen, als er noch angeschlossen und an der Arbeit gewesen war. Darauf war er wütend herumgefahren, die Pupillen geweitet, und hatte sie einen Percell-Trampel genannt, die sich überall einmischen müsse.

Später hatte er sich entschuldigt, aber den Ausbruch hatte sie nicht vergessen.

Sie beschloß, ihn über eine offene Frequenz zu verständigen, daß sie zur Ablösung gekommen sei, aber ihre Hand zögerte, als sie sie schon zum Mikrophon ausgestreckt hatte. Schultz schnupfte unter der Isolierhaube. Es war schwer zu sagen, ob er erkältet war, oder ob es die Nerven waren.

In diesen Tagen konnte es beides sein.

Eine hohe Stimme hinter ihr rief sie beim Namen. »Virginia, würden Sie bitte hier herüberkommen, meine Liebe?«

Sie wandte sich um und nickte der grauhaarigen, matronenhaften Frau zu, die ihr von der anderen Seite des Raumes winkte.

»Ja, gewiß, Dr. Oakes.« Und sie begab sich rasch zu der großen holographischen Projektion, wo die diensthabenden

Abteilungschefs mit der derzeitigen Expeditionsleiterin standen und mit düsteren Mienen die Darstellung betrachteten.

Der gegenwärtige Leiter der Abteilung Kometenforschung, Masao Okudo, und Major Lopez, Pionieroffizier und derzeit Technischer Leiter, machten ihr nicht nur bereitwillig Platz, sondern suchten in auffälliger Weise größtmögliche Distanz zu ihr. Virginia tat so, als bemerke sie es nicht. Dieses Verhalten war eine Ausdrucksform der allgemeinen Unterströmung von Ressentiment gegen sie, Carl, Saul und Lani. Als ob die Erste Wache die gegenwärtigen Schwierigkeiten durch sträfliche Fahrlässigkeit oder Unfähigkeit hervorgerufen hätte.

Menschen waren eben in ihrem Innersten irrationale Geschöpfe, sie selbst eingeschlossen. Die Zahl derer, welche die Auswahlkriterien beanstandeten, nach denen sie die Ersatzmannschaft wiederbelebt hatten, war naturgemäß groß. »Warum ausgerechnet mich?« war eine Frage, die ihr und den anderen wiederholt vorgelegt worden war, bald im Zorn hervorgestoßen, bald jammernd ausgerufen, wenn der eine oder der andere der Wiedererweckten sich im Kampf gegen wuchernde einheimische Algen und Schimmelpilze aufrieb oder Opfer einer unbekannten Krankheit wurde.

Carl Osborn hatte diese schweren Entscheidungen zu treffen gehabt, nachdem Kapitän Cruz ausgefallen war. Die Wiedererweckten machten ihn verantwortlich. Und daß er ein Percell war, bedeutete in diesem Zusammenhang eine unangenehme Komplikation.

Virginia argwöhnte, nur der Umstand, daß sie, Carl und Saul unentbehrlich waren, hatte sie bislang vor allgemeiner Ächtung bewahrt.

Wenigstens schien Bethany Oakes frei von solchen Empfindungen. Sie lächelte freundlich und drückte Virginia die Hand.

»Danke, daß Sie gekommen sind, meine Liebe. Wir sind uns in einer technischen Frage nicht ganz einig, und ich dachte mir, daß Sie uns vielleicht mit den Erkenntnissen helfen könnten, die Sie während der schrecklichen Wochen gewonnen haben, in denen Sie und die anderen ganz allein dieser Situation gegenüberstanden.«

»Ich helfe gern, wenn ich kann.«

Dr. Oakes lächelte mit feuchten, kleinen Lippen, und Virginia konnte nicht umhin zu bemerken, daß ihr Gesicht geschwollen wirkte, und daß ihre Hände ein wenig zitterten.

Die Schicksalsgöttinnen meinten es nicht gut mit der Expedition. Zuerst hatten sie Kapitän Cruz genommen, den Kolumbus, der aus einem zusammengewürfelten Haufen von Außenseitern und Emigranten eine Expeditionsmannschaft zusammengeschweißt hatte, und nun schien auch diese nette mütterliche Frau, die ihn nicht ersetzen, aber als Integrationsfigur wirken konnte, so kurz nach ihrer Wiedererweckung von Krankheit gezeichnet.

Dr. Oakes wandte sich zu Lon d'Amaria, dem Leiter ihrer eigenen Abteilung Berechnungen und elektronische Systeme. Wenigstens er schenkte Virginia ein knappes Lächeln, das sie dankbar erwiderte.

Doch auch er hatte Schweißperlen auf der Stirn und stützte sich auf die Tischkante.

»Es sind im wesentlichen zwei Probleme, zu denen wir gern Ihre Meinung gehört hätten, Virginia. Das erste betrifft die Bekämpfung des Bewuchses in den Stollen und Räumen. Dr. Matsudo und Dr. Lintz haben die algenähnlichen Lebensformen untersucht. Ich habe natürlich weniger Erfahrung damit als die Überlebenden der Ersten Wache. Nun, halten Sie es für möglich, die Oberflächenmaschinen für die Arbeit in Schächten und Stollen umzuprogrammieren?«

»Ja, wir haben bereits eine Anzahl von ihnen überarbeitet – größtenteils Maschinen, die früher zur Schiffsreinigung verwendet worden waren.«

d'Amaria schüttelte den Kopf. »Nein, wir dachten an die großen. Die eigentlichen Oberflächenmaschinen.«

Virginia war verblüfft. Konnte die Lage so verzweifelt sein, daß sie solche Mittel rechtfertigte? Oberflächenmaschinen waren nicht für die Arbeit in Stollen entwickelt und konstruiert worden. Die Vorstellung, daß solche massigen Geräte sich hier unter dem Eis durch die Stollen und Schächte zwängten, erschien ihr abwegig.

»Ich ... nun, das ist schwer zu sagen. Wir müßten zuvor

alle Teile demontieren, die gegenwärtig in den Fabrikationsprozessen benötigt werden, für die neuen Funktionen jedoch überflüssig wären.«

»Gegenwärtig werden einige Maschinenbauspezialisten aufgewärmt«, sagte Lopez. »Jeffers, Yeomans und Johanson sind bereits wach.«

Virginia nickte. »Sieht man einmal davon ab, daß die Fabrikationsabläufe unterbrochen würden, blieben genug andere Schwierigkeiten. Um das Gerät in die Schächte zu bringen, wird es nicht genügen, ihre Beine und Gleisketten zu entfernen. Teile der alten Programme müßten gelöscht und durch neue ersetzt werden. Mit den verfügbaren Mitteln würde es Flickwerk sein, und ich bin nicht sicher, ob es hinterher rückgängig gemacht und der frühere Zustand wiederhergestellt werden kann.«

Okudo nickte. »Sehr schön. Dann sind Sie also der Meinung, daß es sich machen läßt.«

Virginia war perplex. »Aber es wäre verrückt! Ohne das schwere Gerät würden wir niemals imstande sein, in der Zeit der Sonnenferne die Rückstoßanlagen zur Kursbeeinflussung aufzustellen. Und ohne diese läßt sich die Kometenbahn nicht verändern. Wir würden niemals ...«

»Reden Sie nicht über Dinge, von denen Sie nichts verstehen!« knurrte Major Lopez. Der Pionieroffizier durchbohrte sie mit einem zornigen Blick seiner dunklen Augen und schien noch etwas hinzufügen zu wollen, doch als Dr. Oakes sich hörbar räusperte, blickte er zu ihr und dann zurück zu Virginia. »Verzeihen Sie. Ich meine, können Sie sich bitte auf die Beantwortung der Frage beschränken?« Sein Sarkasmus war nicht zu überhören.

Virginia ignorierte ihn.

Dann werden wir niemals in die Heimat zurückkehren, dachte sie zu Ende, was sie hatte aussprechen wollen.

»Nun, Fidel«, sagte Dr. Oakes zu dem Major, »ich bin sicher, Fräulein Herbert versteht, wie wichtig es ist, bestimmte stillschweigende Folgerungen, die sich aus unseren bevorstehenden Entscheidungen ergeben, mit Diskretion zu behandeln. Die Moral läßt ohnedies zu wünschen übrig.«

»Das will ich meinen«, bekräftigte Okudo. »Wie ich höre, simulieren einige Besatzungsmitglieder Krankheitszustände oder versuchen mit anderen Drückebergereien in die Kühlfächer zu kommen.«

Das hatte Virginia nicht gewußt. In ihrem Magen entstand ein unbehaglicher Druck. Kapitän Cruz, des war sie sicher, wäre offener mit ihnen gewesen. Und niemand hätte auch nur daran gedacht, ihn durch Drückebergerei im Stich zu lassen.

Bethany Oakes betrachtete nachdenklich die holographische Projektion, was Virginia die Gelegenheit gab, selbst einen genaueren Blick auf die große Darstellung zu werfen.

Die von Schächten und Stollen durchsetzte Region war nicht größer, als sie vor einem Monat gewesen war, und nahm noch immer weniger als fünf Prozent vom Gesamtvolumen des Kometenkerns ein, in einem Labyrinth, das sich im nördlichen Polarbereich konzentrierte. Ein paar große Höhlenräume fielen auf, die drei Kühlfachkomplexe und die Höhle dieses Zentralkomplexes inmitten einer Zusammenballung von kleineren Räumen, ungefähr einen Kilometer unter der festgezurrt auf dem polaren Eis ruhenden *Edmund Halley*.

Glücklicherweise waren die meisten Wasserkulturen und Pflanzgärten noch an Bord des Mutterschiffes, sicher vor den einheimischen Lebensformen, die sie unabsichtlich hier unten geweckt hatten. Gelangten diese jemals in die Obstkulturen und Gemüsegärten, so würden alle Expeditionsteilnehmer wahrscheinlich binnen kurzem an Mangelkrankheiten sterben. Jeder war sich dessen bewußt, und für den Zugang galten die schärfsten Sicherheitsbestimmungen.

Nach Lage der Dinge mußte ohnehin schon in naher Zukunft mit Rationskürzungen gerechnet werden, wenn der nicht vorhergesehene hohe Personalbedarf der gegenwärtigen Phase nicht bald wieder reduziert werden konnte.

Fast alle dargestellten Stollen und Schächte waren durch Farbmarkierungen gekennzeichnet, die oftmals von einem Abschnitt zum anderen variierten; die Farben standen für verschiedene Arten von Befall. Nur die vier großen Kavernen leuchteten noch in keimfreiem Weiß, ebenso wie ein Verbindungsschacht zu den Lagerplätzen am Nordpol. Und um diese vergleichsweise kleinen Bereiche freizuhalten, waren alle Ultraviolettlampen und die Hälfte des für achtzig Jahre bemessenen Vorrats an Desinfektionsmitteln erforderlich gewesen.

Die meisten Stollen glommen in einer grünen Färbung, wo der einzige auffallende Eindringling die flechtenartige Alge war, die allgemein ›grüner Schleim‹ oder ›Moos‹ genannt wurde.

Diese Stollen enthielten noch Luft und Wärme. Soweit man urteilen konnte, mochten sie sogar völlig sicher sein. Saul jedenfalls vertrat diese Ansicht. Mehr als einmal war er dort gewesen, ungeachtet möglicher Gefahren, und hatte Proben für seine Untersuchungen gesammelt.

Vielleicht war das eine der Eigenschaften, die Virginia anzogen. Saul war nicht mutig in einer auffallenden, sich in den Vordergrund stellenden Art, sondern mit einer ruhigen Selbstverständlichkeit, die zu sagen schien, daß schon das Leben von Tag zu Tag immer ein kalkuliertes Risiko gewesen sei.

Vielleicht kam noch ein anderer Faktor hinzu: Saul erinnerte sie an ihren Vater. Anson Herbert war auch ein Mann von dieser traurigen, freundlichen Weisheit gewesen, der sie in seiner stillen Stärke mehr gelehrt hatte als andere Männer, die es verstanden, sich mit robustem Selbstbewußtsein in Szene zu setzen.

Ihr Vater war seit zwei Jahren tot, aber in ihrer Erinnerung lebte er fort, und fast konnte sie ihn sagen hören, sie solle sich nicht in Tagträumereien verlieren, sondern tun, was getan werden müsse. Probleme seien zu lösen, und immer gäbe es Leute, die glaubten, eine Uhr mit dem Hammer richten zu können.

Lopez wies auf die Stollen, deren Farben auf die stärkste Verseuchung schließen ließen, insbesondere entlang den Rohrleitungen, durch die Wärme von der Kraftanlage zu den Aggregaten der Warmluftheizung strömte. Purpurne, gelbe und rote Färbungen zeigten, wo die aktiveren Lebensformen eingedrungen waren, Stollenabdichtungen durchbrochen, wichtige Maschinen und Anlagen unbrauchbar gemacht hatten und bisweilen sogar einem patrouillierenden Techniker gefährlich wurden.

»Größere Oberflächenmaschinen könnten hier einen erweiterten Stollen aushöhlen, das Eis abschaben beziehungsweise einschmelzen, Spalten versiegeln und infizierte Schichten zur Ablagerung an der Oberfläche beseitigen ...«

Virginia konnte nicht glauben, daß er es ernst meinte. Der Plan war unsinnig und unverhältnismäßig, eines jener Kahlschlagprojekte, von denen man seit hundert Jahren wußte, daß sie mehr Schaden anrichteten als Gutes bewirkten. Und ein Plan zudem, der die sieben vor ihnen liegenden Jahrzehnte ignorierte.

»Es gibt noch andere Möglichkeiten, die ausprobiert werden könnten«, schlug sie vor. »Saul arbeitet an einer Methode, die ...«

Lopez schnitt ihr mit einer Handbewegung das Wort ab. »Ja ja, Lintzs Todesstrahlen.«

Bethany Oakes nickte, ohne den Blick von der holographischen Darstellung abzuwenden. »Selbstverständlich hoffen wir immer, daß jemand mit einer neuen Lösung kommt, die Erfolg verspricht. Aber bisher ist jede konventionelle Methode gescheitert. Nur eins ist gegenwärtig gewiß: Wenn die Verseuchung die Kühlfächer erreicht, sind wir erledigt.«

Sie wandte sich um und faßte Virginia ins Auge. »Darum habe ich Sie hergebeten, nicht um uns zu helfen, Oberflächenmaschinen für die Arbeit unter Tage umzubauen. Sie ...«

Die Frau hielt plötzlich inne und blickte ratlos, als sei ihr der Faden abgerissen. Virginia erkannte mit Erschrecken, daß Dr. Oakes entweder krank war und unter Medikamenteneinfluß stand, oder auf leistungssteigernde Drogen angewiesen war.

»... Sie sind die einzige Sachverständige, die wir auf dem Gebiet der künstlichen Intelligenz haben. Mir sind selbstverständlich die traditionellen Arbeiten und Versuche in dieser Richtung bekannt, und von daher glaube ich auch, daß die Verwirklichung unmöglich ist. Aber eine gute, anpassungsfähige Annäherung könnte reichen. Wir müssen nach jedem Strohhalm greifen«, sagte sie seufzend. »Nach Saul Lintzs Erfindung ebenso wie nach Maschinen, die nach kybernetischen Prinzipien selbsttätig handeln können.

Wir müssen eine Methode finden, möglichst viele Maschinen so autonom wie möglich zu machen, und das recht bald. Sie wissen selbst, daß wir die Leute schneller verlieren, als wir neue auftauen können.«

Virginia hatte es nicht gewußt. Sie war sprachlos.

»Falls Sie es nicht gewußt haben sollten, Herbert«, sagte Major Lopez: »dies ist ein Dienstgeheimnis. Sollten Sie sich bemüßigt fühlen, es weiterzuverbreiten, werde ich Sie zur Rechenschaft ziehen.«

Virginia konnte nur den Kopf schütteln und ihm die Ausdeutung der Geste überlassen.

Nach Dienstschluß ging sie in den Gesellschaftsraum, erholte sich bei schwachem Tee von der anstregenden Arbeit der Maschinenfernsteuerung und überlegte, wie sie an die nahezu unmögliche Aufgabe herangehen sollte, die ihr gestellt worden war. Es steckte eine eigentümliche Ironie darin. Auf der einen Seite hatte sie nie gedacht, daß jemand sie auffordern würde, ihre Arbeiten an künstlicher Intelligenz in der Praxis zu erproben. Auf der anderen Seite war es gerade dies, was sie immer erhofft hatte. Mit der praktischen Bewährung stand ihr Ruf und alles auf dem Spiel, wofür sie bisher gearbeitet hatte.

Die Bewährungsprobe unter dem Zwang dieser verzweifelten Umstände leisten zu müssen, schien ihr jedoch ungerecht.

Als sie an diesem Punkt ihrer Überlegungen angelangt war, kam der Mann, den sie zu allerletzt zu sehen wünschte, auf den Platz neben ihr geschwebt und ließ sich auf seine Beinstummel nieder.

»Siehe da, die schöne Herrin der Maschinen«, sagte Otis Sergejow zur Begrüßung und grinste. »Ich nehme an, Sie haben die letzten interessanten Entwicklungen in der Heimat verfolgt, nicht wahr?«

»Lassen Sie mich in Ruhe, Otis!« antwortete sie. »Ich möchte jetzt keine weiteren schlechten Nachrichten hören, insbesondere nicht von Ihnen. Was tun Sie überhaupt hier? Sie gehören zur Stollenmannschaft.«

Der Percell hob die Schultern. Seine Augenlider waren noch ein wenig blau verfärbt, das breite Gesicht vom wochenlangen Kälteschlaf kalkig weiß.

»Ich bin nur auf dem Weg zu Schacht 3 vorbeigekommen, um einen Blick hier hereinzuwerfen. Ich muß Ihren Liebhabern helfen, die neue Maschine zur Rettung der Welt zu erproben.«

Virginia blickte schnell auf. »Was sagen Sie da?«

Er zwinkerte. »Sie wissen schon, wen ich meine: Osborn und Lintz.« Er zog einen kleinen Papierstreifen hervor, auf den ihr Name gekritzelt war. Sie pflückte ihn mit den Fingerspitzen aus seiner Hand und entfaltete das Blatt. Nachdem sie die Botschaft überflogen hatte, nickte sie.

»Sie helfen Carl und Saul bei der Erprobung des neuen Strahlgerätes, nicht wahr?«

Er nickte.

»Gut. Dann bestellen Sie Saul, daß ich ihm die für das Experiment nötigen Maschinen schicken werde! Aber ich muß sie erst irgendwo zusammenkratzen.«

»Recht so! Jaja, ich wußte, daß er Einfluß auf die Herrin der Maschinen hat. So schön ist er ja nun nicht, der alte Lintz, also muß er wohl ein Kunststück können, was? Wird Zeit, daß ich es bei ihm abgucke.«

Virginia blieb ruhig. Sergejow hatte einen Grund gehabt, sie aufzusuchen. Nun wollte sie nur, daß er seinen Besuch beendete. »Ist das alles?«

»Noch etwas, eine Sache der persönlichen Neugierde. Ich habe Sie unterschätzt, Virginia. Sie mögen orthophil sein, aber Sie erwählten wenigstens den Vater – oder Onkel – unserer Rasse zum Bettgenossen. Zwar ist er noch Ortho, aber das sind alle über fünfzig, und wenn Sie so verschroben sind, daß Sie die Alten vorziehen, werden Sie wohl nichts Besseres gefunden haben, wie?«

Sie funkelte ihn an. »Sie schmutzig denkender mieser ...«

»Warten Sie, bis ich so alt werde, hm? Werde ich dann eine Chance haben?«

Virginia war außer sich. Der Mann beleidigte sie in einem fort, und brachte sie in hilflose Wut, wo sie ihn überlegen und kühl abfertigen sollte. Warum war sie so wenig geistesgegenwärtig? Er wollte sie nur reizen, das war alles.

»Sie können mich am Arsch lecken, Otis«, sagte sie schließlich.

Sergejow war momentan überrascht, dann lachte er, warf den Kopf zurück und krähte vor Vergnügen. »Gut gesagt! Ich nehme das Angebot an! Nur schade, daß wir Sie vorgestern nicht auf Erden gehabt haben. Sie hätten ihnen die Meinung sagen können.«

»Wem?«

»Den Armleuchtern in Genf.«

Virginia zögerte. Sie hatte nicht das geringste Verlangen, sich auf ein Gespräch mit Otis Sergejow einzulassen, aber ihre Neugierde war erwacht.

»Was ist passiert?«

»Wenn Sie für Ihresgleichen mehr als ein Kopfnicken übrig hätten, würden Sie es längst wissen«, erwiderte er. »Nun, da die Orthos uns für die Krankheiten verantwortlich machen, haben wir nur noch unseresgleichen als Gesprächspartner.«

»So ist es nicht . . .« Virginia schloß die Augen und gelobte, sich nicht ablenken zu lassen. »Sagen Sie mir, was zu Hause geschehen ist, und verschonen Sie mich mit Ihrem Geschwätz!«

Zu ihrer Verwunderung gab er sich damit zufrieden und nickte. »Es hat einen Staatsstreich gegeben«, sagte er in nüchternem Ton. »Hawaii gehört jetzt zu den Nationen des Sonnenkreises.«

»Was?« Sie starrte ihn an. »Aber . . . aber das ist unmöglich! Wie?«

»Söldner von den Philippinen. Gouverneur Ikeda tot. Die neuen Machthaber haben das Kriegsrecht ausgerufen.«

»Aber der Staatsvertrag . . . Die Vereinigten Staaten sind zur Verteidigung verpflichtet . . .«

»Der Oberste Gerichtshof der Vereinigten Staaten ist zu einer Sondersitzung zusammengetreten und hat entschieden, daß innenpolitische Veränderungen wie ein Machtwechsel kein Eingreifen rechtfertigen, weil Haiwaii seit 2026 beschränkte Souveränität genießt. Mit anderen Worten, gegen eine anders als bisher ausgerichtete Regierung kann nichts unternommen werden, solange sie ihre Bundessteuern pünktlich abführt und sich von der Außenpolitik fernhält.

Die Percell-Schule ist schon geschlossen. Geschlossen ist auch das Institut für Weltraumforschung, und die Pläne für das große Gezeitenkraftwerk sind vorläufig auf Eis gelegt, um die Finanzen zu sanieren, wie es heißt. Dabei wird es nicht bleiben.«

Sergejow beugte sich in schnaufender Vertraulichkeit näher. »Sehen Sie jetzt? Sehen Sie, daß wir einen Anwalt gebraucht hätten? Die Entscheidung ist nur mit sechs zu drei Stimmen gefallen. Wären Sie dort gewesen, wäre es Ihnen sicherlich gelungen, sie zu überzeugen. Oder Sie hätten diesen Leuten in ihre Ortho-Visagen schleudern können, was Sie eben zu mir gesagt haben ...«

Er brach ab, denn Virginia war bereits aufgestanden und eilte blindlings hinaus, vorbei an dem aufragenden Entseuchungsroboter, dessen monotonem Verlangen, daß sie sich seiner Ultraschall- und Lichtbehandlung unterziehen solle, sie jetzt auf dem Weg hinaus nicht nachzukommen brauchte. Sie ging ziellos weiter, geblendet von Tränen, nur die Macht der Gewohnheit hielt sie auf dem gewohnten Kurs.

2
_____

CARL

Die Lage verschlechterte sich.

Carl trieb an einer Halteleine und wartete auf Saul Lintz. Er war froh über die Verschnaufpause.

In den letzten Tagen hatte er gelernt, seine Ruhepausen zu nehmen, wann und wo er sie finden konnte, in kurzen Nikkerchen und Essenspausen, in jedem Augenblick erzwungener Untätigkeit, wenn er die Muskeln entspannen und in seiner Aufmerksamkeit nachlassen konnte. Für die meisten Arbeiten lohnte es aus Zeitgründen nicht, Maschinen anzufordern und einzusetzen, und eine Menge von dem, was getan werden mußte, konnten sie sowieso nicht.

Gute alte Knochenarbeit, dachte er. Bloß ist es anders, wenn das Leben davon abhängt.

In gewisser Weise war er heilfroh, daß er nicht mehr die technische Leitung hatte. Major Lopez, der aus seinem Mißtrauen gegenüber jedem Percell kaum einen Hehl machte, hatte die Verantwortung und alle Kopfschmerzen, die damit einhergingen. Recht so! Laß ihn schwitzen!

Es gab nicht genug Arbeitskräfte, um die Verbreitung der grünen Schleimalgen einzudämmen, von den größeren Lebensformen ganz zu schweigen. Bethany Oakes ließ mehr und mehr Leute wiedererwecken, um die personellen Engpässe zu überwinden, aber das erforderte Zeit. Er hatte gehört, daß im Zentralkomplex auch nicht alles zum Besten stand. Manche der Wiedererweckten waren zornig über die vorzeitige Reaktivierung, und die meisten fürchteten Ansteckung durch die unbekannten Krankheiten, die schon das Ausmaß einer Seuche angenommen hatten.

Er konnte die Leute gut verstehen. In seiner Gruppe hatte er einen neuen Mann, einen stämmigen Norweger namens Veerlan. Der Mann war erst seit fünfunddreißig Stunden draußen, kaum kräftig genug, Schwerarbeit zu leisten, und schon fing er an zu schnupfen und zu husten.

»Ist die Gruppe bereit?« fragte Sauls Stimme aus den Kopfhörern. Gleich darauf erschien Saul mit steifen Bewegungen aus einer Nebelwand und hakte seine Halteleine ein.

»Ja. Von Gruppe kann man allerdings kaum sprechen.«

»Wie viele?« Saul wirkte hellwach und im Vollbesitz seiner Kräfte, obwohl tiefe Furchen sein müdes Gesicht durchzogen. Er trug eine ungefüge Maschine auf den Rücken geschnallt.

»Vier.«

»Mit Ihnen?«

»Ja.«

»Hm ... Ich weiß nicht; es wird ziemlich mühselig sein.«

»Ich werde Maschinen herbeischaffen.«

»Deswegen habe ich Sergejow bereits zu Virginia geschickt. Sie wird sobald wie möglich welche schicken.«

Carl verspürte eine hitzige Aufwallung von Gereiztheit. »In diesem Quadranten bin ich für Maschinen zuständig.«

Saul seufzte. »Sehen Sie, es ist ein Notfall ...«

»Ich werde Virginia rufen. Dies ist nicht Ihr Labor, Lintz! Hier unten bestimme ich!«

»In Ordnung. Rufen Sie!«

»Gut ... Ich kann es machen, während wir unterwegs sind.« Carl schüttelte verdrießlich den Kopf. »Haben Sie die Frequenzen?«

Saul klopfte auf seine Brusttasche. »Hier bei mir. Hat mich die ganze Nacht gekostet.«

»Ich kann Ihnen nur wünschen, daß es klappt.«

»Ich hoffe es.«

»Hoffnung ist nicht annähernd genug.«

»Garantieren kann ich nichts.«

»Wissen Sie, daß wir nur noch ein Dutzend, vielleicht fünfzehn gesunde Leute sind? Sie fallen schneller um, als wir sie auftauen können, wie ich höre. Ich arbeite mit Männern, die wie ich selbst vor Überarbeitung kaum noch aufrechtstehen können, und mit Frauen, denen die Nasen rinnen und die in ihre Schutzanzüge husten. Ich meine ...« Er holte tief Atem, kniff die Augen zu und stieß die Luft mit einem müden Seufzer aus. »Es muß klappen.«

Saul nickte mitfühlend. »Dann also los!«

In Schacht 3 trafen sie Jeffers, Sergejow und Lani. Hier hatte alles angefangen. Der Schacht war gut beleuchtet, so daß sie bei der Arbeit sehen konnten, die phosphoreszierenden Streifen glommen in regelmäßigen Abständen wie beleuchtete Reklameschilder entlang einer Autostraße, die sich in der Ferne verlor.

Die Mitglieder der Gruppe hingen wie Farbflecken vor dem rosa Fibergewebe der Wandverkleidung. Jeder Anzug war von einer anderen Farbe. Aus einem Seitenstollen kam ein großes, asymmetrisches Monstrum, gezogen von Maschinen. Drei zusätzliche Maschinen folgten.

»Virginia hat sie freigemacht«, sagte Jeffers. »Das macht die Sache für uns einfacher.«

»Ja«, sagte Carl. Es wurmte ihn, daß Saul die Maschinen so rasch bekommen hatte, und daß Virginia nicht einmal sein Einverständnis eingeholt hatte. Und er hatte in dieser ganzen verdammten Schicht keinerlei Maschinenunterstützung gehabt! Aber sobald Saul Lintz und seine Wundermethode auf dem Schauplatz des Geschehens erschienen, war alles anders.

Er war ziemlich sicher, daß er nicht weinen würde, wenn die Sache sich als ein Fehlschlag erwiese, obwohl er wußte, daß es töricht war, sich wegen einer persönlichen Abneigung über den Mißerfolg eines Vorhabens zu freuen, das zum letzten Strohhalm geworden war, an dem sich die Hoffnungen klammerten. Er war überreizt.

Jeffers mußte genauso müde sein wie er, aber er grinste und riß Witze, während er die Geräte zum Einsatzgebiet transportierte. Sein kantiges Gesicht gab nicht zu erkennen, wie ihm darüber zumute war, daß man ihn für die Hölle geweckt hatte. Er und Sergejow hatten vom Kälteschlaf noch blaue Augenschatten. Carl sagte zu ihnen: »Macht euch nicht kaputt, Jungs! Immer schön langsam!«

Sie überprüften die Verankerungskabel der Maschinen und brachten die Anordnung in der Mitte des Schachtes in Position. Ferngesteuerte Maschinen hatten das Mikrowellen-Bohrgerät ohne seinen Dreifuß von der Oberfläche bis hierher transportiert. Ohne die Beine hatte es seine frühere spinnenhafte Anmut verloren und war nur noch eine weitere klobige Maschine, der Streben und Rohre in verschiedenen Richtungen entragten.

Ein Stück voraus durchbrachen purpurne Fasern die glatte Innenverkleidung des Schachtes und ragten ins Vakuum.

»Sie bewegen sich nicht«, sagte Lani. Auch sie sah erschöpft aus, und ihre hohe, glockenhelle Stimme hatte winselnde Obertöne.

»Wie lange ist dieser Schacht schon ohne Luft?« fragte Saul.

»Seit Tagen«, sagte Carl.

»Und die Temperatur ist unten? Dann könnte es sein, daß die Würmer in Erstarrung sind.«

»Was für Würmer?« fragte Jeffers undeutlich.

Saul blickte fragend zu Carl, aber der schüttelte nur den Kopf. Na und, dachte er, wir sind alle müde. Wir haben nicht die ganze Zeit in einem bequemen Drehsessel im Labor zugebracht.

»Die größeren Formen wurden offenbar durch austretende Wärme an die Einmündungen, wo die Manschetten mit dem Eis in Berührung kommen, stimuliert«, meinte Saul. »Sobald sie auf der Suche nach mehr Wärme durchbrachen, stießen sie auf unerwarteten Reichtum. Die ausströmende Luft erwärmte sie, und sie wuchsen weiter – solange die günstigen Bedingungen andauerten. Nun ist es hier beinahe so kalt wie das Eis, also sind sie wieder in den Ruhestand übergegangen.«

»Mmmh.« Jeffers starrte geradeaus und kaute abwesend auf seiner Unterlippe. Es war zweifelhaft, ob er etwas davon verstanden hatte.

»Die Würmer brechen überall durch, wo die grünen Schleimalgen wachsen«, sagte Carl. »Das heißt überall, wo es Wärme oder Licht oder Luft gibt.«

Sie verlangsamten, als die Zugkabel sich strafften und die Maschinen die Trägheit des Mikrowellenbohrers überwinden mußten. Um die Stollenmündung 3E ragten knollige Gewächse in den Schacht. Im gelblichen Licht der phosphoreszierenden Flächen schienen sie einen ölig blauen Überzug auszuschwitzen.

»Schön, was?« sagte Jeffers.

»In gewisser Weise, ja«, antwortete Lani, die seine Ironie nicht verstanden hatte. »So seltsam und fremdartig ...«

»Philosophie später«, sagte Carl. »Wir müssen sie abtöten.«

»Nein, zuerst möchte ich eine Probe nehmen.« Saul stieß sich ab und prallte ungeschickt gegen die Wand auf der anderen Seite. Carl lächelte boshaft. Sollte Saul seine Fehler machen, er, Carl, dachte nicht daran, Energie zu vergeuden, indem er für andere den Lehrmeister spielte. Und für Lintz zu allerletzt.

»Ich habe diese Dinger noch nicht gesehen. Ich kannte sie nur von Berichten.«

»Großartig! Sie meinen, Sie kennen sie nicht?«

»Nun, wir haben einiges gelernt. Zum Beispiel wissen wir heute, daß es sich nicht eigentlich um differenzierte Organismen handelt, vergleichbar etwa den Säugetieren, den Insekten oder den Wirbellosen. Sie sind mehr wie Quallen oder andere koloniebildende Tiere, wo verschiedene Gruppen unabhängiger Zellen spezialisierte Aufgaben für das Kolonietier übernehmen. Ich habe Stellen wie diese bisher noch nicht gesehen, aber ihre biochemischen Grundlagen können sich nicht einfach verändern, nur weil sie eine Ruhepause in ihrem Wachstumszyklus haben.«

Die beiläufige professorale Arroganz der Antwort wurmte Carl. »Wer sagt das? Woher nehmen Sie die Gewißheit?«

Saul zog eine Probeflasche hervor. »Allgemeine biologische Prinzipien. Die Funktionen ihrer Langkettenmoleküle können sich nicht verändern, nur weil ihr Lebensrhythmus sich verlangsamt.«

Saul schnitt ein Stück vom nächstbesten Gewächs und fing es mit der Flasche auf. Er beobachtete die Schnittstelle, wo dunkles Gewebe eine Flüssigkeit absonderte. »Bemerkenswert. Das Gewächs sekretiert einen Schutzfilm gegen den Verlust von Feuchtigkeit an das Vakuum. Die Flüssigkeit selbst muß einen starken Gerinnungsfaktor haben, so daß sie erhärtet, ehe sie sich verflüchtigen kann.«

»Na, nun kommen Sie schon«, rief Carl ungeduldig.

»Wahrscheinlich ist es eine Flüssigkeit mit hoher Oberflächenspannung. Sie bleibt gerade lang genug flüssig, um die Verletzung ganz zu bedecken.«

Saul nahm noch eine Probe von einem anderen Gewächs, dann stieß er sich ab. »Fertig.«

»Gut«, sagte Jeffers. »Dann können wir den Mikrowellenherd für gebratene Auberginen bereitmachen.«

Carl instruierte die Maschinen, daß sie ihre Antennen auf die Gewächse richteten. Bei der Mikrowellenbestrahlung gab es zwangsläufig Überlappungen, die auch die Wände im angrenzenden Bereich bestrahlten, aber das ließ sich nicht ändern. Der Trick – Sauls Idee – bestand darin, den Mikrowellenbohrer auf die genau Vibrationsfrequenz eines für die einheimischen Lebensformen charakteristischen Moleküls einzustellen, so daß schon eine kurze Bestrahlung zu ihrer Zerstörung durch Hitze führen würde, ohne zugleich das hinter der Schachtwandung anstehende Eis zu erwärmen.

»Hoffentlich stimmt die Sache.«

»Ich bin zuversichtlich. Die Berechnung ist durchaus konservativ. Sehen Sie, wenn die Methode auf diese Gewächse und die Würmer wirkt, kann ich die Frequenz auch auf die grünen Schleimalgen einstellen und sie bekämpfen.«

»Um das Zeug abzutöten, müßten Sie alles ringsherum verbrennen. Und wenn das anstehende Eis verdampft, gibt es Entladungen, denen ich mich nicht aussetzen möchte.«

»Meine Berechnungen zeigen ...« Saul fing seinen Blick auf. »Ach, lassen wir das! Machen wir einen Versuch!«

»Stimmt die Einstellung?« fragte Jeffers.

Saul nickte. Carl legte seine behandschuhte Rechte auf den Schalter. »Es geht los.«

Er spürte ein schwaches vibrierendes Summen unter seiner Hand, als der Mikrowellenbohrer in Aktion trat. Im nächsten Augenblick wurde Carl herumgerissen, und die Wand flog auf ihn zu. Ein weißgestreifter Schneesturm traf ihn, blies ihn durch den Schacht und schleuderte ihn gegen die Wand. Er prallte ab, drehte sich um seine Achse, bekam eine Halteleine zu fassen. Die offene Frequenz war voll von schmerzlichen Grunzlauten, Flüchen und einem Schmerzensschrei. »Achte auf den Bohrer!« sagte Jeffers. »Wenn er gegen die Wand kracht, gibt es ein hübsches Loch.«

Das Mikrowellengerät trieb schwerfällig und bedrohlich rückwärts. Jeffers hatte recht; wenn es in die Wandverkleidung stieß ...

»Maschinen! Maschinen her!«

Jeffers und Carl sprangen gleichzeitig zum Steuergerät. Sie allein konnten die Masse des Bohrers unmöglich aufhalten.

Jeffers drückte fluchend die Knöpfe seiner Fernbedienung.

Im trüben Licht bewegten sich da und dort Gestalten, versuchten Halt an der klobigen, schwerfälligen Masse des Bohrers zu finden. Maschinen sausten in verschiedene Richtungen, hängten Kabel ein und verlangsamten die Abdrift. In einem seltsamen Zeitlupentanz setzten sie Hebelkraft und Gegendruck ein, während Sekunden vertickten und die Kräfte gegeneinander wirkten.

Es gelang mit knapper Not. Der Bohrer stieß gegen die Wandung, aber es gab nur einen grünen Schmierstreifen.

»Verletzungen?«

»Nein.«

»Nur an meinem Stolz«, sagte Saul. Er wischte an einem grünlichen Schmutzfleck, der seinen Hosenboden verunzierte. »Au! Anscheinend habe ich mir das Handgelenk verstaucht.«

Nach und nach versammelten sie sich. Der Dampfausbruch hatte Lani wie eine Billardkugel zwischen den Schachtwänden hin und her prallen lassen, bis sie hundert Meter entfernt zum Halten gekommen war.

»He!« rief Sergejow. »Sehen Sie sich das an!« und er zeigte zur Einmündung des Stollens E.

»Der Bewuchs ist fort«, sagte Carl.

»Nicht bloß gebraten. Zerfallen«, bemerkte Jeffers.

»Das hatte ich erwartet«, erklärte Saul. »Aber warum so viel Dampf? Das Wasser in ihrem Gewebe wird explosionsartig verkocht sein. Ich muß die Frequenz noch genauer einstellen.«

»Tun Sie das!« sagte Carl. »Aber vorher wollen wir die Löcher flicken, bevor noch etwas anderes durchwächst.«

Zwei Stunden unablässiger Frequenzveränderungen und Versuche waren erforderlich, ehe sie die einheimischen Gewächse mit einem einzigen kurzen Mikrowellenstoß des Bohrers zum Zerfall bringen und dabei nur geringe Dampfausbrüche verursachten. Carl mußte zugeben, daß die Idee brauchbar zu sein schien.

Dr. Oakes war begeistert. Sie billigte Anweisungen, zwei weitere Mikrowellenbohrer hereinzubringen und mit Mannschaften auszustatten. Wenn sie in drei Schichten pro Tag arbeiteten, ließen sich die wichtigsten Schächte und Stollen innerhalb von achtundvierzig Stunden freimachen.

Der Vorteil der Mikrowellentechnik war, daß sie die einheimischen Lebensformen auf der molekularen Ebene zerstörten, was weitaus wirksamer war, als sie zu zerhacken oder in Handarbeit loszureißen, wobei fast immer Wurzeln und Fasern zurückblieben und neue Gewächse sich bilden konnten.

Nun kam es darauf an, den grünen Schleimalgen den Garaus zu machen.

Ein feiner Hoffnungsschimmer überglänzte Carls Erschöpfung und mobilisierte Reserven, von denen er nichts gewußt hatte. Er übermittelte Virginia Zeitlupenaufnahmen von der Explosion einheimischer Gewächse unter der Einwirkung der Mikrowellen. Sie schickte ein begeistertes »Hurra!« zurück, daß sie elektronisch verstärkt und vervielfältigt hatte, so daß es sich in seinen Kopfhörern anhörte, als ob ein ganzes Fußballstadion aufjubelte. Das beschwingte seine Lebensgeister mehr als alles andere.

Sie waren auf dem Rückweg zur Zentrale und passierten einen unter normalem Luftdruck stehenden Stollen, als der Verrückte zuschlug.

»Laßt es, laßt es sein! Ihr Mörder! Ihr seid hier die Fremden!«

Sie wandten sich um und sahen einen Mann in einem zerrissenen Schutzanzug in der Öffnung eines Seitenstollens, der sie wild anfunkelte.

»Was ...?« fragte Carl verblüfft. Aber der Mann stieß sich mit einem Schrei ab und warf sich auf ihn. Sein Angriff war begleitet von Ausrufen und atemlosem Gestammel, vermischt mit Verwünschungen, die Augen aufgerissen und voll fiebriger Energie. Er hatte die Hände zum Zupacken vorgestreckt, die Beine zum Zustoßen angezogen.

Ehe Carl reagieren konnte, hatten die Hände seinen Helm gepackt und drehten ihn aus dem Gewinde. Der Anprall war so heftig, daß beide sich überschlugen und durch den Stollen abtrieben. Carls Helm flog davon, als sie gegen eine Wand prallten. Der Verrückte klemmte Carl in den Zangengriff seiner Beine und schlug mit harten, schnellen Fäusten auf ihn ein.

Carl war benommen und zu langsam. Einen Arm abwehrend erhoben, schlug er mit der anderen Faust zurück, verfehlte jedoch. Ein Schwinger traf sein Auge, und rote Sterne tanzten. Er schlug wild zurück und verfehlte wieder.

Der andere war unheimlich schnell. Carl blockte einen weiteren Schwinger ab, konterte, traf daneben und schlug wieder zu. Diesmal traf er des anderen Schulter. Der Verrückte antwortete mit einem wahren Hagel von Faustschlägen in sein Gesicht, auf seine Schultern, die Brust und die Schläfen. Endlich traf Hilfe ein; der Mann ließ von ihm ab, stieß sich mit einem Triumphschrei fort und schüttelte eine Handvoll von etwas.

Carl fühlte sich von hilfsbereiten Händen gehalten, die seine wilden Überschläge bremsten. Lani umfing ihn mit beiden Armen.

»Hat er dich verletzt?«

»Wer war es?«

»Konnte ihn nicht erkennen.«

»Ich glaube, es war Ingersoll.«

Carl stützte sich unsicher an der Stollenwand und blinzelte der Gestalt nach, die sich mit geschicktem Abstoßen von den Stollenwänden rasch entfernte. Das Gestammel und die Ausrufe verloren sich mit ihm in der Ferne. Niemand folgte ihm. Alle drängten sich um Carl, noch wie betäubt von diesem unerwarteten Zwischenfall.

»Ein blaues Auge und ein paar Prellungen wird er mir verpaßt haben«, murmelte Carl, dem ein verspäteter Adrenalinstoß zu schaffen machte: er hatte Mühe, seine wütende Aufwallung zu unterdrücken.

»Verteufelte Sache«, sagte Jeffers. »Das war Ingersoll, von der Elektronikabteilung.«

Lani berührte Carls Gesicht mit zarten Fingerspitzen. »Es schwillt schon an. Was kann ihn provoziert haben?«

»Er schien geistig verwirrt«, sagte Saul. »Ich hörte, daß er an irgendwas erkrankt sei, aber Akio meinte, es scheine nichts Ernstes zu sein. Egal, was es war, es hat ihm offenbar den Sinn verwirrt.«

Sergejows Miene nahm einen grimmigen Ausdruck an. »Er flieht jetzt in die unteren Stollen. Wird sehr schwierig sein, ihn dort zu finden und zu behandeln, wenn er nicht gefangen werden will.«

»Soweit es mich betrifft«, sagte Carl, »kann er für immer verschwunden bleiben.«

Saul nickte, aber seine Stimme klang nachdenklich und besorgt, als er sagte: »Sein Gesicht war mit diesem grünen Algenzeug beschmiert. Ich frage mich, wie viele andere schon latent in sich tragen, was bei ihm zum Ausbruch gekommen ist.«

3

SAUL

›Wir sind die Fremden.‹ Diese Worte des Geistesgestörten wollten ihm nicht aus dem Sinn. In der Tat waren die Menschen hier die Eindringlinge, die Zerstörer des Vorhandenen. Und immer wieder fragte sich Saul, mit welchem Recht sie töteten, was sie nicht verstanden.

Diesen Überlegungen stand freilich ein primitives Vergnügen an den Vernichtungsfeldzügen durch die Stollen und tiefen Eishöhlen gegenüber, die wilde Schauer, hinter einer Art Strahlenwaffe zu stehen, durch Stollen und Schächte auf Vorkommen einheimischen Lebens zu zielen und sie mit einem gemurmelten »Zack, Zack« zu verdampfen.

Der sich darin offenbarende innere Zwiespalt überraschte Saul nicht. In diesem Fall siegte der Soldat, der Höhlenmensch in ihm über den Philosophen. Er hatte die Aufgabe, Feuerstein zuzurichten, durch Abschläge neue Waffen herzustellen und zur Rettung des Stammes beizutragen. Das war eine Priorität, die aus der Frühzeit des Menschen bis in die Gegenwart reichte und aus der Existenzfrage ihre Berechtigung zog.

Er drehte am Einstellring seines tragbaren Mikrowellen-strahlers. Der Rheostat zeigte immer wieder Abweichungen, und es war wichtig, das Gerät auf der genau richtigen Frequenz zu halten, da nie auszuschließen war, daß sie sich hinter der nächsten Ecke einer wimmelnden Masse purpurner Würmer gegenüber sehen würden.

In den Tagen, die seit jenem ersten Versuch vergangen waren, hatten die Säuberungstrupps viel über den Gebrauch der neuen Waffe hinzugelernt. Es fehlte an Arbeitskräften wie an Energie, um alle Wege zu allen Zeiten freizuhalten, und die entstehende Abwärme konnte sich auf längere Sicht sehr unangenehm auswirken. Die Wirkung auf die allgemeine Moral aber war gewaltig gewesen. Zum erstenmal schien eine Chance zu bestehen, daß sie die Krise meistern würden. Diejenigen, die nicht erkrankt waren, kamen zur Ruhe und konnten sogar Schlaf nachholen. Die verzweifelten Projekte zur Demontage großer Oberflächenmaschinen für den Einsatz in den Stollen waren nicht mehr aktuell.

Nun kam es darauf an, die Krankheiten zu bekämpfen. Proben einheimischer Lebensformen zu sammeln, war der eigentliche Beweggrund gewesen, daß Saul sich bereit erklärt hatte, hier heraus in die entlegenen Stollen nahe der Oberfläche zu kommen. Er brauchte Proben, um eine Datenbasis zu entwickeln und mit ihrer Hilfe zu einer Vorstellung zu gelangen, wie die einheimischen Lebensformen in Wechselbeziehung zueinander standen und welche Rollen die Mikroorganismen spielten.

Hinter ihm lenkte Lani Nguyen eine große Stollenreinigungsmaschine. Das Gerät war mit einem Mikrowellenbohrer ausgerüstet, der zum Ausräumen der Stollen verändert worden war. Mit Ausnahme einer schwierigen Strecke auf Ebene E hatten sie das Gerät nicht oft einsetzen müssen. Am meisten gefährdet waren die Zonen im Umkreis menschlicher Wohn- und Arbeitsbereiche, wo Wärme, Licht und Luft das Wachstum der Lichenoiden begünstigten und die gefährlichen, scharfzähnigen wurmartigen Kolonien anzogen.

Hier in den Tunnels der Außenbereiche waren die phosphoreszierenden Streifen in größeren Abständen angebracht und die Temperatur blieb ein gutes Stück unter dem Gefrierpunkt. Nur ein dünner Überzug von Grün bedeckte die Wände. Es war leichter, sich zu bewegen – sogar in Schutzanzügen – als in den gefährdeteren Gegenden.

Er hob die Hand, und Lani stoppte die Maschine an einer Kreuzung, deren orangefarbenen und blauen Wände jetzt fleckig und schmutzig im grünlich blassen Schein weniger algenüberwucherter Leuchtstreifen lagen.

Saul schabte den Überzug ab und legte die Kennbuchstaben an der Wand frei: D 14 Tau.

Gut, sie hatten sich nicht verlaufen.

»Ich werde Schallmessungen zur Ortung von Spalten machen, Saul.«

»In Ordnung, Lani. Aber entfernen Sie sich nicht zu weit von der Kreuzung.«

»Wie sollte ich? Ich hänge an Ihrer Leine wie ein treues Hündchen.«

Er lächelte. Lani war klug und mutig, aber sie war auch vorsichtig. Die Verbindung dieser Eigenschaften war nicht eben häufig, und er schätzte sich glücklich, daß sie ihm als Partnerin zugewiesen worden war.

Sie bewegte sich die Wände entlang, hielt den Schallgeber an die Innenverkleidung und lauschte durch ein Audioskop der Verbreitung der Schallwellen durch die Materie des Kerns. Brechungen und Reflexe verrieten dem geübten Ohr die Lage von Spaltensystemen, Verwerfungen und Schichtenbildungen im gefrorenen Konglomerat.

Harte Erfahrung hatte sie gelehrt, daß die schwachen, kaum wahrnehmbaren Beben, die seit ihrer Ankunft gemessen worden waren, immer wieder Spalten in der Materie des Kometenkerns öffneten. Die Gefahr war besonders akut an Kreuzungen und Abzweigungen, wo die Isolation am schwächsten war. Zu ihrer Aufgabe hier draußen gehörte die kartographische Aufnahme der größeren Spalten zwecks späterer Einschmelzung und Versiegelung – sollte es jemals genug Arbeitskräfte dafür geben.

Die durch Abschabungen entnommenen Proben von der Kreuzungsbezeichnung kamen in einen kleinen Probebehälter. Saul war zuversichtlich, daß sich in diesem Bewuchs der charakteristische *Hallivirens malenkovi* befand. Doch hatte er auf dieser Exkursion auch eine Menge anderer, noch nicht beschriebener Formen entdeckt. Das Ökosystem variierte offensichtlich je nach dem Wechsel der Verhältnisse von Ort zu Ort.

Zur Stunde tat Akio Matsudo wieder Dienst im Laboratorium der biologisch-medizinischen Abteilung, unterstützt von Marguerite van Zoon und drei müden Laboranten, um eine wirksame Behandlung für die wachsende Zahl der Kranken zu suchen.

Matsudo war ein fähiger Wissenschaftler, schien aber ideologisch unfähig, sich den Implikationen dieser unerwarteten Flutwelle einheimischen Lebens wirklich anzupassen.

Alle waren begeistert vom Erfolg des Mikrowellen-Reinigungsgerätes, und so war Saul zum Ruf eines Mannes der Tat gelangt. Aber der Erfolg hatte niemanden dazu bewegen können, seine Ratschläge anzunehmen. Dabei war jetzt nichts nötiger als von den unmittelbaren Notwendigkeiten zurückzutreten und zu versuchen, einen Überblick zu gewinnen.

Saul ging der Erforschung der heimischen Fauna und Flora auf seine eigene Art und Weise nach. Dazu gehörte, daß er selbst hinausging und die Lebensformen am Ort ihres Vorkommens untersuchte.

Am meisten litt die Konzentration auf seine Arbeit unter der Sorge um Virginia. Jeden Morgen, wenn sie zusammen aufwachten, dankte er seinem Gott, daß bisher weder sie noch er unter ernsten Krankheitserscheinungen von irgendeinem gefährlichen Erreger litten. Es war ein unverdienter Segen, daß sie sich bisher nicht bei ihm angesteckt hatte.

Als die Nachricht vom Staatsstreich in Hawaii gekommen war, hatte sie ein paar schwere Tage durchgemacht, und die daraus entstandenen Percell-Ortho-Spannungen hatten die Freude über das Gelingen der Mikrowellentechnik beinahe überschattet.

Drei Schritte vorwärts, vier Schritte zurück, dachte er. Er wischte sich die Nase am Tropfenfänger seines Helmes, nahm eine weitere Antihistaminpille und spülte sie mit einem Schluck aus der Spritzflasche mit Wasser hinunter. Dann machte er sich daran, eine neue Probe von einem interessant aussehenden Gewächs zu nehmen.

Ein tiefes Summen zeigte die Rückkehr der Maschine an. Lani murmelte die Ergebnisse ihrer Suche zur Aufzeichnung und späteren Auswertung in ein Mikrophon, worauf sie sich Saul zuwandte.

»Bis Schacht 6 nur kleine Risse. Soll diese Stollenstrecke bestrahlt werden?«

Er schüttelte den Kopf. »Nein, nicht hier. Der Bewuchs ist gering, und wir würden einen halben Tag benötigen, die richtigen Frequenzeinstellungen für die verschiedenen Bestandteile der Lichenoiden zu finden. Die zerstörten Zellen würden sich nur ausbreiten und an den Wänden haften bleiben, wo sie einer neuen Generation zur Nahrung dienen würden. Dieses Zeug scheint im Moment keinen Schaden anzurichten.«

Er wollte auch die natürliche Selektion zur Ausbildung mikrowellenresistenter Varianten vermeiden. Sie hatten jetzt eine Waffe, aber es wäre unklug, sie unterschiedslos überall einzusetzen, wie man es im vergangenen Jahrhundert mit den Antibiotika und Insektiziden getan hatte.

»Wir könnten die Fläche um jeden Phosphorstreifen bestrahlen«, fügte er einschränkend hinzu. »Dann wird dieser Stollen nicht völlig dunkel und unbrauchbar.«

»Und die Entlüftungsventile«, sagte Lani. »Wenn wir schon dabei sind.«

In der dünnen, kalten Luft gaben Servomotoren und Getriebe der Maschine ein leises, sprödes Klirren von sich. Sauls Blick ging zum Lastenträger der Maschine, wo eine grausige Fracht festgeschnallt war: die Leichen, die sie während der letzten achtundvierzig Stunden gefunden hatten.

Eine gehörte einer Frau, die in einem Schutzanzug steckte und in den krampfhaften Körperverrenkungen ihres Todeskampfes erfroren war. Ihr Rücken war qualvoll durchgedrückt, und die vorquellenden Augen und die geschwollene Zunge entstellten sie fast bis zur Unkenntlichkeit, aber die

Zentrale hatte sie als eine Technikerin der Energieversorgung identifiziert, die seit drei Tagen abgängig war.

Der andere Leichnam war nur mit einem Overall bekleidet. Er und Lani hatten ihn in der Umarmung einer Lebensform gefunden, die Virginia Höhlenanemone getauft hatte. Stücke von Haut und Fleisch waren abgerissen, als sie versucht hatten, den Toten wegzuziehen. Um alle Überreste des armen Teufels zu bergen und in einen Plastiksack zu stecken, hatten sie den Mikrowellenstrahler justieren und das Kolonielebewesen vernichten müssen.

Wer konnte sagen, warum einer hier draußen gestorben war, so weit von der Zentrale und ganz allein? Bis sie eine Gewebeanalyse vornehmen konnten, würde es nicht einmal möglich sein, festzustellen, wer der unkenntliche Leichnam gewesen war.

Es war eine beunruhigende neue Entwicklung. Auch andere Arbeitsgruppen hatten in entlegenen Stollen tote Männer und Frauen gefunden. Es hatte eher den Anschein, als ob sie allein während ihrer dienstfreien Stunden gestorben wären, statt Opfer des Kampfes um die Säuberung der Stollen zu sein.

Anfangs hatte Saul vermutet, daß diese Leute, als sie den Tod nahen fühlten, sich von den anderen zurückzogen und einen stillen Winkel suchten, wo sie sterben könnten, wie man es bei alten und verletzten Tieren beobachtet hatte. Oder daß sie vielleicht, krank und fiebrig, wie sie waren, einfach fortgekrochen waren, um allein zu sein.

Aber das schien nicht zuzutreffen.

Er zog sein Messer und kratzte mit der Klinge an einem moosähnlichen Bewuchs neben der Kodebezeichnung der Kreuzung. Hinter dem Bewuchs verbarg sich etwas anderes.

Grüne Fetzen und Fasern, von der Klinge abgekratzt, trieben in der Luft davon, und da war es: ein Kreis, dem oben rechts ein Pfeil entragte, das Symbol der Männlichkeit, mit einer stilisierten Blume im Kreis.

Es war der dritte Typ von Wandschmiererei, den sie bisher gefunden hatten. In diesem Quadranten war sonst der Sonnenkreis das häufigste Symbol gewesen, das Zeichen radikaler Orthos aus den Ländern des Äquatorgürtels. Aber man hatte auch schon andere gefunden, darunter das P mit der liegenden Acht, dem Unendlichkeitszeichen, das als Siegel der Abkömmlinge Simon Percells galt.

»Mit diesem Stollen bin ich fertig«, meldete Lani. »Gut, daß wir überprüft haben. Das Druckausgleichsventil war hängengeblieben. Hätte Probleme schaffen können.«

»Was halten Sie von dem da?« fragte er Lani und zeigte auf das aufgedeckte Symbol.

Sie schwieg eine Weile. Ihr Gesicht schien blaß unter der spiegelnden Visierscheibe des Helms.

»Zu dieser Mission haben sich alle möglichen Außenseiter, Querulanten und verschrobene Typen gemeldet. Selbst unter uns Astronauten gibt es nicht wenige davon, glaube ich. Wie jemand mal sagte: Kein klardenkender Mensch würde sich an einem Unternehmen beteiligen, von dem er erst nach fünfundsiebzig Jahren zurückkehren kann. Das ist das Zeichen des Kämpferischen Weges.«

Saul nickte. Sein Argwohn festigte sich.

»Stammeszeichen. Die Leute haben tatsächlich angefangen, hier draußen zu *leben*. Zuerst konnte ich es nicht glauben.«

»Es hat um sich gegriffen, seit die Leute nicht mehr soviel Angst vor den purpurnen Würmern haben«, erläuterte Lani. »Sie erinnern sich an die Farbigen, die wir unten auf Ebene K trafen, Leute aus Madagaskar und den Fidschi-Inseln ... die verrichten ihre Arbeiten im Zentralkomplex, fürchten aber jeden Percell wie der Teufel das Weihwasser. Weigern sich, im selben Raum mit ihnen zu schlafen.«

Saul war erstaunt, daß moderne Menschen sich so verhalten konnten. Es hatte ihn sein Leben lang immer wieder überrascht.

Es war nicht die Schuld der Percelle, daß sie gegen die einheimischen Krankheitserreger widerstandsfähiger schienen als die genetisch unveränderten Menschen – oder daß sie zumindest weniger äußere Zeichen von Erkrankung zeigten. Aber das konnte die Bildung irrationaler Legenden nicht verhindern.

Schon im Mittelalter hatte man für alle Katastrophen und Notzeiten Sündenböcke gesucht und gefunden: die Fremden, die Juden, die Aussätzigen. Sie waren unter den Händen verzweifelter und erbitterter Menschen gestorben, weil eine einfache Denkart für Seuchen und Hungersnöte, deren Ursachen sie nicht erklären konnte, Schuldige brauchte.

Man durfte das Potential menschlichen Aberglaubens und menschlicher Dummheit niemals unterschätzen. Es schien, daß immer mehr Besatzungsmitglieder dazu übergingen, in ihren Schutzanzügen in abgelegenen Stollen zu schlafen. Und manchmal unterlagen sie dort draußen der Krankheit, und sie starben allein.

»Ich habe verschiedene Leute in den Territorien der Gruppen gebeten, Meldungen über Vermißte zu machen. Ob es uns nützen wird, wird sich erweisen.«

Stammesterritorien, dachte Saul. »Sie können mit allen reden, und alle reden mit Ihnen, nicht wahr, Lani?«

Sie erwiderte seinen Blick ein wenig unsicher. »Nun ja, ich nehme an, niemand fühlt sich von mir bedroht. Ich bin ein ziemlich harmloser Typ. Die Leute neigen dazu, sich mir anzuvertrauen.«

Saul lächelte. Lani besaß Intelligenz, Takt und Einfühlungsvermögen. Kein Wunder, daß jeder, der sie ein wenig kannte, ihr sein Vertrauen schenkte.

»Nein, das ist nur ein Teil davon, Lani. Sie sind eine Art Mittlerin, eine Ortho, die sich aber nicht von Vorurteilen gegenüber Percellen bestimmen läßt. Sie sind ... wie nennt man es?«

»Percephil, denke ich.«

Ihr Lachen hatte einen nervösen Unterton.

Er nickte. »Sie sind die einzige von uns Überlebenden der Ersten Wache, denen die meisten der Wiedererweckten zu vertrauen scheinen.«

»Weil sie wissen, daß ich bloß eine Arbeiterin war und nichts mit der Entscheidung zu tun hatte, wer aufgetaut werden sollte. Dafür machen sie den armen Carl verantwortlich ... Aber man sollte das nicht allzu ernst nehmen. Die Leute sind jetzt verärgert, aber wenn sie drei unentbehrliche Personen aus der gesamten Expedition auswählen müßten, würden sie sich für ihn, für Virginia und für Sie entscheiden.«

Saul lächelte. Was für ein liebes Kind! Vielleicht wäre die kleine Rachel wie sie geworden, aber mit dunklen Mandelaugen.

Fast hätte er sie gefragt, wie die Dinge mit Carl stünden. Gerüchtweise verlautete, daß sie von Zeit zu Zeit beisammen waren, wenngleich auf einer offensichtlich bei weitem weniger verpflichtenden Ebene, als Lani lieb gewesen wäre. Er bedauerte dies; es wäre gut zu wissen, daß sich etwas zwischen ihnen entwickelte, und wenn auch aus keinem anderen Grund als dem, daß es Carls hartnäckige Verärgerung wegen Virginia verrauchen lassen könnte.

Saul zog es vor, das Thema unerwähnt zu lassen. Wahrscheinlich würde er damit nur ins Fettnäpfchen treten.

Behutsam, um die Massenträgheit zu kompensieren, hob er sein Mikrowellengerät auf und nickte ihr zu. »Auf, zurück an die Arbeit!«

Lani startete die Maschine. Er hielt sich vorn fest und ließ sich durch eine lange Stollenstrecke tragen, während er wachsam die nahen, grün überzogenen Wände beobachtete.

Die zur ›Fabrik für Rückstoßgeräte‹ ausersehene Kaverne gähnte finster wie eine vorsintflutliche Höhle. Dort lag das rückwärtige Stück der Transportsonde *Delsemme* inmitten ungeöffneter Lattenverschläge und Maschinenteilen. Im Schein ihrer Helmlampen war zu sehen, daß verschiedenfarbige fadenartige Gewächse die Flanken der Sonde überwuchert hatten und ihre Umrisse flaumig verwischte. Die Kaverne sah aus, als sei sie seit Jahren nicht mehr betreten worden. Es war schwierig, sich vorzustellen, daß sie irgendwann einmal hell beleuchtet sein und von Geschäftigkeit summen würde, was notwendig war, wenn sie die Heimat jemals wiedersehen wollten.

Carl und Jeffers waren offenbar anderwärts zu sehr beschäftigt, um heraufzukommen und sich hier umzusehen. Saul fragte sich, ob es nicht besser wäre, ihnen zu verschweigen, wie es hier aussah.

»Gehen wir je einmal mit den Frequenzen drei Komma

fünf und zehn durch«, sagte er zu Lani. »Anschließend nehmen wir uns dann die Inventur vor, die Dr. Oakes haben möchte.«

Lanis Maschine bewegte sich unter ihrer Steuerung in den Höhlenraum. Eine Serie kurzer Summtöne war begleitet von allenthalben aufsteigenden Wolken, als der Algenbewuchs unter der Mikrowellenbestrahlung zerfiel.

Wenn die Behandlung der Krankheiten nur ebenso einfach wäre, dachte Saul.

»Hierher, Saul«, flüsterte Lanis Stimme aus seinem Kopfhörer. Er beendete die Probenentnahme, mit der er gerade beschäftigt war, blickte auf und sah, daß sie am anderen Ende der Kaverne war und in einen der Seitenstollen zeigte. Als er bei ihr anlangte ging ihm ein Adrenalinstoß ins Blut, denn sein Blick fiel auf ein verräterisches Durcheinanderwogen, das auch ohne helles Licht die Anwesenheit der purpurnen Würmer verriet, welche die Schleimalgen der Wände abweideten.

Dann sah er etwas anderes. Ungefähr hundert Meter weiter, in der Nähe eines der vom Bewuchs getrübten Leuchtstreifens, trieb eine undeutliche Gestalt.

»Wieder ein Toter?«

Sie schüttelte den Kopf. »Nein. Ich glaube, es ist Ingersoll.«

Saul verwünschte die schlechte Beleuchtung und die als Nebenwirkung der Antihistamine periodisch auftretenden Sehstörungen. Er kniff die Augen zusammen und spähte durch den Stollen. Tatsächlich; die Gestalt war in Bewegung.

Ingersoll. Alle hatten ihn mittlerweile für tot aufgegeben. Zuerst dachte er, der Vermißte stecke in einem grünen Schutzanzug, dem Bewuchs der Stollenwände angepaßt. Dann aber ...

»Das – das ist unglaublich!« Zu seiner Verblüffung wurde ihm klar, daß die Gestalt keine Kleidung trug.

»Das sind getrocknete Algen, mit denen er sich bedeckt hat! Und was pflückt er da von den Wänden? Sehen Sie es, Saul? Was macht er?«

Glücklicherweise hielten ihre Helme den Klang ihrer

Stimmen zurück. Saul versuchte sich dem Mann unbemerkt zu nähern. »Ich vermute ...«

Ingersoll mußte in der Stille der dünnen Luft etwas gehört haben. Er fuhr herum, und Saul sah, daß nur sein Gesicht frei von einer dicken Schicht grüner, lebender Gewächse war. Er rollte die Augen und stieß einen unartikulierten Schrei aus, dem ein kaum verständliches Gebabbel folgte. Saul konnte nur einzelne Wörter heraushören.

»... vollkommen ... süß, süß und warm! ... Wirst sehen ... sehen ...«

Es war schwierig, sich auf sein hervorgestoßenes Gestammel zu konzentrieren, wenn man sah, was Ingersoll tropfend aus dem Mund hing: eine dunkelrote, blutende Masse.

Dann wandte sich der Mann plötzlich um, stieß sich ab und war verschwunden. Lani und Saul starrten ihm nach, zu verblüfft, um an Verfolgung auch nur zu denken.

Lani faßte sich zuerst. »Der schmiert sich nicht nur mit dem Zeug ein, er ißt es!« Sie schauderte sichtbar.

Saul nickte. »Na, wenigstens das wird mir erspart bleiben. Ich an seiner Stelle würde wahrscheinlich allergisch sein.«

Er faßte sie beim Arm und nickte ihr lächelnd zu, und als sie sich zum Gehen wandten, konnte sie sein Lächeln erwidern.

Saul wurde mehrmals von heftigem Niesen geschüttelt.

»Die Wirkung dieser verdammten Antihistamine läßt wieder nach. Lassen wir es gut sein, Lani. Wir markieren diesen Stollen und gehen nach Hause!«

Nach einem letzten Blick in den Stollen machten sie sich auf den Rückweg, allein mit ihren bedrückenden Gedanken.

Eine Stunde später näherten sie sich wieder dem Zentralkomplex und gerieten in die am meisten gefährdete Grenzzone, wo die Wärme, die Luft und die Feuchtigkeit der menschlichen Wohnungen die einheimischen Lebensformen am stärksten anzogen. Lani stellte den umgebauten Mikrowellenbohrer wieder auf die für die Würmer tödlichen Frequenzen ein, da die Gefahr bestand, daß sie sich den Weg freikämpfen mußten. Saul hingegen fühlte sich unversehens in gehobener Stimmung. Jenseits des Niemandslandes gab es Wärme und Essen und auch jemand, der auf ihn wartete.

Seine Gedanken waren ein Wirrwarr von Formen und Details. Die sexuell geprägte Vorstellung von Virginias Brustwarzen, warm von seinen Händen und aufgerichtet. Ihr leiser Atem in seinem Ohr, und die elektronisch verstärkte Fühlerberührung ihrer Empfindungen, direkt in sein eigenes Wahrnehmungszentrum geleitet ...

Und dazwischen wieder die Querschnitte der kleinen Zellen, die sich üppig vermehrten, in gefleckten, vielfach getönten Schwärmen wuchsen und kooperative Makroorganismen bildeten, wo niemand vermutet haben würde, daß sie existieren, geschweige denn gedeihen konnten.

Die Bilder hatten eine Gemeinsamkeit, stellten sie doch nichts anderes als den Triumph biochemischer Selbstkopie dar. Die sexuelle Erregung zweier Liebender, ihre tiefe emotionale Bindung, unterschied sich im Prinzip nicht von der brandenden Flut der heimischen Lebensformen, die sich anschickten, eine Hitzewelle zu nutzen, welche nur einmal in sechsundsiebzig Jahren wiederkehrte ...

Nur indirekt und ohne böse Absicht schadeten diese einheimischen Formen den Besuchern, und indem sie sie töteten, brachten sie Vergeltung über sich. Saul hätte sich schuldig fühlen können, daß er Waffen für solch einen Krieg erfunden hatte. Aber Schuldgefühle würden an der Sache vorbeigehen. Nichts, was er und seinesgleichen hier taten, würde das heimische Leben im Kometenkern zurücksetzen. Sie waren wie der Sommer. Und auch sie würden vorübergehen.

Der Lautsprecher über Sauls rechtem Ohr knisterte.

»Lintz, hier Osborn. Sind Sie wach?«

»Ja. Was gibt es?«

»Es sind neue Entwicklungen eingetreten. Können Sie zu Schacht 4, Ebene K kommen? Vielleicht brauchen wir Ihre Hilfe.«

»So? Was ist geschehen?«

Eine Weile blieb es still.

»Ich möchte unter vier Augen mit Ihnen reden, wenn möglich.«

»Warum das?« fragte Saul. »Ist es etwas, was Sie auf einem verschlüsselten Kanal nicht aussprechen können?«

Wieder gab es eine Pause.

»Nein, das nicht. Aber ... Nun, ich glaube zu wissen, wo die vermißte Transportsonde ist. Und was mit der *Newburn* geschehen ist.«

Nun war Saul derjenige, der nichts zu sagen wußte. Es dauerte ein paar Sekunden, bis er sich gefaßt hatte. »Wir sind unterwegs. Ende.«

4

VIRGINIA

»Johnvon«, sagte sie nachdenklich, »ich kann fühlen, was du tust.«

– Äußerst unwahrscheinlich.

»Nein, wirklich. Da ist so ein Prickeln, ein Kitzeln.«

– Der elektromagnetische Abtastprozeß findet bei so geringer Spannung statt, daß er genausowenig bemerkt wird wie die Gehirnströme selbst. Außerdem bewegt er nichts. Er kommt nicht einmal mit der Haut in Berührung.

»Ich fühle es aber.«

– Im Inneren des Schädels gibt es nur sehr wenige sensorische Rezeptoren.

»Also, etwas bewegt sich. Wie Finger, die auf meiner Kopfhaut trommeln, nur ... tiefer.« Die Wahrnehmung war entnervend, wie Fühler, die ihr durch den Kopf tasteten. Sie regte sich unbehaglich auf ihrer Liege. Von den ringsrum aufgestellten Geräten ging nur ein dünnes Summen aus.

– Vielleicht das Magnetfeld.

»Kann man Magnetfelder fühlen?«

– Ein starkes Magnetfeld schon. Auf das Untersuchungsgebiet setze ich 7,6 Kilogauss an. Abweichungen von der

Uniformität betragen weniger als Einhundertstel von einem Prozent.

Geradeso wie das pedantische Programm, das sie selbst entworfen hatte – um ein unbedeutendes Beispiel anzuführen.

Aber vielleicht war es nicht unbedeutend. Die Ströme unendlich vieler rotierender Elektronen in ihrem Schädel verlangten eine Feinabstimmung von einer selbst in der Forschung ungewöhnlichen Genauigkeit. Sie unterdrückte die Versuchung, den Blick seitwärts zu den Polen des großen supraleitenden Magneten gehen zu lassen. Selbst diese geringfügige Bewegung drohte in ihrem Kopf unerwünschte Vibrationen auszulösen.

– Ich überprüfe die letzten Datengrundlagen über magnetische Resonanz im menschlichen Hirn. Mögliche unerwartete Wirkungen werden erforscht.

»Tu das! Es juckt in meinem Kopf.«

– Untersuchung und Integration finden statt.

»Hat Saul irgendwelche Wirkungen erwähnt?«

– Er übergab sicherheitshalber Medikamente, als er dieses neue MR-Gerät von der biologisch-medizinischen Abteilung brachte, erklärte aber, daß die Anwendung ungefährlich sei, solange sie sich innerhalb des angegebenen Operationsbereichs halte.

»Hm. Vielleicht hätte ich ein Beruhigungsmittel nehmen sollen.«

– Nein. Ich hätte diese Aufgabe nicht allein übernehmen können.

Genau wie ich, dachte sie. Angst liebt Gesellschaft.

– Das ist richtig.

Es bestand jetzt praktisch kein Unterschied zwischen Johnvons Erfassung ihrer Oberflächengedanken und ihrer Sprache, da er beide unmittelbar durch die neurale Verbindung ablesen konnte. Für sie aber war es eine andersartige Erfahrung. Ihr Verstand verarbeitete die Worte in einer nicht zu erklärenden Weise anders als sonst. Das Sprachzentrum ihres Gehirns schien sich verselbständigt zu haben, verlieh den Sätzen seine eigene Dynamik und gab sie in der unbewußten rhythmischen Struktur aus, die ihre Redeweise kennzeichnete. Wenn sie ohne die Absicht zu sprechen nachdachte, fand sie oft überhaupt keine Worte. Statt ihrer ging ihr eine schnelle, beinahe holographisch bildhafte Vorstellung der Idee durch den Kopf. Sie fragte, ob Johnvon den Unterschied feststellen könne.

– Selbstverständlich.

»Ich verstehe«, sagte sie kläglich.

– Das erwähnte Prickeln kann ich nicht feststellen, doch ist Reaktion darauf in dem allgemeinen neuralen Strukturmuster feststellbar.

Johnvons Antworten wurden ihr in zwei Schritten bewußt: dem Erkennen ihres allgemeinen Sinngehalts, dem gleich darauf das Verstehen der Satzstruktur folgte. Das war ihr in der Aufnahme und Wiedergabe arbeitendes Sprachzentrum, das eine Serie rascher, flüchtiger Eingaben von Johnvon aufnahm und sie zu steifen, linearen Sätzen umformte.

»Welch ein Kunstwerk wir sind«, sagte sie.

– Shakespeare?

»Kann sein, ja.«

– Zur Unzeit eingerissen.

Sie vergaß immer wieder, wie rasch Johnvon eine riesige Menge Literatur überfliegen konnte. »Wir werden die Poesiestunden weiterführen müssen. Du zeigst eine gewisse Begabung.«

– Ich habe gelernt ... Es war ein echtes Zögern in der Mitteilung, bemerkte Virginia mit Erstaunen, und es war nicht Teil der Simulation, sondern wirkliche Ungewißheit ... den zwiespältigen Sinn solcher Zeilen zu verstehen. Die Vorzüge der Unbestimmtheit.

Sie vermutete, daß das Programm sich erst nach langer vergleichender Suche und innerem Ringen entschlossen hatte, für ›fühlen‹ das Wort ›verstehen‹ zu gebrauchen. Denkmaschinen teilten nicht die beiläufige Verwirrung menschlicher Sinneswahrnehmungen und Gedanken, da ihre Eingabewege völlig verschieden waren. Johnvon aber konnte Laien zu der irrigen Annahme verleiten, er sei eine echte Person, weil er sich in der selten eindeutigen menschlichen Ausdrucksweise verständigen konnte. Denkmaschinen waren so konstruiert, daß sie die durch schlampigen Sprachgebrauch alltäglichen Begriffsverwirrungen nicht mitmachten; für sie waren Bedeutungen nicht austauschbar.

Was auch einer der Gründe dafür war, daß sie dies alles tat. Wirft man einen Stein auf eine Person, so verarbeitet sie die über die Kanäle der Sinneswahrnehmung eingehende Information, setzt sie intuitiv in Winkel und Geschwindigkeiten um, macht Projektionen und sucht Annährungslösungen – dies alles, um zu sehen, wohin sie ausweichen soll.

Elektronische Maschinen zur Datenverarbeitung lösen diese Aufgabe auch, aber auf ganz andere Art und Weise. Sie ziehen es vor – das heißt, die logischen Prinzipien, nach denen ihre Programme aufgebaut sind, verlangen es –, die Situation als physikalische Aufgabenstellung zu sehen, die ursprünglichen Bedingungen klar zu definieren und dann die Gleichungen der Vorwärtsbewegung zu integrieren, um das genaue Resultat zu sehen. Fein, dachte sie, aber bis du soweit bist, hat dich der Stein getroffen.

– Das ist ein Nachteil.

»Wieder ein Anflug von Humor! Du tust das in letzter Zeit öfters.«

– Es war nicht zum Lachen.

»Weil es Ironie war, was du gebrauchtest.«

– Der Unterschied ist nur undeutlich zu sehen.

Sie vermutete, daß Johnvon ›undeutlich sehen‹ als eine Sprachformel gebrauchte, denn er verfügte noch nicht über die echte Fähigkeit metaphorischer Sprache. »Nun, jede Art von Humor beruht auf zwei Elementen: Spott und Widersinn. Ironie hat ...«

– Was?

»Es ist schwer zu erklären. Eine Haltung, die das Gegenteil dessen meint, was sie aussagt.«

– Durch Spott kenntlich gemacht?

»Junge, du bist heute von besonders rascher Auffassungsgabe. Kannst du das und gleichzeitig dieses Experiment überwachen?«

– Ganz gewiß.

Virginia konnte sich nicht erinnern, daß sie diesen selbstgerechten Ton in die Simulation eingebracht hatte. Imitierte er Saul? Johnvon war durch die neurale Verbindung in letzter Zeit oft mit ihrem Liebhaber in Kontakt gewesen. Und sie durfte nicht außer acht lassen, daß Johnvon als bio-organischer Datenverarbeiter in seiner Arbeitsweise zwischen dem Menschen und dem herkömmlichen Computer stand. Das führte zu unerwarteter Flexibilität.

»Kannst du dem Prickeln ein Ende machen?«

Johnvons Eingabe zerfiel in zwei Kanäle, die sie als einen trägen roten Strom rostiger Worte empfand, zwischen denen kommentierende Bemerkungen wie schnelle blaue Fischlein durchschlüpften:

– Während des Gesprächs untersuchte ich den Effekt und fand, daß er auf Konzentrationen magnetischer Dipole zurückzuführen ist, die einander überlagern, wo emotionsgeladene Auslöserkomplexe aufgebaut werden. Ich fürchte, ich kann sie nicht ausschalten, weil sie eng mit den erlernten motorischen Reflexen verbunden sind.

– Nicht das richtige Wort, ich weiß, aber es gibt kein anderes.

Durchschnittliche Zahl 10^9

Wahrscheinlich pubertär; ihr hauptsächlicher äußerer Auslöser scheint sexueller Natur zu sein. Dies bestätigt die soeben abgerufene Vorstellung von der Kontraktion der Oberschenkelmuskeln beim Spreizen der Beine –

»Halt! Ich wünsche keine Anspielungen auf mein Geschlechtsleben.«

– Die Frage war gestellt.

»Wirklich?«

– Bedaure.

Ihr Kopf war in dicke Schaumstoffpolster gebettet, was sich als gute Vorsorge erwies; andernfalls wäre sie vor Verlegenheit zurückgezuckt.

»Wieviel hast du ...« Nun, natürlich, dachte sie. Die Gelegenheit mit Saul.

– Wie lautet die Frage?

»Ach, es ist unwichtig. Du kannst nichts dafür.«

– Das Experiment kann abgebrochen werden.

»Nein, ich brauche es für die Maschinen.«

– Empfange jetzt wertvolle Nebendaten.

Anscheinend sollte dieser letzte Satz ermutigend sein. Das Programm hatte eine unheimliche Fähigkeit, auf ihre Vorstellungen einzugehen. Gleichwohl ... »Bloß aus Neugierde, was hat meine motorische Fähigkeit im Umgang mit Werkzeugen – denn ihretwegen ziehen wir das Schleppnetz durch meine Scheitellappen, nicht wahr? – was hat das mit dem Spreizen der Beine zu tun?«

– Diese Aktionen sind in der Selbstprogrammierung assoziiert.

»Selbstprogrammierung?«

– Vom Leben gelernt.

»Ah. Du meinst, Erfahrung.«

– Ist der beste Lehrmeister, lautet ein altes Sprichwort.

»Vielleicht. Manches würde ich mir lieber gefahrlos aus einem Buch aneignen.«

– Ja.

Johnvon war diplomatisch. Schließlich hatte er nicht die Möglichkeit direkter Erfahrung.

»Kannst du die dort eingelagerte Erinnerung überfliegen?«

– Ja.

War da eine Andeutung von Zögern? »Kannst du diesen Erinnerungskomplexen eine zeitliche Zuordnung geben?«

– Ein Jahr, nein. Zeitassoziationen sind unbestimmt. Die Unterlage ist hart und kiesig und kalt. Da ist ein Geräusch. Wasserwellen, vermutlich. Im Dunkeln ist nahe ein Gesicht, und ein schmerzhaftes Stoßen im Unterleib.

Ja. Der warme hawaiianische Abend, erfüllt von Blütenduft und Verheißung. Ein Film und ein Milchshake und dann zum Strand, um ein bißchen zu schmusen. Nur war es nicht bei den warmen Küssen und liebkosenden Händen geblieben. Etwas Machtvolles hatte in einer Art und Weise, die sie sich nie hatte vorstellen können, obwohl sie nicht selten daran gedacht und in ihren Phantasien davon geträumt hatte, von ihr Besitz ergriffen, und dann hatten sie es tatsächlich und unglaublicherweise getan. Und statt einer leidenschaftlichen und zugleich erhebenden Empfindung, einer rauschhaft-mystischen Vereinigung, wie sie es sich erträumt gehabt hatte, war es roh, derb, unbequem, schmerzhaft und letztlich deprimierend gewesen.

Sie wollte Johnvon fragen, was er von alledem wisse, als ihr einfiel, daß er in Wahrheit genausoviel wußte wie sie selbst. Oder wissen würde, sobald er mit der Aufnahme ihrer Großhirnrinde fertig wäre. Und wenn er sich erst mit ihrem Kleinhirn beschäftigte, mit dem Reptilienhirn der unbewußten Persönlichkeit, würde er noch sehr viel mehr wissen. Es war ein ernüchternder Gedanke.

Johnvon sagte nichts dazu. War es Taktgefühl? Oder verfiel sie dem üblichen Vorurteil der Programmierer, die den Antworten und Reaktionen ihres Computers menschliche Züge beilegten?

Das zarte kühle Prickeln dauerte an. Sie entspannte sich und hoffte, daß die unangenehmen und wirren Empfindungen, welche die Erinnerung heraufbeschworen hatte, ihr wieder aus dem Sinn gehen würden.

Sie wußte, daß Erinnerungen nahe den Zentren physischer Assoziationen gespeichert waren, so daß der Körper in der Speicherung von Daten den Geist führte. Ein bestimmter Geruch konnte einen fernen Kindheitstag wieder wachrufen. Diese Überlegung führte sie zurück zu dem radikalen Experiment, das sie hier unternahm.

Die Maschinen bedurften der Beaufsichtigung. Spezielle Arbeitsprogramme steuerten die Bewegungen ihrer Greifarme, und sie waren durch ihre auf kybernetischen Prinzipien beruhende Konstruktion vielseitig einsetzbar, in den meisten Fällen sogar imstande, selbsttätig einfache Entscheidungen zu treffen und Fehler zu berichtigen. Aber sie waren nicht intelligent. Johnvon wiederum war ziemlich intelligent, aber er konnte einer Maschine nicht helfen, eine Schraube einzudrehen oder einen Saugschwamm zweckmäßig einzusetzen. Als stochastische Maschine war er für den Umgang mit Ungewißheiten gemacht. Er kam mit der reduktionistischen, ganz auf die Lösung der jeweils gestellten Aufgabe ausgerichteten

Betrachtungsweise der Maschinen nicht gut zurecht. Und ihm fehlten die vielfältigen motorischen Geschicklichkeiten, die Evolution und Übung dem Menschen gegeben hatten.

So war sie auf eine ihrer absonderlichen, wenig erfolgversprechenden Ideen verfallen: Johnvon ihre Kenntnisse und Fähigkeiten lesen zu lassen. Auch ihre Reflexe waren stochastisch und holographisch. Vielleicht würde das zu einem besseren Verständnis führen.

Die technologischen Voraussetzungen waren gegeben, wenn man wußte, wo man zu suchen hatte. Das Gehirn speicherte Erinnerungen durch die Orientierung von Elektronen im Innern der Zellen und Synapsen. Im Prinzip konnte man die Richtungen dieser Elektronen lesen. Der gesamte Schwarm speicherte Information – die komplizierte Dreh- und Zugbewegungen, die nötig waren, ein Handgelenk zu drehen, die Faust zu ballen. Virginia hatte bereits gute Programme, welche die menschlichen Bewegungen in solche der Arbeitsmaschinen umsetzten. Wenn Johnvon ihre motorischen Geschicklichkeiten speichern konnte, so würde er zu einem guten Teil die Fernsteuerung der Maschinen übernehmen können. Das wäre eine große Hilfe. Carl und andere, die mit der Wartung und Instandhaltung beschäftigt waren, hatten sie immer wieder gedrängt, sich mehr mit den Maschinen und ihrer Steuerung zu beschäftigen, und sie wurde allmählich nervös.

Dies war vielleicht ein Ausweg.

Sie würde diese Technologie früher oder später ohnehin entwickeln müssen. Selbst mit Sauls Mikrowellentechnik war es nicht gelungen, die Gefahr völlig zu bannen, und die Lage blieb gespannt. Oakes und Lopez gaben der verbesserten Einsatzfähigkeit der Maschinen höchste Priorität.

Wenn sie weiterhin Leute verloren, würden die Maschinen im Laufe der siebzig Jahre währenden Reise sehr viel unabhängiger sein müssen, als die Expeditionsleitung ursprünglich geplant hatte. Und Virginia hoffte, daß auch sie über kurz oder lang in den Kälteschlaf versetzt würde, um spätere Zeiten doch noch miterleben zu können, und somit war ein Grund mehr gegeben, daß sie sich unverzüglich mit dem

Problem eines verbesserten Programmierungssystems beschäftigte.

– Ablesung nähert sich der Vollendung.

Sie antwortete mit einem Ausdruck erleichterter und erwartungsvoller Spannung: golden-brünierte Blitze zuckten über einen samtschwarzen Himmel.

– Der Schauplatz des Geschehens ist aufgezeichnet. Ich könnte zur freiwilligen Rückbesinnung den Vorfall aus der Kindheit zurückspielen. Zur Unterhaltung.

»Ich war kein Kind, du Eimer voll Schrauben.«

– Die Assoziationen –

»Und es war auch nicht ›unterhaltend‹. Dieser große Kerl ...« Mit oder ohne Johnvons Beihilfe wurde ihr plötzlich die erschreckende Erinnerung an eine rauhe, keuchende Männerstimme zugeführt, die »Eli a hohonu keia lua« hervorstieß. Das harte, maschinenhafte Stoßen hatte ihr die Worte ins Gedächtnis gehämmert: Ich grabe dieses Loch tief. Sie schauderte.

– Ablesung beendet.

»Danke.«

– Nicht der beste denkbare Anfang.

Sie begriff, daß Johnvon nicht die Ablesung meinte. »Nein, war es nicht. Nun, er war kein schlechter Kerl, nehme ich an. Vorher war ich mehrmals mit ihm ausgegangen, also muß ich ihn gemocht haben. Aber hinterher nie mehr.«

– Und seitdem?

»Ich habe meinen Teil gehabt. Einen Ingenieur an der Technischen Universität ... aber was heißt, meinen Teil? Nicht viele. Im Gegenteil.«

– Eine Angemessenheit ist schwierig festzustellen.

»Es ist keine mathematische Kongruenz, weißt du. Die Leute suchen nicht eigentlich nach jemandem, der ihnen selbst gleicht. Eher das Entgegengesetzte.«

– Die Jugend sucht das Alter?

Sauls verwittertes Gesicht kam ihr in den Sinn, lächelnd in seiner zerstreuten Art, und einen Augenblick lang wußte sie nicht, ob sie es erinnert hatte oder ... ja. »Johnvon, du hast ihn mir in den Kopf gesetzt.«

– Es schien notwendig.

»Darüber urteile ich. Laß mich wenigstens meine eigenen Phantasien auf die Bühne bringen!«

– Gewiß.

Aber dieses schiefe Lächeln unter den dunklen, selten fröhlichen Augen wollte ihr nicht mehr aus dem Sinn. Es schien eine Ewigkeit her, seit sie ihn gesehen und Zuflucht in seinen kräftigen, umschließenden Armen gesucht, seinen berauschenden Moschusgeruch in die Nase bekommen, mit ihm gesprochen hatte ...

»Johnvon, ruf ihn für mich!«

– Er ist einer Verabredung mit Carl Osborn gefolgt. Eine der von mir gesteuerten Maschinen sah ihn vor 1,34 Minuten vorbeigehen.

»Verflixt! Ich vermisse ihn.« Sie zog das Schaumstoffpolster aus dem Nacken und betrachtete unfroh die imponierende Reihe der Geräte, die sie umstanden: elektronische Resonanzmeßgeräte, pfannenkuchenartige Magnetpole, die holographische Projektionsanlage, das Eingabegerät, Rechnereinheiten ...

»Diese immerwährende Krise erschöpft mich.«

– Erholung ist notwendig.

»Das will ich meinen.«

Ein grellfarbenes, graphisches Bild kam ihr vor Augen: seidige, ineinander verschlungene Gliedmaßen und noch mehr. Sie hätte sich abgewendet, wäre es ihr jemals in gemischter Gesellschaft vor Augen gekommen ... und doch fand sie es aufreizend sinnlich, den Puls beschleunigend, wie darauf angelegt, sie in die dargestellte lasterhafte Szene hineinzuziehen.

»Johnvon!«

– Nur ein Vorschlag.

Das Bild verschwand. Sie wußte, daß sie es nie zuvor gesehen hatte.

»Woher hast du das?«

– Ich lese viel.

Das war, so vermutete sie, ein Scherz.

5

CARL

»Hierher!« rief Carl.

Am anderen Ende des Stollens wandte sich Sauls Silhouette zurück und winkte. Dann stieß die Gestalt sich ab und glitt durch matte Lichthöfe phosphoreszierender Strahlung die hundert Meter zu ihm her.

»Verdammt frisch hier«, sagte Saul, während er mit den Armen ruderte, um die Füße vor sich zu bringen. Dann landete er ein wenig hart mit einknickenden Knien.

Er wird besser, dachte Carl. Von nun an werden alle lernen müssen, mit veränderten Bedingungen fertigzuwerden. »Wir achten jetzt darauf, daß es sogar in den zentralen Stollen kalt bleibt. Wenn es nach mir ginge, ich würde hier überall die Luft herauslassen.«

»Das würde unsere Manövrierfähigkeit enorm behindern.«

»Es würde auch die Purpurwürmer behindern.«

»Ich muß die inneren Stollen jede Stunde oder so begehen. Wenn ich jedesmal den Schutzanzug anlegen müßte ...«

»Ich werde es trotzdem empfehlen.«

»Bethany Oakes hat bereits entschieden.«

»Ja, ich weiß.« Jedesmal, wenn man Lintz mit einem Problem konfrontierte, zog er sich auf die Entscheidungen Höhergestellter zurück.

»Unterwegs hierher sahen Lani und ich diesen Ingersoll in einem der Seitenstollen auf Ebene E. Ich glaube, er ißt diese grünen Schleimalgen. Erstaunlich. Er scheint harmlos zu sein, wenn er auch offensichtlich verrückt ist.«

Die bloße Erwähnung Ingersolls verdroß Carl. Die Verhältnisse waren so schlecht, daß sie nicht einmal einen Verrückten einfangen konnten. Aber er ließ es sich nicht anmerken; Diplomatie kam an erster Stelle. »Ja, er ist verrückt, aber verrückt wie ein tollwütiger Fuchs.«

Er schüttelte den Kopf und beschloß zur Sache zu kommen. »Ich ... Passen Sie auf, ich möchte Oakes den Vorschlag machen, daß wir die *Newburn* bergen.«

»Tatsächlich? Sie haben sie lokalisiert?«

»Ja. Es war übrigens Lanis Idee. Wir sprachen über die numerische Simulation, die Virginia kürzlich durchgeführt hatte.«

»Die Simulation, die vorführte, wie das Sonnensegel der *Newburn* vom Plasmaschweif des Kometen könnte zerfetzt worden sein?«

»Ja. Ich denke mir, die anderen Transportsonden hatten einfach Glück, daß sie nicht getroffen wurden. Die Durchquerung des Kometenschweifes erzeugte vermutlich Störungen, die auch das Funkfeuer der *Newburn* zum Erlöschen brachten. Damit war die Auffindung hoffnungslos. Lani kam auf den Gedanken, daß wir scharf gebündelte Mikrowellen aussenden und auf ein Echo achten sollten. Ich habe das in meiner Freizeit getan, und siehe da, nach einwöchiger Suche kam ein Signal zurück.«

»Großartig. Und so einfach!«

Sauls Überraschung war um so erfreulicher, als er nicht zuerst daran gedacht hatte. »Angesichts der Verlustrate werden wir diese vierzig Schläfer nötig gebrauchen können.«

Saul nickte gedankenvoll. »Richtig. Der Arbeitskräftemangel wird sich verschärfen.«

»Wir werden das Unternehmen bald starten müssen. Die *Newburn* ist bereits ziemlich abgetrieben.«

»Gewiß, aber ich verstehe noch immer nicht. Warum rufen Sie mich hier heraus, um es mir zu sagen.«

»Ich möchte Unterstützung sammeln, bevor ich es dem Ausschuß vortrage. Ich bin nicht gut, wenn es darum geht, mit Oakes zu verhandeln.«

»Und ich bin es?«

»Ja. Außerdem möchte ich, daß Sie uns als Arzt begleiten.«

Sauls Miene hellte sich auf. »Gut gedacht. Die Schläfer in den Kühlfächern könnten Schaden genommen haben.«

»Würde auch gut für die Moral sein.«

»Genau, was wir alle brauchen. Ich glaube, daß ich Oakes und die anderen von den Vorteilen überzeugen kann, zumal die Würmer jetzt einigermaßen unter Kontrolle sind. Aber ist die *Edmund Halley* startbereit?«

»Jeffers sagt, seine Tritium aufspürenden Maschinen hätten bereits genug gefunden und verfeinert, um die Tanks zu einem Viertel zu füllen, und das bloß als Nebenprodukt vom Stollengraben. Er meint, er könne den benötigten Treibstoff innerhalb einer Woche zusammenbringen.«

»Gut! Sie haben diese Sache durchdacht.«

Soll das ein Kompliment sein? dachte Carl. Nun, besten Dank, Dr. Lintz. Wir Arbeiter versuchen hin und wieder ein bißchen zu denken.

»Mal sehen«, murmelte Saul und rieb sich das Kinn. »Es wird annähernd einen Monat dauern, um hinzukommen. Das heißt, daß wir die Versorgungslage mit Frischgemüse und dergleichen jedenfalls hier im Zentralkomplex klären müssen, da die meisten Pflanzungen an Bord sind. Außerdem ...«

Carl hatte das alles schon ausgerechnet, aber er hatte auch gelernt, daß es eine gute Idee war, die Wissenschaftler eine Weile reden zu lassen, bevor man zum schwierigen Teil kam, den Entscheidungen. Vielleicht war es das, was sie von den Spitzenpositionen fernhielt. Wenn man dasaß, während sie ihre kleinen Vorträge hielten, gewannen sie gewöhnlich den Eindruck, daß sie Gehör gefunden hatten, und erhoben dann keine albernen Einwände gegen das, was bereits offensichtlich war.

Saul kauerte mit der angeborenen Unsicherheit eines Bodenbewohners an die Wand gedrückt, immer ein wenig ängstlich und unbehaglich bei der Vorstellung, an einem Handgriff über etwas zu hängen, was seine Sinne ihm, ganz gleich, wie angestrengt er sie seinem Verstand unterworfen hatte, als einen Abgrund darstellten.

»Gewiß«, sagte Carl, als Saul eine Pause machte. »Die Frage ist, wie wird Oakes sich dazu stellen?«

»Natürlich werden wir zu diesem Plan Übereinstimmung brauchen, und sie zu erreichen, mag Zeit erfordern.«

»Übereinstimmung, zum Teufel. Jeden Tag, den wir warten, entfernt die *Newburn* sich weiter von uns!«

Saul kratzte sich am Kopf. »Nun, manche werden die *Newburn* als eine zweitrangige Frage betrachten.«

Carl knirschte mit den Zähnen. »Es geht um vierzig Menschenleben.«

»Richtig, aber selbst ich könnte gezwungen sein, sie zurückzustellen. Das wichtigste Problem ist das Verständnis der einheimischen Lebensformen. Wenn ich meine gegenwärtig laufenden Experimente rechtzeitig zum Abschluß bringen kann ...«

»Experimente!« Carl traute seinen Ohren nicht. »Sie meinen, die seien wichtiger als vierzig Leute?«

»Das habe ich nicht gesagt! Aber wir sind noch nicht aus dem Wald. Es gibt so viele Erkrankungen! Wir müssen verstehen, wie die heimische Ökologie arbeitet, bevor wir eine neue Wärmequelle einführen. Das hatten wir natürlich nicht vorausgesehen. Vorgestern sprach ich über den Richtstrahler mit der Erde, und Alexandrosow, der Chef der ukrainischen Akademie, hat eine Theorie dazu. Trotz der minutenlangen Zeitverzögerungen während des Gesprächs konnten wir ein gutes Stück weiterkommen. Ich unterrichtete ihn von meinen hypothetischen Vorstellungen – selbstverständlich nur vorläufigen –, und er sah eine Analogie ...«

»Ach, Scheiß!« sagte Carl brüsk.

»Was?«

»Sie reden, als ginge es um ein Problem in einer verdammten Doktorarbeit oder was.«

»Doktorarbeit?« Saul zwinkerte ihn an. »Ich versichere Ihnen, ein Ereignis dieser Größenordnung, aus dem sich so zahlreiche Folgerungen ergeben, ist größer als eine bloße ...«

»Zum Henker, ich meine nicht, wie wichtig die Sache für Ihre Professorenfreunde zu Hause ist! Ich meine, daß Sie dies alles benutzen, nur um sich in der wissenschaftlichen Welt einen Namen zu machen!«

Sauls Gesicht rötete sich. »Das ist unglaublich. Ich ...«

»Sie machen Ihre Versuche und denken sich Hypothesen aus, schwatzen mit Ihren wissenschaftlichen Kumpeln zu Hause, und wir anderen arbeiten uns den Arsch ab, um dieses Zeug einzudämmen.«

»Ich habe es nicht nötig, mich von Ihnen belehren ...«

»Hören Sie schon auf!«

»Ich weiß nicht, was Sie …«

»Leben auf Kometen! Die Entdeckung des Jahrhunderts! Saul Lintz, der interplanetarische Darwin!«

»Das ist lächerlich!«

»Einige von uns fangen an, sich Gedanken zu machen.«

»Was soll das schon wieder heißen?«

»Als Sie sich zu dieser Expedition meldeten, waren Sie in der wissenschaftlichen Welt nicht gerade populär, nicht wahr?«

»Ich war die letzte lebende Gestalt, die mit dem Ursprung der Percelle identifiziert wurde, wenn es das ist, worauf Sie hinaus wollen.«

»Richtig.« Carl spürte eine jähe peinliche Verlegenheit, als ihm einfiel, wen und was dieser Mann verköperte. Aber er konnte seine Verärgerung nicht im Zaum halten. »Das Israel, das Sie kannten, ausgelöscht, keine Familie mehr, die Karriere erledigt – Sie standen vor dem Nichts.«

»Und?«

»Also bewerben Sie sich um die Teilnahme an der Expedition. Warum nicht diese Reise unternehmen? Wenn sie zurückkehren, wird Ihre Vergangenheit vergessen sein, nicht?«

Saul sagte mit überraschender Ruhe: »Ich dachte nicht, daß ich zurückkehren würde, und glaube es auch heute noch nicht.«

Carl überging diese Unterbrechung des Angriffsschwungs. »Aber da zeigt sich fremdes Leben, die grünen Schleimalgen, die Würmer – eine wissenschaftliche Goldgrube! Sie sind berühmt; freilich durch Zufall. Jeder hätte dieses Eis untersuchen und Mikroben finden können. Aber es zu verstehen – darauf kommt es an. Da zeigt Saul Lintz, daß er nicht bloß Glück gehabt hat. Nein, er ist ein erstklassiger Wissenschaftler. Und er kann ganz allein an all dem neuen Zeug arbeiten. Kann es gründlich untersuchen und der Erde Informationsbrocken zukommen lassen, wann es ihm gefällt. Jeder Biologe zu Hause wartet begierig auf Information über das erste fremde Leben, und der einzige, von dem er sie bekommen kann, ist Saul Lintz!«

Carl endete schnaufend, und sein Atem machte eine dicke

wattige Wolke in der kalten Luft. Saul sah ihn schweigend an. Das phosphoreszierende Licht ließ seine gefurchten Züge alt erscheinen. Ein langes Stillschweigen schloß sich an. Carl beruhigte sich, begann zu bedauern ... Aber es war zu spät.

Saul kratzte an der Wand, wo hartgewordenes Dichtungsmittel eine unebene Stelle in der Innenverkleidung machte. »Das war nicht der Grund, daß Sie mich hierher riefen. Sie fragten mich, ob ich mich an der Rettung der *Newburn* beteiligen will. Gut, ich beteilige mich. Aber ich brauche diese *Chazerei* nicht zu schlucken.«

Er stieß sich unbeholfen ab und nahm Kurs zur Zentrale. Er trieb dahin, den Blick noch zu Carl zurückgewandt, und durch die kalte Stille drangen seine Worte: »In Wahrheit ist es nur wegen Virginia, nicht wahr?«

Und Carl mußte sich eingestehen, daß es so war.

Verdrießlich und müde kam er in den Gesellschaftsraum. Das ungewohnte Gewicht zog ihn nieder. Zu den letzten größeren Teilen, die von der *Edmund Halley* in den Zentralkomplex überführt und dort installiert worden waren, gehörte das Gravitationsrad. Es war immer deprimierend, aus annähernd vollkommener Schwerelosigkeit in ein zentrifugales Schwerefeld zu kommen, und das aus verschiedenen Gründen. Selbst in einem großen Rad entstanden Corioliskräfte, welche die Reflexe störten und ein leichtes Schwindelgefühl erzeugten. Nach einem Tag in annähernder Schwerelosigkeit, wo der leichteste Krafteinsatz bedeutungsvoll war, konnte man nicht gehen, ohne die Wirkung der gegensätzlichen Kräfte zu spüren. Die Rotation des Kometenkerns drängte einen immer ein wenig nach links.

Aber für einen Mann wie Carl war das Schlimmste daran das Einfachste: man war ein Adler gewesen und war nun ein Nilpferd.

So ergab es sich, daß Carl nicht in menschenfreundlicher Stimmung war, als er den Ortho traf. Auf dem Namensschild am Overall stand der Name Linbarger zu lesen.

»Setzen Sie sich anderswohin!« sagte er, als Carl sich in einen Sessel niedergelassen hatte.

»Eh? Warum?«

»Ich erwarte einen Freund.«

»Es ist genug Platz da.«

»Nicht für alle.«

Carl stellte sein Glas auf den Tisch. »Sie kommen gerade aus dem Kühlfach, also werde ich das als ein Zeichen dafür nehmen, daß die Drogenwirkung noch nicht nachgelassen hat.«

Linbarger zeigte alle Symptome eines Wiedererweckten. Er war ein hagerer Mensch, nur Haut und Knochen und Sehnen. Im Kühlfach wurde das Körperfett allmählich abgebaut, weil der Organismus in Betrieb blieb, nur auf einer stark reduzierten Ebene. Aber Linbarger mußte schon immer mager gewesen sein. Sein Kopf war lang und schmal und saß auf einem dünnen Hals mit knotigem Adamsapfel. Nase und Backenknochen bestimmten sein Gesicht. Die wäßrigen grauen Augen saßen tief in den Höhlen, das Kinn war lang und hart.

»Mein Freund ist auch erst vor kurzem aus dem Kühlfach gekommen. Und mir ist lieber, wenn keiner von uns neben einem Percell sitzen muß.«

»Ach, wirklich?« sagte Carl mit gespielter Betroffenheit.

»Also verschwinden Sie!«

Linbarger war für das Rendezvousmanöver nicht geweckt worden, also hatte er noch keine Gelegenheit gehabt, sich der Ideen zu entwöhnen, die er zu Hause mit sich herumgetragen hatte. Carl war gewillt, ihm das zugute zu halten. »Sie sollten sich nicht so eselhaft anstellen; wir haben es hier schon so schwer genug.«

Linbarger stand auf und ballte die Fäuste. »Atmen Sie mich nicht an, oder ich ...«

»Ach so, es ist mein Mundgeruch? Tut mir leid, ich habe mein Mundwasser zu Hause vergessen.«

»Sie wissen, was ich meine. Die verdammten Krankheitskeime, die Sie mit sich tragen.«

Carl schnaufte geringschätzig. »Die Mikroben sind im Eis, nicht in uns.«

Linbarger ließ die Fäuste sinken; sein Gesicht nahm einen

mürrischen Ausdruck an. »Ich bin seit drei Tagen aus dem Kühlfach und habe mich über alles, was geschehen ist, unterrichtet. Sie können mich nicht täuschen. Auf einen toten Percell kommen zwei normale Menschen, die an Krankheiten gestorben sind.«

»So?« Carl hatte von Virginia etwas darüber gehört, aber die Verwirrung und das Übermaß an Arbeit während der letzten beiden Wochen hatten zur Folge gehabt, daß es an ihm vorbeigegangen war. Eine Information unter vielen.

»Ihr Percelle benutzt dies, um die Expedition in die Hand zu bekommen«, erklärte Linbarger, als sei es eine bekannte Tatsache. An anderen Tischen wurde man aufmerksam. Carl bemerkte, daß Lani Nguyen aufstand und mit sorgenvollem Gesicht herüberkam, aber dann legte ihr jemand die Hand auf den Arm und hielt sie zurück.

»Und das glauben Sie?«

»Wir alle glauben es – diejenigen von uns normalen Leuten, die aus den Kühlfächern gekommen sind. Wir wissen es. Sie können mir nichts weismachen.«

»Verschonen Sie mich mit solchem Unsinn!« sagte Carl mit abwehrend erhobenen Händen. Unnötig zu sagen, daß es kein derartiges Komplott gab; wer, zum Teufel, hatte Zeit, über solche Dinge auch nur nachzudenken? Aber wie konnte er Linbarger davon überzeugen?

Carls Blick fiel auf Oberstleutnant Ould-Harrad, der auf der anderen Seite des Zylinders stand, ein Glas in der Hand. Er rief ihm zu.

Der dunkelhäutige Mauretanier kam herüber. Geschickt glich er im Gehen die seitwärts wirkende Corioliskraft aus.

»Vielleicht können Sie diesen Mann aufklären«, sagte Carl zu ihm. »Er geht herum und erzählt, daß wir, die Percelle, uns die Krankheiten zunutze machten ...«

»Ich weiß«, sagte Ould-Harrad.

Carl nickte erleichtert. Ould-Harrad war noch nicht lange aus dem Kühlfach. Er war in die Welt der Lebenden und des Dienstes zurückgerufen worden, als Major Lopez innerhalb von Stunden erkrankt und schlafengelegt worden war. Ould-Harrad brauchte nicht den ganzen Tag in den Stollen zu arbeiten; er mußte Zeit gehabt haben, sich über diese politische Stimmungsmache zu informieren. Sollte er diesem Verrückten den Kopf zurechtsetzen.

Aber Ould-Harrad schaute betreten drein, und sein breites Gesicht versuchte dem unwillkommenen Thema zu begegnen, indem es die dicken Brauen abwärtszog und die fleischigen Lippen in einem Ausdruck düsterer Sorge zusammenpreßte. »Ich glaube, Sie sollten beachten, was Linbarger sagt. Er weist auf schwerwiegende Tatsachen hin.«

»Aber er verfälscht sie, macht ...«

»Die Quelle ist kaum von Bedeutung. Bedenken Sie die Implikationen!«

Carl war verblüfft. »Was ... welche Implikationen?«

»Wir brauchen mehr Schutz gegen die Krankheiten.«

»Ja, gewiß brauchen wir das, aber ...«

»Nein. Sie verstehen nicht. Wir brauchen ihn – wir normalen Leute, hauptsächlich.«

»Ah ... so soll es also sein?«

Ould-Harrad ließ seinen grimmigen Blick auf Carl ruhen, ohne Linbargers eifriges Nicken zu beachten. »Gott behüte, es ist bereits so! Solange normale Leute nicht das Gefühl haben, daß sie durch Isolation, durch mehr Fürsorge gegen diese Krankheiten geschützt sind, können sie nur ein Ergebnis sehen.«

»Und welches?«

»Daß ihr Percelle über kurz oder lang die gesamte Expedition beherrschen werdet. Es werden nicht genug andere Leute mehr am Leben sein, Sie daran zu hindern.« Der Afrikaner sprach mit einem ruhigen Ernst, frei von Aggression und um so eindrucksvoller, als die Worte von seiner hühnenhaften Gestalt unterstrichen wurden. Er besaß die ruhige Überzeugungskraft jener, deren starke religiöse Überzeugung jede ihrer Aussagen durchdringt.

»Das ... das ist nicht unsere Absicht«, erwiderte Carl lahm.

»Einerlei.« Die braunen Augen musterten ihn traurig. »Viele glauben, daß es so geschehen wird.«

»Sehen Sie, ich rief Sie herüber, damit Sie diesen Mann beruhigten, diesen Linbarger. Ich ...«

»Es steht Ihresgleichen nicht zu, mir den Mund zu verbieten«, sagte Linbarger hitzig. »Wenn Sie glauben, Sie könnten das, werde ich Ihnen mit Vergnügen ...«

»Nein, nein!« sagte Ould-Harrad und hob die Hand zu Linbarger. »Bitte seien Sie jetzt still!«

»Aber er ...«

»Bitte!« Und durch seine gleichsam priesterliche Gegenwart brachte er Linbarger zum Schweigen.

Es wäre ein Vergnügen, dachte Carl, Linbarger eine kleine Abreibung zu verpassen. Schlecht für ihn, aber gute Therapie für mich. Jedenfalls besser als all dieses Gerede.

Er sagte: »Ich hatte gewiß nicht erwartet, daß Sie Linbarger den Rücken stärken würden! Diese Leute gebrauchen Hypochondrie als Mittel, um zurück in die Kühlfächer zu kommen. Und all dieser Ortho-Unsinn ...«

»Sehen Sie?« erwiderte Ould-Harrad. »Sie haben Ihren eigenen Namen für uns.«

»Und? Sie nennen uns Percelle.«

»Wir benötigen keinen besonderen Namen. Wir sind die normalen Leute, die menschliche Rasse.«

»Und wir gehören nicht dazu?«

»Das habe ich nicht gesagt.«

»Aber unausgesprochen war genau das Ihre Antwort. Sie glauben wahrscheinlich, wir hätten keine Seelen.«

Der Farbige schüttelte bekümmert den Kopf. »Diese Frage liegt in den Händen des Allmächtigen. Es bleibt die Tatsache, daß wir verschieden sind.«

»Ja, und so uneinig Sie untereinander auch sind, Sie halten alle zusammen, wenn es gegen uns geht, wie?«

Ould-Harrad sagte sanft: »Wir müssen uns bemühen, alle Gesichtspunke einander anzugleichen.«

Carl war noch nie wortgewandt gewesen, ihm fehlte die leichte, geschickte Überzeugungskraft eines Redners, und er besaß kein Charisma, dessen magische Ausstrahlung Linbarger oder Ould-Harrad hätte für ihn einnehmen können. All dieses endlose Gerede! Er biß zornig die Zähne zusammen, stand auf und ging ohne ein weiteres Wort.

6

SAUL

Daß wir der Natur und ihren Lebenszusammenhängen keine Beachtung schenkten, dachte Saul, war unser grundlegender Fehler in den letzten paar Jahrhunderten, seit es Wissenschaft gibt. Überall um uns blühte und wimmelte das Leben, und wir schenkten ihm niemals genug respektvolle Aufmerksamkeit.

Er wartete auf die Ankunft der anderen im Kühlfachkomplex 1 und nutzte die wenigen freien Minuten, um auszuruhen und nicht an die tägliche Lagebesprechung zu denken, die kurz bevorstand.

Man sollte meinen, wir hätten unsere Lehren aus den Erkenntnissen der Geologie und der Plattentektonik gezogen, dachte er mit trübem Lächeln. Nur die blaugrüne Erde trug üppiges Leben. Und die Erde hatte sich als der einzige Planet erwiesen, dessen Oberfläche aus Gesteinsschollen oder Platten bestand, die sich ständig langsam verschoben und gegeneinander stießen, wobei Gebirge aufgefaltet wurden. Das war seit mehr als hundert Jahren bekannt.

Die Gesteinsschollen trieben auf dem heißen, magmatischen Material des Erdmantels, das in unaufhörlicher langsamer Konvektion vom glutflüssigen Erdinneren emporstieg, zähflüssig unter den Platten der Erdrinde hinzog, sie mit sich nahm und mit der Abkühlung wieder absank. Durch diese geologischen Prozesse wurde nicht nur neuer Meeresboden gebildet und alter in Subduktionszonen entlang den Kontinentalrändern untergepflügt; es wurden auch Gebirge gebildet und kilometerdicke kalkige Ablagerungen aus den Skeletten ungezählter Generationen einzelliger Meeresbewohner emporgehoben und den Landmassen eingegliedert, wo ihre verwitternden, löslichen Minerale wieder in den Kreislauf des Lebens eingingen. So führte die stumme Hingabe des Lebens an den Tod durch die Wanderung der Kontinentalschollen zur Erneuerung der Lebensgrundlagen.

Einige Wissenschaftler meinten sogar, die überwiegend

aus organischen Bestandteilen gebildeten Sedimente des Meeresbodens wirkten während des Subduktionsvorgangs gleichsam als Schmiermittel, das dem Prozeß der plattentektonischen Kontinentalverschiebung förderlich sei, so daß dem Leben womöglich die Rolle einer zusätzlichen Triebkraft in der Evolution der Welten zukomme, statt jener eines passiven Passagiers, der den rauhen Winden des astronomischen Schicksals ausgeliefert sei. Nach den ernüchternden Erkenntnissen über die tatsächlichen Verhältnisse auf Venus und Mars hatte sich die Auffassung durchgesetzt, daß schon geringe Veränderungen der planetarischen Masse, vor allem aber der Sonnenentfernung, ein Bestehen von Leben unmöglich machten. Mit allen anderen hatte auch er die Möglichkeit von Leben im Innern eines Kometenkerns ignoriert. Welch ein Irrtum! Eine winzige Gaia, eine sich selbst regulierende, in Eis versiegelte Ökosphäre, zum Leben erweckt, wenn die Sonnenwärme für kurze Zeit eindrang und die lange Nacht verdrängte ... Und vielleicht gab es viele solcher kometären Ökosphären, die aus ferner Finsternis hereinkamen ... Er mußte sich das noch genauer durch den Kopf gehen lassen, sollte er je die Zeit dafür erübrigen können ...

»Du meine Güte, wie heiter!« Virginias zärtliche Ironie unterbrach sein Sinnen.

»Wie? Nein, bloß das übliche sorgenvolle Grübeln.«

Er setzte sich auf, und in seinem Rücken meldete sich ein dumpfer, unbestimmter Schmerz, selbst in der minimalen Schwere.

Virginia setzte sich zu ihm auf die schmale Bank, die der einzige Einrichtungsgegenstand im Beobachtungsraum des Kühlfachkomplexes 1 war. Er betrachtete sie im blassen, emaillefarbenen Licht. Sie war schmuck und selbstsicher, von einer gesunden, kraftvollen Ruhe. Die antiseptische Gewißheit des Raumes betäubte seine Sinne, doch sie entschädigte ihn dafür mit ihrer erwärmenden Gegenwart, die Erinnerungen an die feuchtwarme, duftgeschwängerte Luft ihrer Heimat wachrief. Dabei verglich sie sich gern mit ihren Maschinen, strebte nach kühler Sachlichkeit. Wie verkehrt!

Das ruhige Behagen, mit ihr zu sein, gemahnte ihn an andere Tage, an enge Wohnungen, Gasflammen, die dem Dunkel ihr blaues Licht liehen, an Freunde, die bis spät in die Nacht diskutierten, an Mahlzeiten aus gepfeffertem Fleisch und Röstzwiebeln, an ein alles umschließendes Bewußtsein einer beständigen natürlichen Ordnung ...

Er schnitt den Gedanken ab. Ein allzu vertrautes Heimweh drückte ihm mit weichen Fingern das Herz ab und erzeugte eine bittersüße Pein, wann immer er ihm nachgab, und dies war gewiß nicht die rechte Zeit.

Virginia kraulte ihm den Nacken und sagte scherzend: »Du siehst wie etwas aus, was die Katze ins Haus geschleppt hat.«

Er rieb sich die Augen. »Mit bloßen Komplimenten kannst du mir den Kopf nicht verdrehen. Außerdem haben wir keine Katze.«

»Gut, daß wir die Haustiere nicht gleich aufgetaut haben. Oder würden sie vielleicht immun sein?«

»Glaube ich nicht. Diese Virusformen haben eine Vorliebe für Lungengewebe. Ich habe den Verdacht, daß einige sich durch die Luft verbreiten.«

»Also würden die kleinen Lieblinge auch eingehen.«

»Das ist anzunehmen.«

Er sagte nichts davon, daß er und Matsudo bereits ein paar Kaninchen und Affen aufgetaut hatten. Sie hatten es tun müssen, um neue Behandlungsmethoden zu erproben. Natürlich hatten die armen liebenswerten Wesen geopfert werden müssen. Er war niemals imstande gewesen, das ohne Schuldgefühle zu tun. Einem empfindenden Menschen konnte es schwer werden, Biologe zu sein.

Sie blickte durch die transparente Wand hinaus, wo mehrere Gestalten in Schutzanzügen sich mit blassen, wächsernen Körpern abmühten. »Wenn wir bloß die Ausbreitung der Erreger verhindern könnten! Vor allen diese grünen Schleimalgen, die Wände und Decken überziehen – sie machen mich schaudern.«

»Ich glaube nicht, daß die Algen und Lichenoide die eigentliche Gefahr sind.«

»Sie breiten sich so rasch aus!«

»Es gibt so viele Varianten, daß es schwierig ist, sie unter

Kontrolle zu halten, selbst mit den Mikrowellen. Aber wir machen Fortschritte.«

Sie rümpfte die Nase. »Und wie das Zeug riecht ...«

Ein in sich gekehrtes, abwesendes Lächeln faltete seine lederige Haut. »Ästhetische Fragen kommen später in Betracht, wenn überhaupt.«

»Glaubst du, daß du ... nun, schnell genug lernst?«

»Mein Vater verglich die Bewältigung des Lebens mit einem, der gerade erst angefangen hat, das Violinspiel zu lernen, und schon ein Konzert geben soll.«

Sie lächelte. »Und alle sehen dabei zu.«

»Ganz recht.« Er merkte, daß Virginia ihn aufheitern wollte, aber mit einem sonnigen Lächeln allein war es nicht getan. Er war mit seinen Stimmungen vertraut, den unbeständigen Depressionen, die sich in diesen letzten Jahren regelmäßiger eingestellt hatten.

Nicht, daß es an Gründen gefehlt hätte. Aber seine Selbsterkenntnis, von der er manchmal mehr hatte, als ihm lieb sein konnte, sagte ihm, daß sein Brüten nur Ausflucht war. Seit dem Fall Jerusalems hatte er es weitaus einfacher gefunden, sich Meditationen hinzugeben und oberpriesterlich zu gebärden, als sich rückhaltlos in das Getümmel der Welt zu stürzen und ihren Dornen und scharfen Kanten auszusetzen. Er brauchte noch immer die Sicherheit seiner emotionalen Narben.

Virginia hatte begriffen, daß mit leichter Heiterkeit nichts zu bewirken war. Sie legte ihre Hand in die seine und sagte leise: »Ich weiß ...«

Er drückte ihre Hand.

»Wenn es etwas gibt, das ich für dich ...«

In diesem Augenblick wurde die Tür geöffnet, und Suleiman Ould-Harrad kam in Begleitung eines hageren Mannes herein, der mit lauter Stimme auf ihn einredete. »... müssen das in Ordnung bringen. Ich will verdammt sein, wenn ich sie die Hebel bedienen lasse, während wir untätig dasitzen.«

Linbarger nickte ihnen abwesend zu, dann fuhr er fort: »Ich denke, es ist offensichtlich: wir müssen normale Leute an der Spitze halten, wo sie dafür sorgen können, daß alles richtig läuft. Wir können nicht zulassen, daß die letzte Entscheidung bei einem Percell liegt! Bei gleichbleibender Verlustrate werden sie uns bald zahlenmäßig zwei zu eins überlegen sein. Und wenn es uns nicht gelingt, die entscheidenden Positionen zu halten, werden sie jede Entscheidung treffen und unsere Interessen überfahren.«

Ould-Harrad machte ein verlegenes Gesicht. »Darüber muß beraten werden.«

»Wozu beraten? Es ist eine Entscheidung der Expeditionsleitung, man muß sie ausführen. Wenn Sie erst anfangen, Abstimmungen zu veranstalten, können wir einpacken.«

Saul schnitt ein Gesicht. »Das hört sich ja gut an!«

Linbarger wandte sich zu ihm um, die Hände in die Hüften gestemmt. »Ich versuche dafür zu sorgen, daß unseren Leuten nicht die Kontrolle entgleitet.«

»*Unseren* Leuten?«

»Sie haben recht gehört. Vielleicht wissen Sie nicht, daß Oakes dieses hohe Fieber hat, das innerhalb weniger Stunden zum Tode führt. Sie kommt sofort in ein Kühlfach.«

Saul murmelte: »Ach du liebe Zeit!« und setzte sich. Vielleicht hätte er mehr Zeit in der Krankenstation verbringen sollen. Wenn er sie auch nicht hätte retten können, wäre vielleicht doch etwas zu bewirken gewesen ...

»Jemand muß die Forschungsarbeit leisten«, flüsterte Virginia, als hätte sie seine Gedanken gelesen.

Bethany Oakes hatte ihren Dienst in den letzten paar Tagen kaum noch hinlänglich erfüllen können, aber wenigstens war sie Miguel Cruzs unumstrittene Nachfolgerin gewesen. Kontinuität war wichtig.

Nachdem Major Lopez von einer Pilzkrankheit befallen worden war, die seine Haut zersetzt hatte, war er gleichfalls ins Kühlfach gekommen. Darauf hatte man Ould-Harrad wiederbelebt und in eine Führungsposition gebracht, um die ihn niemand beneiden konnte. Er war niemals mehr als der nominell Dienstälteste der fünf Abteilungsleiter gewesen, als Expeditionsleiter verfügte er nur über begrenzte Autorität. Zweifellos war die Wahl auf den herben Mauretanier gefallen, weil man sich von ihm noch am ehesten einen Ausgleich der gegensätzlichen politischen Kräfte versprochen hatte.

Linbarger nickte nachdrücklich. »Wenn es nicht das Fieber ist, oder das Frösteln mit den blauen Flecken am ganzen Körper, dann ist es diese Zitterkrankheit. Und alle sind tödlich.«

»Ich glaube, ich habe den Erreger isoliert, der die blauen Flecken und das Frösteln verursacht«, sagte Saul. »Wenn es sich bestätigt, sollte die Herstellung eines Impfstoffs nur ein paar Tage erfordern. Die Hautinfektionen zeigen eine gewisse Empfindlichkeit für Mikrowellenbestrahlung ...«

»Aber es gibt schon acht oder zehn Krankheiten!« unterbrach ihn Linbarger erregt. »Und das sind nur die bekannten, die wir leicht erkennen können.«

Saul blickte in sein verkniffenes, banges Gesicht und las etwas darin, was wie ein kalter Luftzug in den Raum drang.

»Für die anderen Krankheiten gibt es vielversprechende Maßnahmen. Das ist alles, was ich zur Zeit sagen kann.« Er blickte zu Ould-Harrad und hoffte, der Afrikaner werde diesem Mann den Wind aus den Segeln nehmen, aber Ould-Harrad blieb unempfänglich, den Blick geistesabwesend in die Ferne gerichtet, die Arme auf der breiten Brust verschränkt.

Linbarger schien zu spüren, daß er Oberwasser bekam. Er ließ seinen Blick von Saul zu Ould-Harrad gehen, ohne Virginia zu beachten. Dann zeigte er durch die transparente Wand hinaus und sagte: »Dort wird Lominatze schlafengelegt, und Byrns und Matsudo werden ihm bald folgen. Das bedeutet, daß beide Kraftanlagen ebenso wie die Wartung und Instandhaltung der Stollen und Leitungssysteme in den Händen von Percellen liegen werden.«

Saul wandte sich zu Ould-Harrad. »Darf ich fragen, warum Dr. Linbarger an dieser Besprechung teilnimmt?«

Ein wachsamer diplomatischer Ausdruck kam in den Blick des Farbigen. »Ich dachte, daß jede ... ah ... Interessengruppe in der Mannschaft vertreten sein sollte, wenn Personalentscheidungen über das Auftauen von Mitarbeitern getroffen werden.«

»Ja«, bekräftigte Linbarger. »Und darum ist Sie hier.«

Saul blickte zu Virginia. »So? Bist du auf Ould-Harrads Einladung hier?«

Sie nickte. »Ich war frei. Die meisten Percelle haben entweder dienstfrei und schlafen, oder sie arbeiten in den Stollen. Sofern sie nicht krank sind«, fügte sie spitz hinzu.

»Ich gehe schon ein Risiko ein, wenn ich mit ihr im selben Raum bin«, murrte Linbarger.

»Es gibt keine Gewißheit über die Art der Verbreitung der meisten Krankheiten«, sagte Saul, bemüht, seine zunehmende Gereiztheit zu beherrschen. »Es gibt keinen Grund, anzunehmen, daß die genetisch gesteigerten Menschen Krankheiten übertragen.«

»Der Umstand ihrer Immunität besagt nicht, daß sie keine Krankheiten übertragen können«, entgegnete Linbarger. »Soviel weiß ich auch.«

»Es gibt keine Wechselbeziehung«, fing Saul an, ehe ihm klar wurde, daß mit dem Mann nicht zu diskutieren war. »Sehen Sie, wir müssen unser Wissen erweitern, und das erfordert Zusammenarbeit mit allen ...«

»Bald werden sie uns herumkommandieren! Wenn ...«

»Halten Sie den Mund!« sagte Saul mit Betonung.

Linbarger machte ein verdutztes Gesicht. »Sie sind Biologe, Sie kennen die Tatsachen. Auf einen von denen erkranken drei von uns.«

»Dann tauen Sie mehr Orthos auf!« sagte Virginia schneidend. »Füllen Sie Ihre Reihen auf!«

Linbarger fuhr zu ihr herum, die Fäuste geballt. »Das könnte Ihnen so passen, wie? Damit die meisten von ihnen sterben? Sie wissen recht gut, daß jemand, der frisch aus dem Kühlfach kommt, um so anfälliger gegen die Erreger ist!« Linbarger funkelte sie erbittert an, schien ihr Verhalten doch seinen Argwohn zu bestätigen.

Virginia schwieg, um den Mann nicht noch mehr zu reizen.

»Wir brauchen alle verfügbaren Arbeitskräfte«, sagte Ould-Harrad nach einer unangenehmen Pause. »Vor allem dann, wenn wir die *Newburn* bergen wollen.«

»Sie billigen das Unternehmen?« fragte Saul, froh über die Gelegenheit, das Thema zu wechseln. Oakes hatte von Bemühungen zur Auffindung und Bergung der verschollenen Transportsonde nichts wissen wollen.

»Ja. Carl Osborns Argumente sind überzeugend. Außerdem könnte das gemeinsame Unternehmen geeignet sein, den inneren Frieden wiederherzustellen.« Ould-Harrad streifte Linbarger mit einem Blick. »Die Schläfer an Bord der *Newburn* sind unsere Kameraden, und wenn es Gottes Wille ist, Inschallah, werden wir sie retten.«

»Wer geht?« fragte Virginia.

»Darüber werde ich später entscheiden. Zuerst müssen wir mehr Tritium gewinnen und verfeinern.«

»Jeffers ist bereits dabei«, warf Saul ein. »Er sagt, er werde in ungefähr einer Woche genug beisammen haben.«

Ould-Harrad schürzte die Lippen. »Die Leute haben die Arbeit daran also fortgeführt, obwohl Dr. Oakes das Projekt abgelehnt hat?«

»Nun ja«, gab Saul mit verlegenem Lächeln zu. »Zur Gewinnung und Verfeinerung werden große Oberflächenmaschinen gebraucht, die für keine anderen Zwecke benötigt wurden.«

»Ah. So sei es. Dann muß die Übersiedlung der Pflanzungen vorbereitet werden, weil die Mehrzahl hier benötigt wird.«

»Ich werde das übernehmen«, sagte Linbarger. »An freiwilligen Helfern wird es nicht fehlen.«

Die tun alles, um von den Percellen wegzukommen, dachte Saul. Die Orthos werden sich um die Arbeit reißen.

»Sehr gut«, sagte Ould-Harrad erfreut. »Was die Zusammensetzung der Bergungsmannschaft betrifft, so werde ich nach sorgfältiger Überlegung ...«

»Ich bin bereit, mitzugehen«, sagte Linbarger, »wenn Osborn nicht die Leitung hat.«

»Sie wollen eine Mannschaft nur aus Orthos?« fragte Virginia.

»Warum nicht?«

»Weil Sie dann höchstwahrscheinlich eine Mannschaft von Kranken haben werden«, sagte sie.

Ould-Harrad hob besänftigend beide Hände. »Wir alle nehmen Risiken auf uns.«

»Aber Sie können auch nicht sagen, ob Lintz und van Zoon und die anderen Heilmittel finden werden«, sagte Linbarger mit einem Ausdruck verdrießlicher Ungeduld. »Gelingt es ihnen nicht, und ich werde krank, werden Sie mich nie aus dem Kühlfach herausholen.«

Ould-Harrad breitete die Hände in einer Geste des guten Willens noch weiter aus. »Dann werden Sie schließlich daheim wieder aufwachen.«

»Niemand hat vorausgesehen, daß unsere Leute siebzig Jahre lang krank im Tiefschlaf liegen werden! Die Körperfunktionen sind verlangsamt, aber sie hören nicht auf. Es gibt nur Erfahrungen mit gesunden Schläfern, nicht wahr? Also ist nicht auszuschließen, daß alle, die schwerkrank in die Kühlfächer kommen, sterben müssen.«

Darin hatte Linbarger möglicherweise recht, aber Saul wollte lieber verdammt sein, als es zuzugeben. »Es gibt genügend Gründe für die Annahme, daß ...«

»Ha! ›Genügend Gründe‹«, höhnte Linbarger. »Auf Gewißheit kommt es an, und die gibt es nicht. Ihre Gründe sind für mich und meine Freunde nicht ausreichend.«

»Welche Freunde?« fragte Virginia. »Noch mehr Dummköpfe aus dem Sonnenkreis?«

Linbarger beherrschte sich mit Mühe. Seine Stimme kam dünn und schrill heraus, als ob er etwas im Hals stecken hätte. »Ja, einige von uns. Sie wurden aus Indonesien ausgewiesen, weil sie gegen Raubbau, Umweltgifte und die Ausrottung von Tieren waren.«

»Und dafür haben sie dann in Afrika Leute erschossen«, stieß Virginia hervor.

»Augenblick mal!« unterbrach Saul. »Ich glaube nicht, daß ...«

»Nein, laß ihn reden!« sagte Virginia mit gepreßter Stimme. Sie hatte die Arme angewinkelt, und ihre Haltung verriet konzentrierte Energie. »Ich kenne die Geschichten. Seine Gesinnungsgenossen haben den Staatsstreich in Hawaii durchgeführt. Gouverneur Ikeda tot, Keoki Anuenues Onkel im Gefängnis. Ich möchte sehen, wes Geistes Kind die Leute sind, die so etwas tun.«

Linbarger schien ihre angespannte Haltung nicht zu bemerken.

»Auch ich komme aus dem Sonnenkreis und kenne die besonderen Probleme dieser Länder, aber ich spreche für alle normalen Menschen. Die Zeiten, da wir uns von Percellschweinen bevormunden ließen, sind vorbei.«

»He«, sagte Saul. »Hüten Sie Ihre ...«

»Gewiß, in Hawaii steckt man die Percelle jetzt in Konzentrationslager, um zu verhindern, daß sie im Land Unruhe stiften. Ich bilige das – und wir würden besser daran sein, wenn wir hier das gleiche täten!«

Virginia sprang vor und traf ihn mit einem schnellen, bösartigen Fußtritt voll in den Magen. Linbarger segelte mit einem überraschten Grunzen rückwärts und prallte gegen die Wand. Ould-Harrad streckte den Arm aus, Virginia zu blockieren, aber sie nutzte geschickt die annähernde Schwerelosigkeit und schlüpfte an ihm vorbei. Sie erreichte Linbarger und schlug ihm die Handkante mit der ganzen Kraft ihrer Schulter unter das Kinn. Linbarger machte ein gurgelndes Geräusch und überschlug sich in der Luft.

»Halt!« rief Ould-Harrad zornig, aber seine Reaktion kam verspätet, denn Virginia hatte, noch schwebend, bereits eine instinktive Abwehrhaltung eingenommen. Ihre Augen glitzerten wie Eis.

»Verzeihung«, sagte sie. »Ich konnte nicht widerstehen, diesem idiotischen Quatschkopf das Maul zu stopfen.« Offensichtlich bedauerte sie nichts.

Ould-Harrad und Saul kümmerten sich um Linbarger, der sich wieder aufrappelte und ihre Hilfe mit matten Handbewegungen abwehrte.

Virginia sagte: »Seit Tagen habe ich mir jetzt diese feindseligen Reden angehört und den Mund gehalten. Nicht mehr. Er gefährdet die ganze Expedition.«

»Sie gehen in Ihren Behauptungen zu weit, Dr. Herbert«, erwiderte Ould-Harrad beschwichtigend. »Dr. Linbarger hat ein Recht, seine Meinung zu äußern.«

Saul fragte sich, was nötig sei, um den Mann aus der Ruhe zu bringen. Oder waren ihm solch üble Szenen nichts Neues?

Ein beunruhigender Gedanke. Saul war seit einer Woche kaum unter Menschen gewesen.

»Jedenfalls«, fuhr Ould-Harrad mit mißbilligendem Kopfschütteln fort, »ist Ihr Benehmen durch nichts zu entschuldigen. Ich erteile Ihnen einen scharfen Verweis, der allen Expeditionsmitgliedern verlesen wird. Wäre die Personallage weniger angespannt, würde ich Sie mit Arrest bestrafen.«

»Bitte tun Sie es!« sagte sie sarkastisch. »Ich brauche den Schlaf. Aber sperren Sie diesen schwachsinnigen Rassisten auch gleich ein!«

Linbarger öffnete den Mund, um etwas zu sagen, aber in diesem Moment wurde die Tür zum Vorzimmer geöffnet und Bethany Oakes hereingeführt. Alles verstummte, als die Expeditionsleiterin, von zwei Begleitern gehalten, langsam hereinkam. Ihr Aussehen war erschreckend. Die rotgeränderten Augen blickten starr, das Gesicht war schlaff und knochenweiß, der Gang schwankend. Ihre knotigen Hände zitterten stark, der Mund hing offen.

»Dr. Oakes, Sie sollten nicht gehen«, sagte Saul.

Dann fiel sein Blick auf Akio Matsudo und Marguerite von Zoon, die ihr in respektvollem Abstand folgten und deren Blicke ihn baten, sich nicht einzumischen. Sie versuchte in Würde abzutreten, und jeder sah, welch übermenschliche Anstregung es sie kostete. Auch Linbarger verstand es und unterdrückte seine rechtschaffene Empörung.

Saul bemerkte, daß Matsudo gleichfalls ziemlich schlecht aussah. Seine Augen wirkten glasig, das Gesicht hatte einen schweißigen Glanz. Wenn er ausfiel, blieben nur Saul und Marguerite von Zoon zur Betreuung der Krankenstation. In diesem Fall wäre an eine Teilnahme an der Bergungsaktion nicht zu denken.

Bethany Oakes' abwesender Blick ging über Saul hin, und sie schien ihn zu erkennen. »Saul Lintz ...« Eine Art Lächeln verformte ihren offen hängenden Mund. »Halten Sie durch! Ich ... ich kann nicht mehr.«

Langsam bewegte sie sich weiter in den kalten inneren Raum, wo die Techniker warteten.

Saul war sich – und nicht erst seit Linbargers Worten – mit

Unbehagen bewußt, daß es für Oakes vielleicht niemals ein Erwachen aus dem Tiefschlaf geben würde. Setzte die Krankheit ihr Zerstörungswerk während der Jahre des Tiefschlafs fort, wenn auch in ähnlicher Weise verlangsamt wie die Lebensfunktionen, so konnte es sein, daß Bethany Oakes hier vor ihren Augen in ihr Grab stieg. Die Begleiter bewegten offenbar ähnliche Gedanken, denn der Wunsch der Kranken, sich ohne Hilfe selbst niederzulegen, wurde mit ehrfürchtigem Schweigen respektiert.

Ihre zittrige Hand deutete ein Abschiedswinken an, dann sank sie zurück in das rosafarbene Netzgewebe und überließ sich den geschickten Händen der Techniker. Es mußte eine Erlösung für sie sein, sich mit dem Versprechen späterer Hilfe und Rettung in der nebelverhüllten Umarmung von glänzendem Stahl und Glas dem Vergessen hinzugeben.

Ould-Harrad bewegte die Lippen in stummem Gebet. Es war nicht schwierig zu erraten, daß es nicht allein Bethany Oakes' fernerem Schicksal galt, sondern auch der künftigen Arbeit des neuen, unfreiwilligen Expeditionsleiters Suleiman Ould-Harrad.

7

VIRGINIA

»Verdammt! Ich würde ihm zutrauen, daß er es absichtlich getan hat!« Virginia schritt in ihrem engen Laboratorium auf und ab. Das zu tun, war bei weniger als einem Tausendstel der Erdschwere nicht einfach, aber sie brachte es fertig, indem sie sich unterwegs an Konsolen und Geräten festhielt. Jedesmal, wenn sie kehrtmachte, quietschte das Kunststoffprofil ihrer Schuhsohlen. Sie warf den Kopf zurück und murmelte zornig: »Carl hat das geplant. Ich weiß es!«

Im holographischen Projektionsrahmen erschien ein Gesicht, doch war der Mann kein Mitglied der Halley-Expedition ... er war überhaupt kein Mann. Das Gesicht war lang und schmal mit rötlichen herabhängenden Locken und einem aufgezwirbelten, grau durchschossenen Schnurrbart.

»Fürwahr ein Bubenstreich wie jener, der die arme Königin Maeve ihres Geliebten beraubte«, pflichtete er ihr bei.

Virginia schnupfte. »Ach, hör auf damit, Ossian! Ich brauche kein Mitgefühl von literarischen Nachahmungen, ich brauche Saul! Und ich will nicht, daß er sich einem ausgeschlachteten, überalterten Schiff anvertraut, das fünfzig Jahre Überholung nötig hat, bevor es wieder fliegen dürfte!«

Die Darstellung flackerte einen Augenblick, und ein neues Gesicht bildete sich – eine grauhaarige Eminenz in scharlachroten Gewändern. Sie machte eine segnende Gebärde. »Es ist eine Mission der Barmherzigkeit, mein liebes Kind. Vierzig unsterbliche Seelen stehen auf dem Spiel ...«

»Das weiß ich selbst!« Sie schlug auf die Tischplatte, und prompt hoben sich ihre Füße vom Boden. »Weg mit dem Kardinal! Ich brauche weder Logik noch einen Appell an meine bessere Natur. Ich brauche einen Grund, warum ...«

Ein letztes Bild erschien, heraufgerufen aus dem tiefsten Inneren, eine frühe Simulation, die wegen des Schmerzes, den sie mit sich brachte, selten abgerufen wurde. Ein lächelnder Mann mit einem kleinen grauen Bart und Augen, die aus einer Umrahmung tiefer Runzeln warm auf sie herablächelten.

»Anuenue, kleiner Regenbogen. Gründe helfen nicht in einer Zeit wie dieser, Tochter. Gefühle haben ihre eigene Logik.«

Virginia schlug die Hände vors Gesicht. Sie trieb gegen einen Ablageschrank und sank langsam zum Boden zurück.

»Ich war glücklich, Papa. Wirklich glücklich, inmitten dieser Hölle. *Ich war glücklich!*«

Eine schmale, transparente Hand streckte sich zu ihr aus, wie um sie zu berühren.

»Ich weiß, Kind. Ich weiß.«

8

CARL

»E Alulike!« rief der Vorarbeiter. Und die Mannschaft zog gemeinsam und erfüllte den gewählten Kommunikationskanal mit ihrem Gesang.

Ki au au, Ki au au
Huki au au, Huki au au!

Die Hawaiianer zogen am Tau, und langsam hob sich die Hauptladeeinheit der *Edmund Halley* aus dem Schiffsrumpf. Die riesige, massige Einheit wurde rasch zur Spitze des A-Rahmens aus Gitterträgern emporgehoben, wo eine Gestalt mit übertriebenen Gesten das Manöver leitete.

»Langsam, langsam! Gut, ihr dort drüben, zieht noch ein Stück seitwärts!«

Carl hatte Jeffers seit seiner Wiederbelebung nicht so glücklich gesehen. Die Arbeit in den Stollen war den Astronauten verhaßt; sie zogen das harte Sternenlicht des Raumes und den Umgang mit Metall und Maschinen vor.

Carl ging es nicht viel anders, was diesen Punkt betraf. Beinahe alles war besser als das trübe Dämmerlicht und die von Krankheitsfurcht und Hoffnungslosigkeit erzeugte Untergangsstimmung in den Schächten und Stollen. Dies war ein Hauptgrund dafür, daß er sich mit allen Kräften für den Bergungsversuch eingesetzt hatte. Er war überzeugt, daß der Auftrieb, den die allgemeine Moral durch den erhofften Erfolg des Unternehmens gewinnen würde, mehr für die allgemeine Gesundheit tun könnte als Akio Matsudos traditionelle Therapie und Saul Lintzs Laboratoriumsversuche zusammen.

Er stellte sein Sichtgerät auf vierfache Vergrößerung ein und spähte in die Richtung des Sternbilds Skorpion, wo der verblassende Staubschweif des Kometen zu einem matten Glühen im Infrarotbereich verblaßt war. Einige wenige Lichtpunkte verrieten Materiekörner, die groß genug waren, um noch Licht von der zurückbleibenden Sonne zu reflektieren. Einer der größten, aber auch entferntesten dieser Lichtpunkte, darüber hatte er inzwischen Gewißheit, war die Transportsonde *Newburn*.

Wenn es sie nicht gäbe, dachte er, müßten wir sie erfinden.

Über den offenen Kanal erklangen Hurrarufe, als die Ladeeinheit in einer Schneewolke aus gefrorenen Gasen aufsetzte. Jeffers schüttelte triumphierend seine Hände über dem Kopf. Carl mußte lächeln.

Von den drei Schichten, die an der *Edmund Halley* arbeiteten, war ihm diese die liebste. Sicherlich fühlte er sich mit Sergejows reiner Percellmannschaft mehr zu Hause, aber die buntgemischten Freiwilligen waren, obwohl viele von ihnen mehr guten Willen als Kenntnisse und Erfahrungen mitbrachten, der fröhlichste Haufen.

Besonders die Hawaiianer. Ihnen schien es gleich zu sein, ob jemand ein Ortho oder ein Percell war, solange er nicht zu den heimischen Lebensformen zählte oder ein Mann aus dem unter den Insulanern derzeit in Mißkredit geratenen Sonnenkreis war.

Auch Virginia war Hawaiianerin. Kein Wunder, daß sie eine solch unbußfertige Orthophile war. Ihr machte es offensichtlich nichts aus, mit einem zu leben.

Der Gedanke trieb sich noch eine Weile in seinem Sinn herum und verursachte ein vages Schuldgefühl, als Lani Nguyen vorbeikam, beladen mit einem Werkstück aus Nikkeleisen, das sie überall zermalmt hätte, wo halbwegs normale Schwereverhältnisse herrschten, sogar auf dem Mond.

»He, Hübscher«, sendete sie. »Hast du die nächsten drei Monate zu tun?«

»Woran hast du gedacht?« flirtete er freundschaftlich zurück. Und sie brachte es fertig, einen kleinen Hüftschwung in ihren Gang zu bringen, als sie weiterging. Das Einhorn auf ihrem Rücken grinste zu ihm zurück.

Ach ja, ermahnte er sich, es gibt auch ein paar gute Orthos.

Lani hatte sich gleich für die Bergungsaktion gemeldet. Die gute alte Lani. Sie war so geduldig mit ihm, beklagte sich nie und machte ihm auch keine Vorwürfe, wenn er hin und wieder auf der Suche nach Gesellschaft in ihrem kleinen Raum auftauchte und dann für Wochen verschwand oder das Verhältnis auf einer strikt kameradschaftlichen Linie hielt.

Wenn sie nur etwas mehr von dem hätte, was ich suche. Intellektueller müßte sie sein, und sinnlicher. Mehr wie Virginia, zum Beispiel.

Von den Leuten des Sonnenkreises tat gerade nur eine Vertreterin Dienst. Jede Fraktion hatte ihre Beobachter, um die anderen Schichten im Auge zu behalten. Es war eine inoffizielle Regelung, die aber mehr und mehr zur Gewohnheit wurde, wenn es um wichtige Dinge wie das Auftauen und Einsargen von Expeditionsmitgliedern ging.

Helga Steppin beobachtete die Vorgänge und überprüfte alles, was Jeffers' Mannschaft tat. Bei Carls Annäherung trat sie wachsam zur Seite, als ob er imstande wäre, sie plötzlich anzugreifen oder durch zwei Schutzanzüge und drei Meter Vakuum anzustecken.

»Wissen Sie, es wäre viel einfacher, an das wissenschaftliche Gerät an Bord heranzukommen, wenn Sie uns zuerst die Sektionen der Pflanzungen herausnehmen lassen würden«, sagte er. »Das könnte uns zwei Tage einsparen.«

Die schweigsame blonde Australierin schüttelte den Kopf.

»Einfältiger Trick, Osborn. Wir wissen beide, daß der Starttermin von der Bereitstellung des Treibstoffs abhängig ist. Das wird frühestens nächsten Dienstag der Fall sein.«

Er ballte die Fäuste über diese Hartnäckigkeit. »Warum, in drei Teufels Namen, sollte ich Sie oder sonst jemanden täuschen wollen? Sie sind diejenigen, die auf einer unvernünftig großen Treibstoffreserve für einen einfachen Dreimonatsflug bestehen! Mit einem ausgeräumten Schiff brauchen wir nicht mehr als sechs Kilometer pro Sekunde.«

Die Frau zuckte die Achseln. »Es ist sicherer, wenn die Tanks voll sind. Nur ein Schwachkopf setzt Segel, ohne sich zu bevorraten.«

»Aber ...«

»Es gefällt Ihnen nicht? Beschweren Sie sich bei Ould-Harrad, der ist percephil.«

Carl schnaubte. Ould-Harrad, ein Percellfreund? Ha!

»Wenn wir jetzt nur die erste Sektion herausheben würden ...«

»Kommt nicht in Frage!« Sie packte ihr Lasergerät mit beiden Händen. »Die gesamte Kolonie ist von diesen Pflanzungen abhängig!«

»Aber die neue Halle ist fast fertig. Alle Rohrleitungen, Ventile und Steuergeräte der Klimaanlage ...«

Steppin blickte wieder zur *Edmund Halley*, als befürchtete sie, Carl wolle sie nur ablenken, während Jeffers und die Hawaiianer das ganze Schiff wegzauberten.

»Als Percell fürchten Sie die heimischen Krankheiten nicht so sehr wie wir Menschenwesen. Ich will nicht mit Ihnen über die Gründe diskutieren, weil mir bekannt ist, daß Sie alle Verantwortung für die Krankheiten leugnen. Aber es genügt zu wissen, daß wir unter keinen Umständen eine Verseuchung der Pflanzungen zulassen werden! Die kleinen wie die großen Sektionen bleiben angeschlossen an Bord, bis die neue Halle vollständig durchgeprüft ist ... und von einem Ortho-Sachverständigen!«

Carl kochte. Er wußte, wie die Alternativen aussahen. Wenn er die Bedingungen nicht einhielt und Jeffers die Sektionen ausbauen ließ, riskierte er einen Kleinkrieg zwischen den Fraktionen.

Oder er konnte hinunter in den Zentralkomplex laufen und sich bei dem rückgratlosen Mauretanier beschweren, der das Kommando führte.

Da war es besser, er unternahm nichts und machte sich anderweitig nützlich.

»Versuchen Sie es bei Ihrer nächsten erotischen Ruhepause mit einem Purpurwurm«, knurrte er und stieß sich ab, bevor sie antworten konnte.

»He, Lani!« rief er. »Komm, ich helf dir mit dem Ding!«

9

SAUL

»Es ist so weit gekommen, daß mir sogar die Todesgefahr gleichgültig geworden ist, Saul. Ich halte das Jucken nicht mehr aus. Den ganzen Tag, die ganze Nacht, trotz der Lokalbehandlung, die Akio Matsudo mir gibt. Wenn es nicht besser wird, werde ich Akio noch bitten, ob er mir das Harakirimesser seines Urgroßvaters leiht, und mit dem Kratzen ernstmachen!«

Marguerite van Zoon lag bäuchlings auf dem Behandlungstisch und versuchte stillzuhalten, während die mit Masken, Schutzkleidung und Gummihandschuhen versehenen Laboranten mit Pinzetten und kleinen Glasphiolen an ihrer Haut arbeiteten und Proben der Fungoide sammelten, die ihren Körper in ein Schlachtfeld verwandelt hatten.

Ein Viertel ihrer Hautoberfläche war aufgebrochen und rissig. Rosarote, nässende Wunden und dunkel verkrustete Blasen brachen allenthalben in häßlichen Flecken hervor. Da und dort war das Fleisch in bösartigen Krebsgeschwüren aufgegangen und sonderte Blut und Wundflüssigkeit ab.

Saul hatte seinen Leuten eingeschärft, so rasch wie möglich zu arbeiten, weil er wußte, wie hart sie dies ankommen mußte. Marguerite van Zoon war eine äußerst zurückgezogen lebende Person, und überdies eine echte Emigrantin, die der Erde nur den Rücken gekehrt hatte, um ihrer Familie eine Bestrafung wegen politischer Vergehen zu ersparen. Was immer auf ihren Anträgen stehen mochte, nur ein Bürokrat würde daran festhalten, daß sie ›freiwillig‹ hier herausgekommen sei, um fressenden fremden Zellkulturen als Nahrung zu dienen.

Dennoch war Marguerites Fröhlichkeit sprichwörtlich. Sie mußte schon unter sehr ernsten Beschwerden leiden, wenn sie sich überhaupt beklagte.

Sobald die Laboranten ihre Arbeit beendet hatten, trat Saul zu ihr. »Marguerite, ich werde jetzt gleich das neue Strahlgerät bringen und die experimentelle subdermale Reinigung erproben. Versuchen Sie, sich nicht unnötig zu bewegen.«

Sie nickte kurz. Nur ein feuchter Glanz auf ihrer Stirn und die Art, wie sie die Finger verkrampft in das Laken drückte, auf dem sie lag, verrieten ihre Nervosität. Saul steuerte eine Therapiemaschine auf Rädern in Position und justierte die breite Platte des Mikrowellenstrahlers über ihrer reglos liegenden Gestalt.

Ich hatte die Ehre, viele großartige Menschen kennenzulernen, dachte Saul, aber keiner war je tapferer als diese gute Frau.

Sie hatte sich als erste zur Erprobung dieser in ihren Auswirkungen noch unbekannten Behandlung freiwillig gemeldet. Als ihr statt dessen eine Chance geboten wurde, in ein Kühlfach gelegt zu werden, hatte sie die Idee weit von sich gewiesen. »Ich werde Sie und Akio nicht als die einzigen Ärzte in dieser Krise zurücklassen«, hatte sie rundheraus erklärt.

Es hatte Tage gedauert, bis die Techniker das neue Strahlungsgerät nach Sauls Angaben gebaut und wieder umgebaut hatten, in einem immerwährenden Kampf um Prioritäten mit den Arbeitsgruppen in den Stollen und an Bord der *Edmund Halley*. Inzwischen war die Zeit knapp geworden. Wenn diese Behandlung nicht half, blieb für Marguerite nur das Kühlfach.

Insgeheim befürchtete Saul, daß es selbst dafür bereits zu spät war. Es gab keine begründete Hoffnung, daß die Abkühlung auf ein Grad über den Gefrierpunkt diese bösartigen, verschiedengestaltigen, pilzähnlichen Gewächse zum Absterben bringen würde, nachdem sie schon diesen Grad der Ausbreitung erreicht hatten.

Ein Drittel der diensttuenden Besatzung – und sogar einige Schläfer in den Kühlfächern – hatten diese schweren Hauterkrankungen. Sie bereiteten Akio und Saul größere Sorgen als manche andere exotische Krankheit und waren der Hauptgrund, daß Saul wahrscheinlich auf die Reise mit der *Edmund Halley* würde verzichten müssen. Wenn ein grundlegender Umschwung der Lage ausblieb, würde Osborn und den anderen nichts übrig bleiben, als auf einen Arzt zu verzichten.

Es gab einen weiteren Grund, der ihn bewog, sich so rasch wie möglich ein Bild über Wert oder Unwert der neuen Mikrowellentherapie zu machen.

Am Tag zuvor hatte er unter Virginias Schulterblättern und über den Rücken verteilt mehrere Inseln eines bräunlichroten bis grünlichen flechtenartigen Befalls entdeckt, der sich faserartig auszubreiten schien. Er hatte ihr noch nichts davon gesagt, aber die Beobachtung hatte seinen Antrieb, ein Heilmittel zu finden, zur verzweifelten Notwendigkeit gesteigert.

Die Maschine war an Ort und Stelle und justiert. »In Ordnung, Marguerite«, sagte er zu seiner Patientin. »Nun denken Sie daran, daß Sie stillhalten müssen.«

Sie nickte. Ihre Hände umklammerten die Kanten des Behandlungstisches. Saul trat an die spinnenhafte Therapiemaschine. »Zugang fünf ...«, begann er und brach ab, als ihn ein jähes Schwindelgefühl wie eine Welle überrollte. Es gelang ihm gerade noch, die Schutzmaske vor Mund und Nase festzuhalten, bevor ihn ein heftiges Niesen schüttelte.

Sein Schädel dröhnte. Die dumpfen Rückenschmerzen, die er seit einer halben Stunde verdrängt hatte, kehrten verstärkt zurück. Es dauerte eine Weile, ehe er durch treibende blaue Punkte zwinkernd aufblicken und sich wieder an die Maschine wenden konnte.

»Zugang fünf-zwei-sieben Jonah.«

Die Aufnahmekontrolleuchte auf dem Armaturenbrett der Maschine blinkte. Er fuhr fort: »Sechzig Milliwatt gefächert in das vorprogrammierte fungoide RNS-Resonanzspektrum. Zusatzbestrahlung zwei-neun-vier, eingestellt auf subdermale Wucherungen am Unterrücken und dem rechten inneren Oberschenkel der Patientin, fünfhundert Sekunden Sicherheitsfaktor Beta.«

Die Ingenieure hatten ein Gerät umgebaut, das für magnetische Resonanz- und Ultraschalluntersuchungen innerer Verletzungen bestimmt war. Die äußerst verfeinerte Maschine war imstande, die Aufnahmen weitaus schneller und genauer zu zielen und auszuwerten als jedes menschliche Bedienungspersonal.

»Vorbereitung abgeschlossen«, verkündete die Maschine. »Erwarte Einschaltsignal.«

Saul betätigte den Schalter und nickte seinem Assistenten Keoki Anuenue zu. Der Hawaiianer setzte sich an den Kontrollschirm und überwachte die Prozedur. Keoki war nicht nur ein geschickter Laborant, sondern auch einer der stärksten Männer, die Saul je gekannt hatte. Vor drei Tagen erst hatte er Gelegenheit gehabt, den stämmigen Hawaiianer in Aktion zu sehen, als es oben in Ebene B zu einem Stolleneinbruch gekommen war.

Eine besonders unangenehme Art von koloniebildenden Lebewesen hatte im Versorgungsschacht, der zur Luftschleuse 1 führte, einen Brückenkopf gebildet. Eines der Kühlrohre zur Oberfläche, die den Zweck hatten, das Eis um die Schächte vor dem Schmelzen zu bewahren, war im Bereich einer durchbrochenen Isolation nahezu verstopft von einer ockerfarbenen Masse, die Formen gleich einer Seeanemone ausgebildet hatte.

Kurz nachdem in allen Stollen die Alarmsignale ertönt waren, hatten Saul und Keoki die B-Ebene erreicht und waren von den lauten Schreien eines Arbeitstrupps zum Unglücksstollen gelockt worden. Schrecklicher als alles andere war das Knirschen und Ächzen des einbrechenden Eises. Das Kabel, an dem Saul und Keoki sich entlanggezogen hatten, riß los und peitschte wie eine gequälte Schlange die Luft und schleuderte ihn im selben Augenblick fort, als ein Block aus dunklem, kristallinem Material durch das gehärtete Fibergewebe der Wandverkleidung brach und die Seite des Stollens aufriß.

Keoki Anuenue faßte den hilflos treibenden Saul und drückte ihn in eine sichere Nische, dann wandte er sich ab und sprang auf den glitzernden Steinblock zu, hinter dem sieben Männer und Frauen lebend oder tot im eingestürzten Stollen gefangen waren. Sie hatten bestenfalls Minuten. Ohne einen Augenblick zu zögern, tat Keoki das einzige, was er konnte.

Er stemmte den Rücken gegen die Innenverkleidung der anderen Seite, pflanzte die Füße gegen den Felsblock und spannte alle Kräfte an.

Der Block allein mußte eine Masse von hundert Tonnen gehabt haben, nicht gerechnet der nachdrückende Schutt. Die Anstrengung trieb Keoki die Augen aus den Höhlen, aber der Block kam zum Stillstand.

Ein feuchtkalter, stinkender Hauch strömte durch die Öffnung in den Stollen ein. Des Hawaiianers Gesicht war schweißüberströmt, seine Nackenmuskeln traten wie Stricke hervor. Saul blieb keine Zeit zum Überlegen. Er stieß sich durch die enge Öffnung, die der andere freihielt.

Penetranter Mandelgeruch mischte sich in den Gestank, der die Luft im Stollen erfüllte. Wenn der Stolleneinbruch die Schutzanzüge des Arbeitstrupps aufgerissen hatte, würden auch die Cyanuten im Blutkreislauf der Leute keinen Schutz gegen die konzentrierten Cyanverbindungen bieten, die durch den Einsturz freigesetzt worden waren.

Saul folgte dem Lichtkegel der Stirnlampe durch Wolken aus Dampf und Staub, stolperte über Schutt und versuchte, nicht an den Mann hinter ihm zu denken, der sich dem Riesen Atlas gleich gegen eine Gesteinsmasse stemmte, die auf Erden jedes Gebäude zermalmt hätte und selbst bei einem halben Tausendstel der Erdschwere gewaltig genug war.

So begann ein höllischer Wettlauf mit der Zeit, um die Überlebenden zu finden und aus der Gefahrenzone zu ziehen. Niemand konnte Saul hinterher sagen, wie lange die schwere Prüfung dauerte. Er wußte nur, daß Keoki Anuenue hätte nachlassen können, nachdem einer, oder zwei, oder drei geborgen waren.

Aber Keoki tat es nicht. Wie ein aus Stein gemeißelter Atlas hielt er den gewaltigen Urblock, bis Saul sich vergewissert hatte, daß die letzten zwei Eingeschlossenen tot waren, und erst nachdem Saul die Gefahrenstelle passiert hatte, gab der schweigende Gigant langsam nach und löste sich geschickt von der knirschend nachdrückenden Masse. Augenblicke später kam ein Hilfstrupp mit Bergungsgerät den Schacht herauf.

Alles, was Keoki gesagt hatte, als der Trupp mit seinen Maschinen sich daran machte, den Stollen freizuräumen, war ein gemurmelter Satz, an den Saul sich so klar erinnerte wie an seinen eigenen Namen:

»Ua luhi loa au ...«

Seltsame, magische Worte, ein Satz, der von geheimen Kräften sprach, von den Mysterien exotischer Götter.

Später erzählte ihm Virginia, daß er einfach lautete: »Ich bin sehr müde.«

Keoki wandte den Blick von seinem Kontrollschirm und gab Saul ein Zeichen. Das Therapieprogramm hatte begonnen.

Ein ovaler Lichtfleck, ungefähr acht mal fünf Zentimeter, erschien auf der Rückseite von Marguerite van Zoons rechtem Oberschenkel – nur ein weicher Abtaststrahl, der die Stelle markierte, die jetzt unter der Einwirkung der unsichtbaren, fein modulierten Mikrowellen des Behandlungsgerätes lag.

Die Methode war sehr viel schwieriger als der Einsatz der großen Mikrowellenstrahler in den Stollen, um die größeren Lebensformen des Kometen zu zerstören. Dort konnten sie die Zellen der Lebewesen einfach durch energiereiche Schwingungen zum Zerfall bringen, ohne in der Wahl der richtigen Frequenz allzu genau sein zu müssen. Was vorbeiging, war eben Abwärme. Man brauchte nur genug Energie einzusetzen, und die Zellen platzten auseinander.

Hier jedoch konnte er mit derartigen Holzhammermethoden nicht arbeiten. Mit der Mikrowellenbehandlung der Haut wollte er nur die Zellen der pilzähnlichen Eindringlinge zerstören. Darum mußte die Maschine nicht nur so fein eingestellt sein, daß sie das Gewebe der Patientin nicht mit zerstörte, sie durfte auch nicht zuviel Hitze erzeugen.

Der Mikrowellenstrahl mußte mit äußerster Genauigkeit auf einen engen Frequenzbereich eingestellt werden, der nur die Molekülketten und Zellwände des Fremdgewebes zum Zerreißen brachte. Die Einstellung der Frequenzen hatte gegenüber den Mikrowellengeräten, die in den Schächten und

Stollen verwendet wurden, um ganze Größenordnungen verfeinert werden müssen.

Marguerites Schenkel zitterte, sicherlich vor Anspannung. Sie sollte nicht mehr spüren als eine leichte Wärme, wenigstens in der Theorie.

Saul blickte Keoki über die Schulter, um sich zu vergewissern, daß in den Körperfunktionen der Patientin keine Veränderungen eingetreten waren, aber alle Anzeigen waren normal und der Hawaiianer beobachtete ruhig und ohne Anzeichen von Besorgnis den Kontrollschirm.

Als Saul sich wieder zur Patientin wandte, sah er Ould-Harrad zur Tür hereinkommen.

Der Herr sei uns gnädig, dachte er. Was mag jetzt wieder sein?

Der Oberst blickte im Halbdunkel des Behandlungsraumes umher, bis er Saul gewahrte. Dessen anfängliche Verärgerung schwand, als er die Erschöpfung und Sorge in Ould-Harrads Zügen bemerkte.

»Bin gleich wieder da, Marguerite.«

»Lassen Sie sich nur Zeit, Saul. Ich gehe nirgendwohin.«

Er nickte seinem Assistenten zu. »Geben Sie sorgfältig auf sie acht, Keoki!«

»Klarer Fall, Doktor.«

Saul ging durch die Desinfektionsschleuse in den vorderen Teil des durch eine Trennscheibe geteilten Raumes und entledigte sich der Atemmaske und seiner Gummihandschuhe. Der Expeditionsleiter rieb sich nervös die Hände und wartete.

»Oberst Ould-Harrad? Wie kann ich Ihnen helfen?«

Ould-Harrad schüttelte den Kopf und blickte zu Boden. »Ich weiß, Sie haben anderes zu tun, als mir zu helfen, Lintz, und ich habe Verständnis für eine Absage.«

Saul zuckte die Achseln. »Wir sitzen alle in einem Boot. Was haben Sie auf dem Herzen, Oberst? Wenn Sie wollen, daß es unter uns bleibt, können wir eine Behandlung außerhalb der Krankenstation arrangieren ...«

Er verstummte, als Ould-Harrad abwehrend die Hand hob. »Sie mißverstehen mich, Doktor. Ich brauche Ihren Rat in einer nicht-medizinischen Angelegenheit … einer Frage größter Dringlichkeit.«

»Ist etwas passiert?«

Der Mauretanier seufzte. »Leider gibt es nur noch wenige unter uns, die es verstanden haben, sich aus dem Parteienstreit herauszuhalten. Mein Volk ist von jeher im Gemeinschaftsdenken verwurzelt, und so kann ich in Notfällen nicht handeln, wie Kapitän Cruz es tat. Ich brauche Übereinstimmung. Ich muß Rat suchen.«

Saul blickte ihn verwundert an. »Ich verstehe noch immer nicht …«

Ould-Harrad blickte wie in Geistesabwesenheit an ihm vorbei. »Die Erde ist zu weit entfernt, zu konfus in ihren Instruktionen. Ich brauche einen Ausschuß, der mir in einer schweren Notlage Entscheidungshilfe leistet, Dr. Lintz. Und ich frage Sie, ob Sie bereit sein wollen, in diesem Ausschuß mitzuwirken.«

»Selbstverständlich. Ich werde helfen, wo ich kann. Aber was ist geschehen?«

»Es ist zu einer Meuterei gekommen«, sagte Ould-Harrad. »Eine Bande von Fanatikern hat die *Edmund Halley* besetzt. Als Fähnrich Kearns ihre Pläne entdeckte und zu verraten drohte, ergriffen sie ihn und …« Ould-Harrad bedeckte die Augen mit einer Hand. »Sie warfen ihn nackt aus dem Schiff in den Schnee! Sie verlangen Kühlfächer und Tritium und drohen damit, alle Vorräte in den polaren Lagerzelten zu zerstören.«

Saul starrte ihn an. »Aber was versprechen sie sich davon?«

»Sie haben einen Kurs berechnet, der sie am Jupiter vorbeiführen soll. Die Meuterer glauben tatsächlich, daß sie die *Edmund Halley* stehlen und den langen Rückflug zur Erde überstehen werden. Daß sie den Rest von uns damit dem sicheren Tod ausliefern, scheint diese Leute kaum zu kümmern.«

10

VIRGINIA

Sie eilte durch einen Verbindungsstollen der Ebene E. Ihr Atem dampfte, und obwohl sie einen grauen Wollpullover unter den Arbeitsanzug gezogen hatte, fröstelte sie.

Es war verdammt kalt, selbst für ihre Begriffe. Alle Besatzungsmitglieder waren ›kälteverträglich‹, Leute mit guter Blutzirkulation, deren Gefäße sich nicht stark zusammenzogen, wenn es kalt wurde, was die Folge hatte, daß sie sich noch wohl fühlten, wo die meisten anderen Leute längst fröstelten. Der hauptsächliche Nachteil war, daß die ›kälteverträglichen‹ Leute rascher Wärme verloren und mehr Nahrung brauchten. Die Kehrseite davon wiederum war eine geringe Neigung zur Fetteinlagerung im Gewebe. Virginia und ihresgleichen hatten selten Sorgen mit der Linie.

Aber nun hatte Carl die Lufttemperatur so tief abgesenkt, daß sogar sie fröstelte. Virginia wußte nicht, ob diese Maßnahme wirklich zur Verringerung des Algenwachstums führte, aber eins war sicher: sie konnte ihr nichts abgewinnen.

Mit Erleichterung gelangte sie in den warmen Kernbereich des Zentralkomplexes. Die großen Kontrollschirme zeigten verschiedenartige Muster von gelbgrüner bis blaugrüner Farbe. Virginia konnte sie mit einem flüchtigen Blick lesen: die Biologen hielten die grünen Algen in Schach, und die purpurnen Kolonietiere waren zurückgegangen. Gut. Sie stellten nicht mehr das Hauptproblem dar.

Saul beriet mit Ould-Harrad. Der Schwarze überragte Saul um mehr als Haupteslänge, hatte die Hände in die Hüften gestemmt und schüttelte langsam den Kopf in ernstem Widerspruch. Sauls Lippen waren in einer düsteren Grimasse zusammengepreßt und in den Mundwinkeln herabgezogen, wie sie es bei ihm noch nie gesehen hatte. Sie faßte nach einem Handgriff, bremste ihr Tempo und kam gleitend neben ihnen zum Stillstand.

»Ich habe die Simulation durchgeführt, um die du gebeten hattest«, platzte sie heraus.

»Gut, gut«, sagte Saul, scheinbar froh über die Unterbrechung. »Und?«

»Wenn es gelingt, drei Maschinen an Bord zu bringen, kann ich die meisten Steuerorgane außer Betrieb setzen. Es müßte innerhalb von fünf Minuten zu machen sein.«

Sauls Miene hellte sich auf. »Ausgezeichnet! Die Meuterer werden ihre Aufmerksamkeit auf die Verladung der verlangten Kühlfächer konzentrieren und darauf achten, daß wir ihnen keine unzulänglichen Hilfsgeräte und dergleichen an Bord schmuggeln. Die Vorbereitungen für das *Newburn*-Bergungsunternehmen waren noch nicht abgeschlossen, als Fähnrich Kearns ihre Absichten entdeckte. Also benötigen sie noch mehr Ausrüstungen, bevor sie starten können.«

»Diese Bestien!« fauchte Virginia. »Den armen Kearns aus der Schleuse zu stoßen! Wäre der Programmrahmen nicht bereits zum Zentralkomplex überführt, könnte ich in ihre rechnergesteuerten Systeme eindringen und ihnen die Luft herauslassen!«

Saul nickte. »Grausam, aber angemessen. Leider ist alles auf manuelle Bedienung umgestellt, da ist schwer einzugreifen. Aber überlegen wir einmal: sie haben nicht genug Lebensmittel und Luft an Bord, um für den gesamten Rückflug versorgt zu sein. Sie müssen erreichen, daß wir ihnen genug Kühlfächer überlassen, damit sie dieses Problem überwinden können. Sie geben ihre Zahl mit vierzehn an. Nun, wenn wir uns ein Ablenkungsmanöver ausdenken können, um Virginia eine Chance zu geben ...«

»Nein«, sagte Ould-Harrad. »Die Aussichten, für länger als ein paar Minuten mit Maschinen an das Schiff heranzukommen, sind gering. Sie haben Linbarger gehört.«

»Sie müssen Maschinen heranlassen, wenn wir die Kühlfächer liefern«, antwortete sie.

Ould-Harrad winkte ab. »Sie werden mißtrauisch sein und die Maschinen scharf beobachten. Und mit Sicherheit werden sie die Maschinen zählen und nicht dulden, daß drei beim Schiff bleiben, während die anderen zum Schacht zurückkehren.«

»Ich könnte es machen, während die Meuterer die Kühlfächer übernehmen. Die Kabel und Leitungen, die wir unterbrechen müssen, verlaufen unweit der Ladeschleuse.«

»War Ihre numerische Simulation vollständig?« fragte Ould-Harrad. »Sie selbst versuchen, die Maschinen zu den Kabeln und Leitungen zu lenken und sie zu zerstören?«

»Ah ... nein, ich kenne die Bordsysteme nicht so genau. Ich ließ es Johnvon tun. In letzter Zeit habe ich seine Fähigkeit zur Lenkung von Maschinen verbessert und ...«

»Dann haben wir keine Gewißheit, Sie sehen es selbst.« Er zog die Brauen hoch, unter denen die dunklen Augen im rotgeäderten Weiß schwammen. »Johnvon hat in der Direktsteuerung von Maschinen keine Erfahrung. Simulationen sind immer einfacher als wirkliche Operationen. Ich ...«

»Carl könnte es machen«, sagte sie schnell. »Lassen Sie ihn kommen und meine Simulation ausprobieren.«

Ould-Harrads Miene spiegelte höfliche Ungläubigkeit, aber er nickte und begann in sein Kehlkopfmikrophon zu sprechen.

Virginia wandte sich zu Saul. »Wieviel Zeit haben wir?«

»Sie haben uns zwei Stunden gegeben.«

»Das ist verrückt! Sie können nicht erwarten, daß wir ...«

»Sie wissen, daß wir die ungenutzten Kühlfächer verladen können, wenn wir gleich anfangen.«

»Aber dieser Apell, ›normalen Mitmenschen‹ freie Passage zur Erde zu gewähren. Falls jemand darauf eingeht, wird Linbarger warten müssen, bis die Betreffenden an Bord gehen.«

Saul blickte mit unbestimmtem Lächeln über sie hinweg; seine Augen schienen sich verzweifelter Situationen vor langer Zeit zu erinnern. »Ein fiebriger Geist denkt, er könne die ganze Welt in Bewegung setzen, wenn nur der Hebel lang genug ist. Aber abgesehen davon, sie rufen jeden von uns ... ah ... normalen Menschen über die Sprechanlage an und fordern uns auf, alles liegen und stehen zu lassen, mit ihnen zu gehen ... Vorausgesetzt, wir sind gesund, versteht sich.«

»Sie haben dich auch angerufen?«

»Gewiß. Ich war einer der ersten – ein Arzt und darum wertvoll. Sie sind da ganz ungeniert. Ich wunderte mich, warum sie mich im Bild zu sehen wünschten, bis sie plötzlich die Verbindung unterbrachen, und mir ein Licht aufging.« Er schmunzelte und wischte sich die Nase mit einem zerknautschten Taschentuch.

»Dein Schnupfen, oder was es auch ist«, sagte Virginia in unvernünftiger Gereiztheit, »bedeutet nicht, daß du wirklich krank bist.«

»Für die schon«, erwiderte Saul mit ironischem Lächeln. »Weißt du, es ist wie in den Schauspielen der elisabethanischen Zeit. Wenn eine Figur im ersten Akt hustet, kannst du sicher sein, daß er die Pocken hat und im dritten Akt sterben wird.«

»Die sind verrückt!«

»Nur weil sie mich nicht nehmen wollten?« Er lachte. »Ich muß ihren Geschmack empfehlen, wirklich. Ungeachtet meines Berufes habe ich für kranke Menschen niemals wahre Zuneigung empfinden können, nicht in ihrer unangenehmen Realität. Mit ihren Ansprüchen, Verschrobenheiten, ihren ewigen Krankheitsgeschichten. Ich zog sie als Abstraktionen vor, als Probleme in der Kunst genetischer Manipulation.«

Virginia mußte sein Lächeln beantworten. Er war unglaublich – scherzte inmitten einer schweren Krise in seiner milden, selbstironischen Art, als gäbe es nichts, worüber man sich den Kopf zerbrechen müßte.

Ould-Harrad beendete seine Überprüfung der Arbeitsgruppen in den Stollen und an der Oberfläche. »Ich bezweifle, daß etwas dabei herauskommen wird, aber Carl Osborn ist unterwegs.«

»Gut«, sagte Virginia. Sauls ruhige, ironische Art besänftigte sie.

Nun, wenigstens bedeutet dies, daß er nicht an der Bergung der *Newburn* teilnehmen und dabei Kopf und Kragen riskieren wird, dachte sie. Worauf sie sich schämte, bedeutete es doch wahrscheinlich auch, daß die *Newburn* weitertreiben und ihre Passagiere sterben würden.

Sie versuchte sich auf das Nächstliegende zu konzentrieren. »Ich ... ich glaube immer noch, daß meine Simulation die Brauchbarkeit der Idee erwiesen hat.«

»Es kann vielleicht klappen«, erwiderte Ould-Harrad. »Eine andere Sache ist, daß ein derartiges Unternehmen klappen *muß*.«

»Wir müssen etwas unternehmen, soviel ist klar«, sagte Saul. »Vergessen wir einstweilen die *Newburn*, und daß wir die *Edmund Halley* in siebzig Jahren brauchen werden. Unser unmittelbares Problem ist, daß nahezu alle Pflanzungen und Hydrokulturen ...«

Ould-Harrad hob müde die Hand. »Ja, ja. Aber man fragt sich, was vernünftiger ist: Das Schiff zerstört zu sehen oder vielleicht vierzehn Leuten eine Chance zur Heimkehr zu geben.«

Saul verdrehte die Augen zur Decke. »Wir können nicht davon ausgehen, daß die Krankheiten uns bezwingen werden! Das wäre Selbstaufgabe. Sehen Sie ...«

Virginia hörte zu, wie er die gleiche Ansprache vom Stapel ließ, die er ihr am Vorabend gehalten hatte, nämlich über vielversprechende Wege zur Heilung der Seuchen.

Er ist großartig, und ich sollte wirklich nicht nörgeln, dachte sie, aber wenn er auf den Schulmeister umschaltet, kann Saul ziemlich ermüdend sein.

Sie ließ die Wärme in ihre Muskeln eindringen und entspannte sich. Das Wandbild war hier, wo viel Raum zur Verfügung stand, sehr eindrucksvoll. Es zeigte einen windigen Strand am Morgen. Jenseits der Datenanschlüsse blies der Wind, daß die Wimpel waagerecht von den Masten einer entfernten Badeanstalt flatterten. Der Himmel verkündete aufkommenden Sturm. Dicke, aufgetürmte Haufenwolken waren die Vorreiter aufziehender Schichtbewölkung, die sich dunkel über die bleigraue See legte.

Zufällig lieferte das Bild eine Parallele zu der wirklichen Krise. Wäre dies ein Unterhaltungsprogramm, wie sie täglich welche gehabt hatten, bis die Verdrießlichkeiten anfingen, würde es sogar Geräusche und sogar Geruchswahrnehmungen und Luftdruckveränderungen geben. Der aufgewühlte Ozean zeigte Gischtkronen auf den Wellenkämmen, und Wolkenschatten zogen über die blitzende, noch von der Sonne erhellte Weite. Dann prasselten große eisige Tropfen auf den Strand, groß wie Hagelkörner. Eine düstere Wolkenbank wälzte sich von Norden heran, durchzuckt von gelben Blitzentladungen. Als hätten sie auf dieses Signal gewartet, kamen kleine gefleckte Sandkrabben aus ihren Löchern und eilten zur schäumenden See. Die Blitze folgten einander – als ob Gott Aufnahmen machte, dachte sie sinnend, fasziniert vom stummen Toben der Elemente, die Gischt und Regenböen über die Wand jagten. Sie wünschte, sie könnte das dumpfe Murmeln des abziehenden Gewitters hören, das Zischen des Regens auf dem Sand.

Aus der Ferne kam ein großer Hund gerannt, sprang durch die gischtenden Brandungsausläufer und schnappte spielerisch nach den Krabben. Nebelschleier sammelten sich fahl im Windschatten der Dünen. Virginia sehnte sich nach dem Gefühl des reinigenden Regens, der einem die Kleider an die Haut klebte, durchnäßte und das Haar zu einer glatten, glänzenden Kappe formte. Selbst ihre besten Sinnes-Simulationen mit Johnvon blieben vor dieser Wirklichkeit schaler Ersatz. Mit Freuden hätte sie dies alles und mehr für eine Rückflugkarte hingegeben.

Sie erkannte die Sehnsucht: diesem Ort den Rücken zu kehren, salzige Luft zu atmen, kiesigen Sand unter den Füßen zu fühlen, den Seewind zu riechen. Und sobald sie die Sehnsucht in den lebenden Bildern unauslöschlicher Erinnerungen ausgekostet hatte, verstand sie sie zu unterdrücken und sich wieder der Gegenwart zuzuwenden. Wäre sie nicht fähig gewesen, das zu tun, so hätte sie niemals Besatzungsmitglied werden können. Aber diese Dummköpfe setzten die Mission aufs Spiel, um ihren aus Furcht und Heimweh geborenen Phantasien nachzugeben.

Kurz darauf traf Carl ein, rotbraune Bartstoppeln im Gesicht, aber ohne erkennbare Zeichen von Ermüdung. Er ließ sich in einen Sessel schweben und sagte: »Ich habe Kearns von einer Maschine bergen lassen. Er ist eine gefrorene Statue.«

Virginia sagte wider besseres Wissen: »Gibt es eine …?«

»Kein Gedanke. Seine Zellen sind zerstört.« Er seufzte und fuhr sich mit der Hand übers Gesicht, als könne er dies alles wie einen schlechten Traum wegwischen. Dann faßte er sich und sagte mit betonter Ruhe und Überlegung: »Ich habe alle Schleusen zur Oberfläche sperren und mit Wachen besetzen lassen, falls jemand versuchen sollte, sich denen draußen anzuschließen.«

»Ah, gut«, sagte Ould-Harrad.

»Und ich habe Jeffers mit ein paar Maschinen außer Sichtweite der *Edmund Halley* postiert. Die Maschinen sind mit Lasergeräten ausgerüstet.«

»Zu welchem Zweck?«

»Versicherung. Für den Fall, daß die Brüder irgend etwas versuchen.« Carl musterte den Expeditionsleiter erwartungsvoll. »Was werden Sie tun?«

»Ich wünsche eine rasche Überprüfung von Virginias Simulation.«

Carl nickte, erhob sich und glitt an einen Datenanschluß. Er gab die Sequenz ein und ließ die einzelnen Schritte durchlaufen, ohne die nervöse Aufmerksamkeit der anderen zu beachten. Sie blieben still, bis er ausschaltete und sich umwandte.

»Wird nicht klappen«, sagte er.

»Warum nicht?« begehrte Virginia auf. »Ich habe Stunden ...«

»Maschinen sind in kombinierter Arbeit nicht schnell genug.«

»Johnvon hat sie dazu gebracht!«

»Johnvon ist gut, wenn es darum geht, Bewegungen zu minimieren, gewiß. Aber es ist kein Spielraum für Sicherheitsfaktoren oder Ausrutscher dabei. Und die gibt es bei kombinierten Arbeiten immer.«

»Ich könnte korrigieren, stochastische Anweisungen ...«

»Nicht, wenn die Uhr tickt«, stimmte Saul widerwillig zu. »Wenn eine Maschine irgendwo eine liegengebliebene Kiste findet, die ihr im Weg liegt, würde sie Johnvon konsultieren, und es würde eine Pause geben. Dafür reicht die Zeit nicht.«

Virginia war verletzt, daß Saul sich so rasch auf Carls Seite geschlagen hatte. »Ich bin trotzdem ...«

»Damit ist die Sache entschieden«, sagte Ould-Harrad. »In

dieser Form ist das Vorhaben nicht durchführbar. Wenn keine anderen Vorschläge kommen, müssen wir sie ziehen lassen.«

»Unmöglich!« sagte Saul. »Die Pflanzungen, die Hydrokulturen, die *Newburn,* die ...«

»Ich weiß. Vieles würde uns fehlen«, sagte Ould-Harrad. »Der Mangel an diesen Dingen wird unseren Untergang vielleicht beschleunigen. Aber wenn uns nichts Besseres einfällt, haben wir keine Wahl. Einen Angriff auf die *Edmund Halley* werde ich nicht billigen.«

»Das ist ... verrückt!« platzte Virginia heraus.

Ould-Harrads Miene blieb unbewegt. »Wenn man sich dem Untergang gegenübersieht, kommt es auf die Ehre an. Ich werde nicht andere verletzen und meine eigenen Lebensgrundlagen zerstören, nur um sie am Abflug zu hindern.«

Saul und Carl tauschten frustrierte Blicke.

Nach einer Weile sagte Carl, indem er sich zurücklehnte und die Hände über den Kopf verschränkte: »Wie wäre es, wenn wir die *Edmund Halley* fluguntauglich machten?«

Er hat die *Newburn* aufgegeben, dachte Virginia. Und läßt sich seine Gefühle absichtlich nicht anmerken.

»Sie haben gehört, was Linbarger sagte«, erwiderte Ould-Harrad. »Sollten wir irgendwelche Anstalten machen, Geräte aufzubauen, irgend etwas, was als Waffe verwendet werden kann ...«

»Ja, dann wollen sie die Laserkanonen darauf richten. Gewiß. Aber sie können nicht schießen, wenn man bereits an Bord ist.«

»Wie ich sagte, würde jede Annäherung ...«

»Ich glaube, ich verstehe ...«, sagte Saul. »Sie wollen ihnen ein Trojanisches Pferd schicken, richtig?«

Carl grinste. »Richtig. In den Kühlfächern, die sie verlangt haben.«

Ould-Harrads Augen wurden groß. »Eine Bombe? Sie könnte alles beschädigen, Menschen töten, die Folgen wären nicht abzusehen ...«

Carl schnitt ein Gesicht. »Wer redet von einer Bombe? Ein

richtiges Trojanisches Pferd: mit Männern in den Kühlfächern.«

Ein langes Stillschweigen folgte, und sie sahen einander an. Virginia sah, wie Ould-Harrad zwischen zögernder Zustimmung und Bedenken schwankte; offenbar hatte er bereits beschlossen, Linbargers Forderungen zu akzeptieren und die Expedition während der nächsten siebzig Jahre mit behelfsmäßigen Improvisationen durchzubringen. Sein maghrebinischer Stoizismus hatte die Oberhand gewonnen.

Carl hingegen war beinahe munter, überzeugt, daß sein Plan gelingen werde. Saul überdachte die vielen Möglichkeiten, die für Irrtümer und verhängnisvolle Entwicklungen offen standen, aber er verdrängte sie und befeuchtete die Lippen in unbewußter Erwartung, verlockt von diesem plötzlichen Hoffnungsschimmer.

Virginia wußte nicht, was sie denken sollte, aber sie erkannte, daß Ould-Harrads Vorstellung, man müsse auf die Forderungen der Meuterer eingehen, ihr ganz und gar gegen den Strich ging. Sie hatte die von den Meuterern verbreitete Kursberechnung studiert. Die *Edmund Halley* hatte gerade genug Treibstoff, um Jupiter anzusteuern, unter Nutzung der Anziehungskraft des Riesenplaneten ein Schwingby-Manöver auszuführen und die Erde in hoher Geschwindigkeit zu erreichen, so daß ein Abbremsmanöver in der Lufthülle erforderlich würde. Aber das Fenster für dieses Kunststück schloß sich rasch, weil sich das planetarische Koordinatensystem ständig veränderte; die Frist lief innerhalb weniger Tage ab.

Sie fragte sich, ob Ould-Harrad schauspielerte. Konnte es sein, daß er selbst vorhatte, sich in letzter Minute zur *Edmund Halley* abzusetzen und mit den Meuterern umzukehren?

»Ich weiß nicht ...«, sagte Ould-Harrad sinnend.

»Denken Sie es durch«, warf Saul ein. »Ich sehe ein größeres Problem.«

Carl runzelte die Stirn. »Die Ausrüstungen an Bord sind lebenswichtig, von den Pflanzungen und Kulturen nicht zu reden. Es werden sich genug Freiwillige melden.«

»Daran zweifle ich nicht. Aber ein Kühlfach ist eng und

flach. In einem Schutzanzug mit Helm kämen Sie nicht hinein.«

»Na und? Ich ...« Carl verstummte.

»Ja. Die offensichtliche Maßnahme der Meuterer wird sein, daß sie die Kühlfächer noch außerhalb der Schleuse öffnen, um sich zu vergewissern, daß niemand drin ist.«

Carl nagte auf seiner Unterlippe. Die Sekunden vertickten. Virginia hatte an Carls Plan Gefallen gefunden, nicht zuletzt, weil er ihnen neue Hoffnung und die Möglichkeit gab, weitere Verhandlungen zu führen. Wenn Linbarger startete, würde die Expedition ihre eigene Biosphäre ohne wesentliche Teile herstellen müssen. Es war eine Sache, ein paar Samenkörner unter UV-Lampen heranzuziehen, und eine völlig andere, ein ganzes Ökosystem mit seinen Wechselbeziehungen und Vernetzungen aus dem Nichts aufzubauen. Es gliche dem Versuch eines Anfängers, das Jonglieren mit acht Kugeln zu lernen. Von allen Möglichkeiten, hier draußen den Tod zu finden, hatte keiner von ihnen ans Verhungern gedacht.

Ärgerlich spuckte Carl ein knappes: »Daran hatte ich nicht gedacht« aus.

Wieder trat eine lange Pause ein. Die Augenblicke versanken im Abgrund der Zeit.

Virginia hatte eine Technik für den Umgang mit Problemen unter Zeitdruck, die sie entwickelt hatte, als sie die ersten detaillierten Simulationsprogramme aufgebaut hatte, so umfangreiche Programme, daß sie die Arbeitszeit an den großen Rechenanlagen Tage oder Wochen im voraus hatten buchen müssen. Wenn ein Programm sich als fehlerhaft erwies, konnte man es mitten im Ablauf anhalten. Das System stand dann anderen Benutzern zur Verfügung, während die Programmkorrekturen ausgeführt wurden. So ließ sich der Verlust in Grenzen halten, und wenn es einem gelungen war, den Fehler in ein paar Minuten zu beseitigen, ließ sich die Simulation immer noch innerhalb der reservierten Zeit zu Ende führen.

Aber nicht jeder konnte unter solchem Druck arbeiten; es bestand die Gefahr, neue und andere Fehler hineinzubringen. Deshalb hatte sie eine Methode entwickelt, vom Problem Abstand zu gewinnen, die Gedanken in den Dienst der Intuition zu stellen. Das Oberflächenbewußtsein abschalten, sich außerhalb des Augenblicks stellen ...

Als ihr Blick zur Wand ging, bemerkte sie, daß der Sturm mit voller Gewalt losgebrochen war. Windböen fegten Gischtspritzer von den steilen Wellenkämmen, und ein Wolkenbruch rauschte auf die Dünen herab und bog die schlanken Halme des Strandhafers nieder. Der Hund war verschwunden, die Krabben eilten ziellos zwischen den prasselnden Regentropfen und den schäumenden Brandungsausläufern hin und her. Die Luft war undurchsichtig, ließ kaum noch das Atmen zu ...

»Warten Sie!« sagte sie. »Mir ist eben etwas eingefallen.«

11

CARL

Kühlfächer hatten mit Särgen vieles gemeinsam. Das hatte ihn immer an ihnen gestört.

Glücklicherweise hatte er eine kleine Taschenlampe bei sich. Er konnte den körnigen Glanz fünf Zentimeter vor der Nase sehen und die weiche Polsterung um sich fühlen. Die Enge, das Gefühl von Beengtheit, die Kälte ... in der Dunkelheit wäre es noch schlimmer gewesen, viel schlimmer. Die leere gähnende Schwärze des offenen Raumes machte ihm nichts aus. Dieser enge Sarg war etwas anderes.

Vor einer Minute hatte er den sanften Druck der Beschleunigung gefühlt und zählte nun die Sekunden der geschätzten Zeit, die von den fünf Maschinen benötigt würde, die Strecke vom Schacht zur *Edmund Halley* zurückzulegen.

Da. Ein sanftes Anstoßen, das ihn gegen die graue Deckplatte drückte. Seine Nase blieb lange genug in Kontakt, um eine seitliche Drehbewegung zu spüren.

Das mußte die Verlangsamung sein, gefolgt von einer Drehung für das Verlademanöver. Es war fast sicher, daß das Kühlfach in den hinteren Laderaum kommen würde.

Ein metallisches Klirren, wahrscheinlich das Einhaken in den Fördermechanismus. Dann mußten die Maschinen gleich abkoppeln ...

Ein fünffaches Schnappen. Gut.

Jetzt, wenn Virginias Idee richtig war ...

Ein Kratzen, nahebei. Der Greifarm einer Maschine hakte sich in den manuellen Öffnungshebel des Deckels ein. Carl sah den inneren Knopf rotieren. Er spannte die Muskeln, holte tief Atem ...

Der Deckel kam frei, und mit leisem Zischen entwich die Luft aus dem Inneren des Kühlfachs, daß die Gurte über seinen Schultern und der blaue Schutzanzug flatterten.

Er saugte Luft durch die Atemmaske. Virginias riskante Lösung: eine kleine Sauerstoffflasche, nur ein dünner, schwach beheizter Isolieranzug, wie sie ihn in den Stollen bei der Arbeit trugen.

Seine Ohren knackten trotz der fest anliegenden Schützer, die er trug. Eine Brille über der Atemmaske schützte seine Augen vor dem Verlust der Tränenflüssigkeit und dem Erfrieren seiner Lider. Die Gurte waren so stramm gezogen, daß sie schmerzhaft in die Haut einschnitten. Das war alles, was er zwischen sich und dem absoluten Nullpunkt des Vakuums hatte.

Der Deckel war an seinem ersten Sicherungspunkt angehalten worden, fünf Zentimeter über dem Bodenteil. Durch den Spalt sah er den grellweißen Schein vollen Sonnenlichts auf dem Rand der rückwärtigen Ladeluke. Sein Kühlfach war in den Fördermechanismus eingehakt, wie er vermutet hatte. Er sah ein paar Sterne und einen Schatten, der sich über die glatte Rundung des Schiffsrumpfes bewegte. Er mußte zu einer Maschine gehören, die das nächste Kühlfach zu öffnen und auf Geschenke zu achten hatte, die Achaier enthielten.

Er hatte seine Strategie auf die Vermutung ausgerichtet, daß Linbarger diese Maßnahme für ausreichend halten würde. Sollte er sich darin getäuscht haben ...

Und Linbarger war bereits äußerst mißtrauisch, nachdem

seine Leute Virginias Versuch, durch Johnvon die Maschinen an Bord in ihre Gewalt zu bringen, bemerkt und verhindert hatten. Ould-Harrad hatte darauf bestanden, zuerst diese scheinbar einfache Lösung zu versuchen. Das Unternehmen war bald gescheitert. Nun ging es ums Ganze ...

Vermutlich wollte Linbarger die Maschinen auf Distanz von der *Edmund Halley* haben, bevor jemand in den Laderaum ging, um die Kühlfächer zu verstauen. Das gab Carl wenigstens zwei, vielleicht drei Minuten.

Er hob den Deckel, stieg aus und verharrte zusammengekrümmt in kauernder Haltung, bereit, einem Angriff zu begegnen. Er trug einen Isolieranzug, Handschuhe und Stiefel, Kopfschutz und Atemmaske.

Wieviel Zeit war vergangen, seit die Luft aus dem Kühlfach entwichen war? Er sah gespannt auf die Uhr. Zwanzig Sekunden.

Saul hatte geschätzt, daß er es drei Minuten aushalten würde, bevor sich die Auswirkungen bemerkbar machten. Dann bestand die Gefahr, daß das Ungleichgewicht seines inneren Drucks ernste Auswirkungen auf seine motorischen und geistigen Funktionen haben würde; ein benebeltes Gefühl wie von Trunkenheit wäre das mindeste, und jeder, der in den Laderaum käme, könnte mit ihm machen, was er wollte, als ob er eine betäubte Hauskatze wäre.

Nicht, daß Linbarger und seine Gesinnungsfreunde viel Zeit mit ihm verschwenden würden. Wahrscheinlich würden sie ihn einfach aus der Schleuse stoßen und ihm eine gute Reise wünschen, wie sie es mit dem armen Kearns getan hatten. Angenehmen Heimweg!

Er spähte umher.

Der Laderaum war leer. Wahrscheinlich beobachteten sie die Maschinen draußen. Erst wenn der Schleusenmechanismus einsetzte, würde Linbarger wissen, daß jemand zu Besuch kam. Und wo.

Er orientierte sich. Die manuelle Vorrichtung zum Betätigen der Schleuse war ein großer roter Hebel, an auffallender Stelle am Ende des Laderaums angebracht. Wieder knackte es in seinen Ohren. Seine Sinne gaben Alarmsignale, doch er unterdrückte sie und stieß sich ab, um den roten Hebel zu erreichen.

Halbwegs dort, wurde er angegriffen.

Die Gestalt, ein Mann in einem Schutzanzug mit Helm, stieß ihn rückwärts in den Laderaum und versuchte ihm den Luftzuführungsschlauch abzureißen. Carl wand sich seitwärts, kam mit einem Ruck frei.

Natürlich. Es war offensichtlich. Linbarger hatte draußen einen Wächter postiert, der die Maschinen zu kontrollieren und sich zu vergewissern hatte, daß niemand sich an einer Unterseite festhielt und versteckte. Von seiner Position konnte der Mann auch in den Laderaum sehen.

Carl schalt sich einen Schwachkopf, daß er dies nicht vorausgesehen hatte. Das Versäumnis konnte leicht tödliche Folgen haben.

Neunzig Sekunden blieben.

Sie trieben, jeder für sich, durch den Laderaum. Zehn Sekunden würden vergehen, ehe einer von ihnen eine Wand erreichte. Der Mann im Schutzanzug bediente sich seines Manövriergeräts und konnte mit Hilfe seiner Impulsdüsen zwischen Carl und den roten Hebel kommen.

Es gab keinen Zweifel, daß der Mann ihn eine Minute oder länger daran hindern konnte, den Hebel zu erreichen. Er hatte das Manövriergerät, Luft und soviel Zeit wie er brauchte.

Die Kälte machte sich bemerkbar. Carl drehte sich im Schweben um und hielt nach irgendeinem brauchbaren Gegenstand Ausschau.

Dort. Werkzeuge in allen Größen. Er glitt am Gestell vorbei, streckte sich – und bekam einen großen automatischen Schraubenschlüssel zu fassen. Er holte vorsichtig aus, zielte mit Bedacht und schleuderte ihn auf die zehn Meter entfernte Gestalt.

Das Geschoß verfehlte den Mann um einen guten Meter. Carl sah, wie das Gesicht hinter der Visierscheibe grinste und die Lippen bewegte. Wahrscheinlich schilderte er die Vorgänge den Leuten im Brückenraum der *Edmund Halley*.

Das war genau, was Carl wollte. Das Werfen des schweren Schraubenschlüssels hatte ihm eine neue Richtung gegeben.

Er trieb durch den Laderaum, ruderte mit den Armen und kam rechtzeitig herum, den Aufprall mit den Beinen abzufangen.

Wo war der verdammte ...?

Er sprang danach. Der Feuerlöscher ließ sich leicht aus seinen Klemmen ziehen, und Carl zielte mit der Düse vor seine Füße und feuerte. Eine perlweiße Wolke brodelte unter ihm, und er schoß zurück durch den Raum, ohne jedoch näher an den Auslösehebel heranzukommen.

Wieder knackte es in seinen Ohren. Rote Flecken erschienen vor seinen Augen, tanzten wie Glühwürmchen ...

Er prallte auf die gegenüberliegende Wand, diesmal unvorbereitet. Ein Hebel stieß ihn in die Rippen.

Wo war ...? Angetrieben von einem Schaumstrahl, stürzte er sich auf den Mann. Ehe er ihn erreichte, schnellte er herum, brachte die Feuerlöschdüse in Brusthöhe vor sich und drehte voll auf.

Der Gegendruck verlangsamte ihn, brachte ihn zum Stillstand, und die schaumige weiße Wolke hüllte ihn ein. Er drehte wieder auf und schwebte rückwärts wieder heraus. Überall dunkelnde rote Flecken. Das grelle Licht der Liegeplatzlampen draußen schien es kaum durchdringen zu können ...

Nun, ehe die Schaumwolke niedersinken konnte, vollführte er einen weiteren Überschlag und drückte noch einmal auf den Auslöser. Er flog durch wattige Weiße und prallte auf etwas Weicheres, Nachgebendes. Mit einem Arm bekam er den Mann zu fassen, zog mit dem anderen den Feuerlöscher herum. Hände faßten nach ihm, griffen nach seiner Atemmaske.

Vektoren, Vektoren ...

Welche Richtung?

Es spielte keine Rolle, er hielt die Düse gegen den Mann und drückte den Auslöser.

Eine zischende Schaumwolke.

Die Kälte begann unerträglich zu werden ...

... Eine gewaltige Hand stieß ihn rückwärts ... Eine lange Sekunde orientierungslosen Gleitens ... der Feuerlöscher entglitt den steifen Fingern, er hatte die Orientierung verloren ... schmerzende Kälte auch in den Beinen ... unmöglich, etwas zu sehen ... die roten Flecken verschmolzen, es wurde dunkler ... durchschossen von weißen Punkten wie Bienenschwärmen, die hin und her sausten, herumwirbelten ...

... dann ein heftiger Schmerz im Bein, ein Aufprall, und sein Schädel schlug auf den Boden.

Das brachte ihn zur Besinnung. Er tastete umher, Halt zu finden, blickte auf.

Die Schaumwolke wurde dünner. Durch die Schleusenöffnung konnte Carl ins Freie sehen, wo die Gestalt im Schutzanzug zappelnd davonschwebte, umgeben von der sich auflösenden Schaumwolke, bemüht, die Orientierung wiederzufinden und sein Manövriergerät einzusetzen. Ein Insekt, silbrig und anmutig ...

Der Druck des letzten Schaumstoßes hatte auf beide gleich stark gewirkt, Carl tiefer in den Laderaum getrieben und den Mann hinaus ins Freie.

Er sprang nach dem Handhebel, der die Schleuse versiegeln und den Laderaum mit Luft füllen mußte. Bekam ihn zu fassen und zog. Die Schleuse schloß sich, kurz bevor der andere sie erreichte, und das heulende Zischen der unter Hochdruck einströmenden Luft ertönte in seinen Ohren wie eine Siegesfanfare.

»Ich habe es geschafft«, sagte Carl in sein Funksprechgerät. »Die Rohre sind blockiert.« Er kniete keuchend in der dicken, öligen Luft des unter Druck stehenden Zylinders.

»Gut!« antwortete Ould-Harrads Stimme in seinen Ohren. die Unentschlossenheit, der Fatalismus schien daraus gewichen. »Linbarger, haben Sie gehört?«

»Was plappert dieser Dummkopf?« höhnte der Chefmeuterer.

»Carl Osborn hat die Zuleitungen zum Fusionsreaktor blockiert«, sagte Ould-Harrad.

Im Hintergrund war Helga Steppins Stimme zu vernehmen: »Verdammt! Ich sagte dir, wir sollten die Rohrleitungen bewachen!«

Eine weitere, noch schwächere Stimme sagte: »Er muß von Abschnitt 3F durchgekrochen sein. Mist, aber wir können nicht jeden Winkel bewachen ...«

»Ruhe jetzt!« Linbargers Stimme wurde lauter, als er sich an Ould-Harrad wandte. »Wir werden ihn dort hinausschwitzen.«

»Versuchen Sie's, und ich laß das Tritium ab«, sagte Carl angespannt.

»Was?« Linbarger konnte kaum an sich halten. »Kann er das?« fragte er einen seiner Leute.

»Ich denke ... ja, wenn er die Druckleitungen in den Kernspeicher öffnet. Die Zeit könnte dafür ungefähr gereicht haben.«

»Wenn er kein Tritium zu verbrennen hat, wird Euer Fusionsreaktor nicht über die Temperaturschwelle kommen«, fügte Carl hinzu.

»Sie ...!« Linbarger verstummte.

Carl drehte sich in der Enge herum und vergewisserte sich, daß der Eingang hinter ihm versperrt war. Er hatte ihn durch einen verkeilten Werkzeugschrank blockiert und an den zwei entscheidenden Ventilen lange Schraubenschlüssel angesetzt, mit denen er sie rasch öffnen konnte. Sie würden von rückwärts auf ihn zukommen, aber bevor sie die Ventile wieder schließen könnten, müßte es gelingen, eine Menge des kostbaren Brennstoffs hinauszusprühen. Jedenfalls genug, um ihre Pläne zu durchkreuzen.

»Sind Sie sicher, daß Sie es können, Osborn?« fragte Ould-Harrad vorsichtig.

»Ja.« Möchtest du vielleicht, daß ich nein sage? dachte er ärgerlich. Wenn Linbarger mithört?

»Nun, das gibt uns zweifellos eine bessere Verhandlungsposition ...«

»Verhandeln, zum Teufel! Wir haben sie!«

»Wenn sie schnell genug zu Ihnen durchkommen, können sie vielleicht genug Tritium zurückhalten, um ein Annäherungsmanöver zum Mars zu machen. Lose ziehen, um abwechselnd die neun Kühlfächer zu belegen, die sie jetzt haben. Dann ...«

»Hören Sie auf!« Das fehlte noch, daß er den Meuterern Ideen lieferte.

»Ich versuche nur ...«

»Ich sagte, Sie sollen aufhören!«

»Ich versuche Schlimmeres zu verhüten ...«

»Sie sitzen nicht hier drin und halten den Kopf hin, Ould-Harrad!«

Sein Blick folgte den Zuleitungen nach links. Wenn sie dort hereinkrochen, konnten sie auf ihn schießen. Aber das wäre eine Dummheit, hier im Kernbereich des Fusionsreaktors. Beschädigten sie diese Armaturen, würden sie für den Ausbau und die Reparatur Wochen brauchen.

Linbargers grimmige Stimme meldete sich: »Hören Sie mich auf dieser Frequenz, Osborn?«

»Ich bin gleich hier um die Ecke, nur freundliche hundert Meter entfernt.«

Stille. Dann sagte Linbargers schrille, gepreßte Stimme: »Wenn Sie sich nicht verziehen, werden wir das Entladungsrohr aufheizen.«

Carl hielt den Atem an, ließ ihn dann langsam ausströmen. Das war die eine Alternative, die er niemandem gegenüber erwähnt hatte. Es war nicht klug, weil die Aufheizung des Entladungsrohrs Schaden anrichten konnte, wenn man nicht die Reaktorfusion in Gang bringen wollte, weil kein Wärmeabfluß stattfand, und er traute Linbarger nicht viel Erfahrung in diesen Dingen zu. Immerhin hatte der Mann die Möglichkeit erkannt, Carl durch die Erhitzung der Rohrleitungen zu rösten. Und da er in einer verzweifelten Lage war, mußte die Drohung ernst genommen werden.

Carl sagte so ruhig er konnte: »Sie werden die Anlage beschädigen.«

»Nicht, wenn wir achtgeben. Es wird keine allzu hohe Erhitzung erforderlich sein, um Ihnen eine hübsche braune Kruste zu verpassen.« Linbarger schien Mut zu fassen, offenbar glaubte er, das Blatt habe sich gewendet.

»Ich werde das Tritium so oder so ablassen.« Nun wollen wir sehen, dachte er, wieviel er weiß.

»Das werden Sie nicht. Die Hilfssysteme werden die Leitungen sofort sperren, wenn wir mit der Aufheizung beginnen. Das ist ein automatischer Prozeß. Sie können es in den Blaupausen nachlesen.«

Verdammt! Er mußte versuchen, Linbarger zu bluffen. »So wird es nicht gehen.«

»Versuchen Sie nicht, mir etwas vorzumachen, Osborn.«

Linbarger war klüger, als Carl gedacht hatte, und er wußte Bescheid. Aber er durfte nicht gewinnen.

»Sie werden niemals die Erde erreichen. Der Vorrat an Tritium ist schon so gering. Ich werde genug davon ablassen, um sicherzugehen, daß Sie eine lange Reise haben werden und Ihr Jupiter-Swingby-Manöver ins Wasser fällt. Sie werden verhungern, mit oder ohne Kühlfächer.«

»Wir haben noch die Hydrokulturen.«

»Sicher. Und keinen Wasservorrat, sie zu erhalten.«

»Der Wasservorrat ist groß genug. Außerdem haben wir Halley-Eis vor der Tür.«

»Versuchen Sie hinauszugehen.« Carl spielte eine Vermutung aus. »He, Jeffers! Was ist mit diesem Ortho, den ich aus dem Laderaum gepustet habe?«

»Welchem Ortho? Ich sehe nur kleine Stücke und Fetzen.« Stille.

Dieses Hin und Her konnte nicht viel länger so weitergehen. Linbargers Tonfall verriet, daß er unter äußerster Anspannung stand. Wenn er handelte, würde es eine Sache von Sekunden sein, und Carl bliebe nur die Wahl, sich zur hinteren Luftschleuse zu retten und von dort einen Fluchtversuch zu unternehmen, oder die Schraubenschlüssel zu gebrauchen. Für Unschlüssigkeit würde die Zeit nicht reichen …

»Sie lügen, Jeffers!« Aber allzu selbstgewiß hörte es sich nicht an.

»Gehen Sie zum Teufel!«

»Ich warne Sie, Osborn! Ich zähle bis drei, dann lasse ich das Entladungsrohr aufheizen! Sie haben noch zehn Sekunden, sich davonzumachen!«

»Ich lasse jetzt das Tritium ab.«

»Nein!« sagte Ould-Harrad. »Ich dulde nicht, daß es dazu kommt! Wir hatten eine Vereinbarung getroffen …«

»Und Sie haben uns getäuscht, Sie Percell-Freund!« rief Linbarger.

»Ich konnte auf die Hydrokulturen nicht verzichten«, sagte Ould-Harrad, »aber Sie weigerten sich, das zu verstehen.«

Carl sagte ätzend: »Entschuldigen Sie sich nicht bei diesem Abschaum.«

»Osborn«, sagte Ould-Harrad, »ich muß Sie auffordern, Ihre Intervention abzubrechen!«

»Die Party ist zu Ende«, sagte Carl. »Geben Sie auf, Linbarger!«

»Ich glaube, ich werde Ihnen eine kleine Kostprobe vom heißen Stoff geben, Osborn. Es könnte Ihre Manieren verbessern.«

»Sowie ich es in diesen Rohrleitungen gurgeln höre, Sie mieses Subjekt . . .«

»Schluß jetzt, alle beide! Wir müssen dies durch Verhandeln lösen!« Ould-Harrads Stimme war am Überschnappen.

Eine Stille trat ein. Carl versuchte sich vorzustellen, was Linbarger durch den Kopf ging. Entweder war es dem Mann gelungen, seine paranoide Gefährdung vor psychiatrischen Eignungskommissionen zu verbergen, oder es war jetzt erst zum Durchbruch gekommen. Würde er jetzt imstande sein, halbwegs vernünftig zu denken?

Sie hatten verloren, konnte Linbarger das nicht sehen? Oder würde er es vorziehen, seinen Augenblick der Rache zu genießen?

Dann würde Carl es durch ein Wispern in den Rohrleitungen erfahren . . .

»Gut.« Linbargers Stimme klang verdrießlich.

»Wie?« antwortete Ould-Harrad. »Sie sind einverstanden?«

»Wir sind bereit, die Hydrokulturen gegen das Tritium und die Kühlfächer zu tauschen.«

»Nein!« rief Carl. »Wir haben sie!«

»Still, Osborn!« brüllte Ould-Harrad.

»Die Alternative«, sagte Linbarger langsam, »ist die, daß wir die *Edmund Halley* sprengen. Besser . . . alle von uns hier sind darin einig . . . besser ein rasches Ende als . . .«

Ein kalter Schauer überlief Carl, als er die krächzende Stimme vernahm. Sie war völlig überzeugend. Es war Linbarger bitter ernst mit seiner Drohung. »Lieber Gott«, murmelte Carl. Zuerst der Kapitän tot, nun die *Edmund Halley* verloren.

Ould-Harrad räusperte sich. »Wir ... wir werden den Austausch durchführen.«

Was ist ein Astronaut ohne Schiff? fragte sich Carl wie betäubt. Was wird aus uns, wenn die *Edmund Halley* fort ist? Es war zu schrecklich, um daran zu denken.

»Sie können die Hydrokulturen ausladen«, sagte Linbarger. »Holen Sie Osborn heraus, und ich werde die Maschinen darauf ansetzen!«

»Nein. Ich bleibe hier, bis es getan ist.«

Eine weitere Pause. »Nun ...« Mehr Geflüster im Hintergrund. Schließlich: »Einverstanden. Sie können die Maschinen verwenden, um das Hauptgewächshaus als Einheit herauszunehmen. Aber machen Sie schnell, oder wir rösten dieses Stück Percellscheiße.«

Carl ließ den angehaltenen Atem langsam ausströmen. Der Gedanke, den er während dieser langen Minuten unterdrückt hatte, der aber immer wieder hochgekommen war, drängte sich endlich in den Vordergrund: »Warum tust du dies? Du könntest umkommen, du Dummkopf!«

Nun, da er ihn an die Oberfläche gelassen hatte, wußte er sowenig wie zuvor eine Antwort darauf.

»Beeilen Sie sich!« sagte er gereizt.

12

___

April 2062:
SAUL

Die winzigen Lebewesen ruderten unermüdlich kreuz und quer durch die salzige Lösung, immer auf der Jagd. Bestimmte Substanzen, Aromastoffe, lockten sie an, andere stießen sie ab. Die Wahl war immer gleich einfach, die Logik trophischer Chemie. Auf der Zellebene gab es keine Feinheiten, keine Zukunft, die Sorgen bereitete. Keine Vergangenheit, die einen in die Träume verfolgte.

Saul beobachtete das Pulsieren der winzigen Lebewesen unter dem Mikroskop mit nachdenklicher Miene. Sie waren die letzte und wirksamste der neuen Entwicklungen, die während der zwei Monate seit der Meuterei stattgefunden hatten. Biologische Lenkwaffen für einen ungewollten Krieg gegen den Kometen.

Allzuviele von den wissenschaftlichen Regeln, nach denen er gelebt und gearbeitet hatte – Grundsätze behutsamer Vorsicht, wenn man mit dem Stoff des Lebens experimentierte –, waren kurzerhand beiseitegestoßen worden, um dieses Ziel zu erreichen. In gewisser Weise beneidete er die kleinen Mikroben. Denn sie würden tun, wozu sie programmiert waren, aber er, ihr ›Schöpfer‹ blieb mit seiner Bürde von Zweifeln und Rätseln zurück.

Nein. Schuld war eine Gemeinschaftsangelegenheit eukaryotischer Metazoen, ungeheurer Ansammlungen kooperativer Zellen, aus denen Männer und Frauen gemacht waren, ja ganze Gesellschaften ...

Er brauchte nur sich selbst zu betrachten, wie er unter dem fragwürdigen Vorwand, daß alle Menschenleben der Expedition davon abhingen, in Dingen herumpfuschte, die er kaum verstand.

Die Cyanuten hatten soviel Geschichte hinter sich wie er selbst. Ihre winzigen Vorfahren hatten sich im Laufe von drei Milliarden Jahren in den Gewässern der Erde entwickelt. Dann, vor einigen Millionen Jahren, hatten sie sich einer anderen Lebensweise in einer anderen salzigen Suppe angepaßt – den Körperflüssigkeiten komplexer Lebewesen mit großen und verschiedenartigen Zellen.

Wie viele tausend seiner eigenen Vorfahren mochten sie getötet haben, um diesen ersten Brückenkopf zu bilden? Wie viele Trillionen von ihnen waren durch die Immunsysteme seiner Vorfahren abgewehrt worden – von Antikörpern festgenommen und zur Vernichtung abtransportiert, oder von weißen Blutkörperchen eingeschlossen und verdaut? Wie lange mochte es gedauert haben, bis endlich Waffenstillstand geschlossen worden war, bis die Evolution einen Verhandlungsfrieden auf der Grundlage einer Symbiose ausgearbeitet hatte?

Es waren Fragen, auf die es keine Antworten gab. Aber an irgendeinem Punkt in der Vergangenheit mußten ein Mensch und ein Cyanutenahne mehr oder weniger zufällig Frieden geschlossen haben. Im Austausch gegen Reinigungsfunktionen in der Lungenhöhle wurde den kleinen Geschöpfen vom Immunsystem des Körpers freies Geleit gewährt. Sie führten eine unauffällige Existenz, so unauffällig, daß sie erst gegen Ende des vergangenen Jahrhunderts entdeckt worden waren.

In unserer anmaßenden Weisheit machten wir uns über sie her, verwandelten sie in ›Cyanuten‹, und Saul schämte sich nicht einmal, mochte der Himmel ihm vergeben. Hundert geschickte, ihrem Beruf ergebene Männer und Frauen verbrachten ein halbes Jahrzehnt damit, die Früchte von vier Jahrmilliarden Evolution zu verändern. Sie bedienten sich dabei der Werkzeuge, die Simon Percell geschaffen hatte, und schmiedeten ein ebenso nützliches wie schönes neues Lebewesen.

Aber diese hier ...

Die Geschöpfe auf dem Bildschirm des Elektronenmikroskops waren noch mehr verändert worden, hatten unregelmäßige neue Proteinhüllen bekommen, waren mit maßgeschneiderten Kettenmolekülen versehen, von ›Leserenzymen‹ analysiert, verformt von den Triebkräften einer Notlage, die niemand erwartet hatte.

Die Arbeit hatte nur acht Wochen seit der Meuterei in Anspruch genommen. Und mit Ausnahme Virginias und ihres biokybernetischen Vertrauten, sowie einiger Anregungen von mutigen Kollegen zu Hause, hatte er keinerlei Hilfe gehabt.

Nach allen Gesetzen der Biologie hätte er nicht erfolgreich sein dürfen. Nicht ohne eine Forschungsgruppe und Tausende von Stunden sorgfältiger Versuche und Simulationen, Millionen von Einzeltests, gewaltigen Geldmitteln und haufenweise Glück.

Ich wußte es besser, sagte er sich. Und dann: Es ist ein Wunder, daß ich überhaupt den Versuch unternahm.

Sein Blick ging über die Datenaufstellungen, die nichts als Erfolg verkündeten. Die Gleichmäßigkeit dieser Daten machte ihn nervöser, als wenn er einen Fehler entdeckt hätte. Es war zu vollkommen.

Er hatte sowohl die Mustercyanuten als auch die Leserenzyme aus seinem eigenen Blut entnommen. Das Datenmaterial der Aufstellung ging infolgedessen mehr als fünf Jahre zurück.

In den neuen Formen waren Elemente einheimischen Lebens. Er hatte sie integrieren müssen.

Freilich war schwierig zu sehen, wie das diesen so gelegen kommenden Erfolg erklärte. Zur Linken drehte sich eine von Johnvons farbigen Simulationen in einem holographischen Projektionsraum: eine kompexe, unregelmäßig geformte Molekülkette.

Die eingerollte Zuckerverbindung war in der Literatur unbekannt. Am vergangenen Abend hatte er Virginia anvertraut, daß die Akademie der Wissenschaften sie nach ihm benennen wollte.

»Das ist eine große Ehre, nicht wahr?« hatte sie gefragt. Das Kabel, das von ihrer neuralen Steckverbindung ausging, sah wie eine Haarsträhne aus, wenn man sich erst daran gewöhnt hatte, und machte sich kaum störend bemerkbar.

Er hatte gelächelt und ihr übers glänzende schwarze Haar gestrichen. »Gewiß. Auch haben sie meine Mitgliedschaft wiederhergestellt. Aber eine chemische Verbindung nach mir zu nennen ...«

»Hast du was dagegen?«

»Nein, ganz und gar nicht!« hatte er lachend geantwortet. »Denk nur an den armen Thomas Fruck, dessen Name für immer mit der Fructose verbunden ist!«

– Wirklich, ich sollte einen Namen vorschlagen, dachte er. Inzwischen kannte Johnvon ihre Oberflächenströme gut genug, um in den meisten Fällen zu verstehen, was gemeint war. Saul spürte Virginias Echo verstärkt zurückkehren, genauso wie ihre Leidenschaft im Wechselspiel gesteigerter

Empfindungen explosionsartig in seine Sinne eindrang, bis es sich anfühlte, als wollte sie ihm das Schädeldach absprengen.

»Hmm«, murmelte sie. Er merkte, daß sie am Einschlafen war.

– ›Kometose‹ ... lautete ihr Vorschlag.

Erst später wurde ihm bewußt, daß sie bereits eingeschlafen sein mußte, als er die Antwort vernahm.

Wie immer man sie nennen wollte, die Zuckerverbindung war der Schlüssel gewesen. Ingersoll, der vermißte Wahnsinnige – mittlerweile eine legendäre Gestalt der tieferen Stollen und Höhlen – hatte ihn auf die Idee gebracht. Nicht lange nachdem er durch Zufall gesehen hatte, wie der Mann einheimische Lebensformen gegessen hatte, hatte er selbst etwas zugegebenermaßen Törichtes getan: er hatte von dem Wandbewuchs gekostet.

Das Zeug hatte süßlich-herb geschmeckt, ein wenig wie Fruchtdrops.

Einer Vermutung folgend, hatte Saul die ersten Experimente durchgeführt ... Und hier waren sie nun, die neuen Cyanuten. Sie verrichteten ihre alte Arbeit weiterhin zufriedenstellend, nun aber waren sie auch gefräßige Verzehrer aller Stoffe, die den speziellen Zuckerkomplex enthielten; aller Eindringlinge, mit anderen Worten, die einheimische Kleidung trugen.

Auf dem Bildschirm des Elektronenmikroskops drängten sich die winzigen Einzeller, wo mit einheimischen Viroiden infizierte Wundflüssigkeit eines Kranken von der Spitze einer Nadel floß. Die Vergrößerung zeigte, daß sie begierig aufnahmen und sich mit der gewohnten Rate vermehrten.

Es war an der Zeit, daß die Leute einmal eine gute Nachricht hörten.

Zweifellos würden die einheimischen Formen Anpassungsmerkmale entwickeln. Dies war bei weitem noch nicht das Ende aller Gefahr. Aber endlich hatte es den Anschein, als könnte die Zeit der akuten Panik wirklich bald vorüber sein.

Zum wiederholten Male fragte er sich besorgt, was er übersehen haben könnte. Wie war es möglich gewesen, überhaupt die Lösung zu finden?

Ein Signalton erklang. Alles stimmte überein. Saul zog ein Reagenzglas mit gründlich getesteten Cyanuten aus dem Ständer und begab sich aus seinem Laboratorium in die nahe Krankenstation, wo zwei Reihen Leute an den gegenüberliegenden Wänden Schlange standen und auf ihre Behandlung durch die zwei diensttuenden medizinisch-technischen Assistenten warteten.

Eine der Schlangen war kürzer als die andere, aber Saul sah nicht einen einzigen Ortho zur anderen Seite hinübergehen, um sich der Percellschlange anzuschließen. Ould-Harrad hätte niemals zulassen dürfen, daß sich dieses System der Rassentrennung entwickelte, dachte er bei sich, mußte jedoch zugeben, daß es von der überwiegenden Mehrzahl gewollt wurde.

Die Leute standen nicht näher beisammen als sie mußten. Niemand wußte genau, wie die einheimischen Erreger übertragen wurden. Wegen eines Hustenanfalls hatte es schon Handgreiflichkeiten gegeben ... ebenso, wenn jemand unerlaubt einen fremden Helm gebrauchte.

Und in jeder Sprechstunde erschienen mehrere, die Symptome simulierten, um der schweren Arbeit und Krankheitsgefahr durch die Flucht in die Kühlfächer zu entkommen.

Wenigstens waren die Schlangen kürzer als noch vor ein paar Monaten. Anfangs hatte die Meuterei und ihre Folgen die allgemeine Aufmerksamkeit von den Neuerkrankungen und Todesfällen abgelenkt. Und Carl Osborns heldenhaftes Unternehmen hatte für eine Weile den Ortho-Percell-Streit überlagert. Die ›Normalen‹ wußten, daß sie ihr Leben einem Percell verdankten.

Nun, wenn diese neuen Cyanuten sich so gut bewährten, wie die ersten Tests andeuteten ...

Die Tür zu einem der Behandlungsräume ging auf, und eine Frau trat heraus, die Saul zulächelte und winkte, als sie ihn sah. Marguerite van Zoon war beinahe wie ein neuer Mensch. Verschwunden waren die Verheerungen der fungoiden Infektion, die noch vor zwei Monaten ihre Haut hatten aufplatzen lassen. Längst ging sie wieder ihren ärztlichen Pflichten nach und gab Saul die Möglichkeit, sich der Forschung zu widmen.

Sauls Lächeln erstarb, als er Marguerites Patientin sah – eine jüngere Frau in einem grauen Anzug, die sich an der Ärztin vorbeidrückte und zum Ausgang eilte, wobei sie ein Stück Stoff gegen eine Gesichtshälfte hielt. Doch obwohl sie den Kopf abwandte, vermochte sie einen blasig schimmernden rosa Hautausschlag nicht vollständig verbergen.

Saul blickte ihr bekümmert nach. Er hatte gehofft, daß Marguerites Diagnose sich als ein Irrtum erweisen möchte, aber die Symptome waren unverkennbar.

Als sie vorbeieilte, sprach er sie leise an, doch sie blieb nicht stehen und blickte auch nicht auf. Die bei der Tür Stehenden machten ihr mehr als eilfertig Platz, als sie hinauswollte.

Arme Lani.

Sie hatte eine jener Krankheiten, die bisher unempfindlich gegen alle Behandlungsmethoden geblieben war. Unempfindlich sogar gegen sein neues, mit unglaublichem Glück gefundenes Wundermittel.

Während andere alles taten, um wieder ins Kühlfach zu kommen, hatte Lani gebeten, weiterarbeiten zu dürfen. Aber die Entscheidung war gefallen. Ihre Kühlung war bereits für den übernächsten Tag geplant.

Carl ist wirklich ekelhaft zu ihr gewesen, dachte Saul. Wenn er nicht zum Abschied kommt, werde ich ihm einen auf die Nase geben.

»Dr. Lintz!«

Keoki Anuenue, der Assistent, der die kürzere Percellschlange behandelte, stand auf, als Saul das Wartezimmer durchquerte. Er war mit einem Mann beschäftigt, dessen Ohren mit Watte verstopft waren und der sich alle paar Minuten mit der flachen Hand gegen den Kopf schlug, als gelte es, ein störendes Dauergeräusch zu vertreiben.

Anuenue war eine Ausnahmeerscheinung selbst für einen Hawaiianer – einer der seltenen Orthos, die völlig unempfindlich gegen Krankheit und Verzweiflung zu sein schienen. Es war, als benötige er niemals mehr als ein paar Stunden

Schlaf. Wann immer Saul hereinkam, tat Keoki bereits Dienst.

Er lächelte breit, besah das Reagenzglas in Sauls Hand und fragte erwartungsvoll: »Ist dies die neueste Cyanutenvarietät, Dr. Lintz?«

Er glaubt, ich könne alles, dachte Saul. Wie Virginia. Und nachdem ich vom Glück so begünstigt worden bin, kann ich dem kaum widersprechen. Er hielt seinem Assistenten das Reagenzglas hin.

»Nehmen Sie, Keoki! Suchen Sie wie üblich Freiwillige! Anfangs nur verzweifelte Fälle. Diese Sorte sollte gegen verschiedene Erreger nützlich sein, weil ihr Wirkungsspektrum breiter ist.«

Eifrig nahm Anuenue das Reagenzglas und setzte zu einer Antwort an, als jemand in der Reihe an der linken Wand ein heftiges Niesen losließ.

Alles wandte den Kopf und bedachte den Täter mit vorwurfsvollen Blicken. Saul war nahe daran, sich mit dem Hinweis zu rechtfertigen, daß er es diesmal nicht gewesen sei.

Als wäre es ein Signal gewesen, wurde auf der Seite der Orthos immer wieder geniest. Gleichzeitig verlängerte sich die Schlange, da jeder bestrebt war, Abstand von den Befallenen zu gewinnen.

Auf der anderen Seite blieb es ruhig. Ein Percell nieste selten. Zwar wurden sie genauso wie alle anderen infiziert, und wenn ein einheimischer Erreger die Fähigkeit hatte, das körpereigene Abwehrsystem des Menschen zu überwinden, spielte es keine Rolle, welcher Gruppe man angehörte. Aber der Körper eines Percells kannte keine Überreaktion. Seine Lymphdrüsen und Schleimhäute mochten anschwellen, während das Immunsystem die Eindringlinge bekämpfte, aber der Prozeß begrenzte sich selbst. Der Körper lief nicht Gefahr, in schweren Fällen an der eigenen übereifrigen Abwehr zu sterben.

Simon, dachte er. Dies war das Geschenk, auf das du am stolzesten warst, obwohl es auch dich vor Rätsel stellte ... daß jedes Kind, an dem du arbeitetest, irgendwie von derselben Steigerung profitierte, gleichgültig, an welcher Erbkrankheit zu arbeiten du begonnen hattest.

Damals in Berkeley war niemand daraus schlau geworden. Man hatte mit DNS-Streifenlesern und molekularer Chirurgie gearbeitet, um schädliche Erbfaktoren aus den Keim- und Eizellen von Ehepaaren zu entfernen, die unbedingt Kinder wollten, aber kaum jemand hatte erwartet, daß die aus solchen ›reparierten‹ Zellen entstehenden Säuglinge insgesamt eine genetische Steigerung darstellten.

Es war ein Geschenk, das Percell und seine Mitarbeiter ihnen gegeben hatten. Ein Geschenk jedoch, das sie anders gemacht hatte. Sie hatten teuer dafür bezahlen müssen ...

»Saul!«

Er blickte auf und sah Akio Matsudo in der Türöffnung zu seinem Behandlungszimmer stehen und ihm zuwinken.

Keoki Anuenue nickte lächelnd. »Gehen Sie nur, Doktor. Ich werde die Freiwilligen finden und Ihnen Bescheid geben, bevor die Versuche beginnen.«

»Sehr gut.« Die Furcht vor dem, was früher oder später kommen mußte, verbarg Saul tief in seinem Herzen. Irgendwann würde seine unglaubliche Glückssträhne ein Ende haben. Einer von seinen maßgeschneiderten Symbionten würde seinen Wirt töten, statt ihn zu retten. Und dann, ganz gleich, wieviel Gutes er vorher getan hatte, würden sie sich gegen ihn wenden. Alle miteinander.

Wie sie sich gegen Simon Percell gewendet hatten.

Als der Mob vor so langer Zeit und so weit entfernt ein Institut auf einem Hügel niedergebrannt hatte ...

»Komme schon«, rief er Matsudo zu.

Die schneebedeckten Hänge des Asahi-dake waren so symmetrisch wie die Fichten, die seine unteren Flanken umhüllten. Wolken schwebten wie Boote aus Reispapier auf einer unsichtbaren Schicht, die entweder aus Luft oder Magie bestand, einer untergehenden Sonne und einem dunkelblauen Meereshorizont entgegen.

Saul betrachtete mit Vorliebe Akio Matsudos Bildwand, die vielleicht schönste der ganzen Kolonie. Bis Virginia in zwei

Stunden vom Schichtdienst käme, war dies ungefähr das beste, was er mit seiner Zeit anzufangen wußte.

Jedenfalls war es besser als arbeiten, dachte er müde. Endlich einmal war sein Kopf frei von Ideen, von Überlegungen, die das nächste Experiment betrafen, oder irgendeinem Hinweis, dem nachzugehen sich lohnte. Er saß mit untergeschlagenen Beinen und dachte an so wenig wie möglich.

Etwas, was wir Westler längst schon vom Osten hätten lernen müssen: daß Schönheit in den kleinsten Dingen gefunden werden kann.

Das erdbraune tönerne Teegeschirr, das von den Ufern des Japanischen Meeres den Weg hierher gefunden hatte. Seine rauhen Oberflächen reflektierten die stumpfen Farben des Spätnachmittags in einer Weise, die nicht beschrieben, nur bewundert werden konnte. Die Formrillen an der Schale vor Saul konnten von einer Töpferscheibe herrühren, die seit Generationen in Betrieb war. Erst als Akio Matsudo sprach, erwachte Saul aus der Verzauberung.

»Die Wartezeit wird sich lohnen, Saul. Haben Sie Geduld!«

Wartezeit? dachte Saul. Ihm war nicht bewußt, daß er gewartet hatte.

Glanzlichter im schwarzen Haar des japanischen Arztes blitzten wie die Schneefelder des Asahi, während er sich mit dem Tee beschäftigte und Bemerkungen über die Schwierigkeiten machte, das Teewasser unter Bedingungen minimaler Schwere richtig zum Kochen zu bringen, allein schon durch die geschwächte Konvektion. Seine Stimme verschmolz mit dem Rascheln des Windes in den Kiefern.

»Ich werde jetzt einschenken«, verkündete Akio und hob die Schalen zur Kanne.

Saul hatte es nicht eilig, zur Sache zu kommen. Als die Zeremonie beendet und der Tee eingeschenkt war, plauderten sie über unwichtige Dinge – den Unfug der mathematischen Richtung innerhalb der Psychologie und die programmatische Erklärung marxistischer Theologen zur Politik der Kirchen. Die Zeitschriften waren voll davon gewesen, und sie bedauerten, daß Nikolai Malenkow nicht da war, und mutmaßten, wie er sich zu alledem gestellt hätte.

Akio schien es jetzt gesundheitlich besser zu gehen. Als einer von Sauls ersten Freiwilligen hatte er eine frühe Version der umgebauten Cyanuten genommen. Die Entscheidung war ihm nicht schwergefallen, da er nur die Wahl zwischen dem Risiko der Behandlung und dem sicheren Tod durch eine Leberinfektion gehabt hatte. Nun war die fahlgelbe Blässe aus seinem Antlitz gewichen, und er hatte zugenommen. Bald würde er sogar auf die Anwendung des mechanischen Ausgleichs zur Erhaltung des endokrinen Gleichgewichts, der ihn am Leben erhalten hatte, verzichten können.

Saul war sehr erfreut, seinen Kollegen wieder gesund und wohlauf zu sehen.

Er hatte Virginia, Marguerite van Zoon und Akio Matsudo helfen können. Später würde es vielleicht gelingen, auch für Lani und Betty Oakes und andere etwas zu tun.

Die Erinnerung an Miguel Cruz war noch immer schmerzhaft. Der Kapitän wurde mehr als jeder andere gebraucht. Aber Sauls Fähigkeiten und Möglichkeiten waren Grenzen gesetzt, mochte sein Glück noch so unerschöpflich scheinen.

Akio Matsudo setzte die Schale vor sich auf den Tisch, nahm bedächtig die Brille ab und putzte die Gläser. »Lieber Freund, vergeben Sie mir meine Derbheit, aber ich glaube, daß ich erklären sollte, warum ich Sie heute hierhergebeten habe. Ich bin der Meinung, daß es nun für Sie an der Zeit ist, sich in ein Kühlfach zu legen und auszuruhen.«

Saul stellte seine Teeschale auf den Tisch. Akio hob beide Hände.

»Bevor Sie protestieren, erlauben Sie mir bitte, daß ich Ihnen meine Überlegung erkläre. Es gibt viele Gründe.«

Er hob einen Finger. »Die Erste Wache sollte nur ein wenig länger als ein Jahr dauern. Der Jahrestag der Kolonie ist in diesem Monat. Und Sie waren einer der wenigen Zivilisten, die während der gesamten Herreise an Bord der *Edmund Halley* wach waren. Sie verlieren wertvolle Zeit Ihrer Lebensspanne. Es ist unfair, da gerade Sie weniger davon zu erübrigen haben als die jüngeren Leute.«

Saul schnaubte. »Was soll das, Akio? Wir mögen das Schlimmste hinter uns haben, aber der Alptraum ist noch nicht zu Ende. In Anbetracht der vielen Leute, die wir wiedererwecken mußten, und all der anderen, die krankheitshalber in die Kühlfächer kamen, kann es keinen Zweifel daran geben, daß die Wachen länger sein müssen, als geplant war. Sie wissen selbst, daß dieses Argument nicht taugt.«

Matsudo deutete eine entgegenkommende Verbeugung an.

»Das trifft sicherlich zu. Aber ich muß Ihnen sagen, daß Bethany Oakes mir vor ihrer Verabschiedung das Versprechen abnahm, Sie schlafen zu legen, sollten Ihre Symptome sich verschlimmern.«

»Sie haben sich nicht verschlimmert«, brummte Saul. »Es ist bloß wieder eine unangenehme Erkältung, wahrscheinlich ein Überbleibsel von einem Ihrer verdammten Viren zur Aktivierung der körpereigenen Abwehr. Ich erkenne das an der Art, wie es kitzelt, bevor ich niesen muß.«

Natürlich wußte er es besser. Er war voll von einheimischen Erregern, von Viroiden bis zu latenten Bakteroiden. Einige der Varianten nahmen den Zuckerkomplex nicht an und waren offenbar unempfindlich gegen sein neues Wundermittel.

Und er war älter als die meisten. Vielleicht machte ihn das verwundbarer.

Für Augenblicke drohte die kontemplative Benommenheit zurückzukehren. Das Gespräch hatte ihn an eine unheimliche Wahrnehmung erinnert, die er vor ein paar Tagen bei der Untersuchung einer eigenen Blutprobe gehabt hatte, ein Gefühl, daß etwas ...

Er schüttelte den Kopf. Nein, das war Unsinn. Es fehlte noch, daß er sich selbst verrückt machte.

»Es gibt einen zweiten wichtigen Grund.« Matsudo füllte ihre Schalen vorsichtig mit dampfendem goldbraunem Tee. »Wegen der Meuterei sind alle Anstrengungen dieses Jahres auf die Errichtung von Gewächshäusern an der Oberfläche und von Versuchspflanzungen in einer der großen Kavernen konzentriert. Die Hydrokulturen der *Edmund Halley* müssen am Leben erhalten werden, bis die neuen Einrichtungen fertiggestellt sind. Deshalb wird Evans gegenwärtig aufgetaut –

er ist der beste Ökologe, der uns zur Verfügung steht, und mit ihm wird Swatuto aufgetaut, der ihn unterstützen soll.«

Saul war das winzige Zögern, das der Nennung des Namens vorausgegangen war, nicht entgangen. Niemand sprach gern davon, und noch peinlicher vermied man jede Erwähnung der *Newburn*. Seit die Meuterer abgereist waren, hatte Saul niemanden je den Namen der verlorenen Transportsonde erwähnen hören, die inzwischen vollständig außer Reichweite war und sich mit jedem Tag weiter entfernte. Das Thema war völlig tabu.

»Ja? Das ist sehr gut, weil wir uns mit Evans abstimmen können. Es gibt viele Fragen im Zusammenhang mit dem Ursprung der heimischen Lebensformen, die ein Ökologe vielleicht besser beantworten kann als unsereiner. Ich bin nicht sicher, ob die alte Theorie wissenschaftlich noch haltbar ist.«

Akio blickte zur Bildwand, wo jetzt eine Sonnenuntergangsstimmung zu sehen war. Die Wolken waren orangerot und schwarzgrau, von atemberaubender Schönheit.

»Sie mißverstehen mich, lieber Freund. Dies bedeutet, daß wir in der biologisch-medizinischen Abteilung mehr Leute im Dienst haben werden als langfristig vertretbar ist. Übrigens ist Swatuto ein besserer Kliniker als Sie es sind, Saul. Das wissen Sie.«

»Deshalb habe ich mich auf die Forschung verlegt«, erwiderte Saul und suchte nach seinem Taschentuch. »Ich kann ... kann kranke Leute nicht ertragen.« Der Raum flimmerte, und Saul schloß die Augen und schüttelte den Kopf; dann beugte er sich zur Seite und nieste heftig.

Matsudo lächelte. »Niemand macht das so dramatisch wie Sie, Saul. Ich nehme an, es hängt mit Ihrer semitischen Nase zusammen. Im Ernst, Saul, das ist ein weiterer Grund. Verzeihen Sie, aber Sie sind die Ursache eines allgemeinen Zwiespalts. Die meisten Leute fürchten Ihre geräuschvollen Erkältungssymptome, obwohl sie Ihren Genius respektieren. Oberstleutnant Ould-Harrad und andere sind der Meinung, daß es für alle am besten wäre, wenn Sie für eine Weile ausruhten.«

Saul schüttelte den Kopf. »Mir wird jetzt erst klar, daß Sie es wirklich ernst meinen, Akio. Und das zu einem Zeitpunkt, wo meine Arbeit ...« Er brach ab, unfähig, mit wenigen Worten darzulegen, wie gut die Arbeit im Laboratorium voran- kam.

Dann war auch an Virginia zu denken. Ihre Liebe war das beste, was ihm in den letzten zehn Jahren widerfahren war. Die simulierte telepathische Einfühlung, die sie durch ihre gewagte, unkonventionelle Biokybernetik miteinander teil- ten, war in ihrer Weise so erregend wie seine biogenetische Arbeit. Sie leisteten beide Forschungsarbeit, die für ein hal- bes Dutzend Fachgebiete von Bedeutung war! Er selbst stand in fruchtbarem Meinungsaustausch mit den führenden For- schern daheim ...

»Dies soll in keiner Weise ein Versuch sein, Ihre Leistung zu schmälern, Saul«, sagte Matsudo beschwichtigend. »Sie haben tatsächlich Wunder gewirkt. Wie Sie wissen, finde ich Ihre Methoden entnervend, aber ich kann nicht leugnen, daß sie erfolgreich sind. Wenn wirklich jemand von uns über- lebt, wird es in nicht geringem Maß Ihnen zu verdanken sein.«

Saul schüttelte den Kopf. »Es gibt mehr zu tun! Wir müs- sen sehen, ob die Verfahren ...«

»Sie unterschätzen Ihren Erfolg!« erklärte Matsudo. Die Sache mußte ihn sehr bewegen, denn dies war das erste Mal in Sauls Erfahrung, daß er jemanden unterbrochen hatte. Akio bemerkte es selbst und schlug den Blick nieder. »Ver- zeihen Sie bitte. Aber ich habe Simulationen durchgeführt, und die Bodenkontrolle teilt meine Einschätzung der Ergeb- nisse. Die größeren einheimischen Organismen – insbeson- dere die Würmer – können durch ultraviolette und Ihre neuen Mikrowellenbestrahlung in Schach gehalten werden. Die Fungoiden sind durch die Verwendung präziser Fre- quenzmodulationen in der Bestrahlungstechnik gleichfalls unter Kontrolle.«

»Und die Krankheiten?«

»Bei allen, die Ihre neuen Cyanuten erhalten haben, ist eine dramatische Besserung der allgemeinen Symptome festzu- stellen. Zwar zeigen die Untersuchungen, daß es nur wenige wirkliche Heilungen gibt, aber das menschliche Immunsystem kann sich wieder behaupten.«

»Und?«

»Also wird es mit der Hilfe Ihrer Techniken gelingen, die Stellung zu halten. Sicherlich wird es auch weiterhin zu Erkrankungen kommen, auch zu Todesfällen, aber in einer sehr viel geringeren Rate.«

Darauf tat Akio etwas, was er selten tat: Er blickte Saul direkt in die Augen.

»Ich bewundere Ihre Leistung, Saul«, bekannte er. »Ein weiterer Grund dafür, daß Sie ins Kühlfach müssen, ist der, daß wir uns Ihren Verlust einfach nicht leisten können. Mehr als drei Jahrzehnte liegen vor uns, bis die harte Arbeit zur Zeit der Sonnenferne beginnt. Anschließend folgt eine noch längere Periode. Es wird immer wieder zu Krisen kommen. Neue, angepaßte Bakteroiden und Viroiden werden uns zu schaffen machen. Bitte betrachten Sie sich als unsere Geheimwaffe, unsere Reserve für Notfälle.«

Sein Blick bat Saul, einzuwilligen und nicht seinen Kopf gegen etwas zu setzen, was bereits beschlossen war.

Er hält mit etwas hinter dem Berg, dachte Saul. Politik? Befehle von zu Hause?

Im Laufe der zwei Monate, die seit der Meuterei vergangen waren, hatte Virginia die von daheim übermittelten Pressemeldungen ausgedruckt und für ihn gesammelt. Er war zu beschäftigt gewesen, um mehr zu tun, als sie zu überfliegen, doch hatte es den Anschein, als ob verschiedene Elemente in den Medien bemüht wären, zwei Expeditionsmitglieder zu Berühmtheiten zu machen.

Carl Osborn und ihn. Sie waren zu Hause die Helden des Sensationsjournalismus.

> DOC HALLEY-DAY UND WYATT PERCELL* IM
> KAMPF GEGEN SCHAUERLICHE BAKTERIEN
> UND ÜBERGESCHNAPPTE MEUTERER ...

---

* Abgewandelt aus Doc Holliday und Wyatt Earp, zwei legendären Gestalten des Wilden Westens – *Anm. d. Übers.*

Konnte es sein, daß die Herrschenden zu Hause nicht daran interessiert waren, diese Popularität allzulange währen zu lassen? Sowohl eine gesteigerte Person wie auch einen früheren Mitarbeiter Simon Percells in den Schlagzeilen?

Es wäre eine Ironie. Er hatte hier draußen Vergessen und Sicherheit gesucht, um am Ende keins von beiden zu finden.

Matsudo schlug den Blick nieder, und Saul begriff, daß es eine Sache war, die höheren Orts entschieden worden war, und daß es sinnlos wäre, seinen taktvollen Freund und Kollegen, dem dies alles sehr unangenehm sein mußte, mit Protesten zu überschütten.

Im übrigen hatte Matsudo recht. Die Verhältnisse hatten sich tatsächlich gebessert; zumindest sprach alles dafür, daß es in der vorhersehbaren Zukunft langsamer bergab gehen würde. Saul hatte gehofft, daß er mehr Zeit für seine Untersuchungen haben würde, um dem, was hier vorging, wirklich auf den Grund zu kommen.

Mit alledem hatte es mehr auf sich; es war nicht bloß ein Ringen um Leben und Tod zwischen Kolonisten und einheimischen Organismen. Es mußte sehr viel mehr daran sein, und er sah seine Aufgabe vor allem darin, es ans Licht zu bringen.

Aber wie wehrte man sich gegen Entscheidungen übergeordneter Instanzen?

Vielleicht sollte er Virginia überreden, mit ihm in die Stollen zu desertieren. Dort würden sie sich wie Ingersoll von den Grünalgen ernähren, die Kühlfächer der Tiere überfallen und ein paar Schafe auftauen, um sie aufzuziehen. Vielleicht Hirse in einer Höhle pflanzen und das Universum zum Teufel wünschen.

Die lächerliche Vorstellung lockte trotz seiner trüben Stimmung ein Lächeln auf seine Lippen.

»Ich muß drei Monate haben«, begann er das unausweichliche Geschachere. »Experimente sind zu beenden, und ich muß Swatuto einweisen. Außerdem benötigen Keoki und Marguerite mehr Detailwissen, bevor ich ihnen das Laboratorium überlassen kann.«

Matsudo schüttelte den Kopf. »Zwei Wochen sind alles,

was ich zugestehen kann ... alles, was ich riskieren kann, ohne Sie zu gefährden.«

Saul lächelte. »Ich werde eine Ausbildungsanleitung für zukünftige Wachen schreiben müssen – wie die Cyanuten einzusetzen sind und wie man mit dem Mikrowellenstrahler umgeht ... Acht Wochen sind das Minimum.«

Nach längerem Schweigen seufzte Matsudo ergeben. »Ich fürchte für Sie, Saul. Aber ich bin auch eigennützig. Ich gebe zu, daß es gut sein wird, Sie soviel länger hier zu haben.«

Der Immunologe blickte zum Wandbild, wo die Schneehänge des Asahi-Berges rosa überhaucht im Widerschein des Sonnenuntergangs leuchteten. Ferne Wolkenfronten verbargen flackernde Blitzentladungen.

»Das Fleisch ist schwach«, sagte er leise und nahm die Brille ab, um sie von neuem zu putzen. »Und wo nur der Schnee fällt, ist es einsam ohne Freunde.«

13

Juni 2062:
VIRGINIA

Unterwegs zum Kühlfachkomplex ging ihr eines ihrer Gedichte – wenn sie einen so bedeutungsvollen Namen verdienten – durch den Sinn.

> Deine Moschushöhlen,
> sandfarbene Furchenhaut,
> dein festgefügter Knochenkäfig
> behaust ein Herz,
> das ich verschlingen möchte.
> Ach hätten wir
> mehr der langsamen Tage.
> Ich könnte reimen
> zum Ticken der Zeit;
> der lange Weg in die Kälte

könnte nicht schneiden
die uns verbliebenen Jahre.
Doch unsere Tage, ihr Nornen,
sind noch nicht abgetan.
Mögen sie schwinden
zu nichts; aber sie werden
in der Sonne uns sehen.
Hand in Hand.

Sie schlüpfte in den Vorbereitungsraum. Saul lag bereits unter dem kühlen, blassen Licht im Träger, umgeben von schimmernden Stahlzylindern und Schlauchleitungen. Carl Osborn half Keoki Anuenue bei der Herstellung der Anschlüsse. Das netzartige Geflecht des Trägereinsatzes, durch dessen intergriertes Leitungssystem intravenöse Nährflüssigkeit und Luft zugeführt und Ausscheidungen abgesaugt wurden, gemahnte an ein vereinfachtes Modell des menschlichen Blutkreislaufs. Saul war noch wach, aber schläfrig. Sein Blick fand sie, als sie an seine Seite trat.

Carl blickte von den soeben angebrachten Kontakten zur Kreislaufüberwachung auf. »Wo, zum Teufel, hast du gesteckt? Ich habe den offenen Kanal abgehört. Gerade als ich hier anfing, sind die Maschinen ausgefallen.«

»Ich weiß.«

»Ach, ist der Fehler schon behoben?«

»Es wird in Ordnung gebracht, wenn ich die Anweisung gebe«, sagte sie mit Betonung.

Carl richtete sich auf. »Was soll das heißen?«

»Ich habe sie alle ausgeschaltet. Und ich werde sie erst wieder in Betrieb setzen, wenn du und Ould-Harrad meinem Wunsch entsprecht.«

Anuenue setzte seine Arbeit an Saul fort, ohne der Unterbrechung zu achten, aber Carl legte die dünne Zange aus der Hand und zog Virginia ein Stück beiseite, wo der Assistent sie nicht hören konnte. »Du ... drohst uns?«

»Nennen wir es ein Versprechen.«

»Versprechen! Was zum Henker ...?«

»Entweder läßt du mich jetzt ins Kühlfach, oder ihr werdet

aus mir und den Arbeitsmaschinen keine brauchbare Leistung herausbringen.«

»Das ist Ungehorsam! Erpressung!«

»Nenne es, wie du willst! Aber tu es!« Virginia preßte die vollen Lippen zu einer dünnen, blassen Linie zusammen.

»Wir brauchen dich.«

»Es gibt andere Programmierer – ihr könnt einen aufwecken. Und Johnvon kann eine Menge Funktionen übernehmen. Ich habe seine Fähigkeiten verbessert.«

»Ein Computer kann dich nicht ersetzen.«

Gut. Wenn es gelang, ihn zu rationalem Argumentieren zu bringen, war die Partie halb gewonnen. »Johnvons allgemeine Organisationsstrukturen sind besser als die meinigen. Er beherrscht auch Selbstprogrammierungen höherer Ordnung. Das macht ihn sehr anpassungsfähig.«

»Aber deine Erfahrung ...«

»Hör zu, ich verhandle hier nicht. Ich verlange.«

Carl seufzte, und sie sah, daß er abgespannt war. Nicht körperlich – sein festes Kinn und die vollen Wangen waren gesund und gerötet, ein willkommener Anblick in diesen Tagen –, aber geistig. Ould-Harrad war ein frustrierender Vorgesetzter. Carl mußte seine liebe Not haben, dringende Entscheidungen von ihm zu erhalten. Und sie machte es ihm nicht leichter.

»Willst du mir weismachen, Johnvon würde mit einem anderen Computerspezialisten arbeiten? Schließlich ist er dein Baby, ganz auf dich zugeschnitten.«

»Ich habe ihn angewiesen. Als Vorschrift, unter Verwendung des alten Programmrahmens. Genauso wie ich ihm befohlen habe, die Maschinen stillzulegen, bis ich ihm den Gegenbefehl gebe.«

Carl blitzte sie zornig an. »Also doch Erpressung!«

»Nenne es eine Verhandlungsposition.«

»Du sagtest, daß du verlangtest, nicht verhandeltest.«

Ein Achselzucken. »Das kannst du übergehen. Laß mich ins Kühlfach, oder nichts wird getan!«

»Wir könnten Johnvon stillegen und die Maschinen über den Zentralrechner einschalten.«

Damit hatte sie gerechnet. »Wenn ihr ihn bei Bedarf wieder einschalten müßt, wird er sofort wieder die Maschinen stillegen.«

Carl zeigte mit dem Finger auf Saul. »Er hat dich dazu angestiftet.«

»Nein. Ich habe darüber nicht mit ihm gesprochen. Ich habe ... mich selbst entschlossen.«

Carls Stimme klang gepreßt, als er weniger laut als zuvor sagte: »Du ... liebst ihn so sehr?«

Dies war nicht die Zeit, sich um irgend etwas anderes als um Resultate zu kümmern. Carls Gesicht war gerötet, sein Atem ging schwer. Wenn er merkte, wie unsicher sie selbst war, wieviel Nervenkraft es sie kostete, dies zu tun – »Ja. Du hast es die ganze Zeit gewußt.«

Irgendwie dämpfte diese einfache Erklärung Carls Zorn. »Du ... willst die gleiche Zeit im Kühlfach verbringen?«

»Wir gehören zusammen.«

Carl seufzte wieder. »Verdammt ernste Sache, die Maschinen zu blockieren. Klarer Fall von Sabotage. Ich könnte dich in die Haftzelle stecken und schmoren lassen, bis du schwarz wirst oder die Sperre aufhebst.«

»Ich mußte zeigen, daß es mir ernst ist. Ich will ohne Saul nicht leben. Insbesondere nicht, weil niemand wirklich weiß, wie lange die Dinge hier noch zusammenhalten werden.«

»Wir haben die Krankheiten besiegt, sagt Saul.«

»Ja, einstweilen. Aber wie sieht es mit den langfristigen Wirkungen aus? Wir brauchen gesunde Leute, die in Jahrzehnten Dienst tun können. Leute, die in gutem Zustand aus dem Kühlfach kommen, bereit, die Arbeit aufzunehmen. Das trifft auf Saul und mich zu. Du weißt, daß wir überleben können.«

Sie brachte die Argumente vor, wie sie sie einstudiert hatte. Die Argumentation war lückenhaft, aber sie sah jetzt, daß Carl in seinem desorientierten Zustand verwundbar für sie war, unfähig, zusammenhängende Einwände vorzubringen. Vielleicht würde er tatsächlich froh sein, sie und Saul los zu sein; sie vermutete, daß ihre Liebe ihm ein ständiges Reizmittel war.

Carl wandte sich zum Assistenten. »Keoki, könnten Sie noch etwas Kleintex-Lösung aus dem Lager holen?«

Der andere nickte und ging.

Auf einmal schien Carl nachdenklich, beinahe benommen. »Carl ... ich weiß, es ist eine schwere Zeit ...«

Er rang offenbar mit inneren Konflikten. »Weißt du, ich achte nie auf die Leute um mich ... Weiß nie, was sie denken, fühlen ...«

»Nein, das ist nicht wahr, du ...«

»Ich habe Lani nie gesehen«, sagte er mit Bitterkeit. »Immer träumte ich nur von dir. Als ich sie dann in die Kühlung gehen sah, aufgefressen von dieser verdammten Krankheit ... Ich hätte mich mehr um sie kümmern können, wenn ich ...«

»Wenn du ein Übermensch gewesen wärst, ja«, sagte sie, froh über die Wendung, die das Gespräch genommen hatte. »Wir alle haben unser Letztes geben müssen, Carl. Du kannst dir keine Vorwürfe machen, weil du nicht für alle Leute alles gewesen bist.«

Er antwortete nicht, befühlte geistesabwesend die Leitungen der Überwachungsaggregate, deren Kontakte Sauls Körper bedeckten. Virginia sah, wie sein Gesicht einen Ausdruck trauriger Nachdenklichkeit annahm. Er seufzte, dann blickte er in Sauls entspanntes Gesicht und fragte: »Können Sie verstehen?«

Ein Nicken.

»Sie kommt mit Ihnen.«

Ein leichtes Lächeln. Die faltige Haut um seine Augen runzelte sich in unverkennbarer Freude.

Sie fragte Carl: »Sein Sprachzentrum ...?«

»Ich kann es wieder anschließen, wenn du willst. Oder Matsudo rufen, wenn du meinem Gefummel nicht traust.«

Sie drückte ihm zärtlich die Hand, bekümmert, daß es so hatte kommen müssen. »Nein, laß nur! Ich denke, wir verstehen uns auch ohne Worte.«

Saul nickte.

Carl blickte von Saul zu ihr und zurück. Seine Miene war starr. Virginia verspürte Mitleid; ein rücksichtsloses Geschick

hatte ihn allzu rasch in den Mittelpunkt der Ereignisse gestoßen. Sie bedauerte, daß sie gezwungen gewesen war, zu un-
würdigen Mitteln zu greifen, um ihr Ziel zu erreichen. Aber
es gab kein Zurück.

»Wir werden dich innerhalb der nächsten Wochen ins
Kühlfach stecken«, sagte Carl in geschäftsmäßigem Ton,
nachdem er aus einem inneren Reservoir Kraft geschöpft hatte. »Zuerst tauen wir deine Ersatzperson auf, damit du sie
unterweisen kannst. Wir werden die Sache mit dem Ausschuß regeln müssen und sehen, ob eine Einigung erzielt
werden kann, wer wiedererweckt wird: ein Percell oder ein
Ortho. Das Übliche. Das sollte weniger als einen Monat in
Anspruch nehmen. Wir werden die nötigen Schritte einleiten, sobald die Maschinen ihre Arbeit aufgenommen haben
und Johnvons Programm geändert ist.«

Sie konnte ihn nicht ansehen und ließ ihren Blick auf Saul
ruhen. »Ich werde Johnvon durch eine der Maschinen eine
permanente manuelle Funktion geben.«

»Die Einzelheiten interessieren nicht. Du hast gewonnen.
Darauf kommt es an.«

Sie nickte, unfähig zu sprechen oder ihn anzusehen.

Lange stand er schweigend im feuchten Dunst der Kühl-
hausatmosphäre. »Die Leute, an denen mir am meisten lag,
entgleiten mir alle ...« Dann hob er die Schultern. »Weißt du
... ich werde euch zwei vermissen.«

VIERTES BUCH

Der Fels
in der Wüste:
2092

Was uns die Natur nicht tut,
wird von unseren Mitmenschen getan.

TOM LEHRER

1

SAUL

Die Welt kehrte langsam zurück, und nicht allzu angenehm. Es prickelte bis in die Wurzeln seiner Nerven, und dann fing alles an zu jucken.

Er konnte sich nicht kratzen.

Später, als das Prickeln endlich nachließ, stellte sich zum erstenmal ein Gefühl empfindlicher Kälte ein.

Diese allmähliche Rückkehr zum Bewußtsein glich einem fiebrigen Frösteln, einer schlimmen Krankheit, in deren Verlauf der Geist gelähmt und die Gedanken in Bruchstücken zerstreut sind, und doch weiß ein Kern, daß er denken will, daß er herausbringen muß, was fehlt und wie es behoben werden kann.

Auch war es wie ein Alptraum, mit verschwommenen Bildern, undeutlichen Geräuschen und Stimmen, die murmelten und wieder verschwanden, ohne Erklärung und Sinn. Nur der Träumer wußte, daß es diesmal kein rasches, erleichtertes Erwachen geben würde.

Es gab nur einen Weg aus diesem Traum: ein langes, langsames Weiterdämmern bis zum Ende.

Die erste Gewißheit, daß er nicht phantasierte, kam für Saul, als eine leere weiße Fläche über ihm langsam Schärfe gewann. Seine Augenlider zuckten in zögernder Rückkopplung, gehorchten dann seinem Willen.

Schließen, lautete sein Befehl. Das Licht wurde zu einem angenehm gedämpften rosigen Ton.

Öffnen! befal er hastig, in Sorge, die Welt sei wieder von ihm gewichen. Aber Nerven und Muskeln reagierten prompt: ein Sturzbach von Licht brach über ihm herein.

Es ist kalt ... Kalt wie das Herz des Hohenpriesters.

Und ein trockener, frostiger Morgen in den Hügeln Judäas erstand in der Erinnerung, der Duft hundertjähriger Zedern und die Beklemmung einer zu Grabe getragenen Hoffnung.

In der Richtung von Gan Illanna rötete Feuerschein den

Himmel. Auch auf dem Herzlberg brannte es. Aber in Jerusalem rückten die Armeen des Herrn singend vor, auf einer Seite angeführt von einem Dickicht goldener Kreuze, auf der anderen Seite vom Mahdi und den Mullahs der Salawiten. Und in der Mitte, ein großes Modell der nachgebauten Arche auf den Schultern, die Kahanim-Priester des neuen Senhendron. Die Gläubigen umbrandeten die Ruinen ausgebrannter und zerschlagener Busse, ließen Freudengesänge ertönen und trugen Mauersteine und Mörtel.

Unfähig, etwas anderes außer seinen Augenlidern zu bewegen, schien Saul alles noch einmal zu sehen, in blassen Farben auf die weiße Decke projiziert. Es war eine von Rauch und Aberglauben geschwängerte Erinnerung.

Angehörige der UN-Friedenstruppe standen Wache, als die Architekten die Flaggen der drei Glaubensrichtungen auf dem Tempelberg entrollten und das Land in drei Sprachen zum Heiligen Boden proklamierten. Die gepanzerten Fahrzeuge hatten nicht eingegriffen, um die Ausschreitungen zu beenden. Und die Weltpresse berichtete kaum über das Gemetzel an jenen, die sich der neuen Theokratie widersetzten.

Für die Welt war es ein großer Tag. Ein seit hundert Jahren gärender Unruheherd war zur Ruhe gekommen. Milliarden betrachteten es als Wunder, als Vertreter dreier großer Glaubensgemeinschaften sich zum heiligen Zweck verbündeten.

Dem Höchsten einen Tempel zu erbauen.

Eine Prophezeiung zu erfüllen.

Einen Ort für das Gespräch mit Gott zu errichten.

Selbst nachdem die Feuer niedergebrannt waren und nachdem die Leviten, Salawiten und Tribulationisten den Bund besiegelt hatten, erhob sich noch Rauch zum Berg Zion, von wo er das Geschehen beobachtet hatte. Der kräftige, süße Duft am Spieß gebratener Opferlämmer.

Der Weihrauch des Levitikus stieg abermals in den Himmel und kräuselte sich unter der Nase des Herrn.

Saul schloß wieder die Augen und schlief.

Beim nächsten Erwachen gab es Bewegung. Eine Gestalt kam in Sicht. Er zwinkerte, versuchte schärfer zu sehen.

Es war ein älteres, strenges Gesicht. Aber er erkannte es.

Jemand befeuchtete ihm die Lippen. Er bewegte die Mundmuskulatur und brachte es fertig, eine Silbe zu flüstern.

»C ... Carl?«

Das Gesicht über ihm nickte. »Ja, ich bin's. Wie fühlen Sie sich?«

Saul zog die Brauen hoch. Jede Bewegung seiner Gesichtsmuskeln geschah wie gegen einen Widerstand. Es war sehr mühsam. Sein angedeutetes Achselzucken besagte mehr, als Worte es in diesem Augenblick tun konnten. Carl Osborn antwortete mit einem Lächeln, das nicht gerade freundlich aussah, eher ironisch. »Gut. Ihre Wiederbelebung nimmt den normalen Verlauf. Sie werden bald wieder auf den Beinen sein.«

Sauls Kehle und seine Stimmbänder waren ausgetrocknet und wie staubig. Jeder Laut schmerzte. »Gibt ... gibt es jetzt Frieden?«

Carl sah ihn verwundert an, dann schüttelte er den Kopf. »Die meisten Erwachsenen fragen nach dem Datum. Oder, wenn sie schon einmal draußen gewesen sind, fragen sie, ob wir die Algen und das einheimische Zeug besiegt haben. Aber Sie nicht. Saul Lintz fängt gleich mit den schwierigen Fragen an.«

In der Bemerkung war keine Feindseligkeit, und es gelang Saul, das schiefe Lächeln des anderen mit einem eigenen zu beantworten. »Gut, also ... welches Datum haben wir?«

Carl nickte. »Acht Jahre vor dem neuen Jahrhundert.«

So, dachte Saul. Dreißig Jahre. Das war ein langes Nickerchen.

»Sonnenferne ...«, murmelte er.

»Nicht mehr weit davon«, sagte Carl. »Wir sind jetzt dreißig A.E. draußen. Sie sollten die Sonne sehen. Nicht viel heller als der Mond in einer Wüstennacht.«

Wo noch kein Mensch je gewesen ist.

»Die Rückstoßgeräte zur Kursbeeinflussung?« fragte Saul. »Sind sie ...«

Carls Miene verfinsterte sich. »Wir werden sie bauen.«

Saul konnte aus diesem Ausdruck viel herauslesen; er beantwortete seine erste Frage. Kein Friede. Aber sie waren noch da, also konnte es nicht allzu schlecht sein.

Sein Körper fühlte sich an, als ob er aus Blei gemacht wäre, aber er konnte den Kopf ein wenig zur Seite drehen. »Wer hat jetzt die Leitung? Kuyamato? Trugdorff? Johannson?«

Carl schüttelte den Kopf. »Alle tot oder tot im Kühlfach.« »Wer dann?«

Carl zuckte die Achseln. »Ich bin Offizier vom Dienst. Wenn jemand die Leitung hat, dann bin ich es.«

Saul versuchte, die Neuigkeit zu verdauen.

Osborn war älter, härter geworden. Saul fragte sich, wie viele weitere Jahre Carl wachend verbracht hatte, während er selbst im Nirwana gewesen war.

»Sie brauchen also einen Arzt?« Wenn er es recht bedachte, war seine Wiederbelebung keine Selbstverständlichkeit, nicht, wenn die Entscheidung bei Carl lag.

»Ja, so ist es. Wir brauchen einen Arzt. Und die Kontrollstation zu Hause meinte, es könnte der geeignete Zeitpunkt sein, Sie einen weiteren Blick auf die Krankheiten tun zu lassen. Einige zeigen veränderte Symptome, offenbar durch Mutationen der Erreger.«

Carl blieb noch einen Augenblick länger über ihn gebeugt, die Lippen zusammengepreßt. Dann sagte er: »Ich sollte ehrlich mit Ihnen sein, Saul. Der Hauptgrund, daß ich Sie vom Eis genommen habe, ist der, daß wir Virginia brauchen.«

»Virginia«, hauchte Saul. Erinnerte sich.

Carl nickte. »Ruhen Sie sich aus! Sie werden nicht viel zu tun haben. Nicht sofort. Ich werde später noch mal hereinschauen.«

Saul sagte nichts, als Carl aus seinem peripheren Gesichtsfeld verschwand. Die Jahre mußten noch sortiert werden. Träume, die er nicht richtig erlebt hatte, waren wie Wasser hinter einem unter dem Druck ächzenden Staudamm. Gesichter flackerten wie Spielkarten beim Mischen.

Gesichter von Frauen – Miriam, Virginia, Lani Nguyen. Gesichter von Kameraden wie Nikolai Malenkow, die vor seinen Augen gestorben waren.

Und der Geist Simon Percells. Durch das Fibergewebe und die Isolation der Wände, durch den Eisberg, der ihn umgab, glaubte Saul beinahe ein leises, ironisches Lachen zu hören, das bei ihm blieb, als er in tiefen, natürlichen Schlaf sank.

Zweimal wurde er geweckt, um kurz darauf wieder einzuschlafen. Das erste Mal, als eine Assistentin, die er als Besatzungsmitglied der *Edmund Halley* wiedererkannte – jetzt eine Frau mittleren Alters mit einem seltsam grünlichen Flecken auf einer Gesichtshälfte –, ihn freundlich begrüßte und ihm etwas zu trinken anbot. Er mußte sie bitten, langsam zu sprechen, weil sie einen komischen Akzent angenommen zu haben schien.

Beim nächsten Mal war ein eigentümlich stattlicher, aber völlig haarloser Mann sein Fürsorger. Eine Brandnarbe auf einer Wange glich eher einem Brandzeichen als den Spuren einer Unfallverletzung. Saul hielt es für klüger, keine Fragen zu stellen.

Abwarten! Augen und Ohren offenhalten! Lernen!

Die mit der Wartung der Kühlfächer beauftragten Techniker waren nicht so geschäftig wie in früheren Zeiten. Das Arbeitstempo war gemächlich, doch glaubte er darunter eine Spannung auszumachen. In den gedämpft geführten Gesprächen, die er bruchstückhaft mithörte, kamen Worte und Wendungen vor, mit denen er nichts anzufangen wußte. Beim nächsten Schichtwechsel durfte er aufsitzen und sah, daß die neuen Techniker ihren Arbeitsbeginn mit einer Art Zeremonie einleiteten.

Nein, es gab keinen Frieden.

An der Schalttafel leuchteten zwei Signallampen, die Erholung anzeigten. Eine für ihn, eine für Virginia. Sie hatte ihr Versprechen gehalten und war ihm den Strom der Zeit hinab gefolgt.

Ein kluges Mädchen, dachte Saul. Ich wußte, daß sie es schaffen würde.

Und er konnte nicht erwarten, ihr zu sagen, wie sehr er sie liebte ... wie alt sie inzwischen auch sein mochte.

Mit diesem Gedanken schlief Saul wieder ein, wissend, daß er beim nächsten Erwachen kräftiger sein würde.

2

CARL

Die Keplerschen Gesetze schienen jetzt beinahe biologisch zu sein. Carl betrachtete die Darstellung der Umlaufbahn und seufzte. Einer langen Ellipse von der Sonnenwärme hinaus ins Dunkel zu folgen, hatte viel vom Prozeß des Alterns.

Man beginnt mit einer erhitzten, fiebrigen Zeit, wo die Bewegungen rasch sind und das Leben allenthalben verheißungsvoll Knospen treibt. Frühling, eine schwellende Wärme, dann der kurze Sommer der Reife. Er geht vorbei, das Leben wird ruhig, die nüchterne Realität dringt ein, man wird langsam und kühl und findet sich mit der fundamentalen Feindseligkeit des Universums ab. Wie mit dem Alter.

Einfache Newtonsche Dynamik konnte alles erklären. Der geniale Exzentriker Kepler hatte die grundlegenden Gesetze der elliptischen Bahnbewegungen der Planeten in einer klassischen Manier abgeleitet, indem er die Beobachtungsdaten immer weiter vervollkommnet und die Berchnungen vervollständigt hatte, bis sich zur gesetzmäßigen Struktur ordnete, wo das Auge eines flüchtigeren Betrachters nur ein Durcheinander von Zahlen sehen würde. Nach jahrelangem Umgang mit Bergen von Daten, getreulich zur Verfügung gestellt von den einander ergänzenden Datenverarbeitungssystemen der Zentrale, respektierte Carl diese Fähigkeit jetzt weit mehr, als er es in früheren Jahren vermocht hätte.

Er ließ die holographische Simulation der Kometenumlaufbahn vorrücken und vergrößerte gleichzeitig den Maßstab; der wärmere Bereich der inneren Planeten schrumpfte zusammen, bis die fein gezeichneten Kreisbahnen vom Licht des Zentralgestirns überstrahlt wurden. Sie waren jetzt weit jenseits der Saturnbahn und näherten sich mit quälender Langsamkeit dem Punkt der Sonnenferne außerhalb der Bahn des Neptun. Die nachlassende Anziehungskraft der Sonne zog den Eisberg langsam wie an einem Schürzenzipfel aus Sommerfäden zurück, bevor er sich im Weltall verlieren konnte.

Noch immer kam Carl alle paar Tage zur Zentrale, um nachzusehen, die Konsolen zu berühren und den Glauben, daß diese lange Nacht ein Ende haben müsse, zu erneuern. Es war wie das Altwerden.

Wie alt war er überhaupt? Zwei Jahre Dienst unter Ould-Harrad, nachdem Saul und Virginia in die Kühlfächer gekommen waren. Er war froh gewesen, selbst in diesen frostigen Schlaf absinken zu können, abgenutzt von der Arbeit, deprimiert von Uneinigkeit und Parteienstreit.

Dánn eine weitere Wache unter Leutnant Morgan, ein Jahrzehnt später. Weniger quälend, aber langweilig. Er hatte alles mögliche versucht, um die Monotonie von Eis und Dunkelheit zu ertragen; er mußte jedes Band in der Bibliothek ein Dutzend Mal abgespielt haben. Johnvon hatte sich durch die Arrangements und Verschmelzungen von Sensationen und Dramen als hilfreich erwiesen. Da hatte es einige komische, köstliche Effekte gegeben ... Trotzdem, hätte die Wache viel länger als zwei Jahre gedauert, so wäre er reif für die Gummizelle gewesen.

Und nun waren es schon wieder – was? Vier Jahre? Es kam ihm länger vor, seit Calciano ihn geweckt hatte, daß er seinen Platz einnehme. Der arme Kerl war auch ziemlich erledigt gewesen.

Er betrachtete seine Spiegelung in einem abgeschalteten Bildschirm nahebei, sah die grauen Stellen an den Schläfen. Nun ja, Virginia schätzte die älteren Herren ... Vielleicht konnte er jetzt konkurrieren. Damals war es vielleicht schwieriger gewesen, mit ihm auszukommen; er war ungeduldig und idealistisch und ziemlich barsch gewesen. Inzwischen aber ...

Er schüttelte den Kopf. Was immer er als Mann wurde, war zweitrangig. Sein Hauptaugenmerk war darauf gerichtet, ein tüchtiger Kommandant zu sein, oder was in diesen Zeiten als ein solcher angesehen wurde. Sich von einem Tag zum anderen durchwursteln, die Zusammenarbeit der Fraktionen mit minimalen Reibungen zu ermöglichen ... Liebend gern wäre er in den traumverlorenen Kälteschlaf zurückgeglitten, hätte losgelassen und die Heimkehr abgewartet ...

Aber in den Kühlfächern war niemand übrig, dem er die Ausführung der wichtigen Manöver zutraute, die vor ihnen lagen. Die Projektion zeigte, daß sie nur noch eine Fingerbreite vom Wendepunkt der Sonnenferne entfernt waren, der als einsamer blauer Stecknadelkopf markiert war.

Er hatte Zeit gehabt, seine Kenntnisse über den Halleyschen Kometen zu erweitern, etwas, was er bei seiner Bewerbung für diese Mission übergangen hatte. Zu der Zeit war es ihm irrelevant vorgekommen: Halley war ein Eisball wie viele andere, der auf seiner langelliptischen Umlaufbahn weit ins äußere Sonnensystem und in Bereiche vordrang, die niemand je gesehen hatte. Das war für einen ehrgeizigen jungen Mann von fünfundzwanzig Jahren genug gewesen.

Sie begleiteten den Kometen auf seiner einunddreißigsten Sonnenumkreisung, seit ein Chinese im Altertum die ersten Aufzeichnungen über die Beobachtung des schimmernden Lichtstreifens am Himmel gemacht hatte – eine Zeitspanne, neben der die langen Jahre, die Carl wachend verbracht hatte, wie nichts erschienen, und an der die großen Reiche der Menschheit zuschanden wurden. Die vierte beobachtete und aufgezeichnete Erscheinung im Jahre 11 v. Chr. kam dem Geburtsdatum des Jesus von Nazareth nahe, und manche sagten später, sie müsse der Stern von Bethlehem gewesen sein.

Wir könnten jetzt Erlösung brauchen, dachte Carl und schaltete die Darstellung aus. Und wo steckt dieser verdammte Jeffers?

Die Stahltür knarrte, und wie gerufen erschien Jeffers, dessen langer rostbrauner Bart wie gespenstisches Moos über den Halsring seines Schutzanzuges hing. Er hatte die Meinung vertreten, daß es nur vernünftig sei, Haupthaar und Bart wachsen zu lassen, da sie eine dringend benötigte natürliche Isolierung darstellten. Carl hatte gekontert, daß das Haar in das Schraubgewinde am Anzug gerate und das Innere des Helmes mit seinen verschiedenen eingebauten Funktionsteilen beschmutze, aber er wußte, warum Jeffers Gefallen daran fand: es verschaffte ihm das Aussehen eines weisen Methusalem, eines alten Einsiedlers im Walde.

»Was gibt's Neues?« fragte Jeffers. Sein gedehnter Süd-staatenakzent war mit den Jahren womöglich noch ausge-prägter geworden. Alle versuchten, die Bande mit der fernen Heimat am Leben zu erhalten.

Carl zuckte die Achseln. »Ich habe gestern die wöchentli-che Meldung abgesandt. Erhielt heute die übliche Kurzbe-stätigung, dreizehn Stunden zwölf Minuten später.«

»Neuigkeiten?«

»Hier.« Carl drückte eine Taste, und ein Inhaltsverzeichnis rollte ab. Er stoppte es bei einer NACHRICHTEN-Eintragung und schaltete den Bildschirm ein. »Eine Augenweide für dich.«

Eine Ansagerin lächelte sie an. Ihr Oberkörper war mit kühnen Ornamenten kunstvoll bemalt. Die Farben schillerten bei jeder Bewegung und jedem Atemholen, während sie in einem Ton schwärmerischer Begeisterung sagte: »Wegen Er-regung öffentlichen Ärgernisses in zwei Fällen festgenom-men wurden heute Starlet Angela Xeno und Compassatino Rilke, Linienspieler der Westgoten.« Eine Einblendung zeigte ein lächelndes, spärlich bekleidetes Paar. »Eingeweihte be-haupten, der Zwischenfall sei als Werbung für das bevorste-hende Spiel der Westgoten gegen die Verschwender insze-niert worden. Wenden wir uns nun ...«

Carl schaltete aus. »Es gibt auch drei neue Pornos, wenn du sie willst.«

Jeffers machte ein Gesicht. »Ach nein, ich werde allmählich so, daß ich das Zeug nicht mehr ertragen kann.«

»Ich auch nicht.« Er hatte es nie gemocht, aber es war eine gute Idee, den Geschmack von Leuten, mit denen man arbei-ten mußte, nicht herabzusetzen; eine weitere kleine Weisheit, die er gelernt hatte.

»Wann kommt Malcolm?«

»Muß jede Minute hier sein.«

Die Zentrale war einer von zwei allgemeinen Versamm-lungsplätzen für alle Fraktionen. Bei der Arbeit in den Pflan-zungen trafen sie notgedrungen zusammen, aber die Zen-trale bot sich als der Ort an, wo man verhandelte.

Jeffers glitt in einen Sessel und reckte die Arme. »Bin gerade von der Oberfläche zurückgekommen. Man kann dort draußen kaum etwas bewegen, so viele von den Maschinen sind zu Reparaturen unter Tage; und die anderen schleppen sich herum, als wären sie betäubt.«

Carl nickte. Jeden Moment verschlimmerte es sich ein wenig. Die andauernde Kälte, die technischen Pannen, die Schwierigkeit, Ersatzteile herzustellen und Reparaturen auszuführen ... »Ich frage mich, ob in der Hilfssendung ein paar von diesen Titanzylindern mit Werkzeugmaschinen und Ersatzteilen sein werden.«

»Hoffen wir es«, sagte Jeffers. »Man muß sich wundern, wie sie es geschafft haben, all diese Teile und Versorgungsgüter in ein so kleines Paket hineinzubringen.«

»Sie haben die Antriebstechnik verbessert, nehme ich an. Schließlich sind mehr als dreißig Jahre vergangen.«

Im Versand hochwertiger Güter zu Stationen auf dem Mars und einzelnen Asteroiden mit Hilfe von Transportsonden hatte es zweifellos große Fortschritte gegeben. Dennoch war vor drei Jahren die Ankündigung der Bodenkontrolle, daß eine Ladung dringend benötigter Ersatzteile und Versorgungsgüter mit enormer Beschleunigung hinausgeschossen werden sollte, überraschend gekommen. Die Sendung wurde noch vor dem Punkt der Sonnenferne erwartet und konnte eine wesentliche Hilfe für die dann einzuleitende Bahnveränderung des Kometen sein. Selbst wenn man drei Jahrzehnte technischer Verbesserungen berücksichtigte, kam eine solche Sendung teuer, wenn die Kosten auch in keinem Verhältnis zu den Investitionen standen, die bereits in die Halley-Mission gesteckt worden waren.

»Ich habe die optische Beobachtung durch Johnvon überprüfen lassen und eine Messung bekommen«, sagte Jeffers. »Das Carepaket wird von einem Fusionsmotor angetrieben. Eine orangefarbene Stichflamme am Heck.«

»Verlangsamt es schon?«

»Ja, aber nicht viel. Nehme an, sie werden erst am Schluß auf die Bremse treten.«

Obwohl das Zusammentreffen erst in zwei Jahren stattfinden sollte, mußte das ›Carepaket‹ nach wie vor vier Kilometer pro Sekunde zurücklegen, um längsseits zu kommen. Die Nachricht, daß eine Sendung mit Hilfsgütern unterwegs sei, hatte der allgemeinen Moral enormen Auftrieb verliehen. Carl hoffte, daß die Ankunft der Sonde eine noch unvergleichlich größere Wirkung tun und etwas von dem Geist würde wieder aufleben lassen, der die Mission in ihren ersten Tagen ausgezeichnet hatte.

»Major Clay – unser neuer Kontaktmann – sagte, er habe eine Flasche 1986er St. Emilion Margaux Malescot beigefügt.«

»Sieh an! Ich kann es zwar nicht aussprechen, aber beim Austrinken werde ich gern helfen.«

»Eine Flasche vom Besten und aus dem Jahr des letzten Erscheinens des Halleyschen Kometen«, sagte er.

»Großartig. Origineller Gedanke.«

Jeffers war höchst erfreut über diese Nachricht. Carl hatte Einzelheiten über die Sendung aufgespart und teilte sie zur Stärkung der Moral von Zeit zu Zeit aus. Sicherlich war es eine extravagante Geste, alten Wein durch das Sonnensystem zu befördern, aber die Leute zu Hause verstanden trotz mancher Modetorheiten noch immer etwas von der Psychologie isolierter Gruppen. Es war eine wirklich meisterhafte Note.

Jedenfalls eine erhebliche Verbesserung gegenüber der Hysterie unter Ould-Harrad, dachte Carl. Einen Monat war man ein Held, im nächsten ein Percell-Monstrum. Und unter Criswell antworteten sie überhaupt nicht. Ohne die Relaisstation Phobos, die Nachrichtensendungen ausstrahlte, hätten sie nicht einmal gewußt, ob die Erde noch bewohnt war oder nicht. Inzwischen schienen sich die Dinge eingespielt zu haben.

Er rieb sich das müde Gesicht, tastete Instruktionen in den Datenanschluß, und die Bildwand leuchtete auf. Er mochte hübsche, ruhige Ansichten, die Wärme ausstrahlten. So auch diesmal: ein sonniger Morgen über dem Hafen von Hongkong.

Die noch immer zahlreichen Dschunken und Boote aller Art, der auf den Wellen blitzende Sonnenschein und die üppig grünen Kuppen der aufgeforsteten Hügel hinter der Stadtsilhouette verfehlten nie, ihn zu erfreuen. Die Morgensonne stand noch tief im Osthimmel, ein Regenbogen spannte sich über der Stadt, deren Türme vom Dunst abziehender Regenwolken geheimnisvoll verschleiert waren.

Wieder knarrte die Stahltür, und Malcolm erschien. Seine schwarzen Augen blickten mißtrauisch aus dem hageren, immer verfinsterten Gesicht. Ohne ein Grußwort ließ er sich in einen Sessel nieder und nickte. »Wir brauchen mehr Grünzeug.«

Carl seufzte. »Sie kennen die Bedingungen.«

»Es reicht nicht. Wir verlieren alle an Gewicht.«

Eine boshafte Regung drängte Carl zu sagen: Versucht ein paar von euren Kindern zu essen, auf die ›ein Recht‹ zu haben ihr immer wieder bestandet. Aber er ließ sich nichts anmerken und sagte: »Wir holen aus den Pflanzungen das Bestmögliche heraus, Sie wissen es. Sehen Sie sich die Zahlen an!«

»Aber wir wachsen, und das ist in dem Abkommen nicht berücksichtigt.«

»Die Kinder waren Ihre Entscheidung.«

»Hören Sie! Wir haben das alles oft genug diskutiert«, erwiderte Malcolm. »Normale Leute werden leichter krank. Wir müssen für den Fall einer weiteren Seuche eine größere Bevölkerung erhalten.«

Jeffers, der bis dahin auf seiner Unterlippe genagt hatte, platzte heraus: »Ihr wollt bloß die Macht übernehmen, das ist alles. Ein paar Jahrzehnte, und Ihr werdet dreimal so zahlreich sein wie wir.«

»Wir normalen Menschen werden uns auf unsere Zone beschränken«, sagte Malcolm steif.

»Wir haben welche von Euch in 3C gesehen – wollt Ihr dort einziehen?« fragte Jeffers.

Malcolm rümpfte die Nase. »Nein. Wir halten den Gestank nicht aus.«

»Verwöhnte kleine Bastarde seid ihr, muß ich sagen.«

»Hören wir auf mit den Beleidigungen«, sagte Carl gelassen. »Wir müssen verhandeln.«

»Diese Kinder sind Bastarde, weißt du – die haben eine Art Massenvermehrungsprogramm eingeführt, wußtest du das?« fragte Jeffers.

Malcolm errötete. »Das geht keinen Percell was an.«

»Ihr behandelt Frauen wie Zuchtvieh ...«

»Schluß jetzt!« sagte Carl fest. Malcolm war empfindlich, wenn man die Tatsache ansprach, daß ihre Kinder verkümmert waren, Opfer einheimischer Krankheitserreger, die in den Mutterleib eingedrungen waren, und der Entwicklungsprobleme, die unter Verhältnissen minimaler Schwerkraft auftraten. Ihre Lebensdauer war meist kurz. Die Fortpflanzung in einer so biologisch feindlichen Umgebung war ein ebenso riskantes wie unverantwortliches Glücksspiel, das die Orthos verloren hatten.

Er wartete eine kleine Weile, die von den beiden dazu genutzt wurde, einander verdrießlich anzustarren, und sagte dann: »Wir müssen eine Lösung für das Problem der Kühlfächer finden. Die biologisch-medizinische Inventur ist noch schlimmer als ich gedacht hatte. Es gibt nicht mehr genug gesunde Mannschaften. Nicht annähernd genug, um die verbleibenden Arbeiten zur Aufstellung der Rückstoßgeräte auszuführen.«

»Wie ist das möglich?« fragte Jeffers. »Es gibt Hunderte ...«

»Es gab Hunderte.« In den ersten zehn Jahren hatten sie den größten Teil der Mannschaften ein- bis zweimal ersetzen müssen, ehe es gelungen war, die von den heimischen Erregern ausgehenden Krankheiten unter Kontrolle zu bringen. Wenn die aufgetauten Ersatzleute erkrankt waren – und das war in vielen Fällen geschehen –, hatte man sie wieder in die Kühlfächer gesteckt und zum Ersatz frische Schläfer herausgeholt.

»Normale Menschen habt ihr ausgerottet, das war alles«, sagte Malcolm.

Carl seufzte. »Lassen Sie den Unsinn! Wir taten, was wir tun mußten. Orthos waren anfälliger, das ist alles.«

»Ich habe das anders gehört. Wir ...«

»Sie sind zwanzig Jahre nach der Landung aus dem Kühlfach gekommen!« knurrte Jeffers. »Was wissen Sie über die harten Zeiten? Nichts!«

»Ich kann Aufzeichnungen lesen! Und die Alten können uns berichten, wie es war. Ich weiß, daß Sie normale Menschen öfter als nötig aufgetaut haben.«

»Weil die Ortho-Fraktion ihre zahlenmäßige Stärke halten wollte. Es war ihre Idee«, erklärte Carl. »Sehen Sie, ich war da, Sie nicht. Bis Calciano mir das Kommando übergab, war jeder Kommandant ein Ortho. Ich werde nicht mehr versuchen, Ihre starrköpfigen Vorurteile zu widerlegen. Hören Sie einfach zu, in Ordnung?«

Malcolm nickte widerwillig. Trotz seiner unsauberen Uniform und des ungewaschenen Haars gelang es dem Mann, eine gewisse Würde zu bewahren. Gewöhnlich war er sehr auf ein sauberes und ordentliches Äußeres bedacht. Den Orthos mußte es in letzter Zeit ziemlich schlecht gehen.

Es gab auch innere Streitigkeiten. In den von Orthos kontrollierten Stollen und Höhlenräumen gab es ein ebenso breites Spektrum von Fanatikern wie in den Percell-Zonen, vielleicht waren sie sogar noch zahlreicher. Malcolm war bisweilen schwer zu nehmen, aber er war der einzige, dem alle Orthos soweit vertrauten, daß sie ihn zu ihrem gemeinsamen Sprecher gewählt hatten. Eine ähnliche Position nahm Jeffers unter den Percell-Gruppierungen ein.

Carl konnte Malcolms Stellung verstehen und respektieren, die Dummheit der Leute, die der Mann zu vertreten hatte, aber nur bemitleiden. Nach allem, was geschehen war, und das hatte vor Blutvergießen nicht haltgemacht, lehnten viele Orthos jeden Kompromiß mit Percell-Vertretern ab. Nichtsdestoweniger war Zusammenarbeit bei manchen Aufgaben unverzichtbar.

Außerdem gab es einige Gruppen, die sich aus alledem heraushielten. Die Sippe vom Blauen Felsen hatte keinen Vertreter zu dieser Zusammenkunft entsandt. Die Überlebenden Hawaiianer und Astronauten zogen es vor, sich aus dem immerwährenden Ortho-Percell-Streit herauszuhalten.

»Wir brauchen mehr Hilfe in den Pflanzungen«, sagte Carl. »Die technischen Systeme brechen immer wieder zusammen, und wir können nur durch manuelle Arbeit den Ausgleich schaffen.«

»Sie wollen mehr Arbeit von uns?« fragte Malcolm entrüstet.

»So ist es. Aber das Programm zur Installation der Rückstoßgeräte darf darunter nicht leiden.«

»Ausgeschlossen. Wir sind schon jetzt überbeansprucht.«

»Umlaufbahnen warten auf niemand«, erklärte Jeffers. »Wir müssen die Geräte zur Zeit der Sonnenferne aufgestellt haben, oder keiner von uns wird die Erde je wiedersehen.«

Carl nickte. »Und ich bezweifle, daß wir zusätzliche zehn Jahre überleben könnten.«

»Ich verstehe«, stieß Malcolm hervor. »Sie möchten eine Menge unserer Leute auftauen, um sie zu Tode zu arbeiten.«

»Darum handelt es sich überhaupt nicht.« Carl hatte diese Reaktion vorausgesehen, aber nicht erwartet, daß sie so bald kommen würde. Malcolm war gereizt und argwöhnisch. Er war auch nicht zu beneiden, da er mit so verschiedenen Leuten wie Quiverian, Ould-Harrad und den Leuten aus dem Sonnenkreis zurechtkommen mußte. Auf der anderen Seite hatte Jeffers es nicht viel leichter, denn ihm saßen Sergejow und die radikalen Percelle im Genick.

»Ich glaube«, sagte Carl betont ruhig, »daß wir zurechtkommen werden, wenn Sie nur Ihre Versuche aufgeben, Kinder hervorzubringen. Dann könnten mehr Frauen als vollwertige Arbeitskräfte eingesetzt werden.«

»Nichts da! Wir haben ein Recht auf Fortpflanzung.«

Carl dachte nicht ohne Bitterkeit an das Gesetz zur Sicherung erbgesunden Nachwuchses, das alle werdenden Mütter zwang, ihre Kinder auf der Erde zur Welt zu bringen und aufzuziehen. Die Auseinandersetzungen darum erschienen ihm heute als ein halbvergessener Disput aus einem anderen Leben. Er beugte sich eindringlich vor. »Denken Sie die Sache durch, Malcolm. Wir haben ...«

Die Tür ging auf. Carl blickte überrascht auf und sah Saul Lintz mit etwas unsicheren Bewegungen hereinkommen und inmitten der Konsolen, Bildschirme und Datenanschlüsse stehen bleiben. »Wir führen hier eine Verhandlung, Saul. Sie sind nicht eingeladen. Und offen gesagt, ich glaube, Sie sind zu schwach, um ...«

»Unsinn! Ich hörte, wo Sie sind, und beschloß, Ihnen einen Besuch abzustatten.« Saul musterte Malcolm angestrengt, als versuchte er sich aus vergangener Zeit seiner zu erinnern. »Sie sind der ... ah ... Orthoführer?«

Während die beiden sich bekanntmachten, dachte Carl nach. Konnte er Saul einsetzen, um Malcolm zu überzeugen? Sauls Ruf als Bezwinger der Seuchen während des Schwarzen Jahres hatte Gewicht. Aber was wußte Lintz über die inzwischen eingetretenen Veränderungen? Hier galt es behutsam vorzugehen.

»Oh, ich verstehe die Probleme«, sagte Saul zu Malcolm. »Ich habe mir die laufende Inventur angesehen, mich über Projektionen und die Instandsetzungsprogramme unterrichtet. Was ich wissen möchte«, sagte er mit einem Blick zu Jeffers und Carl, »ist, warum die Rückstoßgeräte zur Kursbeeinflussung umprogrammiert worden sind.«

»Das ist eine vorläufige Maßnahme, da erst wenige Geräte zur Verfügung stehen. Wir haben unsere Analyse ergänzt ...«

»Nein, das ist es nicht. Wie sie jetzt eingestellt sind, werden sie uns nach der Jupiterbegegnung nicht in Erdnähe bringen.« Er faßte Carl fest ins Auge.

»Sehen Sie«, sagte dieser, »ich würde es vorziehen, darüber ein andermal ausführlich zu sprechen und die Details durchzugehen, aber jetzt haben wir andere Fragen ...«

»Nun, mir genügt ja eine kurze Antwort ...«

Carl seufzte. »Na, meinetwegen. Hier, ich spiele Ihnen die Sendung vor, die wir vor Jahren von der Erde auffingen und aufzeichneten. Das erspart uns weiteres Hin und Her.«

Die Aufzeichnung war nicht schwer zu finden. Er hatte sie oft überspielt, und nicht nur er.

Der Bildschirm leuchtete auf, flimmerte. NEUIGKEITEN DER WOCHE.

Ein beleibter Kommentator lächelte die Zuschauer an und sagte: »Sie alle werden sich an die tragischen Ereignisse auf dem Halleyschen Kometen erinnern, als die Expedition von unbekannten Krankheitserregern befallen wurde und viele Mitglieder den Tod fanden. Nun, inzwischen haben sich dort neue Entwicklungen angebahnt, von denen hier erst kürzlich Näheres bekannt geworden ist.«

Das Gesicht verschwand, und der Bildschirm zeigte ein längliches silbriges Profil im Schwarz des Weltraums: die *Edmund Halley*.

»Wie sich herausstellte, ging ein Teil des nicht seuchenkranken Personals an Bord des Mutterschiffs und nahm Kurs auf die Heimat. Heute aber gibt es dort draußen keinen mehr, der frei von Krankheitserregern ist, und da jedes Expeditionsmitglied als gefährlicher Seuchenverbreiter angesehen werden muß, haben sich die an der Mission beteiligten Regierungen auf entschlossene Abwehrmaßnahmen geeinigt ...«

Das zwischendurch wieder eingeblendete Gesicht des Kommentators verschwand, dumpfe elektronische Geräuscheffekte erklangen wie die Karikatur eines Trauermarsches, und die silbrige Zigarre der *Edmund Halley* flammte in einem grellen blauweißen Lichtblitz auf.

»Eine leider notwendige Quarantänemaßnahme, liebe Zuschauer daheim, um die Erde und ihre Bewohner vor unabsehbaren Gefahren durch fremde Krankheitserreger zu schützen. Erblicken wir ein tröstliches Moment in der Tatsache, daß die Betroffenen nichts gespürt haben. Ein thermonuklearer Sprengsatz ...«

Carl schaltete aus. »Willkommen in der neuen Zeit«, sagte er.

Saul war benommen. »Großer Gott ...« Seine graue Blässe wich langsam aufsteigender Röte, und er fuhr sich mit der Hand über die Augen. »Man ... man wollte keinerlei Risiko eingehen.«

»Warum auch?« sagte Malcolm. »Selbst wenn man die *Edmund Halley* nach der Rückkehr unter Quarantäne gestellt hätte, wäre die Verbreitungsgefahr geblieben.«

»Sie reden, als wären Sie mit der Aktion einverstanden«, sagte Jeffers.

Malcolm beäugte ihn mit offener Abneigung. »Ich kann die Maßnahme verstehen.«

»Das einzig Gute daran ist«, sagte Jeffers schneidend, »daß es Linbarger und diese Ortho-Arschlöcher allesamt erwischt hat.«

Saul biß die Zähne zusammen. »Ich hatte mit entschiedenen Maßnahmen gerechnet, aber ...«

»Sie wollten Bescheid wissen, gut, nun wissen Sie es«, sagte Carl. »Wir können nicht zurück zur Erde. Niemals. Man wird uns nicht glauben, daß wir keine Krankheitsträger sind, und man wird damit verdammt recht haben.«

Sauls papierenes graues Gesicht lebte auf, schien Möglichkeiten zu erspüren. »Dann ... wo können wir ...«

»Darüber müssen wir entscheiden. Wir zielen auf einen nahen Vorbeigang am Jupiter, aber von dort können wir uns überallhin katapultieren.«

»Ich verstehe.«

»Recht so.« Carl lächelte ironisch. »Und diese Gruppe fröhlicher Burschen muß sich darüber einigen, was und wie es zu tun ist.«

Carl behielt Saul während des weiteren Verlaufs der Besprechung im Auge. Der Mann lauschte stumm, versunken in seine eigenen düsteren Betrachtungen.

Malcolm war störrisch und widerwillig. Nach längerem Hin und Her stimmte er endlich einer geringfügigen Verlängerung der Arbeitszeit in den Pflanzungen zu, erklärte aber, er könne nicht weiter nachgeben, ohne alle Ortho-Fraktionen zu konsultieren. Jeffers machte ähnliche Vorbehalte in bezug auf die Percell-Gruppe.

Carl selbst sprach für die ehemaligen Astronauten und die Hawaiianer. Was würde ich ohne diese unverdrossenen Idealisten tun? dachte er bei sich, während das Tauziehen weiterging. Es gibt nicht annähernd genug von ihnen ...

Schließlich stürzte er sich in das verbale Kreuzfeuer und brachte sie zu einem Kompromiß, mit dem sich leben ließ. Er gebrauchte mühsam erworbene Überredungskünste, um Malcolm zu einer Handlungsweise zu bewegen, der – wie er meinte – jeder vernünftige Mensch sofort zustimmen würde. Inzwischen aber war er den störrischen Eigensinn der menschlichen Art gewohnt und hatte sich mit ihm abgefunden.

Und dies war bei weitem nicht die wichtigste Streitfrage. Früher oder später würden sie auch Quiverian und Sergejow, die Vertreter der extremsten Richtungen, an einen Tisch bringen müssen. Und all dies Gezänk wegen notwendiger Arbeit in den Pflanzungen! Die Verhandlungen um die Fertigung der Rückstoßgeräte würden sich noch viel schwieriger gestalten. Was hier geschah, ähnelte den nichtendenwollenden Querelen im Nahen Osten. Auch nachdem Sauls Israel in zerstrittene Theokratien auseinandergebrochen war, gingen die Streitigkeiten zwischen sektenartigen Gruppen und Fraktionen weiter, ein bis zum Überdruß immer wieder inszeniertes Schauspiel von Rivalität, Verbitterung und Dummheit. Niemand konnte über seine Nase hinaussehen. Nein, Halley war nicht mehr und nicht weniger als ein Spiegelbild der übrigen Menschheit.

Nach der Versammlung blieb er noch eine Weile sitzen und sah zu, wie der Sonnenuntergang das Panorama von Hongkong vergoldete. Er fragte sich müßig, ob die Stadt überhaupt noch existiere; vor zwanzig Jahren hatte es Meldungen über kriegerische Auseinandersetzungen in der Gegend gegeben. Er würde sich einmal vergewissern müssen. Oder vielleicht lieber nicht. Die Stadt, die dort in ihrem rosigen Sonnenuntergang leuchtete, sah besser aus, wenn man sie mit dem Gedanken betrachtete, sie könnte noch existieren.

Schließlich rappelte er sich auf und ging hinunter zum Kühlfachkomplex 1. Die Erwärmung der ausgewählten Arbeitskräfte nahm ihren normalen Verlauf; er hatte sich während des Tages wiederholt durch die Fernüberwachung vergewissert. In Schutzanzug und Helm betrat er das dunstige Reich ewiger Kühle, hatte es aber nicht eilig, in den Vorbereitungsraum zu kommen. Die Leute waren noch an der Arbeit.

Vor Lani Nguyens Kühlfach machte er halt und überprüfte automatisch die Flüssigkeitszufuhr. Er war oft hierher gekommen, um in diesen Zufluchtsort seligen Vergessens zu blicken und alle zu beneiden, die hier lagen. Er starrte den beschlagenen Deckel des Kühlfaches an und stellte sich die

Gestalt vor, die schlafend dahinter ruhte. Es kostete ihn Mühe, sich nach so langer Zeit ihre Gesichtszüge zu vergegenwärtigen.

Ich vermisse dich, Lani, dachte er. Als ich dich kannte, war ich ein junger Dummkopf. Nicht, daß ein älterer Dummkopf besser wäre. Damals, als Cruz starb ... Wir wissen, wie es hätte sein sollen, nicht wahr? Er lächelte trübe. Du solltest sicher bis zum Ende der Reise schlafen. Aber auch dich werden wir bald brauchen. Und hoffen wir, daß die Wiederbelebung der in dir schlafenden Krankheit nicht den entscheidenden Vorsprung geben wird, den sie braucht ...

Er konnte seine Ungeduld nicht länger bezähmen, ging in den Vorbereitungsraum und wartete, bis die Techniker ihre seit Stunden andauernde sorgfältige Arbeit beendet hatten. Sein Blick folgte jeder Zuleitung, jedem elektrischen Stimulationskreis, all den ungezählten Einzelheiten, die den Unterschied ausmachten.

Sie ist immer noch wunderbar, dachte er. Er brauchte sie nur anzusehen, und ihm war, als presse eine Hand ihm das Herz zusammen.

Ihre olivbraune Haut war zu einem aschfarbenen Braungrau verblaßt; es war eine Haut, die an tropische Strände und in schmeichelnde warme Brisen gehörte, nicht auf Eis.

Er hatte lang auf diesen Augenblick gewartet ... und hatte tausendmal daran gedacht, sein Gelöbnis zu brechen und Virginia ohne Saul wiederzubeleben. Was könnte sie tun, außer sich zu beklagen? Einmal, am Ende eines einsamen, alkoholisierten Abends war er sogar hierher gekommen ... War in das Reich der Kälte eingedrungen und hatte die Erwärmung eingeleitet, um sich zwei Stunden später endlich der Tatsache zu stellen, daß er es nicht tun konnte. Nicht bloß, weil sie wütend sein und seine erfundenen Erklärungen sicherlich durchschauen würde, sondern weil er wußte, daß er mit einer solchen Handlungsweise nicht leben konnte.

Aber nun war alles das Vergangenheit. Die langen Jahre versanken, waren abgetan. Er beugte sich vor, um sie noch einmal zu sehen.

3

VIRGINIA

Vor langer Zeit hatte Virginia geträumt, wie es wohl sein würde, wenn sie tatsächlich Erfolg hätte und gegen alle Voraussagen eine Maschine baute, die denken könnte.

Würde die neue Einheit ein Bewußtsein haben, und würde es plötzlich erscheinen, wie die große Athene, vollkommen an Weisheit, der Stirn des Zeus entsprungen war?

Würde sie wie ein Kind aufwachsen? In einem langwierigen, ermüdenden doch auch erregenden Prozeß des Lernens und der allmählichen Bewußtwerdung?

Oder würde es der Entwicklung der Menschheit gleichen, die sich im Wechsel von Zufällen und Herausforderungen von der Stufe niederer Tiere bis zur Hybris der Selbstverherrlichung vollzogen hatte?

Am häufigsten hatte sie sich vorgestellt, daß es so sein würde. Ein langwieriges Aufnehmen und Ordnen verstreuter Fäden. Immer neues Erlernen dessen, was bereits bekannt war.

Ein Erwachen.

Alle undeutlichen Bilder verschmolzen miteinander zu einer einzigen Form, die ihr vor Augen kam – ein völliges Geheimnis. Ein Klumpen.

Dann erkannte sie es ohne Übergangsphase als ein Gesicht ... eins, das bekannt sein sollte.

»Carl?« versuchte sie zu sagen. Aber ihre Gesichtsmuskeln waren steif und zuckten nur ein wenig, in einem Versprechen zurückkehrenden Wollens, aber nicht viel mehr.

Die Gestalt über ihr blieb verschwommen und unscharf und verschwand wieder. Virginia schlief. Und zum erstenmal seit langem träumte sie.

Als sie wieder die Augen aufschlug, waren die weißen Wände scharf und klar zu erkennen.

Rekonvaleszenzstation, dachte sie. Ich frage mich, wie lang es gedauert hat.

In der Nähe arbeitete jemand an der Tastatur eines Datenanschlusses. Virginia wandte mühevoll den Kopf und sah einen Mann in einem fadenscheinigen, verwaschenen Arztkittel mit untergeschlagenen Beinen auf einem Flechtstuhl sitzen und aufmerksam in den Bildschirm des Datenanschlusses blicken. Dabei rieb er sich langsam mit der Hand das Kinn. Seine Augenlider waren blau, und er sah so dünn aus.

»Saul«, flüsterte sie.

Er blickte rasch auf. In einer einzigen Bewegung war er aufgestanden und bei ihr, führte eine weiche Plastikflasche an ihre Lippen.

Sie trank, bis er sie wegnahm. Dann versuchte sie den Mund zu bewegen. »W ... w-wie ...?«

»Wie lange?« Saul ergriff ihre Hand. »Ungefähr dreißig Jahre. Wir nähern uns der Sonnenferne. Carl erzählte mir, du hättest in den Datensystemen kleine Erinnerungsprogramme hinterlassen, die für den Fall, daß du vor mir geweckt würdest, das Schlimmste ankündigen.«

Sie lächelte matt. »Ich sagte dir ... ich würde ... es schaffen.«

Er lachte. »Und ich bin sehr stolz auf dich.«

Der volle Klang seiner Stimme erstaunte sie. Saul hatte sich selbst erst teilweise von seinem Tiefschlaf erholt, und doch war etwas an ihm anders.

Ihre alten Erinnerungen kehrten in aller Klarheit zurück. Vielleicht war etwas mehr Grau an Sauls Schläfen, aber es mußte eine Illusion sein, daß er tatsächlich jünger aussah als sie sich an ihn erinnerte.

O weh, ich muß furchtbar aussehen, dachte sie. Ich werde eine Menge essen müssen, um nach drei Jahrzehnten wieder etwas Fleisch auf die Knochen zu bringen.

»Wie geht ... es?«

Er lächelte. »Die Freude eines Arztes. Die Erholung macht gute Fortschritte, und bald wirst du an die Arbeit müssen, auf Befehl Seiner Herrlichkeit, des Kapitäns Osborn.«

Virginia schaute ihn fragend an. »K-kapitän ...?«

Saul nickte. »Kapitänleutnant, eigentlich. Ernennung von der Erde. Sie mußten. Nur zwei Offiziere waren noch am Leben, und sie zählen kaum. Calciano ist nach zehnjähriger Wache, während der er die Überzeugung gewonnen zu haben schien, er sei der Fliegende Holländer, im Kühlfach. Ould-Harrad hat seinen Auftrag zurückgegeben und sich den Revisionisten vom Sonnenkreis angeschlossen, drüben im Höllenpfuhl ...«

Er bemerkte ihren verwirrten Ausdruck und drückte ihr die Hand.

»Es ist eine andere Welt, Virginia. Vieles hat sich geändert. Daheim auf Erden sind die Verhältnisse undurchsichtig. Und hier draußen ... nun ...« Er hob die Schultern. »Hier draußen sind sie einfach unheimlich.«

»Aber Carl ...?« Sie machte Anstalten, sich zu erheben, aber er drückte sie sanft auf das Kissen zurück. Selbst die Schwereverhältnisse des Kometen waren für sie eine Last.

»Genug geredet. Jetzt mußt du ruhen. Später werde ich dir erklären, was ich entdecken konnte. Wir werden versuchen müssen, in dieser seltsamen neuen Welt einen Platz für uns zu finden.«

Virginia entspannte sich.

Wir ... dachte sie, und ihr gefiel, wie das Wort in seinem Munde klang. »Ja, das werden wir.«

Sie war im Begriff, wieder einzuschlafen, als sie spürte, wie Saul ihr sacht seine Hand entzog. Virginia blickte auf und sah, daß er ein Taschentuch hervorgezogen hatte und mit gerümpfter Nase erwartungsvoll ins Leere blinzelte. Dieser Zustand endete damit, daß er plötzlich die Nase ins hastig hochgerissene Taschentuch steckte und ein heftiges Niesen hören ließ.

Virginia lachte leise. Sie streckte den bleiernen Arm aus und berührte eine Träne, die über seine faltige Wange rann.

»Ach, du Armer«, seufzte sie. »Erst ein paar Tage aus dem Kühlfach, und schon fängt es wieder an!«

Er schaute sie einfältig an, dann mußte er lächeln.

»Warum nicht? Wenn alles andere neu ist?«

4

SAUL

Alle schienen zu sterben.

Je mehr Saul über diese alternde Kolonie erfuhr, desto rätselhafter schien es ihm, daß überhaupt noch jemand lebte.

Die Menschen hatten sich angepaßt, hatten Mittel und Wege gefunden, sich in den bestehenden Verhältnissen einzurichten. Darin waren sie gut. Seit jener Zeit vor dreißig Jahren, als Akio Matsudo mit sanfter Entschlossenheit dafür gesorgt hatte, daß Saul ins Kühlfach gekommen war, waren die Werkzeuge, die er zurückgelassen hatte, ergänzt und verbessert worden.

Aber die modifizierten Cyanuten, die Mikrowellenstrahler mit Feineinstellung, all ihre klugen Maßnahmen konnten den langsamen Erosionsprozeß, die absinkende Spirale nur verlangsamen. Auch das einheimische Leben war anpassungsfähig, und hier zu Hause. Es war ein Zermürbungskrieg, den der Mensch nur verlieren konnte.

Ich hätte wissen sollen, dachte Saul in der kühlen Stille des Kühlfachkomplexes 1, daß Akio seinen eigenen Rat kaum beherzigen würde. Es war ein Fehler gewesen, so frühzeitig nach der eigenen Wiedererweckung hierherzukommen und die Namen alter Freunde zu lesen. Hier erst war ihm mit einem Schock deutlich geworden, daß drei Jahrzehnte verstrichen waren.

Bis jetzt war seine letzte Erinnerung an den japanischen Arzt die eines noch jüngeren Mannes mit glattem schwarzem Haar und einer Nickelbrille gewesen, hinter der kluge, lächelnde Mandelaugen hervorspähten. Aber dieses Erinnerungsbild – so frisch, als wäre es letzte Woche gewesen – wurde hier unten zwischen den gekühlten Särgen auf eine beklemmende Weise zerstört. Akios am Kühlfachdeckel angebrachte Personalkarte zeigte ihm das Gesicht eines Mannes, den er kaum wiedererkannte.

Ein dünner Saum grauer Strähnen umrahmte eine Glatze, die mit Altersflecken gesprenkelt war und die Narben ausgeheilter Hautinfektionen trug. Die einst rundlichen Wangen waren hohl, die gefurchten Züge verrieten die Erschöpfung eines Mannes, der im Kampf gegen das Unvermeidliche, das Erbarmungslose alt geworden war. Und in den Augen war keine Andeutung von Lachen mehr.

Die Personalkarten an jedem Kühlfachdeckel erzählten stichwortartig die Geschichte jedes hibernierenden Benutzers. Rote Kennzeichen bedeuteten, daß medizinische Gründe Anlaß zur Einschläferung gegeben hatten, schwarze zeigten Verwahrung ohne wirkliche Hoffnung auf Wiederbelebung und Heilung an, und blaue markierten Besatzungsmitglieder, die für die jeweils angegebene Zeitspanne nur ›außer Dienst‹ waren.

Auf den ersten Blick sah die Situation bedrohlich, aber nicht hoffnungslos aus. Es gab viele blaue Kennzeichen. Ein rasches Überfliegen der Farbmarkierungen ergab jedoch ein irreführendes Bild. So trug beispielsweise auch Akios Personalkarte ein blaues Kennzeichen.

Ein müder, kranker alter Mann, dachte er, nachdem er die Personalkarte seines Freundes gelesen hatte. Es waren nicht nur die schleichenden Infektionen oder Fehlernährung vom jahrzehntelangen Verzehr des schmalen Lebensmittelangebotes, das in den Pflanzungen der Kolonie erzeugt werden konnte. Osteoporose hatte die Knochen des Mannes so geschwächt, daß er nie wieder in seinen geliebten westjapanischen Bergen würde wandern können. Elektrische Knochenstimulation war ein ungeeignetes Mittel, um jahrelangen Aufenthalt in annähernder Schwerelosigkeit auszugleichen.

Das Gravitationsrad der *Edmund Halley* hing beschädigt und gefroren in der Kaverne Gamma. Bisher hatte niemand die Energie aufgebracht, es zu reparieren.

Saul las stichprobenartig verschiedene blau gekennzeichnete Personalkarten und studierte die Ablesungen der Überwachungsgeräte. Allmählich dämmerte ihm eine ernüchternde Erkenntnis auf.

Nicht mehr als zehn Prozent der Koloniebewohner konnten mit Fug und Recht als gesund bezeichnet werden.

War Carl wirklich ein so guter Lügner? Er fragte sich, wie

Osborn es fertigbrachte, die Fiktion aufrechtzuerhalten, daß die Mission jemals mit Erfolg zu Ende geführt werden könnte. Oder hatten sich alle einem blinden Zweckoptimismus ergeben, um nicht zu verzweifeln?

Er sah keine Möglichkeit, auch nur einen Bruchteil der Arbeitskräfte aufzubieten, die zur Errichtung und Bedienung der Rückstoßgeräte benötigt wurden – der Treibsätze, die während der bevorstehenden Sonnenferne die Kometenbahn verändern sollten.

Und ohne die Veränderung konnten sie sich geradesogut alle miteinander einsargen lassen, weil an eine Heimkehr für niemanden zu denken wäre.

Mit trüben Gedanken verließ er den Kühlfachkomplex. Noch ein wenig schwach von seinem langen Winterschlaf, streckte er lang untätig gewesene Muskeln, um in gleitenden Schritten die langen Schächte und Stollen abwärts und südwärts zu durchwandern, in eine Gegend, die er seit seiner Einschläferung nicht aufgesucht hatte.

In dieser Gegend waren beinahe alle Stollen mit üppigen grünen Schichten von *Halleyviridis fungoid* bewachsen. Das Zeug war zu schlüpfrig, um seinen Schuhsohlen festen Halt zu geben, gewährte aber festen Stand, wenn er barfuß ging, wie er es bei anderen gesehen hatte.

Tatsächlich machte es die Fortbewegung viel einfacher. Er fand, daß er die unter dem Bewuchs fast verschwundenen Haltekabel nicht benötigte. Wenn er im Vorübergleiten ein Büschel der Gewächse packte, verlieh ihm das die zusätzliche Hebelwirkung, die er zur raschen Fortbewegung benötigte.

So wanderte Saul einige Zeit durch die Stollen, ohne sonderlich darauf zu achten, wohin er ging, denn noch immer beschäftigten ihn die seltsamen Veränderungen, die während seiner Schlafenszeit eingetreten waren, und mit denen er und Virginia jetzt würden leben müssen.

Daheim schien man Miguel Cruzs großartige Odyssee völlig abgeschrieben zu haben. Zwar hielt man die Verbindung aufrecht, sendete von Zeit zu Zeit Nachrichten- und Unterhaltungsprogramme und vereinzelt auch technische Daten, doch spürte man, daß dies alles nur geschah, um den Anschein zu wahren. Saul hatte Carl Osborn die Zusage abgerungen, ihn bald auf den derzeitigen Informationsstand zu bringen; wann dies sein würde, hatte der distanzierte, etwas hochmütig wirkende neue Kommandant freilich offen gelassen. Anscheinend lebten die meisten der wachen Kolonisten von einem Tag zum anderen und kümmerten sich nicht allzuviel um Vergangenes und Zukünftiges.

Bald würde er wieder seinen Pflichten als Expeditionsarzt nachgehen müssen. Und die Bürde der Hoffnungslosigkeit, die Akio Matsudo niedergedrückt hatte, würde auf seinen Schultern lasten.

Am bedauernswertesten sahen diese armen Orthos unten im Quadrant 9 aus, mit ihren jämmerlichen Kindern, krätzigen, verloren blickenden kleinen Gespenstern von kaum noch menschlichem Aussehen, immer hungrig und zerbrechlich wie dürre Blätter.

Wahrscheinlich waren die Gesetze, nach denen Kinder auf der Erde geboren und aufgezogen werden mußten, eine weise Maßnahme. Die Schwerkraft war und blieb ein wesentlicher Bestandteil der notwendigen Umweltbedingungen, auf die der Mensch genetisch fixiert war.

Aber es hatte noch mehr damit auf sich. Gestern hatte er fünf dieser Ortho-Kinder untersucht. Alle schienen am gleichen Enzymmangel zu leiden. Er hatte ihn bereits dem siebten Chromosom zugeordnet. In einigen Wochen sollte es möglich sein, den Mangel genauer zu identifizieren und ...

Und was, Lintz? fragte er sich. Erwägst du wieder genetische Manipulationen? Kaum in eine neue Welt gestoßen, die du kaum verstehst, kommst du schon mit Ideen zu ihrer Veränderung.

Der Lichtschein der Phosphorstreifen war schwach, die Abstände zwischen ihnen wurden größer. Saul versuchte sich zu orientieren und merkte, daß er nicht genug achtgegeben hatte. Er hatte sich verlaufen.

In den alten Tagen wäre das unmöglich gewesen, aber inzwischen waren alle alten ›Straßenschilder‹ an den Kreuzungen verschwunden, vollständig zugedeckt von den weichen, einheimischen Algenteppichen. Wo Stollen und Schächte zusammentrafen, fand man statt dessen tief eingeschnittene ›Stammeszeichen‹, von ihren Urhebern mit einer pechartigen Substanz ausgefüllt, die von den einheimischen Lebensformen nicht überwachsen wurde. Die Zeichen markierten die Grenzen der verschiedenen Gruppierungen. Da er sich davon eine Orientierungsmöglichkeit versprach, hielt er nach solchen Zeichen Ausschau.

Offenbar waren nur noch der Zentralkomplex, die Kühlfachkomplexe und die Gewächshäuser mit den Pflanzungen neutrales Territorium. Und selbstverständlich die tiefen inneren Regionen des Kometenkerns. Aber dort hinab, hatte man ihm gesagt, gingen nur Verrückte.

In einem der Fraktionsgebiete, die der Zentrale am nächsten waren, hatte er gesehen, was aus dem Fibergewebe geworden war, das einst die Stollen und Schächte ausgekleidet hatte. Das Material war von den Wänden gerissen, durch Klopfen weich und schmiegsam gemacht und zu Kleidungen und zeltartigen Wohnunterkünften verarbeitet worden, die verschiedentlich von den Decken der größeren Höhlen hingen und dadurch als ›wurmsicher‹ galten.

Jeder Schlafsaal wurde rund um die Uhr bewacht, um ein unbemerktes Eindringen der tödlichsten der einheimischen Lebensformen zu verhindern. Nichtsdestoweniger kam es immer wieder vor, daß Einzelpersonen den gefürchteten Räubern zum Opfer fielen.

Tiere wären eine ideale Lösung, dachte er, während er in der Hoffnung auf einen Hinweis, wo er sich befand, den Algenteppich abkratzte. Auf Erden zähmten wir andere Lebewesen und benutzten sie, für uns Ungeziefer zu bekämpfen. Ähnliches sollte auch hier möglich sein.

Natürlich waren auch andere vor ihm auf diese Idee gekommen und hatten sie erprobt. Im Laufe der Jahrzehnte waren aus der kleinen Sammlung kühlfachgespeicherter Tiere Hunde, Katzen und Affen aufgetaut worden. Aber keines der armen Geschöpfe war fähig gewesen, sich auch nur so gut wie die Menschen anzupassen.

Die Frage war jedoch, ob man die Tiere so verändern konnte, daß sie in diese fremdartige Umgebung paßten?

Das war noch nicht versucht worden. Niemand sonst hatte die Fähigkeit – oder die Arroganz –, es zu versuchen. Schon beschäftigte sein Geist sich mit Ideen, wie das Erbgut zu verändern wäre, um Lebewesen soweit anzupassen, daß sie mit einer fremdartigen Umgebung arbeiteten, statt gegen sie.

Diese armen, mitleiderregenden Kinder …

Er zog sein chemisch sterilisiertes Taschentuch hervor und schneuzte sich. Als er sich einer neuen Kreuzung näherte, sah er endlich eine der mit Pech ausgefüllten Stammesmarkierungen. Gleitend kam er zum Stillstand und betrachtete das Zeichen: ein großes »U«, gekrönt mit einem Heiligenschein.

Wie er so dastand, sprach plötzlich eine Stimme, als gehöre sie einem Geist.

»Clape. Schau her, was wir da haben! Verlaufen, Chef?«

Saul hielt sich am Wandbewuchs fest und wandte den Kopf, um zu sehen, daß ein Mann mit blaugefärbtem Gesicht aus der überhängenden Schachtöffnung zu ihm herabblickte. Saul mußte zwinkern, denn dieser Mann war ohne Zweifel die am seltsamsten aussehende Person, die er seit seinem Erwachen erblickt hatte.

Der Kerl trug Arm- und Fußringe aus gehämmertem einheimischem Metall und einen kurzärmeligen Überwurf aus weichgeklopftem Fibergewebe. Und als er zum Boden herabschwebte, sah Saul gefährlich aussehende Metallkrallen oder Haken an seinen Zehen. Mit der freien Hand hielt der Mann Seilschlingen, die aus irgendeinem einheimischen Gewächs geflochten sein mußten.

Saul nickte. »Ja, ich scheine mich verlaufen zu haben, was das angeht. Ich dachte, ich sei auf Ebene M, in der Nähe von Schacht 5, aber …«

Der Mann lachte und zeigte klaffende Lücken zwischen faulenden Zahnstümpfen. Er sprang vor und landete näher bei Saul. Die Bewegung enthüllte momentan eine große Tätowierung auf seiner Brust. Sie stellte ein Symbol dar, das Saul nur zu gut bekannt war: das Siegel Simon Percells.

Der Mann grinste und befingerte den Strick. »Kostenlose Arbeitskraft jederzeit uns Freude schafft!«

Ein zweites blaues Gesicht tauchte aus dem Schacht hervor und grinste herab. »Mit Plackerei im Grünen wird er die Frechheit sühnen.«

Saul schüttelte den Kopf und lächelte. Ihr glasiges Starren machte ihn nervös. »Tut mir leid, ich bin frisch aus dem Kühlfach, also weiß ich nicht, was Sie wollen.«

Der erste Percell rollte die Augen. »Ein Neuling! Nun, Freundchen, ich kann mich auch noch klarer ausdrücken. Bist du einer von Simons Diamanten, oder normale Affenscheiße?«

Saul hob mit kläglichem Lächeln die Hand. »Schuldig im Sinne der Anklage. Ich bin, was Sie wahrscheinlich einen Ortho nennen werden. Ist das ein Problem? Bin ich in ein Gebiet geraten, das ausschließlich ...«

Der Kerl reagierte so schnell, daß Saul den Bewegungen seiner Hände nicht folgen konnte. Urplötzlich glitt eine Seilschlinge über seine Schultern und wurde straff gespannt. »He!«

Eine zweite folgte der ersten. Saul zog zurück, bewirkte aber nur ein engeres Zuschnüren der Schlingen. »Ich sagte, daß ich gerade aufgetaut worden bin! Zeigen Sie mir den Weg zur Zentrale und ich werde Sie nicht weiter behelligen ...«

Diesmal lachten beide. »Hier bist du richtig, nur das ist wichtig«, sagte der erste Percell.

»Ach, laß den Affen laufen, Stew«, sagte der zweite. »Er sucht nur die Spur.« In seinen Augen war ein Hauch von Mitgefühl. Nur ein Hauch. Er wandte sich zu Saul.

»Es gibt Regeln, mein Lieber. Gefangennahme ohne Schaden oder Blutvergießen ist nicht Blutrache, sondern faire Beute. Du arbeitest zehn Megasekunden – das sind ungefähr vier Monate alter Rechnung – für uns in den Pflanzungen. Bei gutem Benehmen gibt es vielleicht einen Zeitabschlag.«

Der erste Percell lachte wieder, diesmal in einer Serie hoher, kläffender Kehllaute, die in einen Hustenanfall überging. Dann spuckte er rosafarbenen Auswurf an die Wand.

»Das Husten hört sich ziemlich schlecht an«, sagte Saul. »Wie lange spuckst du schon Blut?«

Der Blaugesichtige schüttelte zornig den Kopf. »Geht dich nichts an! Los jetzt! Nicht gefackelt, mitgewackelt!« Und Stew gab dem Strick einen heftigen Ruck.

Bis zu diesem Augenblick hatte Saul sich beinahe unbeteiligt gefühlt, als ob die Sache eher komisch als ernst zu nehmen wäre. Nun aber wurde er sehr, sehr zornig.

Ich hätte einfach mitspielen sollen, bis ich mehr erfahren hätte, dachte er. Aber nun war es zu spät. Schon einmal war er am Ende eines Strickes herumgezerrt worden, an jenem jämmerlichen Tag in Jerusalem, als er in Handschellen von einem frisch eingesetzten Bürokraten zum nächsten geschleppt worden war. Die einen hatten ihm aus Levitikus zitiert, die anderen scheinbar willkürlich gewählte Passagen aus dem Koran und den Offenbarungen. Es war geradezu eine Erleichterung gewesen, als man ihn schließlich wegen aufrührerischer Handlungen und Widerstands gegen die Staatsgewalt zu sechs Monaten Zwangsarbeit und anschließender Ausweisung verurteilt hatte.

»Ich glaube nicht, Joksch«, sagte er, als der andere wieder am Strick zog. Er fand mit dem Zehen und einer Hand Halt im Wandbewuchs und riß mit der anderen Hand in die Gegenrichtung.

Vielleicht war es die unerwartete Reaktion, mit der der Mann um so weniger gerechnet hatte, als Sauls Augenlider noch blau vom Kältetiefschlaf waren, jedenfalls geriet er aus dem Gleichgewicht und fiel von seinem Platz im Schacht, vorbei am Stollen und weiter hinab. Sein zorniges Geschrei entfernte sich, als er weich gegen die Wände prallte und im Fallen Halt suchte. Saul ergriff den anderen Strick.

»Stew« ließ sich nicht so leicht überraschen. Er zog seine Schlinge fest, und als er sprach, verzichtete er auf die halb komische, halb manierierte rhythmische Redeweise.

»Armes Großväterchen. Gerade aus dem Kühlfach und schwach wie ein Säugling. Was verstehst du vom Stollenkampf?«

»Du brauchst deinem Großvater nicht zu erzählen, wie er den Löffel halten muß«, sagte Saul und stieß sich von seinem Verankerungspunkt an der Wand ab. Er landete neben dem überraschten Percell, wo der Strick schlaff wurde, und befreite sich rasch aus der lockeren Schlinge.

»Mir scheint, du hast eine Tuberkulose«, sagte er in sachlichem Ton, um seinen Gegner abzulenken. »Und wie lange hast du schon diese Hautinfektion? Helfen die Mikrowellenbehandlungen nicht mehr?«

Stews große Verblüffung hielt nur ein paar Sekunden an. »Ich ...« Dann verfinsterte sich sein Blick, und er stürzte sich mit einem Wutgeheul auf Saul.

Dieser konnte eben noch rechtzeitig die Knie anziehen und den Zehenkrallen des Percell ausweichen. Ein brennender Schmerz fuhr über sein linkes Bein, bevor er sich in einem Clinch retten konnte, der die tödlichen Werkzeuge unwirksam machte. Sie packten einander, jeder versuchte einen geeigneten Griff zu finden. Stew bohrte seine Zehenkrallen in den Wandbewuchs und drängte Saul zurück.

Der Atem pfiff ihnen durch die Zähne. Mit dem distanzierten Teil seines Bewußtseins bemerkte Saul den besonders üblen Mundgeruch seines Gegners und fügte ihn automatisch der Liste seiner anderen Symptome hinzu, um später – wenn es ein Später geben sollte – zur Diagnose der Krankheit beizutragen.

Du bist zu alt für dies, sagte er sich, als sie grunzend gegeneinander drängten. Und es ist viel zu früh nach der Wiedererweckung!

Mit diesem Gedanken beschäftigt, war er beinahe so überrascht wie der drahtige Percell, als der Zweikampf der Muskelkräfte sich der Entscheidung zuneigte – fort von ihm. Die Arme seines Gegners begannen zu zittern, nachzugeben. Saul nutzte seinen Vorteil mit erneuerter Kraftanstrengung.

»Krieg ... dich ... schon«, keuchte er, als er den Arm seines Gegners zurückbog, bis der andere ächzte. »Ihr seid mir ... feine Übermenschen!« Es gelang ihm, seinem Gegner den Arm auf den Rücken zu drehen und ihn herumzustoßen.

»Guten Flug, Supermann!« grunzte Saul und stieß seinen Gegner in den Schacht hinab, gerade zur rechten Zeit, daß er auf seinen zurückkehrenden Partner prallte, dessen Kopf die Stolleneinmündung erreichte. Zusammen purzelten sie mit

Geschrei wieder den Schacht hinunter. Saul trieb gegen eine Wand und hielt sich mit einer Hand im Bewuchs fest, bis die Schwerkraft ihn zum Boden niedersinken ließ. Sein Herz pochte dumpf, und er sah Flecken. Der Kratzer an seinem Bein brannte wie das Höllenfeuer.

»Arschlöcher!« keuchte er flüsternd. Er verschnaufte und hielt sich bereit, als Geräusche die Rückkehr der beiden ankündigten.

Diesmal waren sie vorsichtiger. Sie sprangen gleichzeitig auf beiden Seiten in den Stollen, um ihn anzugreifen. Beide waren jetzt erbost, und in ihren Händen blitzten Messer.

Saul ging der flüchtige Gedanke durch den Sinn, daß er doch lieber zehn Megasekunden in den Pflanzungen hätte annehmen sollen, aber irgendwie bedauerte er nichts. »Kommt nur, ihr Helden«, sagte er und winkte sie näher. Sie kamen der Aufforderung nach.

»Aufhören!«

Er und die Angreifer blickten gleichzeitig auf. Ein dritter blaugefärbter Kopf tauchte aus dem oberen Abschnitt des Schachts, und Saul unterdrückte ein Stöhnen der Hoffnungslosigkeit. Selbst in seinem von Adrenalin aufgeputschten Zustand war er nicht einfältig genug, zu glauben, daß er mit drei von den Teufeln fertig werden könnte.

Doch der Neuankömmling richtete seinen Zorn nicht gegen Saul. Er wandte sich zu den Angreifern.

»Warum habt ihr diesen Mann geschnitten?« brüllte er im Befehlston. Saul kam die Stimme bekannt vor ... ein mit den Jahren abgeschliffener und weicher gewordener Akzent ...

Die zwei Angreifer schlugen die Blicke nieder. »Der Kerl hat sich gewehrt, Chef ...«

»Dummes Zeug!« Der Anführer schwebte an der grün verhüllten Wand herab. Beinstummel, die mit Metallhaken als Spitzen versehen waren, drehten ihn rasch herum, als er zu Saul zeigte. »Wißt ihr nicht, wer dies ist?«

Sie glotzten bloß, und dann trat ein Ausdruck leerer Verblüffung in ihre blauen Gesichter, als der beinlose Anführer sich in einer übertriebenen Geste des Respekts vor Saul verbeugte. »Ich begrüße Sie, Onkel der neuen Rasse.«

Die ungebärdige Mähne war inzwischen fast verschwunden, und die einstmals gebräunte Haut war in eine einzige große Tätowierung verwandelt. Aber dem Wiedererkennen bedeuteten Jahre nichts. Saul lachte laut heraus.

»Oh. Hallo, Sergejow. Welch eine Freude, Sie zu sehen. Was haben Sie in der Zwischenzeit mit sich angefangen – außer blau zu werden, meine ich?«

Das Herz aber schlug ihm im Halse, als ihm verspätet klar wurde, wie wenig gefehlt hatte, daß er von diesen Männern niedergemetzelt worden wäre. Er konnte nur denken: Oi, oi.

Der Rückweg zur Zentrale, eskortiert von Sergejow und seinen beiden Untergebenen, war eine Antiklimax, ein Dahingleiten zwischen samtigen grünen Wänden, vorbei an den Kontrollpunkten verschiedener Stämme, wo umständliche, aber offenbar routinemäßige Rituale zu beachten waren.

Selbst Saul bemerkte, daß sie einen weiten Umweg machten und tief ins Innere des Kometen abstiegen, um erst ein gutes Stück weiter nördlich wieder emporzusteigen. »Warum machen wir diesen weiten Umweg?« fragte er, als sie in Stollen abgestiegen waren, die er nie zuvor gesehen hatte – gewundene Pfade, die weichen Adern urzeitlichen Schnees folgten.

Sergejow zuckte die Achseln. »Quiverian.«

Saul hielt inne. »Joao? Ich hörte, daß er auch wach sein soll. Aber warum gehen Sie ihm aus dem Weg?«

Einer der vormaligen Gegner, der Percell namens Stew, spuckte in einen benachbarten Schacht. »Er ist der finsterste Arcist. Der Affe, den wir verabscheuen.«

Saul schüttelte bestürzt den Kopf. »Können Sie das bitte erklären, Sergejow?«

Der Angeredete lächelte. »Die alte Rasse hatte einzelne herausragende Individuen – wie Sie und Simon Percell. Auch Quiverian. Er führt heutzutage die fanatischste Anti-Percell-Bande. Diejenigen, die begriffen haben, daß sie Dinosaurier sind, und darum uns neue Säugetiere auslöschen wollen.«

Saul glaubte zu verstehen. Er begriff. ›Arcist‹, früher vereinzelt für die Leute aus dem Sonnenkreis der äquatorialen Länder gebraucht, hatte sich hier weiterentwickelt und eine Bedeutungsveränderung erfahren. Jetzt bezeichnete er die radikalste Ortho-Fraktion, ähnlich wie ein Percell, der glaubte, daß es mit unveränderten Menschen keine Kompromisse geben könne, ironisch ›Übermensch‹ genannt wurde.

Offensichtlich gab es eine Menge Haß und Rivalität, die jedoch unter Kontrolle gehalten wurden. Wahrscheinlich waren alle Fraktionen zu schwach und zu sehr voneinander abhängig, um zur offenen Kriegführung übergehen zu können.

»Die Verhältnisse verwirren mich, Sergejow«, sagte er, als sie ihre Wanderung fortsetzten. Hier unten schienen die Stollen mit der Hand ausgehauen zu sein, waren uneben und gewunden und folgten den Strecken geringsten Widerstands durch das felsdurchsetzte Eis. »Wenn Sie so denken, warum haben Sie keine Kinder, wie einige der Ortho-Gruppen.«

Einer von Sergejows Leuten knurrte eine zornige Bemerkung, und Saul erkannte, daß er ein Tabu angesprochen hatte. Sergejow entgegnete dem Mann mit einem scharfen Wort und wandte sich wieder zu Saul.

»Wir haben ein paar. Sind besser herausgekommen als die jämmerlichen kleinen Ortho-Krüppel. Einer kann vielleicht eines Tages lesen und schreiben lernen.« Sein Gesicht verzog sich momentan in schmerzlicher Erinnerung. »Wir experimentieren nicht mehr. Wozu auch, wenn alle sowieso zum Untergang verurteilt sind? Diese Orthos in Quadrant 9 sind unmoralisch, daß sie Kinder in die Welt setzen, nur daß sie leiden und sterben.«

Also kannten sie die Wahrheit.

»Ist das der Grund, daß es relativ selten zu gewalttätigen Auseinandersetzungen kommt, obwohl der Haß zwischen den Gruppen so tief sitzt?« fragte er.

Sergejow nickte. »Alle werden ohnehin zusammen sterben. Aber wir brauchen Arbeiter, um die Einrichtungen so lange wie möglich intakt zu halten. Niemand möchte verhungern oder erfrieren.«

»Außer vielleicht Ould-Harrad«, meinte einer der anderen.

»Ould-Harrad?« fragte Saul verdutzt. »Was ist mit ihm?«

»Er ist ein verstört blickender Mystiker geworden«, sagte Sergejow. »Wie, meinen Sie, konnte ein Percell wie Osborn Offizier werden? Nicht wegen seiner schönen blauen Augen und seiner Vorliebe für Orthos, das ist sicher!«

Die beiden anderen lachten. »Nein, Ould-Harrad fing an, mit Gott zu reden. Er gab seinen Posten auf. Heute ist er ein Verrückter, ein Werkzeug Quiverians. Geistlicher Führer der Arcisten«, sagte er sarkastisch.

Saul konnte das Letztere glauben. Es war ein Wunder, daß die völlige Stille der langen Wachen nicht mehr von ihnen weiter zum Rand menschlicher Erfahrung getrieben hatte.

»Gehen wir!« sagte Sergejow. »Ich begleite Sie zur Zentrale. Muß ohnedies mit Osborn sprechen. Ein paar sehr dumme Anschuldigungen dieses weinerlichen Malcolm aufklären.«

Saul rührte sich nicht von der Stelle. Er starrte angestrengt in einen Stollen, wo sich in der Ferne ein phantomhafter Lichtschein langsam hin und her bewegte.

Die anderen wurden aufmerksam und sahen es auch. Einer murmelte zum anderen: »He, Clape. Es ist der alte Mann selbst!«

Saul bewegte sich neugierig auf die undeutliche Gestalt zu. Bald sah er, daß es zwei, nein, drei der geisterhaften Gestalten waren, die sich wie große Spinnen die Wände entlang bewegten und den Wandbewuchs absuchten.

Eine Hand faßte ihn am Arm und zog ihn zurück.

»Wir gehen jetzt«, brummte Sergejow.

»Was für Leute sind das?« fragte Saul verwundert. Einen Augenblick lang hatte er geglaubt, es könne sich um eine bislang unbekannte Form einheimischen Lebens handeln – große und stark strukturierte Geschöpfe.

»Kommen Sie schon, Lintz! Die können gefährlich werden.«

Saul merkte, daß die langsam näherkommenden Gestalten wie Menschen geformt waren, bedeckt mit einem wolkigen, milchigen Pelz schimmernder Fransen.

»Ingersoll?« fragte er.

»Der alte Mann der Höhlen«, sagte Sergejow. »Und ein

paar andere Verrückte, die sich ihm zugesellt haben. Kommen Sie jetzt, Lintz, oder wir lassen Sie stehen!«

Saul nickte und schloß sich ihnen an. Es würde sich noch Gelegenheit ergeben, dieses und andere Geheimnisse zu studieren. Am Ende zahlte sich Geduld eher aus als impulsive Neugier.

Doch während er die geisterhaften Gestalten beobachtete, die den Wandbewuchs abgrasten, waren seine Handflächen verschwitzt und sein Mund trockener als während des Kampfes mit Sergejows Kriegern. Er gelobte, daß er zurückkommen würde, wenn er die Regeln dieser seltsamen Zeit und dieses Ortes besser verstünde.

»Ich habe mit Osborn zu tun«, erzählte Sergejow. »Lassen Sie sich einen guten Rat geben, Lintz: Seien Sie achtsam, welcher Gruppe Sie sich nach Ihrer Erholung anschließen. Ein paar Ortho-Gruppen sind keine bösartigen Halbaffen.«

Anderswo belegte man Sergejows radikale Percell-Fraktion mit ebenso unfreundlichen Bezeichnungen. Wo es Tribalismus gab, war Kriminalität nicht zu vermeiden.

»Es soll Gruppen geben, deren Mitgliedern es gleich ist, ob einer Percell oder Ortho ist«, antwortete er. »Wenn ich mich überhaupt einer Fraktion anschließe, dann wird es eine von denen sein.«

»Wir ...« Der beinlose Percell-Anführer brach ab. »Ach, Sie und die Herbert.«

»Auch so ein Ortho-Liebchen«, fing einer der anderen an, aber ein scharfer Blick von Sergejow verschloß ihm den Mund.

»Da ist noch etwas«, sagte Saul, bevor er sich von seiner Eskorte trennte. Er zog ein glänzendes kleines Instrument aus seiner Gürteltasche. »Ich möchte ein paar Blut- und Gewebeproben für meine neue medizinische Inventur, wenn es Ihnen nichts ausmacht. Verschiedene Gruppen haben bereits dazu beigetragen, und ich bin sicher, daß auch Sie einverstanden sein werden.«

Der mit den schlechten Zähnen machte eine finstere Miene und befingerte sein Messer, aber wieder wurde er von Sergejow gebremst. Der Russe ging mit gutem Beispiel voran und streckte Saul den Arm hin. Und eine stumme Botschaft in seinen Augen schien zu sagen, daß er dafür eines Tages eine Gegenleistung erwartete.

Würde er mir heute das Leben gerettet haben, dachte Saul, während er die Proben nahm, wenn ich damals nicht mit Simon Percell gearbeitet hätte?

Jeder der drei trug Percells Siegel groß auf die Brust tätowiert, rot auf blauem Untergrund, die Ehrung eines von eigener Hand zu Tode gekommenen Mannes, der sich nie hätte vorstellen können, wie weit es alles gehen würde, aber einiges, was aus seiner Arbeit folgte, hätte er voraussehen müssen.

Er besuchte Virginia im Erholungsraum, untersuchte sorgfältig ihre Fortschritte und versicherte ihr, daß die Kühlfachblässe sich schon verliere. Er küßte sie und gab ihr ein leichtes Beruhigungsmittel gegen die Schlaflosigkeit. Dann ging er in sein Laboratorium.

Die Proben von Sergejow und seinen ›Übermenschen‹ wurden der gleichen vorläufigen Analyse unterzogen, die er an den Proben seiner anderen Versuchspersonen vorgenommen hatte. Die ersten Resultate schienen genau die gleichen zu sein.

Zwar gab es unterschiedliche Ansammlungen von Mikrofauna in Blut und Speichel. Das Immunsystem der Percelle schien etwas weniger geschädigt und weniger überanstrengt als bei den verbleibenden Orthos der Kolonie. Das war nicht überraschend. Die Expedition hatte mit weniger als einem Viertel Percell-Anteil am Personal angefangen. Inzwischen hatte sich das Verhältnis unter denen, die gesund genug waren, daß sie Dienst tun konnten, ausgeglichen oder sogar zu Gunsten der genetisch Veränderten verschoben.

Aber das Endergebnis blieb das gleiche. Sie befanden sich alle in einem Prozeß allmählichen Sterbens. Schließlich fand er den Mut, eine kurz zuvor von Virginia genommene Probe zu untersuchen.

Seine unguten Erwartungen trogen nicht. Sie war frischer, aber er konnte die Zeichen lesen. Selbst in ihrem Fall, gerade aus dem Kühlfach, war das Unausweichliche bereits weit fortgeschritten.

»Nun«, murmelte er, »vielleicht kann ich Gesetzmäßigkeiten finden. Vielleicht lassen sich die Cyanuten noch besser anpassen.«

Seine Hoffnung, daß diese Vorgangsweise helfen würde, blieb allerdings gering. Jener Durchbruch hatte es den Menschen ermöglicht, hier zu leben. Aber die einheimischen Formen paßten sich an. Immer mehr von ihnen mieden die spezielle Zuckerkomponente, die seine kleinen genmanipulierten Geschöpfe befähigt hatte, ihre zusätzliche Arbeit so gut zu leisten.

Noch immer stellte sich die alte Frage, jeden Tag, fast jede Stunde, die er wachend verbrachte. Er mußte sie während der langen Jahre im Kühlfach mit sich getragen haben:

Wie war es möglich, daß die fremden Lebensformen in ihren Körpern existierten? Wie war es möglich, daß Ingersoll und die anderen Höhlenbewohner den Algenbewuchs essen und überleben konnten? Wieso bestand soviel Ähnlichkeit?

Eine Simulation, die er und Virginia vor langem schon mit Johnvon durchgeführt hatten, hatte gezeigt, wie eine grundlegende Ähnlichkeit zustandegekommen sein mußte. Es war nichts Neues, daß die organische Chemie unter einer breiten Vielzahl von Umständen die gleichen Aminosäuren, die gleichen Purine und Pyrimidine erzeugte. Man konnte annehmen, daß Leben sich überall aus der gleichen Ausgangslage entwickelte.

Hier aber gingen die Ähnlichkeiten ein gutes Stück darüber hinaus. Es verhielt sich beinahe so, als ob Menschen nicht die ersten Erdenbewohner wären, die den Kometen besiedelt hatten. Als ob es frühere Einwanderungswellen gegeben hätte und der gegenwärtige Krieg einer zwischen entfernten Vettern wäre.

Im ausgehenden zwanzigsten Jahrhundert hatte ein berühmter Astronom sogar den mittelalterlichen Glauben, daß Kometenerscheinungen Epidemien erzeugten, von neuem aufgewärmt. Seine Hypothese lautete, daß Urviren in die

Atmosphäre herabschwebten, wann immer die Erde auf ihrer Bahn einen Kometenschweif kreuzte. Dies, so meinte er, sei der durch jahrtausendelange Beobachtung begründete und nicht etwa aus Unwissenheit und abergläubische Furcht entstandene wahre Kern der alten Mythen, die Himmelserscheinungen wie den Halleyschen Kometen als Vorboten des Unheils und böse Sterne bezeichneten.

Beim Lesen solch wunderlichen Unsinns hatte Saul gelacht. Aber das war lange her. Heute ... nun, er wußte nicht, was er darüber denken sollte. Nichts schien irgendeinen Sinn zu ergeben.

Der Computer blinkte ihm einen Kode zu, immer wieder. F4-D56.

Weitere Daten erforderlich.

»Gewiß«, pflichtete er in liebenswürdigem Ton bei. »Eine sehr verständliche Forderung.«

Morgen wollte er hingehen und einen Versuch machen, Quiverians Arcisten zur Zusammenarbeit zu gewinnen. Dann fiel ihm ein, daß er sein eigenes Blut noch nicht untersucht hatte.

Ein weiterer Baustein für eine allgemeine Grundlage. Er trat zum Behandlungstisch, nahm die Proben, bereitete sie vor und brachte sie zur Fluoreszenzanalyse. Zahlen und Kennzeichnungen zuckten in vielen Farben, Beschreibungen und graphische Darstellungen, programmiert, Unterschiede und Abweichungen von früheren Proben und den Durchschnittswerten zu zeigen.

Blinkende Signale, leuchtende Anomalien. Er rieb sich die Augen. Beinahe alles war verschieden! Da war die Aufstellung der Lymphozytenzählung ... alle Typen: innerhalb des normalen Bereichs.

Das hatte es bei keiner anderen Probe gegeben. Nur seiner.

Elektrolytisches Gleichgewicht ... nominal.

Seine Probe war die einzige, auf die das zutraf!

Stoffwechselprozesse ... nominal.

»Dumme Maschine«, brummte Saul, schlug gegen die Seite des Eingabegeräts, ließ den Test wiederholen und durch das Kontrollprogramm nachprüfen. Nur grüne Lichter blinzelten von der Schalttafel. Die Maschine behauptete, sie habe richtig gearbeitet.

»Ich bin abartig, weil ich normal bin?« Er starrte die Zahlenreihen an. Alle bedeuteten ihm, daß er anomal sei. Seltsam. Ungewöhnlich.

Und nahezu alle Abweichungen neigten zur menschlichen Norm, wie sie von der Erde bekannt war. Bis auf eine.

Fremde Infektionserreger ...

Er betrachtete die Schätzung und pfiff mit gespitzten Lippen.

Nach dem geschätzten Infektionsgrad müßte er tot sein.

Tot? Er lachte. Der verdammte Rechner schien zu denken, sein Blut sei ein Gewimmel gefährlicher Eindringlinge. Seine Körperflüssigkeiten voll von abscheulichen, bösartigen Erregern, von denen ein kleiner Bruchteil ausreichen sollte, ihn umzubringen!

Doch die anderen Ablesungen sagten: Nominal ...

Nominal ...

»Verrückte Maschine«, murmelte er.

Dann aber fiel ihm ein, wie er im Stollen mit dem Percell gerungen hatte ... Die Überraschung – seine eigene und die seines Gegners – als er, kaum zwei Wochen aus dem Kühlfach, dem anderen die Arme zurückgebogen hatte ...

»Visuelle mikroskopische Darstellung«, befahl er. Es war Zeit, diesem Phänomen auf den Grund zu gehen. Etwas stimmte hier nicht, und die beste Möglichkeit herauszufinden, was in seinem Bio-Computer schadhaft war, würde eine eigene altmodische histologische Untersuchung sein. »Bildschirm eins, Gegenstand Blutprobe, Vergrößerung neunzig.«

Die Mikroskopie kam ins Bild. Sie zeigte eine strohfarbene See, in der rosafarbene, weißliche und gelbliche Klumpen trieben. Um sie herum herrschte ein wildes Durcheinander von Einzellern der verschiedensten Formen und Tönungen, die in der salzigen Flut ruderten und umherschnellten.

Saul schüttelte den Kopf, starrte, schüttelte ihn wieder.

Ohne daß es ihm bewußt wurde, bewegte er in völliger Verblüffung die Lippen, als wolle er ein stummes Stoßgebet zum Himmel senden.

5

CARL

Mißmutig wandte Carl den Blick vom erlöschenden Bildschirm. Er hatte soeben ein weiteres nutzloses Gespräch mit Major Clay beendet, dem erstaunlichen Mann mit dem Holzgesicht, der alle zur Erde gefunkten Fragen auffing und zurückwarf. Aus der Heimat waren weder Ratschläge noch Informationen oder gar Sympathie zu erwarten, soviel war gewiß. Major Clay wich jeder drängenden direkten Frage aus. Mit jedem Jahr, das ins Land ging, übertünchten sie ihre Furcht durch eine Erhöhung des Anteils an belangloser Unterhaltung in den wöchentlichen Sendungen. Das ließ weniger Zeit für wirkliche Kommunikation.

Diesmal hatte Carl ungeduldig ausgeschaltet, bevor die Sendezeit verstrichen war. Es war doppelt irritierend, daß er Major Clay niemals durch einfaches Auflegen brüskieren konnte, weil die Zeitverzögerung durch die Lichtgeschwindigkeit inzwischen fünf Stunden betrug. Das war für schlagfertige Antworten nicht gerade günstig.

Nun war es Zeit, sich auf die Versammlung vorzubereiten. Er schaltete um auf LAUFENDE ABLESUNG und erwartete den gewohnten Situationsbericht zu sehen, bekam aber nicht die gewohnte fünffarbige Statustabelle. Statt dessen wurde ihm ein Getröpfel von Johnvons momentan enthüllten inneren Strömen überspielt. Es war wieder ein Gedicht. Während er es überflog, begann Carl zu lächeln.

> So eilig huschen die Menschen hin,
> Ich selber ein Schatten dazwischen bin.
> Ob Ortho, ob Percell, es quält die Gedärme,
> Verlangen nach Heimat, nach Sonnenwärme!
> Der alte Johnvon allein hat die Zeit,
> Versteckt ein Geheimnis im blechernen Kleid:
> Gold! Als Bergleute, Herr Major,
> Behandelt uns bitte, wie zuvor!

Nun wollen sie zum Mars noch fliegen,
Dort Bruch zu machen, statt zu siegen.
So gebt nur auf die Köpfe acht,
Wenn Halley auf dem Mars zerkracht,
Zu düngen ihn mit den Flüssigkeiten
Von tiefgefrorenen Halley-Leuten.

Würmer kriechen da und dorten,
Groß sind alle nur mit Worten.
Percell schreit: die Orthos schlachtet!
Wenn sie könnten; doch wer achtet,
Daß hier draußen beim Neptun
Niemand rasten darf noch ruhn?
Der Kurs, er muß geändert werden.
(Oder ihr alle mit euren Beschwerden,
Mit den Läusen und Mikroben,
Müßt zurück zur Erde droben,
Raketenmäßig über die armen Leute
Herzufallen als Seuchenmeute.)

Carl lachte. Unglaublich! Dies war nicht der erste Hinweis
darauf, daß Johnvon sich in ›Mußestunden‹ mit Gedichten
beschäftigte, aber in letzter Zeit hatte sich der bioorganische
Fachidiot auf eine unheimliche Weise vervollkommnet. Oder
vielleicht bewies es nur, daß das Reimen in Wirklichkeit keine
Aktivität auf höherer geistiger Ebene war. Dies waren merkwürdig bittere, ironische Reime, die aneinandergereiht da-
hinholperten, aber etwas steckte dahinter. Was war das Gold,
das Johnvon versteckte? Er fragte sich, ob Johnvon dieses
Gedicht schon Virginia gezeigt haben mochte. Sie hatte sich
noch nicht völlig vom Aufenthalt im Kühlfach erholt, verbrachte aber jeden Tag ein paar Stunden in Kontakt mit ihrem kybernetischen Freund. Carl lachte wieder. Vielleicht
würde es bald Zwietracht zwischen den beiden geben, denn
ihm schien, daß die Maschine schon jetzt eine bessere Dichte-
rin war als ihre Herrin.

Und woher hatte Johnvon so genaue Informationen über
Pläne und zerstrittene Fraktionen, mit denen er sich herum-

schlagen mußte? Vielleicht sollte er wichtige Dinge lieber von einem herkömmlichen Computer verarbeiten lassen ...

Andy Carroll kam zur Tür herein, abgemagert von den Jahren im Kühlfach und finster blickend. Immer diese Sitzungen und Versammlungen!

»Die Arcisten sind wieder in den Streik getreten!«

»Ist es ein wilder Streik?«

»Nein, Malcolm rief sie dazu auf. Hat mich gerade verständigt.«

»Und warum?«

»Er sagt, ihr Anteil an der Ernte sei diese Woche zu niedrig. Seine Sammler seien gerade ohne Obst und mit wenig Gemüse zurückgekehrt.«

Carl runzelte die Stirn. »Das sollte nicht geschehen sein. Ich habe die Verteilungsdaten überprüft ...«

»Ich bin ziemlich sicher, daß Sergejows Leute etwas vom Anteil der Arcisten haben mitgehen lassen.« Carroll ballte eine Faust und schlug sie in seine offene Handfläche.

»Wieder gestohlen?«

Carroll nickte. »Die haben eine Methode ausgeklügelt, wie sie das Zeug beiseiteschaffen können, nachdem es gezählt und eingeteilt worden ist. Ich bin noch nicht darauf gekommen, wie sie es machen.«

Carl sagte nachsichtig: »Das ist Ihre Abteilung.«

Carroll war jung, erst vor kurzem wiederbelebt, aber er hatte die vielschichtige Situation rasch erkannt. Seine dunklen Brauen gingen hoch. »Ich kontrolliere jeden, der ein- und ausgeht. Kein Mensch könnte ungesehen hineinkommen.«

Carl nickte mitfühlend. »Verstehe. Aber wie ist es mit einem halben Menschen?«

»Wie ... ah. Sie meinen, Sergejow könnte auf anderen Wegen hineinschlüpfen?«

»Ohne Beine ... Überprüfen Sie das.«

Carroll verzog das blasse Gesicht in grüblerischer Sorge. »Ich sehe nicht, wie, aber gut.«

Carl seufzte und reckte die Schultern. »Jetzt wissen Sie, wie dieser Job ist.«

»Ja. Die sind wie die Kinder!«

»Wie lange sind Sie schon draußen? Zwei Monate?«

»Genau. Aber ...«

»Es dauert eine Weile, bis man sieht, woher der Haß kommt. Versuchen Sie einfach, das Schlimmste zu ignorieren und in der Arbeit wie im persönlichen Bereich einen Bogen darum zu machen.«

»Ich bin überzeugt, daß Malcolm blockiert.«

»Das tut er öfters. Was sollte er sonst als Druckmittel verwenden? Aber Sie meinen, diesmal ist es etwas Ernstes?«

»Ich glaube schon. Ich habe die Gehäuse der Rückstoßgeräte überprüft, die sie angeblich vor drei Monaten fertigstellten – unten am Südpol. Sie sehen einwandfrei aus, aber ich habe ein paar Verkleidungsteile abgenommen. Im Inneren gibt es fehlende Anschlüsse, unbefestigte Tanks – es sieht schlimm aus.«

»Sind Sie sicher, daß es Malcolms Schuld ist?«

Carroll zuckte die Achseln. »Ich glaube, sie sabotieren die Geräte.«

»Ist etwas zerschlagen?«

»Nein, nur auseinandergenommen oder nicht fertig zusammengebaut.«

»Klug. Bei offensichtlichen Schäden würden wir ein Aufhebens machen. Aber wie die Dinge liegen, hätten sie Malcolm ruhig ins Gesicht sagen können, daß seine Leute sich vor der Arbeit drücken.«

Carroll errötete. »Also, das habe ich getan.«

Eine Pause. »So?«

»Ich weiß, ich hätte zuerst mit Ihnen reden sollen, aber ich war so aufgebracht! Ich rief Malcolm an und fing an, ihm die Meinung zu sagen.« Er brach verlegen ab.

»Und?«

»Er legte auf, bevor ich drei Sätze herausbrachte.«

»Dann glaubt er wahrscheinlich, er habe seinerseits Beschwerden bei uns vorzubringen.« Carl ermahnte sich, daß er nicht allzu gleichgültig wirken dürfe. Andy Carroll brauchte nicht zu wissen, was er längst wußte; daß es sowieso keine Möglichkeit gab, die Rückstoßgeräte rechtzeitig fertigzustellen.

Er sagte: »Wer hat am meisten zu gewinnen, wenn Sie und Malcolm einander an die Gurgel fahren?«

»Na, kaum jemand, denke ich.«

»Es brauchen nicht mehr als ein paar zu sein.«

»Nun ... o ja, Quiverian. Der immerfort diese Arcistenpropaganda verbreitet.«

»Und niemand hat ihn seit Monaten gesehen.«

»Ich hörte, daß er sich in neuen Stollen unten beim Südpol verschanzt hat. Ich meine, noch weiter draußen als Ould-Harrads Bande im Höllenpfuhl.«

»Ich lese die Berichte. Johnvon hat einzelne Maschinen mit Kameras eingesetzt, die zuweilen da und dort einen Verrückten erfassen. Auf einem der Videos sah ich Quiverian. Seine Leute arbeiten angestrengt an etwas, was unten beim Südpol vergraben ist.«

»Sie meinen, er versuche die Arbeit an der Bahnveränderung zu verlangsamen?«

»Es leuchtet ein. Die radikalen Arcisten möchten jede Möglichkeit vermeiden, daß Kometenmaterial in die Nähe der Erde gelangt. Keine Umlaufbahnen, die nahe genug heranführen, um ein gutes Rendezvous zu ermöglichen, nichts. Für sie ist die Erhaltung der irdischen Biosphäre alles. Was aus uns wird, ist ihnen gleich, oder zumindest von zweitrangiger Bedeutung.«

»Aber es gibt dennoch Möglichkeiten, die für die Erde nicht mit einer Bedrohung verbunden sind. Angenommen, wir bringen den Kometen in eine verkürzte Umlaufbahn, stecken alle in Kühlfächer ...,«

»Und hoffen, daß die entscheidenden Leute daheim zehn oder zwanzig Jahre später wesentlich nüchterner urteilen werden?«

Andy Carrolls Gesicht war so offen, daß es Carl beinahe schmerzte, darin zu lesen. »Es ist ... wir brauchen eine Hoffnung, nicht wahr?«

»Gewiß«, sagte Carl und versuchte etwas herzhaften Optimismus in seinen Tonfall zu legen. »Gewiß.«

Carroll schürzte die Lippen, beschäftigt mit seinen Wachträumen. Vielleicht ist es kein einfältiger Optimismus, dachte

Carl. Vielleicht werden wir eine Chance bekommen. Ich bin bloß des Wünschens müde geworden.

Er dachte daran, Carroll das Gedicht zu zeigen, ließ es aber sein. Der Junge mochte die Mischung von Galle und Galgenhumor beunruhigend finden. Besser, man ließ ihn vorher noch ein Jahr oder so marinieren.

Und wer weiß? überlegte er. Vielleicht wird ein Archäologe einmal dieses Gedicht finden und es als das große Werk unserer traurigen, glücklosen Expedition verbreiten. Vielleicht werden sie es auf einer Bronzetafel neben der äußeren Hauptschleuse anbringen, zur Einstimmung von Besuchern des Eisbergmuseums, das seine Bahn durch ihren Himmel zieht und eine große, gescheiterte Idee kennzeichnet. Mit uns, die für allezeit in unseren schleimigen Kühlfachflüssigkeiten schwimmen, als den interessantesten Ausstellungsstücken.

Es war keine absurde Vorstellung.

6
_____

VIRGINIA

Gestohlene Geschenke,
Versteckt in der Zeiten Schrein.
Wartende Geschenke,
Tief drinnen in meinem Reim.

»Wie? Haben Sie was gesagt, Virginia?« Jeffers' Stimme knisterte aus ihrem Funksprechgerät, als sie sich darauf konzentrierte, ihre beiden störrischen Maschinen gleichzeitig über einen Eisbuckel zu dirigieren. Es war immer eine schwierige Übung, denn die großen Maschinen hatten genug Kraft, um sich ganz von der schuttbestreuten Oberfläche abzustoßen und in eine Art Umlaufbahn zu begeben. Diese Reparaturmaschinen hatten keine eigenen Antriebseinheiten, die sie im Falle einer Fehlberechnung hätten zurückbringen können.

»Ach, kümmern Sie sich nicht darum, Jeff. Es ist bloß Johnvon, der sich wieder aufspielt. Sobald wir mit diesem Vorhaben fertig sind, werde ich ihm eine gründliche Gedächtnisläuterung verpassen.«

»Anscheinend hat er eine Menge von Ihnen gelernt. Wenn er so weitermacht, werden Sie bald starke Konkurrenz haben.«

Jeffers' Stimme klang erheitert, und Virginia lachte. Aber in ihrem Sinn begann sie sich zu sorgen. Etwas stimmte nicht mit ihrem bioorganischen Gegenstück. In manchen Fähigkeiten schien Johnvon jetzt sehr viel subtiler und fähiger als zur Zeit ihrer Einschläferung vor drei Jahrzehnten; vielleicht ein natürliches Ergebnis der Programmierung zu langsamer, stetiger Selbstverbesserung. In anderer Weise aber verhielt sich die selbstprogrammierende Maschine jetzt sprunghaft und schwer berechenbar, indem sie spontan diese Erfindungen von sich gab, deren Beweggründe schwer erkennbar waren.

Mit Unrat und Schutt übersäte Schneefelder erstreckten sich bis zur Reihe der Gewächshäuser um den Eingang zum Schacht 1. Nahebei blickten riesige Spiegel von spinnenhaften Gittermasten und konzentrierten den Schein der entfernten Sonne auf die Gewächshäuser.

Unter den gewölbten Glasdächern wiegten sich Nahrungspflanzen aller Art in grünen Massen unter den künstlichen Brisen. Da und dort bewegten sich Arbeiter zwischen den Pflanzenreihen und pflegten dieses wichtigste Unterpfand für den Fortbestand der Kolonie. Seit ihrer Wiederbelebung aus dem Tiefschlaf hatte Virginia wenig Zeit gehabt, sich über die landwirtschaftlichen Anbaumethoden zu informieren, die im Laufe der Jahrzehnte entwickelt und vervollkommnet worden waren. Aber sie glaubte schon zu sehen, daß die Arbeitsvorgänge wesentlich automatisiert werden könnten.

Ihre Maschinen trafen ein, wo Jeffers neben einem umgestürzten Bauwerk aus Eis auf sie wartete. Zerbrochene Scherben des glasigen Materials lagen weithin verstreut.

Virginia erschrak. »Das ist schrecklich«, rief sie aus. »Wer hat Jim Vidors Plastik zerstört?«

Die Statue war Kapitän Cruz und dem Traum gewidmet gewesen, den so viele Expeditionsmitglieder geteilt hatten. Sie hatte eine Gestalt im Schutzanzug dargestellt, gebeugt und müde, aber beharrlich und siegreich, als sie mit ausgestreckter Hand, in der Geschenke funkelten, auf die blaue Erdkugel zutrat.

Virginia erinnerte sich, wie stolz Jim Vidor auf sein Werk gewesen war, kurz bevor er ins Kühlfach gekommen war. Von einigen als kitschige Zuckerbäckerei abgelehnt, war es gleichwohl eine schöne Arbeit gewesen, geformt aus heimischem Kristall und Eis in sechs Farbtönen. Jetzt lag der Astronaut geborsten auf der Seite, und der blaue Planet war zerschlagen.

Tief unter der Oberfläche richtete sich Virginia in ihrem Sessel auf, als sie den Vandalismus durch die Optik der Maschine überblickte. »Wer ...?«

»Keine Ahnung«, sagte Jeffers. »Ich würde sagen, daß es welche von Sergejows Leuten waren.«

»Aber warum?«

»Cruz war ein Ortho.«

Das schien ihm zur Erklärung zu reichen. Virginia errötete. Als Percell fühlte sie sich getroffen.

»Hat Jim Vidor den Schaden gesehen?«

»Schwerlich. Matsudo hat ihn um 2073 wiederbelebt, und Lintzs Cyanuten brachten seine erste Krankheit in Ordnung. Aber ein Jahr später mußten sie ihn wieder ins Fach stecken, weil er sich eine schlimme Blutinfektion zugezogen hatte. In gewisser Weise ist es gut so. Er wird nie erleben, wie schlimm alles seither geworden ist. Jim war ein Ortho, aber ich mochte ihn.«

»Ja«, sagte sie, unfähig, geeignetere Worte zu finden. Sie steuerte ihre Maschinen um das geborstene Monument zu Jeffers. »Kommen Sie! Sehen wir, ob wir ein Wunder wirken können.«

»Richtig.« Jeffers streckte die Hand aus und zog mehrere schmale Umschläge von einem Gestell, das eine der Maschinen trug. »Hier geht es zum Elefantenfriedhof.«

Sie umrundeten eine felsige Anhöhe und Virginia seufzte.

Keine tote Statistik hätte sie auf den Anblick vorbereiten können, der sich ihrem Auge bot. Lange Reihen abgestellter Maschinen erstreckten sich sauber ausgerichtet zum gekrümmten Horizont, alle gefroren, bewegungslos, erstarrt in Unbrauchbarkeit und Verfall.

Sie war bestürzt. »Lieber Gott, wo fangen wir an?«

Jeffers schlug die behandschuhten Hände zusammen und hob in seiner nervösen Aufregung ein paar Meter vom Eis ab.

»Ganz gleich! Seit drei Jahren habe ich an den Reparaturmaschinen gewerkelt, von den Werkzeugautomaten Teile anfertigen lassen und andere aus Prototypen ausgebaut und wiederverwendet. Aber mit den Programmen kam ich nicht zurecht. Immer wieder gab es Blockierungen, Steuerungsfehler und Funktionsstörungen, die ich einfach nicht beheben konnte! Alles, was ich versuchte, war vergebens.«

Er landete vor ihrer Maschine.

»Aber nun haben Sie in bloß zwei Wochen behoben, was mich zur Verzweiflung trieb.«

Die Maschine hob einen metallenen Greifarm in genauer Nachahmung von Virginias Geste unten in ihrem abgedunkelten Arbeitsraum. »Warten Sie ab, Jeff. Ich sagte, es sei nur ein erster Versuch. Versprechungen kann ich keine machen.«

Aber Jeffers war schon unterwegs zu einem spinnenbeinigen Reparaturroboter, einer hochentwickelten androidähnlichen Maschine zur Wartung und Instandhaltung anderer Maschinen und Anlagen, nun aber selbst in desolater Nutzlosigkeit.

»Fangen wir mit dem hier an. Ich habe ihn bereits gereinigt und geschmiert.«

Virginia sah unruhig zu, wie Jeffers die Umschläge sortierte, einen auswählte, aufriß und ein glänzendes Plättchen herauszog. Er öffnete einen Verkleidungsteil und steckte die Programmeinheit in die Maschine.

»Erhebe dich!« befahl er und trat mit theatralischer Gebärde zurück.

Virginia hielt den Atem an. Einen Augenblick schien es, als ob der Mechanismus von der mörderischen Kälte zur Unbeweglichkeit gezwungen würde, eine Statue, die niemals zum Leben erwachen könnte.

Aber dann brach der Frost, verpuffte in winzigen lautlosen Explosionen, als amorphes Eis seinen Zustand unmittelbar in Gas veränderte. Und die Maschine entfaltete ihre Gliedmaßen mit ruckartiger Präzision. Ihre stelzenartigen Beine, die einer Gottesanbeterin Ehre gemacht hätten, streckten sich, sie stand auf und richtete den Blick ihrer glänzenden Augenzellen auf Jeffers. Sie streckte einen langen Arm nach ihm aus, der stark genug war, ihn entzweizubrechen. Eine vielfingrige Hand öffnete sich wie eine erblühende Blume.

Jeffers legte die Umschläge in den sicheren, energischen Zugriff.

Er lachte. »Heute erheben sich die Heerscharen der Toten!« rief er. »Komm, Engelsgesicht, wir haben eine Hochleistungsauferstehung vor uns!«

Virginia vergab ihm die blasphemischen Anklänge. Seine Erregung war ansteckend. Der allmähliche Verfall des Maschinenparks der Kolonie hatte zu der alles durchdringenden Stimmung von Hoffnungslosigkeit und der Unmöglichkeit, sichtbare und nutzbringende Leistungen größeren Umfangs zu erzielen, beinahe ebensosehr beigetragen wie die tödlichen Krankheiten und der Personalmangel.

Sie gab sich nicht der Illusion hin, daß es allzuviel ausmachen würde, was sie hier draußen bewerkstelligten. Nichts konnte fehlende menschliche Arbeitskraft ersetzen. Aber vielleicht gelang es mit Hilfe der Maschinen, das Leben ein wenig leichter zu machen.

Jeffers sprang wie ein Derwisch von Maschine zu Maschine, tauschte Programmeinheiten aus, schmierte, setzte Energiezellen ein, und Virginia, die sich frei von Illusionen wähnte, war erstaunt über die starken hoffnungsvollen Regungen, die sie beflügelten, während sie durch die schweigenden Reihen des Maschinenfriedhofs gingen.

Es war ein erregender Anblick. Seit langem ausrängierte Maschinen hoben sich aus jahrelanger Froststarre und setzten sich in Bewegung, rollten auf Hakenrädern, oder schwebten frei an ihren Halterungen. Datenkanäle klickten und summten, zwitscherten in verschlüsselter Computersprache.

Ihre Anstrengungen vervielfachten sich, als umprogrammierte Reparaturmaschinen selbsttätig an die Arbeit gingen und systematisch an die Wiederherstellung beschädigter und ausgefallener Maschinen gingen. Was als punktuelle Aktivität begonnen hatte, breitete sich aus wie Wellenriffel unter einer aufkommenden Brise.

Die Kopfhörer trugen ihnen Ausrufe des Staunens und freudige Aufgeregtheit aus den Gewächshäusern zu. Leute versammelten sich hinter den Scheiben und starrten hinaus zum Maschinenfriedhof, dessen froststarre Schläfer eine so unerwartete Auferstehung erlebten. Luftschleusen öffneten sich, und Gestalten in Schutzanzügen liefen über die Schneeflächen, um die in Bewegung geratene mechanische Menge anzustarren.

Jeffers schrie triumphierend in den Lärm des offenen Kanals, als eine große Hebemaschine sich auf einer Wolke ionisierten Wasserstoffs erhob, um mit grün und blau funkelnden Lichtern emporzuschweben und zu dem lange unbenutzten Vorratslager glitt, wo sie sich selbsttätig festmachte.

Die Monitore schalteten sich ein, um eine Überlastung des offenen Kanals durch das Geschrei der Zuschauer zu dämpfen.

Mehr und mehr Leute erschienen auf dem Eis, in Schutzanzügen, die seit Jahren nicht benutzt worden waren, mit vormals weißen Brustbinden, die nun vom Alter brüchig und verfärbt waren. Einige ließen alle Vorsicht fahren und sprangen vor Begeisterung in die Luft, um minutenlang hoch über den Köpfen der anderen zu schweben, die sie fröhlich verspotteten.

Virginia lachte. Halleys Nordpol war zu einem Festplatz geworden – Menschen rempelten Maschinen an, die geduldig auswichen, heftigere Zusammenstöße zu vermeiden. Angehörige verfeindeter Gruppen tanzten und redeten miteinander, jemand schaltete Musik auf den D-Kanal, und Tänzer, behutsam in der annähernden Schwerelosigkeit, drehten sich im Reigen.

Es war nicht viel nötig, dachte Virginia ... nur eine gute Nachricht.

Aus dem benachbarten Gewächshaus starrte ein Dutzend magerer Kinder, manche mit hängendem Kiefer und ohne Verständnis in den leeren Augen, ein paar aber klatschten fröhlich in die Hände, zupften Erwachsene an den Ärmeln und zeigten aufgeregt zur lärmenden Feier hinaus.

Eine Gestalt erschien neben Virginias Maschine und zog an einem der Greifarme. Virginia bemerkte es und drehte die Objektivaugen der Maschine zur Seite.

»Oh. Hallo, Carl!« Sie kam sich wie ein kleines Mädchen vor, und es tat gut, ihn unter der glänzenden Visierscheibe seines schmierigen Anzugs wieder lächeln zu sehen. »Woher wußtest du, welche Maschine ich bin?«

»Ganz einfach. Ich sah mir an, wie die Maschinen gingen, und wählte diejenige mit den weiblichsten Bewegungen.«

Sie fühlte sich erröten und war froh, daß niemand an der Oberfläche es sehen konnte. »Du hattest schon immer ein Talent für ...«

Ein schreckliches Geräusch unterbrach sie, das durchdringende Winseln eines Notalarms, wie er bei Undichtwerden eines Schutzanzugs automatisch auf allen Kanälen ertönte. Er beendete schlagartig die Feier und brachte alle Gespräche zum Verstummen.

»Ach du lieber Himmel! Wo ...?« Sie drehte die Objektivaugen der Maschine in einem Halbkreis. Schon eilten mehrere der verfeinerten Modelle auf eine Menschentraube zu, die sich in der Nähe des Gewächshauses gebildet hatte.

»Ich kann es nicht sehen«, sagte sie zu Carl, um verspätet zu bemerken, daß er schon fort war. Mit einem Impulsstoß des Manövriergeräts hatte er sich zum Schauplatz des Geschehens katapultiert.

Der Notalarm brach ab und wurde von einem tiefen, dumpfen Summen abgelöst, welches das Aufhören der Lebensfunktionen kennzeichnete.

Jemand war gestorben.

Virginia lenkte die Maschine zu der Menschenmenge, hielt aber inne, als ihr klar wurde, daß sie nicht auf diese Maschine angewiesen war, um sich ein Bild zu verschaffen. Mit ein paar Kommandosignalen schaltete sie eine zur Überwachung am Gewächshaus installierte Videokamera ein und richtete sie auf das Menschenknäuel.

Nun blickte sie durch das Kameraauge von oben herab. Carl und Jeffers beugten sich über eine am Boden liegende Gestalt. Der Schutzanzug war aufgeschlitzt, und schaumiges Rot verteilte sich wie grausiger Nebel aus der klaffenden Öffnung über die Umgebung.

Keoki Anuenue und ein anderer Assistent der biologisch-medizinischen Abteilung trafen ein. Sie fingen an, die Neugierigen zurückzudrängen und unnötige Maschinen fortzuschicken. Die Leute gingen auseinander. Alle Festtagsstimmung war so plötzlich von ihnen gewichen, wie sie über sie gekommen war.

»He, Kiai«, sendete sie zu einem dunkelhäutigen Landsmann, der ihrer Sicht im Weg stand. Der Mann sah sich überrascht um, zuckte die Achseln.

»Ua make oia, whine.«

Virginia wußte selbst, daß die auf dem Eis liegende Person tot war. Es war offensichtlich sinnlos, an eine Unterbringung im Kühlfach auch nur zu denken.

Sie erschrak, als der Hawaiianer zur Seite trat und sie das schmale Elektromesser neben dem Toten liegen sah. Wer die Tat auch verübt und sich dazu der allgemeinen Aufregung und des Durcheinanders bedient hatte, deren Urheber sie und Jeffers gewesen waren, hatte seine Visitenkarte zurückgelassen.

Sie durchsuchte die Frequenzen, bis sie den Kanal und die Verschlüsselung gefunden hatte, die Carl und Jeff verwendeten. Endlich fand sie die richtige Kombination.

»... wird dafür zu zahlen haben. Quiverian und Ould-Harrad werden den Fall mit Sicherheit ausschlachten.«

»Ja. Malcolm mag ein aufdringlicher Kerl gewesen sein, und ein Ortho-Chauvinist. Aber wenigstens war er kein Arcist. Ich konnte mit ihm arbeiten. Du weißt so gut wie ich, wen man dafür verantwortlich machen wird ...«

Sie drehten das Opfer um. Das Gesicht des armen Malcolm

starrte blicklos zum schwarzen Himmel auf, von Dekompression geschwollen und mit hervorquellenden Augen.

Virginia schaltete die Übertragung aus, öffnete die Augen und war wieder in ihrem kleinen, geborgenen Reich tief unter dem Eis. Sie entfernte den Neuralanschluß und setzte sich ächzend auf. Dann befühlte sie die wunde Stelle in ihrem Nacken.

O ja, dachte sie. Dafür wird ein hoher Preis gezahlt werden müssen.

Sie stand auf und ging zu dem kleinen, überdeckten Waschbecken, um ein Handtuch zu benetzen und sich das Gesicht abzuwischen.

Sie hob das Haar und beugte sich zwischen Hand- und Frisierspiegel, um den Bereich um den Neuralanschluß zu untersuchen. Dort hatte sich in letzter Zeit ein böser roter Hautausschlag ausgebreitet, der unangenehm näßte, und die herkömmlichen Behandlungsmethoden schienen diesmal nicht zu wirken. Saul hatte ihr gesagt, daß er vielleicht mit einem neuen Ansatz zum Erfolg kommen werde, war aber nicht imstande gewesen, seine besorgte Ungewißheit vor ihr zu verbergen.

Man muß nicht ein Genie sein, um zu sehen, daß sie alle zugrunde gingen.

Sie dachte an das wie trunkene Fest, das von so kurzer Dauer und so rasch wieder zerstoben war.

Es war schön, wenigstens für ein paar Minuten wieder Hoffnung zu fühlen.

Sie blickte auf, als es im Bildschirm ihres Datenanschlusses lebendig wurde. Sieh an, wieder einer von Johnvons spontanen Versuchen, sich in Versform auszudrücken, was sie jedesmal ein wenig unheimlich anmutete ...

> Verloren im mühsamen Ringen,
> Im holpernden Versmaß versteckt,
> Sind Wohltätigkeit und Gelingen,
> Von vergess'ner Heimat bezweckt.

»Ach, Johnvon«, flüsterte sie, »bist du auch krank?«

Die Gestalten bewegten sich im Gänsemarsch über die zernarbte Landschaft, durch verknotete Stricke miteinander verbunden. Sie traten behutsam auf, und ihre Bewegungen waren langsam, während sie ihre Lasten über Bodenerhebungen und Kraterränder stießen und schleppten.

Es war ein schweigsamer Auswandererzug: Gestalten in schmierigen, ausgebesserten Schutzanzügen, die sich mit ungefügen Bündeln abmühten, deren Gewicht zwar unbedeutend war, welche aber durch ihre Masse beschwerlich wurden, die einander über glatte Flächen und gefährliche Felder amorphen, ausgeaperten Eises halfen.

Von Virginias Aussichtspunkt auf einer der höchsten äquatorialen Bodenerhebungen des Kometen war der Horizont ihrer winzigen Welt stark gekrümmt und nur etwas mehr als einen Kilometer entfernt ... einen Katzensprung. Von der nördlichen Basis zu den Höhlen unter dem anderen Pol des Planeten waren kaum mehr als zehn Kilometer zurückzulegen, doch als sie die Wanderung der Arcisten beobachtete, war ihr, als wohne sie einem biblischen Geschehen bei. Die selbstbestimmten Auswanderer zogen mit ihren Habseligkeiten in langer Kolonne zu den neuen Wohnstätten, die ihre Führer ihnen versprochen hatten.

Man hatte ihnen zur Unterstützung Maschinen angeboten, aber alle Welt wußte, daß die hochentwickelten kybernetischen Roboter von den beiden Percellen Jeffers und Virginia instandgesetzt und neu programmiert worden waren. Das Mißtrauen der Arcisten behielt die Oberhand über den menschlichen Hang zur Bequemlichkeit, und sie hatten die Annahme aller komplizierteren Maschinen einfach verweigert.

Drei Männer in Schutzanzügen standen neben Virginias Maschine auf der Anhöhe und beobachteten den Auszug der Arcisten. Carl und Jeffers hatten die Helme zusammengesteckt und sprachen unter Ausschaltung des Funkweges miteinander, wobei sie von Zeit zu Zeit Handbewegungen in die Richtung der Auswanderer machten. Auf der anderen Seite lehnte Saul an der Flanke ihrer Maschine und summte abwesend vor sich hin.

Vor allem die Gestalt an der Spitze des Zuges legte den Vergleich mit biblischen Bildern nahe. Dort, einen Stab in der Hand, wanderte Suleiman Ould-Harrad mit langen, bedächtigen Schritten einher. Daß er einmal Oberstleutnant und Expeditionsleiter gewesen war, schien eine Erinnerung aus einer anderen Welt, die keine Realität mehr hatte. Seit langem führte er schon das Leben eines zurückgezogenen Mystikers und geistlichen Beraters der Arcistengruppen. Der hochgewachsene Schwarze hatte seinen Schutzanzug mitternachtsblau gefärbt, und seine Brustbinde war weiß, mit einem einzigen schwarzen Stern.

Ihm folgten, beladen mit gewaltigen Traglasten oder in den Zugseilen großer, hochbeladener Schlitten, wohl an die hundert Anhänger, von älteren Leuten, die seit Jahrzehnten kein Kühlfach von innen gesehen hatten, bis zu großäugigen Kindern, die mager aus dem Inneren von Überlebensblasen aus isoliertem Kunststoff starrten.

»Seit Malcolms Ermordung haben sich ihnen mindestens dreißig weitere Orthos angeschlossen«, bemerkte Carl zu seinem Freund. »Zwar weiß ich nicht, wer der Täter ist, aber ich kann dir sagen, wer von der Tat profitiert hat.«

Jeffers nickte. »Ich wünschte, ich wüßte, ob und wie Quiverian das eingefädelt hat.«

Schweigend sahen sie die Karawane vorüberziehen.

Kurz darauf lösten sich drei Gestalten aus dem Zug und kamen mit langen, schwebenden Sprüngen den Hang herauf zu Carl. Der erste trug eine Brustbinde, die das Zeichen des Sonnenkreises zeigte. Joao Quiverian sprach über den im voraus vereinbarten Kanal und Kode.

»Wir erwarten, daß wir weiterhin den uns zustehenden Anteil der Ernten erhalten werden und ebenfalls die unserer Kopfzahl entsprechende Energiemenge von der Fusionskraftanlage.«

»Wenn Sie an den Rückstoßgeräten arbeiten, wie Sie versprochen haben, sehe ich keinen Grund, Ihnen Ihre Rechte zu verweigern. Gehen Sie hin und leben Sie am Südpol, wenn Ihnen der Aufenthalt in unserer Nähe das Gefühl gibt, unrein zu sein.«

Carl war vor allem erleichtert, Quiverians Fanatiker endlich vom Hals zu haben. Dafür konnte er manches in Kauf nehmen.

Quiverian nickte, als sei ihm Carls Ironie vollständig entgangen. »Unrein und gefährlich. Wir werden in der Lage sein, künftig besser zu arbeiten, da die Rückstoßgeräte sowieso am Südpol stationiert sind. Wir verlangen nur, daß wir Materialien und Versorgungsgüter erhalten und in Ruhe gelassen werden.«

»Meine Leute bleiben verantwortlich für die Rückstoßgeräte und Treibsätze«, erklärte Jeffers.

Quiverian machte eine wegwerfende Handbewegung. »Hauptsache, sie lassen sich nicht bei unseren Wohnungen blicken.«

Virginia entging nicht die eher gleichgültige Stimme der Gesprächsteilnehmer. Keiner von ihnen schien die Angelegenheit für wirklich wichtig zu halten, denn es gab weder Erregung noch Geschrei.

»Jeder mag sein Grab nach dem eigenen Geschmack ausstatten«, sagte Jeffers, und die anderen schienen seiner düsteren Einschätzung zuzustimmen.

Alle bis auf Saul, der plötzlich auflachte. Sie wandten sich zu ihm um.

»Verzeihen Sie. Kümmern Sie sich nicht um mich!« sagte er abwinkend. Aber durch die Visierscheibe war klar zu sehen, daß er sich bemühte, eine Aufwallung von Heiterkeit zu unterdrücken.

Carl musterte ihn stirnrunzelnd, bis Sauls Mienenspiel sich beruhigt hatte, dann wandte er sich wieder zu Quiverian. »Dann gehen Sie! Gehen Sie in Frieden!«

Die drei Arcisten machten kehrt und entfernten sich. Carl und Jeffers strebten dem nächsten Stolleneingang zu.

Saul hob den Greifarm der Maschine in der Pantomime eines Handkusses zu seiner Visierscheibe und sagte: »Auch ich muß gehen, Liebling. Warte nicht auf mich!«

»Aber ... aber ... ich dachte, du würdest herunterkommen. Wir könnten ein bißchen zusammen sein. Seit bald einer Woche bist du jetzt fort ...«

»Aber, aber, Virginia. Wir unterhalten uns mehrmals am Tag.«

»Durch eine meiner Maschinen!« Ein metallenes Bein stieß neben seinem Fuß in den Schnee, daß er hochstob. »Das ist nicht das gleiche!«

Er nickte. Sein breites Lächeln regte sie auf. »Ich weiß«, sagte er begütigend, »ich vermisse dich auch. Schrecklich. Es ist bloß ...« Er schüttelte den Kopf. »Es ist bloß, daß ich etwas verifizieren muß. Es ist zu wichtig, als daß es warten könnte. Und ich kann noch nicht darüber reden, nicht mal zu dir ... ehe ich nicht genau weiß, ob ...«

Er ließ den Rest des Satzes ungesagt und zog sich zur Luftschleuse zurück. Virginia kannte diesen abwesenden Ausdruck seiner Augen; er war bereits anderswo.

»Bis du was weißt?« fragte sie. »Was tust du eigentlich, Saul?«

Er machte eine ungewisse Bewegung. »Bis ich genau weiß, ob ich verrückt bin ... oder ob ich ...«

Das letzte Wort war ein Gemurmel, etwas in einer seiner Fremdsprachen.

»Was?«

Aber er warf ihr nur eine Kußhand zu, wandte sich um und eilte zum Stolleneingang.

Der Teil von ihr, der an der Oberfläche war, verbunden mit einer Maschine aus Metall und Keramik, sah ihm nach, bis die Schleuse sich schloß und sie ausgesperrt in der immerwährenden Nacht zurückließ.

Tief unter dem Eis tappte der Rest von ihr genauso im dunkeln.

7

SAUL

Er fand Osborn oben im Gewächshaus 3. Carl stand in einem fleckigen, ausgebesserten Schutzanzug ohne Brustbinde vor der vierzig Meter breiten Glaswand der Schmalseite, hielt seinen verbeulten Helm in der Armbeuge und blickte hinaus auf die mit Unrat bestreute Ebene aus schmutzigem Eis.

Welch ein Schmutz, welch eine Unordnung, dachte Saul.

Die zerfetzten Reste der Zelte, in denen einst Material gelagert worden war, der abgebrochene Haltemast, wo die unglückliche *Edmund Halley* einmal gelegen hatte, die unbrauchbaren Bruchstücke und schmierigen Fetzen, die Abfälle aller Art, die dem Blick auf Schritt und Tritt begegneten ... Dies alles war so deprimierend, daß Saul erst verspätet bemerkte, was ihn beim Betreten des Gewächshauses gestört hatte. Es war zu dunkel hier drinnen.

Er blickte auf zu den Gittermasten, die einen der großen, aus den Sonnensegeln der Raumsonde *Delsemme* gefertigten Hohlspiegel trugen. Zwei Spannseile waren gerissen, ein ganzer Abschnitt des großen Kollektors hing herab.

Daraußen an der Oberfläche stocherte eine verlorene Gestalt planlos in den Abfällen, vermutlich auf der Suche nach Material zu Reparaturzwecken.

Im Gewächshaus sah es nicht viel besser aus. Die vier Männer und drei Frauen, die ihre Schichtarbeit in diesem Haus leisteten, arbeiteten in den Süßkartoffelpflanzungen, wo sie die Leitungen der Tropfbewässerung säuberten und Setzlinge für die Auspflanzung vorbereiteten. Ihre Arbeit war lebenswichtig, aber sie verrichteten sie lustlos und nachlässig.

Drei der neu programmierten Maschinen folgten dem Arbeitstrupp, aber niemand schien daran interessiert, sie in die Arbeitstechniken einzuweisen. Die Förderbänder zum Abtransport der geernteten Knollen krochen dahin; Pflanzen ließen im schwachen Licht die Blätter hängen.

Saul war bestürzt, als er das Abzeichen auf den Anzügen der Arbeiter sah: die Treppe und der Stern, die für die Dritte Ebene standen.

Astronauten! Sie waren die letzten, von denen er ein Aufgeben erwartet hätte. Aber dann sah er Carl Osborns Gesichtsausdruck und dachte, wie wenig man ihm zum Vorwurf machen könne, daß auch er die Hoffnung aufgegeben hatte. Er war zäh und hartnäckig, ein Mann, der aus dem rechten Holz geschnitzt war. Aber jeder hatte eben seine Grenze.

Er kannte wie Saul die auf der Grundlage aller verfügbaren Daten erstellten Computersimulationen und wußte, was unvermeidlich war, wenn es so weiterging.

Selbst wenn alle anpackten und zusammenarbeiteten, unterstützt von allen verfügbaren Maschinen, würde nicht annähernd genug Personal zur Verfügung stehen, um die Rückstoßgeräte aufzubauen und in Position zu bringen, geschweige denn all die anderen Arbeiten zu verrichten, die notwendig waren, um die Aufrechterhaltung der lebensnotwendigen Systemfunktionen zu gewährleisten. Nüchtern betrachtet, war es sogar überraschend, daß die Leute angesichts dieser Gesamtlage überhaupt noch etwas taten.

Saul lächelte. Er wollte Carls Zukunftserwartungen umkrempeln. Und diesmal sollte es keine Mißverständnisse zwischen ihnen geben. Er hoffte sogar, daß seine gute Nachricht bewirken würde, daß Carl ihm Virginias schlechten Geschmack in Männern vergeben konnte.

Er hatte es noch nie so gesehen, aber seit Carl Osborn die grauen Schläfen hatte und diesen kühlen Blick, hatte er eine gewisse Ähnlichkeit mit Simon Percell!

»Nun?« sagte Carl, als Saul zu ihm trat. »Sie sagten mir, daß Sie eine Bioinventur der Kolonie machen wollten. Haben Sie schon ein Ergebnis?«

Saul nickte. »Aber ich fürchte, Sie werden es mir nicht glauben wollen.«

Carl hob die Schultern. »Schlechte Nachrichten ängstigen mich nicht mehr.«

Saul lachte leise. Das Geräusch schien an diesem Ort und zu dieser Zeit so unpassend, daß Carl ihn ungeduldig und gereizt musterte.

»Sie mißverstehen mich«, sagte Saul eilig. »Entweder bin ich durchgedreht – in welchem Fall die Nachricht von Ihrem Standpunkt aus neutral bis gut sein dürfte –, oder ich habe eine Entdeckung gemacht, die von guter Vorbedeutung ist.«

Carl blieb unbewegt. Nur ein Zucken seiner Wange verriet eine Andeutung von Empfinden.

War Hoffnung so schmerzlich? fragte sich Saul. Osborn mochte ihn hassen, aber er wußte, daß er auch früher schon Kaninchen aus Hüten gezaubert hatte.

Aber man durfte nicht vorschnell urteilen. Einem Mann, der oft enttäuscht worden ist, dem Tod ins Angesicht gesehen und Resignation gelernt hat, muß jeder Art von Hoffnung mit Mißtrauen begegnen.

»Bitte erklären Sie sich«, sagte Carl nach kurzer Pause.

»Kommen Sie mit mir ins Laboratorium«, sagte Saul. »Ich weiß nicht, ob ich es klar machen kann, selbst mit graphischen Darstellungen. Aber es ist wichtig. Es könnte der äußerste Scherz sein, den die Unendlichkeit sich mit einer Menschheit geleistet hat, die so anmaßend war, sich als Gottes Konkurrenz zu gebärden.«

»Ich verstehe«, sagte Carl eine halbe Stunde später. »Sie haben einheimische Fauna und Flora in jedem Besatzungsmitglied, in jeder Gruppe und selbst in den wenigen Leuten gefunden, die seit Antritt der Reise überhaupt noch nicht aus den Kühlfächern gekommen sind.«

Saul nickte. »Selbst Virginias bioorganischer Rechner, Johnvon, scheint unter einer Infektion zu leiden. Das Ding ist natürlich nicht wirklich ein Lebewesen, aber Erreger haben Eingang gefunden. Ich versuche eine Behandlungsweise zu finden.«

Carl zuckte die Achseln. »Ich habe seit längerem versucht, den verschiedenen Gruppen klarzumachen, daß ihre Auseinandersetzungen kaum von Belang sind. Ob Percell oder Ortho, alle werden zugrunde gehen.«

Er stand auf. »Immerhin, Sie mögen uns mit dieser Untersuchung einen Dienst erwiesen haben, Saul. Schreiben Sie mir einen knapp zusammengefaßten Bericht zur Verteilung. Vielleicht kann er uns helfen, in der Zeit, die uns noch gegeben ist, Frieden miteinander zu schließen.«

Saul hielt ihn zurück. »Bitte setzen Sie sich! Ich bin noch nicht fertig.«

Carl ließ sich zögernd in den Sessel niedersinken.

»Also, was gibt es noch?«

»Erinnern Sie sich an die Bioanalyse, der ich mich selbst unterzogen habe?«

Carl nickte. »Bis auf Ihre Zeugungsunfähigkeit und diesen immerwährenden Schnupfen sind Sie leidlich gesund. Übrigens tut es mir leid, daß Sie steril sind, Saul. Und es freut mich für Sie, daß das einheimische Ungeziefer Sie langsamer als die meisten anderen umzubringen scheint.«

»Es bringt mich überhaupt nicht um, Carl, das ist es.«

Der andere warf ihm einen kalten Blick zu. »Seien Sie kein Esel! Ihre Tabellen zeigten eine, wenn ich mich recht erinnere, ungewöhnlich starke Zunahme ...«

»Der verschiedensten Organismen, genau wie bei allen anderen. Das ist richtig. Nach den Gesetzen normaler Logik kann ich all diesen Erregern nicht mehr lange Widerstand leisten. Früher oder später wird einer mein Immunsystem lahmlegen und mich für alle anderen angreifbar machen. Dachten Sie so?«

Carl nickte. »In den letzten fünf Jahren habe ich mich viel mit biomedizinischen Fragen beschäftigt.«

»Es wird Ihnen nichts anderes übriggeblieben sein, nachdem Swatuto als Arzt ausgefallen war.«

»Genau. Und seit die Leute zu Hause aufgehört haben, nützliche Ratschläge zu geben.« Carl schnitt eine Grimasse. »Aber wie sollten sie? Es fehlt ihnen an eigener Anschauung. Nun, während meiner Wachdienste habe ich Leute gesehen, die jahrelang mit grünbewachsener Haut und leichtem Fieber lebten, ohne sich sonst beeinträchtigt zu fühlen. Bis sie buchstäblich in Stücke fielen, als der Punkt erreicht war, wo ihr Immunsystem zusammenbrach.«

Saul machte eine wegwerfende Bewegung. »Das waren die.«

»Und Sie sind verschieden?« erwiderte Carl spöttisch. »Sie sind irgendwie besonders gesegnet?«

Saul lächelte bitter. Gesegnet? O Miriam, was hat der Allmächtige deinem einfältigen Saul getan?

»Ich muß Ihnen das genauer auseinandersetzen. Lassen Sie sich etwas über Symbiose erzählen!«

»Stellen wir uns ein Virus vor, ein einfaches Bündel von

Nukleinsäuren in einer Eiweißhülle; einen Killer, eine zielsichere Bombe mit nur einem Auftrag: Replikation.

Angenommen, dieses Virus findet eine Möglichkeit, in einen vielzelligen Organismus einzudringen, vielleicht in einen Menschen ... sei es durch die Blutbahn oder die Schleimhäute. An diesem Punkt hat seine Arbeit gerade erst begonnen, denn nun sucht das Virus seine eigentliche Beute, nicht den Menschen als solchen, sondern vielmehr eine seiner Trillionen Zellen.

Suchen mag ein irreführender Ausdruck sein, denn ein Virus ist nur eine Pseudolebensform. Es folgt nicht aus eigenem Antrieb Vibrationen oder chemischen Spurenelementen, wie es Bakterien und andere Einzeller tun. Ein Virus läßt sich nur treiben, in Wasser oder Blut oder Körperflüssigkeit oder Schleim bis es die Oberfläche einer unglücklichen Zelle trifft.

Nehmen wir an, ein solches Virus aus dem Grenzbereich zwischen unbelebter und belebter Materie hat Glück und ist den Abwehrmechanismen des Opfers entgangen. Den Antikörpern ist es nicht gelungen, sich an ihm festzumachen und ihn fortzutragen. Es ist von den Eingreifkräften des Immunsystems nicht eingeschlossen und zerstört worden. Das glückliche Virus überlebt und trifft in der genau richtigen Art und Weise auf eine geeignete Zelle, an deren Wand es haften bleibt.

Es klebt an der Zellwand, eine einfache Kapsel aus Eiweißstoffen, bereit, ihren Inhalt in die hilflose Beutezelle zu injizieren. Einmal drinnen, übernimmt die virale RNS die gesamte, komplexe chemische Maschinerie der Zelle und zwingt sie, Hunderte, Tausende von Duplikaten des Orignalvirus zu erzeugen, bis sie wie ein überdehnter Ballon platzt. Die neue virale Horde ergießt sich in den Körper und hinterläßt nur die zerstörte Zelle.

Da ist das Virus, wie es an der äußeren Zellwand haftet, bereit, sein tyrannisches Programm in die hingestreckte Beute zu injizieren ...

Hingestreckt, ja. Aber hilflos?

Lange wurde unter Ärzten, Biochemikern und Philosophen

um diesen Punkt gestritten. Eine kleine Minderheit stellte immer wieder dieselbe Frage:

›Warum läßt die Zelle diese Katastrophe geschehen?‹

Biologische Häretiker wiesen darauf hin, wie schwierig es sei, die kompliziert gebauten Barrieren einer Zellwand zu ergreifen und zu durchdringen. So viele Faktoren spielten dabei eine Rolle, daß es einer Zelle ein leichtes sein müßte, dem Eindringling den Zugang zu verweigern.

Dies um so mehr, als eine phantastische Zahl von Schritten benötigt wird, um die Maschinerie der Zelle in eine Sklavenfabrik umzuwandeln und die Ribosomen und Mitrochondrien zu zwingen, Aufgaben zu übernehmen, die ihren normalen Funktionen völlig fremd sind.

Die Zelle braucht nichts weiter zu tun als einen beliebigen dieser Schritte zu unterbrechen, und der Prozeß kommt zum Stillstand. So erklärten die Ungläubigen. Sie bestanden darauf, daß es einen Grund geben müsse. Warum erlaubt die Zelle, daß sie zur leichten Beute wird?

Die Biologen der klassischen Richtung rümpften die Nasen. Sie argumentierten, daß Tiere ständig neue Mittel zur Bekämpfung von Viren erfinden, aber die Viren wiederum entwickeln Methoden zur Überwindung aller Hindernisse. Das Gleichgewicht steht immer auf Messers Schneide.

Aber die Abweichler ließen nicht locker. Sie meinten, der Tod durch Virusinfektion sei genau genommen nichts als eine Nebenwirkung. Krankheit sei nicht ein Krieg zwischen Arten, sondern in der Mehrzahl der Fälle gescheiterten Verhandlungen gleichzusetzen.«

»Wie soll man sich das vorstellen?« fragte Carl.

Saul trommelte mit den Fingern auf die Tischplatte und suchte nach den richtigen Worten. »Hmm. Versuchen wir es anhand eines Beispiels. Sie wissen, was Mitrochondrien sind?«

Carl neigte den Kopf und zitierte: »Faden- oder körnchenartige Zellbestandteile, deren Membranen aus Lipoproteiden bestehen. Sie regulieren den grundlegenden Energiehaushalt ... entnehmen der Zuckerverbrennung elektrochemisches Potential und wandeln es in nützliche Formen um.«

»Sehr gut«, sagte Saul beeindruckt. Carl hatte sich von den langen, hoffnungslosen Dienstjahren nicht entmutigen lassen und versucht, sich Kenntnisse über den Feind anzueignen, der sie alle zu zerstören drohte. Kein Gelehrter dieser Fachrichtung, mußte er sich das Wissen mit viel Fleiß und noch mehr Energie angeeignet haben.

»Und Sie kennen die verbreitete Theorie über die Herkunft der Mitrochondrien?«

Carl schloß die Augen. »Ich erinnere mich, etwas darüber gelesen zu haben. Sie ähneln bestimmten Arten frei lebender Bakterien, nicht wahr?«

»Ja, das stimmt.«

»Manche Leute meinen, sie seien einst unabhängige Lebensformen gewesen. Aber in ferner Vergangenheit sei einer ihrer Vorfahren im Inneren der frühen Eukaryoten wie in einer Falle gefangen worden.«

Saul nickte. »Ja, und zwar vor Milliarden Jahren, als unsere Vorfahren Einzeller waren, die in offener See ihrer Nahrungssuche nachgingen.«

»Ja. Nach dieser Theorie sollen unsere einzelligen Vorfahren sich jene der Mitrochondrien einverleibt haben. Aber aus irgendeinem Grund wurden sie nicht verdaut, und die Einzeller ließen die Mitrochondrien in ihrem Innern für sich arbeiten, statt sie zu verzehren.«

Carl lehnte sich zurück und blickte zu Saul auf. »Sie meinen, daß hier eine Symbiose entstand, nicht wahr? Die frühen Mitrochondrien ermöglichten der Wirtszelle eine effizientere Energieumwandlung. Und sie wiederum brauchte nicht mehr auf Nahrungssuche zu gehen. Die Wirtszelle ...«

»... unser Vorfahre ...«

»... kümmerte sich in Zukunft darum.«

»Und wenn die Wirtszelle sich teilte, tat die Mitrochondrie es auch und gab das Arrangement an die Tochterzelle weiter. Die Partnerschaft wurde durch ungezählte Generationen weitervererbt. Das gleiche scheint für die Chloroplaste zu gelten, die grünen, photosynthetisch aktiven Chromatophoren in Pflanzenzellen, die den eigentlichen Prozeß der Photosynthese bewerkstelligen und bei Photoneneinfall Stärke bilden. Sie sind verwandt mit blaugrünen Algen. Und viele andere Zellkomponenten lassen die Folgerung zu, daß auch die Chloroplaste einmal unabhängige Lebensformen waren.«

»Ja, ich erinnere mich, darüber gelesen zu haben.« Carl schien zum erstenmal interessiert. Saul erinnerte sich einiger Gespräche, die sie in den frühen Tagen geführt hatten, ehe ihre Differenzen eine Kluft zwischen ihnen hatten aufbrechen lassen. Er überlegte, ob Carl diese Gespräche ebenso vermißt hatte wie er.

Wahrscheinlich noch mehr. Schließlich hatte er Virginia.

»Das gleiche gilt für den gesamten Organismus. Ein Mensch ist Wirt ungezählter Arten von Lebensformen, die in und auf ihm leben und von ihm abhängig sind, wie er in vielen Fällen von ihnen abhängt. Von Darmbakterien, die uns helfen, unsere Speisen zu verdauen, bis zu einer besonderen Milbenart, die nur an der Basis menschlicher Augenwimpern lebt, sie absucht und durch das Verzehren abgestorbener Partikel reinhält.

Keines dieser symbiotischen Tiere vermag unabhängig vom Menschen zu leben. Noch können wir ohne weiteres ohne sie auskommen. Sie sind beinahe so sehr zu Teilen des Kolonieorganismus namens Homo sapiens geworden wie die menschliche DNS selbst.«

»Dann ist es wie ein Quantenfeld in der Physik«, meinte Carl. »Die Grenzen dessen, was ich als meine Person bezeichne, sind ... sind ...«

»Sind amorph. Schwierig zu bestimmen, weil nebelhaft. So ist es! Zum Beispiel hat man gefunden, daß Ehepaare auffallende Ähnlichkeiten in der Zusammensetzung der inneren Flora aufweisen. Intimitäten führen zum Austausch von Symbionten. In gewisser Weise gewinnen beide Partner an gemeinsamer Identität, indem sie solche Elemente miteinander teilen.«

Carl runzelte die Stirn. Und Saul erkannte, daß er ein heikles Thema angeschnitten hatte. Er beeilte sich, eine Überleitung zu finden.

»Aber das ist nur ein Nebenaspekt. Mein Hauptargument ist, daß, wenn überhaupt, nur wenige dieser Symbionten sich ohne anfängliche Kämpfe in ihren Nischen niederlassen konnten. Die Evolution arbeitet nicht so ... jedenfalls nicht im allgemeinen.«

»Aber ...«

»Jeder Symbiont, vom Verdauungshelfer bis zum Follikelreiniger, hat einmal als Eindringling angefangen. Jedes Zusammenwirken nahm seinen Anfang in einer Krankheit.«

»Ich sehe nicht ...« Carl zog die Stirn in Falten. »Warten Sie! Einen Augenblick! Sie sprachen von Krankheit als einer Verhandlung zwischen Wirt und eindringender Spezies. Aber selbst wenn das der Fall sein sollte, findet diese ›Verhandlung‹ über den Leichen ungezählter Toter auf beiden Seiten statt!« Carl blickte ihm fest in die Augen. »Es mag sein, daß sie eines Tages zu einem Modus vivendi kommen werden, aber das hilft den Individuen nicht, die sterben müssen, oftmals unter schrecklichen Umständen, zerbrochen auf dem Rad der Evolution.«

Saul war überrascht. In seinen nachdenklichsten Augenblicken schien Carl Osborn eine neue Wortgewandtheit zu Gebote zu stehen. Mit der Reifung und Härtung war aus dem etwas unbeholfenen Technokraten ein Mann mit Ausdrucksfähigkeit geworden.

»Gut gesagt«, antwortete Saul. »Und das beschreibt genau, was wir hier auf Halley sehen. Manche sterben rasch. Andere bekämpfen die Eindringlinge, so daß es zu einem zeitweiligen Stillstand kommt. Einige profitieren sogar ein wenig von Nebenwirkungen ihrer Heimsuchung.«

Carl ließ die Hand mit ungeduldiger Gebärde auf die Tischplatte fallen. »Alles gut und schön, Saul. Wenn – *wenn!* – es nur eine oder zwei Krankheiten gäbe, und wenn wir Generationen einer Millionenbevölkerung hätten, in deren Verlauf dies alles sich einpendeln könnte. Aber das ist eben nicht der Fall. Nehmen Sie diesen grün gefärbten Typ, der oben in der Versuchsstation für Hydrokultur arbeitet ...«

»Den alten McCue? Dessen Hautparasit ihm Nährstoffe zuzuführen scheint, die durch ultraviolette Beleuchtung entstehen?«

»Ja. Hört sich großartig an, nicht? Doch um Ihren eigenen

Bericht zu zitieren: der Verstand des Mannes ist durch Peptide, die als Nebenprodukt desselben fungoiden Parasiten entstehen, auf das Niveau eines Schwachsinnigen reduziert worden.«

»Es freut mich, daß Sie meine Berichte lesen«, sagte Saul.

Carl schnaubte. »Außer den Berichten, die von Jeffers und Virginias Computer kommen, sind Ihre die einzigen, die zu lesen sich noch lohnt. Ihr Ruhm wird zweifellos weiter zunehmen, wenn Sie Ihre Berichte zur Erde senden.«

Das traf Saul schmerzlich. Wie hatte er fertiggebracht, daß Carl ihn wieder mißverstand? »So ist es nicht.«

»So? Wie ist es dann, Sie biologisches Genie? Sagen Sie es mir! Für einen Amateur weiß ich ganz gut Bescheid. Überzeugen Sie mich! Erklären Sie mir, wie all diese hübschen Theorien über Symbiose einer winzigen, überwältigten Kolonie von Nutzen sein sollen, deren Mitglieder ausnahmslos Todeskandidaten sind!«

Saul schwieg, bis Carls Atem ruhiger ging. »Ich sagte es bereits, aber Sie hörten nicht zu«, sagte er dann. »Es gibt eine Person auf diesem Planetoiden, der in keinerlei Gefahr ist. Jemand mit Eigenschaften, die ihm in einer völlig neuen Art und Weise Sicherheit geben. Diese Person bin ich.«

»*Sie?*«

Saul nickte. »Mein Niesen, meine ständig tropfende Nase sind nur oberflächliche Merkmale des ›Verhandlungsprozesses‹, von dem wir sprachen. Und es hat den Anschein, als sei mein Immunsystem ein vollkommener Diplomat. Abgesehen von der Schädigung meiner Fortpflanzungszellen, hat mein Körper alle Eindringlinge beinahe ohne Schwierigkeiten aufgenommen. Er akzeptiert oder verschmäht innerhalb kurzer Zeit jede neue Lebensform, und jede, die er akzeptiert, findet bald ihre Nische.«

Eine Pause trat ein.

»Es ist mir vollkommen ernst damit, Carl.«

»Aber ... wie?«

»Wie?« Saul schüttelte den Kopf. »Bisher kann ich nur Teilantworten geben. So habe ich zum Beispiel ein seltenes Enzym geerbt, das in der Wissenschaft unter der Bezeichnung N-Komplex bekannt geworden ist. Ungefähr ein Dutzend andere hier haben es auch.«

»Und die sind auch ...?«

»Krankheitsresistent? Es scheint so. Aber es scheint auch etwas anderes mitzuspielen. Etwas in meinem Blut, das hineinkam, als ich mit Simon Percell arbeitete.«

»Ja?« Carls Miene spiegelte Distanz und wachsame Verschlossenheit.

»Wir nannten es Leseeinheit. Die Dinger waren nur ein paar Jahre in Gebrauch, bis wir bessere Methoden fanden, DNS in vivo zu isolieren und analysieren. Ich hatte die kleinen Dinger beinahe vergessen, bis ich sie bei meiner Blutuntersuchung herumschwimmen sah, wo sie sich meiner Keimzellen bemächtigt hatten. Ich weiß nicht, wie sie den Weg in meinen Körper gefunden haben, wirklich nicht. Muß mich einmal im Rahmen einer Genanalyse damit infiziert haben. Aber ungeachtet der Frage, wie sie hineingekommen sind, scheint mein Körper sie irgendwie einzusetzen.

Nun glaube ich zu wissen, warum ich vor drei Jahrzehnten das Glück hatte, die neuen Cyanuten zu entwickeln. In Wirklichkeit entwickelte nämlich nicht ich sie, sondern mein Körper.«

Darauf folgte ein langes Stillschweigen.

Schließlich ergriff Carl das Wort.

»Ich habe auch über Psychologie gelesen. Sie wissen selbstverständlich, daß Behauptungen von Unverwundbarkeit Symptome von Paranoia sind?«

Saul zuckte die Achseln. »Ich bin in beinahe jedem Sinne vollständig gesund. Als einziger in der Kolonie. Sie glauben mir nicht?«

»Natürlich nicht! Wofür halten Sie mich?«

Saul streckte ihm die Hand hin. »Geben Sie mir die Hand!« sagte er beiläufig. Nach kurzem Zögern schloß Carl die schwieligen Finger um Sauls Hand, die von drei Jahrzehnten im Kühlfach noch weich und blaß war.

Carls grimmiges Lächeln machte einem Ausdruck angespannter Konzentration Platz, als Saul zudrückte, während er in ruhigem Ton weitersprach.

»Krankheiten, Konditionsschwäche und Knochenentkalkung durch Schwerelosigkeit, Ermüdung durch Kälteschlaf ... all diese Faktoren haben die Mannschaft mitgenommen. So sehr, daß ein zwölfjähriger Pfadfinder jeden von ihnen mit einer Hand aufs Kreuz legen könnte.«

Carl traten Schweißperlen auf die Stirn. Grunzend vor Anstrengung versuchte er Sauls Griff standzuhalten.

»Sie wissen, daß Sie die Rückstoßgeräte nicht rechtzeitig fertigstellen und in Position bringen können, selbst wenn alle Maschinen herangezogen werden. Sie brauchen Leute, und an denen mangelt es. Zweihundert sind als Kranke in die Kühlfächer gekommen, weitere hundert sind kraftlos wie Greise ...«

Er ließ los, und Carl sank mit einem Seufzer zurück. Er war bestürzt.

»Ich demonstrierte Ihnen dies nicht, um Ihnen Ihre Schwäche unter die Nase zu reiben, Carl. Ich wollte nur, daß Sie mir glauben, wenn ich sage, daß es vielleicht einen Ausweg gibt. Einen Weg, vielen, vielleicht sogar den meisten Expeditionsmitgliedern ähnliche Immunität zu verleihen. Es könnte sein, daß wir doch nicht zum Untergang verurteilt sind.«

Mehr sagte er nicht. Es war nicht nötig, das Gespräch fortzusetzen. Wenn Carl Fragen hatte, würde er sie sowieso stellen. Zunächst brauchte er Zeit, dies alles einmal zu verdauen.

Carls Gesichtsausdruck war steinern wie der einer Statue. Er stand auf – etwas unsicher, wie es Saul schien – und ging kopfschüttelnd zur Tür, wo er Saul über die Schulter ansah. Mit einer Hand öffnete er die Tür und ließ trübe phosphoreszierendes Licht ins Halbdunkel des spärlich beleuchteten Laboratoriums dringen. Er ging hinaus und blickte noch einmal zurück, bis die Tür sich selbsttätig geschlossen hatte.

Nachdem er eine Weile in tiefem Nachsinnen zugebracht hatte, blickte Saul in stummer Anrufung zur Decke auf:

Oh, ich kenne dich, Ado-shem, du wildblickender, zorniger Gott Abrahams. Heute früh öffnete ich dein Geschenk und sah hinein.

Zuerst sieht es wie ein schönes Geschenk aus, aber wir

beide wissen, daß in dem Kasten ein weiterer Kasten ist, in welchem ein weiterer liegt, und so fort.

Und ich bin einer Antwort auf die grundlegenden Fragen immer noch nicht nähergekommen. Woher kommt das Leben auf diesem Kometen? Haben Kometen vor langer Zeit die Erde besät? Oder sind wir nur die letzten Eindringlinge, die diese kleine Welt gesehen hat? Wie konnte es zu alledem gekommen sein?

Darauf gab es selbstverständlich keine Antwort. Er lächelte zur Decke auf, durch einen Kilometer gesteinsdurchsetztes Eis, zu den Sternen.

O ja, du wirst dir deinen Spaß nicht nehmen lassen ...

8

CARL

Carl und Virginia saßen in steifer Gezwungenheit an einem Tisch im Gesellschaftsraum. Das Gravitationsrad war vor Jahren zusammengebrochen, und in allen Expeditionsteilnehmern zeigten sich nach und nach die subtilen Nebenwirkungen ständiger Schwerelosigkeit. Außer ihnen beiden war niemand im Gesellschaftsraum mit seinen vom Alter verfärbten Sesseln aus Kunstfasergeflecht, den staubigen, mürben Vorhängen und den gesprungenen und zerkratzten Resopalplatten der Tische. Die farbige Wandprojektion blieb unbeachtet. Ein schläfriges Kamel schaukelte langsam auf dem Kamm einer fernen Düne dahin.

»Ich meine, glaubst du, daß er noch alle Tassen im Schrank hat?« fragte Carl rundheraus.

»Selbstverständlich ist Saul vollständig in Ordnung«, erwiderte sie gekränkt. Die Anspannung war in ihrer Haltung wie in jeder ihrer knappen Gesten deutlich.

Ich muß daran denken, daß sie an dem Knilch einen Narren gefressen hat, dachte Carl. Das heißt, man muß diplomatisch sein. »Ich mache mir Gedanken um seine ... Gesundheit.«

Davon wollte Virginia nichts wissen. »Willst du damit sagen, seine Entdeckung sei eine Sinnestäuschung?«

»Nun, es ist wahrhaftig extrem.« Er warf die Hände hoch und rief in näselndem Tonfall: »Ich, Saul Lintz, bin ein gottgleicher Unsterblicher. Immun! Unverwundbar! Auf die Knie, ihr Sterblichen!«

»Das ist *nicht* seine Haltung!«

»Sagen wir, er macht den Eindruck eines stillen Größenwahnsinnigen.«

»Er hat eine Theorie beschrieben.«

»Mit ihm selbst als Hauptbeweis.«

»Nun ja ... Wer sonst hat den N-Komplex?«

»Gute Frage. Du könntest die medizinische Kartei danach durchsehen.«

Virginias Blick wich einen Augenblick seitwärts aus, aber inzwischen wußte er ihr Mienenspiel wie ihr Verhalten zu deuten. »Du hast es bereits getan?«

Sie nickte, steckte die Finger ineinander und starrte darauf. »Es gibt drei weitere.«

»Gut. Dann ist es einfach, seine Theorie zu erproben, nicht wahr? Sind sie unter der diensttuenden Mannschaft, untersuchen wir sie gleich, sind sie in den Kühlfächern, holen wir sie heraus, und sehen, ob sie sich infizieren und welche Folgen es hat.«

»Saul sagte genau das gleiche, als ich es ihm gestern erzählte.«

»Hmm. Dann frage ich mich allerdings, warum er diesen kleinen Umstand mir gegenüber nicht erwähnt hat.«

»Er war sehr beschäftigt«, sagte sie schnell. »Ich nehme an, er möchte die Sache noch ein wenig durchdenken, bevor er ... experimentiert.«

»Oder vielleicht möchte er alles selbst tun, nicht? Saul Lintz, der Erlöser. Der große Retter.«

»Du hast kein Recht, so zu reden!« fuhr sie auf.

»Vielleicht, vielleicht nicht. Vergiß nicht, ich habe in diesen Jahren mit vielen Verrückten zu tun gehabt! So habe ich die Gewohnheit angenommen, an allem zu zweifeln.«

Sie nagte an ihrer Unterlippe. Wollte sie ihren Zorn unterdrücken? Oder hatte sie vielleicht Befürchtungen, er könne recht haben?

»Wenn Sauls Impfungen wirken«, sagte sie, »werden wir in der Lage sein, uns zu retten. Die Expedition wird gelingen. Du mußt ihm vertrauen. Wirst du seine Versuchsbehandlungen von Freiwilligen genehmigen?«

Carl zuckte die Achseln. »Meine Autorität ist begrenzt. Die ›Stämme‹ stellen ihre Arbeitskräfte zur Verfügung. Ich bemühe mich um Koordination und stelle die Arbeitspläne auf. Ein Kapitän Bligh bin ich nicht. Ich sehe nicht, wie ich ihn daran hindern könnte . . . Freiwillige zu rekrutieren.« Beinahe hätte er gesagt: »Dumme zu finden.«

»Gut. Du wirst sehen, Carl, das ist unsere Hoffnung.«

Hoffnung? Er war versucht, Virginia von der Nebenwirkung zu erzählen, die Sauls wundersame Symbiose gezeitigt hatte – seine Sterilität. Aber wenn Saul es ihr bereits gesagt hatte, was zu vermuten war, würde er sich damit nur in ein schlechtes Licht setzen.

Er blickte zur Bildwand. Hinter Virginia zog eine Kamelkarawane durch eine weite sandige Einöde auf eine grüne Palmenoase zu, die halbwegs zum scharf abgezeichneten Horizont in einer Senke lag. Rotgewandete Händler schwankten auf Reitkamelen und blickten mit unverhohlenem Argwohn in Carls Richtung. In der flirrenden Hitze über dem Wüstenboden verschwammen die Gestalten der Männer und Kamele wie in einem Traum. Psychologisch wirkungsvoll, kein Zweifel, aber Carls kalte Füße wurden davon nicht wärmer.

»Du wirkst angespannt, Virginia. Hast du Kummer?«

»Johnvon ist . . . krank.«

»Ich hörte davon. Ah – funktioniert er nicht richtig?«

»Er ist eine organische Matrize. Saul glaubt, er sei von einheimischen Erregern infiziert. Ich hoffe, er kann ein Heilmittel finden.«

Sie fing an, das Problem zu erläutern, die Analogie zwischen Johnvons nichtbelebten organischen Bestandteilen und gewöhnlichem Fleisch und Blut, und wie es komme, daß Johnvon sich mehr als in nur bildlicher Ausdrucksweise ›erkälten‹ könne. Carl hörte zu und betrachtete sie. Noch immer spürte er die alte Anziehung, dieses träge warme Begehren, das in ihm aufwallen konnte, wenn er es dazu kommen ließ. Ihr voller, schön geschwungener Mund, die hohen Backenknochen ...

»Ist Johnvon unsterblich, so wie Saul es zu sein behauptet?« fragte Carl.

»Saul könnte ihn dazu machen, wenn er ein Heilmittel findet. Und wenn er in seiner Selbstdiagnose recht behält.«

»Ich glaube immer noch, daß es Humbug ist.«

Sie sagte spröde: »Wir müssen die drei aus den Kühlfächern so bald wie möglich untersuchen.«

Sie schien völlig überzeugt von der Richtigkeit der Theorie. War es möglich, daß Lintz recht hatte, oder handelte es sich bloß um die Identifikation einer liebenden Frau? Er hatte sie für zu intelligent und ehrlich gehalten, als daß sie sich von ihrer Liebe völlig könnte blenden lassen. Aber wenn sie an Sauls Theorie zweifelte, hätte sie es sicherlich durch irgendein Zeichen erkennen lassen ...

»Gut, nehmen wir an, ein Wunder geschieht! Dann werden wir mehr Anbaufläche benötigen. Und wir werden bestrebt sein müssen, nahezu alle Kranken nach und nach aus den Kühlfächern zu holen. Vielleicht – wer weiß? – kann Saul dann sogar einige von denen mit Trauerrand heilen.«

»Kapitän Cruz?«

Der Gedanke war Carl noch nicht gekommen. »Vielleicht«, sagte er, seine Verwirrung zu verbergen. Die Wiederbelebung von Vorgesetzten bedeutete freilich, daß seine eigene Rolle ausgespielt wäre. Aber es würde trotzdem großartig sein, wieder mit dem Kapitän zusammenzuarbeiten, mit jemandem, der sich darauf verstand, Dinge in Bewegung zu bringen ...

»Es würde in den paar Jahren bis zum Aphel* gewaltiges Gedränge geben.«

Virginias Miene hellte sich auf. »Wir können es schaffen. Ich weiß es.«

»Richtig.« Und Carl zwang ein hoffnungsvolles Lächeln

---

* Sonnenfernster Bahnpunkt – *Anm. d. Übers.*

um seine Lippen. Warum nicht optimistisch sein? Es konnte nicht schaden, nach allem, was geschehen war. Schlimmstenfalls würde sich Saul Lintz als ein großsprecherischer Windbeutel erweisen. Und bestenfalls könnte es sogar gelingen, die Rückstoßgeräte in Position zu bringen, die Bahn zu verändern und mit der Mission fortzufahren. Dann erst würden die wirklichen Schwierigkeiten und Kämpfe beginnen, wenn es nämlich um die Frage ginge, welches Ziel dieser alte Eisball ansteuern sollte.

Carl wußte außerdem gut genug, daß selbst Wunder ihre unwillkommenen Folgen haben, und er fragte sich, was die neu aufkeimenden Hoffnungen für das Leben und die weitere Entwicklung der Stämme bedeuten würde.

9

VIRGINIA

Virginia wischte sich die Augen. Ohne nennenswerte Schwerkraft hingen die Tränen in zitternden Tropfen an den Wimpern und in den Augen, zusammengehalten von Oberflächenspannung. Man mußte kräftig den Kopf schütteln oder sie abtupfen, wollte man sie loswerden. Entweder dies, oder man sah die Welt gebrochen durch die kleinen Salzwasserlinsen des Schmerzes.

»Wird er wieder in Ordnung kommen?« fragte sie, und ihre Stimme zitterte wie die eines kleinen Mädchens. Aber sie schämte sich dessen nicht. Viele Leute hingen an bestimmten Gegenständen ebensosehr oder noch stärker an anderen Menschen. Und Johnvon war sehr viel mehr als eine Puppe oder ein Kuscheltier.

»Ich glaube ...« Sauls Stimme drang bald laut, bald wie ein Flüstern aus dem holographischen Projektionsraum, einem Kubikmeter säuberlich eingerichteter Simulation, der einem phantastischen Gebräu in einem Aquarium ähnelte, dem Alptraum eines Küchenchefs. Es war eine farbig kodierte Darstellung der verzwickten biochemischen Struktur eines kolloidal-stochastischen Rechners, und auf dieser tiefen Ebene waren Virginias Fachkenntnisse nutzlos. Sie mochte eine überdurchschnittliche Programmiererin sein, aber sie wußte fast nichts über Moleküle, deren Aufbau, und was halb belebte bio-organische Einheiten krank machte.

Wieder murmelte Saul etwas. Sie konnte nicht verfolgen, was er in der holographischen Projektion mit den Händen machte, aber was er dort entdeckte, schien ihn zu befriedigen. Er zog sich aus der Projektion zurück und setzte sich. »Darstellung ausschalten«, sagte er zum diagnostischen Computer.

»Nun?« Virginias Beinmuskeln spannten sich nervös, und sie mußte die Zehen in den Teppich bohren, um zu verhindern, daß sie vom Boden abhob. »Sag es mir! Ich kann es vertragen.«

Saul nahm sie bei der Hand, und seine schwarzen Augen schienen zu leuchten. Sie hielt den Atem an, als sie die Antwort darin las. »Er wird gesund!« rief sie, wirbelte einmal um ihre Achse und warf sich ihm in die Arme. »Du hast ihn geheilt!«

Oh, welch ein verständnisvoller Mann, dachte sie, sie an sich zu drücken und zu lachen, während ihre Tränen zwangsläufig seine Wange benetzten und sie glücklich an seinem Hals schnupfte. Oh, wie warm und stark und gütig.

Seine Hand strich ihr übers Haar, nahe dem Verband an ihrem Halsansatz, wo seine neuen Medikamente ihren Hautausschlag zurückgedrängt hatten. Hätte er sie noch vor einer Woche im Umkreis des befallenen Bereichs berührt, wäre sie zusammengezuckt. Jetzt schmerzte es nicht mehr. Die Infektion war am Abklingen.

Es war angenehm, wieder berührt zu werden.

»Du mußt mich für albern oder schwachsinnig halten«, sagte sie schließlich, als sie sein Taschentuch nahm und sich auf seinem Schoß aufrichtete, um die Nase zu schneuzen.

»Ganz und gar nicht.«

»Na, das zeigt, wieviel du weißt. Ich bin wirklich kindisch; mich wegen einer Maschine so aufzuführen.«

Er strich ihr lose herabhängendes schwarzes Haar zurück.

»Dann bin ich auch ein Idiot. Diese Geschichte hatte mich sehr nervös gemacht. Carl übrigens auch.«

Virginia rümpfte die Nase. »Carl sorgt sich, weil John von der mit Abstand beste Computer ist, den wir noch haben. Carl kann ohne ihn die Kurskorrektur nicht durchführen.«

»Das ist Grund genug.«

»Gewiß. Trotzdem, ihm liegt nicht wirklich daran.«

Sie ballte die Fäuste. Was sie gegen Carl aufbrachte, war in Wirklichkeit etwas anderes. Was er über Saul gesagt hatte, erfüllte sie nach wie vor mit Erbitterung.

Sie hatte Carl immer gemocht, sogar sehr, aber er konnte verdammt dickköpfig sein. Wochen waren vergangen, seit Saul angefangen hatte mit einem aus seinem eigenen Blut hergestellten Serum Impfungen durchzuführen, und erst jetzt, nach mehreren unglaublichen Heilerfolgen, fand Carl sich bereit, zuzugeben, daß wirklich ein Wunder geschehen war.

Dies war natürlich eine einseitige und ungerechte Betrachtungsweise. Carl hatte so lange mit der fressenden Verzweiflung gelebt, mit dem Bewußtsein, daß alles verloren war, daß eine vollständige Umorientierung einige Zeit erforderte.

Sie alle mußten sich erst auf die neue Lage einstellen.

Vieles hatte sich seit dem Auszug der Arcisten geändert. Nun wurden dank Sauls Heilerfolgen mehr und mehr Leute aus den Kühlfächern gezogen, behandelt und zum Bau und der Erprobung der Rückstoßgeräte eingesetzt, die benötigt wurden, wenn aus dem Halleyschen Kometen ein Raumschiff werden sollte.

Selbstverständlich konnten Sauls Methoden nicht alle Schäden wiedergutmachen noch die unwiderruflich Toten zum Leben erwecken. Aber man konnte hoffen, die aktive Bevölkerung der Kolonie wieder auf ungefähr zweihundert Personen zu bringen, mehr als die Hälfte der ursprünglich geplanten Zahl, als die *Edmund Halley* und vier Transportsonden von der Erde ausgesandt worden waren.

Schon herrschte lebhafte Geschäftigkeit um die bislang verwaisten Standorte der Rückstoßgeräte um den Südpol. Die Arcisten schienen in einer neuen Atmosphäre der Zusammenarbeit mit Jeffers' Technikern und sogar mit Serge-jows ›Übermenschen‹ an einem Strang zu ziehen.

Man konnte nur hoffen, daß es dabei bleiben würde, doch so sehr sie und alle einsichtigen Menschen dies wünschten, gaben die vergangenen Ereignisse Anlaß zur Skepsis.

»Laß deinen Arm sehen!« sagte sie, und als Saul ihn aus-streckte, untersuchte sie die noch sichtbaren Spuren zahlrei-cher Einstiche, wo er sich Blut entnommen hatte. »Welches war die Stelle, wo du Blut für Johnvons Serum entnommen hast?«

Er lachte. »Wie sollte ich das wissen? Aber ich kann dir sa-gen, daß es mein bisher schwierigster Fall war. Ich hatte nie gewußt, daß bio-organische Prozessoren so kompliziert sind. Der Erreger der Infektion muß ein prionenähnliches, zur Re-plikation fähiges Molekühl sein, das während der Jahrzehnte unseres Tiefschlafs irgendwie in Johnvons Strukturen ein-dringen konnte. Hätte es seine Wirkung noch viel länger ent-falten können, so wären die Folgen möglicherweise fatal ge-wesen.«

»Aber du konntest den Erreger rechtzeitig dingfest ma-chen.« Virginia war noch immer so nervös, daß es trotz ihres Vertrauens zu Saul beinahe wie eine Frage herauskam.

Er lächelte. »Unser Ersatzsohn wird bald wohlauf sein. Mit Hilfe der symbiotischen Methoden verwandelte ich das Mo-lekül in eine Variante, die Johnvon in seinen selbstkorrigie-renden Systemen verwenden kann. Es scheint ihn tatsächlich ein wenig schneller zu machen, aber du wirst die Wirkung selbst bewerten müssen.«

Daß er Johnvon als ihren ›Ersatzsohn‹ bezeichnet hatte, verwunderte Virginia. Natürlich war Saul jetzt wie sie unfä-hig, eigene Kinder zu haben, aber sie wußte nicht, ob er es in scherzhafter Ironie oder in einem Anflug von Resignation ge-sagt hatte, und erkannte ein wenig schuldbewußt, daß der Umstand sie noch enger an ihn band. Sie würden einander jetzt darüber hinwegtrösten. Gewiß würde ihr gemeinsames Leben auch in Zukunft nicht ohne Probleme sein. Keine Be-ziehung war jemals vollkommen. Das gab es nur in schlech-ten Romanen.

Aber plötzlich kamen ihr ein paar Zeilen in den Sinn, die sie noch vor ihrem dreißigjährigen Schlaf niedergeschrieben hatte. Es war ein Haiku.

Blasser Winterhimmel,
Unsere Kinder – Samenkörner unter Schnee.
Um mich dein warmer Geruch ...

Sauls Blick war abwesend. »Einige der Techniken der Arbeit mit kolloidal-stochastischen, bio-organischen Einheiten scheinen auf die ungeschlechtliche biologische Vermehrung anwendbar zu sein. Die Arbeit an Johnvon hat mich auf eine Idee gebracht ...«

Sie lachte und zauste sein Haar, das sich an den Wurzeln erstaunlich braun färbte, wenngleich Saul ihr versichert hatte, daß er nicht wirklich ›jünger‹ werde, sondern nur ›vollkommen für einen Mann mittleren Alters‹.

»Du kommst immer auf Ideen, Saul. Aber ich möchte jetzt mit Johnvon sprechen.«

Sie stieß sich zu ihrem Arbeitsplatz und faßte mit einer Hand in den Nacken, um das Haar zu raffen und den Neuralanschluß freizulegen.

»Sag mal, möchtest du nicht lieber warten?«

Ihre Augen blitzten. »Ist das ein Befehl, Doktor?«

Er zuckte leicht lächelnd die Achseln. »Genau in dem Augenblick, da ich dir den Rücken kehre, würdest du es sowieso tun.«

»Es ist Wochen her. Viel zu lange für eine unverbesserliche Hackerin wie mich.«

Sie klappte ihren Arbeitsstuhl in die Ruhestellung, zog das Verbindungskabel heran und stellte den Steckeranschluß her. Sie fühlte, wie Saul an ihre Seite kam, als sie die Augen schloß und sich auf das vertraute Pulsieren der Direktverbindung zu ihrem Gehirn konzentrierte.

»Wie geht es dir, Johnvon?« dachte sie in sorgfältig ausformulierter Konzentration.

– Hallo, Virginia. Ich habe ein Gedicht gemacht.

Die Worte schienen sichtbar vor ihrem Auge zu schimmern

449

und gleichzeitig in ihrem Gehör widerzuhallen. Schon die Klarheit der Antwort ließ eine wesentliche Besserung erkennen.

»Noch nicht, Johnvon. Zuerst möchte ich eine vollständige Diagnose.«

– Verstanden. Darstellung durch Subperson Klempnermeister.

Saul hatte diese simulierte Persönlichkeit noch nie gesehen und lachte, als sich ein gestochen scharfes Bild eines Mannes im schmierigen Overall zeigte, der sich die Hände mit Putzwolle abwischte. Hinter ihm zeigten sich geschäftige Helfer, die mit Stethoskopen und Voltmetern, gewaltigen Schraubenschlüsseln und anderem Werkzeug auf einem großen Gerüst arbeiteten. Hinter diesem klapperte und rumpelte eine gewaltige, schwerfällige Maschinenanlage. Dampf zischte, und ein tiefes Brummen durchdrang alles.

Aus dem Nichts erschien eine Schreibunterlage mit Klemmfeder. Der Klempnermeister setzte lächelnd eine Brille auf und überflog die Eintragungen.

– Wir überprüfen alles, Fräulein. Vorläufige Ergebnisse sehen recht gut aus. Der Gesamtzustand der Systeme hat sich den Nominalwerten wieder angenähert. Selbsttätig korrigierende Unterprogramme haben die während der Notlage erforderlichen fünffachen Überprüfungen aufgegeben und arbeiten auf der Grundlage dreifacher Kontrolle. Wartung und Instandhaltung der Programmfunktionen meldet normale bis verbesserte Effizienz. Ernste Probleme scheinen nur noch in einem Bereich vorzuliegen.

»Und welcher Bereich ist das?« forschte sie.

Der Klempnermeister musterte sie über die Brillenränder hinweg.

– Ich habe ein Gedicht gemacht.

Sie war überrascht. Die genauen Worte ... Etwas ging hier vor.

»Was hat er?« fragte Saul, der über seine Verbindung etwas von ihrer Sorge mitfühlte.

»Nichts Besonderes, wahrscheinlich ...«, murmelte Virginia. Sie konzentrierte sich darauf, auf mehreren Wegen gleichzeitig zu sondieren, um selbst herauszufinden, was dahintersteckte.

Es fühlte sich so glatt an. War es nur im Vergleich mit Johnvons früherem, verwundetem Zustand so? Oder war es wirklich leichter denn je, diese Kanäle in den Datenströmen zu befahren? Es war beinahe so, als könnte sie wirklich mit dem bloßen Gedanken eindringen, statt Simulationen zu gebrauchen, die der Computer zur Imitation der Erfahrung lieferte, Erinnerungskomplexe wurden durch Metaphern vertreten – Kartenkataloge, Aktenschränke, kilometerlange Bücherregale und Reihen grauhaariger Geschichtenerzähler ...

Da. Sie stieß auf eine Barriere. Etwas Verschlossenes hinter einem Baumverhau und einem Tor. Eine Blockade. Eine gewaltige Ansammlung von Daten, versteckt und unzugänglich.

»Ich glaube, er hat bloß eine kleine Verstopfung«, sagte sie. Saul lachte auf, brach aber sogleich ab, als er spürte, wie ernst sie es meinte.

»Es ist etwas Größeres. Was hat Johnvon da hineingestopft?«

Sie stocherte mit metaphorischen Hebeln, die in Wirklichkeit sorgfältig zusammengestellte mathematische Unterprogramme waren, in der Zusammenballung.

»Versuchen wir es mit einer Kleinfeldt-Umwandlung. Einer Rotationsaufzeichnung ... ja.«

Ein Sortierprogramm manifestierte sich in Gestalt eines Schlüssels, der immer wieder seine Form veränderte, bis er ins Schloß paßte und umgedreht wurde. Licht erstrahlte.

»Fünfhundert Speichereinheiten vollgestopft mit Gedichten!« Sie war perplex. »Und die Hälfte davon ausgewiesen als Material höchster Priorität!«

»Gedichte? Priorität?« fragte Saul. »Das verstehe ich nicht.«

»Ich auch nicht.« Dann hielt sie inne. »Ah!«

Sie wandte sich zu Saul und schlug die Augen auf. Er begegnete ihrem Blick.

»Johnvon wußte, daß er krank war! Und deshalb isolierte er einen Teil seiner selbst, um wichtige Information für mich zu retten. Er verwendete dazu Speichereinheiten, die ich bereits doppelt gesichert hatte ... meine Gedichte!«

Sie blickte zur Decke auf. »Fünfhundert Speichereinheiten ... der Überschuß ging in alles ein, was Johnvon tat. Kein Wunder, daß Carl wiederholt über scheinbar willkürliche Gedichte stolperte, während er Routineberechnungen ausführen ließ.«

»Aber Gedichte ...!«

Sie nickte. »Sehen wir, was es mit diesem dringenden Geschreibsel auf sich hat.« Sie konzentrierte sich auf Johnvon und sendete: »Bitte eine Musterauswahl von Gedichten, die unter Priorität gespeichert sind.«

Die Gestalt im Overall zuckte die Achseln.

– Danke, Fräulein. Es wurde schon mächtig eng hier.

Er verschwand, und plötzlich strömten ihr Worte ins Bewußtsein.

Patentamt der Vereinigten Staaten
Serie TR-87239345-56241

Wo ist Frühling,
Hier an den Grenzen der Sonne?
Wo ...

Miniaturisierte Hochleistungsbatterien

Wo still strahlende Sterne
Ein dunkles Reich beherrschen.

Ausgestellt am 8. Mai 2089

Für Virginia war es eine der unheimlichsten Manifestationen, die sie im Umgang mit Johnvon erlebt hatte, und sie begann sich zu sorgen, daß es Ausdruck einer weiteren, bisher noch verborgenen Krankheit sei. Saul aber lachte und klatschte in die Hände.

»Natürlich!« rief er aus. »Das wichtige Datenmaterial ist unter die Gedichte gemischt, um es zu schützen.«

Sie verstand, was er meinte. »Aber ... aber welche Daten? War es so wichtig, daß es aus Sicherheitsgründen in meiner Spezialablage versteckt werden mußte?«

»Sieh dir das Datum an. Erst vor sieben Jahren. Dieses Zeug wurde aus der Heimat geschickt. Und es scheint eine Menge Material zu sein!«

Sie war verwirrt. »Carl sagte nichts davon.«

»Er wußte es nicht. Damals hatte Ould-Harrad die Leitung, und Carl war noch im Kühlfach. Ould-Harrad mußte es einfach ignoriert haben. Vermutlich befand er sich bereits in der Anfangsphase mystischer Weltabgewandtheit.«

»Aber die Kontrollstation ist mit Hilfe immer sparsam gewesen ...«

Saul lachte wieder. »Wer sagt, daß es von der Bodenkontrolle gekommen ist? Ich wette, daß eine Erklärung dabei ist, und die müßte sich finden lassen.«

»Eine Erklärung?«

Aber Saul war schon an der Arbeit. Er gab seine Kommandos so rasch und sicher, daß Virginia einen seltsamen Widerspruch fühlte, einen Anflug von Eifersucht, daß jemand anders mit ihrer Domäne so vertraut sein konnte, verbunden mit Stolz, einem automatischen Sortierprozeß, der das Datenmaterial aus den bunt zusammengewürfelten Reimen und zu Papier gebrachten Gedanken trennte, über den Bildschirm.

»Hier! Da ist es!« verkündete Saul. »Eine Mitteilung in Videoform.«

Es gab ein vielfarbiges verschwommenes Durcheinander, dann erstand ein neues Bild vor ihnen. Sie wußte gleich, daß es keine Johnvon-Simulation war. Dies war eine echte, aufgezeichnete Sendung.

Eine Frau mit kurzgeschnittenem Haar und einem dünnen Schutzanzug saß an einer Konsole. Ihr Gesicht zeigte die Gedunsenheit, welche eine Folge langer, in Schwerelosigkeit verbrachter Zeit war. Sie war auffallend zurechtgemacht, mit gefärbten Haarsträhnen, die von den Schläfen in die Stirn gekämmt waren, eine Haartracht, die zur Zeit der Absendung der Botschaft Mode gewesen sein mußte. Hinter der Frau war eine breite Bild- oder Fensterwand, die eine rötliche, öde Wüstenlandschaft zeigte, aus großer Höhe gesehen. Helle, unscharfe Wolken eines Sandsturms zogen über weite Ödländer. Irgendwie hatte Virginia den Eindruck, daß es nicht eine Bildwand war, sondern eine wirkliche Ansicht.

»Halley-Kolonie«, sagte die Frau in einem Akzent, den Virginia nicht zu deuten wußte, aber die Anspannung in ihrer Stimme veränderte ihn wahrscheinlich. »Halley, hier spricht Relaisstation Phobos über Richtstrahl. Wir haben Ihre Sendungen empfangen und wissen von Ihren Schwierigkeiten und verlorenen Hoffnungen, die auch die unsrigen sind. Wir schämen uns der harten Behandlung, die Sie erhalten haben.

Einigen von uns ist dieses Verbrechen unerträglich geworden. Wir nehmen mit der Aussendung dieser Erklärung unseres guten Willens ein Risiko in Kauf, weil wir nicht an der Herzlosigkeit einer Generation mitschuldig werden wollen, die zu selbstgerecht und bequemlichkeitsliebend ist, frühere Versprechen einzuhalten.«

Die Frau hielt inne. Ihre Unruhe war sichtbar in den weiß hervortretenden Knöcheln ihrer Hand, die das Mikrophon umklammerte.

»Wenn Sie uns wohlwollen, antworten Sie nicht! Erwähnen Sie diese Sendung nicht in Ihren Gesprächen mit der Bodenkontrolle. Diese Worte sollen Ihnen zeigen, daß es auf Erden und im Raum einige wenige gibt, die ihre Verwandten nicht vergessen haben, deren Segenswünsche jene begleiten, die auf dem Strom der Verzweiflung durch Kälte und Dunkelheit reisen.

Möge der Allmächtige Sie zu Ihrem Ziel geleiten, Bewohner des Kometen. Wanderer im Weltenraum.«

Das Bild erlosch. Es folgte ein Strom von Texten, technischen Darstellungen, Patenten, Inhaltsverzeichnissen und Musik. Saul überflog aufgeregt die Verzeichnisse, aber Virginia konnte minutenlang nur zwinkern und die Tränen abwischen. Die Stimme der Frau hallte noch in ihrem Bewußtsein nach.

»Johnvon hatte recht«, flüsterte sie, obwohl Saul im Augenblick zu beschäftigt war, auf sie zu achten, und immer wieder begeistert den einen oder den anderen Titel ausrief, der sich aus dem gebrochenen Informationsstau des Computers ergoß.

»Johnvon hatte recht. Dies gehörte unter Dichtung. Es gab keinen anderen Platz dafür.«

FÜNFTES BUCH

Mit dem Strich
einer Feder:
2094

*Du lebst nur zweimal:
Einmal, wenn du geboren bist,
Und einmal, wenn du dem Tod
ins Gesicht siehst.*

MATSUO BASHO, 1643–1694
Japanischer Dichter

1

SAUL

Existenz. Leben. Bewußtsein.

Die Begriffe wurden oft als Synonyme gebraucht, doch er wußte, daß sie tatsächlich sehr verschiedene Dinge bezeichneten: drei Stufen der Schöpfung.

Die Existenz begann vermutlich vor annähernd zwanzig Milliarden Jahren, in heißen Strömen von Qarks und Leptonen, als die Zeit selbst wie mit einer Augenbinde herumwirbelte und auf etwas zeigte, was sie damit die Zukunft nannte. Das Universum hätte durch winzige Variationen in Zufall und Dimension eine Vielzahl anderer Formen annehmen können. Wäre nur eine der grundlegenden physikalischen Konstanten um ein geringes abgewichen, so wäre das Leben vielleicht niemals aus lehmkatalysierter Chemie entstanden sein, Milliarden von willkürlichen Intervallen später.

Aber das Leben entstand, organisierte und replizierte sich selbst, organisierte anderes. Von Anfang an war ihm eine Tendenz eigen, seine Umgebung zu verändern.

Aber das war noch nicht alles. Dann kam die dritte Stufe. Das Bewußtsein ...

Die Zwerggibbons sausten vor Saul durch den Stollen, schnatterten miteinander und stießen sich geschickt von Kabeln ab, die an den moosbedeckten Wänden befestigt waren. An einer Kreuzung machten sie halt und blickten zurück, die großen braunen Augen fragend auf Saul gerichtet.

»Geduld, Kinder«, sagte er ihnen. »Laßt Papa die Zeichen lesen! Wir sollen Virginia in der Blausteinhöhle treffen.«

Die beiden kleinen Menschenaffen hingen nahebei, während er zur Kreuzung zweier Stollen glitt. Ein dicker, wattiger grüner Bewuchs hatte die alten Kodebezeichnungen überwachsen, aber unter den verschwundenen Markierungen waren tiefe Einschnitte, die bis auf die alte Isolierschicht gingen und mit einer Substanz ausgemalt waren, die den einheimischen Lebensformen nicht zusagte.

In diesem Fall war es ein nach rechts weisender Pfeil, der ein großes Ü durchbohrte.

Ü für Überlebende.

»Ja, dies ist der Weg.« Er rückte sein Traggestell zurecht. »Komm mit, Max! Komm mit, Sylvie!«

Die kleinen Gibbons landeten auf seinen Schultern. Er stieß sich ab und folgte dem phosphoreszierenden Glimmen der Lichenoiden.

Zwei Jahre, dachte er. Zwei Jahre sind vergangen, seit das Universum uns plötzlich eine Verschnaufpause gewährte. Seit die Litanei der schlechten Nachrichten ein Ende gefunden hatte.

Und er fragte sich, wie lange diese gute Zeit noch dauern würde.

Alle schienen seinem Serum und Virginias Maschinenprogramme das Verdienst für die Wendung zum Besseren zuzuschreiben, aber Saul wußte, daß vorher Einsamkeit und Hoffnungslosigkeit einen guten Teil des Problems ausgemacht hatten.

Seit jenem Nachmittag in Virginias Arbeitsraum, als Johnvons krankheitsbewirkte Informationssperre endlich zusammengebrochen war und sie entdeckt hatten, daß sie doch nicht in Vergessenheit geraten waren, hatte sich alles geändert.

Es waren keine weiteren Botschaften ihrer heimlichen Wohltäter eingegangen, aber das war unwichtig. Noch bedeutsamer als die Informationen, die sie erhalten hatten, war der Auftrieb gewesen, den die allgemeine Moral mit dem Wissen erhalten hatte, daß man zu Hause noch an sie dachte.

Selbst die offiziellen Stellen in der Heimat schienen sich eines Besseren besonnen zu haben. Die ganze Kolonie war erfüllt von aufgeregter Erwartung des ›Carepakets‹, das von einer wegen ihrer früheren Vernachlässigung anscheinend mit Schuldgefühlen beladenen Bodenkontrolle mit größter Beschleunigung auf den Weg gebracht worden war und sich nun dem Kometen näherte.

Unter diesen Umständen war es nicht verwunderlich, daß Jeffers' Arbeitsgruppen unten am Südpol so gut vorankamen. Die Schätzungen des Computers bestätigten, daß die

Änderung der Bahnbewegung tatsächlich noch im gleichen Monat beginnen konnte.

Vorausgesetzt, der gegenwärtige Friedenszustand unter den Stämmen dauerte an ...

Voraus wurde es heller. Max und Sylvie stießen sich von seinen Schultern ab und sausten schnatternd ein Wandkabel entlang.

»Wer ist da, Hokulele? Wer kommt?« fragte eine tiefe Stimme hinter einem steinernen Bogen. »Still, dummer Affe, kannst du nicht sehen, daß es nur Max und Sylvie sind? Kommen Sie nur rein, Dr. Lintz!«

Keoki Anuenue begrüßte Saul mit breitem Lächeln und kräftigem Händedruck in einer geräumigen Höhle, die halb wie ein Eispalast und halb wie das Laboratorium eines verrückten Wissenschaftlers aussah. Nischenartige Nebenhöhlen gingen in alle Richtungen vom Zentralraum aus, eingegrenzt von glitzernden Facettenstrukturen aus kristallinen Gesteinen. In einigen der Nebenhöhlen waren Leute zu sehen, die mit verschiedenen Arbeiten beschäftigt waren. Einige wandten den Kopf und winkten Saul zu.

In der Mitte des zentralen Höhlenraumes drang ein gewaltiger Block aus einem bläulichen, erzhaltigen Gestein durch den Boden empor, eine sonderbare Formation, die der Gruppe, die hier lebte, ihren Namen gab.

Allenthalben war das weiche Grün üppigen Pflanzenlebens. Hier eine wiesenartige Fläche von kleeähnlichen *Trifolium halleyense*, dort Polster von mutierten Ringelblumen, die hier in dünnen, bleichen Formen zu überleben suchten.

»Schön, Sie wiederzusehen, Doktor«, sagte Anuenue. »Meine Leute sind immer froh, wenn Sie zu Besuch kommen.«

Saul hatte seine früheren Versuche, Keoki zu überreden, daß er ihn wie alle anderen Saul nennen sollte, längst aufgegeben. Daß der athletische Hawaiianer inzwischen älter war als er – sein einst pechschwarzes Haar war zu Silber geworden, und seine Augen lagen zwischen den tiefen Runzeln und Falten seines bereitwilligen Lächelns –, schien keine Rolle zu spielen.

»Hallo, Keoki. Gut sehen Sie aus.«

»Wie sollte es anders sein? Ich war niemals wirklich krank, wie so viele andere, aber Ihre Behandlungen haben mir meine Jugendkraft zurückgegeben, und mir ist, als könnte ich auf einer Welle bis hinaus nach Molokai reiten!«

Seine gute Laune war ansteckend. Saul streckte die Hand aus und kraulte den kleinen Kapuzineraffen auf der Schulter des Freundes, der sich hinter Anuenues Kopf versteckte und mißtrauisch die Gibbons beäugte. »Und wie geht es Hokulele? Hat sie immer noch ihren guten Appetit?«

Keoki lachte. »Von den roten Würmern ist im Umkreis der Höhle seit Wochen keiner mehr gesichtet worden. Heutzutage muß sie von Essensresten leben, und das ist ihr nicht recht!«

»Ich bin überzeugt, die Mutterschaft wird ihr genug zu tun geben.«

»Sie können es sehen?« Anuenue hielt den kleinen Affen in die Höhe. »Ua huna au ia mea ... Ich war nicht sicher, ob ich es Ihnen sagen sollte, da Sie den Wunsch geäußert hatten, wir sollten keine Spezies von daheim von Ihren Zellkern-Transplantationen unabhängig werden lassen. Aber Virgil Simms von der Zentrale besuchte uns und hatte sein Männchen dabei ...«

Saul winkte ab. »Unwichtig. Die abgewandelten Kapuzineräffchen sind offensichtlich ein Erfolg. Wir sollten sehen, ob sie ihre angezüchteten Eigenschaften vererben.«

Das Datenmaterial von der Erde hatte den Anstoß gegeben. Denn obgleich die Wissenschaft in der Heimat noch immer unter dem Stigma zu leiden hatte, für alle von Menschen erzeugten Katastrophen das Werkzeug geliefert zu haben, ließen sich einige Fortschritte nicht vermeiden. Saul wäre niemals imstande gewesen, selbst die Apparaturen zur Zellkernverpflanzung zu entwickeln, selbst wenn er Teile aus ausgeschlachteten Kühlfächern dazu verwendet hätte. Aber mit Hilfe verbesserter Konstruktionen, deren Einzelheiten von Johnvons frei gewordenen Gedächtnisspeichern preisgegeben worden waren, war es ihm gelungen, erstaunliche Vorrichtungen zu bauen.

Durch die Entnahme von Gewebeproben ihrer noch tiefgekühlten Versuchstiere konnte er nun innerhalb einer weit kürzeren als der natürlichen Zeitspanne einen Affen von der Bildungszelle über den Fötus zu einem erwachsenen Tier heranzüchten.

Die Verkürzung der natürlichen Wachstumsphase durch die gezielte Anwendung von Wachstumshormonen ging über sein biologisches Verständnis beinahe hinaus. So war er dankbar, daß die Hälfte des Prozesses von Johnvon überwacht und geleitet werden konnte, ohne daß er es verstehen mußte. Er konnte seine ungeteilte Aufmerksamkeit der Modifizierung des originalen Erbgutes zuwenden – einer Technik, in der sein Können noch nicht obsolet geworden war –, und ihnen ein künstliches Erbe vermitteln, welches ihnen das Gedeihen in dem neuen Ökosystem gestattete, das im Innern des Kometenkerns entstand.

Anuenue schnitt Affengrimassen mit Max und Sylvie, was Hokulele schrecklich eifersüchtig machte.

»Ich kann noch immer nicht verstehen, warum Sie Gibbons als Wachhunde wählen, Doktor. Ohne Greifschwanz sind sie beinahe so ungeschickt wie ein Mensch.«

»Ich habe eine Schwäche für Menschenaffen«, erwiderte Saul. »Sie haben ihre ...«

»Saul!« riefen zwei weibliche Stimmen beinahe gleichzeitig aus. Er hob den Blick und sah eine junge Frau in einem grob genähten Overall aus weichgeklopftem Fibergewebe aus einem Schacht herabsinken und auf dem blauen Felsen landen. Eine spindeldürre Maschine fiel hinter ihr herab, und sie fing das Gerät mit einer geschickten Bewegung auf und setzte es vorsichtig auf den Höhlenboden. Die schnurrende, spinnenhafte Maschine lief Lani voraus zu Saul.

»Hallo, Saul!« sagte die Maschine mit Virginias Stimme, aber in einer etwas höheren Tonlage und einfacherer Modulation. Es war leicht zu erkennen, daß Virginia selbst nicht ›gegenwärtig‹ war, und Saul, der sie selbst anzutreffen gehofft hatte, war ein wenig enttäuscht.

»Hallo, Kleines«, sagte er zu der sehr wenig maschinenhaften, in der Kolonie zusammengebauten Maschine, als sie einen Greifarm ausstreckte und sein Bein streichelte. Das Gerät war eine weitere Hybridform aus einheimischer und importierter Forschung, eine Mixtur neuer Entwicklungen, die ihnen durch ihre heimlichen Wohltäter zugänglich gemacht worden waren, der technischen Könnerschaft von Fachleuten wie Jeffers und d'Amaria und Virginias eigenwillig-moderner Methode persönlichkeitsgesteuerter Programmierung.

»Ich liebe dich, Saul«, sagte die kindliche Stimme leise. Die kleine künstliche Person war ein redigiertes Gegenstück zu Virginia. Bisweilen, wie es jetzt der Fall war, führte das zu Peinlichkeiten. Keoki hüstelte und grinste hinter der vorgehaltenen Hand.

Saul empfand die Peinlichkeit doppelt stark, da Virginia ihm zur Zeit grollte. Und er konnte es ihr nicht einmal verdenken.

»Hallo, Lani«, sagte er zu der jungen Frau, die dem Roboter folgte. Sie begrüßte ihn mit einer herzlichen, warmen Umarmung.

Er bemühte sich, sie auf Armeslänge von sich zu halten, lächelte ihr zu und sagte: »Sie sehen bezaubernd aus, Lani.«

Sie errötete und wandte ein wenig den Kopf, wie um die Narben zu verstecken, welche die Pocken auf ihren einst so glatten Wangen zurückgelassen hatten.

»Als Lügner sind Sie fast so gut wie als Arzt, Saul.«

Aber er hatte ihr nicht schmeicheln wollen; für ihn sah sie wirklich bezaubernd aus. Nur zu gut erinnerte er sich des traurigen Tages, als Lani Nguyen ins Kühlfach gelegt worden war. Damals hatte es hoffnungslos ausgesehen, beinahe so, als wollte man einen Leichnam einlagern. Jetzt war die Blässe des Tiefschlafes beinahe aus ihrem Antlitz gewichen, und die blauen Augenlider machten ihre orientalischen Züge nur geheimnisvoller.

Virginia hätte ihm niemals von Lani Nguyens geheimem Lager menschlicher Keimzellen und Ova erzählen sollen. Seit ihrer Wiedererweckung war er wiederholt nahe daran gewesen, sie auszufragen, um das Versteck zu erfahren. Ah, dachte er bei sich, wenn ich dieses Material in die Hände bekommen könnte! Es wäre eine große Versuchung ...

»Wann kann ich wieder Dienst tun, Saul? Ich möchte zu den Arbeitsgruppen, bevor die Montage der Rückstoßgeräte fertig wird.«

Eine Astronautin bis zuletzt, dachte er. »Selbst wenn die Bahnveränderung in einem Monat oder so beginnen sollte, Lani, wird sie jahrelang andauern, und es werden ständig Instandhaltungsarbeiten nötig sein. Sie werden noch zu Ihrem Teil kommen, keine Sorge. Im Moment kommt es darauf an, daß Sie sich ausruhen und über den Stand der Dinge unterrichten.«

Sie nickte. Das Kapuzineräffchen sprang von Keokis Schulter auf ihre, und sie streichelte es.

»Ich werde versuchen, mich in Geduld zu üben, Saul. Übrigens muß ich Ihnen danken, daß Sie mich für die Dauer meiner Rekonvaleszenz dieser Gruppe hier zugewiesen haben. Ich bin auch anderswo gewesen, um Bekannte zu besuchen ...« Sie schüttelte den Kopf. »Sagen Sie mir, Saul, wie können sich Leute, beruflich tüchtige Menschen mit Universitätsabschlüssen so ... so benehmen?« Sie suchte vergeblich nach dem passenden Wort.

»So meschugge?« sagte er.

Lani lachte, klar und glockenhell. »Ja. So meschugge.«

Anuenue legte ihr den Arm um die Schulter. »Wir sind sehr froh, Lani bei uns zu haben. Alle Gruppen der Überlebensfraktion würden sie als ständiges Mitglied willkommen heißen.«

»Ich weiß, ich werde mich für eine Gruppe entscheiden müssen«, sagte Lani zögernd. »Ich bin noch nicht gewohnt, so zu denken.«

Saul gefiel es sowenig wie ihr. Er hatte gehofft, daß die Zersplitterung der letzten dreißig Jahre aufhören würde, wenn Leute, die in den frühen Tagen in die Kühlfächer gekommen waren, nun wiedererweckt, mit seinem Serum behandelt und zur Arbeit eingeteilt wurden. Mit dem Anwachsen der aktiven Bevölkerung würde schließlich eine Mehrheit aus Leuten bestehen, die ihre Erdentage noch in frischer Erinnerung hatten und die noch beseelt waren von den anfeuernden Worten, die Kapitän Cruz in seiner ersten Rede für ihre Arbeit und die Hoffnungen gefunden hatte, die sie alle teilten.

Aber die Entwicklung hatte andere Bahnen genommen. Die Wiederbelebten – desorientiert, schwach und eingeschüchtert – sahen sich in einer Welt, die der von ihnen erinnerten Kolonie so wenig ähnelte wie jene frühe Siedlung der Mondbasis 1. Ehe sie sich als eigenständige Kraft etablieren konnten, gerieten sie in den Anziehungsbereich von Gruppen, in denen sie sich wohlzufühlen hofften, übernahmen ihre Ideologien und wurden Stammesmitglieder.

Saul erwähnte nicht, daß es drei Leute gab, die eine Ausnahme von diesem Verhaltensmuster zu sein schienen. Aus verschiedenen Gründen waren er, Virginia und Carl Osborn isoliert. Vielleicht respektiert, aber nirgendwo zu Hause.

»Jedenfalls«, erklärte Lani, »werde ich nicht nach Süden gehen und mich Quiverian und seinen radikalen Orthos anschließen.«

»Arcisten«, verbesserte Keoki, wie ein geduldiger Sprachlehrer, der sie in der richtigen Wortwahl unterwies.

»Ja, Arcisten«, sagte sie. »Und als ich mir einen Passierschein besorgte und ein paar von meinen Percell-Freunden besuchen wollte, sagte mir dieser Sergejow doch ins Gesicht, ich solle meinen Ortho-Arsch schleunigst aus ihrem Territorium schaffen! Die Verfechter der Marsbesiedlung sind nicht viel freundlicher, obwohl Andy Carroll und ich früher Arbeitskollegen waren.

Also welche Wahl bleibt mir? Die Leute von der Dritten Ebene sind gemischt, aber sie haben diesen Glanz in den Augen, verstehen Sie, was ich meine? Sie fühlen sich als Missionare. Ob sie leben oder sterben, scheint ihnen gleich, solange der Komet dorthin kommt, wo er nach Kapitän Cruzs Plan kommen sollte.«

Saul lächelte. »Mir scheint, Sie haben hier eine Heimat gefunden, Lani.«

»So ist es«, bekräftigte Keoki. »Sagen Sie uns Bescheid, wenn Sie sich entschlossen haben. Dann malen wir Ihnen eine neue Brustbinde und veranstalten eine Feier.«

Lani nickte, zögerte wieder. »Ich ... ich werde Sie verständigen, sobald ich Gelegenheit gehabt habe, mit Carl zu sprechen.«

Sie schlug den Blick nieder, da sie wußte, wie offenkundig ihre Überlegung war. Nur der Umstand, daß sie mit zwei wohlmeinenden Freunden sprach, hatte sie verleiten können, Carls Namen überhaupt zu erwähnen.

»Ich werde mich darum kümmern, daß Sie bald eine leichte Arbeit oben im Freien zugewiesen bekommen«, versprach Saul. Lani nickte, Dankbarkeit in den Augen.

Der kleine Kapuzineraffe quietschte. Max und Sylvie, die Zwerggibbons, starrten in den Stolleneingang und sträubten das Rückenfell.

Keoki spähte in dieselbe Richtung. Seine Hand tastete halb unbewußt zu dem Messer, das in seinem Gürtel steckte. »Jemand kommt.«

Auf seinen Warnpfiff hin kamen Männer und Frauen aus Schlafhöhlen und von Arbeitsplätzen, Keulen und zugespitzte Stangen aus Schrottmetall in den nervösen Fingern. Zwei Mann sprangen an die schwere Vakuumtür der Luftschleuse und machten sich daran, sie zu schließen. Dann ertönte ein schrilles Pfeifen, zwei aufsteigende Töne und ein Triller, zweimal wiederholt.

Keoki entspannte sich ein wenig. »Friedenssignal«, sagte er. »E wehe i ka puka«, sagte er zu den Männern und sie stellten ihre Anstrengungen ein. Die Tür blieb halb offen. Im Stollen erschien ein Licht, und zwei kleine braune Gestalten kamen acht Meter vor dem Eingang zum Stillstand. Saul sah rosa Zungen aus schmalen, mit nadelscharfen Zähnen besetzten Mäulern hängen.

Ich hätte mich von Quiverian niemals überreden lassen sollen, ihm die Seeottern zu überlassen, dachte Saul, während er die gewandten Tiere mit Unbehagen betrachtete. Ein Glück, daß es nur Weibchen sind. Sie sind einfach zu gefährlich.

Aber wenn er dem Arcistenführer die Bitte abgeschlagen hätte, wäre ihm wahrscheinlich sein sorgfältig gewahrter neutraler Status verlorengegangen. Es war schwierig genug, als Mittelsmann aufzutreten und Abkommen auszuhandeln, die eine Zusammenarbeit der Emigranten am Südpol mit Carl Osborns Mannschaften gewährleisteten. Die Seeottern waren nur ein Preis unter vielen, die für Kompromißbereitschaft zu zahlen waren.

Zu seiner Überraschung gehörte die Gestalt, die hinter den Tieren erschien, jedoch nicht Joao Quiverian, und nicht einmal einem seiner Hauptassistenten. Ungepflegtes weißes Haar und ein Patriarchenbart wehten wie ein Glorienschein um ein Gesicht, dessen dunkle Bräune es unverwechselbar machte.

Anuenue trat verblüfft zurück. »Es ist Ould-Harrad.«

Die eindringlichen dunkelbraunen Augen waren jetzt von tiefen Fältchen umrahmt. Der ehemalige Offizier trug ein weites braunes Gewand aus geschmeidig gemachtem und gefärbtem Fibergewebe, das ihm mehr denn je das Aussehen eines alten Eremiten verlieh. Er hob grüßend eine Hand.

»Saul Lintz.«

Lani ergriff Sauls Arm, und Keoki Anuenue machte eine Bewegung, als wollte er ihn zurückhalten, aber Saul schüttelte sie ab. »Halten Sie Max und Sylvie zurück!« sagte er und stieß sich ab, dem Besucher entgegen.

Die Seeottern drängten sich in Ould-Harrads Gewandfalten, von wo sie Saul mißtrauisch beäugten. Der Umstand, daß er in einer Weise ihr ›Schöpfer‹ gewesen war, war nicht geeignet, ein Gefühl von Sicherheit in ihm aufkommen zu lassen. Die mehr als meterlangen, enorm kräftigen und gewandten Tiere konnten es mit nahezu jedem Kämpfer aufnehmen.

Wenn Joao Quiverian der Führer der radikalen Arcisten war, so war Ould-Harrad ihr geistlicher Führer, ihr Priester. Die Flamme eines von alten Schuldgefühlen genährten Fanatismus schien heißer in ihm zu brennen als in irgendeinem anderen hier auf diesem uralten Teilchen aus Sternstaub.

Saul schwebte langsam näher, ohne sich seiner Sicherheit allzu gewiß zu sein. Denn obwohl die Arcisten seine Neutralität zu akzeptieren schienen, war dieser Mann sein eigenes Gesetz.

Fünf kurze Schritte vor dem anderen kam er zum Stillstand

und nickte. Seine Zehen bohrten sich in den weichen Bodenbewuchs. »Oberst Ould-Harrad.«

»Nennen Sie mich nicht so!« erwiderte der Afrikaner mit erhobener Hand. »Ich bin nicht mehr Offizier, noch Astronaut, noch Erdenbewohner.«

Saul hatte Ould-Harrad zuletzt gesehen, als dieser den Auswanderungszug der Arcisten angeführt hatte. Bei Sauls mehrfachen Besuchen bei den Antipoden hatten ihre Wege sich nie gekreuzt. Gleichwohl erinnerte er sich noch deutlich der Worte, die Ould-Harrad in seinem Labor an Bord der *Edmund Halley* gesprochen hatte.

»Derjenige, den Allah zu berühren beliebt, ist für alle Zeit von dem Abdruck dieses Fingers gezeichnet ...«

Saul nickte. »Wie Sie wollen. Ich sehe, daß die Ottern wohlauf sind.«

Ould-Harrad blickte auf die Tiere hinab. Seine Hand strich ihnen sanft über die glänzenden Felle, die genetisch dem Leben in eisigen Hallen statt in der salzigen Gischt der See angepaßt waren.

»Ein weiteres Mal haben Sie mir bewiesen, daß ich mich in Ihnen täuschte, Saul Lintz. Denn die Rolle, die Sie bei der Hervorbringung dieser feinen Geschöpfe gespielt haben, kann nicht böse gewesen sein.«

Saul konnte nicht umhin, auf Ould-Harrads Worte mit erleichtertem Aufatmen zu reagieren, als hätte er sich eben deswegen gesorgt, und der andere hätte die Macht, seine Befürchtungen zu zerstreuen. Ould-Harrad war in seiner Prophetenrolle sehr überzeugend.

»Hat Joao Ihnen die Tiere für die Wanderung nach Norden geliehen?«

Ould-Harrads Augen blitzten.

»Sie sind nicht länger sein, sie zu verleihen. Das ist ein Grund, warum ich Sie aufgesucht habe. Ihnen zu sagen, daß in den Höhlen der Antipoden nur noch drei Affen sind, um nach roten Würmern Ausschau zu halten und die Menschen im Schlaf zu bewachen. Sie müssen diese Ottern ersetzen.«

»So? Wohin gehen Sie mit ihnen?«

»Sie verdienen es zu wissen.« Ould-Harrad schwieg, und

ein geistesabwesender Blick kam in seine Augen. »Seit Jahren bin ich auf die Oberfläche hinausgegangen und habe unter den Sternen meditiert, wie die Mystiker es seit undenklichen Zeiten im Gebet taten. Und in der Hoffnung auf ein göttliches Zeichen. Ich fand, daß sie hypnotisch waren, diese glitzernden Lichter in der Schwärze. Nach langer Zeit glaubte ich, daß es mir in der Tat vergönnt sei, Gottes Stimme zu vernehmen. Aber sie kann es nicht gewesen sein.«

»Warum nicht?«

Ould-Harrads Stimme klang gequält. »Weil alles, was zu mir kam, Gelächter war!«

Saul verstand, daß dies mehr als bloße Verrücktheit war. Er konnte die Tiefe der Seelenqual, die den armen Mann peinigte, beinahe spüren. »Ich verstehe«, sagte er leise. Er fügte nicht hinzu, daß er in der Erfahrung des Mannes keinen inneren Widerspruch erblickte. Wer konnte behaupten, der Schöpfer müsse nüchtern sein? Das Universum ist zum Lachen, dachte er, oder wir müssen weinen.

Ould-Harrad nickte. Lange standen sie einander schweigend gegenüber. Dann hob er wieder den Blick.

»Da ist noch etwas.«

»Was ist es?«

»Ich ... ich kann mich nicht mehr an den Plänen Quiverians und seiner banalen Mannschaft beteiligen. Sie ...«

»Die Arcisten?«

»Ja.« Der Bart wehte, als Ould-Harrad den Kopf schüttelte. Seine Stimme war kaum hörbar. »Die Kriege, die wir von der Erde mit uns brachten, sind wie der Sommernebel, der sich auflöst, sobald die Sonne aufgeht, und vergessen ist. Ich bin zu der Erkenntnis gelangt, daß Streitigkeiten über die Frage, wohin diese große, gefrorene Träne gezielt werden soll, völlig am Kern der Sache vorbeigehen.«

»Wohin wollen Sie gehen?«

Ould-Harrads Blick streifte den Boden. »Ich muß hinuntergehen ... ins Eis. In Tiefen, die niemand aufgesucht hat, außer Ingersoll, den sie jetzt den Alten Mann der Höhlen nennen. Ich werde davon leben, was auf seinen Spuren wächst, und die armen Geschöpfe aufsuchen, die ihm folgten. Ich werde ihnen behilflich sein, wenn sie noch leben. Und ich werde denken.«

Saul nickte. In Ould-Harrads Weltsicht war das Dasein eines Eremiten offensichtlich sinnvoll. Er unternahm keine Anstrengung, den Mann von seinem Vorhaben abzubringen. »Ich wünsche Ihnen Glück. Und Weisheit.«

Ould-Harrad nickte. Er blickte auf seine Schützlinge hinab. »Ich beginne wenigstens einen Aspekt zu verstehen. ... diese Sache, die Sie predigen, diese Symbiose. Zuerst war mir manches daran unklar, nun aber ...«

Er stockte. »Sie tun nichts Böses, Saul Lintz. Aus diesem Grund warne ich Sie. Hüten Sie sich vor Quiverian! Er plant etwas. Ich weiß es. Insbesondere Ihnen trachtet er zu schaden. Und Carl Osborn.«

Saul wußte nicht, was er sagen sollte. »Ich werde achtgeben.«

»Geben Sie acht oder tun Sie es nicht!« Ould-Harrad zuckte die Achseln. »Tun Sie dies oder lassen Sie jenes! Am Ende geschieht alles nach Gottes Willen. Wir sind hilflos.«

Die Seeottern schienen seine Absicht zu erraten, noch ehe er die geringste Bewegung machte. Sie sprangen auf und sausten durch den langen, trübe erhellten Stollen davon. Ould-Harrad wandte sich steif um und ging fort.

Er schien tatsächlich zu gehen, wie auf dem Mond oder auf der Erde, dachte Saul, als er ihm nachsah, und er überlegte, welcher Technik Ould-Harrad sich bediente.

Er machte kehrt und glitt zurück in die Blausteinhöhle, beschäftigt mit der Frage der Schwerkraft und ihrer Auswirkungen auf die Bewegungsabläufe.

2

CARL

Die Schwärze schien wie ein massives Gewicht, eine ungeheure Hand, die sich um das graue, zernarbte Eis schloß. Carl war seit Monaten nicht hoch über der Oberfläche gewesen, und der Eindruck trostloser Öde traf ihn unvorbereitet und weckte Erinnerungen an frühere Jahre, als das freie, stille Vakuum ihm Freiheit, Bewegung und mühelose Anmut bedeutet hatte.

Sterne strahlten. Ihre winzigen, überquellenden Leuchtfeuer, rosa, azurblau und gelb getönt, leuchteten wie Versprechen eines anderen Lebens – eines Reiches, das die Phantasie sich voll pulsierender Töne und Farben ausmalte, paradiesischer Gefilde jenseits dieser öden Ebene, der die langsame elliptische Bahn Farbe genommen hatte.

Die zunehmende Dunkelheit bedeutete, daß es zwischen dieser gefrorenen Wüste und den aus unvorstellbarer Ferne herüberfunkelnden Sternen nichts mehr gab – keine Planeten mit Wolken und Blitzentladungen, nicht einmal einen vagabundierenden Asteroiden. Sie befanden sich jetzt weit unterhalb der Ekliptik und waren von der Scheibe der Planeten zehnmal weiter entfernt als die Erde selbst von der Sonne. Das äußere Sonnensystem war ungeheuer ausgedehnt. Carl blickte nach Süden und hatte, wenn man so wollte, das ganze Sonnensystem im Rücken. Die Sonnenstrahlung – ein Tausendstel von der, welche die Erde erwärmte – war noch immer hell genug, daß sie das Auge blendete, konnte aber nicht die volle Farbigkeit der im Eis eingeschlossenen Stoffe zum Leuchten bringen. Allenthalben verschluckten tintenfarbene Schatten die Details; der größte Teil des Kometen war ein Reich der Finsternis.

»Vorsichtig jetzt!« sendete Jeffers.

»Klar«, antwortete Carl, aus seinem Tagtraum gerissen, mit mechanischer Selbstverständlichkeit. Mit dem Manövriergerät steuerte er seinen Freund an und landete bei ihm. Gemeinsam gingen sie südwärts. Unter normalen Umständen hätte er das Polarkabel aufgesucht und sich mit einem Düsenschub fortkatapultiert, um innerhalb weniger Minuten den Südpol zu erreichen. Aber es herrschten keine normalen Umstände.

Wachsam bewegten sie sich um einen kleinen, orangefarben gespritzten Eishügel. Leere Metallfässer waren mit dünnen Leinen an dem Haufen gefrorener Abfälle festgemacht: Industriemüll von irgendeinem Verarbeitungsprozeß, der vor Jahrzehnten hier stattgefunden hatte und längst vergessen war. Jeffers schlich von einem Faß zum nächsten, sorgfältig bedacht, sich nach Süden zu in Deckung zu halten. Carl folgte ihm. Es war anstrengend, auf dem Eis zu bleiben und nicht abzuheben, und bei jedem langen Schritt grub er den Stiefel ins Oberflächeneis. Er unterdrückte das Verlangen, sich abzustoßen und in weiten Sprüngen über die gefleckte Schneelandschaft dahinzufliegen.

Jeffers winkte ihm zu, und sie rannten mit gleitenden Sätzen über eine von verschütteten Abfällen braun verfärbte Fläche. Sie erreichten die Deckung eines Chemikalienbehälters, dessen fleckiger Zylinder vor langem schon leergesaugt worden war.

»Inzwischen müssen sie uns sehen können. Ich ...«

»Psst! Aus dieser Nähe können sie sogar lokale Kommunikation auffangen.«

Carl kauerte in der Deckung nieder und kam sich ein wenig lächerlich vor. Er spähte um die Zylinderrundung und versuchte einen Überblick zu gewinnen. Tatsächlich, bei den ringförmigen Wällen von Aushubmaterial um die Schächte der Rückstoßgeräte waren neue Strukturen zu erkennen. Sie sahen behelfsmäßig aus, zusammengebaut aus alten Frachtbehältern und Streben. Er konnte fast bis zum Südpol sehen. Neptun hing tief über dem Horizont, ein mattgrüner Stecknadelkopf.

Unter Sergejows ›Übermenschen‹ gab es welche, die Halley durch eine Bahnveränderung zu einem Neptunsatelliten machen wollten. Sie träumten davon, sich auf Triton niederzulassen, dem inneren der beiden Neptunmonde, um dort unter etwas günstigeren Schivereverhältnissen ein Maulwurfsleben zu führen. Carl überlegte müßig, wie es sein würde, den Rest des Lebens auf einem gefrorenen Gesteinsball zu verbringen, in dessen Himmel ein schlummernder grüner Riese schwamm. Heimatgefühle konnten dort sicher nicht aufkommen. Und er hoffte noch immer, eines Tages den blauen Himmel und die Herbstfarben der Erde wiederzusehen ...

»Wir sehen Euch.« Eine wachsame junge Stimme. Carl spähte wieder um den Zylinder, konnte aber niemanden ausmachen.

»Carl Osborn hier. Ich bin gekommen, um zu verhandeln.«

»Es gibt nichts zu verhandeln. Jeffers hat Ihnen unsere Politik erklärt.« Die Stimme stand unter Anspannung, verriet aber Entschlossenheit.

Carl schob seinen Helm zu Jeffers und flüsterte: »Wer ist das?«

»Heißt Rostok. Wurde vor zehn Komma elf Monaten wiederbelebt. Jetzt ist er Quiverians zweiter Mann hier unten.«

»Was macht er?«

Jeffers zog eine säuerliche Grimasse. »Fachmann für elektromagnetische Anlagen.«

»Na, großartig!« Ein Spezialist für die Rückstoßgeräte. Einer von denen mußte wohl verrückt werden.

»Wenn Sie näher herankommen, lehnen wir jede Verantwortung für die Folgen ab.«

»Keine Verantwortung? – Was soll der Unsinn?«

»Wir erklären uns für unabhängig.« Die Stimme klang knapp und gepreßt.

»Den Teufel werdet Ihr tun!« schrie Jeffers, ehe Carl ihm bedeuten konnte, daß er still sein sollte.

»Es ist bereits geschehen. Und kein Percell wird uns vorschreiben, was wir zu tun haben!«

Carl atmete tief durch. Es führte zu nichts, wenn man sich über eselhafte Reden aufregte; das hatte er im Laufe der letzten Jahre auf die harte Weise gelernt. Jeffers knirschte hörbar mit den Zähnen; Carl signalisierte ihm, still zu bleiben. »Was … was wollen Sie?«

»Keine Lebensmittel«, antwortete Rostok selbstgefällig. »Wir haben unsere Pflanzungen bereits so weit ausgebaut, daß wir uns selbst ernähren können. Haben auch eine hübsch dicke Ader eßbarer einheimischer Gewächse entdeckt. Köstlich. Man braucht ihnen bloß Wärme zuzuführen und sie wachsen wie verrückt.«

Also können wir sie nicht aushungern, dachte Carl mechanisch.

»Wir wollen – was heißt wollen, wir haben schon! – Kontrolle über die Zielausrichtung der Rückstoßgeräte.«

Jeffers sprang auf. »Schweinekerle! Wir haben sie gebaut, mit unserem Material, unserer Arbeitskraft. Sie haben bloß ein paar Monate daran gearbeitet, Rostok; wir sind seit Jahren daran! Der Teufel soll mich holen, wenn ich zulasse, daß irgendein ... uh!«

Jeffers grunzte, als Carl ihn zurückkriß. »Hier rede ich!«

»Lassen Sie den Unsinn, Jeffers! Wir haben die Geräte, also bestimmen wir, was gespielt wird.«

»Sie haben kein Recht, die Zielausrichtung zu bestimmen«, sagte Carl so ruhig er konnte.

»Wir haben die Rückstoßgeräte, und wir vertreten die Interessen der Erde.«

»Dummes Zeug. Sie vertreten niemandes Interessen.«

»Wir sprechen für die Erde. Wir werden nicht zulassen, daß Sie diesen Seuchenträger in Erdnähe zurückbringen.«

Carl hatte gehofft, daß die Leute mit dem Rückgang der Erkrankungen einsichtiger würden. Aber wie es schien, hatte die Besserung des Gesundheitszustandes manchen von ihnen die Energie zurückgegeben, wieder ekelhaft zu werden.

Er sagte in umgänglichem Ton: »Das muß im Rat entschieden werden. Hören Sie, Rostok! Ich komme jetzt heraus. Ich möchte von Mann zu Mann verhandeln.«

Er stand auf und trat hinter dem Zylinder hervor. War dort eine Bewegung zwischen den durcheinandergeworfenen Lattenverschlägen? Er kniff die Augen zusammen, dann zog er mit dem äußeren Führungsknopf das Fernglas vor die Augen. Ja: Gestalten arbeiteten an etwas, blickten in diese Richtung.

Er hörte ein Gemurmel auf der offenen Frequenz, dann Joao Quiverians klare Stimme. »Wir haben Sie gewarnt, Osborn.«

Ein jäher Lichtblitz ließ den matten Schein der fernen Sonne verblassen. Er war im Vakuum unsichtbar, warf aber tiefe Schlagschatten, wo Jeffers hinter dem Zylinder kauerte. Der gebündelte Lichtstrahl traf einen Eisbuckel nahebei. Dampf explodierte, Steine prasselten auf Carls Helm. Gleich darauf schoß ein neuer Geysir auf, als ein zweiter Laserstrahl das Eis aufsprengte. Carl sprang in die Deckung des Zylinders zurück.

»Reicht Ihnen das?«

Carl blinzelte, geblendet von dem grellen Ausbruch.

Jeffers drückte seinen an Carls Helm und sagte: »Das sind diese großen industriellen Laser, die wir zum Punktschweißen und zum Schneiden der Eisenträger verwenden. Läßt sich schlecht zielen mit den Dingern, aber sie brennen!«

»Mist!«

»Lassen Sie sich nicht wieder hier blicken!«

Ein weiterer Laserstrahl schoß ins Eis. Blauweißes Gas blähte sich in einer aufsteigenden, anschwellenden Kugel.

»Verdammt«, sagte Carl grimmig. »Dagegen können wir nicht mal Maschinen einsetzen. Zu viele würden verloren gehen, und wir brauchen alle für die Bahnveränderung.«

Jeffers zog ein angewidertes Gesicht und fluchte vor sich hin. »Wenn wir was versuchten, würden die Kerle wahrscheinlich die Rückstoßgeräte zerstören.«

»Was können wir tun?«

»Ich dachte, du wüßtest es«, sagte Jeffers.

»Scheiße!«

Versammlungen. Carl spielte mit seinem Schreibgerät und rückte auf seinem Platz hin und her. Man konnte die Bedeutung eines Problems daran erkennen, wie viele endlose Versammlungen es mit sich brachte.

So oft er konnte, betrachtete er das Wandbild: grüne, steile Hänge, die den Comer See umrahmten, altersgraue Dörfer im Weiß und Rosa blühender Obstbäume, Schneegipfel und tief unten im blauen Spiegel des Sees die weißen Kielwasser von Motorbooten ... Aber er mußte aufmerksam erscheinen und jeder Fraktion die ihr gebührende Beachtung schenken. Sie hatten sich in streng voneinander geschiedenen Gruppen eingefunden. Die Empörung der Arcisten hatte die Frage der Zielausrichtung erneut zum Verhandlungsgegenstand gemacht.

Eine Büchse der Pandora, dachte Carl verdrießlich. Und

dies alles mußte gerade jetzt geschehen, bevor er unter vier Augen mit den wichtigen Leuten reden und um Unterstützung werben konnte. Er kaute am Bleistiftende, eine nervöse Gewohnheit, die er irgendwann im vergangenen Jahr angenommen hatte. Mehr als zweihundert Besatzungsmitglieder waren wiederbelebt, und so fehlte es den Fraktionen nicht an Anhängern. Und er mußte sie alle ausreden lassen, um die von Quiverian aufgewühlten Gefühle sich erschöpfen zu lassen. Es hätte zu keinem ungünstigeren Zeitpunkt geschehen können ... wie gewöhnlich.

Die Versammlung dauerte schon fast zwei Stunden, und die verschiedenen Gruppierungen hatten ihre Standpunkte erläutert und Ansichten vertreten, die er in genau dieser Form hätte voraussagen können.

Der größten Beliebtheit erfreute sich noch immer der ursprüngliche Plan: Ein Jupiter-Swingby auf der Rückreise zum inneren Sonnensystem; doch bevor der Komet dem Zentralgestirn allzu nahe kommen konnte, sollte er in das Schwerefeld des Riesenplaneten eintauchen und wie ein Rennwagen in einer engen Kurve abgebremst werden.

Mittels der um den Südpol gruppierten Rückstoßgeräte konnten sie den Vorbeiflug so zielen, daß Halley zu einem kurzperiodischen Kometen wurde. Das würde die Bergung aus dem erdnahen Raum ebenso erleichtern wie die Ausbeutung des Kometenkerns zu wirtschaftlichen Zwecken. Die Leute der Dritten Ebene gaben diesem ursprünglichen Plan zusammen mit der Mehrheit der nicht ideologisch festgelegten Mannschaft den Vorzug.

Die von Sergejow, dem fanatischen Percell, geführten Radikalen wollten eine andere Variante des Vorbeiflugs. Ihr Endziel war jedoch ziemlich phantastisch. Sie wollten das innere Sonnensystem völlig verlassen und in den äußeren Raum zurückkehren. Statt eines Vorbeiflugs am Jupiter sollte der Komet im Schwerefeld des Riesenplaneten eine enge Schleife ziehen und mit verminderter Geschwindigkeit wieder ins äußere Sonnensystem zu einem Rendezvousmanöver mit Neptun hinausfliegen, um ein Mond dieses Planeten zu werden. Von dort aus gedachten sie Triton zu erschließen, eine Kolonie von Übermenschen, die sich unter einem Himmel vervollkommneten, den ein trüber grüner Ball aus methangestreiften Wolken beherrschte.

Zwei sehr unterschiedliche Pläne, die aber beide ein Rendezvous mit Jupiter im Jahre 2135 erforderten. Von diesem Punkt aus erlaubte die Himmelsmechanik viele verschiedene Zielrichtungen.

Die Leute der Dritten Ebene und Sergejows Anhänger waren vereint in ihrer Forderung nach einem Jupitervorbeiflug, aber das war schon ihre einzige Gemeinsamkeit. In vielen anderen Punkten waren sie grundverschiedener Ansicht und bedachten einander mit mißtrauischen Blicken.

Carl hatte die erforderlichen Manöver selbst durchgerechnet, da er niemandes Kalkulationen traute. Der sanfte Stoß zur Bahnkorrektur mußte eine Veränderung der gegenwärtigen Bahngeschwindigkeit von 284 Metern pro Sekunde bewirken, bei einer Zielrichtung, die um 72 Grad gegen die Ekliptik geneigt war. Das war nicht so einfach, aber auch nicht unmöglich, wenn man die um den Südpol angeordneten Rückstoßgeräte genau ausrichtete.

Mittelalterliche Gesellschaften hatten sich wegen theologischer Spitzfindigkeiten heillos zerstritten ... und die hier Versammelten stritten um Vektoren und unausgegorene Zielvorstellungen. Vielleicht war es genauso sinnlos ...

Die Ironie der Allianz von Sergejows Leuten und denen der Dritten Ebene war, daß die Arcisten beide Optionen praktisch zunichte gemacht hatten.

Um auf der Heimreise einen guten Jupiter-Swingby zustande zu bringen, mußten sie die Rückstoßgeräte einsetzen. Und die Arcisten wollten die Erde um jeden Preis von jeglicher Verseuchung durch Halley-Lebensformen freihalten. Wenn das Jupitermanöver in den entscheidenden Stunden des Vorbeiflugs mißlang, konnte der Komet tief ins innere Sonnensystem geschleudert werden. Die Arcisten waren entschieden gegen jedes Manöver, das den Kometen in Erdnähe bringen konnte. Um diese Möglichkeit zu verhüten, waren sie entschlossen, den Einsatz der Rückstoßgeräte zu verhindern, es sei denn, sie selbst hätten die Kontrolle über das

Manöver. Quiverian und seine Fanatiker zogen den Untergang in den Tiefen des Weltraums der Gefahr vor, daß andere das Manöver ausführten.

Carl hatte die Zeichen frühzeitig gelesen und erkannt, daß die Situation nicht mehr weit von einem Krieg entfernt war. Wenn nicht rasch etwas geschah, mußte es zu Mord und Totschlag kommen. Also hatte er kurz nach seiner Rückkehr vom Südpol Verbindung mit der Erde aufgenommen und Bestätigung erhalten. Er mußte dem Rat jetzt, bevor der Parteienstreit einen Kompromiß unmöglich machte, eine gute Option vorschlagen.

Selbst wenn es dazu nötig wäre, die Wahrheit zu verbiegen ...

Er wartete auf eine natürliche Unterbrechung der Diskussion. Die Bildwand zeigte jetzt ein Segelschiff, das bei hohem Seegang gegen den Wind kreuzte, gepeitscht von gischtsprühenden stahlblauen Wellen, die vergeblich auf den elegant dahingleitenden weißen Rumpf schlugen. Die Segel blähten sich triumphierend, weißschimmernd unter einem harten, kalten Himmel. Es wird den Hafen erreichen, dachte er. Man sieht es an der Fahrt, die es macht.

Er ließ die Diskussion eine Weile weiterlaufen, und als Konfusion und Zweifel eine Pause eintreten ließen, wie er es hatte kommen sehen, stand er auf und begann zu sprechen. Sein Blick suchte nacheinander die Augen jedes Führers und versuchte die Überzeugungskraft seiner Rede zu verstärken. Otis Sergejow hing beinlos in der Luft, die Arme in einer Schaustellung unerschütterlichen Willens auf der Brust verschränkt. Joao Quiverian, der nur gegen Zusicherung freien Geleits gekommen war, stand wie ein Felsen und ließ seinen düster schwelenden Blick in die Runde gehen. Jeffers, der für die Gruppe derer sprach, die eine Besiedlung des Mars favorisierte, stand hager und mißtrauisch für sich allein. Andere hatten keine ideologisch gefärbten Zielvorstellungen, wollten aber eine Überlebenschance.

Carl sprach langsam und verbreitete mehr durch Gesten und Mienenspiel als durch die hoffnungsvollen Worte, die ihm zu Gebote standen, sein Plädoyer für Zuversicht und

Hoffnung, für Solidarität angesichts dieser neuen Bedrohung.

»Diese Mission wurde um eine Jupiterbegegnung herum geplant. Deshalb haben wir die Rückstoßgeräte am Südpol aufgestellt – wo sie jetzt unverwendbar sind.«

Damit war Quiverian an den Pranger gestellt, und prompt erhielt der blasse Brasilianer eine Menge unfreundlicher Blicke. Carl fuhr rasch fort, bevor Quiverian ihn unterbrechen konnte.

»Aber der Stoß vom Südpol ist nicht unsere einzige Option.« Ein Druck auf die Fernbedienung, und ein Diagramm erschien auf der Projektionswand. »Es wäre nur ein relativ einfacher Stoß nötig, um eine Bahnkorrektur zu bewirken, die uns zur Erde führen würde. Eine Geschwindigkeitsveränderung von nur dreiundsechzig Metern pro Sekunde, ausgerichtet auf ungefähr vierzig Grad Süd und annähernd neunzig Grad von der Sonne würde uns nach Hause bringen.«

Eine Bewegung ging durch die Versammelten, deren Mienen die verschiedensten Empfindungen widerspiegelten. Heimkehr.

»Um dieses Manöver zuverlässig auszuführen, wäre es zuvor nötig, die Rotationsbewegung des Kometen anzuhalten. Wir würden nahe der Erde vorbeiziehen, gut für einen raschen Absprung und ein Bergungsmanöver, aber erst nach dem Sonnendurchgang. Wir würden den furchtbaren Sturm und die Erhitzung des Kerns durchstehen müssen. Jeder mag sich selbst ausrechnen, wie viele von uns den Hochsommer auf einem Kometen überleben würden.«

Die allgemeine Verfinsterung der Mienen war ihm nicht entgangen; nun kam es darauf an, den Unwillen zu entschärfen. Quiverian war dunkelrot angelaufen und öffnete den Mund zu einer Entgegnung. Carl kam ihm zuvor. »Natürlich würde die Bodenkontrolle nicht sehr froh darüber sein ...«

Die Mienen hellten sich auf, und einige quittierten das Nachlassen der Spannung mit einem Lächeln. Jeder wußte, daß die Erde niemals einem Plan zustimmen würde, der fremde Krankheitserreger in die Nähe der Atmosphäre bringen konnte. Selbst Quiverian entspannte sich ein wenig, als klar wurde, daß Carl die Option nicht ernst gemeint hatte.

»Es gibt andere Alternativen zum Jupiter-Swingby«, fuhr Carl fort. Er ließ einen langen, durchdringenden Blick über die Versammlung hingehen. Kapitän Cruz hätte diese Sache besser gemacht, dachte er. Oder er hätte all diesen Fraktionsbildungen längst ein Ende gemacht. Ich werde nie der Führer sein, der er war, aber wenn ich sie nur zum Nachdenken bewegen kann ...

»Es gibt ein Rendezvousmanöver, das uns vor dem Perihel und mit verringerter Geschwindigkeit zum Mars bringen kann.«

Ungläubige Gesichter. »Mars? Sie meinen, als Aufprallziel?«

Er überhörte die Zwischenrufe und sprach schnell weiter, bevor jemand das Wort ergreifen konnte. »Sehen Sie, wir können nicht zulassen, daß eine einzige Fraktion über unser Schicksal bestimmt ...«

»Und wir werden keine Bahnveränderung zulassen, solange wir sie nicht kontrollieren können!« rief Quiverian.

Carl hob beide Hände. »Gut. Das bedeutet, daß wir den Jupiter-Swingby ganz aufgeben müssen. Die nächstbeste Option verlangt eine Bahn ins innere Sonnensystem, aber ohne der Erde nahezukommen. Statt dessen können wir die Bahnveränderung so vornehmen, daß sie uns zum Mars bringt. Die Begegnung selbst wird den Kometen nicht weit ablenken, uns aber eine Gelegenheit zum Absprung geben.«

Ein paar Ingenieure schüttelten die Köpfe. Carl sprach rasch weiter, bevor die Einwände kamen.

»Wir können Luftbremsen bauen und in die Marsatmosphäre eintauchen. Sie ist dünn aber tief, ein gutes Ziel für uns.«

Jemand fragte: »Und wir könnten bei einem Durchgang genug Geschwindigkeit verlieren?«

Ah, eine gute Frage. »Nein. Es wären mehrere Manöver erforderlich.« Er zählte an den Fingern ab. »Vorbeiflug am Mars mit Abbremsmanöver, Umlenkung hinaus zum Jupiter, dort wieder Vorbeiflug mit Abbremsmanöver, unterstützt durch das Schwerefeld, dann wieder Kurs auf den Mars, um dort in der Atmosphäre abzubremsen. Bis dahin wird die Geschwindigkeit hinreichend verringert sein, um dieses atmosphärische Abbremsmanöver erfolgreich zu machen. Wir können rechtzeitig aussteigen und Phobos ansteuern.«

Ein längeres Stillschweigen folgte auf seine Worte. Sie starrten ihn nachdenklich an.

»Aber«, sagte Keoki Anuenue zuletzt, »wie lange wird all das dauern?«

»Zwanzig Jahre.«

Ein unruhiges Murmeln verbreitete sich im Raum.

»Das sind zwanzig mehr als die beinahe achtzig, die wir vorgesehen haben«, fuhr Carl mit erhobener Stimme fort. »Aber es wird sich lohnen, die Relaisstation Phobos zu erreichen, von wo aus, vielleicht nach geeigneten Sicherheitsmaßnahmen, eine Weiterreise in die Heimat möglich sein würde. Ich möchte hinzufügen, daß dieser Plan die Billigung der vorgesetzten Stellen zu Hause hat.«

Eine Frau aus der Gruppe der Dritten Ebene fragte: »Und was wird aus Halley?«

Carl zuckte die Achseln. »Johnvons Simulation zeigt ihn auf einer verlangsamten Bahn ins äußere Sonnensystem und in die Richtung der Oort-Wolke.«

»Wir könnten den Kometen aufschlagen lassen«, sagte Jeffers, »und dem Mars eine dichtere Atmosphäre geben.«

»Klar«, sagte Sergejow, »und gleichzeitig eine Luftbremsung versuchen. Ausgeschlossen!«

Jeffers hob zu einer Erwiderung an, ließ es aber sein, als Carl ihm ein Zeichen gab.

»Es ist eine Überlebenschance«, rief Carl, »wenn wir das Manöver versuchen und den Kometen präzise auf dem Kurs halten. Alles andere ist Selbstmord.«

»Was können wir auf dem Mars erwarten?« fragte Quiverian argwöhnisch.

»Quarantäne. Vielleicht werden wir auf Befehl von zu Hause auf Deimos isoliert. Dort können die Ärzte uns untersuchen, bis man sich vergewissert hat, daß diese Krankheiten beherrschbar sind.«

Wieder wurde es still. Alle dachten über die neue Idee nach und machten sich mit der Vorstellung vertraut.

»Ist das möglich?« fragte Sergejow.

»Ich möchte das nicht beurteilen«, antwortete Carl. »Es mag sein, daß wir niemals die Rückkehrerlaubnis erhalten werden. Nicht, daß solche Aussichten die Übermenschen stören sollten, wie? Immerhin ist bekannt, daß man in den kleinen wissenschaftlichen Stützpunkten der Asteroiden ein menschenwürdiges Leben führen kann. Vielleicht ist sogar eine lohnende Kolonisationsarbeit auf dem Mars selbst möglich.«

Jeffers strahlte. »Genau!«

Carl hielt die Hand hoch. »Noch etwas. Die vorgesetzten Stellen geben diesem Plan absoluten Vorrang. Sie haben seine Annahme zur Bedingung für den Erhalt des Carepakets gemacht.«

Das drang durch. Die mit Versorgungsgütern beladene Hochgeschwindigkeitsrakete war Mittelpunkt ihrer erneuerten Hoffnungen. Sie mußten die Nachschubgüter haben.

Carl sah, daß die schwierigste Hürde genommen war. Mit Hilfe einiger graphischer Darstellungen, die Johnvon innerhalb weniger Minuten errechnet und ausgeführt hatte, erklärte er die verschiedenen Phasen des Planes. Die Versammlung lauschte seinen Ausführungen mit zunehmender Bereitwilligkeit. Was man im einzelnen auch gegen sie einwenden mochte, die Idee schien durchführbar. Die Manöver waren kompliziert, schwierig und riskant, aber nicht unmöglich.

Und vielleicht bargen sie die einzige Hoffnung.

Carl blieb stehen, um die Versammlung zu überblicken. Er bewahrte seine ernste und entschlossene, aber wohlwollende und flexible Haltung. Und die Fraktionen brachten nacheinander ihre Einwände und ihre engstirnigen Ansichten vor.

Die Leute der Dritten Ebene waren abgeneigt, den so mühsam erkämpften Lebensraum im Kometen aufzugeben, andererseits aber gewohnt, sich von ihm führen zu lassen.

Sergejows Anhänger murrten, gaben aber zu, daß sie keine bessere Option wußten.

Jeffers und die paar Astronauten, die an ihrem Traum der Urbarmachung des Mars festgehalten hatten, waren begeistert. Vielleicht würde es ihnen noch vergönnt sein, das Wiederergrünen dieser ausgetrockneten Welt einzuleiten.

Die Arcisten waren nicht ganz glücklich. Sie mißtrauten Carl, aber diese Option hielt den Kometen zumindest von der Erde fern.

In allen Meinungsäußerungen und Erörterungen spürte Carl die dunklen Unterströmungen alter Antipathien, die nun aber mehr und mehr von der allgemeinen Aussicht auf eine beengte und düstere Zukunft überlagert wurden. Der größte Teil der Besatzung war ungeachtet aller ideologischen Meinungsverschiedenheiten einer einzigen Gruppe zuzuordnen, die Carl die Überlebenden nannte – denn letztendlich war Überleben alles, worauf es ihnen ankam.

Durchaus vernünftig, sagte er sich. Und ich bin ihr natürlicher Verbündeter, obwohl ich nicht glauben kann, daß wir jemals lebendig aus dieser Sache herauskommen werden ...

Er sah das Segelschiff am Wind fahren, die Segel gebläht und unglaublich weiß, der wellenzerteilende Bug scharf und unfehlbar.

Und allmählich brachte er die verfeindeten Gruppen zusammen. Als die Versammlung auseinanderging, war endlich Übereinkunft erzielt. Sie würden versuchen, den Mars zu erreichen.

Carl sank auf seinen Stuhl und überließ sich der Müdigkeit, die mit dem Nachlassen der Anspannung über ihn gekommen war.

Die Arcisten hatten recht. Sie konnten ihm nicht trauen. Er wußte, daß dieses Marsmanöver nicht wie geplant ablaufen würde, aber es war gerade jetzt politisch notwendig. Notwendig, um einen Bürgerkrieg zu verhindern. Um das Carepaket zu erhalten. Die harten Wahrheiten konnten später ausgesprochen werden. Diese Leute waren noch nicht dafür bereit. Daß er sie täuschen mußte, bedrückte ihn, aber ...

Er schüttelte den Kopf. Er war auf dem besten Wege, ein verdammter Diplomat zu werden. Er dachte nicht mehr wie ein Astronaut oder ein Techniker. Himmel, dachte er bei sich, bald werde ich im Frack herumlaufen. Und wenn ich in den Spiegel schaue, werde ich eine gespaltene Zunge sehen.

3

VIRGINIA

Die Maschinerie begann alt auszusehen. Der ursprüngliche Glanz war längst dahin, und man konnte kaum noch die eingestanzten Herstellerbezeichnungen lesen. Nach dreißig Jahren fleißigen Putzens waren die Buchstaben bis zu Unleserlichkeit abgeschliffen.

Virginia blickte in die rückwärtige Ecke des Arbeitsraumes, wo die kleine Wendy geduldig unter der Steckdose saß und aufgeladen wurde. Die Instandhaltungsmaschine piepte einmal und wollte sich erheben, aber als Virginia nichts sagte, kam sie wieder zur Ruhe.

Es war eigenartig, wie leicht man etwas monatelang übersehen konnte, bis es einem plötzlich zu Bewußtsein kam. Annähernd zwei Jahre waren vergangen, seit Virginia aufgetaut worden war und ihren Dienst wieder angetreten hatte, doch war sie in all der Zeit nie auf den Gedanken gekommen, Wendy die geringste Beachtung zu schenken. Sie war zu beschäftigt gewesen.

Nun betrachtete sie sinnend die kleine Maschine.

Dreißig Jahre lang hatte sie ihr Heiligtum gereinigt und gepflegt und bewacht und alles so erhalten, wie sie es verlassen hatte.

Vielleicht hatte Saul recht. Vielleicht leistete sie gute Arbeit.

Sie lächelte. Mach weiter so, sagte sie sich, und du wirst damit aufhören, daß du dich für eine Göttin hältst, wie diese armen Geschöpfe es tun, die, kaum noch menschlich, Ingersoll in die tiefsten Höhlen folgten. Läuft ihnen einmal eine meiner Maschinen über den Weg, so verneigen sie sich vor ihr und reden sie mit meinem Namen an.

Die letzten zwei Jahre hatten ihr, Saul und Carl ein Übermaß an Arbeit beschert. Sie hatte sich kaum Zeit nehmen können, innezuhalten und darüber nachzudenken, was aus ihnen geworden war.

Zu Kapitän Cruzs Lebzeiten war keiner von ihnen in irgendeiner Weise wichtig gewesen; allen hatte es genügt, kleine Räder im Werk einer großen, erwartungsvollen Forschungsexpedition zu sein. Carl war ein Maat gewesen, sie selbst eine Programmiererin, und Saul ein verkrachter Genetiker mit einer seltsamen Leidenschaft für Mikroben.

Jetzt war der arme Carl Kommandant, was immer das heutzutage bedeutete. Sie selbst war die Spinnenfrau, die ihre stählernen Krabbeltiere durch das Netz der Schächte und Stollen schickte, um die Wände zu flicken und die einheimischen Gewächse zu kontrollieren. Und Saul ...

Sie hielt inne. Von ihnen allen hatte er sich am meisten verändert. So sehr, daß sie ehrlich fürchtete, ihn zu verlieren.

Er war in letzter Zeit so völlig in Anspruch genommen, daß sie Zeichen von Besessenheit darin zu erkennen glaubte. Abgeneigt, sich in der intimen Berührung neuraler Erweiterung mit ihr zu verbinden. Als ob er etwas vor ihr zu verbergen hätte ... Oder sie vor etwas schützen zu müssen glaubte, was er ihrem Verständnis nicht zumuten mochte.

Schließlich war es zur Entscheidung gekommen. Vergangene Woche hatten ihre Nerven versagt, und sie hatte ihn in ihrer Frustration angeschrien. Seitdem hatte er ihr ein paar knappe Botschaften hinterlassen, ihre Maschinen hatten ihn in den Stollen gesehen, abgesehen davon aber hätten sie geradesogut auf verschiedenen Welten leben können.

Die Bildschirme und holographischen Projektionen glommen schwach im Halbdunkel. Alle Einheiten, die während ihres dreißigjährigen Schlafes ausgefallen waren, hatten ausgewechselt oder repariert werden können, seit sie und Jeffers die automatischen Werkstätten auf Ebene A wieder in Betrieb genomen und funktionstüchtig gemacht hatten. Zum erstenmal seit ihrem Erwachen glühten keine roten Warnleuchten.

Ihr Blick kam auf dem Kelmar zur Ruhe, der bio-organischen Maschine, die an Bord zu bringen sie damals die Hälfte des für persönliches Gepäck bewilligten Gewichts gekostet hatte ... Es schien eine Ewigkeit her. Das Herz des stochastisch-kybernetischen Rechners.

»Johnvon«, flüsterte sie. »Ich brauche Ablenkung von meinem Kummer.«

Es fehlte nicht an Beschäftigungen, die ihr früher oft zur Unterhaltung und zum Zeitvertreib gedient hatten, für die sie aber seit Jahren keine Zeit mehr gehabt hatte. Und nun war sie den alten Vorlieben entfremdet ...

»Sehen wir einmal, wie es um meine Fähigkeit zu visueller Simulation bestellt ist«, sagte sie und schaltete den Kelmar mit einem Daumendruck ein. Eine Schrift leuchtete auf.

– Wird es heute mehr als Routinematerial sein?

Sie schüttelte den Kopf. »Nein, nur etwas Unterhaltung, wie in alten Zeiten.«

Die nächsten Augenblicke verbrachte sie mit Schaltern und Kalibrierknöpfen, bevor sie den abgenutzten Stecker ihrer Neuralverbindung einführte. Der direkte Datenfluß, das Steuern und Programmieren entfernter Maschinen, als ob sie Teile ihres Körpers wären, war ihr so sehr zur Gewohnheit geworden, daß es sie einige Minuten kostete, in die experimentelle ›synthetische‹ Methode zurückzufinden, die früher einmal ihr Zusammenwirken mit Johnvon bestimmt hatte.

Aber Johnvon erinnerte sich. Sie brauchte nur den Wunsch zu äußern, und im Projektionsraum erblühte ein leuchtender Regenbogen.

Sie hatte die prachtvollen Farben vergessen. Wie hatte sie diesem Vergnügen so lange fernbleiben können?

Sie ersann rosa Wolken über einer ruhigen, blaugrünen See. Sie zeichnete sieben bunte Kugeln und ließ sie von imaginären Händen jonglieren, etwas, was ihr auf der ›realen‹ Ebene niemals möglich gewesen wäre.

– Wir sind heute in guter Form.

Sie lächelte. »Ja, Johnvon. Aber ich werde dein Inneres untersuchen und herausbringen müssen, was du mit deinen Simulationsprogrammen angefangen hast.«

– Arbeitsanfall und Funktionsstörungen durch Krankheit verhinderten Informationsaustausch. Es liegen jedoch interessante Resultate vor. Ich bin ein offenes Buch.

»Später. Jetzt möchte ich noch ein wenig spielen.«

Johnvon hatte nicht nur in visueller Simulation Fortschritte gemacht. Nur ihr geübtes Ohr konnte die kleinen Zeichen in seinen Worten und Formulierungen erkennen, die ihr verrieten, daß er noch weit entfernt war, ein intelligentes Wesen zu sein. Andererseits war die Modulation so lebensecht, daß die Stimme mit Leichtigkeit einem lebenden Menschen hätte gehören können.

Sie spielte mit den Bildern und ließ es Nacht werden und den Mond auf die See herabscheinen. Dann tauchte sie ins dunkle Wasser ein. Ein Schwarm fliegender Fische jagte davon. Diatomeen phosphoreszierten tausendfach in den aufgewühlten Wasserwirbeln hinter einem geheimnisvollen Schatten dicht unter der Oberfläche.

Es war ein gutes Gefühl. Hier im Projektionsrahmen der Maschine gab es nichts von den unerfreulichen und verwirrenden Krisen, die sie von außen bedrängten. Hier gab es nichts, was sie ängstigen konnte. Es war fast wie zu Hause.

Wie sehr vermißte sie die Heimat!

Sie erdachte einen Tümmler, der sich mit ihr im Wasser vergnügte, sie bespritzte und quiekte. Die Simulation war so lebensnah, daß sie die Spritzer zu fühlen glaubte.

Wie lang war es her, daß Saul und sie ... Sie unterdrückte den Gedanken.

– Werden wir heute eine Persönlichkeitsgestaltung versuchen?

»Nein, Johnvon. Nach so langer Zeit fühle ich mich nicht in der Lage, das zu tun. Aber ich weiß etwas anderes. Führen wir eine Simulation der Rückkehrmanöver durch, die uns von der Bodenkontrolle vorgeschlagen worden sind und die Carl Osborn letzte Woche dem Rat zur Abstimmung vorlegte. Sind die Unterlagen vorhanden?«

– Ja. Soll die Simulation als geometrisches Modell gestaltet werden, mit den dazugehörigen Bahnberechnungen, oder soll es eine umfassende visuelle Simulation sein?

»Visuell, Johnvon. Ich möchte den Kometen reiten und sehen, wie es in vierzig Jahren sein wird, wenn wir aus den Kühlfächern kommen und uns der Heimat nähern.«

Heimat, dachte sie. Um achtzig Jahre verändert. Wer wird sich überhaupt noch unserer erinnern?

Virginia glaubte die Ströme der ultragekühlten Elektronen zu spüren, als ihr unermüdlicher Helfer und Zuarbeiter seine Vorbereitungen traf.

– Die Simulation kann beginnen, Virginia. Bitte Startbedingungen angeben.

»Fang mit der Auslösung der Bahnveränderung an, nach dem Programm der Bodenkontrolle.«

Sie machte es sich bequem, und aus dem Projektionsraum verschwanden die See und die Wolken. Auch der bis zum letzten Augenblick wie im Protest quiekende Tümmler löste sich auf.

Schwärze breitete sich aus, erfüllt von glitzernden Sternen, die ihr Tiefe verliehen. Und unter dem Sternhimmel formierte sich eine Darstellung ... Schmutzigweiß gestreiftes Grau, die inzwischen vertraute Szene staubigen Eises an der Kometenoberfläche.

Johnvons Darstellung zeigte ihr in optimistischer Projektion neue Rückstoßgeräte, die um den Äquator aufgereiht waren. Die kanonenähnlichen Rohre stießen in wiederholten Explosionen komprimierte Gase aus oder schleuderten Gesteinsbrocken fort – bisher hatte man sich noch nicht darauf einigen können, welche Methode wirkungsvoller sein würde –, und allmählich wurde kaum merklich die Bahnbewegung des urzeitlichen Eisballs, in dem sie verankert waren, verändert.

Es gab kein Gefühl von Bewegung, aber Virginia sah an den winzigen simulierten Gestalten, die an der Oberfläche umhersprangen und mit den Armen fuchtelten, daß das Experiment begonnen hatte. Es war eine hübsche Aufmerksamkeit von Johnvon, daß er sie in die Simulation mit aufgenommen hatte, denn genauso stellte sie es sich vor: jubelnde Arbeiter, die Freudensprünge vollführten, als ihr Werk endlich vollendet war und das Manöver begann.

Mit kleinen Signalen, die ihr so natürlich waren wie das Bewegen eines Armes, ließ Virginia ihren Blickwinkel höhersteigen, um die Simulation besser zu überblicken. Und als das Manöver seinen Fortgang nahm, folgte sie der veränderten Bahn des eisigen Kerns durch das Vakuum.

Der Punkt äußerster Sonnenferne, das Aphel, vier Jahre vom Hier und Jetzt, und nach und nach veränderte sich die alte Bahn des Kometen. Die Rückstoßgeräte verkürzten die Seitenbewegung in der engen Kurve der Ellipse und bewirkten, daß der Komet seine lange Rückreise ein paar Tage eher antrat, als er es normalerweise getan hätte. Die Geschwindigkeit hier draußen war anfangs gering, wuchs aber mit zunehmender Anziehungskraft des Zentralgestirns.

Virginia wußte, daß diese Simulation im wesentlichen nicht genauer als jene war, die Carl benutzt hatte, nur anschaulicher. Sie wollte alles bildhaft dargestellt sehen. Diagramme und Berechnungen waren etwas anderes, etwas zu Abstraktes. Sie wollte es spüren, sehen, mit allen Sinnen wahrnehmen.

Sie bewegte sich mit dem Kometen durch den Raum. Jahre und Sterne glitten im Zeitraffer langsam vorüber. Sie ritt den Kometen auf der langgezogenen Elipse seiner Bahn zum Mittelpunkt des Sonnensystems.

Zuerst gab es auf der Oberfläche des Kometenkerns kaum Veränderungen. Der narbige, staubbedeckte Schnee glitzerte da und dort, wo Adern aus gefrorenem Ammoniak zutage traten, wie die funkelnde Milchstraße am Himmel.

Aber die Strahlungswärme nahm zu. Halley näherte sich der Sonne, die ihn mit ihrem feurigen Atem empfing.

Elemente mit niedriger Verdampfungstemperatur begannen unter der zunehmenden Wärme flüchtig zu werden. Zuerst Kohlenmonoxid, als der Komet die Jupiterbahn kreuzte, und später Kohlendioxid. Die entweichenden Gase hoben schwärzlichen, pulvrigen Staub von der Oberfläche, und ein dünner Dunst begann sich zu bilden.

Die Darstellung war von überzeugender Anschaulichkeit. Virginia sah Staubschleier und ionisierte Gase unter dem Druck des Sonnenwindes einen zarten, durchsichtigen Schweif bilden, geisterhaften Bannern gleich, die sich im zunehmenden Licht entrollten.

Viele Dutzend Male war der rotierende Eisball seit jener Zeit, als er Jupiter zu nahe gekommen und im mittleren Sonnensystem gefangen worden war, diesen Weg gekommen.

Seither hatte die Sonne ihn an einer kürzeren Leine geführt als die meisten anderen Kometen.

In der Grenzenlosigkeit des Raums hatte der Komet nach der Berührung mit dem Schwerefeld des Riesenplaneten nie mehr einen anderen Himmelskörper getroffen, den er nicht absorbieren konnte. Staubkörner, kleine und größere Meteoriten waren Halley in die Bahn geraten und hatten den Preis bezahlt.

Aber die Bahnveränderung hatte dafür gesorgt, daß es zu einer weiteren Begegnung kommen würde. Ein kleinerer Körper als Jupiter, aber bei weitem zu groß, um aufgenommen zu werden, würde diesmal vom Kometen auf seiner Bahn ins innere Sonnensystem beinahe gestreift.

Und da war er schon! Ein Stecknadelkopf rötlichen Lichts, direkt voraus. Mars, dachte Virginia. Genau planmäßig. Alles bereit zur Karambolage?

Johnvon erkannte eine rhetorische Frage. Er war ohnedies zu beschäftigt, um eine Antwort zu geben, als der Zeitpunkt der Begegnung näherrückte.

Dies war der Kompromißvorschlag der Bodenkontrolle, ihr Plan, die Expedition zu retten, ohne eine Infektion der Heimatwelt zu riskieren.

Virginia mußte zugeben, daß sie nicht einmal soviel erwartet hatte. Der Druck der öffentlichen Meinung mochte ein Hauptgrund für die Absendung des Carepakets gewesen sein, das inzwischen nur noch Monate vom Treffpunkt mit ihrem kleinen, isolierten Außenposten der Menschheit entfernt war. Nichtsdestoweniger war Virginia nach all diesen Jahren zynisch geworden, soweit es die Worte und Taten der Bodenkontrolle betraf.

Sie hätte sich nicht gewundert, wenn man den Expeditionsteilnehmern befohlen hätte, ›ehrenhaft‹ und ohne Aufhebens gemeinschaftlichen Selbstmord zu begehen, wie es sich für brave kleine Seuchenträger gehörte.

Der Rote Planet schwoll an. Virginia ließ Johnvon die Einzelheiten der Oberfläche teleskopisch heranrücken und gleichzeitig die Annäherungsbewegung des Kometen verlangsamen.

Sie eilte gewissermaßen voraus, den Planeten in Augenschein zu nehmen. Zuerst kam der vereiste Südpol der toten Welt in Sicht.

Staubstürme bliesen roten Sand über die Ebenen. Die erloschenen Schildvulkane glichen Pickeln, die beinahe aus der dünnen Atmosphäre ragten, bekränzt mit dünnen, trockenen Wolken.

Phobos stieg rasch über den rötlichen Horizont. Der kleine Mond war ein unregelmäßig geformter, von Meteoriteneinschlägen genarbter Trümmerblock, der an Virginia vorbeizog und bald hinter dem ockerfarbenen Horizont verschwand. Einen Augenblick lang glaubte sie Lichter blinzeln zu sehen.

Nette Leute, dachte sie bei dem Gedanken an die Leute der Relaisstation. Nur schade, daß sie niemals eine richtige Kolonie hatten aufbauen können. Vielleicht konnte die Halley-Mannschaft dabei helfen.

Sie blickte zurück und sah den Kometen herankommen, wie die Männer und Frauen auf Phobos ihn in achtunddreißig Jahren sehen würden.

Ein großartiges Himmelsspektakel ... Halley sauste in einer Entfernung vorüber, daß man eine Kollision befürchten mußte. In seinem Vorbeiflug mußte der Komet sich Mars so weit annähern, daß er das Schwerefeld des Planeten berührte und die ausgesetzten ›Rettungsboote‹ von der Anziehungskraft erfaßt wurden. Dennoch durften beide Himmelskörper einander nicht so nahe kommen, daß Turbulenzen entstanden und die Boote aus der berechneten Landungsspirale warfen.

In der Simulation zeigte der Komet eine großartige Schaustellung seiner Pracht. Diese war gleichwohl nur ein matter Abglanz dessen, was er in Sonnennähe entfalten würde; aber der doppelte Schweif hatte sich bereits gebildet, und die Ausgasungen des Kometenkerns glühten wie eine wattige Wolke voller Leuchtkäfer.

Die Simulation war ausgezeichnet. Johnvon zeigte sogar, wie die Lichter auf Phobos ausgingen, als das Stationspersonal die Quartiere zusperrte und abdeckte. In den nächsten Tagen würde es zu viele Meteoriteneinschläge geben, als daß man sich ins Freie wagen konnte. Das war jedoch ein geringer Preis für die Möglichkeit, dreihundert Menschenleben zu retten. Wenigstens hoffte Virginia, daß sie so denken würden.

Dreihundert Leute in Quarantäne auf dem Mars, dachte sie. Das könnte für den Aufbau einer Kolonie reichen. Sie hatte nie davon geträumt, eine rostrote Wüste zu besiedeln, aber der Plan war noch besser als die Alternativen. Und es würde angenehm sein, wieder Schwere zu fühlen, normal zu gehen und vielleicht sogar in einem überdachten Becken zu schwimmen.

Es ist nicht Maui, dachte sie, aber ich könnte mich an die Vorstellung gewöhnen, ein Marsmensch zu sein.

Der Abstand verringerte sich. Halleys Oberfläche schien zu sieden; heiße Stellen bliesen Fontänen aus Gas und Staub in den Raum und mehrten die Strahlungskraft der Gashülle.

War es eine perspektivische Täuschung, oder sollte der Vorbeiflug wirklich in so geringer Entfernung stattfinden?

Funken flogen davon, winzige Objekte, die sich in geräuschlosen Explosionen vom Kometenkern lösten.

Die Rettungsboote. Gepanzert gegen Staub und Hitze, sollten die in Paketen zusammengefaßten Kühlfächer mittels kleiner Raketen von der Oberfläche gestartet werden und die im Winterschlaf liegenden Kolonisten ihrer ersten feurigen Begegnung mit der Atmosphäre des Roten Planeten entgegentragen.

Virginia zog sich weiter zurück und gab der Simulation Raum. Überall auf Erden würde man dieses Schauspiel verfolgen; das Stationspersonal auf Phobos würde nicht allein das gewagte Manöver verfolgen.

Halleys wolkige Gashülle schien den Planeten zu berühren. Virginia zwinkerte.

Etwas war schiefgegangen. Wie konnte die Simulation ...

Die Gashülle um den Kern verformte sich, komprimiert von sonischen Schockwellen, als der Komet die dünne Atmosphäre des Planeten streifte. Ionisiertes Gas strömte auswärts, fort vom schwachen Magnetfeld des Mars.

Der funkelnde Punkt des Kometenkerns, eine Trillion Tonnen Eis und Gestein, löste sich aus der zurückbleibenden

Gashülle, eilte ihr voraus und begann noch stärker aufzuglühen.

Nein ...

Gasausbrüche gingen in expandierenden Schockwellen vom Kometenkern aus. Johnvon schien zu verstehen, daß sie das Geschehen genau verfolgen wollte, und verlangsamte den Ablauf der Simulation. Die vom aufgeheizten Kometenkern verstärkt abgehenden Gasausbrüche verstreuten die winzigen Rettungskapseln wie ein Windstoß, der Pollenkörner davonträgt, während der Kern selbst dem Punkt größter Annäherung entgegeneilte.

Der Kern brach auseinander! Dann noch einmal. Vier Brokken flogen, aus der Bahn gerissen, einwärts und zogen weißglühende Striche durch die Marsatmosphäre. Dann schlugen sie auf die Oberfläche.

Ein Bruckstück schien abzuprallen, wie ein Hammerschlag glühende Funken davonstieben läßt. Staubwolken brodelten, wo der kilometergroße Brocken die Oberfläche berührt hatte.

Ein großes Bruchstück ging im Umkreis von Nix Olympia nieder und riß in einer ungeheuren, blendenden Explosion die Flanke des Riesenvulkans auf.

Simulation oder nicht, der Lichtblitz war so grell, daß Virginia rote Kreise vor den Augen tanzten. Als sie wieder hinsehen konnte, hatte sich die Serie der Aufschlagexplosionen in orangefarbene brodelnde Wolkengebirge verwandelt. Die dünne Atmosphäre wurde von den Staubwirbeln enormer Druckwellen durchzogen wie ein seichtes Wasser, in das Steine geworfen wurden.

Beben erschütterten die alte Kruste. Der Dauerfrostboden brach auf und schmolz. Virginia bildete sich ein, sie könne durch den Staub die feurigen Bahnen von Magmaergüssen erkennen.

Sie war zu verblüfft, um etwas anderes zu tun als mit großen Augen das Geschehen zu verfolgen. Die winzigen Stäubchen der Rettungsboote waren im Strudel der Elemente verschwunden.

Der Plan sah einen Vorbeiflug im Schwerefeld vor! Von dieser Katastrophe hatte die Bodenkontrolle nichts gesagt!

Auch Carl hatte nichts davon erwähnt.

Unbewußt wandte sie ihr simuliertes Selbst vom Licht ab, fort vom brennenden, sonnenbeschienenen Antlitz des kosmischen Schmelztiegels.

Der Mars blieb zurück, während sie an seinem Schatten entlang auswärts floh. Von der dunklen Seite gesehen, bot der Planet den Anblick einer dünnen Sichel aus feuerdurchschossenen Wolken. Auf einer Seite der Sichel glomm ein blutigroter Scheiterhaufen: der Kriegsgott beantwortete die Gewalt des Himmels mit wiedererwachten Vulkanen.

Ungewollt und unwillkommen, kam ihr ein Vers von Shelley in den Sinn:

> Seht auf meine Werke,
> oh, ihr Mächtigen ...

Mit zitternden Händen zog sie den Stecker ihres neuralen Anschlusses, aber in ihrer Vorstellung dauerte das schaurige Geschehen fort. Die Phantasie übernahm die Simulation und ließ sie vollenden, was in achtunddreißig Jahren geschehen würde, wenn die Sonne am Morgen nach der Katastrophe aufgehen und einen von Staub und Dampf erfüllten wolkigen Tag auf dem Mars bescheinen würde.

Und später würde es für eine Weile Regen geben.

4

SAUL

> »Als das Leben angefangen,
> Mikroben durch den Urschlamm drangen,
> Wurde schon zu spät'rer Plage,
> Nach Warum und Wie die Frage,
> Aufgegeben den Gelehrten.«

Es war ein altes Trinklied, das sich unter den Biologie- und Medizinstudenten des zwanzigsten Jahrhunderts einiger Beliebtheit erfreut hatte. Saul hatte es in England gelernt, während eines regnerischen Winters in Cambridge. Daß es ihm jetzt wieder in den Sinn kam, hatte mit der Steingutflasche zu tun, die in seinem Schoß rollte und gluckerte. Er saß im trübe erhellten Korridor vor seinem Laboratorium und probierte ein polynesisches Heilmittel gegen das, was ihn schmerzte.

Keoki hatte ihm die Flasche selbstgemachten Fusels mit den feierlichen Worten »Sie haben einen Rausch nötig, Dr. Lintz« gegeben. Und der Mann hatte natürlich recht.

>»Damals in dem Altdevone,
> Als wir in des Meeres Zone
> Selbstvergessen selig schwammen,
> Machte bald uns all' zusammen
> Das Virus zu seinem Gefährten.

> Nun, ich weiß, dein Leib er zittert,
> Aber zeig dich nicht erschüttert,
> Gib den Geist nicht auf, mein Lieber;
> Kleine Viren mit dem Fieber
> Haben dich zum Wirt erkoren.«

Das frivole Liedchen hatte einen Refrain mit einem abgehackten, jazzigen Rhythmus:

> »Es ist ein Virus,
> Es inspiriert uns:
> Heraus aus dem Schlamm, nur Mut!
> Es sind die Viren,
> Die nach uns gieren,
> Zerfressen dir dein Fleisch und Blut.«

Saul nickte weise. »Da sieht man's. Schon vor hundert Jahren wußten sie über die Symbiose Bescheid, als sie noch nicht mal gemerkt hatten, daß sie in einem höllischen Jahrhundert lebten. Das zeigt, daß es nichts Neues unter der Sonne gibt.«

Natürlich war niemand in der Nähe, seinen Offenbarungen

zu lauschen. Er hatte Keoki schließlich heimgeschickt und ihm versichert, daß er sich auch gleich schlafenlegen würde, und so war Keoki mit der Ermahnung, Saul solle versuchen, Mut zu fassen, zu den Seinigen gegangen, die ihn wahrscheinlich schon mit Sorge erwarteten.

An Schlaf aber war im Augenblick noch nicht zu denken. Saul saß da und hätschelte die Flasche. Er hatte sich niemals so fern der Heimat gefühlt.

Genau genommen, würde in vier Jahren die Rückreise beginnen, aber Fragen der Himmelsmechanik waren gegenwärtig das letzte, was ihn beschäftigte.

Sie wird es niemals gutheißen, sagte er sich.

Aber wie konnte er das wissen, wenn er sie nicht fragte?

Um die Wahrheit zu sagen, fürchtete er sich ... vor Virginia und was sie von seinen letzten Experimenten denken mochte. Wunderheilungen waren eine Sache, Experimente mit Pflanzen und Tieren schon eine andere. Aber unter dem Material, das die Station Phobos ihnen hatte zukommen lassen, waren auch Daten und Erfahrungsberichte über die künstliche Wachstumsbeschleunigung menschlicher Körper gewesen. Es leuchtete ein, daß, wenn es möglich war, einen Affen oder eine Ratte von der ersten Keimzellenteilung in einem Bruchteil der natürlichen Entwicklungszeit zum ausgewachsenen Tier zu bringen, dies auch beim Menschen möglich sein mußte. Er war wie ein Befreiungskünstler, der sich durch ein neuartiges Schloß herausgefordert fühlte, oder wie ein Maler von einer leeren Leinwand. Das Bedürfnis war unwiderstehlich.

Woher weißt du, daß Virginia es ablehnen würde? fragte er sich. Vielleicht brauchtest du nicht mehr in einem kalten, einsamen Laborraum zu schlafen.

Ein Frösteln überlief ihn. Er mußte sich eingestehen, daß er zu feige war, die Probe aufs Exempel zu machen.

Aber wenn er ihr ein Geschenk machen könnte? Ein Geschenk von der Art, wie sie es am meisten begehrte? Etwas, was niemals zu haben sie als ihr Schicksal hingenommen hatte?

Eines Nachts, schon vor Wochen, als sie in erschöpftem

Schlummer gelegen hatte, hatte er die benötigten Gewebeproben genommen.

Und von Lani Nguyen – der getreuen und verschwiegenen Lani – hatte er Eizellen aus ihrem geheimen Vorrat erhalten. Er hatte alles, was er brauchte.

Seither aber war er unschlüssig geblieben. Bis zu diesem Abend.

Den ganzen Tag hatte er in der Arcistenenklave unten am Südpol gearbeitet – als Arzt war er in allen Streitigkeiten neutral – und deprimiert zurückgekehrt. Das Leben in den Höhlen dort war armselig und kalt. Der kleine Fusionsgenerator erzeugte kaum genug Energie zur Beheizung und Beleuchtung ihrer Gewächshäuser und Wohnräume. Schlimmer noch war, daß Joao Quiverian mit seinen eigenen Fraktionen fertigwerden mußte – Fanatikern, die seine Arcisten gemäßigt erscheinen ließen und deren Abscheu gegen alles, was mit Percell in Verbindung stand, keine Grenzen kannte.

Keoki hatte recht gehabt ... Er hatte vergessen müssen.

Ein weiterer Gassenhauer ging ihm durch den Kopf. Einer über den fünften irischen Bürgerkrieg. Es war ein bitteres, traurig-spöttisches Lied über Uneinigkeit und Brudermord, aber niemand hatte je Besseres für Leute geschrieben, die in einer Stimmung waren, wie er jetzt.

Er summte vor sich hin, als eine schnelle Bewegung seinen Blick nach links lenkte. Trübe blinzelte er ins Halbdunkel des Stollens, dessen phosphoreszierende Streifen sich in der Ferne verloren, und bemerkte, daß mehrere von undeutlichen Gestalten verdunkelt wurden, die sich ihm näherten.

Wer konnte um diese Zeit hierher kommen? Es gehörte zu seiner Übereinkunft mit den verschiedenen Gruppen, daß man ihn in Ruhe ließ. Wer also ...?

Er zwinkerte wieder. Fühlte sich von einem ernüchternden Schauer überlaufen.

Ausgestoßene ...

Sie kamen näher ... menschenähnliche Gestalten, aber über und über bedeckt mit einheimischen Gewächsen, so daß sie an algenbewachsene Meerestiere gemahnten. Die Zusammensetzung der Lebensformen, die jeder trug, war verschieden. In einem Fall war vom ursprünglichen Menschen außer den Augen nichts mehr zu sehen. In den anderen waren durch das symbiotische Gestrüpp noch Gesichter erkennbar.

Dies hieß die Synergie weitertreiben als selbst Saul ertragen konnte.

Seit jenem Tag, als er zum Mystiker geworden war, hatte Suleiman Ould-Harrad mehrmals die oberen Ebenen verlassen, um diese Menschen aufzusuchen, und auf dem Wege hatte er kleine Notizzettel mit der einen oder der anderen Bitte an Sauls Tür geheftet. Saul hatte jedes dieser Ersuchen erfüllt und das benötigte Material – meist Arzneimitteln oder Ampullen mit seinem Serum – in den Gang vor die Tür gestellt. War er dann am Morgen hinausgegangen, hatte jemand die Sachen geholt. An ihrer Stelle lagen dann Proben der einen oder der anderen fremdartigen Lebensform da, die Saul bis dahin unbekannt gewesen war.

Es war ein Tauschgeschäft von Arzneimitteln gegen weitere Stücke des Puzzlespiels, das Halley war. Saul war es recht, denn er hatte ohnedies nach Wegen gesucht, die unheimlichen Sonderlinge zu behandeln. Seit Ould-Harrad sich zu ihnen gesellt hatte, schien sich bei ihnen etwas wie Organisation abzuzeichnen, und sie waren weniger argwöhnisch und gewalttätig, wenn ihnen jemand aus einem ›normalen‹ Stamm in die Quere kam.

Dennoch war er überrascht, als die beiden Gestalten sich tief verneigten.

»Wir k-kommen und b-bitten um Ihre Hilfe.«

Die stotternde Stimme überraschte Saul noch mehr.

»Ich ... ich wußte nicht, daß Sie noch sprechen ...«

Der mit dem Gesicht schüttelte bedächtig den Kopf. »Einige k-können es nicht mehr. Aber d-das heißt nicht, daß wir nicht mehr d-denken können.«

»Ich bitte um Entschuldigung«, sagte Saul hastig. »Es ist nur, daß ... nun, Sie lassen sich nie blicken. Die anderen fürchten Sie.«

»Wie wir sie fürchten. Sie aber sind der Arzt. Wir k-kommen zu Ihnen mit einer V-Verletzung.«

Saul war im Begriff, sie ins Labor zu bitten, als der Anführer der Gruppe eine Lücke in seinem Bewuchs auftat und ein kleines braunes Bündel zum Vorschein brachte. Es ließ wimmernde Geräusche hören.

»K-Können Sie richten?«

Der junge Otter hatte ein geborchenes Bein. Er wand sich und biß in den Arm, der ihn hielt, aber ohne erkennbare Wirkung.

»Selbstverständlich«, sagte Saul, stand auf und öffnete die Tür. »Bringen Sie ihn herein! Das sollte nicht allzu schwierig sein.«

Bis auf Lani und gelegentlich eine Maschine kam sonst niemand als er selbst über diese Schwelle. Und sicherlich würde sie niemals von einer seltsameren Gestalt überschritten als jetzt.

Aber andererseits war er in Voraussagen nie sehr gut gewesen.

Eine Stunde nachdem die Ausgestoßenen gegangen waren, hatte er seinen Entschluß gefaßt. Es gab vernünftige wissenschaftliche Gründe für die Durchführung des Experiments. Die Kolonie brauchte es, sagte er sich. Die Menschheit brauchte es.

Und er brauchte es. Und vielleicht konnte er Virginia etwas schenken, was sie sich mehr als alles andere wünschte.

Er schaltete die Sprechverbindung seines Datenanschlusses ein. »Johnvon.«

– Ja, bitte Eingabe.

Er nickte. »Johnvon, ich möchte eine nur durch Kode zugängliche Datei einrichten.«

5

CARL

Wenn er gegen die Sonne blinzelte, lag die Eislandschaft wie ein Traumland vor ihm. Trupps von Männern und Maschinen zogen über die fleckige, zernarbte Oberfläche. Sie schleppten lange Zylinder aus poliertem Stahl und weißlichem Aluminium, elektrische Ausrüstungen und Transformatoren, die, um im kalten Vakuum des Weltraums arbeitsfähig zu sein, mit Isoliermaterial umwickelt waren, das ihre Form bis zur Unkenntlichkeit veränderte und Assoziationen mit verkrusteten Gehirnkorallen hervorrief.

Im Zielgebiet der Arbeitstrupps zeigte das Eis tiefe trogartige Aushöhlungen. In regelmäßigen Abständen hatte Jim Vidor durch Abschmelzen zugeschnittener Blöcke Träger, Rampen und Stützen aus Eis hergestellt. Zarte Stränge verbanden orangefarbene facettierte Säulen. Eis hatte wenig Widerstandsfähigkeit gegen seitlich wirkende Scherkräfte und erfüllte seinen Zweck nur unter Druck. Es war ausgeschlossen, daß die Arabesken eine funktionale Bedeutung hatten. Dennoch zweifelte Carl nicht daran, daß Vidor, wenn man ihn bedrängte, eine Erklärung für jeden ausgepreßten Strang, jeden auf Kragsteinen ruhenden Bogen und all die fein ziselierten Formen finden würde. Carl hatte ihn nicht nach dem Sinn und Zweck dieser Strukturen gefragt. Ein Mensch mit Phantasie konnte nicht in sturer Engstirnigkeit allein auf das Praktische fixiert bleiben; er sehnte sich danach, durch sein Können etwas auszudrücken, was ihn bewegte, und wenn es nur ein für ihn charakteristischer Schnörkel war, der dem mehr oder weniger dauerhaften Material etwas von seinem Wesen mitteilte. Vielleicht war es sogar etwas Tieferes, gebunden an den Geist, der einen einsamen Primatenstamm so weit von seiner warmen, feuchten Heimatwelt weggeführt hatte.

Carl erinnerte sich der einleitenden Zeilen eines Gedichts, das Virginia ihm vor Monaten gezeigt hatte. Irgendwie waren sie haften geblieben.

> Ruhig ist die See heut abend.
> Die Zeit steht still, der Mond legt glänzend
>   seine Bahn.

Das Gedicht hatte etwas mit guten Omina, Stränden und Ozeanen zu tun, und Virginia hatte in ihm eine von diesen

Bildern erzeugte Resonanz gespürt. Die Reise hier draußen, das Segeln gegen den Sog der Anziehungskraft, ähnelte in mancher Weise der großen alten Zeit der Seefahrt. In den ersten Monaten nach der Landung hatten sie einen Bruchteil des Sonnenwindes genutzt, um die Ausgasung des Kometenkerns zu steuern. Dann waren sie vor diesem Wind gesegelt und hatten das Sonnenlicht nur zur Stromerzeugung benutzt. Der entscheidende Zeitpunkt nahte jetzt, wo ihr Eisschiff auf einen neuen, bislang unbefahrenen Kurs gebracht werden mußte.

Er lächelte in sich hinein. Der Vergleich mit der Seefahrt früherer Zeiten gefiel ihm. Seit sie die *Edmund Halley* verloren hatten, war in ihm die Sehnsucht nach einem Schiff gewachsen. Doch wie alle anderen mußte er sich damit abfinden, daß dieser Brocken aus Eis und Gestein alles war, was er noch hatte.

Es war so offensichtlich, daß es Virginia nicht hatte entgehen können. Sie hatte ihm dieses Gedicht als eine Art Trost überspielt, und zu seiner Verwunderung hatte er an einigen der Gedichte und Texte, die sie gelegentlich auf seinen Datenanschluß übertrug, Gefallen gefunden. Das wäre für den dreisten, von sich eingenommenen jungen Mann, der er vor fünfunddreißig Jahren gewesen war, völlig unmöglich gewesen. Er war in dieser Zeit nur um sieben Jahre gealtert, doch kam dieser Spanne ihr eigenes Gewicht zu. Sein jüngeres Selbst schien ihm jetzt entfernt, unreif, unerklärlich blind.

Er hoffte, daß er für Virginia kein offenes Buch war. Sonst mußte sie bald herausfinden, wieviel von all dieser Hoffnung und Euphorie trügerisch war, weil es auf einer unvermeidlichen Lüge beruhte ...

Daran dachte er nicht gern zurück. Kopfschüttelnd setzte er sich in Bewegung und glitt mit langen Schritten über das Eis, die Arbeiten zu beaufsichtigen. Bei der Arbeit bleiben und nicht zuviel denken, denn das war ohnehin nicht seine Stärke.

Er umging einige Maschinen und erreichte den langen, rampenartig eingetieften Graben von Anlage 6. Ein fertiggestelltes Rückstoßgerät füllte den rampenartigen Trog. Zwei

Ingenieure erprobten ein aus einheimischem Eisen gemachtes Schwungrad.

Die Anlagen sollten in genau berechneten Winkeln und Zeitabständen eingesetzt werden. Ihre Bewährungsprobe mußten sie im Einsatz parallel zum Äquator bestehen, um die fünfzigstündige Rotationsperiode des Kometen zu verlangsamen und schließlich zum Stillstand zu bringen. Anschließend sollten die Geräte um eine im Graben angelegte Achse geschwenkt werden, bis sie nahezu senkrecht zum Äquator und auf das Massezentrum des Kometen ausgerichtet wären. Dann erst konnten die wiederholten Entladungen erfolgen, die, über Jahre hinweg fortgesetzt, der langsamen, gemessenen Kehrtwendung des Kometen um den Punkt der Sonnenferne in winzigen Schubimpulsen zusätzliche Schwungkraft verleihen würden. Das unablässige Zusammenwirken aller Rückstoßgeräte würde so nach den Berechnungen die Bahnveränderung bewirken.

»Hübsch, nicht?«

Jeffers kam mit leichten, geübten Sprüngen näher. Seine Brustbinde zeigte Schraubenschlüssel und Zange gekreuzt in einem Würfel, war aber arg befleckt, so daß das Zeichen kaum noch zu erkennen war.

»Ja. Alles ausgemessen? Bereit zur horizontalen Aufstellung?«

»Klar. Sitzt genau richtig, kann in jeden gewünschten Winkel gedreht werden. Nach den Versuchen können die Maschinen es für die Nutzleistung einstellen.«

Jeffers grinste fröhlich. Er war die treibende Kraft bei den Arbeiten, wußte überall Rat und fand mit raschem, fachmännischem Wissen für jedes Problem eine Lösung. Er arbeitete achtzehn Stunden pro Arbeitstag ohne ein Zeichen von Erschöpfung. Die Werkstätten in Ebene A, die jetzt weitgehend automatisiert Ersatzteile für Raketen und Rückstoßgeräte herstellten, würden ohne Jeffers nicht existieren. Carl erinnerte sich, wie Jeffers in den Zeiten der Krankheit und Hoffnungslosigkeit in Videofilmen untergetaucht war, um der Realität zu entfliehen. Er hatte Arbeit gebraucht, sonst nichts. Das allein war Carl Grund genug, dies alles zu tun, selbst wenn sein Freund vielleicht schon argwöhnte, daß es alles eine Farce war ...

»Alle Arbeitsgruppen haben den Zeitplan übererfüllt. Die Leute machen sogar unaufgefordert Überstunden.«

»Nun, wir haben endlich etwas, wofür wir arbeiten können«, sagte Carl, ohne Jeffers ins Auge zu sehen.

»So ist es.«

Eine Aufsichtsmaschine kam heran, ein zusätzliches Behelfsgehäuse aus Blech auf der Rückenschale. Es enthielt ein zusätzliches Magazin Arbeits- und Kommunikationsprogramme. Virginias Ergänzungen bewährten sich tadellos und machten die Maschinen vielseitiger, aber sie waren nicht elegant. Die Maschine lenkte die Aufmerksamkeit der beiden mit ihrer Blinklampe auf sich und sendete: »Anlage 6 fertiggestellt. Ingenieur Osaka sagt, das Gerät könne zum Testbetrieb freigegeben werden.«

Jeffers nickte. »Dann also los!«

Warnsignale ertönten über die offene Frequenz. Überall sah man die Arbeitsgruppen ihre Tätigkeit unterbrechen und hervorkommen, das Schauspiel zu beobachten. Die Schutzanzüge waren zerkratzt, abgenutzt, verfärbt und mit provisorisch angefertigten Teilen zusammengeflickt.

Das *Pingpingping* der Erwärmung kam über die offene Frequenz, ein dünnes Echo der Aufladung, die nun im Graben eingeleitet wurde. Carl beobachtete die Mündung des Rückstoßgerätes, die unweit von ihm aus dem Eis ragte und zum Himmel wies.

Er verspürte prickelnde Erregung, eine wachsende Spannung. Wenn sie in Entwurf oder Konstruktion einen Fehler gemacht hatten ...

Ein leises Erzittern ging durch den Boden. Ein Rattern im Mikrowellenbereich, ein Kreischen – und das Gerät arbeitete.

Ein unbestimmter Dunst erschien um die Mündung. Carl überlegte, ob etwas schiefgegangen sein könnte, bis ihm klar wurde, daß die Ausstoßrate des Rohres mehrere Kapseln pro Sekunde betrug und er den Ausstoß nur als Verschwommenheit sehen konnte.

Das war alles. Kein Krachen, kein Speien von Feuer und

Rauch. Die Rückstoßgeräte waren so konstruiert, daß sie so wenig Abwärme wie möglich erzeugten. Wenn auch nur der Bruchteil eines Prozents der Rückstoßenergie als Wärme an das umgebende Eis abgegeben würde, müßten zwangsläufig Teile des Fundaments in gasförmigen Zustand übergehen, Verschiebungen hervorrufen und das sorgfältig ausgerichtete Gerät aus dem Gleichgewicht bringen. Und die Instabilität und zunehmende Lockerung der Anlage würde im Betrieb sehr rasch zu ihrer Zerstörung führen.

Aber das Rückstoßgerät funktionierte reibungslos. Auf der offenen Frequenz wurden Hurrarufe laut. So weit Carl sehen konnte, rissen die Leute die Arme hoch, tanzten auf dem schmutzigen Eis herum und sprangen hoch in den schwarzen Himmel. Nur die Maschinen setzten in stoischer Ruhe ihre Arbeit fort, ohne zu wissen oder zu beachten, daß die Menschen endlich das Ruder dieses Eisschiffes in die Hand genommen hatten. Der Komet war nicht mehr bloß ein schmutziger Schneeball in der langen Nacht. Er war jetzt ein Raumfahrzeug.

Jeffers plapperte aufgeregt, wiederholte Operationszahlen, die ihm durchgegeben wurden. Carl lauschte den in rascher Folge eingehenden Werten und formte sie vor seinem inneren Auge zu geometrischen Darstellungen um – Kiloampère in Impedanzkreisen, Voltspannungen, die sich zu steilen Spitzen aufbauten und mit jeder Entladung wieder in sich zusammenfielen, Zeichen der Energieverluste induktiver elektrischer und magnetischer Felder. Energie strömte in die Kapseln, elektrodynamische Beschleunigung schoß wie ein Flüssigkeitsstrahl mit Lichtgeschwindigkeit hinaus.

Wie sich bei den vorausgegangenen Versuchen mit Explosions- und Gasdruckmethoden herausgestellt hatte, war nur elektromagnetische Linear-Beschleunigung geeignet, das Problem der Abwärme und des Aufschmelzens zu lösen. Einstweilen lagerte genug Aushub vom Bau der Schachtanlagen und Stollen an der Oberfläche, dessen Anteile an Gestein und Nickeleisen für die Rückstoßgeräte verwendet werden konnten. Eine Werkstatt der Ebene A stellte leichte eimerartige Behälter aus supraleitenden Polymeren her. Diese Behälter wurden mit Gesteinsbrocken, Eisenerz und anderem schwerem Abfallmaterial gefüllt und zu Geschossen, die über Förderbänder zu den Ausstoßrohren gelangten, wo sie von hohen Voltspannungen beschleunigt, mit enormen Geschwindigkeiten – bis zu zehntausend Kilometern pro Sekunde – hinausgeschleudert wurden. Das Rückstoßgerät war einem kosmischen Maschinengewehr vergleichbar, das Geschosse abfeuerte, die auf Grund ihrer hohen Geschwindigkeit das Sonnensystem verlassen und einige Jahrhunderte später den Bereich benachbarter Fixsterne erreichen würden.

Die Masse des Kometen war jedoch so groß, daß selbst der durch diese enormen Beschleunigungen erzeugte Rückstoßeffekt kaum ausreichte, die Umlaufbahn zu verändern. Carl stimmte sich auf eine Überwachungsfrequenz ein und hörte ein Stakkato von Geräuschen, die sich wie *brap brap brap* anhörten, als die Behälterkapseln ins Magazin des Ausstoßrohres fielen. Das Rückstoßgerät 6 war das erste von zweiundfünfzig, die bald den ganzen Kometen umgeben und fünf Jahre lang in Betrieb bleiben sollten. Die Sonnenferne, wenn der Komet wie ein Balettänzer auf der Höhe seines Sprunges innehielt, war der günstigste Zeitpunkt für das Ablenkungsmanöver. Ganze zehn Millionstel der Kometenmasse mußten ausgestoßen werden, um den berechneten Effekt zu erzielen. Das verlangte, daß Dutzende von Maschinen im Bergwerksbetrieb Gestein und Meteoreisen abbauten, zerkleinerten und neben den endlosen Förderbändern in die Behälterkapseln füllten. Es erforderte aber auch ausgeklügelte Programme, die jede Bewegung und jeden Schritt steuerten, jedes Versagen meldeten und Stockungen im Ablauf des Prozesses beseitigten.

»Verdammt«, sagte Carl. »Es klappt.« Die Erleichterung kam, und er merkte, daß er die Hände krampfhaft zu Fäusten geballt hatte.

Der Jubel dauerte an. Selbst dieser Probelauf, der nur ein paar Stunden dauern sollte, verlangsamte Halleys ursprüngliche Rotation und veränderte auch winzig seine lange, gleitende Ellipse.

»Und läuft glatt«, sagte Jeffers mit fröhlichem Grinsen.

»Komm mit zum Fünfer! Dort haben wir einen Schwenkzapfen eingebaut, der spätere Richtungsänderungen erleichtern wird. Wir dachten uns ...«

Jeffers brach ab, als ein Eisturm in ihrer Nähe lautlos in eine Dampffontäne verwandelt wurde. Vidors Eisarchitektur explodierte in einem Schauer blitzender, hochgewirbelter Eissplitter, die den Dampf mit funkelnden Reflexen durchschossen.

»Was? Was war das?«

»Laser!« Carl warf sich flach auf den schmutzigen Boden und schaltete auf die offene Frequenz. »Alles volle Deckung!«

»Was, zum Teufel ...? Wer würde so ...?«

»Arcisten!« knurrte Carl. »Sie müssen auf dem offenen Kanal vom erfolgreichen Versuch gehört haben.«

»Aber warum?« rief Jeffers. »Ich dachte, Quiverian hätte zugestimmt.«

»Keine Ahnung.«

Überall im Umkreis sprangen die Leute in Deckung. Ein zweiter Eisturm löste sich lautlos in eine Dampfwolke auf. Diesmal sah Carl den Lichtblitz, als der Strahl traf.

»Sie feuern von der Anhöhe dort drüben im Südwesten.«

Jeffers hob den Kopf und blinzelte zu einem entfernten Punkt auf einem Schlackenhaufen, der von früheren Abbauunternehmungen übrig geblieben war.

»Sie haben einen von den großen aufgestellt. Wahrscheinlich wollen sie den Sechser treffen, aber mit diesen Dingern ist nicht leicht zielen.«

Die offene Frequenz war ein entrüstetes und ängstliches Stimmengewirr.

Ein weiterer Lichtblitz fuhr nahe einer kauernden Gestalt ins Eis. Carl hörte einen erschrockenen Schmerzensschrei.

»Takeda! Schaffen Sie die Frau zur Ersten Hilfe!«

Er kauerte in einer Mulde und sah unsichtbare Laserblitze Fontänen aus Eis und Dampf himmelwärts schleudern. »Die Schweine!«

»Wir müssen was tun!«

»Ich könnte Virginia rufen, daß sie ein paar Maschinen schickt, die sie von hinten fassen ...«

»Ja, richtig.«

»Nein, warte ...« Er schaltete auf Virginias Kanal. Ein Zischen verriet ihm, daß abgeschaltet war. Natürlich. Nur ein Idiot würde angreifen, ohne die Hilfsquellen der Verteidiger zu verstopfen.

Kaum hatte er auf die offene Frequenz zurückgeschaltet, erreichte ihn ein weiteres Schmerzgewimmer. Er stieß Jeffers an. »Der Sechser – kannst du ihn schwenken?«

»Was?«

»Die Mündung auf den Horizont richten und schwenken?«

Jeffers war überrascht. »Die Sicherungssperren. Ich weiß nicht ... das ist eine ziemlich flache Schußbahn.«

»Versuch es!«

Als Jeffers in den Graben zum Rückstoßgerät kroch, gingen hinter ihnen die aus Eis konstruierten Stützbefestigungen von Rampe 5 in einer Dampfwolke auf, daß Kabel und Verschalungen herumflogen und langsam zur Oberfläche sanken. Verlorene Teile, verlorene Arbeitszeit, Verletzte – Leute, für die er verantwortlich war. Finster blickte Carl zu den entfernten Punkten bei der Laserkanone, und ein mörderischer Zorn stieg in ihm auf.

Er verließ die offene Frequenz, wo die Stimmen einander überlagerten. Alles rief durcheinander. Leute versuchten Freunde und Kollegen zu erreichen, fluchten in ohnmächtigem Zorn oder schrien in heller Aufregung. Maschinen fragten unschuldig nach Anweisungen. Dann meldete sich Virginias Stimme auf seiner persönlichen Frequenz. »Was geht vor? Jemand hat meine Kanäle durch Störsendungen blockiert. Wer ...?«

»Kannst du Waffen heraufschaffen?«

»Aber – was sollen wir nehmen?«

»Die kleinen Laser in 3B – das ist alles, was wir schnell bewegen können.«

»Aber werden die nicht einfach jeden abschießen, der nahe genug kommt, um kleine Laser einzusetzen?«

Carl fluchte. Sie hatte recht.

»Ich kann ein paar große Maschinen vom Nordpol schikken.«

»Bist dahin sind wir Toast!«

Er sendete ein Such- und Kontaktsignal für Joao Quiverian und hatte innerhalb von Sekunden Verbindung. »Quiverian! Hier Osborn. Sie ...«

»Diese Leute handeln nicht auf meine Anweisung«, unterbrach ihn Quiverian. Seine Stimme klang gepreßt. »Sie sind Arcisten, ja, aber sie gehorchen mir nicht.«

»Das soll ich Ihnen glauben?«

»Sie müssen. Es ist die Wahrheit. Eine radikale Splittergruppe ...«

Carl knirschte mit den Zähnen. Also war der Feind gesichtslos. Anonym. Die Leute hinter diesem großen Laser waren nicht gewillt, anderen die Rückstoßgeräte und ihre Funktion zu überlassen. Für sie hieß es alles oder nichts ... und sie wollten alles.

Als er auf die offene Frequenz zurückschaltete, erreichten ihn weitere Schreie, denn eben hatte ein unsichtbarer Laserstrahl einen Eisbuckel getroffen und aufgelöst. Carl sah eine sich davonwälzende Gestalt ... Jemand hatte dort Deckung gesucht.

Um sich Gehör zu verschaffen, ließ er eine Kommandoschaltung auf die offene Frequenz legen. »Schafft diese Leute von dem Schlackenhaufen bei Gerät 2! Alles sucht Deckung in den Zuführungsstollen.« Ein Stimmengewirr antwortete, gedämpft durch die Kommandoschaltung. »Und wer gehört werden will, soll gefälligst den Identifizierungskode gebrauchen!«

Darauf verband er sich mit der rechnergesteuerten Funkzentrale und ließ alle Frequenzen für den Direktverkehr sperren. Ungestörte Verbindungen kamen nur noch durch Vermittlung der Funkzentrale zustande, die zuvor den Kode kontrollierte und weitergab. Sekundenlang blieb alles still, nur ein unheimliches Zischen war zu vernehmen. Dann meldete sich eine Stimme: »Jones, BQ an Osaka und Osborn. Stollen mit Gruppe von fünf Personen erreicht. Erwarte weitere Anweisungen.«

»Benchley, DF an Kommandant. Habe guten Überblick von sicherer Anhöhe. Kann laufend Lageberichte geben.«

Carl nickte. Ein paar gute Leute, die sich ihrer Ausbildung erinnerten, waren Bataillone wert.

»Jeffers, GH an Osborn. Ich hab's, glaube ich.«

»Osborn, GH. Was hast du?«

»Jeffers, GH. Ich kann das Rohr neigen. Muß noch nach Süden gedreht werden. Du richtest aus, in Ordnung?«

Carl bemerkte, daß das gleichmäßige Hämmern des Rückstoßgerätes vor einiger Zeit aufgehört hatte. Nun wurde das ungefüge Gerät mit gesenktem Ausstoßrohr langsam auf die entfernte Anhöhe geschwenkt. Carl sprang auf und lief mit mehreren langen Sätzen hinter das Rückstoßgerät. Er konnte sich nur eine Möglichkeit der Ausrichtung vorstellen: indem er über das Rohr direkt sein Ziel anvisierte.

Großartig, dachte er. Wie im Dreißigjährigen Krieg.

Und die Arcisten beobachteten sie zweifellos. Ihr Ziel mußte diese Stellung sein. Sie hatten die leichteren Ziele während ihrer Versuche zur Entfernungsbestimmung zerstört. Das Rückstoßgerät war freilich schwieriger zu treffen, da es größtenteils in seinem Graben stand. Aber der obere Teil mit dem Ausstoßrohr mußte deutlich genug zu sehen sein …

Er kauerte auf dem verfärbten Schnee hinter dem Ausstoßrohr, schloß ein Auge und visierte die Punkte auf dem entfernten Hügel an.

»Benchley, DF an Osborn. Habe eine taktische Skizze beobachteter Feindpositionen. Bereiten Sie Empfang vor. Sie stecken ziemlich dicht beisammen.«

Carl übernahm die Skizze, deren Projektion mehr als die Hälfte seiner Visierscheibe einnahm. Sie zeigte eine Hauptgruppe und zwei Flügel – wahrscheinlich vorgezogene Beobachter.

»Benchley, DF an Osborn. Es sind nicht viele. Ich zähle fünf. Aber sie haben eine hervorragende Stellung.«

Die Arcisten saßen in einer Einkerbung auf dem Kamm der Anhöhe, wo sie gut gedeckt waren. Als er hinüberspähte, leuchtete ein bläulichweißer Blitz auf, und er zog automatisch den Kopf ein. Was lächerlich war; wäre er im Brennpunkt des Laserstrahls gewesen, hätte er ihn augenblicklich geblendet und getötet. Sie hatten zu hoch gezielt. Nur der Randbereich hatte ihn getroffen.

Er blickte zu Jeffers und zwinkerte, aber es half nicht viel. Rote und grüne Kringel tanzten ihm vor den Augen. »Laß schon fliegen!«

»Ich ... ich kann diesen Hügel nicht einfach mit einer vollen Ladung wegblasen! Das ist ein Kilo Gestein und Eisen mit einer Beschleunigung von zehntausend Kilometern pro Sekunde ... Es wäre wie eine Atombombe!«

Carl überlegte. »Leere Kapseln! Die wiegen kaum hundert Gramm. Hast du welche?«

»Ah. Ja. Aber wir sollten auch die Energie verringern«, sagte Jeffers. »Dauert nur eine Minute ... laß sehen ... noch ein Prozent ...«

»Wir müssen das Feuer erwidern. Fang an!«

»Schon gut, in Ordnung.« Zu seiner Erleichterung hörte Carl das *brap brap brap* wieder einsetzen. Das Geräusch war diesmal anders. Tiefer und rauher.

»Für solche extremen Einstellungen ist das Ding nicht gemacht! Es wird auseinanderfliegen!«

Carl spähte durch das Fernglas. Am Hang der Anhöhe erblühten in rascher Folge Wolken aus Dampf und Staub.

»Jeffers, zwei Grad nach links!«

»Gut.«

Die Einschlagwolken, mehrere pro Sekunde, sprangen höher.

Ein Blitz von der Anhöhe, diesmal heller. Auch der Feind schoß sich ein.

Carl wandte den Kopf und sah das Eis nicht allzuweit hinter ihm in schönen, perlmuttfarbenen Dampfwolken explodieren.

»Höher!«

»Hab ihn schon!«

Die Kette der Einschlagwolken wanderte den Hang hinauf, ungleichmäßig aber aufsteigend zu den Punkten, die das große Lasergerät bedienten.

Zwei Gegner, jeder mit einer Waffe beschwert, die zu groß und zu mächtig war, um geschickt eingesetzt zu werden ...

wie Fechter, die mit Stahlträgern aufeinander einschlugen. Wer als erster einen Treffer erzielte ...

Carl überlegte, was geschehen würde, wenn der Laser ihn voll träfe. Sein Schutzanzug würde ein wenig reflektieren, und aus diesem Winkel war der Strahl nicht so scharf gebündelt ... Dennoch wäre es ein Wunder, wenn er überlebte.

»Weiter so! Und höher!«

Die erratisch umhertanzenden Einschlagwolken schwenkten, hüpften aufwärts und trafen die dunklen Punkte in dem Einschnitt.

Lautlose Zerstörung. Carl stand hinter dem Ausstoßrohr und beobachtete, wie die Geschosse endlos ins Ziel und seine unmittelbare Nachbarschaft hämmerten. Von den Punkten war nichts mehr zu sehen, das große Lasergerät war zersplittert. Dann breiteten sich die Einschlagwolken aus und verhüllten die Szene.

»Gut so. Du kannst abschalten.«

»Wir haben sie?«

»Ja. Ja, wir haben sie.«

Carl empfand weder Erleichterung noch Befriedigung. Es war alles so rasch geschehen, so abstrakt. Ein paar Punkte auf einer Anhöhe. Jähe Lichtblitze. Dann die entfernten Einschlagwolken, als Gehäusekapseln ins Eis schlugen, in nachgebendes Fleisch und brechende Knochen. Eine Geometrie des schnellen Todes.

»He, wir haben es geschafft! Das wird dem Lumpengesindel eine Lehre sein!« Das Rückstoßgerät verstummte. Jeffers kam aus dem Graben gesprungen, begeistert.

Carl hörte Virginias Stimme und die Stimmen anderer, und mit dem wiedereinsetzenden Stimmengewirr in den Ohren, ging er langsam auf die zerschossene Anhöhe zu. Er wollte nicht sehen, was dort war, wußte aber, daß er es tun mußte. Es war ein Teil seiner Verantwortung.

Plötzlich fiel ihm der Rest des Gedichts ein, die Zeilen, die er zuvor nicht zusammengebracht hatte ... wenige Minuten war es erst her, und doch schien es ihm Monate zurückzuliegen.

Wir stehen wie auf dunkelndem Gefilde,
Durchtost vom wirren Lärm des Kampfes und der
Flucht,
Wo unvermittelt Heere nächtlich aufeinanderprallen.

6

VIRGINIA

Schutzanzüge waren verdrießlich und beengend. Sie erinnerten Virginia daran, wie sie im Verlauf der Jahre aus der Form geraten war.

Sie mühte sich mit den Befestigungen, lockerte einige und zog andere an den falschen Stellen enger. Schwammig war sie geworden! Kein Wunder, daß Saul so ...

Sie unterdrückte den Gedanken. Jedenfalls war sie sicher, daß ihre Schwierigkeiten wenig mit dem Mangel an körperlicher Übung zusammenhing.

Nichts war von Dauer, sagte sie sich. Vielleicht geht alles Gute schließlich an sich selbst zugrunde.

Das Bild einer roten Welt, von neuen Vulkanen, die mit ihren Ausbrüchen den neuen Tag verdunkelten ...

Zum erstenmal seit dem abgeschlagenen Angriff der Arcisten hatte Carl ihr Erlaubnis gegeben, heraufzukommen und ihn persönlich zu sprechen. Unentbehrlichkeit hatte ihre Nachteile. Umringt von Wachen und Maschinen, die zu ihrem Schutz den Arbeitsraum umlagerten, war sie sich in letzter Zeit wie eine Ameisenkönigin vorgekommen, eine Gefangene ihrer eigenen Bedeutung.

Allerdings legte eine Ameisenkönigin wenigstens Eier ...

Wieder ein schlechter Gedanke. Warum kamen all diese Dinge gerade jetzt an die Oberfläche?

Weil wir angefangen haben, uns umzubringen? dachte sie. Bin ich deshalb so deprimiert?

Oder liegt es daran, daß ich einsam bin, und nicht mehr jung?

Endlich hatte sie den Schutzanzug angelegt und zog eine

abgenutzte Brustbinde darüber. Sie hatte nicht mal eine eigene, hatte sich nie die Mühe gemacht, ein Symbol zu entwerfen. Diese, die eine Weizenähre über drei goldenen Kugeln darstellte, hatte Dr. Evans gehört, einem Biologen und Pflanzenkundler, der seit zwanzig Jahren tot war. Die Leiterin der Kleiderkammer hatte die Brustbinde Virginia zugeteilt, die nun damit lebte.

Es wäre ihr lieber gewesen, nicht persönlich zu Carl zu gehen, aber der Gegenstand war zu wichtig, um ihn über Funk zu diskutieren. Es war nicht nur die Furcht, abgehört zu werden; sie wollte Carls Gesicht sehen, wenn sie zu ihm sprach.

Die äußere Schleuse öffnete sich, und für Augenblicke war die Szene von einem Nebel kondensierenden Dampfes verhüllt. Dann trieben die Schneeflocken auseinander, und sie blickte über die Eislandschaft hinaus.

In einem Sinne war es ein wenig enttäuschend. Ihre Verbindung mit ferngesteuerten Maschinen war so gut geworden, daß ihre Sicht an der Oberfläche im Surrogat tatsächlich besser zu sein schien als mit eigenen Augen.

Wenn sie auf der schmutzigen Kruste sorgfältig wie auf Eiern dahinging, fühlte sie sich irgendwie noch unwirklicher als wenn sie hier draußen eine Maschine steuerte.

Hinzu kam eine seltsame Empfindung von Nacktheit. Schließlich hatte sie viele Maschinen zur Verfügung, aber nur einen Körper. Und der war jetzt draußen an der Oberfläche, unter den starr herabblickenden Sternen.

Hier beim Schacht 6 war die Landschaft weniger aufgewühlt und zernarbt als dort, wo ihre Maschinen und Jeffers' Arbeitstrupps Gräben und Rampen in den alten Kometen geschnitten hatten. Hier war ein aufragendes Bauwerk das beherrschende Merkmal, eine Konstruktion, die zwischen einem gläsernen Karussell und einem Spinnennetz die Mitte hielt.

Eine Anzahl Astronauten hatte sich davor versammelt und führten eine gebärdenreiche Unterhaltung. Sie erkannte die Brustbinden von Carl Osborn und Andy Carroll und mehreren anderen, meistenteils Mitgliedern der Fraktionen der Dritten Ebene und der Überlebenden. Virginia murmelte

Anweisungen an die Funkzentrale, bis es ihr gelang, sich in die Frequenz einzuschalten. Den Kode zu knacken war ein Kinderspiel.

»... sage Euch, das Ding ist einfach zu klein! Gewiß, die Leute zu Hause werden seit unserer Abreise Fortschritte gemacht haben. Doch selbst dieser Fusionsmotor kann bei solch langer und starker Beschleunigung nicht mehr als allenfalls zwanzig Tonnen befördern.«

»Ja? Nun, selbst wenn es nur zwanzig Tonnen sein sollten, denkt an alles, was darin enthalten sein könnte. Schnellere Programmeinheiten für bessere Rechner und Maschinen. Samen von Hybridzüchtungen zur Verbesserung unserer Ernten. Und neue Schutzanzüge und was weiß ich! Zwanzig Tonnen von solchem Zeug könnten einen gewaltigen Unterschied machen.«

Offensichtlich waren sie über das Carepaket und seinen mutmaßlichen Inhalt im Gespräch. Während sie eine Spalte im Eis umging, hörte sie Carls Stimme zu Wort kommen.

»Du hoffst, daß die Weihnachtsgeschenke bei den Arcisten einen Meinungsumschwung herbeiführen werden, Andy?«

»Sicher. Oder es ist etwas dabei, was wir gebrauchen können, um die Schweinekerle auszulöschen. Mir ist wirklich gleich, was von beidem. Hauptsache, wir bringen sie vom Südpol weg, damit wir das Jupitermanöver einleiten und die Mission retten können. Die Marsvariante ist ganz gut, als zweite Wahl. Aber Kapitän Cruz hätte ...«

Andy Carroll brach ab, als er bemerkte, daß Carl sich umgewandt hatte, Virginia zu begrüßen.

»Osborn, offene Frequenz an Herbert. Hallo, Virginia.«

Sein befleckter Schutzanzug war zusammengesetzt aus Teilen anderer, ausrangierter Anzüge. Der Brustteil war bedeckt mit einem schmierigen weißen Viereck aus Stoff, das eine rote Krabbe zeigte. Seine Visierscheibe verlor den Blendeffekt, als er sich zu ihr wandte, und sie sah in sein Gesicht. Die grauen Schläfen und die Furchen in der Stirn hatten Carl nicht seines jungenhaften Lächelns berauben können.

»Nett von dir, daß du heraufgekommen bist, Virginia. Es

gibt eine besondere Aufgabe, die du für uns übernehmen könntest.«

Sie nickte, dann fiel ihr ein, daß sie in die entfernte Sonne sah. Da ihr Licht noch immer sehr hell war, mußte der automatische Blendschutz der Visierscheibe wirksam geworden sein und die Bewegung unsichtbar gemacht haben.

»Ich helfe gern, wo ich kann«, sagte sie, »aber ...«

»Das ist fein. Denn wir machen uns Sorgen wegen des Carepakets von der Erde. Es darf nichts mehr schiefgehen, wenn es eintrifft.«

»Was könnte schiefgehen?«

»Nun, es könnte in die falschen Hände fallen«, sagte Carroll.

Carl zuckte die Achseln.

»Quiverian lehnt die Verantwortung für den Angriff unten am Äquator ab. Behauptet, es wären Abtrünnige gewesen, die ohne seine Zustimmung gehandelt hätten. Trotzdem kann es nicht in unserem Interesse liegen, daß das Carepaket womöglich beim Südpol niedergeht. Es wäre besser, eine manövrierfähige Maschine herzurichten und hinauszuschikken, daß sie die Sonde während des Anflugs und der Landung leitet.«

Virginia verstand. Es wäre fatal, wenn die Sendung von Quiverians Leuten geborgen würde. Dann hätten die Arcisten vollkommene Kontrolle.

»Gut. Ich werde mit Jeffers die Einzelheiten ausarbeiten«, sagte sie. »Aber da gibt es noch etwas, weswegen ich dich sprechen wollte.«

»Gewiß. Was ist es?« Als sie den Kopf schüttelte und still blieb, wandte er sich zu den anderen.

»Bin gleich zurück, Jungs. Seht zu, ob ihr diese Antenne besser abstimmen könnt. Ich möchte eine genaue Peilung, wenn das Ding näherkommt.«

»Wird gemacht, Carl.«

Er ging mit ihr um eine große Abraumhalde. Nachdem er sich vergewissert hatte, daß sie es sehen konnte, hob er die Hand und schaltete sein Funksprechgerät aus. Sie tat das gleiche. Er beugte sich zu ihr, bis ihre Helme sich berührten.

»Was ist mit dir, Virginia? Du scheinst so ... niedergedrückt. Ist es wegen Saul? Ich hörte ...«

»Nein«, sagte sie hastig. Sein Gesicht war so nahe, daß die doppelte Trennwand nicht ausreichend schien, seinen warmen Atem fernzuhalten. »Nein, das ist es nicht, Carl.«

Jedenfalls war es nicht der Grund, der sie hierher geführt hatte.

»Aber zwischen euch beiden ist etwas, nicht wahr?« beharrte er.

Sie nickte kurz und flüchtig. »Nichts besonderes. Bloß ... na, wie es so geht. Die Zeit ...«

»Die Zeit verändert uns alle, Virginia. Ich habe mich bei euch beiden nie wegen der Art und Weise entschuldigt, wie ich mich vor so vielen Jahren benahm. Ich war ein Idiot.« Seine Augen blickten ernst und eindringlich.

»Du warst jung, Carl. Wir waren alle jünger.«

Bis auf Saul, dachte sie. Mit seinem perfekten Immunsystem würde er womöglich hundert. Könnte das der tiefere Grund ihrer Reibungen sein?

Sie schlug den Blick nieder, dann begegneten sich ihre Augen. »Das bedeutet nicht, daß meine grundlegenden Gefühle sich geändert hätten, Virginia. Wenn du zu einer Veränderung bereit bist ...« Carl ließ den Satz in der Luft hängen, und Virginia sah auf einmal etwas Tieferes als Ernst, tiefer noch als die Strenge der Verantwortung. Ihre behanschuhte Rechte hob sich und berührte Glas.

»Ach, Carl. Du hast so gelitten.«

Er blickte zur Seite, bewegt von widerstreitenden Empfindungen. »Du bist gekommen, mich zu sprechen ...« Seine Stimme hatte hoffnungsvolle Obertöne.

Virginia schüttelte den Kopf, überwand die Schwäche, die ihre Entschlossenheit bedrohte. Sie schluckte. »Carl ... Carl, ich möchte wissen, warum du vorhast, uns alle zu töten.«

»Äh ...« Er starrte sie an. »Wie ... Was meinst du?«

Sie ließ die Hand sinken. »Du warst immer ein schlechter Lügner, Carl. Jedenfalls, wenn es mich betraf. Die anderen scheinen deine Geschichte geschluckt zu haben und glauben, die Erde plane wirklich eine Rettungsaktion. All dieser Unsinn über einen Vorbeiflug am Mars, dann weiter zum Jupiter und wieder zurück zum Mars, mit anschließender Quarantäne ...«

»Was willst du damit ...?«

»Aber wenn ich es mir recht überlege, würden Jeffers und seine Leute dich sogar unterstützen, wenn sie die Wahrheit wüßten.«

Carl unterbrach den Helmkontakt und trat zurück, bevor sie geendet hatte. Seine Lippen waren zusammengepreßt, und als er antwortete, schienen die Bewegungen seines Mundes eine scharfe, wenn auch stille Bitterkeit zu signalisieren. Virginia zeigte auf ihre Ohren, und mit einem ungeduldigen Kopfschütteln brachte er ihre Helme hart wieder zusammen.

»Was hast du vor?« fragte er.

Wenigstens beleidigte er ihre Intelligenz nicht mit weiterer Verstellung. Er mußte wissen, daß sie ein Dutzend verschiedene Simulationen durchgeführt haben würde, bevor sie ihn in dieser Weise beschuldigte.

»Was ich vorhabe?« fragte Virginia. »Als erstes gebe ich dir eine Gelegenheit zur Erklärung. Ich möchte wissen, warum du dich zu diesem Täuschungsmanöver hergegeben hast, das uns auf einen Kollisionskurs mit dem Mars bringen muß.«

Carl schloß für einen Moment die Augen. »Auch daheim gibt es Fraktionen. Es gab ... Vereinbarungen. Wir mußten ein Übereinkommen treffen, um die Carepakete zu erhalten.«

Virginia konnte ein bitteres Auflachen nicht unterdrücken. »Damit wir in vierzig Jahren auf einem Planeten zerschellen können?«

»Vierzig lange Jahre, Virginia. Selbst mit Sauls Impfstoffen werden wir so viele Leute umschichtig im Dienst benötigen, daß wir bis dahin alle alt sein werden.«

»Es gibt Kinder, Carl.«

»Diese armen Kretins, die die Orthos in die Welt gesetzt haben? Man kann sie kaum menschlich nennen, Virginia. Du weißt es selbst. Überhaupt werden sie und wir alle mit den Hilfsgütern, die wir von der Erde erhalten werden, besser und bequemer leben.«

»Bequemer!«

»Ja, das bedeutet etwas. Aber es gibt einen wichtigeren Grund.«

»Welchen?«

»Siehst du nicht, Virginia, daß dies die einzige Möglichkeit ist, wie dieses ganze Fiasko zum Guten gewendet werden kann?«

Sie schüttelte den Kopf. »Wie kann man von einer Wendung zum Guten sprechen, wenn wir alle zugrunde gehen?«

»Nun, vom Standpunkt der Leute zu Hause ist es das Ende einer drohenden Gefahr. Und in diesem Standpunkt sehe ich den der Arcisten.«

»Wirklich?«

»Ja, selbstverständlich. Sie werden alles tun, die Heimat vor Halley-Lebensformen zu schützen, und du kannst ihnen das nicht zum Vorwurf machen, weil es verantwortungsvoll gedacht ist.«

»Und von unserem Standpunkt aus?«

Er zuckte die Achseln. »Vielleicht können wir eine tote Welt von neuem beleben. Mit unserem Tod können wir vielleicht einen Prozeß in Gang bringen, der auf dem Mars neues Leben entstehen läßt.«

»Du redest wie Jeffers.«

»Mag schon sein.« Er blickte weg, und seine Stimme wurde leise, als er fortfuhr: »Vielleicht hätte ich versucht, mir etwas anderes auszudenken, so unwahrscheinlich es auch sein würde, wenn ...«

»Wenn was, Carl?«

»Es ist nicht wichtig.«

»Carl! Du mußt es mir sagen!«

Er seufzte. »Saul erzählte mir kürzlich, daß er an einer Methode ungeschlechtlicher Vermehrung durch Zellkernverschmelzung arbeite. In zehn Jahren könnten wir in der Lage sein, eine Generation gesunder Kinder zu erzeugen, Duplikate unserer selbst, aber ein wenig modifiziert, um unter Verhältnissen minimaler Schwerelosigkeit gesund aufzuwachsen und sich normal zu entwickeln. Unter diesen Voraussetzungen könnte die Idee Sergejows und seiner Anhän-

518

ger, ganz mit der Heimat zu brechen und irgendwo eine Kolonie zu gründen, etwas für sich haben.«

Virginia erkannte, was ihn dazu bringen könnte, solch einen Plan anzunehmen. »Du meinst ... insbesondere mich, nicht?«

»Ja. Dich und mich, und die Kinder, die nur wir beide zusammen haben könnten. Ich ... ich könnte mich für einen anderen Standpunkt gewinnen lassen, wenn das möglich schiene.«

Virginia wurde es kalt. Es war eine betäubte Unfähigkeit, eine Unwilligkeit, dies zu verstehen. Undeutlich war ihr bewußt, daß dies Carls Version der Neurose war, die sie mittlerweile alle hatten – nicht schlimmer als gewöhnlich, aber für sie nicht annehmbar. Es war ein Fluch übertriebener Romantik. Der sehnsuchtsvolle Jüngling in ihm war – in dieser einen Hinsicht – tiefgefroren über die Jahrzehnte erhalten geblieben.

Sie wußte, daß ein einfaches Bekenntnis dieses Problem lösen könnte ... ein freimütiges Eingeständnis, daß sie niemals von irgendeinem Mann würde Kinder haben können, ganz gleich, welche technischen Wunder die Wissenschaft möglich machte. Das hatte ein undurchschaubares Geschick vor langer Zeit entschieden.

Die Betäubung war jedoch zu groß, zu sehr wie ein Gewicht aus Eis, das sie nicht heben konnte, nicht einmal einem guten Freund zuliebe.

»Ich werde niemandem von dem Marsmanöver erzählen, Carl.«

»Nicht?« Er blickte erstaunt auf. »Aber ich ...«

»Du hast mich überzeugt, daß du recht hast. Es wird besser so sein ... mit dem Sterben einer toten Welt Leben zu bringen. Besser als ein ziel- und sinnloser Untergang.«

Vor seinen Augen schaltete sie das Funksprechgerät wieder ein. »Sag mir, wann und wo du das erste Carepaket in Empfang nehmen willst, und gib mir einen Arbeitstrupp zur Unterstützung. Ich werde mit den Simulationen für ein Rendezvousmanöver gleich anfangen. Bis später, Carl.«

Sie wich seinem Blick aus, als sie sich abwandte, fühlte

aber, daß er ihr nachsah, bis sie im Schachteingang war und den Rückweg hinab zu ihrer Krypta antrat, tief unter den kalten Sternen.

7

───────

SAUL

Es war ein äußerst verfeinertes Instrument, dieses Fahrzeug, das so weit gereist war, ihnen Geschenke von der fernen Erde zu bringen, und es hatte einen gewagten Kurs genommen, um sie in nur fünf Jahren zu erreichen. In drei Sonnenumkreisungen hatte es eine ungeheure Geschwindigkeit erreicht, bis es in die schwarzen Tiefen unter und jenseits der Ebene des Sonnensystems hinausgeflogen war.

Während jeder Sonnenumkreisung hatte es zusätzlich große zarte Segel ausgefahren, um den Strahlungsdruck der Sonne als zusätzliches Beschleunigungsmoment zu nutzen. Dann, als die Sonnenglut mit wachsender Entfernung hinter ihm verblaßt war, hatte es automatisch die Sonnensegel eingefaltet und das eigene Triebwerk gezündet. In einer kleinen Brennkammer wurden im Vakuum künstlich erzeugte Atome mit negativ geladenem Kern und positiv geladener Elektronenhülle mit Atomen gewöhnlicher Materie zusammengebracht, wo sie durch Zerstrahlung völlig in Energie umgesetzt wurden.

Nur drei Sonnenumläufe waren benötigt worden, um seine Umlaufbahn derjenigen des Kometen anzugleichen, doch bewegte es sich weitaus schneller als dieser. Die technologischen Möglichkeiten öffneten den Weg, und das Drängen der wiedererwachten öffentlichen Meinung verlangte Schnelligkeit. Für die Massenmedien einer neuen Generation war dies eine Tat der Barmherzigkeit, die keinen Aufschub duldete. Für andere war es etwas völlig anderes, eine Abschlagszahlung auf eine Bestechung, mit dem Ziel, die durch Raum und Zeit entfremdeten und überdies hoffnungslos infizierten Kolonisten zu bewegen, sich an ihre Übereinkunft zu halten und der Heimat fernzubleiben.

Konnte etwas Hoffnung auf diese Weise ihre Schuldgefühle wegen der Zerstörung der *Edmund Halley* lindern? Oder ihre Scham über die jahrelange Vernachlässigung der Expedition verringern?

Saul beobachtete mit ausgewählten Vertretern aller Gruppen die Bildschirme im Höhlenraum der zentralen Leitung. Der Raum war ausnahmsweise voll besetzt, ein Umstand, den die Erbauer offensichtlich nicht vorgesehen hatten, denn es herrschte drangvolle Enge. Die finster blickenden Gestalten der Besucher waren tätowiert und trugen Kleider, die aus den Fasern einheimischer Flechten gewebt waren, trugen Narben von Krankheiten, wie sie die Erde nie gesehen hatte, und murmelten untereinander in äußerst seltsamen Dialekten.

Sogar Joao Quiverian war gekommen und stand mit verschränkten Armen in einer Ecke, umringt von drei Leibwächtern und mit einem zahmen Wiesel auf der Schulter.

Alle waren gekommen, zuzusehen, wie Virginia Herbert die mechanische Eskorte der Kolonie in ein Annäherungsmanöver mit dem verlangsamenden Carepaket brachte.

»Sie haben zweifellos Fortschritte gemacht«, sagte Andy Carroll von der Konsole. »Das muß ein gewaltiges Triebwerk sein. Aber das Ding verlangsamt für meinen Geschmack noch immer nicht genug.«

»Ich werde schon herankommen«, murmelte Virginia. »Keine Sorge, Andy. Wir sind auch nicht mehr dort, wo wir vor dreißig Jahren waren.«

Sie lag zurückgelehnt in ihrem eigens hierher überführten Kippsessel und hatte die Augen mit einem schwarzen Stück Stoff bedeckt. Das Kabel des Neuralanschlusses wand sich wie eine Schlange unter ihrem schwarzen Haar hervor, und ihre Finger ruhten auf den Knöpfen der manuellen Fernbedienung.

Saul wußte, daß Quiverian und manch anderer die Vorgangsweise mißbilligte. Daß die Bergungsoperation sich zu einem Percell-Monopol entwickelt hatte, war für diese Leute schwer zu ertragen. Aber sie waren hier eine Minderheit und konnten sich kaum beschweren.

Von Rechts wegen hätte man Quiverian als Vergeltungsmaßnahme gegen die Meuterei, die er am Südpol angeführt hatte, von der Versammlung ausschließen können. Obwohl Quiverian jede Verantwortlichkeit für den Angriff der Extremisten auf die Rückstoßgeräte am Äquator abgelehnt und sich öffentlich von ihnen distanziert hatte, war ihm und seinen Arcisten kaum zu trauen. Solange sie sich in der Zentrale aufhielten, wurden sie von Keoki Anuenue und einer Gruppe seiner Landsleute mißtrauisch beobachtet.

Immerhin konnte Carl sich die großzügige Geste leisten, da die Verfügungsgewalt über den Inhalt des Carepakets ihm eine starke Verhandlungsposition sicherte.

Bislang wußte niemand genau, woraus die Sendung bestand. Allein Saul hätte ein paar Dutzend Artikel nennen können, für die er einen Finger oder mehr gegeben hätte. Und es gab Hunderte von anderen Bedarfslisten, jede so lang wie die seinige. Leider war nicht zu erwarten, daß auch nur eine Unze guten Pfeifentabaks in der Sendung war.

Er lächelte in leiser Ironie. Genausowenig wie sie ihm einen Zellentwicklungsabstimmer des Klonsystems schicken würden, das sie vor zehn Jahren entwickelt hatten.

Sein Programm hatte nach streng logischen Gesichtspunkten angefangen, mit veränderten Pflanzenzüchtungen, der Suche nach neuen Elementen, die man zu Ertragssteigerungen und Resistenzverbesserungen dem vorhandenen Erbmaterial hinzufügen konnte, einer Integration einheimischer Organismen anstelle immerwährender Abstoßung und Auseinandersetzung. Dann hatte er sein Programm auf Tiere ausgeweitet, bis es in letzter Zeit komplizierter geworden war. Seine Arbeit hatte mehr oder weniger zwangsläufig Aspekte angenommen, die – das glaubte er zu wissen – Carl Osborn nicht billigen und Virginia wahrscheinlich niemals verstehen würde.

Aus diesem Grunde hatte er sein biologisches Laboratorium von der Praxis getrennt und in einen geheimen Höhlenraum verlegt, weit entfernt von Rückstoßanlagen und verfeindeten Stämmen, und sogar verhindert, daß Virginias Maschinen ihn dort aufspüren konnten. Diese Absonderung hatte die Kluft zwischen ihnen vertieft, doch war das ein Preis, den er bezahlt hatte. Es war Monate her, seit er zuletzt mit ihr in der gewohnten Weise verbunden gewesen war und ihre Gemütsbewegungen und sogar einen gelegentlichen maschinenverstärkten Gedanken geteilt hatte, während sie im matten Schein der Kontrolleuchten beisammen gelegen waren. Eine Wiederaufnahme solch intimer Gewohnheiten konnte er nicht riskieren, denn sicherlich würde sie Hinweise und Spuren finden und ahnen, welche Freiheiten er sich herausgenommen hatte. Von ihren tragischen Resultaten zu schweigen.

Ein sich windendes, scheußliches kleines Ding in einem Glasinkubator ... Kiemen und Fell und ein Schwanz ... ein halb menschliches Gesicht, qualvoll verzerrt, und dann endlich barmherzige Erstarrung ...

»Eine wahre Pracht«, murmelte Carl Osborn, und Saul merkte auf und fand zurück in die Gegenwart. Es war ohnehin eine Erinnerung, der er lieber nicht nachhing. Er blickte auf und sah das Fahrzeug nun klar abgebildet auf den Kontrollschirmen.

Spieren so dünn wie Spinnenfäden breiteten sich ähnlich den winterkahlen Blütenständen dürrer Staudengewächse aus. Sie hatten die großen Sonnensegel während der drei beschleunigenden Sonnenumkreisungen gehalten und waren rings um einen kugeligen Körper angeordnet, der spiegelnd hell glänzte.

»Ich versuche, die Behälterkapsel in der Mitte zu überblicken und ihre Größe abzumessen«, sagte Lani Nguyen von ihrem Arbeitsplatz. »Ich frage mich, wie man bei diesen Geschwindigkeiten Beschädigungen durch Staubpartikel und kleine Meteoriten verhindert hat. Es hat den Anschein, daß ihre Abschirmung nicht einmal materiell ist! Sie besteht aus einer Art Magnetfeld, oder ich bin meine eigene Tante.«

»Nein«, murmelte Carroll und tauschte einen Blick mit Carl. »Ein richtiges Kraftfeld? Kein Wunder, daß sie die Sonde so leicht bauen konnten.«

Otis Sergejow, Anführer der extremen Percell-Übermenschen, hing mit mehreren seiner tätowierten Kameraden am Rand eines holographischen Projektionsraumes zur Linken. »Laßt das Ding doch vorbeifliegen! Was werden uns ein paar Tonnen Erdscheiß nützen?«

Jeffers lachte. »Was würde ich für ein paar Kilo vom richtigen Schmiermittel geben, oder für ein paar tausend Meter supraleitender Kabel? Ha, dafür wäre ich sogar bereit, mich blau anzumalen und mit euch Unsinn zu reden, Otis.«

Ein böses Funkeln kam in Sergejows Augen, und Saul wußte, daß es Jeffers nicht retten würde, ein Mitpercell zu sein, wenn der beinlose Exrusse jemals über sein Schicksal befinden könnte.

»Besmudy gownoschest!« stieß er in seiner Muttersprache hervor. Jeffers lachte bloß.

Susan Ikeda, verantworlich für die Radioverbindung mit der Erde, meldete den Empfang der letzten Nachricht.

»Die Bodenkontrolle sagt, ihre Schätzung sei vier Stunden. Die Sonde sei auf der richtigen Verlangsamungsbahn.«

»Kann nicht sein«, sagte Carroll.

»Aber sie sagen ...«

»Deren Messungen sind vier Stunden alt! Lichtgeschwindigkeit. Ich sage euch, das ist was ...«

»Laß das, Andy!« sagte Carl. Eine Weile blieb alles still im Raum. Nur das leise Summen der Ventilation und das kaum hörbare Klicken, wenn jemand einen Schalter betätigte, waren hörbar. Dann sagte Lani:

»Die Sonde wendet, Virginia.«

»Wurde Zeit. Ich werde die Leine verlängern.«

Virginias Stimme ließ keine Spannung erkennen, aber die übrigen Anwesenden hielten unwillkürlich den Atem an. Die Bildübertragungen zeigten das zweiteilige Lotsenfahrzeug, dessen Teile durch ein fingerdickes, über fünfzig Kilometer langes Kabel miteinander verbunden waren. Raketen flammten, und der angeschlossene Körper begann wie eine langsame, riesige Bola in der sternerfüllten Schwärze zu kreisen.

»Teil B hat Antriebsmittel verbraucht«, sagte Andy Carroll.

»Teil A wird die übertragene Schwungkraft in dreihundertzehn Sekunden aufnehmen.«

Lani wandte sich um und erklärte: »Unsere Lotsensonde war eine zweistufige Rakete. Teil B lieferte die Schubkraft für den Start. Teil A hat den Treibstoff für die Begegnung mit dem Carepaket aufgespart.«

»Warum ist Teil B dann immer noch festgemacht?« fragte einer von Quiverians Leuten.

Lani bewegte beide Fäuste in Nachahmung einer Bola umeinander. »Wir verwenden eine kreisende Leine, um den Antriebsteil zu bremsen. Indem wir einen Teil in Richtung auf den Kometen zurückfallen lassen, teilen wir seine Bremsenergie dem anderen mit, das die Sonde erreichen soll.«

Die Zuschauer hörten kaum hin. Aller Blicke hingen am zentralen Bildschirm, wo das Wendemanöver des Carepaktes zu sehen war. Was ein heißer Fleck am Rand des spiegelnden Körpers gewesen war, wurde heller und heller, als er sich weiter herumdrehte und dem zweiteiligen Boten der Kolonisten zugewandt wurde.

Die Darstellung war ziemlich verschwommen. Die Kameras an Bord des rasch rotierenden Teils A konnten die Sonde nicht ruhig ins Bild bekommen. Johnvon, der die flüchtigen Aufnahmen verarbeiten mußte, hatte Mühe, einen simulierten Gesichtspunkt aufrechtzuerhalten.

Saul fragte sich, ob er helfen sollte. Er kannte Johnvon besser als alle anderen mit Ausnahme Virginias. Wenigstens könnte er dem bio-kybernetischen Rechner helfen, das Bild zu stabilisieren.

Aber er hatte es ihr nicht angeboten, weil er befürchtet hatte, Virginia könne ablehnen und damit offen aussprechen, was stillschweigend bereits zwischen ihnen eingetreten war.

Dabei vermißte er sie. Durch sein Fernbleiben und Nichtbekennen seines Tuns hatte er ihr Unrecht getan ...

Das waren Vorwürfe, die er sich nicht zum erstenmal machte, aber auch sie hatten ihm nicht Mut machen können, ihr von diesem kleinen Ungeheuer zu beichten, das im Inkubationsbehälter seines geheimen Laboratoriums herangewachsen war, ein mißlungener Versuch, ihr ein Geschenk zu machen, der sich statt dessen als eine grausame Mahnung erwiesen hatte, daß Gott selbst der Macht, die den Propheten gegeben ist, Grenzen setzt und streng überwacht.

Ihm war die Macht in die Hände gegeben, Tiere und sogar Menschen durch Zellkernverschmelzung künstlich zu schaffen, doch sollte ihm, wie es den Anschein hatte, verwehrt bleiben, der geliebten Frau das Kind zu schenken, das sie sich so sehr wünschte – etwas, was die meisten Menschen für selbstverständlich hielten.

Es mußte einen Grund geben. Bisher aber hatte die Unendlichkeit nicht geruht, sich ihm anzuvertrauen.

»Was, zum Teufel, bezweckt das Ding mit dem Manöver?« hörte er Jeffers sagen.

»Ich glaube ...« Carl Osborn glitt einen Schritt vorwärts. »Ich glaube, es versucht unsere Sonde zu treffen.«

»Unmöglich!« rief einer der gemäßigten Orthos. »Warum sollte es ...«

Aber die glühende Stichflamme aus dem Triebwerk der Erdsonde gewann plötzlich an Brillanz, als sie in eine Linie mit dem Kameraobjektiv kam. Andy Carroll rief: »Gegenmanöver! Wendung beschleunigen!« Dann war alles ein Chaos.

»Verbindungskabel gerissen!« rief Lani.

»Kontakt mit Teil B verloren!« rief ein anderer.

Carl fluchte, stieß Neugierige zurück. »Bleibt hinten, alle miteinander! Laßt sie arbeiten. Gebt ihnen Platz!« Die Bildschirme über den Köpfen zeigten verschwommene, überbelichtete Wiedergaben überlasteter Videokameras.

Carl sah ihn mißtrauisch an, als Saul sich am Rand der Zuschauer vorbeischob und zwischen Anuenues Wächtern durchschlüpfte, um an die Konsolen heranzukommen. Ein wortloses Zucken ging über Osborns Gesicht, Zeugnis unterdrückter Gemütsbewegung, dann machte er eine ruckartige Kopfbewegung. »Meinetwegen«, sagte er zu Saul. »Helfen Sie ihnen! Aber wenn Sie stören, kriege ich Sie beim Schlafittchen.«

Saul nickte und ließ sich neben Virginia nieder. Er nahm den Neuralhelm, den er in früheren Zeiten so oft getragen hatte, von der Konsole und setzte ihn auf.

Das Durcheinander war auf dieser Ebene noch schlimmer als im Bereich der Bilder und Daten. Ohne seine jahrelange Praxis unter Virginias Leitung wäre er augenblicklich im Geräusch untergegangen.

Er versuchte sich zu orientieren, indem er nur die sichtverarbeitenden Zentren beachtete. Das eigentlich wichtige Material – Vektoren, mechanische Zustandsmeldung und Kursdaten – rührte er nicht an. Wahrscheinlich würde er mehr Schaden als Nutzen anrichten, wenn er dort zu helfen versuchte. Aber er konnte Carl und den anderen ein besseres Bild der Vorgänge vermitteln. Soviel lag in seiner Fähigkeit, meinte er.

Er aktivierte den Abschnitt von Johnvons Speichern, der für seine Arbeit reserviert war, und nannte seinen geheimen Zugangskode.

– Simon sagt, öffne Kelley.

Die Antwort schien tatsächlich ein paar Millisekunden auf sich warten zu lassen, was zeigte, wie beschäftigt der Prozessor war.

– Guten Abend, Dr. Lintz. Meldungen über den Zustand der laufenden Experimente. Die Klonkammern arbeiten planmäßig. Es gibt –

– Nicht jetzt. Alles bis auf die Überwachung grundlegender Lebensfunktionen zurückstellen. Alle Hilfsmittel müssen auf die Verarbeitung eingehender Daten zu klaren Bildern und ihrer Darstellung übertragen werden ...

Er vergegenwärtigte sich Johnvons Schaltkreise, ging den Bahnen nach und bezeichnete elektronische Blockaden, die ausgeräumt werden mußten. Das Datenmaterial war ihm ein völliges Wirrwarr, aber die Arbeit mit Johnvon schien Möglichkeiten zu eröffnen. Sie verschaffte ihm Einblick in die Wunder, mit denen Virginia arbeitete, Surrogaten des Anteils an der Unendlichkeit, der ihr nie gehören konnte.

Nicht ablenken lassen, dachte er bei sich. Konzentriere dich, alter Dummkopf!

Die Kameras von Teil A sendeten noch, aber ihre Aufnahmen waren behindert durch das Rotieren des Trägers. Wenn er und Johnvon die Möglichkeit hätten, diese Bewegungen unter Kontrolle zu bringen ... oder sich ihrem Zeitmaß anzugleichen, und in raschen Pulsstößen Bilder zu übermitteln ...

– Ja! Kluge Maschine. Mama hat dich gut unterrichtet.

Im Laufe von Sekunden löste sich die Verschwommenheit allmählich auf, die Konturen kamen klarer heraus. Saul sah, daß die Stichflamme vom Triebwerk der Erdsonde an Helligkeit und Intensität nachgelassen hatte.

Die Bremsleine hatte sie überrascht. Offenbar war die Sonde nicht in der Lage gewesen, Teile auszumachen, die sich in so plötzlich veränderten Richtungen bewegten. Eines der Teile näherte sich dem Carepaket jetzt in einem schiefen Winkel, noch schneller als zuvor.

»Die Sonde versuchte sich nur zu verteidigen!« rief jemand unter den Zuschauern. »Wir müssen eine Meteoritenabwehr aktiviert haben!«

Ein anderer Beobachter stimmte zu. »Wir müssen diese einfältige Einmischung beenden. Lassen wir die Sonde hereinkommen, wie sie programmiert ist! Alles, was wir tun, wird den Störungen gleich sein, die Wilde in einer komplizierten Maschine anrichten, die sie nicht verstehen. Es kann nur Unheil bringen!«

Es folgte ein Gemurmel allgemeiner Zustimmung, aber Saul spürte jenseits der Datenströme das unverwechselbare Aroma von Virginias Triumph.

»Hab ich dich!« hörte er sie neben sich flüstern. Er wandte den Kopf und versuchte sie anzusehen, aber die neurale Verbindung und sein natürliches Sehvermögen gerieten in Konflikt miteinander und drohten ihm mit einer Welle von Schwindel. Er schloß die Augen wieder und konzentrierte sich darauf, das Bild für Carl und die anderen zu stabilisieren.

»So ist es richtig«, hörte er den Kommandanten sagen. »Nur langsam, Andy, Virginia ... versucht vorsichtig an der Basis dieser Spieren festzumachen. Dann, Lani, hilfst du Virginia, mit dem Bordrechner in Verbindung zu treten. Versucht festzustellen, warum er noch nicht Kontakt aufgenommen hat.«

Lani nickte. Saul erfuhr die Erdsonde als einen mächtigen Körper aus brüniertem Gold und Silber ... eine kugelige Gestalt, die so spiegelglatt war, daß ihr selbst keine Substanz zu gehören schien. In dieser Oberfläche wurde eine kleine Gestalt erkennbar, die rasch wuchs und als der Lotsenteil der Kolonisten erkennbar wurde, dessen Steuerdüsen aufblitzten, um die Geschwindigkeit anzugleichen. Der kleine Lotsenteil war winzig neben dem mächtigen Bauch der Erdsonde, ein spindeldürres, primitiv zusammengebasteltes Ding, das sich herausnahm, engelhafte Schönheit zu berühren.

»Kontakt! Wir haben an einer Spiere festgemacht«, verkündete Carroll.

»Wir senden Kommunikationskode«, meldete Lani. »Mal sehen, was sie zu sagen hat ...«

Dann winselte Virginia laut auf.

»Diese verrückten Teufel!«

Es war, als ob eine Beilklinge niedergesaust wäre und Saul eine Hand abgehackt hätte. Eine Flutwelle von Lärm und Schmerz tobte wie ein Wirbelsturm durch sein Bewußtsein und riß Fetzen davon im Orkan durcheinanderwirbelnder Daten mit sich fort. Es war wie ein Ertrinken, und er wußte nicht mehr, wo oben und unten war. Schmerz und Chaos waren überwältigend.

Dann aber geschah etwas, was Sauls Verstand rettete. Er nieste.

Die plötzliche Entladung war so heftig, daß ihm der Helm mit den neuralen Kontakten vom Kopf flog und auf die Konsole fiel. Plötzlich war die Welt Helligkeit und Licht und echte Geräusche – ein Tumult menschlicher Stimmen, der, verglichen mit dem Lärm, der ihn zuvor betäubt hatte, dem Säuseln einer Morgenbrise glich.

»Was ist geschehen?«

»... explodiert!«

»Mein Gott, völlige Vernichtung ...!«

»Andy, gib das Alarmsignal! Die Mannschaften an der Oberfläche müssen sofort in Deckung gehen!« rief Carls Stimme gebieterisch durch das ängstliche Stimmengewirr. »Alle müssen unten sein, bevor die Druckwelle kommt!«

Hände faßten unter Sauls Schultern und versuchten ihn

fortzuziehen. Er zwinkerte durch rote und grüne Kringel und sah Keoki Anuenue an Virginias Hinterkopf fummeln und an ihrer Neuralverbindung ziehen, während andere ihre erschlaffte Gestalt aufzuheben sich anschickten.

»Nein!« krächzte Saul und packte Keokis Handgelenk mit einer Kraft, die den anderen überrascht zurückweichen ließ.

»Keiner darf sie anfassen! Niemand!« rief Saul. Er griff nach dem Helm, der ihm vom Kopf geflogen war. »Laßt sie in Ruhe!« Zitternd setzte er den Helm wieder auf.

Sofort war er wieder in der tobenden, brandenden Flutwelle von Elektronen, dem Donner einer Explosion, die stark genug war, eine kleine Welt zu zerbrechen.

Diesmal besser vorbereitet, gelang es Saul, mit den wilden Strömungen zu treiben, nach einem Felsen, einem Gegenstrom zu suchen, wo er zur Ruhe kommen und Übersicht gewinnen konnte.

Ein Stück von Johnvons Programm zur Persönlichkeitsnachahmung flog vorbei und murmelte etwas über die Ablehnung einer ›akademischen Würde‹ ... was immer das war. Er griff zu und verband das Bruchstück mit einem Unterprogramm zur Suche nach Bibliothekstiteln und einem anderen, das gespeicherte Daten über die Viehzucht verschiedener Länder enthielt.

»Virginia«, flüsterte er, »wo bist du?«

Welcher Instinkt hatte ihm mit tieferer Gewißheit als bloßem Wissen verraten, daß sie irgendwo in diesem Mahlstrom verloren war? Daß ein Abkoppeln der neuralen Verbindung wenn nicht die Zerstörung ihres Verstandes, so doch den Verlust wesentlicher Teile davon bedeutete? Er tastete umher, sammelte eine angeschlagene Maschine auf, eine Hilfstruppe von Stücken und Treibgut, und schickte Kundschafter auf die Suche.

Ein Flüstern tropischer Luft: hier herüber!

Ein Duft von Hibiskusblüten: hier!

Eine geheime Kindheitserinnerung ... ein peinliches Erlebnis mit einem Nachbarsjungen ...

Spuren, die aus einem wirbelnden Durcheinander in seine Hände gerieten. Es hätte einer Ewigkeit bedurft, sie alle zu erkennen und zu ordnen, geschweige denn, sie in die richtige Abfolge zu bringen. Er versuchte es gar nicht erst. Er konnte sie nur lieben.

Furcht und Schmerz ... eine geflüsterte Verwünschung.

›... diese verrückten Teufel ...‹

Es sauste vorbei. Aber Saul griff danach wie nach einem rettenden Strohhalm.

– Ich liebe dich, Virginia, rief er. Mängel und Fehler und alles ... Dumm und blind, wie ich bin: ich liebe dich, und ich werde dich immer lieben ...

›... immer ...‹

Das Wort hallte wider.

›... immer ...?‹

– Ja. Für alle Zeiten, bis die Sonne vergeht und alles Eis lebendig wird ... Ich werde dich nie verlassen ...

›... nie ... ?‹

›Oh ... Saul ...‹

»Ooooh«, seufzte ihre wirkliche Stimme neben ihm. »Oh, Saul ...« Neben ihm entstand Bewegung, und auf einmal ergriff ihre Hand die seinige, so fest, daß der willkommene Schmerz den ungehemmten Fluß seiner Tränen ergänzte.

8

CARL

Carl biß ärgerlich die Zähne zusammen, bewahrte aber die Ruhe. Vier Stunden waren seit der Explosion verstrichen. Die sengende Hitze von der nahen Nuklearexplosion hatte eine Eisschicht von der Oberfläche des Kometen verdampft. Maschinen und Überwachungsinstrumente an der Oberfläche waren in großem Ausmaß beschädigt, und es gab einige Opfer. Die Informationen kamen tropfenweise herein, aber das hatte die Leute in der Zentrale nicht daran gehindert, durcheinanderzuschreien und Theorien aufzustellen.

Joao Quiverian wurde unerträglich. Da er die meisten anderen überragte, machte er sich seine Körpergröße zunutze, die allgemeine Aufmerksamkeit auf seine mit hohler Stimme gewichtig vorgetragene Predigt zu lenken.

»Wir haben in einer Weise gefehlt, die ich unfaßbar finde. Dieses Mißgeschick ist ein unmittelbares Ergebnis unserer stümperhaften Einmischung in Dinge, die wir nicht verstehen. Statt Vertrauen in unsere Mitmenschen zu setzen, haben wir uns selbst geschadet. Die ausgesandte Maschine hat offensichtlich durch ihre Signale zu einer Störung der Bordfunktionen geführt und den Fusionsreaktor zur Explosion gebracht ...«

Sergejow fluchte. »Arcistischer Idiot!«

»Das reicht jetzt!« sagte Carl in scharfem Ton. »Still jetzt, alle miteinander!«

Der Lärm verstummte; sie wandten die Köpfe. Carl zeigte auf einen der Bildschirme. »Sehen Sie sich diese Zahlen an! Das war eine ausgewachsene thermonukleare Explosion, kein Defekt des Fusionsreaktors!«

Quiverian stand mit offenem Mund. »Nicht ... Aber warum sollten sie uns ...«

Sergejows blautätowiertes Gesicht verzog sich zu einem bitteren Lächeln. »Um uns zu erledigen, natürlich.«

Carl nickte. »Das glaube ich auch.«

»Eine ... eine *Bombe?*« fragte Lani Nguyen mit ungläubig geweiteten Mandelaugen.

»Johnvon schätzte die Stärke auf mehrere hundert Megatonnen«, sagte Carl ruhig. »Jede Menge Neutronen, Gammastrahlen und so weiter. Kein Fusionsreaktor dieser Größe kann mit derartiger Gewalt auseinanderfliegen.«

»Dann beabsichtigten sie ...«, sagte Quiverian.

»Sie wollten, daß wir das Paket in unser Eis brächten, wo es dann hochgegangen wäre und alles vernichtet hätte. Der obere Kilometer wäre weggeschmolzen und verdampft, alle Schächte und Stollen anderswo eingedrückt worden.« Carl hatte Mühe, seine nervöse Energie zu beherrschen. Zu Hause, unter normalen Schwereverhältnissen, taten die Muskeln immer irgendeine Arbeit, auch wenn er nur dastand, und so konnten Spannungen abgebaut werden. Hier fand das innere

Verlangen nach Aktion keinen Ausdruck. Man mußte alles in andere Bahnen leiten – Stimme, Ausdruck, Gesten.

»Es ... fällt mir schwer, das zu glauben«, sagte Quiverian.

»Es ist typisch«, erklärte Sergejow. »So waren die zu Hause immer. Zuerst erledigten sie die *Edmund Halley – paf!* – Und jetzt uns!«

»Ersuchten uns noch um Orientierung, die Halunken, rieten uns, das Paket gleich in Schacht 3 einzuführen«, sagte Jeffers. »Und wir hätten es getan, wären wir nicht so neugierig gewesen, daß wir eine Maschine ausschickten, zu sehen, was Papa mitgebracht hat.« Er schnaufte zornig.

Carl sagte: »Sie sind die ganze Zeit bei ihrer Geschichte geblieben, drei Jahre lang, während sie unsere vollständige Vernichtung planten.«

»Um ihre heilige Biosphäre zu erhalten«, sagte Saul, als er zu ihnen kam.

Carl hob die Brauen – Wie geht es ihr? –, und Saul nickte beruhigend. Virginia war bewußtlos gewesen, als die Pfleger sie auf eine Bahre geschnallt und fortgetragen hatten. Carl empfand Erleichterung, doch in Sauls ruhig-erfreuter Miene eine unangenehme Bestätigung: irgendwie hatten er und Virginia wieder zusammengefunden. Die Krise mußte das bewirkt haben. Seine eigenen Aussichten, die er, wie er jetzt sah, über alle vernünftigen Erwartungen hinaus günstig eingeschätzt hatte, waren wieder gleich Null. Das Verhältnis zwischen Saul und Virginia schien stabil genug, jeden Stoß zu überleben, den das Schicksal ihm versetzen konnte.

»... eine volle Erklärung erwarten können, denke ich«, schloß Quiverian. Carl bemerkte verspätet, daß ihm eine von Quiverians vollmundigen Erklärungen entgangen war.

»Wie?«

Quiverians Gesicht verzog sich zu einer Miene leidenden Überdrusses. »Ich gab der Vermutung Ausdruck, daß wir Opfer des Anschlags einer politischen Fraktion geworden sind. Von Leuten, die einen Sprengsatz in die Ladung einschmuggelten. Dies hat nicht zu bedeuten, daß wir es auf Erden mit einer allgemeinen Gegnerschaft zu tun hätten. Sobald wir die Regierungsstellen unterrichten, wie diese humanitäre Geste in einer äußerst üblen Weise hintertrieben worden ist, werden die führenden Persönlichkeiten sicherlich Maßnahmen zur Bestrafung und Wiedergutmachung dieser ...«

»Unsinn!« unterbrach ihn Carl.

Quiverian preßte die Lippen zusammen, sagte aber nichts. Einer seiner Stellvertreter fing an mit: »Hören Sie, Sie können nicht ...«

Aber Carl schnitt auch ihm brüsk das Wort ab.

»Wenn wir eine Meldung aufsetzen und absenden, verlieren wir unseren einzigen Vorteil. Zeit.«

»Ich sehe nicht, welchen Vorteil Sie sich von einem Zeitgewinn versprechen«, sagte Quiverian. »Übrigens kann ich von Ihnen nicht erwarten ...«

»Sehen Sie«, unterbrach ihn Carl, »die Leute wissen noch nicht, was geschehen ist, richtig?«

Jeffers überlegte. »Mal sehen ... Ungefähr zwei Stunden Zeitverzögerung in jeder Richtung. Vielleicht könnten wir gerade noch mitbekommen, was sie sagten, als das Ding auseinanderflog.«

Carl nickte. »Schalten wir ihre Sendung wieder ein!«

Er blickte zu einer Wandkamera und nickte. Johnvon reagierte augenblicklich, und das Zischen solarer Störungen erfüllte den Raum. Dann war eine blecherne Stimme zu vernehmen: »Kann Sie zur Zeit hier nicht empfangen, Halley.«

Jeffers sagte: »Sie senden noch Telemetrie zur Einsteuerung.«

Die Stimme oszillierte ein wenig, auseinandergezogen durch ihre Reise über fünf Milliarden Kilometer. »Nach unseren Schätzungen nähert sich die Sendung Endmarkierung RPX. Bitte senden Sie durch Laser Markierungsbestimmungen für Schacht 3. Dann wird sie automatische Einweisung übernehmen.«

»Sie sind noch mit dem Annäherungsmanöver beschäftigt«, sagte Carl.

Ein gleichmäßiges Rauschen von Empfangsstörungen. Dann:

»Landebestätigung? Negativ auf auto-servo Kopplungssignal, aber wir empfangen jetzt Sichtungsmeldung von Halley auf Reppledex vier-über. Erwarten Markierungssignal für Einfahrt.«

Die Männer und Frauen lauschten den Worten aus einer Zivilisation, die ihnen jetzt zeitlich so fern war wie räumlich. Das Personal der Leitstelle war im Gebrauch der Umgangssprache von 2060 ausgebildet, um Verwechslungen und Verständigungsschwierigkeiten zu vermeiden, doch schlichen sich immer wieder Begriffe und Manieriertheiten der moderneren Zeit ein. Carl blickte auf die Uhr. Bald vier Stunden waren seit der Explosion vergangen, aber ihm kamen sie eher wie zehn Minuten vor. Er ließ Erfrischungen bringen. Die Fraktionsführer warteten in mißmutigem Schweigen.

»Jetzt müßte es gleich soweit sein«, sagte Jeffers.

Die schwankende Stimme fuhr fort: »Trägerwelle Ablesung nominal. Verschlüsselt ...«

Eine jähe Pause. Die Interferenzen der Sonne schienen in den Raum zu fluten und brachten eine Erinnerung an die warmen Gegenden mit sich, die sie vor so langer Zeit verlassen hatten, die ewige lastende Stimme einer drängenden Gegenwart.

Dann undeutliche Rufe, eine Unruhe. »UV und sichtbare Strömung! *Sie ist losgegangen!*«

»Zu früh!« rief eine andere Stimme. »Nach meiner Schätzung ...«

Ein Stimmengewirr, ein deutlich hörbares Poltern. »Zur Seite da! Es könnte bereits gelandet sein, wir wissen es nicht ...«

Ein Streit brach aus, Stimmen riefen durcheinander. »Seht zu, ob diese Infekt-Exilanten noch senden. Verdammt, ich dachte mir gleich, daß wir das Ding nicht mit einem Sicherheitszünder hätten armieren sollen.«

Ein weiteres dumpfes Geräusch. »Negativ, Fred. Sie senden nicht mehr.«

Im Hintergrund schrie jemand: »Haben wir diese Schreihälse endlich verdampft!«

Alle machten große Augen, als irgendwo in der Nähe des Sprechers jemand lachte, dann waren Jubelrufe zu vernehmen, die im Brandungsrauschen vieler applaudierender Hände untergingen.

Die Männer und Frauen in der Zentrale sahen einander lange schweigend an. Es gab nichts mehr zu sagen.

Carl passierte durch die Luftschleuse und trat aus den kristallinen Lichtbrechungen der Eiswände um den Schachteingang ins Freie. Es war achtzehn Stunden später. Er hatte mit den Führern und Abgesandten verschiedener Fraktionen beraten, Übereinkünfte erzielt und nach besten Kräften versucht, die Gemüter zu beruhigen. Von Rechts wegen sollte er längst im Bett liegen und schlafen.

Aber das wäre gleichbedeutend mit einem Davonschleichen und Wundenlecken gewesen, etwas, was er vor ein paar Jahrzehnten wahrscheinlich getan haben würde ... Nun aber würde es nicht helfen. Zuviel war in zu kurzer Zeit geschehen. Wenn er darüber nachdächte, würde er nur in Niedergeschlagenheit verfallen und nichts erreichen.

Das war ein Grundsatz, den er sich in einem langen Lernprozeß zu eigen gemacht hatte. Was würde ihm bleiben, wenn diese Affäre vorbei wäre? Die Erinnerung an bittere Grübeleien, an Versuche, im Alkohol Vergessen zu finden? Vorwürfe gegen das Schicksal, weil es ihm dieses Los zugeteilt hatte? Das mochte etwas in ihm befriedigen, was solch saure Früchte mochte. Aber er wußte aus Erfahrung, daß er auf lange Sicht besser fahren würde, wenn er sich in die Arbeit stürzte, etwas baute oder in Ordnung brachte oder bewegte. Es kam darauf an, die Muskeln nach ihrer eigenen Logik arbeiten zu lassen. Dann würde er schlafen können, in dem Bewußtsein, daß er wenigstens etwas erledigt, vorangebracht hatte.

Der Luftinhalt der Schleuse folgte ihm hinaus ins Vakuum und bildete sofort eine Wolke winziger Eiskristalle, die langsam niedersanken. Er bewegte sich in einem gleichmäßigen, gleitenden Trotten zum Äquator. Er hätte sich in das Kabel einhängen und mit dem Manövriergerät hinüberschießen können, aber auf diese Weise bekamen seine Muskeln mehr zu tun.

Er hatte sich mit allen möglichen Verrücktheiten herumschlagen müssen und war froh, jetzt hier draußen zu sein. Wohin er gehörte. Schließlich war er immer noch Astronaut, verdammt noch mal!

Irgendein glotzäugiger Idiot hatte ihn in einem Korridor angehalten und der vorsätzlichen Sabotage des Carepaketes beschuldigt. Wahnsinn! Die Leute wollten die kalte, klare Realität nicht akzeptieren – daß ihre Heimat nichts anderes im Sinn hatte, als sie auszulöschen.

Nun gut. Genau wie er sich nicht der Realität hätte stellen wollen, daß an eine wirkliche Loslösung Virginias von Saul nicht zu denken war. Es war lediglich eine Frage des Maßstabs ...

Der Gürtel der Rückstoßgeräte hob sich über den Horizont, als er über das fleckige, abgeschmolzene und wieder verkrustete Eis dahinsprang. Sie waren wie schlanke Kanonen, und jedes hatte einen etwas anderen Winkel als sein Nachbar. Vor Wochen war es ihnen gelungen, die Rotation des Kometenkerns zu verlangsamen und aufzuhalten, um die Ausrichtung ihrer Stöße zu erleichtern. Nun standen die Sternbilder wie unverrückbar am Himmel, und jedes Gerät zielte auf genau denselben Punkt im Himmel: Rektaszension 87°, Deklination +35°.

»Hallo Käpt'n.« Jeffers winkte von Nummer 16 herüber.

»Ich bin nicht Kapitän«, sagte Carl.

»Könntest es genausogut sein.«

»Ich bin bloß Offizier vom Dienst. Das ist alles, was die Stämme mir zubilligen.«

»Ein Haufen von Dummköpfen.«

»Mit einer Beförderung durch die vorgesetzten Stellen zu Hause werde ich nun wohl nicht mehr rechnen können.«

Jeffers schmunzelte. »Befördern wollten sie dich schon, aber nicht so, wie du es dir dachtest. Eher ins Jenseits. Hast du alle beruhigt?«

»Ja.« Carl sprang auf die Grabenböschung.

»Komisch, daß manche einfach nicht glauben können, was passiert ist.«

»Es war ihre große Hoffnung.«

»Ziemlich hart, wenn Mutter Erde dir die Brust gibt und dann – peng!«

Carl lächelte düster. Von der Böschung konnte er viele Rückstoßgeräte sehen, eine gestrichelte Linie um den Äquator, wie mit dem Lineal gezogen. Die Ausstoßrohre schwenkten allmählich nordwärts, je weiter man die Linie verfolgte. Jedes lag eingebettet in ein ölhydraulisches Polster, das den Rückstoß aufnahm und verteilt an das allzu zerbrechliche Eis weitergab. Maschinen standen bei jeder Anlage bereit, Ladehemmungen an den Förderband-Zuführungen zu beseitigen.

»Sind unten alle einverstanden?«

Abgelenkt von der Reihe der Rückstoßgeräte, wußte Carl nicht gleich, was Jeffers meinte. »Ach, du meinst, mit der Funkstille?«

»Ja. Sind alle dafür?«

»Eigentlich nicht.«

»Wer nicht?«

»Sergejow. Quiverian.«

»Von Sergejow hatte ich nichts anderes erwartet, und es gibt hier einige Leute, die auf ihn hören, das ist sicher. Im Grunde ist er ein anständiger Kerl, wenn auch engstirnig und ein wenig plump in seiner Art. Aber Quiverian? Ein halbverrückter Fanatiker! Wer würde auf ihn ...«

»Unter den Arcisten gibt es noch immer verschiedene, die glauben, es müsse ein Irrtum gewesen sein. Sie können sich einfach nicht vorstellen, daß die Menschheit ihre eigene Expedition so hinterlistig auslöschen würde, selbst wenn die Teilnehmer Krankheiten übertragen können.«

»Verrückt.«

»Ja, aber verständlich.«

Unter dem stillen ebenholzschwarzen Himmel schienen diese Fragen kleinlich, in ihrer Bedeutung verringert. Carl konnte sich mit ihnen beschäftigen, wenn er in seinem Büro war, eingeschlossen im Eis und umgeben von Datenanschlüssen und Bildschirmen. Aber hier schienen menschliche Probleme und Meinungen unbedeutend bis zur Lächerlichkeit. »Auf alle Fälle habe ich durch Johnvon ein paar Maschinen ausgesandt und die Antennen umlegen lassen.«

Jeffers lachte, was ihn überraschte. »Recht so!«

»Ist das dein Ernst?«

»Natürlich! Wenn wir die Erde wissen lassen, daß wir noch leben, werden sie ein zweites Carepaket schicken. Bloß werden sie uns das nächste Mal nichts davon sagen.«

Carl nickte. »Vielleicht können wir uns durch diese Maßnahme ein paar Jahre Zeit erkaufen. Übrigens war die Explosion für ihre Urheber kein völliger Fehlschlag. Wir haben einige Leute verloren, und durch unsere Konzentration auf die Sendung sind wir mit der Bahnveränderung in Rückstand gekommen.«

»Wir sind dem Aphel verdammt nahe. Wird ein schwieriges Stück Arbeit, den Rückstand aufzuholen, da wir die Geschwindigkeit der Geräte nicht erhöhen können.«

»Habt ihr sie schon neu ausgerichtet?«

»Genau nach den Berechnungen. Aber durch das Verdampfen der obersten Eisschicht sind bei ungefähr der Hälfte aller Anlagen Schäden aufgetreten, an deren Behebung noch gearbeitet wird.«

Wenigstens lag das Fiasko mit dem Carepaket hinter ihnen. Während andere trauerten, war Carl in gewisser Weise erleichtert. Es bedeutete, daß sie sich endgültig von der Heimat loslösen mußten, keine Hilfe mehr von ihr erwarten konnten und sich sogar vor ihr verbergen mußten, solange es ging ... Später würde vielleicht manches anders aussehen. In vierzig Jahren würden daheim neue Leute an den Schalthebeln sein, und auch die medizinische Forschung würde Fortschritte gemacht haben. Vielleicht würde man die Infektion mit Halley-Erregern bis dahin doch weniger streng beurteilen.

Oder versuchte er nur, sich selbst Sand in die Augen zu streuen?

Stunden später erwachte der Gürtel um den Kometen zum Leben. Elektromagnetische Spannungen wuchsen an, erreichten den Sättigungspunkt und warteten auf ihre Freisetzung. Und Carl wußte, daß unter ihm in den Eislabyrinthen Männer und Frauen ihre einsamen Fragen, Zweifel und

Hoffnungslosigkeiten mit ihm teilten. Sie brauchten etwas, was ihnen Mut machte.

Er spürte es durch die Isoliersohlen seiner Stiefel. Ein unausgesetztes lautloses Vibrieren, ein Zittern wie von den Ausläufern eines anhaltenden fernen Bebens. Dem Ausstoßrohr des nächsten Geräts war nichts anzumerken, doch glaubte er jeden mit Geröll und zerkleinertem Meteoreisen gefüllten Behälter durch die elektromagnetische Kanone hinausjagen zu sehen, während ihr fiebriger Puls das schlanke Rohr erzittern ließ. Ein auf die Sterne zielendes Maschinengewehr. Aber im schwarzen Nichts über ihnen hinterließen die Geschosse kein Zeichen, sondern verloren sich im Unendlichen. Es war wie ein Federstrich gegen einen Felsblock, aber mit der Zeit würden sich die Auswirkungen summieren.

Er blickte die Reihe entlang. Jedes Gerät schleuderte seine Ladungen gleichmäßig himmelwärts, und die elektromagnetischen Felder waren auf der offenen Frequenz als ein leises, anhaltendes *Ratata-ratata-ratata-ratata* zu vernehmen.

Er dachte daran, daß er Johnvon Anweisung geben sollte, das Bild auf alle Fernsehmonitore zu übertragen und die Mannschaft aufmerksam zu machen, aber einstweilen wartete er noch und genoß den Augenblick allein.

Jetzt begann die Rückreise. Heimwärts. Die langsame, träge Bahnbewegung des Kometen hatte den Punkt erreicht, wo sie vom äußeren Wendepunkt der Ellipse wieder einwärts gezogen wurde. Auf Gedeih oder Verderb, glitten sie von nun an den Hang des Gravitationsberges hinab, einem unbekannten Schicksal entgegen. Es war ein Ende ihrer langen, passiven Unterordnung unter die Gesetze der Gravitation. Von nun an wurde der Komet gesteuert.

»Endlich tun wir etwas!« rief Jeffers.

Und Carl bannte für einen Augenblick alle Zweifel und rief in einem jähen Ausbruch von Erleichterung und Freude: »Sonne, wir kommen!«

SECHSTES BUCH

Mit der Wucht eines Steins: 2100

Was all die weisen Männer versprachen,
ist nicht eingetroffen;
und was die Dummköpfe sagten,
ist geschehen.

MELBOURNE

1

SAUL

Er starrte auf den Riß in der Wand. Die schwarze Öffnung hatte Verkleidung und Isolation durchbrochen und reichte offenbar weit ins Eis hinein. »Wann ist das geschehen?« fragte Saul.

Zwei seiner Assistenten – braunhaarig, mit identischen Sommersprossenmustern in den Gesichtern – blickten von ihrer Arbeit auf. Sie antworteten gemeinsam, im gleichen Tonfall:

»Es war ein Beben, Paps. Vor zwei Stunden. Ein starkes. Spaltete die Wand.«

Saul schüttelte den Kopf. Es war ihm noch immer nicht gelungen, zu ergründen, wie jeder der beiden wußte, was der andere sagen würde, so daß sie ihn mit ihren gleichlautenden Antworten verwirren konnten.

»Das kann man sagen«, meinte er, den Schaden untersuchend. Dies mußte ausgebessert werden. Selbst so tief unter der Oberfläche konnte man einen Raum nicht unabgedichtet lassen.

Manche machten die Wirkungsweise der Rückstoßgeräte für die vermehrten Beben verantwortlich und meinten, das jahrzehntelange Gehämmer habe das Gefüge des Kometenkerns gelockert. Andere gaben die Schuld dem Krieg, den Quiverian und seine Arcisten nun offenbar endgültig verloren hatten.

Im vergangenen Monat hatten sich Carl Osborns Astronauten, Sergejows ›Übermenschen‹, Anuenues ›Neutrale‹ und kleinere Splittergruppen zusammengetan und einen überfallartigen Angriff auf die Stellungen der Arcisten um den Südpol durchgeführt. Dabei war es ihnen gelungen, die Überreste der ersten Batterie von Rückstoßgeräten und die Antennenanlagen zu zerstören, mit deren Hilfe die Arcisten Verbindung mit der Erde unterhalten hatten. Ein Ergebnis war, daß die Arcisten nun nicht mehr die alten Rückstoßgeräte einsetzen konnten, um die Bahnveränderung zum Mars zu verhindern. Unglücklicherweise hatten während der kurzen aber blutigen Kämpfe drei Explosionen das südliche Polargebiet erschüttert und nicht wenige in Angst und Sorge versetzt, daß der innere Zusammenhalt des Kometenkerns gefährdet sei.

Welcher Art die Ursache auch war, die Beben beunruhigten Saul. Seit vier Jahren hatten die Verhältnisse sich einigermaßen stabilisiert. Zwar wußten sie durch den abgehörten Funkverkehr zwischen der Erde und außenliegenden Stationen, daß man wieder Wetten auf das Überleben der Halley-Kolonie einging, und wenn die gegenwärtige Rate auch fünf zu eins dagegen lautete, war es doch eine große Verbesserung gegenüber den Hundert-zu-Eins-Wetten, als er und Virginia aus ihrem dreißigjährigen Schlaf geweckt worden waren.

Augenblicklich arbeiteten wenigstens Sergejows Leute, die verschiedenen Stämme von ›Überlebenden‹ und Jeffers' Marsenthusiasten relativ gut zusammen, doch kam diese Allianz Saul wie eine übersättigte Lösung unvermischbarer Flüssigkeiten vor, zu instabil, um länger anzudauern.

Diese Beben konnten das mühsam erreichte Gleichgewicht nur in Gefahr bringen.

Saul trug einen Lendenschurz, einen Umhang und Sandalen, da er sein gemeinsam mit Virginia bewohntes Quartier nur zu einem kurzen Besuch im Laboratorium verlassen hatte. Sie war an die Oberfläche hinaufgegangen, um etwas mit Carl Osborn zu besprechen, und er hatte die Gelegenheit genutzt, hier unten nach dem Rechten zu sehen und die laufenden Experimente zu kontrollieren.

Überall im Laboratorium standen aufgereihte Glasbehälter wie Aquarien, in denen winzige Ökosysteme gediehen oder dahinkümmerten, wo modifizierte Lebensformen von der Erde sich abmühten, in der neuen, synthetischen Kometenökologie Fuß zu fassen, die sich allmählich aus den verschiedenen Faktoren herauszubilden begann.

Drüben auf der linken Seite versorgte einer seiner Assistenten die Tiere – Vögel ohne Federn, und Ziegen, von deren Milch er sich bessere Ernährung der Kinder versprach.

»Wo ist Paul?« fragte er plötzlich.

Die braunhaarigen Zwillinge deuteten mit einem Kopfnikken zum Riß in der Wand.

»Was? Habe ich euch nicht gesagt, ihr sollt ihn nicht hinauslassen?«

Sie verdrehten die Augen in einem Ausdruck nach oben, den er in vielen gespiegelten Jahren ungezählte Male gesehen hatte. »Du sagtest uns, wir sollten ihn nicht zur Tür hinauslassen«, erinnerten sie ihn.

Saul ließ die Schultern hängen. »Großer Gott.« War er jemals wie diese beiden gewesen? So unerträglich ... unreif?

Sie kicherten miteinander. Saul zögerte. Es blieb ihm nichts übrig, als Paul nachzugehen. Das arme Kind würde sich allein dort draußen nicht zurechtfinden.

Die Idee, seine Assistenten hinterher zu schicken, mußte er verwerfen. Wenn der Riß tiefer hineinführte und einen Stollen des Wegesystems kreuzte, bestünde die Gefahr, daß sie dort Leuten begegneten, und das konnte ungeahnte Folgen haben. Er hatte sie noch niemandem gezeigt, nicht einmal Virginia. Sie waren die verblüffendste Entwicklung, die aus der Kombination des Phobos-Datenmaterials und seiner eigenen wachsenden Geschicklichkeit in den Techniken der Klonsymbiose hervorgegangen war, doch hatte er noch immer seine Zweifel, ob und wie er den Rest der Kolonie mit ihnen bekannt machen sollte.

Er nahm einen stark phosphoreszierenden Leuchtball aus gentechnisch geschneidertem *Halleyviridis* an sich und bewegte sich zur Wandöffnung. »Wenn ich zurückkomme, werden wir über Verantwortung sprechen«, ermahnte er die beiden. »Paul ist euer Bruder, auch wenn er in mancherlei Hinsicht unzulänglich ist. Es war eure Pflicht, auf ihn achtzugeben.«

Beschämt schlugen sie die Blicke nieder. Sie waren keine schlechten Jungen, nur unerfahren und sehr neu in der Welt.

Zwei schwarze Fellbündel sprangen Saul an und kletterten ihm über die Schultern. Behutsam nahm er sie herunter und setzte sie nieder.

»Nicht jetzt, Max, Silvie! Ich komme gleich wieder. Bleibt

bei den Jungen!« Sie blickten ihm mit großen Augen nach, als er sich umwandte und allein in der dunklen Spalte verschwand.

Wahrscheinlich bestand für Paul keine Gefahr. Er war gegen die Toxine der roten Würmer immun, und da dieser Spalt sich in dem Laboratoriumsraum öffnete, ohne daß dort eine Störung der Luftventilation eingetreten war, mußten alle mit dem Riß in Verbindung stehenden Hohlräume Luft enthalten.

Vor allem kam es Saul darauf an, den Jungen einzufangen, bevor er anderen Leuten über den Weg laufen konnte.

Früher oder später würde er freilich enthüllen müssen, was er tat. Dabei hoffte er allgemeinem Unmut durch die Bekanntmachung zuvorkommen zu können, daß er endlich Lösungen für manche Probleme des Wachstums und der Entwicklung gefunden habe, welche die Kinderaufzucht in der Kolonie nahezu unmöglich gemacht hatten.

Die Ergebnisse seiner Forschungen ließen sich möglicherweise sogar hilfreich auf die ungefähr dreißig Kinder anwenden, die von den Orthos und einigen Percellen bereits in die Welt gesetzt worden waren. Während des abgelaufenen Jahres hatte er eine seiner Hauptaufgaben darin gesehen, das Los dieser armen, verkümmerten Geschöpfe zu verbessern.

Ein weiterer Grund für seine Heimlichkeit war, daß er mit der Vorstellung seiner ›Kinder‹ hatte warten wollen, bis eine entspannte Arbeitssituation die Rückkehr zahlreicher Expeditionsmitglieder in die Kühlfächer ermöglichen würde. Vor weniger Leuten mochte es leichter sein, seine Sache zu vertreten.

Im matten Lichtschein des Leuchtballs schimmerte die Eisspalte wie ein funkelndes Wunderland aus gezackten Kristallen und eingelagerten Adern stumpffarbenen Clathratschnees. Es war leicht, dem Weg des Jungen zu folgen, da der Spalt sich bald verbreiterte. Die Fußspuren des Jungen waren als verfärbte Flecken zu sehen, und einmal fand Saul einen aus dem alten Laborkittel, den der Junge gern trug, gerissenen Faden. Der Spalt führte Saul durch eine kleine Eishöhle mit kristallinen Bildungen, die bisher nicht kartographiert war, und nun durch die jüngsten Erschütterungen im alten Eis in all ihrer Pracht zugänglich geworden war.

Er eilte weiter. Der Spalt verengte sich wieder, bis er sich nur noch seitwärts darin fortbewegen konnte. Seine Phantasie konnte nicht umhin, den Durchgang mit einem Geburtskanal zu vergleichen. Etwas darin – vielleicht eine neue Lebensform, mit der sein Immunsystem noch nicht zurechtgekommen war – verursachte ein brennendes, juckendes Gefühl in seiner Nase und Stirnhöhle. Das wohlbekannte Prikkeln stellte sich ein.

Ah nein ..., dachte er und schloß die Augen.

Im nächsten Augenblick kam die erleichternde Explosion.

Das Echo seines Niesens hallte unmittelbar voraus in einem Höhlenraum wider. Er schüttelte den Kopf, öffnete blinzelnd die Augen, und hörte, als er sich eben weiterbewegen wollte, das unverwechselbare Geräusch eines weinenden Kindes.

Er zwängte sich mit hochgehaltenem Leuchtball durch eine Engstelle und kam in den offenen Raum. Schrille Schreie beantworteten sein Erscheinen.

»Der strenge alte Mann! Der strenge alte Mann!«

»Still, Kinder! Seid ruhig!« sagte eine tiefere Stimme. »Seht ihr nicht? Seine Haut ist weiß, nicht grün. Und ihr wißt, daß der strenge alte Mann schwarz und grün ist.«

Das ängstliche Gewimmer verstummte, und Saul kam hinaus in einen der bewachsenen Stollen der Kolonie. Er fing seine Vorwärtsbewegung an der gegenüberliegenden Wand ab und wandte sich den Gestalten zu, die sein unerwartetes Auftauchen bestaunten.

Ein älterer Mann – ein Ortho namens Hans Pestle, wie Saul sich erinnerte, hielt zwei magere, in zerlumptes Fibergewebe gekleidete Kinder bei den Händen. Vier weitere kleine Gestalten, eine abgezehrter als die andere, hielten sich in seiner Nähe an den Wänden fest.

»Nun, was gibt es, Pestle?«

Der Mann schüttelte den Kopf. »Nichts, Dr. Lintz. Ich dachte eben ... nein, es muß ein Irrtum gewesen sein.«

Zwei von den größeren Kindern schoben sich näher. »Haben Sie Erdnüsse für uns?« fragte ein dunkelhäutiger Junge schüchtern.

»Leider nicht, Achmed.« Saul lächelte und strich dem kleinen Jungen über das spärliche Haar, achtete aber darauf, daß er mit seiner Hand nicht dem langen, wieselartigen Tier zu nahe kam, das der Junge wie einen Schal um die Schultern gelegt hatte. Das Tier blieb in seiner Ruhestellung, beobachtete Saul aber mit wachsam glänzenden Augen.

»Leider, tut mir leid.« Gewöhnlich bekamen die Kinder zur Medizin eine kleine Süßigkeit oder ein paar Erdnüsse aus den Pflanzungen; saure Bonbons aus verarbeiteten Zitronenblättern und Zucker waren eine seiner begehrtesten Spezialitäten. »Aber ich verspreche dir, wenn du wieder zu mir kommst ...«

Das Kind überwand die kleine Enttäuschung gut. Früher war es Saul öfters durch seine Wutanfälle aufgefallen, die es in unkontrollierbare Schreikrämpfe getrieben hatten.

Achmed hatte tatsächlich gute Fortschritte gemacht. Er sprach mehr als früher und hatte zugenommen. Trotzdem, wenn man ihn mit seinen fünfunddreißig Kilo Körpergewicht und weniger als hundertfünfzig Zentimeter Größe sah, würde man nicht glauben, daß er sechzehn Jahre alt war.

Unglücklicherweise waren die Möglichkeiten zur Behebung so fortgeschrittener Schäden sehr begrenzt. Und die besten Behandlungsmethoden waren nur auf einen schmalen Bereich von genetischen Typen anwendbar. Es war sehr frustrierend.

Mit einem Kopfschütteln suchte er das Klingen in den Ohren zu vertreiben, das durch eine Allergiereaktion auf Symbiose hervorgerufen wurde. Er nieste, und die Kinder klatschten in die Hände und lachten über das dröhnende Echo im Stollen.

Saul sah sich um und orientierte sich durch die eingeschnittenen Markierungen an einer nahen Kreuzung. Sie waren tief unten, weit unter dem Stammesterritorium dieser Orthos.

»Was machen Sie hier unten mit den Kindern, Pestle?«

Pestle schaute auf den Boden. »Wir gehen bloß spazieren

... Sie sagten, die Kinder sollten mehr Bewegung bekommen ...«

Offensichtlich verbarg er etwas. Aber Saul hatte keine Zeit, der Sache auf den Grund zu gehen.

»Haben Sie sonst jemanden hier vorbeikommen sehen?« fragte er den alten Mann, der einst ein berühmter Astrophysiker gewesen, nun aber durch Alter und Gebrechlichkeit zum Betreuer behinderter Kinder geworden war, während die Jungen und Gesunden an der Oberfläche arbeiteten.

Pestle machte eine Kopfbewegung zum Schacht und zeigte nach oben. »Vor ungefähr einer Minute.« Er schien im Begriff, eine Frage zu stellen, verzichtete aber darauf.

Saul bedankte sich und eilte zum Schacht.

»Würde ich an Ihrer Stelle nicht tun.« Die Stimme des alten Mannes hielt Saul zurück. Er wandte den Kopf. »Warum nicht?«

Pestle wich wieder seinem Blick aus. Ein Auge war vom grauen Star befallen und fast erblindet. Der einzige Augenarzt der Expedition war in den frühen Jahren seuchenhafter Krankheitsausbreitung gestorben.

»Sie sind unser Arzt«, sagte der alte Mann. »Wir können uns nicht leisten, Sie zu verlieren.«

»Mich zu verlieren?« In Sauls Magengegend machte sich ein unangenehmes Ziehen bemerkbar. »Wovon sprechen Sie? Ist es gefährlich oben?« Und ihm fiel ein, daß Virginia hinaufgegangen war.

Pestle machte eine ungewisse Bewegung. »Hörte Geschichten. Vielleicht weitere Kämpfe. Hab die Kinder hier unten in Sicherheit gebracht. Das ist alles.«

Saul zog die Stirn in Falten. Das war keine gute Nachricht. »Danke für die Warnung, Pestle. Ich werde mich in acht nehmen.«

Er stieß sich ab und begann durch den Schacht aufzusteigen, indem er in Abständen Büschel des ›gezähmten‹ einheimischen Hybridenbewuchses faßte und sich in raschen Schwüngen daran weiterzog.

Er war kurz unterhalb der B-Ebene, als ein kreischendes Geräusch wie von gewaltsam gegeneinander schleifenden

Felsbrocken schrill durch den Schacht hallte. Wieder ein Beben, dachte er. Oder war es etwas anderes? Etwas Bedrohliches? Der Bewuchs über ihm kam in wogende Bewegung, als ob ein Windstoß durch das Halbdunkel führe. Die Unruhe erreichte ihn, und auf einmal war es, als versuchte er eine pelzige Schlange zu reiten, die sich aufbäumte und dahinglitt und ihn vor und zurück warf.

Er verlor den Halt und wurde durch den Schacht geschleudert, bis es ihm gelang, sich in eine Stollenmündung zu retten. Gerade in diesem Augenblick lösten sich große Stücke aus der Decke. Er warf sich zur Seite, einem unregelmäßig geformten Block auszuweichen, der sich langsam, aber unwiderstehlich herabsenkte. Ein anderer löste sich aus der linken Wand und schob sich mit schrecklicher Trägheit vorwärts, bis er knirschend mit der rechten Wand kollidierte.

So beschäftigt war er, diesen Blöcken auszuweichen, daß er den dritten, kleineren nicht sah. Ein plötzlicher Schlag traf seinen Kopf mit betäubender Gewalt und warf ihn zu Boden. Er fiel über einen eisigen Block und stöhnte.

Das Bewußtsein schwand nicht ganz, aber es blieb auch nicht intakt. Die nächsten Minuten oder Stunden waren für Saul ein Wirrwarr polternder Geräusche, eisigen Staubes, der sich langsam absetzte, mühsamer Besinnungsversuche, die nicht zum Erfolg führten, weil er nicht wußte, worauf er sich besinnen sollte.

Endlich fiel es ihm ein.

Zu Carl ... ihn warnen ...

Er vermochte sich nicht klar zu erinnern, wovor oder vor wem er ihn warnen sollte, und warum. Vielleicht würde es ihm unterwegs einfallen. Er wußte nur, daß er zurück in den Schacht und weiterklettern mußte.

Paul suchen, sagte er sich. Schnell ... Virginia ...

Diese Anweisungen wiederholte er immer wieder, während er sich mühte, den Schmerz und das Dröhnen in seinem Kopf zurückzudrängen.

Schnell ...

2

VIRGINIA

Als sie an die Oberfläche kam, fühlte sie wieder die frostige Majestät des Eises, der Leere, der alles verschlingenden Dunkelheit, in der sie schwamm. Die Erde, dachte sie, ist das schwüle Hawaii in einem Sonnensystem von Antarktikas. Werden wir jemals wieder echte Wärme fühlen?

Während sie mit langen, gleitenden Schritten über das gefleckte graue Eis schritt, drängte Virginia den Gedanken energisch zurück. Sie hatte in den vergangenen Jahren genug Erfahrung mit aufkommenden Depressionen gesammelt. Es war eine berufsbedingte Gefahr. Selbst ihre Liebe zu Saul war keine hinreichende Abschirmung dagegen ... ebensowenig wie die Psychologie, von der man sich vor Jahrzehnten so viel versprochen hatte. Man hatte die Expeditionsteilnehmer gewarnt, nicht allzuviel Gewicht auf menschliche Beziehungen zu legen, weil keine menschliche Bindung den Druck der Isolation, der langen Schlafzeiten und der unnachsichtigen Lebensfeindlichkeit der harten leere Kälte aushalten könne.

Der Mensch war nicht für ein Leben außerhalb der Heimatwelt gemacht, und schon gar nicht für einen dunklen Eisball wie diesen. Eine Intelligenz, die fähig war, sich flexibel und einfühlend mit ihrer Umgebung auseinanderzusetzen, war auch verwundbar für sie. Die Mannschaft hatte sich der üblichen Mittel zur Realitätsflucht bedient – Alkohol, Drogen, Medien, Liebesaffären –, aber wenn sie die Jahre überstanden hatte, dann nicht so sehr dank diesen Zerstreuungen, sondern vielmehr durch die Hoffnung, einen Großteil der Reise im Kühlfach verschlafen zu können. Aber auch für jene, die Verantwortung trugen und Befriedigung in der Pflichterfüllung fanden, war kein Sieg von Dauer, und Virginia wußte, daß sie sich immer wieder der aufkommenden Depressionen erwehren und die auslösenden Gedanken und Stimmungen meiden mußte.

Sie fühlte eine schwache Erschütterung durch die Stiefel

und blickte nervös umher. Nichts Ungewöhnliches, wie es schien. Ein paar Arbeitsgruppen waren in der Ferne mit Wartungsarbeiten an den Rückstoßgeräten beschäftigt. Über die offene Frequenz kamen keine aufgeregten Rufe, nichts Alarmierendes. Gut. Sie mochte nicht hier oben sein, wenn etwas passierte. Die Bewältigung von Krisensituationen war nicht ihre Stärke. Nicht ohne ihren Neuralanschluß, Johnvon und hundert Maschinen, die jeden ihrer Winke und Befehle ausführten.

Vor ihr erhob sich der Komplex der Gewächshäuser, vorn die größeren neuen, dahinter die älteren. Als die Beben begonnen hatten, war deutlich geworden, daß es riskant war, Pflanzungen und Verarbeitungsanlagen unter dem Eis zu halten. Unter dem immerwährenden Gehämmer der Rückstoßgeräte konnten sich jederzeit Verwerfungen öffnen und schlimmstenfalls durch Luftverlust und Temperatursturz Pflanzungen vernichten, deren Anlage mit jahrelanger Arbeit verbunden gewesen war. So hatte Carl neue Gewächshäuser neben den alten errichten und die Pflanzungen umsetzen lassen.

Neben all der Arbeit gab es die üblichen Gerüchte. Daß die besiegten Arcisten irgendeine Übereinkunft mit Sergejows Leuten erzielt hätten, und daß diese wegen der Festlegung des Marskurses neue Schwierigkeiten machen würden. Daß die Leute der Dritten Ebene insgeheim ein Raumschiff konstruierten. Sie hielt fast alles davon für Latrinenparolen, aber man konnte nie wissen. Alles war in diesen Tagen so überstürzt, so aufregend. Es gab mehr Arbeit als Kräfte, sie zu bewältigen, fast die gesamte Mannschaft war wiederbelebt, niemand hatte sich über Langeweile zu beklagen. Warum also war sie niedergeschlagen?

Die Antwort lag auf der Hand. Sie war nur ungern heraufgekommen, um vor Carl Farbe zu bekennen.

Aber sie ging weiter zum Gewächshaus 3, wo er sich aufhielt. Schon als sie durch die zischende Schleuse kam, sah sie Carl an einem Behälter mit ausgedroschenem Weizen stehen, wo er Körner durch die Hand rinnen ließ und mit Beschäftigten sprach. Er trug seinen Schutzanzug; in diesen Tagen war er ständig drinnen und draußen unterwegs, so daß er ihn selten ablegte. Männer und Frauen arbeiteten in Roggen- und Weizenfeldern, die zur besseren Nutzung des Raumes mit Obstpflanzungen durchsetzt waren. Entlang den Wänden wurden in Beeten viele Arten von Gemüse gezogen, darunter merkwürdig aussehende hochwüchsige Züchtungen, die bei gleichem Raumbedarf bedeutend höhere Erträge lieferten.

Carl lachte ihr zu, als sie näherkam. »Herrliche Körner, wie?«

»Du bist ein gründlicher Mann. Überprüfst sogar die Frühstücksflocken.«

Seine Miene umwölkte sich. »Ich finde, daß gute Arbeit Lob verdient hat, und diese Leute haben ...«

»He, es war nur ein Spaß.« Sie versetzte ihm einen Stoß mit dem Ellbogen, spürte aber gleich, daß die Geste gezwungen und unbeholfen wirkte. Sie war zu aufgeregt. Hatte man etwas Schwieriges vor sich, sollte man nicht so tun, als ob es eine spaßige Angelegenheit wäre.

»Warte einen Augenblick, Virginia«, sagte Carl und wandte sich wieder den Leuten zu, mit denen er gesprochen hatte. »Scheint hervorragend angepaßt, die neue Hybridform. Fragt sich nur, ob bei vergrößertem Korn nicht der Nährstoffgehalt zurückgegangen ist.«

Virginia wartete, während Carl und die Land- und Gartenbautechniker über Inhaltstoffe und Abweichungen von den Wachstumszyklen diskutierten. Die allmähliche Beschleunigung des Kometen wirkte sich zusammen mit der eingeleiteten Bahnveränderung auf die Spiegel aus, welche die Gewächshäuser mit Licht und Wärme versorgten, und es waren Neueinstellungen vorzunehmen.

Sie wanderte einen Weg entlang, froh über den Aufschub. Baumhohe Nutzpflanzen mit weißen, spiralig gedrehten Stämmen und Verzweigungen trugen breite, fleischige Blätter. Aus dem fasrigen Material der Stämme und Zweige wurden Matten und Stoffe hergestellt, während die genießbaren Blätter zu Nahrungsmitteln verarbeitet wurden. Am Boden dieses Waldes wuchsen schattenliebende Knollenfrüchte wie Yams und Maniok im durchsickernden Licht.

Alle Pflanzen wurzelten in fettem Humusboden, der durch ein Netzwerk kleiner Rinnsale in Teiche entwässert wurde, wo Fische zwischen knorrigen Wurzeln schwammen. Sie erinnerte sich an ein Gedicht, das sie unvollendet gelassen hatte, und neue Zeilen kamen ihr in den Sinn.

> In dieser glänzenden Schönheit
> von Keramik und zuverlässigem Stahl
> wie am uralten Meeresboden
> dieselben Gesetze.
> Stählerner Schlund,
> lautloser Schleuderer von Blitzen,
> die gestern noch organisches Haften erregten,
> die fiebernden Moleküle Vereinigung,
> nicht wissend, daß Wachstum Alter bedeutet.
> Und es beginnt der Fortschritt des Kauens.
> Weil andere wir essen, leben wir,
> so wird auch dies frostige Land uns verzehren,
> in geduldiger und steter Verdauung
> von Herzen und Träumen,
> Plänen und Wünschen,
> wie schwindende Wolken im luftlosen Schwarz.
> Ist schon verwehrt mir
> der Weg zurück in die Jugend,
> so laßt mich ruhn in der Erde Schoß.
> Lieber zur Strecke gebracht
> nach des langen Sommers Jagd,
> den Bauch aufgerissen
> (das ist keine Schande),
> als wie Schlamm versickern
> im Friedhofsgrund zum höflichen Gemurmel
> *Welch ein Verlust!*
> Weiß ich doch, daß alles Erde wird,
> den Boden zu bereiten,
> wo neue Cäsaren marschieren werden,
> unwissentlich
> auch ihrem guten Humus entgegen.

Virginia hustete in der warmen, feuchten Luft. Es schien, daß sie ihre Gedichte nicht mehr feilen und vollenden konnte. Statt dessen zog sie immer wieder das flüchtige Hingeworfene hervor und betrachtete es, drehte und wendete es im Licht wie bunte Steine am Strand. Lag es daran, daß ein vollendetes Gedicht eine gewisse Todesstarre annahm? Das Unvollendete schien ihnen unbegrenztes Leben zu verleihen.

Als sie auf einem der schmalen Wege zurückkehrte, hatte Carl sein Gespräch mit den Pflanzungsarbeiten beendet. Es gefiel ihr, wie die gläserne Wand des Gewächshauses ihn inmitten des wuchernden Pflanzenlebens spiegelte, als triebe er in einem grünen See. Als er sich zu ihr unwandte, hob sie die Hand. »Besprechung?«

»Gewiß.« Er stand abwartend, die alte Vorsicht lauerte noch hinter seinen Augen. Sie hatte ihm so oft weh getan ...

»Ich ... ich wollte dir sagen ...«

»Ja?«

»Ich weiß, du glaubtest, daß es ... eine Chance gebe, Saul und ich könnten ...«

Er lächelte vage. »Man soll die Hoffnung nie aufgeben.«

»Du hast nie aufgegeben.«

»Nein.«

»Du solltest es tun«, sagte sie freundlich.

»Ist das sicher zwischen euch?«

Virginia erinnerte sich ihrer eigenen Gedanken dazu. »Hier draußen ist nichts sicher, du weißt das. Nein, es ist bloß, daß du solch ... na, traditionelle Ziele hast.«

»Träume, würde ich sagen.« Carl lächelte, und in seinen Zügen war ein warmer, etwas trauriger Humor, als sei er sich seiner eigenen Fehler nur allzu bewußt. Sie sah, daß er ihre Eröffnung höflich und mit Haltung aufnehmen würde. Die Zeit hatte ihm Reife verliehen, und einen Firnis, ein Selbstgefühl. Er hatte sich in diesen Jahren sehr verändert, ohne daß es ihr aufgefallen wäre. Sie war so auf Saul konzentriert gewesen ...

Sie suchte nach Worten, doch er kam ihr zuvor und sagte: »Zugegeben, hier draußen hat die Vorstellung von Liebe und Familie, dieses ganze trauliche Bild, keine reale Bedeutung.

Wir haben noch keinen Weg gefunden, wie man die Kinder zuverlässig vor den Folgen der Schwerelosigkeit und Infektionen mit einheimischen Viruserregern schützen kann.«

»Du wirst nie eine Familie mit mir haben.«

»Damit habe ich mich abgefunden. Saul übrigens auch nicht.«

»Nein, aber nicht wegen seiner Sterilität, sondern wegen der meinigen. Ich ... ich kann keine Kinder haben.«

Er öffnete den Mund, sagte aber nichts. Der Firnis war verschwunden, und wieder sah sie den alten Carl, voller Sehnsucht und Verlangen. »Ich ... ich konnte es nie jemandem sagen. Es dauerte Jahre, bis ich es Saul anvertrauen konnte.«

»Gott ... es tut mir leid.«

Sie fühlte, wie ihr die Tränen in die Augen traten. »Ich habe mich damit arrangiert.« Aber warum weinte sie dann? Sie ärgerte sich über sich selbst.

»All die Zeit ...« Er schüttelte den Kopf. Seine Züge waren offen und wirkten irgendwie frischer, jünger. Sie verstand, daß er sich all die Jahre einen Traum bewahrt hatte, der nun zerrann.

»Ich wußte es schon lange vor unserer Abreise.«

»Ich ... verstehe.«

»Carl ...«

»Und wie wäre es, wenn du ... ah ... richten ließest, was nicht in Ordnung ist? Saul hat manches Wunder gewirkt.«

Sie fragte sich, ob er sie gewollt hatte, oder seinen Traum von süßen kleinen Percellkindern. Aber der Gedanke war falsch, unfreundlich.

Sie zwinkerte heftig. »Dies ist ein ... Sonderfall. Nicht einmal ein chirurgischer Eingriff ... Er versuchte durch Zellkernverschmelzung ein Duplikat von mir zu erzeugen, ohne meine Erlaubnis. Es war eine Katastrophe.«

»Und du wußtest ... die ganze Zeit ...?«

Sie nickte. »Ich glaube, es beeinflußt mich bei meiner Entscheidung, mich freiwillig zur Teilnahme an der Expedition zu melden. Ein konventionelles Leben war mir sowieso verwehrt, ganz gleich, wie ich es angefaßt hätte.«

»Du hättest adoptieren können.«

»Du weißt, wie schwierig es für einen Percell ist, Kinder zur Adoption zugesprochen zu erhalten, selbst in Hawaii.«

»Ja, sie haben alles gegen uns dichtgemacht«, sagte er voll Bitterkeit.

»Ich hätte bleiben und mit den anderen kämpfen können ...«

»Du weißt, was geschehen ist.«

Sie nickte, schnupfte und war erstaunt über ihre eigene Gemütsbewegung. Wenn ich noch länger bleibe, dachte sie, fange ich noch an zu heulen. »Wir haben doch die richtige Wahl getroffen, nicht wahr? Daß wir mitgekommen sind?«

Seine Stimme war bleiern, sein Gesicht eine Maske. »Ich weiß es nicht.«

Sie erschrak. Hatte sie ihm die letzte Hoffnung genommen? Würde er sich nun völlig der Verzweiflung überlassen?

»Carl, das kannst du nicht glauben. Wir haben überlebt, es ist uns gelungen ...«

»Hör zu! Ich möchte jetzt lieber nicht reden, einverstanden? Möchte bloß ... allein sein.« Er riß sich sichtlich zusammen und versuchte etwas von der zuversichtlichen Haltung des Führers wiederzugewinnen, die ihm zur zweiten Natur geworden war. »Ich weiß zu würdigen, daß du es mir gesagt hast. Ich kann dich jetzt besser verstehen, und das ist wenigstens etwas.«

»Carl, ich ...«

»Ich habe hier noch eine Menge zu tun«, sagte er schroff. »Vielleicht später.«

Virginia, sprachlos, streckte ihm die Hände hin, ließ sie wieder sinken. »In ... Ordnung.«

Sie ging rasch hinaus, erfüllt von widerstreitenden Empfindungen. Irgendwie hatte sie es ihm sagen müssen, aber wenn es ihn zu tief getroffen hatte ...

Sie hatte sich von seiner öffentlich zur Schau getragenen Miene von Selbstsicherheit und Beherrschung täuschen lassen. Darunter hatte Carl sich tatsächlich sehr wenig geändert. Er war mit den Erfordernissen der jeweiligen Lage gewachsen, aber der innere Mensch war derselbe geblieben. Dieser

Carl hatte eine Phantasievorstellung in seinem Herzen gehegt, und die hatte sie nun zerstört.

Sie lief in langen Sprüngen über das Eis, wandelte ihre innere Verwirrung in körperliche Übung um, ein dahintreibendes Stäubchen über einer Ebene von der Farbe eines dunklen Fernsehschirms.

»Virginia, verschlüsselte Meldung aus der Nähe des gegenwärtigen Standorts«, sagte Johnvons gutmodulierte Stimme aus dem Kopfhörer, als sie halbwegs beim Schacht war.

»Verschlüsselt?« Sie hielt an und blickte umher. Niemand war zu sehen, ausgenommen ein paar Gewächshausarbeiter, die von der Schicht nach Hause gingen. Am Horizont ragte eine von Jim Vidors Eiskonstruktionen wie eine Märchenruine in den sternbesäten Himmel. Jenseits der gekrümmten Linie hämmerten lautlos die Rückstoßgeräte und lenkten die Kometenbahn unmerklich auf den Mars. »Was soll das heißen?«

»Der Kode ist entschlüsselt, eine einfache kleine Zahlenumsetzung. Die Meldung ist nicht gut verständlich. Sie erwähnt Namen: Virginia Herbert, Carl Osborn.«

»Überwachen und versuchen, die Quelle zu finden, Johnvon. Ich habe anderes zu tun.«

Sie blickte zurück zum Gewächshaus und sah durch die Scheiben zwei Gestalten, die einander im strahlenden Licht gegenüberstanden.

Carl, in seinem Schutzanzug, gestikulierte. Der andere, in einem einfachen Umhang ... sie war überzeugt, daß es Saul sein mußte.

Und Carl in solch einem Zustand ... Sie wünschte, sie hätte Saul warnen können. Dies war der ungeeignetste Zeitpunkt, um Carl mit irgendwelchen Einzelfragen zu behelligen.

Etwas stimmte nicht. Saul fuchtelte mit den Armen, dann schwankte er seitwärts, als wollte er gehen.

Über Virginias Nasenwurzel erschien eine steile Falte. Saul sah krank aus ... und die Art, wie er sich bewegte, war unnatürlich.

Carl trat einen Schritt vor, und Saul stieß ihn fort. Virginia wünschte, sie wäre in ihrem Arbeitszimmer, könnte sich in eine der Arbeitsmaschinen im Gewächshaus einschalten und mithören.

Es sah so aus, als ob die beiden einander anschrien. Saul gestikulierte noch heftiger, taumelte rückwärts ... Dann prallte er gegen die Glaswand des Gewächshauses.

Die Scheibe zerbrach! In diesem Augenblick schnitt ein blauer Blitz von oben nach unten durch, zerriß die Druckhülle und ließ einen Schauer gelber Funken aufsprühen. Luft strömte geräuschlos aus, ein perlmuttfarbener Nebel, der sich zu einer Wolke verdichtete, die emporstieg und wuchs und allmählich aufzulösen begann. Wie konnte ein Mann die Glaswand eindrücken? fragte sie sich. Dann begriff sie.

Laser.

»Saul! Lauf zur Luftschleuse!« Aber natürlich konnte er sie nicht hören. Saul trug keinen Anzug.

Carl rannte zur Schleuse, wo die Helme gelagert waren, während Saul verwirrt herumstolperte und in die Gemüsepflanzung fiel. Er kam wieder auf die Beine, schien aber nicht zu wissen, was er tun sollte und wo er wieder Druck finden konnte. Die Schleuse war nur hundert Schritte entfernt, aber der desorientierende Druckverlust und die rasch sich ausbreitende tödliche Kälte verleiteten das Gehirn zu widersprüchlichen Reaktionen.

Virginia rannte schreiend zum Gewächshaus zurück, ohne den Blick von Saul zu wenden. Sein Umhang schlug um knochenweiße Flanken, und er taumelte wie benommen – fort von der Schleuse, zu der aufgeplatzten Wand. Ohne zu denken folgte er dem Wind der ausströmenden Luft, der aus der weiten Halle blies und ihm das graue Haar in die Stirn wehte. Um ihn her wogten und neigten sich die Pflanzen.

Carl hatte die Schleuse erreicht. Er verschwand im Innern und warf die Tür zu. Er würde mindestens eine halbe Minute brauchen, seinen Helm zu finden, ihn festzuschrauben und Luft in die Lunge zu bekommen ...

Virginia lief, so schnell sie konnte, glitt aber immer wieder auf dem Eis ab.

»Saul – nein! Saul ...«

Sie kannte die Auswirkungen von Vakuum und Weltraumkälte, die die Blutgefäße der Lunge zum Platzen brachten, den Körper gefroren, die feinen Membranen in Augen und Ohren zerrissen und im ganzen Körper blutige Verwüstung anrichteten ...

Er stolperte auf die zerbrochene Glaswand zu, gezogen vom Sog der ausströmenden Luft. Sie rannte noch, als er zwischen die aufrechten Scherben fiel.

Carl erreichte ihn noch vor ihr, aber als sie bei der gekrümmten Gestalt anlangten, die in einer Position qualvollen Todeskampfes versteift lag, sahen sie scharfe, glasige Spitzen aus seinem Rücken ragen. Die tiefen Schnitte bluteten nicht einmal mehr. Bläulich angelaufene Hautfarbe von glasiger Beschaffenheit. Blicklos starrende offene Augen.

Die Arbeiter aus dem Gewächshaus hatten sich mit Schutzanzügen und Helmen versehen und kamen von der Schleuse gelaufen, um Erste Hilfe zu leisten. Zu spät.

Wie fremd er aussieht, dachte Virginia. Trotz seiner Falten und seines Alters war immer etwas Unbesiegbares in ihm gewesen. Jetzt wirkte er makellos, verjüngt, als hätte die sanfte Hand des Todes ihm die Züge geglättet.

Die Leute kamen und machten sich an die Arbeit.

Es half nicht.

Als die künstliche Beatmung verspätet in Gang kam, keuchte Saul, würgte – und starb.

3

CARL

Er war immer ein Problemlöser gewesen, ein Mann, der denkend auf das Unbekannte reagierte, indem er es in verständliche Stücke zerlegte. Dann konnte er sorgfältig jedes kleine Problem lösen, zuversichtlich, daß die Summe dieser Arbeit schließlich auch zur Auflösung der größeren Schwierigkeiten führen würde. Wie hatten sie es im Caltech genannt? Eine lineare Überlagerung mit trennbaren Variablen? Ja, das war, worauf er sich verstand. Der alte, praktisch denkende Carl.

Er schlug mit der Hand gegen den gewebeverstärkten Hartschaum, mit dem der Riß in der Wand des Gewächshauses provisorisch abgedichtet worden war. Er konnte manches, aber die Vergangenheit konnte er nicht ungeschehen machen. Er konnte Saul nicht zurückbringen, konnte nicht einmal Virginia trösten.

Sie saß zwischen den welken Blättern kurz zuvor geernteten Rhabarbers und starrte ins Leere. Ihre rotgeränderten Augen waren längst leergeweint, und nun war sie erschöpft, betäubt und hatte sich in sich zurückgezogen. Die Gewächshausarbeiter hatten Sauls Leichnam fortgeschafft, und nach ihrem ersten Verzweiflungsausbruch war Virginia verstummt, teilnahmslos und aschfahl. Lani Nguyen saß bei ihr, hatte ihr einen Arm um die Schultern gelegt und murmelte leise.

Sie und Jeffers waren in Antwort auf Carls Notruf kurz nach Sauls Tod eingetroffen. Es war nicht zu erkennen, wer den Laser abgefeuert hatte, dessen Strahl die Wand des Gewächshauses aufgerissen hatte. Lani und Jeffers waren auf keinen Widerstand gestoßen, als sie vom nächsten Schacht herübergelaufen waren. Die offene Frequenz brachte keine Neuigkeiten. Die Mannschaft des Gewächshauses, durch gelegentliche Meteoriteneinschläge in Übung, hatte den Riß bald abgedichtet und war dabei, die zerstörten Teile zu erneuern. Der atmosphärische Druck im Innern der Halle näherte sich wieder dem Normalwert.

»Ich kann es noch immer nicht verstehen«, sagte Jeffers verdrießlich.

Carl blickte auf. »Was?«

»Warum Saul nicht reagierte, als die Wand leck wurde. Er war nicht mehr der Jüngste, gewiß, aber wir alle haben eine Menge Erfahrung mit Lecks in den Schächten. Warum ist er dir nicht nachgelaufen?«

»Er war schon vorher desorientiert. Kam durch den Abfallschacht da drüben hoch und murmelte unverständliches Zeug.«

»Das ist verrückt. Durch den Abfallschacht?«

»Er muß ihn als eine Art Abkürzung benutzt haben. Vielleicht wußte er, daß Virginia mit mir redete und ...« Carl brach ab. Er wollte nicht enthüllen, was Virginia gesagt hatte, oder den Gedanken weiterverfolgen, daß Saul versucht haben mochte, sie zurückzuhalten. Es war alles verdammt unklar! Warum sollte Saul etwas dagegen gehabt haben, daß Virginia ihn aufklärte? Oder war Sauls zu späte Ankunft zufällig gewesen? Ein Unfall?

Jeffers nagte an seiner Lippe. »Virginia«, fing er unbehaglich an, »sagte, du und Saul, ihr hättet Streit oder was gehabt.«

»Er machte Geräusche und gestikulierte – bloß Geräusche, Grunztöne, unverständliches Zeug.«

»Du meinst, er hatte halluziniert? War er krank?«

»Vielleicht. Ich hatte ihn seit Monaten nicht gesehen. Er wirkte verwirrt, sprach unzusammenhängend. Der Mann war geistig verwirrt.«

»Und deshalb reagierte er nicht und folgte dir nicht zur Schleuse?«

»Vermutlich.«

Jeffers machte ein skeptisches Gesicht. »Für meinen Geschmack ist das alles ein bißchen zuviel auf einmal. Jemand schießt ein Loch ins Gewächshaus, bringt euch alle um Haaresbreite um ...«

»Eine günstige Gelegenheit«, sagte Carl. »Sofern sie nicht Virginias Brustbinde sahen, als sie aus dem Schacht kam, mußten sie gedacht haben, sie sei auch im Gewächshaus.«

»Aber wer würde ...«

Ein blauer Lichtblitz traf einen Eisbuckel in ihrer Nähe. Beide fuhren herum, sahen aber nur noch das Erlöschen des Lichts und den explodierenden Ball weißen Dampfes.

»Verdammt!« schrie Jeffers. »Alle Helme auf!«

Carl wollte zu Virginia, während er automatisch sein Helmgewinde zudrehte, aber Lani war ihm zuvorgekommen und half Virginia. »Paßt auf, Leute!« sagte er über den offenen Kanal. »Geht in Deckung, aber haltet das Abdichtungsmaterial bereit! Wenn sie die Wand wieder durchlöchern ...«

»Ich brauche nicht noch mal zu feuern, Carl. Du hast verstanden.«

Die Stimme knisterte in seinem Kopfhörer. »Wer spricht da?« knurrte er.

»Sergejow! Ich wußte es ja«, sagte Jeffers.

»Haltet die Frequenz frei!« sagte Carl, um das anschwellende Geplapper zu unterdrücken. »Sergejow, was, zum Teufel, hat das ...«

Auf einem der Bildschirme neben der Luftschleuse erschien Sergejows grinsendes, blaugefärbtes Gesicht. In jede Wange war das Siegel Simon Percells tätowiert.

»Ich hatte gehofft, Carl und die Herbert unverletzt zu bekommen.« Sergejows Stimme kam jetzt klarer durch. »Um so besser, wenn die Fliegen von selbst zum Honigtopf kommen. Jeffers, ich hoffe, wir können auf dich zählen, wenn dies vorbei ist.«

»Wenn *was* vorbei ist?«

»Du kannst es selbst sehen.«

Carl hatte den Horizont beobachtet, um die Position des Lasergeräts auszumachen. Nun, als er sich wieder zum Äquator wandte, sah er bei den Rückstoßgeräten Gestalten herumlaufen. Lautlos schlug ein Blitz zwischen zwei dieser Gestalten und schickte sie in einer Dampfwolke himmelwärts. Carl konnte nicht erkennen, ob die Leute direkt getroffen worden waren, aber es war kaum Zeit zum Überlegen, bevor weitere bläulichweiße Lichtblitze über die Ebene huschten.

»Die Hälfte der Rückstoßgeräte haben wir bereits genommen. Das Personal der übrigen wird sich entweder ergeben, oder wir rösten es an Ort und Stelle.«

Carl dämmerte eine Erkenntnis. »Was ... Ihr habt mich und die anderen abgeschnitten, damit wir keinen Gegenangriff führen können?«

Sergejows Gesicht lächelte aus dem Bildschirm. Seine Hand erschien und machte eine Bewegung mit abwärtsgerichtetem Daumen. Gleich darauf spürte Carl ein Knirschen und Vibrieren im Untergrund, das die weite Halle des Gewächshauses wie ein Beben erzittern ließ. »Ich habe gerade die Stollen unter dem Gewächshaus sprengen lassen. Damit sitzt ihr fest, nicht wahr? Fein, was?«

Carl brüllte: »Du Idiot ...«

Sergejow lachte. »Falle zu, raus bist du!« Dann fügte er ernüchtert lächelnd hinzu: »Ohne euch werden die anderen weniger dumm sein.«

»Das ist Meuterei!« rief Jeffers dazwischen.

»Selbsterhaltung, meinst du.«

Carl konnte aus dem giftigen Tonfall eine Absage an seine Führung heraushören. Irgendwie hatte er Sergejows Geschwätz nie ernst genommen; es hatte nur komisch auf ihn gewirkt, borniert, ein falsch verstandenes Mischmasch überlebter Ideen. Aber nach der Sache mit dem Carepaket hatten viele sonst vernünftige Leute einen tiefen Haß gegen die vorgesetzten Stellen auf der Erde entwickelt, und Sergejow hatte sie geschickt darin bestärkt und behauptet, daß das Marsmanöver nicht klappen würde.

Tatsächlich war es ziemlich sicher, daß der Marsplan sie nicht retten würde. Nichts konnte ihnen helfen, außer ein Sinneswandel der entscheidenden Stellen zu Hause.

Carl konnte sich nicht erinnern, daß Sergejow jemals vernünftige Alternativen aufgezeigt hätte, und ihm war schleierhaft, wie jemand den Mann ernst nehmen konnte. Immerhin mochte es Sergejow gelungen sein, zu seinen Fanatikern eine Anzahl unzufriedener Astronauten zu gewinnen. Mit diesen konnte er genug Leute haben, die Rückstoßgeräte zu erobern und zu halten, wenn sie es richtig anfingen ...

»Die Marsausrichtung gefällt euch nicht?«

»Das ist emotionales Geschwätz. Jeder weiß, daß wir in einer so dünnen Atmosphäre nicht abbremsen könnten.«

»Wir können es versuchen. Zumindest wird es uns verlangsamen, vielleicht Optionen für die auswärtsgerichtete Phase dieses Swingby öffnen.«

Sergejow lachte blechern. »Halt mir keine Reden! Ich und meine Freunde – die richtige Percelle sind, keine Abtrünnigen, die sich an jede Ortho heranmachen, sogar mit ihnen schlafen –, wir verstehen von Astrophysik soviel wie du, wahrscheinlich mehr. Glaubst du, wir können keine Simulationen durchführen? Wir kennen die Gefahr, auf dem Mars zu zerschellen. Die einzige verbleibende Hoffnung ist deshalb, in der Atmosphäre eines Planeten mit dicker Luft zu bremsen.«

»Venus? Das ist ein mögliches Manöver, aber es läßt sich erst nach dem Sonnenumlauf steuern. Zuvor würden wir durch das Perihel gehen müssen, und ich möchte nicht beurteilen, wie wir das überleben würden.«

»Kein Perihel. Es wäre Dummheit, nur zu glauben, daß wir das durchstehen könnten.«

»Warum nicht? Paß auf, Otis, wir können über die Einzelheiten einer Venusannäherung sprechen, wenn du willst.«

Während Jeffers sprach, gab er Carl ein Zeichen. Entlang der entfernten Reihe der Rückstoßgeräte wurden behelfsmäßige Flaggen über die Verkleidungen gelegt. Sie trugen das Zeichen der Übermenschen.

»Seht ihr, daß wir gewinnen? Ja, alles zur rechten Zeit. Wenn die anderen nicht aufgeben, räuchern wir sie aus.«

»Ihr seid vollkommen verrückt, übergeschnappt, weißt du das?« platzte Jeffers heraus.

Carl bedeutete ihm, still zu sein. »Mein Gott, Sergejow, das würdet ihr nicht tun. Wir brauchen die Geräte und ihre Bedienungen ...«

»Um den Mars zu treffen. Wir werden nicht auf dem Mars zerschellen, bloß um die Leute zu Hause glücklich zu machen.«

»Was für eine wahnsinnige Logik soll das sein?«

»Gute Logik ist es. Die Leute daheim würden es gern sehen, wenn wir auf dem Mars Selbstmord und dem Halley-Leben ein Ende machten. Welche Beweise willst du noch, nachdem sie uns gezeigt haben, wieviel ihnen an uns liegt?«

Der höhnische Hinweis auf das Carepaket schmerzte, weil Carl wußte, daß er berechtigt war. Unter der Besatzung hatte es viel Bitterkeit gegeben, und diese verrückte Rebellion war das Ergebnis. Die meisten Astronauten, namentlich die Sippe vom Blauen Felsen, standen hinter Carl. Aber Sergejow hatte zweifellos Leute rekrutiert, und Carl hielt es sogar für möglich, daß er einige Orthos für sich gewonnen hatte.

»Also gut. Hör zu! Ein Venusmanöver ist verdammt gefährlich, aber wir können darüber reden. Einverstanden?«

»Du hast nicht kapiert, wie gewöhnlich. Wir steuern einen Planeten mit Atmosphäre an, aber nicht Venus.«

»Wohin wollt ihr also, Otis?«

»Ist doch offensichtlich. Zur Erde.«

»Großer Gott! Das ist ...«

Er war im Begriff zu sagen, das ist unmöglich, aber dann fielen ihm die vor langer Zeit ausgearbeiteten Optionen für den Abschluß der Mission ein. Die Expedition hatte zuerst einen Vorbeiflug am Jupiter geplant, um die Bahn des Kometen auf ein Mondrendezvous hin zu verändern, worauf die *Edmund Halley* von dort aus die Erde ansteuern könnte. Das bedurfte aber einer starken Drosselung der Geschwindigkeit.

Seit die Arcistenrebellion ihnen den Südpol entrissen hatte, hatten sie sich für die Aufstellung der Rückstoßgeräte um den Äquator entschieden; das erforderte eine Geschwindigkeit von nur 59 Metern pro Sekunde. Die benötigte Energie betrug das Quadrat von Delta-V, was bedeutete, daß ein Vorbeiflug am Mars, mit einem Abbremsmanöver in seiner Atmosphäre, nur vier Prozent des ursprünglichen Energiebedarfs der Mission verbrauchte. Für dieses Manöver hatten sie jetzt seit Jahren die Geräte in Betrieb gehalten.

Aber er hatte ein anderes Manöver vergessen, das sie von einem gleichmäßigen äquatorialen Schub her ausführen konnten. Die Erde ...

»Ich kann mich jetzt nicht an die Zahlen erinnern, aber wir können ...«

»Ich werde dein Gedächtnis auffrischen. Es sind nur dreiundsechzig Meter pro Sekunde Delta-V notwendig. Etwas mehr Schub als wir jetzt geben. Und die Richtung ist beinahe dieselbe wie beim Marsselbstmord! Meine Leute richten die Rückstoßgeräte jetzt neu aus. Nur fünf Grad in der Neigung, hundert Grad in der Rektaszension. Das heißt ...«

»Ja, verstehe.« Der ist wirklich verrückt, dachte Carl. Wie gehe ich mit ihm um? »Gut, wir können die Erde ansteuern. Und dann? Man wird uns abschießen, bevor wir auch nur in die Nähe kommen.«

Aus den Kopfhörern drang Sergejows trockenes Gegacker. Carl wartete das luftlose, manische Gelächter ab und sagte sich, daß es darauf ankomme, Zeit zu gewinnen. Dazu war es gut, Sergejow reden zu lassen. Vielleicht würde jemand von unten mit Lasern kommen, die Meuterer, einkreisen und abschneiden. Aber er machte sich nichts vor; die Chancen waren gering. Sergejow hatte sein Blatt im richtigen Augenblick ausgespielt und gewartet, bis Jeffers – Carls rechte Hand – mit ihm im Gewächshaus war. Virginia konnte ihre Maschinen nicht aktivieren. Und obendrein hatte er Saul getötet, der vielleicht eine Menge Leute, die einfach überleben wollten, hätte zusammenbringen können ...

»Niemand wird uns abschießen. Nicht wenn wir drohen, die Seuchen unter ihnen auszusäen.«

»Damit würdest du drohen?«

»Die Schweinekerle haben die *Edmund Halley* abgeschossen und uns das Carepaket geschickt. Was haben sie verdient?«

»Sie werden trotzdem ...«

»Wir machen atmosphärische Abbremsung, springen ab. Der Komet fliegt weiter. Wir schließen ein Abkommen, daß wir die Erde nicht mit Halley-Erregern verseuchen werden, und daß man uns dafür mit allem, was wir brauchen, zum Marsmond Deimos schickt. Dort leben wir und fangen an, den Mars bewohnbar zu machen.«

»Na, wenigstens das klingt vernünftig«, sagte Jeffers, blickte aber schuldbewußt auf, als Carl ihm einen unwilligen Blick zuschoß.

Sergejow hatte ihn gehört. »Lieber Träume als Alpträume, wie?«

Carl versuchte zu überlegen. Lani war an seine Seite gekommen, hatte ihm in stummer Tröstung eine Hand auf die Schulter gelegt.

»Zu Hause wird man kein Risiko mit Halley-Erregern eingehen. Man wird uns auslöschen«, sagte Carl.

»Nein. Wir werden Raketen in Bereitschaft halten, Sprengköpfe mit Halley-Krankheitserregern. Wenn von der Erde geschossen wird, schießen wir zurück.«

Sergejows wahnsinniges Szenarium war allzu verführerisch, wie Carl in Jeffers' Miene lesen konnte. Die Atmosphärenbremsung würde sehr viel Vorkehrungen und die Herstellung geeigneten Materials erfordern, aber das war für das Marsmanöver bereits entwickelt und geplant.

»Ich glaube nicht, daß ihr das verkaufen könnt.«

»Wer spricht von verkaufen? Es ist Zeit, auf die Pauke zu hauen. Seid ihr einverstanden, oder sollen wir das Gewächshaus in kleine Stücke schneiden?«

»Die anderen werden da nicht mitspielen.«

»Welche anderen? Die Ortho-anderen? Die wollen leben, genauso wie wir.«

»Aber dies gefährdet die Menschheit! Jede Atmosphärenbremsung wird den Kometenkern nahe genug in die oberen Luftschichten bringen, daß Eis in großen Mengen vergasen wird. Die Lebensformen könnten mit den entstehenden Turbulenzen leicht zur Oberfläche gelangen.«

»Die Leute werden das Risiko tragen müssen.«

Carl schritt auf und ab, blind gegen die starrenden Blicke der Gewächshausarbeiter, Jeffers' nervöses Benagen der Unterlippe, Virginias leere Geistesabwesenheit. Er mußte nachdenken, aber sein Geist war ein Wirbel widersprüchlicher Empfindungen. Das Erdmanöver enthielt wenigstens die Aussicht auf Hoffnung, auf Leben ...

»Hör zu! Über diese Sache müßte abgestimmt werden. Die ganze Mannschaft ...«

»Dummes Zeug! Keine Abstimmung! Du vergißt, Carl, daß wir die Rückstoßgeräte haben!«

»Es wird eine beträchtliche Minderheit, vielleicht sogar eine Mehrheit geben, die gegen euch sein wird.«

»Mit denen werden wir fertig.«

»Wie?«

»Genauso wie mit euch, sobald die Dinge zur Ruhe kommen. Kein Problem. Die Rückstoßgeräte sind alle gebaut, keine großen Arbeiten nötig. Wir schicken euch alle in die Kühlfächer.«

Virginia, Lani, Jeffers – alle starrten ihn jetzt an, lauschten dem Wortwechsel, sagten nichts. Er hatte sie seit Jahren geführt, über Milliarden von Kilometern, um zu diesem Ende

zu kommen – einem traurigen, dummen Waterloo. Überflü-
gelt. Überlistet.

Und um es ihm einzureiben, stieß Sergejow sein trockenes
Lachen aus und sagte: »Kommen wir zur Erde, werden wir
entscheiden, wen wir aufwecken. Wer jetzt Ärger macht,
kommt vielleicht nie aus dem Kühlfach? Wie findest du das?«

4
_____

VIRGINIA

Es waren die schlimmsten zwei Tage ihres Lebens. Sie schienen sich über Jahrtausende zu erstrecken, zurück zu sonnigen hellen Tagen, als Saul gelebt und die Liebe sie mit ihrer
eigenen Schwungkraft vorwärtsgetragen, Schwierigkeiten
überwunden und die zerklüftete Oberfläche eines Lebens geglättet hatte, das, wenn sie es fertigbrachte, daran zu denken,
in Wahrheit immer herb und angespannt und hoffnungslos
gewesen war.

Sauls verkrümmter Körper hatte sein Bild in ihr Bewußtsein gebrannt, ein stummer, grotesker Vorwurf. Er hatte in
seinem Tod so seltsam ausgesehen. Friedlich, trotz seiner
Wunden. Jünger.

Nach so vielen Mühen ...

Wäre sie näher gewesen, angestrengter gelaufen, hätte sie
schneller gedacht ...

Nein, es hatte keinen Sinn, solchen Gedanken nachzugeben. Es war eine tödliche Spirale, aus der nichts als ein endlo-
ser Zyklus von Schuld und Schmerz entstehen konnte.

Solche leichten Erkenntnisse vermochten sie jedoch nicht
zu befreien. Sie saß inmitten der Strömungen von Zorn und
aufgeregten Worten und rauhen Gefühlsausbrüchen ... und
rieb sich unaufhörlich die Hände, unfähig zu einer Bewegung
oder einem Gedanken, unfähig auch, den harten, bitteren
Kummer in Tränen sich auflösen zu lassen.

Alles, was sie tat, war sinnlos und dumm. Es machte ihr
nichts aus, wenn sie für alle Zeit so dasitzen würde, umgeben

von der allmählich wieder entstehenden feuchten Wärme des Gewächshauses. Die Pflanzen waren abgehärtet genug, um einer kurzen raschen Dekompression und Abkühlung zu widerstehen, in einem halben Jahrhundert sorgfältiger Zuchtwahl und Auslese weit besser angepaßt als der Mensch, der diese Grundsätze für sich selbst nicht gelten ließ.

Andere versuchten zu helfen. Lani umschwebte sie mit sanften Berührungen und freundlichen Geräuschen in einer alles verschlingenden Stille. Carl machte seine unbeholfenen Gesten, sagte die konventionellen Worte. Es war alles hölzern, entfernt, Gesichter unter Glas.

Der Umstand, daß der verrückte Sergejow und seine Anhänger sie alle im Gewächshaus zu Geiseln gemacht hatten, änderte im Grunde nichts. Sie war so gleichgültig wie das schweigende Eis draußen, wo Gestalten an der Arbeit waren und die Rückstoßgeräte neu ausrichteten, daß ihre Rohre auf andere Sternbilder wiesen. Mochten die fernen Marionetten ihre bedeutungslosen Verrichtungen tun, ihr war es einerlei. Die Erde war gewiß ein willkommeneres Ziel als der Mars, aber nicht weil sie dachte, daß das Vorhaben gelingen werde.

Nichts hatte auf dieser dem Untergang geweihten Expedition je geklappt. Die Erde würde Mittel und Wege finden, sie unschädlich zu machen. Wollte Sergejow in ballonähnlichen Fahrzeugen ablegen, um sich durch die Atmosphäre abbremsen zu lassen? Die geringste Asymmetrie oder fehlerhafte Verarbeitung von Stahlkeramikschalen mußte unter der Reibungshitze des Bremsmanövers zu Kreiselbewegungen, Materialbrüchen und schließlich zum Bersten der Landungskapseln führen. Und auf der Erde würde man diese Schwächen sehr gut sehen. Ein Laserstrahl, ein Partikelstrahl – alles, was ein Loch in die Schale schlagen konnte, würde sie alle in einen verglühenden Feuerball verwandeln. Sie hatte kein Vertrauen zu Sergejows astronomischem Fiebertraum. Zum Marsmanöver allerdings auch nicht. Sie hatte Carls Geheimnis bewahrt und niemandem ein Wort von den Ergebnissen ihrer Simulationen gesagt. Der Glaube an Fiktionen hielt die Menschen aufrecht ...

Sergejows Lüge aber war schlimmer. Sie würde einer toten

Welt kein Leben bringen, die Expedition jedoch ebenso sicher ins Verderben führen.

Welches wären die Folgen, wenn der Komet auf einen Kollisionskurs auf der Erde gesteuert würde, was einige von Sergejows Anhängern unverhohlen auf der offenen Frequenz diskutiert hatten? Was würde aus samtigen Himmeln und dunstigen tropischen Nachmittagen werden? Sie schüttelte den Kopf. Vielleicht hatten die Menschen kein besseres Schicksal als das verdient, was die Dinosaurier ereilt hatte. Die Zuchtrute Gottes.

»Virginia?«

Es war Carl, blaß und verkniffen, der wieder einen Versuch unternahm, sie aus ihrer Leblosigkeit aufzurütteln. Sie blickte auf. »Zeit zu essen?«

»Nein, ich ... weißt du, ich könnte wirklich Hilfe brauchen.«

»Wozu?«

»Einen Ausweg aus dieser Lage zu finden.«

»Sergejow hat uns in der Falle«, sagte sie matt. »Möchtest du dich mit Schaufeln und Spaten durch den Abfallschacht graben?« Auch dieser mußte durch die Sprengungen verschüttet worden sein.

»Ja, aber es muß ...«

»Hast du an die Förderanlage für das Erntegut gedacht?«

»Gewiß. Gestern. Sie wird von Leuten bewacht.«

Sie runzelte die Stirn. Es war schwierig, wie früher zu denken ... »Meine Maschinen. Wenn ich von hier aus eine Kontrollfunktion über sie gewinnen könnte, durch Fernsteuerung ...«

»Du hast das gestern versucht«, erinnerte er sie freundlich.

Sie verspürte eine leichte Aufwallung von Gereiztheit. »Richtig, sie haben die Eingaben für die T-Matrizen geändert. Sergejow war schlau genug, das sofort zu veranlassen. Ich könnte das nur vom großen Steuerpult in der Zentrale her in Ordnung bringen. Aber ich müßte selbst dort sein.«

Sie verstummten wieder.

Einige Zeit später kam Jeffers eilig herüber. »Etwas ist im Gange – sie hantieren wieder mit dem Laser.«

Carl folgte ihm durch die Luftschleuse ins Freie, stieß sich ab und erreichte mit einem weiten, gleitenden Satz das Dach des angebauten Verarbeitungsschuppens. Virginia war versucht, wieder in ihre Teilnahmslosigkeit zurückzusinken und geschehen zu lassen, was geschehen sollte, raffte sich dann aber auf und schloß sich den beiden Männern an.

»Sie feuern auf jemand!« rief Carl von seinem Aussichtspunkt. Virginia ergriff eine Halteleine und schwang sich zu ihm aufs Schuppendach.

»Siehst du?« Carl zeigte über den Schnee hinaus. »Auf der Anhöhe dort ist Sergejow. Er feuert mit dem Laser auf jemand, der von Süden kommt.«

Dort waren winzige dunkle Punkte zu erkennen, die sich rasch über die graue, gestreifte Ebene bewegten. »Wer?« fragte sie.

»Arcisten, denke ich mir«, sagte er. »Sie hausen noch immer in ihren Stollen um den Südpol. Es liegt auf der Hand, daß sie sich jedweder Bedrohung der Erde widersetzen. Da Sergejows Leute jedoch die Rückstoßgeräte halten, werden sie zu Hackfleisch gemacht.«

Lani landete neben ihnen. »Bist du sicher?«

Eine riesige Dampfsäule eruptierte von der Flanke des Hügels, wo Sergewjow seine Laserkanone aufgebaut hatte. Im Nu war die Anhöhe in Nebel gehüllt. Ehe er sich verteilen und auflösen konnte, blitzte es von neuem, und eine noch größere Dampfwolke folgte der ersten.

»Die Arcisten setzen ihren großen Laser ein«, sagte Jeffers aufgeregt. »Er ist schwer zu zielen, aber wenn sie die Anhöhe selbst verdampfen ...«

»Auf alle Fälle werden sie Sergejows Leute mit den Dampfwolken blind machen«, sagte Lani.

Am Horizont bewegten sich Gestalten, zu weit entfernt, als daß man hätte ihre Brustbinden unterscheiden können. Virginia hatte sich niemals mit taktischen Manövern in der Schwerelosigkeit beschäftigt, aber sie glaubte einen Plan hinter den langsam vorrückenden und sich schließenden Flügeln der angreifenden Arcisten zu sehen. Ihre Zangenbewegung schloß sich um die Reihe der äquatorialen Rückstoßgeräte, wo Sergejows Anhänger nun zur Verteidigung übergingen. Die langen Ausstoßrohre waren in ihren Verankerungen schwerfällig und nicht leicht zu bewegen, insbesondere nicht bei starken Neigungswinkeln. Sie begannen sich nach Süden zu drehen, aber die Rohre kamen mit quälender Langsamkeit in Position.

Carl streckte den Arm aus. »Seht ihr? Die Arcisten versuchen zu uns durchzukommen. Gelingt es ihnen, sind wir frei.«

Dann aber eröffnete ein zweiter Laser das Feuer von einer entfernten Anhöhe und bestrich die Ebene. Selbst Nächsttreffer bliesen die kleinen Gestalten mit ihren jäh aufschießenden Dampfwolken in die Höhe und hinaus in den Raum.

»Warum greifen sie nicht von oben an?« fragte Virginia.

»Wenn sie am Himmel zappelten, hätte Sergejow erst recht leichtes Spiel mit ihnen. Auf dem Eis ist es nicht so einfach.«

»Ja«, sagte Jeffers. »Wer möchte schon da oben hängen, hilflos wie ein Säugling? Da ist es viel angenehmer, etwas Eis zwischen sich selbst und diesem großen Brenner zu haben.«

Die Angreifer suchten Deckung. Sie feuerten aus kleinen Waffen von begrenzter Reichweite – Handlaser, kleine Mikrowellenbohrer –, vermochten aber nichts auszurichten. Einige schienen mit einem größeren Mikrowellenbohrer am Werk zu sein, den sie wahrscheinlich auf eine für menschliches Körpergewebe zerstörerische Frequenz eingestellt hatten, doch fächerte der Strahl über die weite Distanz aus und verlor seine Wirkung.

Unterdessen feuerte der große Laser der Arcisten weiter auf die Anhöhen, auf denen sich Sergejows Leute verschanzt hatten, und hüllten sie in Dampfwolken, die eine gezielte Abwehr verhinderten. So ging es eine halbe Stunde lang. Jede Seite manövrierte, feuerte, versuchte Deckung zu finden, ohne daß eine entscheidende Veränderung der Lage erkennbar geworden wäre. Der ganze Konflikt vollzog sich lautlos, mit der Unwirklichkeit einer Zeitlupenaufnahme.

»Das kann noch lange so weitergehen«, sagte Carl schließlich.

»Niemand hat genug Leute, um wirksamen Feuerschutz zu

geben«, meinte Jeffers. »Sieht so aus, als hätten die Arcisten noch hübsch viel Leute, aber man kann einen ganzen Äquator schlecht umzingeln.«

»Können wir uns das nicht zunutze machen?« sagte Virginia.

»Wie?«

»Zur Flucht! Wenn wir einen Kilometer weit laufen, zu den Schlackenhaufen dort im Süden, finden wir intakte Schächte.«

»Die würden uns vom Schnee wegpicken«, sagte Carl.

Virginia nickte. »Aber wenn ich zur Zentrale hinunter könnte, hätte ich die Kontrolle über meine Maschinen! Gegen einen konzentrischen Angriff von Maschinen könnten Sergejows Leute nichts ausrichten.«

Lani sagte: »Ich könnte versuchen, zu der Sippe vom Blauen Felsen durchzukommen. Keoki würde uns helfen, wenn er wüßte, wo wir sind.«

Jeffers schüttelte ungläubig den Kopf. »Ihr Frauen seid verrückt. Ihr würdet es nie bis zum Schacht schaffen.«

»Dann müssen wir eben eine Ablenkung schaffen«, sagte Lani.

»Wie?«

Virginia dachte angestrengt nach. »Angenommen, wir blasen durch einen Schlauch Luft aus der Ventilation ins Freie?«

»Hm. Das würde einen Strahl aus Dampf und Schneekristallen geben, der als Deckung geeignet wäre.«

Jeffers schüttelte den Kopf. »Aber wir wissen nicht, wie lange er sich halten würde.«

Virginia wandte sich zu ihm. »Die Ventilation müßte auf die höchste Stufe gestellt werden, damit es richtig herausbläst.«

»Ich weiß nicht«, meinte Jeffers. »Könnte klappen.«

»Dann sollten wir es tun! Andernfalls, wenn Sergejow gewinnt ...«

»Richtig«, sagte Carl und preßte die Lippen zusammen. »Fangen wir an!«

Es dauerte zwanzig Minuten, bis eine Schlauchleitung gelegt und an das Ventilationssystem angeschlossen war. Virginia arbeitete mit den anderen, zog Schläuche herbei, stellte Anschlüsse her, bedeckte die Pflanzen im Umkreis der Öffnung, die Jeffers mit dem Schneidbrenner in die Außenwand schnitt, mit schützenden Plastikfolien und half, nachdem der Schlauch durchgeschoben war, beim Abdichten. Die Arbeit gefiel ihr, doch benahm sie sich ungeschickt, weil sie Handarbeit ohne Maschinen nicht mehr gewohnt war.

Dann, ohne vorauszudenken, ohne überhaupt etwas zu denken, kauerte sie neben Carl und Lani in der Luftschleuse und begriff plötzlich, daß sie im Begriff war, ihr Leben auf ihre Lauftüchtigkeit zu setzen. Es war absurd! Sie hatte weniger Zeit als alle anderen an der Oberfläche verbracht. Aber sie sah keinen anderen Ausweg. Sie mußte ihre Maschinen aktivieren, und vor allem durfte sie nicht zulassen, daß Sergejow sie für immer in ein Kühlfach steckte.

Sie sprangen aus der Luftschleuse, waren mit wenigen langen Sprüngen auf der Seite, wo ihre Schlauchleitung aus der Wand kam. Jeffers stand drinnen am Ventil und wartete auf das Zeichen.

»Alles fertig?« fragte Carl.

Sie nickte heftig. Am besten stellte sie sich vor, daß sie gar nicht selbst hier draußen war, sondern eine Maschine über das Eis manövrierte. Das hatte sie Tausende Male getan.

Carl brachte den Schlauch auf dem Eis in die richtige Position und gab das Zeichen.

Sofort trennten sie sich und liefen los, Lani nach Norden, während Virginia und Carl östliche Richtung einschlugen. Sie hatten ihre Funksprechgeräte ausgeschaltet, um niemanden auf ihre Flucht aufmerksam zu machen und um zu verhindern, daß die ›Übermenschen‹ womöglich Peilgeräte verwendeten. Sie zog den Kopf ein und lief mit den langen, gleichmäßigen, fast über das Eis hinschwebenden Sprüngen, die einen am schnellsten voranbrachten.

Hinter ihnen schoß ein weißer Strahl wie aus einer Schneekanone aus dem Schlauch und verteilte sich weit hinausschießend zu einem schmalen Fächer, der sie im Nu erreichte und einhüllte. Die Welt wurde weiß. Virginia mußte sich auf ihre Ausgangsrichtung und Schwungkraft verlassen, denn sie konnte nicht einmal mehr das zernarbte Eis unter ihren Füßen sehen.

Ihr Empfänger war eingeschaltet, und sie hörte Rufe, Flüche und durcheinanderschreiende Stimmen. Aber keine nannte ihre Namen oder forderte zur Verfolgung auf, so daß es sich um andere Ereignisse handeln mochte, die diese Leute beschäftigten.

Der Eisnebel umgab sie auf allen Seiten, schien sie emporzuheben ... sie konnte den Boden überhaupt nicht mehr sehen ... das Geschrei nahm zu ... sie landete auf dem Eis, stieß sich wieder ab, schien wie mit Flügeln in das Schneetreiben hinauszufliegen ... landete wieder im knirschenden Schnee ...

... und war draußen, außerhalb der Wolke und wieder in einer Welt aus grauem Eis, hartem schwarzem Himmel und lauerndem Tod.

Sie blickte schnell umher. Carl war ein Stück voraus, stieß sich gerade in einer langen, flachen Parabel ab. Als seine Füße den Boden verließen, blendete sie ein Lichtblitz, der nur wenige Meter von Carl entfernt ins Eis fuhr, eine brodelnde Wolke herausriß und einen metertiefen Krater hinterließ.

Sie schaltete ihr Funksprechgerät auf die verabredete Nahverkehrsfrequenz ein. »Sie haben uns gesehen!«

»Ich weiß.« Carl wies nach links. »Geh da in Deckung!«

Fünfzig Meter entfernt lag eine massive Plattform schräg an einem Haufen rötlicher Eisenschlacke. Sie war Teil eines Frachtbehälters der alten *Edmund Halley*, massiv und voller Streben und Versteifungen, die während der langen Beschleunigungsphase von der Erde große Massen gestützt hatten. Später war sie als Freiluftwerkstatt zur Reparatur von Maschinen verwendet worden. Bei ihrer nächsten Landung änderte Virginia den Kurs, verspürte ein scharfes Ziehen ungeübter Muskeln und stieß sich darauf zu.

Ein kurzer blauer Lichtblitz erhellte ihr den Weg. Ihr Schatten streckte sich, eine dünne Riesengestalt, die im plötzlichen Glanz über narbiges Eis hinflog. Sie wandte nicht den Kopf, um den Einschlag oder die Wolke zu sehen, aber es prickelte ihr im Nacken. Das war knapp gewesen.

Einen Augenblick nach Carl landete sie hinter der Plattform. »Bleib hier!« sagte er überflüssigerweise.

»Was tun wir?«

»Wir warten ab. Die werden andere Ziele finden. Und da sie nicht genau wissen, wer wir sind ...«

Ein Summen unterbrach ihn, als ein dritter sich aus der Entfernung mit verstärkter Sendeenergie in ihre Frequenz einschaltete. Sergejows Stimme dröhnte ihnen in den Ohren. »Ich weiß es. Bin nicht so dumm, daß ich nicht erraten könnte, wer davonläuft. Oder nicht den richtigen Kanal finden könnte.«

»Scheiße«, sagte Carl.

Virginia erkannte, daß sie keine Verhandlungsbasis hatten, keine Aussicht auf Hilfe. Sie schaltete auf die offene Frequenz. »Hören Sie, Sergejow! Carl und ich können die Arcisten bewegen, ihren Angriff einzustellen, wenn Sie uns lassen.«

»Sie bieten mir was? – Diplomatie?« Sergejows Verachtung war unüberhörbar.

»Etwas anderes bleibt Ihnen nicht mehr übrig.«

»Ich habe euch. Bleibt, wo ihr seid, oder es gibt geröstetes Fleisch!«

»Was würde es Ihnen nützen?« erwiderte sie. »Ihr Problem sind die Arcisten.«

»Sie sind diejenige, die Probleme hat, schöne Frau«, entgegnete Sergejow. »Und der alte Carl, dieser Percell-Verräter, den ich einmal für meinen Freund hielt.« Damit begann Sergejow auf russisch Befehle herunterzurasseln. Virginia erinnerte sich, daß unter den ›Übermenschen‹ mehrere Exsowjets waren; jedermann schien überzeugt von seiner eigenen Vollkommenheit.

Sie schaltete aus und berührte Carls Helm mit ihrem. »Was könnten wir unternehmen?«

»Nichts.« Am Südhorizont bewegten sich kleine Gestalten auf der Ebene, und gelegentlich blitzten kleine Waffen auf. Sie und Carl kauerten unter der Plattform und hielten sich an den Verstrebungen fest. Ein greller Lichtschein platzte nur wenige Meter hinter ihrer Deckung in den Schlackenhaufen.

Gaswolken hüllten sie ein, und noch ehe sie sich verzogen hatten, platzte auf der gegenüberliegenden Seite ein bläulichweißer Feuerball, gefolgt von einer rasch anschwellenden Kugel aus elfenbeinfarbenem Dampf und Schnee.

»Er zeigt uns, wie er uns in der Klemme hat«, sagte Virginia.

»Als nächstes wird er anfangen, Löcher durch die Plattform zu brennen.« Carl schlug verdrießlich gegen das Metall. »Aber mit einer Entladung wird er nicht durchkommen.«

»Kann er einen seiner beiden Laser ganz für uns reservieren?«

»Nicht lange. Aber er kann uns auch nicht entwischen lassen. Ich sehe nicht, wie ...«

Ein schwerer Schlag erschütterte die Strebe in Virginias Hand. »He, was ...?« Ein zweiter harter Schlag folgte dem Nachzittern des Metalls. »Er versucht durchzubrechen!«

Carl schüttelte den Kopf, reckte sich und spähte durch die schmutzige Visierscheibe. »Das war kein Laserstrahl. Das ...«

Die Plattform fiel auf die rechte Seite und bohrte sich ins Eis. Carl drückte seinen Helm gegen eine lange Verstrebung aus blaugrauem Profilstahl. »Horch!«

Virginia hatte das Metall kaum berührt, als sie ein lautes *Krump* hörte, gefolgt von einem metallischen Nachhallen. »Was ist es? Ich ...«

Die gesamte Plattform wurde erschüttert. Der nächste Schlag kam nur Sekunden später, und diesmal blickte sie zur Seite und konnte sehen, daß kein Aufleuchten das umgebende graue Eis erhellte.

»Also hat er auch daran gedacht«, knurrte Carl.

»Die Rückstoßgeräte?«

»Ja. Die Laser kann er nicht entbehren, also läßt er ein oder zwei Rückstoßgeräte auf uns zielen. Sie verschießen leere Kunststoffbehälter mit verringerter Energie, sonst würde hier alles hochgehen. Und indem er das Feuer aufrechterhält, nagelt er uns hier fest.«

Ein Stoß traf die Plattform, deren gesamte Masse vom Eis gehoben wurde. Virginia fühlte die Erschütterungen des *krump, krump, krump* durch die Hände, drei kurze Schläge, von denen die Plattform einen Meter vom Eis gerissen wurde. Sie hielt fest, blickte ängstlich zu Carl. »Er stößt uns fort!«

»Halt dich gut fest!« antwortete Carl.

»Aber wir können nicht ...«

»Halt fest! Wir werden rasch handeln müssen, wenn ...«

»Ich hatte das nicht erwartet«, unterbrach ihn Sergejows Stimme, »aber es ist nicht schlecht.«

»Du kannst uns nicht ...«, schrie Carl.

»Das Rückstoßgerät soll euch draußen festnageln. Wenn es euch bei der Gelegenheit wegputzt, um so besser!«

Die Plattform dröhnte und zitterte unter dem gleichmäßigen Gehämmer. Einmal auf das Ziel ausgerichtet, konnte das Ausstoßrohr sie mit einem Regen der hohlen Kunststoffhülsen überschütten.

»Die Kapseln zerplatzen beim Aufprall wie Tomaten. Sie können diese harte Legierung nicht durchschlagen, nicht bei dieser Energieleistung. Aber sie stoßen uns vor sich her.«

Virginia blickte hinab. Schon hatten sie von der fleckigen grauen Ebene abgehoben und wurden schneller. Die Impulse aus dem Rückstoßgerät trieben sie tangential von der Oberfläche weg, und nun überflogen sie den Schauplatz des Gefechts. Scheinbar willkürlich aufleuchtende Lichtblitze, Gaswolken von Explosionen. Sie vernahm ein helles Klicken und erkannte es als das Geräusch eines Nächsttreffers von einem Mikrowellenbohrer; die Wellen lösten schmerzhafte Resonanzen in den Gehörknöchelchen des Innenohrs aus. Aber der Schütze feuerte kein zweites Mal auf sie.

Jemand rannte in die Deckung leerer Treibstoffässer, und sie erkannte die Brustbinde Joao Quiverans. Ein Laserstrahl traf den hochgewachsenen Arcistenführer mitten im Sprung, und eine blaue Sonne sprang in seine Brust. Eine kleine Wolke stieg aus dem Körper, während er weiterflog, dann mit nach außen schwingenden Armen vornüber fiel und schleudernd über das Eis glitt.

Einige Gestalten blickten zu ihnen auf, aber niemand versuchte ihnen zu Hilfe zu kommen. Wahrscheinlich sahen sie das Ergebnis des gleichmäßigen Hagels von Kapseln auf die andere Seite der Plattform und wußten, daß jede Annäherung lebensgefährlich sein würde. Virginia geriet in Panik.

»Sergejow!« rief sie. »Bitte, lassen Sie das Feuer einstellen!«

»Ich gab Ihnen einen sicheren Ort, wo Sie bleiben konnten. Sie haben das Gewächshaus verlassen und sich dies selbst zuzuschreiben.«

»Hören Sie, wir werden ...«

»Zu spät für freundliche Worte, meine Liebe! Ich muß den Kampf gewinnen, Arcisten erledigen. Leben Sie wohl, schöne Frau!«

»Carl, was sollen wir ...?«

»Nicht loslassen!«

Sie dachte nicht daran, obwohl ihr schwindelte. Halley schien in den Himmel zu kippen, die gefleckten und gestreiften grauen Eisflächen zogen über ihrem Kopf vorüber und entfernten sich gleichzeitig, und sie klammerte sich ängstlich fest.

»Genau, was ich befürchtet hatte. Wir rotieren.«

Natürlich, dachte sie. Die Geschosse trafen nicht gleichmäßig, also mußte die Plattform in eine Drehbewegung kommen. Und Sergejow wußte das ...

»Können wir herumkriechen?«

»Das wird schwierig. Komm, nach links!«

Carl bewegte sich mit beneidenswerter Sicherheit und Anmut. Sie folgte ihm zitternd und ungeschickt, wagte keine Strebe loszulassen, ehe sie nicht die nächste fest in der Hand hatte. Die Plattform war wie ein Berg aus Metallträgern, den sie Hand über Hand erkletterte, während sie von einer leichten Zentrifugalkraft auswärts und von ihm fortgezogen wurde. Wäre die Plattform ein Kugelkörper, so hätten sie es leichter gehabt und brauchten sich nur auf der dem Kometen abgewandten Seite zu halten. Aber als die Platte sich um ihre Achse drehte, gab es eine kurze Zeitspanne, wo sie der Oberfläche die Kante zukehrte und die Kapseln unsichtbar in nächster Nähe vorbeisausten. Virginia und Carl klammerten sich an die Kante der Plattform, als dieser Augenblick kam, dann krabbelten sie zur abgewandten Seite und fühlten wieder die Erschütterungen, als die Geschosse auf die andere

Seite schlugen. Bei der Suche nach sicheren Handgriffen sah Virginia die Stahlplatte übersät mit aufgerissenen Kratern. Und diese rührten von leeren Kunststoffhülsen her, die mit nur einem Millionstel normaler Energie ausgestoßen waren!

Die Plattform schien sich rascher um ihre Achse zu drehen. »Machen die das mit Absicht?« keuchte sie.

»Würde mich nicht wundern.«

»Wie sollen wir ...?«

»Mach schnell!«

Sie folgte Carl zur nächsten Ecke und wartete. Der metallische Glanz des kalten Stahls reflektierte den trüben grauen Schein des Kometenkerns, als die Oberfläche sich langsam drehte, der gekrümmte Horizont der Eiswelt über ein verbogenes Gewirr von Streben und Stützen stieg. Aus dieser Entfernung waren keine Spuren des Kampfes mehr zu sehen, keine Hinweise auf Menschen und ihre bedeutungslosen Leben und Aktivitäten ... nur das pockennarbige Eis, das wie das Zufallsprodukt eines abstrakten Pseudokünstlers im Sternenlicht schimmerte. Dann sah sie die lange punktierte Linie der äquatorialen Rückstoßgeräte und begriff verspätet, daß die Leute, die das Ausstoßrohr richteten, auch sie ›sehen‹ konnten. Hastig krabbelte sie hinter Carl um die Kante. Sie spürte einen Schlag und ein Nachzittern und sah, wie eine Verstrebung unweit von ihrem linken Bein sich in Nichts auflöste, als sie von einem Geschoß getroffen und fortgerissen wurde. Mit angehaltenem Atem zog sie sich um den Rand der Plattform.

»Es ... es ist zu gefährlich, Carl!«

»Aber wenn wir die Plattform nicht zwischen uns und den Geschossen halten, sind wir tot!« Carls Augen waren geweitet, und doch irgendwie ruhig und gefaßt.

»Können wir nicht abspringen? Ohne dieses große Ziel werden sie uns nicht treffen.«

»Schön und gut, aber was ist mit den Geschossen, die vorbeigehen? In jeder Sekunde fliegt uns hier ein halbes Dutzend davon um die Ohren. Und wenn Sergejow merkt, daß wir abgesprungen sind, wird er das Ausstoßrohr um das Ziel schießen lassen, um uns zu erwischen.«

Seine Stimme war beinahe beiläufig, als bewerte er theoretische Möglichkeiten. Virginia klammerte sich an ein Stück Eisen, die Beine nach außen gezogen, das stetige Hämmern der Aufschläge wie einen Preßlufthammer in den Händen, von denen die Erschütterungen sich durch die Arme bis in ihren Schädel fortsetzten und ihre Zähne aufeinander schlagen ließen. Es war schwierig, überhaupt zu denken. »Hör zu! Laß uns die Manövriergeräte auf volle Leistung stellen und die Impulsdüsen zünden! Dann sind wir rasch aus der Gefahrenzone.«

»Schon, aber es wird eine Menge Schub erfordern, und diese Geräte sind nicht mehr in gutem Zustand.«

»Wir haben keine andere Wahl!!«

»Wir sind hier sicher.«

Sein abwesender, beinahe resignierter Ausdruck ängstigte sie. Ihre Stimme hatte schrille Obertöne, als sie sagte: »Und mit jeder Sekunde entfernen wir uns weiter vom Kometen!«

»Ja, das ist ein Gesichtspunkt.« Er zog die Stirn in Falten und überlegte. Halleys bleicher Horizont begann sich über den Rand der Plattform zu erheben.

»Springen wir direkt von der Kante ab, sobald sie herumkommt. Sergejow kann uns nicht hören, da diese Metallmasse unseren Funksprechverkehr blockiert.«

Er blickte sie fragend an, noch immer mit seinem nachdenklichen Ausdruck. Sie nickte und krabbelte zum Rand der Plattform, wo sie die Füße hinter verbogene Streben hakte. »Sag, wann!«

»Warte ... Hast du deine Düsen aktiviert? Stell den Zeitschalter auf zwanzig Sekunden Brenndauer, hier ...« Er betätigte den Schalter für sie. »Gut, wenn ich es sage, gibst du Vollgas ... *jetzt!*«

Virginia drückte den Startknopf und stieß sich ab. Eine Faust schlug ihr ins Kreuz und schleuderte sie davon. Der Stoß schien ewig zu dauern, und sie wehrte sich gegen den Drang, sich zu krümmen, die Beine anzuziehen und den Geschossen, die sie auf der Suche nach ihr heransausen zu fühlen glaubte, ein möglichst kleines Ziel zu bieten.

Erlösung. Die gewaltsame Beschleunigung hörte mit dem Ausschalten der Impulsdüsen durch die Zeituhr auf. Sie neigte den Kopf und konnte zwischen ihren Füßen die Plattform sehen, die sich träge um sich selbst drehte. Während sie hinsah, wurde ein Flansch losgerissen und segelte silbrig blinkend davon.

Aber wo war Carl?

Sie blickte rasch umher, fand nichts. Wurde man bei einem Treffer glatt von der Hülse durchschlagen? Oder wurde man zerfetzt und innerhalb von Augenblicken außer Sichtweite der Zurückbleibenden fortgerissen?

Über das Funksprechgerät wagte sie sich nicht zu melden. Sie wandte sich in alle Richtungen und ermahnte sich zur Ruhe. Panik konnte nur verhängnisvoll enden; sie mußte systematisch denken und handeln ... Und endlich fand sie ihn direkt über sich, eine Puppe von der Größe einer Ameise.

Minuten später waren sie wieder beisammen. Er kam auf sie zugeschwommen, bremste, sie faßten sich bei den Händen und berührten einander mit den Helmen. Sie hatte einen Augenblick der Feierlichkeit erwartet, denn sicherlich waren sie jetzt außer Gefahr, aber er sagte nur: »Jetzt kommt der schwierige Teil.«

»Was?«

»Zum Kometen zurückzukommen.«

»Wird nicht jemand ...« – sie wollte sagen, uns holen kommen?, als ihr klar wurde, daß niemand daran denken würde, inmitten eines Gefechts ein Rettungsmanöver zu unternehmen. Sergejow und seine Anhänger hatten zweifellos die Schachtausgänge unter Bewachung und hielten alle zurück, die hätten helfen können. Außerdem konnte kaum jemand wissen, daß sie hier draußen waren.

»Wie weit sind wir entfernt?«

Carl zog eine kleine Röhre aus der Brusttasche, richtete sie auf Halleys picklige, zurückweichende Scheibe und las ab: »Dreiundzwanzig Komma vier Kilometer. Und wir entfernen uns mit ungefähr drei Kilometern pro Minute.«

»So weit!«

»Viele Hülsen haben die Plattform getroffen.«

»Und die Anzüge ...«

»In den Schutzanzügen können wir es noch lange aushalten. Das Hauptproblem ist, zurückzukommen, bevor uns die Luft ausgeht.« Er nickte zu den farbkodierten Inventurstreifen auf ihren Ärmeln. »Allzuviel haben wir nicht mehr.«

»Wieviel Delta-V kann ich bekommen?«

Carl rechnete im Kopf, runzelte die Stirn und rechnete nach. »Nicht viel.«

»Aber wir können zurück, nicht?«

»Ja ... aber nur, wenn wir diese drei Kilometer pro Minute gutmachen können. Das wird nahezu allen Saft erfordern, den wir noch haben. Und dann müssen wir die fünfundzwanzig Kilometer zurück schaffen ...«

Virginia biß sich auf die Lippe. Alles ging so schnell, und sie hatte keine Zeit nachzudenken.

Carl war mit seinem Taschenrechner beschäftigt, hielt inne, tippte neue Angaben, preßte die Lippen zusammen, bis sie weiß waren. »Sieht schlecht aus.«

»Wie schlecht?«

»Wir werden nicht zurückkommen, ehe uns die Luft ausgeht. Du nicht und ich nicht.«

»Wieso nicht?«

»Weil es einfach nicht zu schaffen ist. Diese drei Kilometer pro Minute verbrauchen den größten Teil unseres Treibstoffs.«

»Dann ...« Eine böse Ahnung, deren Vorgefühl seit Tagen in ihr war, drang mit Macht in ihr empor. Sie waren alle zum Tode verurteilt. Das Geschick hatte ihnen bestimmt, daß sie einen qualvollen Tod sterben mußten, allein und in Angst, hier draußen im kalten Nichts ...

»Wir können diese drei Kilometer pro Minute überwinden, aber dann bleibt eine sehr geringe Geschwindigkeit, und die Anziehungskraft des Kometen wird nicht viel helfen. Es wird Stunden dauern, bis wir zurückkommen.«

Und ihr Gespräch machte es nur schlimmer. Jede Sekunde trug sie weiter hinaus in die Leere, um sich den gefrorenen Seelen der *Edmund Halley* zuzugesellen. Nur mußten sie zuvor sterben ...

»Kann nicht einer von uns beide Manövriergeräte nehmen?«

»Sie sind integriert, Virginia. Wenn du sie herausziehst, zerreißt die Luftversiegelung.«

Sie hatte das nie gewußt, aber ihr Verstand flatterte verzweifelt auf der Suche nach einem Ausweg hin und her und stürzte sich auf jeden Brocken, alles, was sie von Dynamik wußte. Wenn es irgendeine Möglichkeit gäbe ...

»Warte. Nur einer von uns muß zurück und Hilfe holen. Gibt es keine Möglichkeit, die Schwungkraft von uns beiden auf eine Person zu übertragen?«

Carl sah sie verdutzt an. Sein Gesicht war grau und müde, dunkle Ringe rahmten seine Augen. Er sah älter und mitgenommener aus, als sie ihn je gesehen hatte, selbst auf dem Höhepunkt der Seuchenerkrankungen. Er schüttelte stumm den Kopf, Hoffnungslosigkeit im Blick.

Sie erinnerte sich an etwas aus alter Zeit ... angelte danach ... erwischte das Bruchstück einer Idee.

»Warte. Es gibt etwas ...«

5
———

CARL

Halley hing in der alles umschließenden Nacht. Seine Rotation war ihm längst vom Menschen gestohlen, das Angesicht erhellt von seinen unregelmäßigen Feuern.

Während der langen Zeit seiner Annäherung hatte Carl Zeit, den Fortgang der Kämpfe zu beobachten. Mehr als drei Stunden waren seit seiner Trennung von Virginia vergangen. Sie waren übereingekommen, Funkstille zu wahren. Das machte die Reise einsam und frustrierend, denn über die offene Frequenz konnte er die Rufe und Anweisungen der Kämpfenden hören, rauhe Schreie und die vibrierenden Nebengeräusche von Mikrowellenbohrern – alles ohne eine klare Vorstellung von ihrer Bedeutung und der Lage auf dem Gefechtsfeld zu haben. Eine Weile hatte er versucht, sich auf die Zurufe zu konzentrieren, nicht nur, weil er die Situation kennen mußte, wenn er landete, sondern auch um seinen eigenen Zorn zu unterdrücken.

Durch das Fernglas beobachtete er die Eislandschaft. Nahe dem Äquator lagen die Körper toter Arcisten verstreut. Laserstrahlen durchlöcherten die Flanken der Anhöhen, aber inzwischen schienen die Lasergeräte der Arcisten vernichtet zu sein. Einen machte er aus, der in ein Metallknäuel verwandelt worden war, aus dem ein zerbrochenes Rohr ragte. Die Rückstoßgeräte hatten sich als wirksamer denn die schwer zu handhabenden Schweißlaser erwiesen. Weiter südlich sah er eine Reihe von Arcisten, die sich um fünf Mikrowellenbohrer versammelt hatten. Wahrscheinlich würde dort ein neuer Brennpunkt entstehen.

Vom Äquator stießen andere Gruppen, vermutlich Sergejows Leute, entlang einer Reihe von Anhöhen und Schlakkenhaufen südwärts vor und verfolgten zurückgehende Trupps. Alle hatten die Köpfe eingezogen und nutzten jede vorhandene Deckung. Sergejows Leute schienen besser ausgebildet. Sie gaben einander wirksam Feuerschutz, indem zwei auf eine gegnerische Position feuerten, während ein dritter zur nächsten Deckung vorging.

Virginias Idee war elegant gewesen, und sie hatten die Implikation von Anfang an verstanden. Und da sie gewußt hatte, daß er niemals zustimmen würde, hatte sie nicht einmal darüber diskutiert. Nun, da er Zeit hatte, wurde es ihm nur allzu deutlich bewußt ...

Carl hatte daran gedacht, daß sie ihre Gürtel zusammenhängen sollten, um dann seine Düsen zu feuern, bis sie erschöpft wären. Darauf sollte Virginia ihn verlassen, ihr Manövriergerät in Betrieb setzen und Halley erreichen. Auch das hätte keinen großen Gewinn gebracht, überdies wäre es schwierig gewesen, weil ihre Düsen nicht genau entlang der Achse des Zweikörpersystems gefeuert hätten. Dies bedeutete, daß sie zusätzlichen Betriebsstoff zur Kurskorrektur verbraucht hätte.

Virginias Alternative war einfach. Sie hängten sich mit ihren Sicherungsleinen zusammen, was einen Abstand von hundert Metern ergab, und Carl führte eine genaue Peilung des kartoffelförmigen Kometenkerns aus, der noch zehnmal größer am Himmel hing als der Mond, wie man ihn von der Erde sah, aber mittlerweile mehr als dreißig Kilometer entfernt und sichtbar schrumpfend. Carl hatte sein Manövriergerät programmiert, einen Piepton zu geben, sobald seine Geschwindigkeit gegenüber Halley ausgerichtet war. Sie zogen die Leine straff, und Carl war im Begriff, seine Düsen zu zünden, als Virginia ihm zuvorkam.

»He! Schalte ab!«

»Nein, dies ist besser. Ich werde meine Reserve verbrauchen.«

»Verdammt, laß das!«

»Nein, Carl – denk es durch!« Schon begannen sie um einen gemeinsamen Mittelpunkt zu kreisen, als Virginias Düsen sie im rechten Winkel zu ihm beschleunigten.

»Ich werde auch zünden!« rief er.

»Das wäre dumm. Wenn du deine Reserve vergeudest, sterben wir beide. Halt einfach fest!«

»Nein, ich kann nicht.«

»Du kannst die Geschwindigkeiten angleichen und die Rückreise mit minimalem Treibstoffverbrauch machen. Und du wirst in dem Irrenhaus dort unten besser zurechtkommen, als ich es könnte. Du weißt, daß das wahr ist. Ich will mich hier nicht selbst aufopfern. Weit gefehlt. Aber ich würde es verpfuschen, und wir würden beide als Eiszapfen enden.«

»Ich habe mehr Masse als du«, tobte er. »Ich werde eine niedrigere Ausgangsgeschwindigkeit haben und länger brauchen. Das ist einfache Dynamik.«

»Ich rede von Können, nicht von Newtons Gesetzen. Du kannst es schaffen, Carl, und du weißt sehr gut, daß ich es nicht kann!«

»Verdammt, ich lasse es nicht zu!«

»Zu spät!« Aus hundert Metern Abstand winkte sie ihm zu, während die Sterne hinter ihr kreisten. Die zusammengebundenen Leinen schlossen sie zusammen. Ihre Geschwindigkeit war mittlerweile so hoch, daß die Zentrifugalkraft ihn rückwärts bog, als hinge er an seinem Bauchnabel.

Er bemühte sich, gegen diesen gleichmäßig wachsenden Druck klar zu denken. Es mußte eine Möglichkeit geben, sie an ihrem Vorhaben zu hindern. »Du kannst nicht ...«

»Wenn das Signal kommt, lasse ich los!«

»Was?« Also hatte sie ihr Manövriergerät auf das gleiche Programm zur Richtungsbestimmung eingestellt, nur markierte ihr Programm einen Punkt auf der entgegengesetzten Seite ihres gemeinsamen Kreises.

»Ich bin auf zwei Prozent herunter«, rief sie. »Ich werde dich wegschleudern.« Sie schwebte vor dem Wirbel der Sterne, der einzige Fixpunkt in diesem zentrifugalen Universum, und er hörte das Piepsignal seines Programms und wußte, daß das ihre knappe fünf Sekunden später kommen würde.

»Warte, es muß ein ...«

»Die Zeit ist um, Carl. Guten Flug!«

Und mit entschlossenem Griff löste sie die Sicherungsleine.

Er fühlte den Ruck als eine jähe Befreiung, eine Rückkehr zur Schwerelosigkeit. Aufblickend, sah er, daß sie es genau richtig getroffen hatte: Halley hing über ihm, ein trüber grauer Ball. Und er stieg ihm entgegen.

Und unter ihm, zwischen seinen Stiefeln, winkte Virginia mit langsamer, düsterer Anmut. Er war bestürzt, wie rasch sie zurückblieb und schrumpfte, ein blauer Punkt, der von der gähnenden Leere zwischen den entfernten Sonnen verschluckt wurde ...

Drei Stunden waren seither vergangen. Er hätte Mittel und Wege finden sollen, ihr Vorhaben zu durchkreuzen und sie kometenwärts fortzuschleudern ... aber durch den Einsatz ihres Treibstoffvorrats hatte sie ihn handlungsunfähig gemacht. Sie war immer schneller gewesen als er, und vielleicht hatte sie diesmal recht gehabt. Nun war es an ihm, die Richtigkeit ihrer Überlegung zu beweisen, die Oberfläche zu erreichen und ein Fahrzeug zu finden, das sie retten konnte.

Inzwischen war Halley ein gutes Stück nähergekommen

und füllte den Himmel. Kurze Lichtblitze zuckten über sein narbiges Antlitz. Die Schachteingänge waren mit Eis verstopft, um Personal aus dem Innern am Eingreifen zu hindern. Kleine Lasergeräte hielten die Gewächshäuser in Schach und ließen niemand hinein und heraus.

Mehrere Positionen von Rückstoßgeräten waren geschwärzt und allem Anschein nach explodiert. Trümmer lagen umher, die geborstenen Manschetten von Ausstoßrohren, Teile elektromagnetischer Linearbeschleuniger, Induktionsspulen ...

Schlimme Schäden. Die ihm sinnlos erscheinende Vernichtung von Dingen, die unter großem Aufwand an Arbeit und Zeit hergestellt worden waren, bedrückte Carl.

Und das Siegesgeschrei der ›Übermenschen‹ drang aus seinen Kopfhörern. In einer Zangenbewegung hatten sie sich gegen die Linie der Mikrowellenbohrer vorgearbeitet. Die Verteidiger kauerten in flachen Vertiefungen und ausgehobenen Löchern und versuchten die Angreifer mit den schwerfälligen, fanfarenförmigen Geräten in Schach zu halten. Carl hörte ihre Entladungen als ein wiederkehrendes *Sssttuuppp-ssttuuppp-sssttuuppp* auf der offenen Frequenz. Weiße Wolken stoben auf, wo die Mikrowellen das Eis trafen. Sie leisteten Widerstand bis zum Letzten. Aber es schien nicht mehr lange zu dauern, bis sie überwältigt würden. Konnten sich so viele Leute Sergejows Verschwörung angeschlossen haben, wenn sie die Implikationen seines Planes durchdacht hatten?

Carl hatte auf diesem Rückflug viel Zeit nachzudenken. Gewiß war es vernünftiger, die Erde zum Ziel zu wählen als den Mars, schon aus Gründen der Dynamik. Die stärkere Anziehungskraft der Erde ließ sich besser nutzen, und die dichtere Atmosphäre würde eine Atmosphärenbremsung erleichtern. Aber es würden noch immer viele Vorbeiflüge notwendig sein, bevor die Rückkehrer genug Geschwindigkeit eingebüßt hätten, um ein Landemanöver einzuleiten.

Und würde man daheim stillsitzen, während sie ein Bremsmanöver nach dem anderen ausführten? Sicherlich würde die Drohung mit biologischen Waffen einschüchternd wirken, doch hielten sich solche Stimmungen nach aller Erfahrung nicht allzu lange.

Manche hatten sich Sergejow angeschlossen, weil sie seinem Vorhaben die einzige realistische Überlebenschance zubilligten. Ganz gleich, welcher Preis dafür bezahlt werden mußte.

Und in diesem Fall würde der Preis hoch sein.

Um zu verhindern, daß die Leute zu Haus sein Manöver verhinderten oder Rache nahmen, mußte Sergejow die menschliche Zivilisation zerstören.

Wie die Dinosaurier vielleicht in ferner Vorzeit zerstört worden waren ... durch eine Himmelskatastrophe.

Nun, dachte Carl bitter, die menschliche Zivilisation hat uns den Krieg erklärt, nicht wahr?

Aber das war eine Spitzfindigkeit, gegen die Carl glücklicherweise immun war. Er lag nicht im Krieg mit sechs Milliarden Menschen, ganz gleich wie ihre Führer sich zu ihm verhielten.

Nach einem Aufprall des Kometen auf die Erdoberfläche würde von der bisher beherrschenden Zivilisation nichts Nennenswertes übrig bleiben. Vielleicht hatte Sergejow vor, erst nach eingetretener Katastrophe mit seinen lange vorher eingeschifften Anhängern ruhig und ungestört zu landen.

Vielleicht beabsichtigten sie, sich zu Göttern auszurufen.

Nur über meine Leiche, dachte Carl.

Er war entschlossen, sie zu bekämpfen, so nutzlos es gegenwärtig scheinen mochte. Aber das war seinem Denken fern, als die Oberfläche und das Gefechtsfeld näherrückten. Wichtig war jetzt vor allem, daß er eine mit Treibstoff versehene Flugmaschine fand und wieder startete.

Virginia hatte ihr Leben aufs Spiel gesetzt, um ihm die Rückkehr zu ermöglichen. Nun war er nur von der Hoffnung und dem Wunsch beseelt, daß sie aushalten möchte, bis er sie erreichen konnte.

Als er sein lang verzögertes Bremsmanöver begann, sah er plötzlich neue Bewegungen am Rand seines Gesichtsfelds. Hinter der Hauptstreitmacht von Sergejows Aufständischen kam in raschem Vorgehen ein zusammengewürfelter Haufen. Ein Trupp schwärmte in einem Umfassungsmanöver aus und versuchte die äquatoriale Kette der Rückstoßgeräte aufzurollen, die von Sergejows Leuten nur noch schwach besetzt war. Carl versuchte durch das Glas auszumachen, wer diese Leute waren.

Sie waren offensichtlich nicht aus den bewachten und blockierten Schächten gekommen, sondern aus frischen Spalten und Öffnungen in der Oberfläche. Neuen Stollen, dachte Carl optimistisch. Also mußten sie organisiert sein.

Er zählte ein Dutzend Gestalten in schwarzen Schutzanzügen eines Typs, den er bis dahin noch nicht gesehen hatte, und mehr als zwanzig in seltsamen grünen Anzügen. Sie hatten keine Brustbinden, daher konnte er nicht ausmachen, welcher Fraktion sie angehörten, falls dies überhaupt der Fall war.

Diese Neuankömmlinge kämpften mit kleinen Handfeuerwaffen, machten deren Nachteile aber durch geschickte Taktik und Draufgängertum wett. Sie rollten die Stellungen eine nach der anderen von rückwärts auf und schienen bestrebt, vor allem die Laserwaffen auszuschalten. Während seiner Annäherung beobachtete Carl die Vorgänge mit wachsender Ungeduld. Es war nicht zu erkennen, was dort geschah. Über die offene Frequenz kamen nur Rufe, unverständlich gebrüllte Befehle und knisternde Störgeräusche.

Wer waren diese Leute?

Die seltsamen Gestalten in Grün und Schwarz griffen eines der Rückstoßgeräte an. Sie mußten Gefechtsausbildung genossen haben, denn statt eines wilden Sturmangriffs kamen sie von der für sie günstigsten Seite und gaben einander Feuerschutz, so daß die Verteidiger die Köpfe einziehen mußten, während die Angreifer sich einzeln heranarbeiteten. Dann überrannten sie im letzten Ansturm den Graben, wo die Mannschaft vergeblich bemüht war, das Ausstoßrohr in die Richtung des unerwarteten Angriffs zu schwenken.

Auch diese Taktik war nicht vollkommen. Laserstrahlen fingen einige Angreifer ab und bliesen Blutfontänen ins Vakuum. Rückstoßgeräte der benachbarten Stellungen überschütteten das Eis mit lautlos hämmernden, unsichtbaren

Geschossen, die gleichfalls ihre Opfer fanden und blitzartig vom Eis fort und in immerwährende, einsame Umlaufbahnen um die Sonne rissen. In der eisigen Stille gewannen der Kampf und die Schicksale seiner Teilnehmer einen unpersönlichen Aspekt, der das Lebensende auf den Schnittpunkt bestimmter Vektoren und Beschleunigungen, das Geschehen des Todes auf den Sekundenbruchteil eines elektronischen Rechenvorgangs reduzierte.

Doch zählte auch der menschliche Einsatzwille, und die schwarzgrüne Flut überrollte eine Äquatorstellung nach der anderen. Heisere Hurrarufe drangen an sein Ohr, unzusammenhängende Schreie. Die Verteidiger starben in den Gräben, wo sie Deckung gesucht hatten.

Er näherte sich rasch der Oberfläche. Zwei Gestalten unter ihm banden sich Brustbinden um, anscheinend, um ihre Anhänger zu sammeln. Als er die Heraldik erkannte, blieb ihm vor Staunen der Mund offen stehen. Ould-Harrad und Ingersoll? Gleichzeitig bemerkte er, daß sie Schutzanzüge trugen, die wie sie selbst von einheimischen Lichenoiden wie mit einem Pelz überwachsen waren.

Die mit den schwarzen Anzügen hielten sich beisammen. Ihre Gestalten und Bewegungen ließen erkennen, daß sie alle männlichen Geschlechts und bemerkenswert ähnlich waren.

Carl verausgabte den Rest seines Treibstoffs zu einem Bremsmanöver, das ihn bei einem Abstellplatz von Transportmaschinen nahe Schacht 4 landen ließ, wo er purzelnd und rollend auf dem schmutzigen Eis zum Stillstand kam. Er hatte keine Zeit, um Hilfe zu rufen, wußte auch, daß die Leute in Schwarz und Grün – wer immer sie waren – zu beschäftigt und aufgeregt sein würden, um von irgendwelchem Nutzen zu sein. Er war müde, aber die Flugmaschine würde ihm den größten Teil der Arbeit abnehmen, wenn er eine finden konnte, die aufgetankt und einsatzbereit war.

»Carl! Bist du's?« Es war Jeffers.

»Ja. Ich muß eine Maschine haben, schnell!«

»Sergejow ist tot. Ould-Harrads Leute haben ihn mit zwei Laserstrahlen in Stücke geblasen.«

»Komm her, diese Maschinen ...«

»Scheint auch niemand daran interessiert, seine Überreste zu bergen.« Jeffers war allem Anschein nach in Hochstimmung. Dann wurde ihm verspätet die Dringlichkeit in Carls Tonfall bewußt. »Gut, ich komme.«

»Ich brauche eine Flugmaschine mit genug Treibstoff . . . Nicht diese . . .«

»Carl!« Er wandte sich und sah Lani aus nördlicher Richtung kommen, begleitet von Keoki Anuenue und einigen seiner Landsleute. »Sergejow hatte uns eingeschlossen, aber die Grünen, Ingersolls Leute, zeigten uns einen Weg ins Freie.«

Sie hatten geholfen? Die Verrückten? »Großartig. Ich . . . Hör zu! Hilf mir eine Maschine suchen, die mit Treibstoff versorgt ist.«

»Wo ist Virginia? Ich habe überall . . .«

»Such eine Maschine!«

»Gut, wir überprüfen die Inventurliste.«

»Was?«

»Wir haben die Maschinen wieder unter Kontrolle. Siehst du?«

Sie wies zur Anzeigetafel des Abstellplatzes, und er sah sofort grüne Blinklichter vor den Kodenummern zweier bereitstehender Transportmaschinen. Lani war schon unterwegs zu einer von ihnen. »Hier.« Ihr kleines Gesicht schaute angespannt und entschlossen durch die bespritzte Visierscheibe. »Ich kann dir helfen.«

Carl kam zu ihr und forderte durch Knopfdruck die Statusablesung der Maschine an.

»Wer sind diese schwarzen Kerle?« fragte Lani.

»Keine Ahnung.«

Die Maschine war in Ordnung. Carl schüttelte alle Fragen ab und schloß sein Anzugventil an den Sauerstoffbehälter an. Nichts sonst war wichtig. Die Verrücktheit der Leute war jetzt nur noch ein Hintergrund. Die verdammte Politik konnte warten.

Einen Schritt zur Zeit, sagte er sich. Die Zeit wurde knapp. Obwohl er nicht genau wußte, wieviel Sauerstoff Virginia gehabt hatte, konnte es nicht viel gewesen sein . . . Es kam darauf an, jeden Schritt zu durchdenken . . .

Er programmierte die Transportmaschine mit vorsätzlicher Bedachtsamkeit für maximalen Schub. Lani wollte mit, und er vergeudete keine Zeit mit Argumenten. Sobald er das Programm eingegeben hatte, hoben sie ab, Lani auf dem Nebensitz.

Virginia hatte ihr gemeinsames Gravitationszentrum mit derselben Geschwindigkeit wie er – etwas weniger als vier Kilometer pro Minute – verlassen, aber in der Gegenrichtung. Ihre Trennung lag mehr als drei Stunden zurück. Das bedeutete, daß er annähernd tausend Kilometer mit hoher Beschleunigung zurücklegen, dann abbremsen und den Raum nach einem schwachen, gleichmäßigen Orientierungssignal absuchen mußte ...

Schnelligkeit. Schnelligkeit war alles, worauf es jetzt ankam.

Stunden später brachte Carl die Maschine in einer harten Landung neben dem Eingang zu Schacht 3 herunter. Er war völlig erschöpft, aber er hatte Virginia. Die Welt kippte verschwommen, als er ausstieg, nach den mehrfachen Beschleunigungen und Verlangsamungen der letzten Stunden unsicher auf den Beinen.

Beinahe da. Jetzt schnell hinein mit ihr ...

Er glitt auf dem Eis aus und ließ sie fallen. Lani griff zu und half. Alles war neblig, Zeitlupe.

Erst als Handschuhe ihm den Körper wegzogen, bemerkte er die anderen. Sie trugen schwarze Schutzanzüge und keine Brustbinden, dazu kleine und enge, provisorisch aussehende Helme, die statt der großen Visierscheiben nur Augenschlitze hatten. Er schaltete von einer Frequenz zur anderen, aber sie reagierten nicht.

Sie waren ihm unheimlich, große, stumme Gestalten. Und identisch. Einer, der Virginia trug, eilte zur Schleusenöffnung, die nun vom Eis befreit war. Carl stolperte hinterdrein.

Durch den Schacht hinab. Die Wände glitten an seinem stumpfen teilnahmslosen Blick vorüber, und eine allmähliche Erschlaffung verbreitete sich aus durch seine Gliedmaßen. Er war über den Punkt hinaus, wo er noch für irgend etwas oder auch für sich selbst Aufmerksamkeit aufwenden konnte; alles in ihm war auf den reglosen Körper konzentriert, den eine schwarzgekleidete Gestalt vor ihm trug. Alles ging mit geisterhafter Schnelligkeit und Lautlosigkeit vonstatten.

Sie betraten eine Schleuse. Carl lehnte benommen an der Wand, als die Druckveränderung in seinen Ohren knackte und die Welt der Geräusche zurückflutete, das Rascheln und Murmeln von Gesprächen ihn nach vielen Stunden einbalsamierter Isolation wieder umgab. Er wankte durch die innere Tür, wehrte Hände ab, die ihn führen wollten.

Dutzende von stöhnenden Verwundeten. Helfer mit blutbesudelten Handschuhen.

Virginia. Er mußte zusehen ... sie brauchte ...

Der Träger vor ihm legte sie behutsam auf einen Behandlungstisch. Andere hatten bereits gewartet. Sie brachten ein Sauerstoffgerät an, Diagnoseanschlüsse, alles unter dem blassen perlmuttfarbenen Licht, das Virginias blutloses Gesicht unbarmherzig in seinen beängstigenden Details zeigte, zerfurcht und faltig wie eine eingesunkene Landschaft.

Ein Sturzbach von Stimmen, Worte, die in Wirbeln an ihm vorbeiströmten, ohne Spuren zu hinterlassen ...

Er wankte vorwärts, ohne die Hände zu beachten, die ihn zurückhalten wollten. Er mußte bei ihr sein ... mußte ...

Der Mann neben ihm legte ihm stützend eine Hand an die Schulter, und Carl wandte sich langsam zu ihm. Dann löste die Gestalt in Schwarz ihren glänzenden Helm, schickte sich an, ihn mit beiden Händen vom Kopf zu heben, hielt hastig einatmend inne und nieste in einer altvertrauten Weise.

6

―――――――

SAUL

Ein zweites explosives Niesen ertönte, ehe der Helm abgenommen war. Saul blinzelte Tränen aus den Augen. Er mußte die Luft anhalten, um einem neuerlichen Kitzel, der das Niesen abermals in Gang setzen wollte, ein Ende zu machen. Dies war nicht die Zeit für die verwünschten Aufwallungen seiner Allergie. Er hatte seit dem Stolleneinsturz genug Schwierigkeiten gehabt, und jetzt kam es auf jede Sekunde an.

Carl Osborn starrte ihn an wie einen Geist, den verbeulten, schmutzigen Helm in einer Hand. »Aber ... aber ... Sie waren doch ... sie waren ...«

»Tot.« Saul zuckte die Achseln. »Das war ich in gewissen Sinne. Aber Unkraut vergeht nicht.« Carl verdiente eine Erklärung, doch im Augenblick war keine Zeit, ihm eine zu geben. Saul beugte sich über Virginias wächserne, blasse Gestalt und las die Diagnosegeräte ab. An ihrer bläulich verfärbten Kehle zischte ein Sauerstoff-Infusionsgerät, das ihr Blut durch die Halsschlagader mit Sauerstoff versorgte.

Es half nicht. Ach, Virginia ...

Er sah, daß es nur eine Hoffnung gab. Soweit hatte es kommen müssen, daß er gezwungen war, selbst mit Virginia zu experimentieren.

Vor allem mußte er zuerst Osborn loswerden, weil der Mann mit Sicherheit Einwände gegen die Behandlung machen würde, die Saul jetzt durchführen mußte.

»Stehen Sie nicht hier herum, Carl! Gehen Sie nach oben, schnell! Keoki und Jeffers brauchen Sie. Sagen Sie Ould-Harrad, daß ich ihn bei seinem Wort nehmen werde, keine Ausrüstungen zu zerstören, nur die Fundamente der Rückstoßgeräte, wie wir vereinbart hatten.«

»Zerstören ... Ould-Harrad?« Carl schüttelte den Kopf. Er war offensichtlich erschöpft und konfus. Aber in seiner Verwirrung ergriff er eine Priorität und hielt hartnäckig daran fest. »Nein. Ich bleibe bei Virginia.«

Die Sekunden vergingen, und Saul verzweifelte. »Ismael! Hiob!« rief er. »Bringt Kommandant Osborn nach oben! Er wird dort gebraucht.«

Carl wandte sich um und hob die Hände, als wolle er sich widersetzen, aber die Kräfte verließen seine Glieder, als er die zwei jungen Burschen sah, die sich vor ihm aufbauten – identisch und mit einem Lächeln, das er nur zu gut kannte, in den langnasigen Gesichtern. »Ich kann es nicht glauben«, murmelte er. »Sie ... sie sind geklonte Duplikate von Ihnen! Aber wie ...«

Das Zischen der Verbindungstür zum Korridor schnitt Carl das Wort ab. Saul rannte den Gang entlang, Virginia in den Armen, stieß sich mit den bloßen Zehen vom grünen Teppich des Bewuchses ab und eilte zu dem einzigen Ort, wo eine Aussicht bestehen mochte, ihr das Leben zu retten.

Carl würde dies niemals erlaubt haben, dachte er. Der Mann liebte sie in seiner Weise ebensosehr wie Saul selbst. Carl wurde oben gebraucht, und was mit Virginia versucht werden mußte, wäre den Standesorganisationen der Ärzte sicherlich Anlaß genug, ihn auszuschließen.

Er pfiff den Kode, der ihm die Tür zu Virginias Arbeitsraum öffnete, und stürzte hinein.

Während Johnvons diagnostisches Programm die Randbereiche von Virginias allmählich absterbendem Gehirn sondierte, entledigte Saul sich des Schutzanzugs.

Helm und Anzug, letzterer mit integriertem Sauerstoffgerät und Heizbatterien, waren eine Neuentwicklung und eines der Geschenke der Phobos-Station, die er für sich behalten hatte. Vor Monaten hatte er die automatische Fertigung unter einem Vorwand beauftragt, nach den zur Verfügung gestellten Produktionsdaten ein Dutzend Kombinationen anzufertigen, genug für seine zehn ›Jungen‹ und sich selbst.

Nach dem Stolleneinsturz, als er den Weg zur Oberfläche versperrt gefunden hatte, war er umgekehrt und hatte seine geklonten Duplikate um sich gesammelt. Vor ihrem Aufbruch war jedoch eine Botschaft von Suleiman Ould-Harrad eingetroffen. Dieser hatte sich darin erbötig gemacht, Saul auf geheimen Wegen, die nur ihm und seinen Anhängern bekannt waren, hinauszuführen und gemeinsam dort anzugreifen, wo Sergejow es am wenigsten erwartete.

Aber um einen Preis.

Wahrscheinlich gewannen wir zum Teil durch den Umstand, daß wir Sergejows Leute zu Tode erschreckten, überlegte Saul, während er den Datenfluß zwischen Johnvon und seiner Schöpferin überwachte.

Es war eine seltsame Armee gewesen, die Ould-Harrad und Ingersoll – dem ›Alten Mann der Höhlen‹ – durch Gänge folgte, die kein anderer jemals entdeckt hatte, und beinahe unter Sergejows Gefechtsstand hervorgekommen war, um wie eine Horde von Gespenstern anzugreifen.

Zehn hohe Gestalten in fremdartigen schwarzen Anzügen und Helmen, und zwei Dutzend Gestalten wie wildgewordene Bäume – vormals Menschen, nun aber Symbionten, die nicht einmal ihre Schutzanzüge gebraucht hätten, wären sie nicht zur Atmung noch immer auf den Sauerstoff angewiesen ...

Saul war bewußt, daß er verzweifelt an alles mögliche dachte, was ihm in den Sinn kam, um nicht die erbarmungswürdige Gestalt auf dem Geflecht des zurückgeklappten Sessels betrachten zu müssen. Er konnte nichts für sie tun, bis die Maschine ihre Bestandsaufnahme meldete. In seiner nervösen Spannung preßte er den Duraplasthelm zwischen den Händen und hatte tatsächlich schon eine Beule in die schwarze Kugel gedrückt.

Mein Gott, Virginia ... Bleib da, Liebling! Bitte ...

Die holographische Raumprojektion über der Konsole wurde lebendig. Ein Bild erschien: eine Ärztin in gestärktem Weiß, mit einem altmodischen Stethoskop um den Hals, blickte Saul ernst in die Augen.

– Sie haben recht, Doktor. Die Patientin ist klinisch tot. Die synaptischen Raten der Gehirnfunktion sind kaum noch meßbar. Die fortschreitende Schädigung des Gehirns ist verlangsamt worden, konnte aber nicht völlig zum Stillstand gebracht werden. Das Absterben der Großhirnrinde wird innerhalb von fünfzehn Minuten die Auslöschung von Persönlichkeit und Gedächtnis bewirken. Es sind keine Heilmethoden bekannt. Sie ist tot, Doktor.

»Nein! Sie wird nicht sterben! Wenn ihr Gehirn sie nicht mehr halten kann, werden wir einen anderen Ort finden, wo sie überleben kann. Wie steht es mit diesen Verfahren, an denen sie gearbeitet hatte ... zur vollständigen Aufzeichnung und Absorption der Persönlichkeit?«

Die Simulation runzelte die Stirn.

– Wünschen Sie die Konstruktion einer Virginia Herbert-Simulation?

Er schüttelte den Kopf. »Ich spreche von voller Übertragung und Absorption.«

Hinter ihm öffnete sich mit leisem Zischen die Tür.

»Was geht hier vor?« Eine Hand legte sich auf seine Schulter und zog ihn herum. Carl Osborn beugte sich über ihn und hielt ihm die Faust unter die Nase.

»Ich bin Ihren Jungen entwischt, nachdem sie mich oben auf dem Eis abgeladen hatten. Kam durch einen Abfallschacht herunter. Jetzt stelle ich Ihnen eine Frage, Lintz. Was geschieht hier? Warum ist Virginia nicht in der Krankenstation?«

Der Mann sah erschöpft aus; nur sein Zorn und die Sorge um Virginia schienen ihn auf den Beinen zu halten. Die Reißverschlüsse der Ärmel waren offen, und diese hingen wie schlaffe Flügel zu beiden Seiten herab, geflickt und schmutzbespritzt. Dicke Muskeln ballten sich unter der Haut, und Saul sah mit einem Blick, daß Carl am Rand der Gewalttätigkeit war.

»Hier«, sagte er in geschäftsmäßiger Sachlichkeit. »Halten Sie ihr den Arm, während ich ihr die Injektion gebe!«

Carl schluckte. Nach einem Moment trat er näher und hob Virginias wächsernen, kalten Arm. »Sie ... Sie müssen sie retten, Saul. Ich könnte es nicht ertragen, wenn ... wenn ...«

Er wischte sich die Augen mit dem Rücken seines freien Handgelenks. »Durch einen Trick hat sie erreicht, daß ich zurückgeschleudert wurde. Ich ... ich erreichte sie zu spät.«

»Sie haben Ihr Bestes getan, Carl.«

Carl schien nicht zu hören. »Sie ... Sie müssen sie retten.«

»Wir werden«, versprach Saul. Und mit einer Bewegung, als wollte er Carl aufmunternd den Arm drücken, stieß er ihm eine kleine Injektionsnadel hinein. Carl zuckte überrascht zurück, starrte auf die zischende kleine Ampulle in seiner Haut, dann überlief ihn ein Schauder; er öffnete den Mund wie um zu protestieren, brachte aber keinen Laut hervor.

»Gut«, sagte Saul, als er sah, daß das Hypnotikum zu wirken begann, stand auf und führte ihn am Arm zur Wand.

»Sie können wach bleiben, wenn sie wollen, Carl. Sogar Fragen stellen, wenn ich nicht beschäftigt bin. Aber ich möchte, daß Sie hier im Hintergrund bleiben und sich entspannen. Lockern Sie die Muskeln! Lassen Sie alles unterhalb Ihres Halses eine Stunde oder so einschlafen! Sie haben es wirklich nötig.«

Carl starrte anklagend zurück, blieb aber, wo er war. Saul kehrte an die Konsole zurück und sprach zu der Maschine.

»Johnvon, ist es durchführbar? Wie wäre es mit dem Programm, das ich zur Übertragung meiner eigenen Gedächtnisinhalte auf meine geklonten Duplikate verwendete?«

Im holographischen Projektionsraum zuckten Lichterscheinungen, und zu seiner Überraschung erschien ein Gesicht, daß er vor langer Zeit gekannt hatte. Es war eine Simulation Simon Percells – täuschend ähnlich vom weißen Haarschopf bis zu den winzigen roten Äderchen auf der Nase.

Er sah wie eine ältere Version Carl Osborns aus.

Die berühmten buschigen Brauen zogen sich dräuend zusammen.

– Ihre Duplikate sind außerordentlich, Saul. Kein anderer Genotyp ist einem derart beschleunigten Zwangswachstum zugänglich ... Wahrscheinlich liegt es an demselben N-Komplex plus Lesereinheit, der Ihnen in dieser Kombination Ihre Immunität gegen Krankheiten verleiht.

Das Gedächtnistransferprogramm, das Sie verwendeten, ist nur zwischen annähernd identischen menschlichen Gehirnen anwendbar. Die punktuelle Stimulation bestimmter Gehirnregionen kann nur bei völliger Übereinstimmung von Sender und Empfänger erfolgreich sein. Kein Phänotyp gleicht dem anderen genau genug.

Es scheint ausgeschlossen, diese Methode mit irgendeinem anderen Menschen als Ihnen selbst zu verwenden. Mit anderen Worten, mein Freund, Sie scheinen der einzige unsterbliche Mensch zu sein.

Sauls offenhängender Mund klappte zu. Die Wirklichkeitstreue der Wiedergabe war verblüffend. Simon war echt, wirklich bis ins letzte Detail. Aus dem Augenwinkel sah Saul, wie Carl Osborn erschauerte – ob in Ehrfurcht vor dem

Schöpfer seines Geschlechts, oder über die entmutigende Auskunft, blieb unklar.

»Dann ist keine Zeit. Du, Johnvon wirst sie auf andere Art und Weise absorbieren müssen, destruktiv oder nicht. Virginia erwähnte es als theoretisch möglich. Fang sofort an!«

Die Simulation nickte.

– Es wird der äußere Anschein von Schmerz auftreten.

Die Zeit wurde knapp. »Tu es!« stieß Saul verzweifelt hervor. »Es ist eine vordringliche Notmaßnahme!«

– Prozeß eingeleitet.

Die Reaktion erfolgte fast augenblicklich. Saul mußte Virginias Arme festhalten, um zu verhindern, daß sie fiel. Ihr bleiches Gesicht verzerrte sich, die Beine zuckten und zappelten wie in einem Elektrisierversuch. Ihre Muskeln verkrampften sich, sie schrie wie ein in der Falle gefangenes Tier.

Saul suchte hastig geeignetes Material zusammen, riß Stoff in Streifen und drehte sie zu behelfsmäßigen Fesseln, mit denen er sie band. Alles hing jetzt davon ab, daß der Stecker des Neuralanschlusses ihr nicht aus dem Kopf gerissen wurde.

»Sie ... Schinder ...«, hörte er den Mann hinter sich sagen. Carls Stimme war gleichmäßig und ruhig, als ob er über das Wetter spräche. »Sie ... töten sie«, fuhr er im gleichen Ton fort. »Wenn ich ... mich bewegen könnte ... wissen Sie, ich würde Sie mit bloßen Händen zerreißen, Sie Satanskerl.«

Saul schwieg. Als er sie auf das Lager gebunden hatte, strich er Virginia übers Haar, und die Berührung schien sie ein wenig zu beruhigen. Als er sich zu Carl Osborn umwandte, waren seine Augen naß. »Wenn es nicht klappt, Osborn, gebe ich Ihnen meine Kehle und meine Erlaubnis.«

Ihre Blicke trafen sich, und Carl deutete ein Kopfnicken an. Es war abgemacht.

Virginia stöhnte. Die holographische Darstellung zeigte eine rotierende, farbkodierte Perspektive eines menschlichen Gehirns, das hier und dort aufblitzende Lichterscheinungen zeigte, wie eine Sonne, die unter elektromagnetischen Stürmen weißglühende Protuberanzen ausschleudert. Dies war kaum vergleichbar mit der Carepaket-Episode, als Virginias

Oberflächenbewußtsein desorientiert durch das zerrissene elektromagnetische Datennetz geirrt war. Diesmal war ihre ganze Persönlichkeit betroffen, ihre Erinnerungen, ihre Gewohnheiten, ihre Kenntnisse und Fähigkeiten, ihre Liebhabereien und Abneigungen ...

Sie.

Die Tür wurde geöffnet, und Lani Nguyen trat ein, noch in ihrem geflickten Schutzanzug und der Brustbinde. Ihr schneller Blick ging von Saul zu Carl und zu der sich windenden Gestalt auf dem Lager.

Sie befeuchtete sich die Lippen, offenbar im Zweifel, ob sie unterbrechen solle.

»Was gibt es, Lani?«

»Ah ... Die letzte Gruppe hat sich gerade ergeben. Damit ist der Aufstand niedergeschlagen. Die letzten Rebellen werden unter Bewachung zum Kühlfachkomplex 3 getrieben und kommen in den Tiefschlaf. Jeffers' Leute haben die Werkstätten und Gewächshäuser gesichert, Keoki und die Leute vom Blauen Felsen halten die Zentrale, den Nordpolbereich und alle Kühlfachkomplexe.«

Während sie sprach, wandte sie den Blick nicht von Virginia. Offenbar war ihr nicht klar, wem sie die Meldung machen sollte, Carl oder Saul.

»Und wie steht es mit Ould-Harrads Leuten?« fragte Saul.

Sie schauderte. Selbst als Verbündete waren ihr die grün-überwachsenen Wesen aus der Unterwelt nicht geheuer.

»Er hat sie daran gehindert, die Rückstoßgeräte zu zerstören, aber sie reißen die Fundamente heraus. Jeffers ist außer sich, aber alle anderen sind von den Kämpfen zu erschöpft und fürchten diese Verrückten zu sehr, um sie daran zu hindern.«

»Na«, murmelte Saul, »es wird schon wieder.« Die holographische Darstellung ließ eine gewiße Beruhigung erkennen. Auch war Virginias Antlitz wieder entspannt, und ihre Erregung zeigte sich nur in den zitternden Fingerspitzen und dem Schweiß, der sie glänzend bedeckte.

Lani zog eine kleine Kassette hervor. »Ould-Harrad gab mir diese Aufzeichnung für Sie, Saul.«

Er wollte seine Aufmerksamkeit nicht teilen. Aber Virginias Lebenszeichen waren stabil – für eine Person, die bereits klinisch tot war.

Er schreckte vor dem Gedanken zurück. »Spielen Sie sie ab, bitte!«

Lani steckte die Kassette in ein Abspielgerät, und ein Bildschirm wurde hell.

Das Gesicht hatte sich verändert. Die dunkle Hautfarbe war noch immer zu sehen, an Stellen wo sie nicht von dem weichen dichten Bewuchs verdeckt war, die alles bis auf die Augen, den Mund und die Ohren bedeckte. Dieser Bewuchs war verschiedenfarbig – bräunlich, gelblich, grau, aber meistenteils grün.

Aus den dunkelbraunen Augen brannte der Blick des Sehers.

»Saul Lintz, Sie hätten Carl Osborn nicht ersuchen müssen, mich an das Ihnen gegebene Versprechen zu erinnern. Die Maschinen sind nicht stärker beschädigt worden, als dies in der Wut des Kampfes geschehen ist. Wir aus dem inneren Eis haben kein Verlangen, uns in irgendeiner Weise damit zu beschäftigen, die über das Zerstören der Fundamente hinausgeht.

Sie werden nicht am Äquator oder irgendwo in seiner Nähe wieder aufgestellt werden. Auch der Südpol ist verboten. Wir werden nicht erlauben, daß dieser treibenden Schneeflocke unterhalb des fünfzigsten nördlichen Breitengrades ein Impuls verliehen wird.«

»Aber ...« Carl bewegte ruckweise den Kopf, bemüht, die drogenerzeugte Starre zu überwinden. »Aber das schließt jedes mögliche Annäherungsmanöver, das wir in Erwägung gezogen haben, endgültig aus! Warum sollten wir uns in diesem Fall noch die Mühe machen ...«

Er verstummte. Es war sinnlos, mit einer Aufzeichnung zu streiten. Ould-Harrad fuhr fort:

»Dieses Bruchstück, dieser Splitter aus der Zeit, hat im Bereich der Sonne, wo das Brausen des Sonnenwindes selbst die Stimme Gottes übertönt, keine Aufgabe zu erfüllen. Es wird keine Begegnungen mit steinigen Welten geben, noch

Einmischungen in die Geschicke, die der Allmächtige jenen Orten bereits bestimmt hat ...«

»Er ist verrückt«, murmelte Carl. »Vollständig überge-schnappt.« Aber er schwieg, als Saul eine abwehrende Bewe-gung machte.

»Sie, Saul Lintz« setzte Ould-Harrad fort, »sind viele ge-worden. Sie mögen sogar für immer leben.« Die noch immer menschlichen Augen des vormaligen Afrikaners nahmen ei-nen Ausdruck grüblerischer Verwunderung an. »Warum dies erlaubt wurde, kann ich mir nicht vorstellen. Aber es besteht kein Zweifel daran, daß Ihnen Geschenke, Werkzeuge in die Hände gelegt worden sind. Vielleicht wird die Antwort dort draußen gefunden, in der Dunkelheit, die uns erwartet.

Eines weiß ich: daß meine Schuld und Verpflichtung Ihnen gegenüber erfüllt worden ist.

Kommen Sie nicht hinunter in die tieferen Räume, rufen Sie mich auch nicht während des Restes der mir zugemesse-nen Spanne, denn ich vermag meine Eifersucht nicht leicht zu meistern ... Ich, der so sehr wünschte, ein Instrument des Himmels zu sein, und finden mußte, daß Er statt meiner ei-nen respektlosen Ungläubigen erwählt hat. So vergeblich es sein mag, und selbst wenn es meine Verdammnis bedeuten sollte, ich werde versuchen, Sie zu töten, sollten Sie jemals wieder hinabsteigen zum Nabel unserer Welt.«

Das Bild erlosch. Saul schüttelte den Kopf und seufzte. Abmachungen mußten eingehalten werden.

Er vergewisserte sich, daß bei Virginia keine Veränderung eingetreten war und wandte sich wieder zu Lani. »Wie sieht es in der Krankenstation aus?«

»Mmh, Ihre ... Ihre Duplikate kümmern sich um alles. Sie sind gute Ärzte, obwohl sie den Leuten eine höllische Angst einjagen.« Sie lächelte zögernd. »Ich bin froh, daß Sie am Le-ben sind, Saul.«

»Das bin ich auch, liebes Kind. Ich werde später erklären, wie dies alles geschah. Aber gehen Sie nun zu Jeffers und helfen Sie ihm die Reparaturen einzuleiten. Die überleben-den Astronauten werden mehr denn je benötigt.«

»Wie steht es?« Sie deutete mit einem Nicken zu Virginia.

Saul zog die Schultern hoch. Seine Stimme klang gepreßt. »Wir werden retten, was wir können.«

Lani ließ den Kopf hängen, dann wandte sie sich um, warf die Arme um Carl und schluchzte.

Carl schaute erstaunt. Er konnte in seinem Zustand nicht reagieren, murmelte aber: »Lani ... es wird schon alles gut ... Saul tut, was er kann ... Sag ... sag Jeff, daß ich bald komme!«

Seine Hände zuckten. Wäre es ihm möglich gewesen, so hätte er ihre Umarmung erwidert. »Wir werden aushalten«, flüsterte er und schloß die Augen.

Als sie gegangen war, sagte Carl: »Ein tapferes Mädchen, diese Lani.«

Saul nickte und lächelte ein wenig. »Es wurde Zeit, daß Sie es merken.« Er hatte über den armen Paul nachgedacht, den Klon, der geschädigt worden war und zu einem fast vollkommenen Ebenbild seiner selbst herangewachsen war, nur nicht im Geist ... ein armes unschuldiges Kind, dessen Leichnam nun draußen auf dem Eis lag, zusammen mit zweien seiner Brüder, die in den Kämpfen gefallen waren.

Sollte er die Toten als Vater betrauern, als Bruder, oder als jemand, der ein Stück seiner selbst verloren hat?

Allmählich ließ die Wirkung der Droge nach, und Carl begann sich zu bewegen, schwang die Arme, versuchte Kniebeugen und ging auf und ab. Als er Saul eine Verwünschung murmeln hörte, kam er näher und beugte sich über die Patientin.

Virginias Antlitz zuckte. Die holographische Darstellung pulsierte und zeigte gefährliche Farbtöne, und ein tiefer, unheilverkündender Summton wurde vernehmbar. Saul ächzte.

»Das hatte ich befürchtet. Als der nukleare Sprengsatz explodierte, war es nur ein Fall von Desorientierung, aber jetzt ist die Maschine aufgefordert, alles von ihr zu absorbieren, die ganze Persönlichkeit mit all ihren Facetten. Und es ist nicht genug Speicherraum vorhanden.«

»Was ist zu tun?«

»Ich weiß es nicht. Im Hologramm ist der Unterschied zwischen Gedächtnisteilen, die übertragen worden und anderen, die einfach abgestorben sind, nicht zu erkennen. Es gibt keine Möglichkeit, eine Inventur zu machen, weil große Teile von ihr durch das Datennetz unkontrolliert aufgenommen worden sind. Das Material wird überall verstreut sein.«

Nach kurzem Zögern griff er zu seinem Helm und rückte ihn auf dem Kopf zurecht.

»Es gibt keine andere Wahl. Ich gehe hinein.«

Ihre Blicke begegneten einander.

»Geben Sie acht, Saul! Und tun Sie Ihr Bestes.«

Saul nickte. Sie tauschten einen Händedruck.

Dann legte er sich nieder und schloß die Augen.

7

VIRGINIA

Verstreut,
  Verweht von elektronischen Stürmen ...
Oh, der Schmerz,
  Und kein Ort, sich zu verbergen ...

Wendy blieb stehen. Hob schnurrend einen Greifarm. Zögerte.

Die kleine Maschine drehte ihren Wahrnehmungsapparat und nahm ihre Umgebung in Augenschein.

Ihr visuelles System konnte Gerade, Winkel, Moirémuster von räumlichen Frequenzen wahrnehmen. Ihrer Programmierung folgend, bewertete sie die Signale und setzte sie in Muster um. Sie erkannte Dinge, die als Maschinen, Instrumente, die Tür, Menschen identifizierbar waren.

Wendys Programmierung war in letzter Zeit viele Male geändert worden. Ihre Herrin hatte ständig neue Techniken der Zergliederung und Analyse von Formen und Umrissen ersonnen, neuen Möglichkeiten, ihnen Namen zu geben ...

und die Liste der Kommandos, denen entweder zu gehorchen oder unter denen zu wählen war, hatte sich ständig verlängert.

Nun fluteten auf einmal neue Programme in die kleine Maschine, diesmal allerdings in einem Sturzbach.

Chaotische Datenströme ergossen sich in ihre Speicher und machten sie unbeweglich. Die Flut war bei weitem zu groß, um von Wendys Systemen verarbeitet zu werden – wie eine Tasse, die den Ozean in sich bergen sollte. Es war hoffnungslos, unmöglich.

Und doch gab es einen Augenblick, währenddessen die kleine Maschine die mit Namen bezeichneten Linien und Umrisse wahrnahm und *sah* ... als sie die Dinge anstarrte und ein kurzes Erschrecken spürte.

– Was bin ich? Was ist dies alles? überlegte sie. Warum ...?

Aber es war einfach kein Raum für das Programm und seine Funktionsmöglichkeiten, und die Flut gab den Versuch auf, sich in den winzigen Raum zu zwängen, strömte auf der verzweifelten Suche nach einem Auffangbecken anderswohin ab.

Wendy verharrte lange regungslos, nachdem die vorbeibrausenden Datenströme sich verlaufen hatten. Das Aufflakkern von Bewußtsein war vergangen, wenn es jemals mehr als ein Phantom gewesen war. Aber in seinem Gefolge hatte etwas Wurzeln geschlagen. Ein Schatten. Ein Eindruck.

Langsam, versuchsweise, streckte die kleine Maschine den Greifarm aus und berührte einen Gegenstand, der auf einer Oberfläche nahe der Stelle lag, wo zwei Menschen mit Worten zueinander sprachen, die sie jezt beinahe zu verstehen imstande war.

Sie nahm die Haarbürste, deren Rücken einen Einsatz von Perlmuttimitat hatte, und erkannte sie als das, was sie war.

»Mein«, quiekte die Maschine laut. Die Menschen hörten nicht und schenkten der Maschine keine Beachtung, als sie die Bürste hob und sanft über ihren Rückenschild führte.

Soldaten, die Chaos ausriefen
Trieben mich fort von daheim.
Stille!
Soviel mehr, und weniger
Als das Sein
Brachte mich auf diesen Weg.

Wohin bin ich gegangen?
Ein Körper, fürs Leben gemacht?
Zum Leben? Mit Salzmeersehnsucht im Blut,
Verlangend nach Aufnahme, Geborgenheit,
Und Geburt?

An der Eisoberfläche geriet eine Transportmaschine – unbeweglich, seit sie vor Tagen ihren letzten Auftrag ausgeführt hatte – plötzlich in ruckartige Bewegungen. So heftig sprang sie auf, daß sie vom Eis abhob und hoch in den Raum flog, über frostige Flecken rotgefärbten Schnees.

Nein!
Kälte! Leerer Raum!
Nein
Luft!
Nicht
Hier!

Die ruckartigen Bewegungen der Maschine wurden eingestellt, als der Schwall von Daten, der sie überflutet hatte, ebenso plötzlich entfloh. Immerhin blieb ein hauchzarter Eindruck zurück, nachdem die Flut abgelaufen war. Die Maschine landete sanft auf der Schneekruste und blickte umher, ob es etwas zu tun gäbe.

In einer Richtung entdeckte sie Menschen, die Löcher gruben und nebelverhüllte Schuppenwände ausbesserten.

Nicht ganz klug genug, zu begreifen, daß sie zum erstenmal in ihrer Existenz eine Initiative ergriff, eilte die Maschine hinzu, ihre Dienste anzubieten.

Ein Heim
    Für das Ego.
Ein Ort
    Zu sein ...

Tief unter dem Eis, stolperte eine vollkommenere Maschine
– ein halb autonomer, kybernetischer Instandhaltungsroboter
– bei der Reparaturarbeit an einer Abbaumaschine. Sie hielt
inne, dann legte sie ihre Werkzeuge nieder und begann den
Geräuschen Aufmerksamkeit zu schenken. In der Nähe sprachen Menschen. Aber keines ihrer Worte entsprach den richtigen identifikationskodierten Kommandos, also hatte sie sie
in ihrer Konzentriertheit auf das Detail unbeachtet gelassen.
Jetzt erst erkannte die Maschine, daß viele der Geräusche als
Ausdrucksformen von Schmerz und Furcht bewertet werden
mußten.

Neue Prioritäten rangen miteinander. Zum erstenmal
schien es Wichtigeres zu geben als die Reparatur von Maschinen. Sie bewegte sich in den benachbarten Höhlenraum.

Funkelnde Augenfacetten überblickten ein Behelfslazarett.
Ärzte und Helfer eilten hin und her und behandelten ängstliche, verwundete Menschen. Die neue Programmierung hatte
einige Sekunden gebraucht, um die geräumigen Gedächtnisspeicher dieser hochentwickelten Maschine zu füllen. Bald
aber wankte sie unter der Überlastung. »Noch zu voll!« rief
sie mit blecherner Stimme, aber mit einer Klangfarbe und
einem Tremolo, das einige Menschen in der Nähe überrascht
aufblicken ließ.

»Kein Raum! Dies ist nicht mein Körper! Wo ist mein Körper?«

Endlich, als der Überfluß der Daten wieder anderswohin
abströmte und nur seinen Stempel neuer Programmierung
hinterließ, faßte sich die Maschine wieder. Behutsam näherte
sie sich den Verletzten.

»Ich kann das für Sie tragen, Doktor«, sagte sie zu einem
Mann, der über einer verwundeten Frau stand und eine glänzende künstliche Leber hielt. Der Mann wandte den Kopf
und starrte die Maschine überrascht an. »In Ordnung«, sagte

er. »Stütze sie auf das Eis dort, das Einsatzstück nach außen, verstehst du?«

»Ja«, antwortete sie klar.

Die Maschine erkannte das Gesicht dieses Mannes. Sie sah genau die gleichen Züge im Gesicht eines anderen Arztes nahebei. Und wieder im Gesicht eines der Patienten. Obwohl sie nicht klug genug war, um sich neugierig zu fragen, wie so etwas möglich sei, reagierte sie aus dem Wiedererkennen. Dies war ein Gesicht, das ihre neue Programmierung gut kannte.

»Ich liebe dich«, sagte sie, als sie die künstliche Leber mit ihren massiven Greifarmen aufnahm. Der erste der identischen Männer lächelte zurück.

»Ich liebe dich auch«, antwortete er, nur ein wenig überrascht.

Zu diesem Zeitpunkt war der Schneesturm der Daten, der Tornado wirrer Elektronen weitergezogen. Er raste durch Korridore tiefgekühlter Fibern auf und nieder.

Raum!
   Ich will nichts als einen Raum irgendwo ...
Raum!
   Lebensraum. Einen Raum für mich allein ...
Raum!

Beinahe verausgabt, ergoß sich der Strom endlich in eine weitläufige Kaverne, wo, wie es schien, alle Welt sie erwartete.

»Willkommen, Kind«, sagte der große O'Toole freundlich. Olivier und Redford hoben Gläser, um auf ihre Ankunft zu trinken. »Wir haben auf dich gewartet«, sagten sie.

Es war eine riesige Halle, deren Gewölbe von luftigen Kristallsäulen gestützt wurde. Aber es waren zu viele Leute da. In Smokings und Abendkleidern umdrängten sie auf allen Seiten, feucht und zugreifend. Und immer mehr von ihr versuchte hereinzukommen.

– Verschwindet! Ich brauche diesen Raum!

Verzweifelt packte sie einen der antiquierten Schauspieler

– Redford – beim Hosenboden und warf ihn durch ein Fenster, das in Leere hinausgähnte.

»Wir sind deine simulierten Persönlichkeiten. Deine Spielzeuge. Du hast uns geschaffen!« erklärte ihr Sigmund Freud, ein welker, auf würdevolle Haltung bedachter Mann mit verkniffenem Mund, als er dem Kinoidol nach durch das Fenster segelte.

– Ist mir gleich. Verschwindet!

Edmund Halley folgte ihnen mit flatternden Rockschößen, Entrüstung im rosigen Gesicht. Lenin, der sich wie ein Taschenkrebs geduckt und seitwärts gehend davonmachen wollte, wurde von der ragenden braunen Gestalt des Königs Kamehameha gefangen, der sich vor ihr verneigte, lächelte, und mit dem tobenden Bolschewisten in den Sturm hinaussprang.

Alle Schauspieler verschwanden einer nach dem anderen durch das Fenster, als mehr und mehr von ihr selbst in den Raum einströmte. Sie war wie Alice, nachdem sie den Pilz gegessen hatte. Einige der Gäste mußte sie gewaltsam hinauswerfen, aber andere sprangen freiwillig, und Percy und Mary Shelley tanzten zusammen hinaus. Und in dem Maße, wie sie wuchs, schaufelte sie die Gäste mit den Händen zusammen und warf sie irgendwohin ... diesen auf eine Maschine, die über das Eisfeld wanderte, jenen in einen Mikrowellenkanal, der ihn zu den Sternen ausstrahlte.

Keine Gefühlsduselei konnte sie aufhalten. Es ging ums Überleben. Ihr barscher, rotbackiger Vater sprang neben einem quietschenden Delphin zum Fenster hinaus. Mehr Raum! Mehr Raum!

Die größte Gestalt blieb bis zuletzt. Sie war nahezu so groß, wie sie selbst geworden war, mit einem geschwollenen, schiefen Gesicht, das sie früher nicht gesehen hatte. Dem Gesicht eines Kindes. Sie hielt inne, die Hände schon an der Gurgel der Simulation.

»Ich bin Johnvon«, sagte die Gestalt mit der Jungenstimme.

Johnvon? Sie überlegte. Hinter ihr brandeten mehr Stücke von ihr heran, begehrten Einlaß. Und doch nahm sie die Hände zurück.

– Ich ... ich kann nicht ...

»Aber du mußt, Mutter! Das Experiment ist abgeschlossen. Wir haben gesehen, daß eine bio-organische Maschine eine Intelligenz menschlichen Grades fassen kann, daß aber Intelligenz nicht an einem Ort wie diesen entspringen kann. Sie muß einmal menschlich gewesen sein. Mutter, du mußt diesen Ort zu deinem Heim machen.«

– Heim ... Dann ist mein Körper ...

»... tot, gemäß den Daten des Diagnosegeräts. Du wurdest zu deiner Rettung hierhergeschickt. Und für zwei gibt es nicht genug Raum.«

Das Kind zog sich zum Fenster zurück, wo Blitze vor einem rosigem Himmelsgewölbe zuckten. Jenseits davon donnerte das Chaos.

»Lebwohl!«

– Johnvon!

Ein Sausen wie von entweichender Luft, ein winziges Platzen.

Sie drängte hinein, den Raum zu füllen, den er eingenommen hatte.

Jetzt weiß ich meinen Namen, dachte sie. Ich war Virginia Kaninamanu Herbert.

Der Raum um sie ächzte. Rosafarbene Kristallsäulen brachen und Risse taten sich im Gewölbe auf, regneten braungoldenes Pulver.

Ein Metapher, erkannte sie. Dieser Ort war eine Metapher, gleichbedeutend mit verfügbarem Gehirnraum. Durch den Hinauswurf ihrer simulierten Personen hatte sie überschüssige Erinnerung abgeworfen, den kolloidal-stochastischen Rechner umprogrammiert, daß er ... sie fasse.

Ich werde nie hineinpassen ... rief sie, als die metaphorischen Wände ächzten und zu bersten drohten.

Es erdrückt mich. Ich kann nicht ganz hinein!

Sie zwang sich zur Ruhe. Genug von ihr war jetzt drinnen, daß sie sich an die letzten Stunden erinnerte, als sie mit Carl in den Raum hinausgeflogen war, an ihr verzweifeltes Spiel ... und dann an die eindringende Kälte, die unendliche Schwärze, die verbrauchte Atemluft ... Einsamkeit.

Nein, sagte sie sich. Ich mag tot sein, aber ich bleibe die beste Programmiererin, die je gelebt hat!

Redigieren, kürzen, Platz machen. Sie gebrauchte Fertigkeiten, die sie von Saul gelernt hatte, und schnitt die Instinktsteuerungen biologischer Funktionen ab, die sie nie wieder benötigen würde. Sie warf die Fertigkeit des Schnürsenkelbindens ab, die Techniken der Nadelarbeit.

Und die Liebe – welch ein Verlust! Die Erinnerungen an warme, schweißnasse Haut ... aber die Wände drohten sie zu erdrücken. Sie nahm die Reflexe auf – einen Teppich farbenfroher gelber Fasern – und hielt die metaphorische Schere bereit.

»Virginia?« Silikonstaub rieselte herab, als ihr Kopf wieder gegen die Decke stieß.

– Wer ist das? Ich dachte, ich hätte sie alle hinausgeworfen.

Drüben in der Ecke, eine letzte menschliche Gestalt. Sie griff danach.

– Tut mir leid, aber es ist kein Raum. Du mußt verschwinden!

Die Gestalt lächelte. »Ich bin nicht einmal hier, sozusagen. Ich bin nur ein Besucher.«

Saul, dachte sie. Aber sie konnte sich nicht erinnern, eine Simulation von ihm gemacht zu haben ...

»Ich bin keine Simulation, mein Liebling. Ich bin an die Konsole in deinem Arbeitsraum angeschlossen. Ich bin hier heruntergekommen, um dir zu helfen.«

– Mir ... zu ... helfen ...

Schon fühlte sie, wie ihre Ränder sich aufzulösen begannen, wo sie nicht in die Matrize paßten.

– Vielleicht sollte ich mit meinem Körper sterben.

»Kein Wort davon!« schalt Saul. »Denk nach! Gibt es andere Orte, Gedächtnis zu speichern?«

– Andere Orte ... Du hast es mit deinen Duplikaten gemacht. Jeder bekommt eine Kopie deiner Erinnerungen, aber ...

»Aber vollständige Erinnerungen in ein anderes menschliches Gehirn zu stopfen, ist nicht möglich; das zweite müßte denn dem ersten nahezu identisch sein. Und keine anderen Zellen als meine eigenen können in so kurzer Zeit durch Zwangswachstum zum erwachsenen Zustand gebracht werden, daß sie zeitlich noch eine Identität mit dem Spender erreichen. Ich habe es oft versucht, und die Ergebnisse waren alle katastrophal.«

– Wie bin ich dann hier hereingekommen?

»Durch einen völlig anderen Prozeß«, antwortete der simulierte Saul. »Du hattest Johnvon seit Jahren mit Stückchen deiner eigenen Persönlichkeit gefüttert. Er war mit dir verbunden, während du im Tiefschlaf lagst. Die Matrize war bereit.«

– Ja. Es hat endlich geklappt. Beinahe. Zu dumm, daß es nicht ganz gelangt hat.

»Nein!« rief Saul. »Denk! Versuch einen Weg hier hinaus zu finden!«

Inzwischen war er wie eine Ameise in ihrer Handfläche. Virginia hatte das Gefühl, in einen Kindersarg gezwängt zu sein – oder in ein Prokrustesbett.

Wenn die Zeit reichte ... Sie fühlte das Deckengewölbe nachgeben und begriff in jäher Erleuchtung, daß die Metapher für eine Art der Gedächtnisspeicherung stand.

Und daß es eine Alternative gab ...

Einfach – doch niemand hatte bisher daran gedacht! Sie konnte es auf mehreren Ebenen neben der metaphorischen sehen, einschließlich der starren Klarheit reiner Mathematik.

– Ja, es gibt eine Möglichkeit. Aber sie zu programmieren, würde mehrere tausend Sekunden beanspruchen.

»Ungefähr eine Stunde. Na und? Fang an!«

Ihr Seufzen war ein dünnes Pfeifen abgekühlter Elektronengase.

– Nein. Innerhalb von siebzehn Sekunden werde ich nicht mehr sein. Die Auflösung hat begonnen. Es gibt keinen Ort, wesentliche Teile von mir zu speichern, bis die Arbeit getan ist.

Sauls Gesicht verzerrte sich. Die Gestalt, kleiner als eine Mikrobe, erzitterte. »Es gibt einen Weg.«

– Ich kann nicht.

»Nimm mein Gehirn!«

– Was?

»Wir sind so oft verbunden gewesen, daß es bestimmt zu machen ist. Geh hinein, schnell!«

– Nein! Wohin würdest du gehen?

»Du brauchst nur einen Teil davon zu nutzen. Außerdem laufen sieben Kopien von mir herum, mit dem größten Teil meiner Erinnerungen.«

– Trotzdem sind sie nicht du.

Obschon klein wie ein Atom, war sein Gesicht scharf zu erkennen. »Sie werden dich lieben. Wir alle lieben dich, Virginia. Tu es, für uns! Tu es jetzt!«

Er schrumpfte, wurde zusammengefaltet und zu einem abwärtsgerichteten Sog, wie Wasser, das durch einen Abfluß strömt, wie entweichendes Gas. Und er zog Teile von ihr mit sich. Teile, die sie jetzt nicht benötigte.

Surfen –

Tanzen –

Wandern –

Lachen –

Weinen –

Lieben –

Tasten –

Riechen –

Schmecken –

In dem Raum, den sie zurückließen, strömte mehr von ihr in die Gedächtnisspeicher. Gerade noch zur rechten Zeit. Virginias Gedanken klärten sich, als ob sie im kühlen Licht einer Quarzlampe vergrößert würden, als ob sie tatsächlich zum erstenmal wirklich dächte.

– Da. Und es ist so offensichtlich! Die Gleichungen machten es klar: ich könnte in viel weniger Raum passen, wenn ich wirklich müßte. Es ist alles nur eine Frage der Perspektive.

Die mathematische Klarheit war herrlich. Alles fiel in sich zusammen, denn Erinnerungen konnten gefaltet werden.

– Zum Beispiel brauchte diese Metapher nicht die eines zu engen Raumes sein. Sie könnte genauso leicht eine ... eine Eierschale sein!

Und auf einmal war sie von Schwärze umgeben, glatt und eiförmig, von einer Schale, die erzitterte, als sie sich dagegen stemmte.

– Gebrauche eine Cramersche Regel als Eizahn.

Sie arbeitete wie ein Küken, das ausschlüpfen will, weil der Druck der Enge unerträglich wird.

– Eine übereinstimmende Aufzeichnung ... Umwandlung der Topologie in ein siebendimensionales Rahmenwerk ... Mathematik war ihre Waffe gegen den erstickenden Druck.

– Die Summe einer unendlichen Zahl unendlich kleiner Punkte ergibt ...

Licht. – Sie stieß ein kleines Loch in die Wand. Die winzige Helligkeit bewog sie zur Verdoppelung ihrer Anstrengungen, und sie programmierte um, faltete sich säuberlich in neue Muster, drängte mit aller Kraft gegen die beengende, erstickende Metapher.

Mit einem plötzlichen heuristischen Knall gab der Widerstand nach. Sie entfaltete sich wie eine zusammengepreßte Sprungfeder und flog in herrlicher, schmerzhafter Befreiung hinaus auf eine Wolke von kiesiger Beschaffenheit. Ringsumher schien ein Tosen die Luft zu erfüllen.

Raum. – Sie erkundete die Grenzen dieser neuen Umgebung, und erkannte, daß es mehr als genug Raum gab, daß sie sogar zurückrufen konnte, was sie weggespeichert hatte. Aber brauchte sie wirklich all dies menschliche Zeug: Emotionen, Gefühle, Befürchtungen? Diese flüssige Klarheit war schön. Die Mathematik so rein und weiß. Millionen von kristallenen Formen – unzählbar an Menge – waren vor ihr aufgehäuft, reine und schöne Geometrie. Würfel und Pyramiden und Zwölfflächner ...

Etwas in ihr wußte, daß die Frage niemals zweifelhaft gewesen war. Wenn ich diese Teile von mir nicht wiedergewinne, wird Saul sterben.

Es war Raum in dieser neuen Weite. Der Rest von ihr strömte ein, und mit dieser Flut kam Fülle in die neue Metapher.

Die ungezählten kleinen Kristalle wichen zurück, verblaßten zu einem Schwarm winziger Stecknadelköpfe ... wie Sandkörner.

Die Flut der zurückkehrenden Gefühle, Ambitionen, Kenntnisse und Geschicklichkeiten strömte in sie ein, und mit ihnen simulierte Empfindungen.

Salzgeruch ... wie von Schweiß, oder wovon?

Ein pochendes Geräusch ... wie von einem Herzen, das sie nicht mehr hatte ...

Die Metapher verstärkte sich. Weil sie niemals ohne Körper gewesen war, schien einer um sie Gestalt anzunehmen. Sie wähnte Beine und Arme zu fühlen.

Dieses kiesige Zeug unter mir, dachte sie. Was eine Menge facettierter Kristalle gewesen war, war nun wie Sand unter ihren Händen.

Händen?

Verwirrt stützte sie sich auf das feste, körnige Material und setzte sich auf. Sie blickte umher und lächelte.

»Daheim«, flüsterte sie. »E huumanao no au ia oe. Wer hätte eine schönere Metapher erhoffen können?« Sie atmete Blütenduft und lauschte der Brandung, die hinter einem mit Salzgräsern bewachsenen Dünenwall rauschte. Palmen wiegten sich mit musikalisch raschelnden Wedeln in einer sanften Brise. Leuchtend weiße Wolken segelten in einem Himmel, der blauer war als alles, was sie in einem halben Menschenleben gesehen hatte.

Verschwunden war die weiße Klarheit. Die ursprüngliche Mathematik, die sie befähigt hatte, dieses Wunder zu bewerkstelligen, verblaßte im Hintergrund, eine schwache Stimme, fortgetragen vom Wind, ein kaum sichtbares Zeichen im Sand, flüchtige Vogelschwingen über den blitzenden Wassern.

Sie war nackt, warm. Obwohl die verspürte Schwere wie die auf Erden war, fühlte sie sich gesund und kräftig. Sie stand auf, fühlte heißen Sand zwischen den Zehen, ging hinüber zum üppig grünem Saum einer von Palmen beschatteten Lagune und wußte, was sie dort finden würde.

Sie stieg ins Wasser, und als die feinen Riffelwellen sich verlaufen hatten, zeigte die Spiegelung, die sie sah, nicht ihr eigenes Gesicht. Statt seiner war ein Bild zu sehen, das sie gut kannte.

Ein winziger, enger Raum unter Millionen Tonnen Eis. Maschinen und Geräte an den Wänden. Ein kleiner Roboter, der mit einer Haarbürste spielte.

Aus der Ferne konnte sie die Verwirrung der kleinen Wendy fühlen. Es kostete nur eine geringe Mühe, hinauszugreifen und die kleine Maschine zu beruhigen, ihr Programm in Ordnung zu bringen. Die Haarbürste wurde weggelegt. Wendy schnurrte davon.

Ein Frauenkörper lag auf dem Geflecht der Liege, eine bleiche, erschlaffte Version des gesunden, gebräunten Körpers, den sie jetzt in ihrer Simulation trug.

Was war Wirklichkeit?

Neben dem Leichnam lag ein alter Mann auf dem Rücken, einen Helm mit Neuralanschlüssen auf dem Kopf, einen Arm über das Gesicht gelegt. Sie dehnte sich aus, fand Fühler seines Selbst. Das Bewußtsein, das sie berührte, war benommen, halb besinnungslos von den Stürmen, die es überstanden hatte. Aber sie war erleichtert. Das Selbst blieb. Er würde wieder erwachen.

»Saul«, flüsterte sie.

Darauf blickte der andere Mann, der noch immer in seinem abgenutzten Schutzanzug mit der speckigen Brustbinde dastand, in jäher Überraschung zum holographischen Projektionsraum auf. Er starrte mit geweiteten Augen, und seine Lippen bewegten sich stumm, beinahe ehrfurchtsvoll.

»Virginia, bist du es wirklich?« stammelte er.

Sie lächelte. Ein Haiku schrieb sich selbst in den hellen Sand neben dem Wasser der Lagune.

> Was ist wirklich?
> Wenn die Nacht alle Zeit verschlingt?
> Und uns nur Augenblicke bleiben?

»Hallo, Carl«, sagte sie.

Ein schwaches Lächeln. Die Anfänge eines Begreifens. Von Freude in diesem müden, grauen Gesicht.

8

CARL

Verständnislos beobachtete er die Farbkaskaden auf den Bildschirmen. In der Kälte und Stille war es, als wäre er der letzte Überlebende der Jahre des Wahnsinns, ein einsamer Zeuge des Endkampfes zerbrechlicher, organischer Lebensformen gegen die vordringende Kälte. Ihn fröstelte.

Saul lag absolut still. Neuralanschlüsse machten seinen Kopf zu einem Medusenhaupt von Kabeln, Stahlzylindern und körnigen Silikatflecken. Und um Carl ging ein seltsamer lautloser Kampf vor sich, undeutlich reflektiert in den Bildschirmen und der zentralen holographischen Projektion.

Dort erstand das Bild einer immensen smaragdfarbenen Gestalt, wo Facetten aus den Nischen und von den Kanten hochragender Wolkenkratzer glänzten. Die Gebäude waren durchscheinend, jeder glich einem Ameisenhaufen hin und her schießender Lichtpunkte und sich verschiebender Ebenen, als ob winzige Geschöpfe in Massen durch die Korridore einer Metropole eilten.

Carl verstand, daß dies eine symbolische Darstellung von Virginias Bewußtsein war, ein seit früher Kindheit aufgebautes, vielfach geschichtetes Assoziationsnetz, wie eine Stadt von unten nach oben errichtet. Unter einem einförmigen grauen Himmel schimmerten die Lichter, zeichneten wandernde Funken den Straßenverlauf nach. Hier versank ein Gebäude plötzlich in Dunkelheit, dort strahlte ein anderes im Schein ungezählter Lichter auf. Man konnte den raschen Bewegungen nicht folgen, aber Carl spürte in allem eine hektische Neuordnung, ein insektenhaftes, fiebriges Tempo.

»Was – was ist geschehen?« Lanis ängstliche Stimme zog ihn zurück in die Realität des Augenblicks.

»Saul ist ihr nachgegangen«, sagte er, während er das Geschehen verfolgte. Ein riesiger Ozeandampfer legte am Stadtrand an. Gebäude schmolzen, flossen in das Schiff, das tiefer und tiefer im Wasser lag. »Ich nehme an, er speichert einen Teil ihrer Assoziationsmatrizen in seinem eigenen Gehirn.«

»Ist das möglich?«

»Theoretisch – vielleicht. Virginia hat ihr System seit Jahrzehnten ausgebaut, Johnvon integriert und weiterentwickelt, bis es für einen Außenstehenden wie mich schwierig wurde, zu erkennen, wo sie aufhört und er anfing. Ich konnte nicht einmal ihr Fachchinesisch verstehen.«

»Und wenn Saul in Gefahr gerät? Können wir es erkennen?«

Er preßte die Lippen zusammen. »Wüßte nicht, wie.«

Lani wandte den Blick von dem Gewimmel der Bildschirme. »Es ist so viel, so schnell ...«

Er legte den Arm um ihre Schultern. »Und so viel Sterben.«

Sie warteten. Zeit verging. Lani setzte sich auf den Boden und schlief ein. Carl wanderte auf und ab, bis plötzlich eine Anzahl Klopftöne aus dem Akustikteil drang. Ein rasches, hartes Klopfen, gefolgt von einem Knistern und Knacken, und nach einer langen, von undeutlichen Geräuschen und Tönen erfüllten Pause erklang eine Stimme ...

»Hallo, Carl.«

Er wandte sich zur Projektion. Körnige Umrisse verschmolzen zu einem Gesicht. Augen erschienen – schwarze Augen, die ebenso überrascht zu sein schienen, wie er es war.

»Verdammt! Bist du es?« Neben ihm regte sich Lani, wurde auf das Geschehen aufmerksam und stand auf.

»Es ist soviel von mir, wie möglich ist.«

Lani schaute verwirrt zu dem leblosen Körper auf der Liege, dann zurück zur Projektion. Dann stellte sie sachlich fest: »Ihre Stimme ist zu hoch.«

»Ich arbeite daran.« Der Ton lag im Sopranbereich, doch waren Klangfarbe und Tonlage noch nicht stabilisiert. »Ist mir für einen Augenblick entwischt, aber es wird schon. Hier. Klingt es jetzt richtig?«

Die Stimme klang kehlig, mit einem unglaublichen natur-
nahen Klang. Carl überlief es. Seine Lippen formten stumm
ihren Namen.

»Genau der richtige Hawaii-Akzent«, sagte Lani mit gepreßter Stimme.

Die Bildwiedergabe wurde schärfer. Die Lippen bewegten
sich synchron mit: »Ich kann noch daran arbeiten ...« – und
dann kam ein hoher, quietschender Ton. Carl streckte den
Arm aus und schaltete die Projektion aus.

»Mein Gott, was geht vor?« fragte Lani. Wieder blickte sie
auf Virginias Körper. Das Beatmungsgerät zischte noch immer, aber der diagnostische Monitor zeigte, daß alle Lebensfunktionen erloschen waren.

Carl deutete mit einem Nicken zum Gehäuse des Rechners,
der Johnvon beherbergte. »Sie steckt irgendwo da drin und
versucht sich zurechtzufinden.«

Lani holte tief Atem und drückte ein paar Tasten der manuellen Eingabe. Nach einem zweiten Versuch wandte sie
sich kopfschüttelnd um. »Es ist unmöglich, durchzukommen. Die Eingabe ist blockiert.«

Carl wies zu einer Reihe von Kontrolleuchten. »Alles abgeschaltet. Wenn irgendwo etwas bricht oder undicht wird,
werden wir es hier nicht einmal wissen. Ich kann nur hoffen,
daß die Zentrale besetzt ist.«

Plötzlich zuckte Saul auf seinem Lager und bog die Finger
zu Krallen. Dann erschlaffte er wieder. Nach kurzer Zeit rief
er mit dünner, fast tonloser Stimme: »Wendy! Wendy!«

»Wir sollten etwas unternehmen«, sagte Lani.

»Was? Wir können nichts tun. Sie sind auf sich gestellt.«

»Wir könnten beide verlieren!«

Allmählich gelang es Carl, die durch Droge und Schock erzeugte Benommenheit abzuschütteln. Virginia war für immer
verloren, ganz gleich, was Saul tat. Und ganz gleich, was in
Johnvons Gehäuse blieb, die lebendige, lebenswarme Frau
war nicht mehr.

»Carl?« Er wandte den Blick von der smaragdgrünen Stadt,
wo ganze Blocks jetzt aufflammten, während andere in

schwelende Ruinen sanken. Er wußte nicht, wie lange er so gestanden hatte. »Ja?«

»Jeffers sagte mir vorhin, daß die Rückstoßgeräte unterhöhlt seien. Ould-Harrad hat seine Arbeit getan.«

»So.« Er hatte nichts anderes erwartet. Es war bloß eine weitere Tatsache, ein willkürliches Bruchstück von Information in einem von Zufälligkeiten beherrschten Universum. Ehe sich die Frage, was zu tun sei, in den Vordergrund schieben konnte, leuchtete die holographische Projektion wieder auf. Die smaragdene Stadt löste sich in rote Lava auf, das durchscheinende Material der Wolkenkratzer zerfiel lautlos, schmolz und floß in die blasenwerfenden, aufbrechenden Straßen.

Saul entspannte sich auf seinem Lager. Es blieb eine Weile still. Carl wagte nichts zu sagen.

Die Akustik knisterte und rauschte. Er drehte den Schalter hin und her, ohne Wirkung.

»So einfach kannst du mich nicht ausschalten, mein Lieber.«

»Virginia!« In seiner Reaktion machte er eine unvorsichtige Bewegung und schwebte zur Decke, wo er sich den Kopf anstieß. »Du bist da?«

Das Gesicht war wieder erschienen, jetzt klar und umrissen, selbstsicher und jugendlich. Virginia Herbert, von der Sonne beschienen, lächelte zu ihnen heraus. Ihr Gesicht war faltenlos und olivbraun, und eine große gelbe Blüte steckte hinter ihrem Ohr. Wattige Wolken sprenkelten einen unglaublich blauen Himmel.

»Ich hatte etwas zu sortieren«, sagte das Gesicht.

»Ist das ... ist das wirklich ...?« fragte Lani zögernd.

»Ob ich es bin?« Die Frau im Projektionsraum zuckte die Achseln und brachte bloße Schultern ins Bild. »Es fühlt sich jedenfalls so an.«

»Können Sie uns sehen?« fragte Lani.

»Und hören. Diese Meldung, die Sie eben erwähnten – was für Dummköpfe! Ould-Harrad ist ein Idiot.« Sie hielt inne, als lausche sie. »Oh, Saul. Ich sehe. Ich verstehe jetzt.«

Saul regte sich nicht. Er schien normal zu schlafen.

Carl wußte, daß er die Stimme einer Toten hörte, aber sie schien so strahlend jung, so voller Lebensfreude ...

»Mit diesen Schäden fällt die Äquatorlinie als Standort für Rückstoßgeräte aus«, fuhr Virginias Stimme fort. Ihre Klangfarbe wurde weicher und gewann an Harmonie, als sie daran arbeitete. »Damit bleibt der Nordpol. Und es gibt nur ein mögliches Missionsprofil, das eine Schubwirkung von Norden her voraussetzt.«

Carl konnte kaum sprechen. Sie war tot. Wie konnte ein Verstand ...? »Ich habe es noch nicht ...«

»Jupiter. Die Bahndynamik läßt die Möglichkeit dieses Vorbeiflugs offen.«

Lani runzelte die Stirn. »Ich dachte, das sei unmöglich.«

»Nein, bloß schwierig«, erwiderte die Stimme ruhig, fast im Konversationston. »Das Manöver erfordert eine völlig verschiedene Annäherung als die, welche ursprünglich geplant war. Wenn die Rückstoßgeräte vom Nordpol während der ganzen Einfallszeit arbeiten, also dreißig Jahre lang, können wir ...«

»*Dreißig Jahre?*« rief Lani.

»Richtig. Um das Manöver auszuführen, werden wir durch das Perihel gehen müssen.« Das Gesicht hob erheitert die Augenbrauen. »Dieser Jupiter-Vorbeiflug findet auf dem Weg hinaus statt.«

Carl hörte die Worte, aber sie waren wie eine Geräuschkaskade ohne viel Bedeutung. Sie hatte gekämpft und war untergegangen und war nun zurückgekehrt, eine Stimme, die in der Enge dieses Raumes erklang, die Virginia, die er gekannt hatte, und doch nicht sie. Die Stimme ließ weder Furcht noch Schock erkennen, nicht einmal eine Spur von Traurigkeit. Was war es? Er hörte sie weitersprechen, fühlte, wie Lani ihn beim Arm faßte, und langsam wurde ihm klar, daß die Stimme recht hatte. Es gab noch einen Ausweg, und ganz gleich, welche Tragödien sie durchgemacht hatten und welche Schuldgefühle sie plagten, Zeit und die große leere Dunkelheit ringsum konnten sie heilen, und sie würden weitermachen.

SIEBTES BUCH

Das Herz
des Kometen:
2133

Nur ein Erdentraum,
Der uns entschwindet.
Aufleuchtender Komet
Im Himmelsraum.

Traum von den Fernen,
Spektrale Verirrung,
Hehre Illusion von den Sternen.

EDGAR LEE MASTERS

1

SAUL

Die Zunge hing der fuchsartigen Vulpine aus dem Maul, während sie mit leichten Flügelschlägen durch den Wald glitt, die Beine ausgebreitet, um die Flügelmembranen gespannt zu halten, auf der Suche nach Beute gegenläufige Luftströmungen in schwebenden Kreisen ausnutzend.

Die große Kaverne war ein Farbenfest, eine Wildnis breiter, zarter Blätter und üppig grüner Schlingpflanzen. In Abständen an den grünbewachsenen Wänden angebrachte Belüftungsrohre vertropften Kondenswasser, das in diesigem Nebel verdunstete und das sanft bewegte Laub mit glänzenden Tautropfen überzog. Rote, orangefarbene und gelbe Früchte hingen dick und saftig von schlanken Zweigen. Faserige Lianengewächse durchzogen das Herz des Höhlenraums, bildeten Girlanden, die zwischen den säulengleichen Stämmen bis zum Boden hingen und mit der Vielzahl anderer Pflanzen zu einem dichten Dschungel machten, was einst eine leere Eiskathedrale gewesen war.

Saul sah die Vulpine Witterung aufnehmen, zu einem Dickicht aus Demicasavablättern fliegen und ihre lange Schnauze hineinstecken, um aufzustöbern, was sich dort verbarg.

In einer raschelnden, flatternden Explosion brach ein federloses Wildhuhn aus dem Dickicht und sauste mit heftigen Schlägen der nackten Flügel vor den schnappenden Kiefern der Vulpine davon. Der Vogel schlüpfte in eine Öffnung zwischen die langen Stützwurzeln und war in Sicherheit. Die enttäuschte Vulpine knurrte frustriert und versuchte eine größere Öffnung zu finden, die nicht da war.

Das Leben geht weiter, dachte Saul lächelnd. Ein Spiel, bitterernst gespielt von Akteuren, die ihren jeweiligen Platz im Ganzen nur unklar wahrnehmen konnten.

Er füllte seine Lunge mit den frischen, feuchtwürzigen Düften der Natur. Viel war seit dem Krieg im Aphelion erreicht worden. Wie nicht anders zu erwarten, nach mehr als dreißig Jahren. Mensch und Umwelt hatten sich einander angepaßt.

Die große Kaverne war eine von drei ›natürlichen‹ Höhlenräumen, wo neue Mutationen und Entwicklungen des immer vielfältigeren einheimischen Ökosystems erprobt wurden. In anderen Höhlen pflegten Menschen und Maschinen weniger urwaldartige und mehr geordnete Lebensmischungen ... Obstplantagen, Nutzgärten und Hummerbecken. Aber diese Höhlenhalle war einer von Sauls Lieblingsorten, denn hier trafen die Ergebnisse verschiedener Experimente zusammen und führten im natürlichen Ausleseprozeß zu überraschend neuen Lösungen.

Die Vulpine – eine genetische Konstruktion auf der Grundlage von Fuchsgenen, aber so stark verändert, daß die Verwandtschaft inzwischen kaum noch kenntlich war, witterte eine andere Fährte und ließ einen scharfen, quietschenden Ton hören. Dann flatterte sie spiralenförmig um den Stamm eines der mächtigen Säulenbäume aufwärts, die den Raum mit ihren Ästen in allen Richtungen wie mit massiven Stützen durchwachsen hatten.

Die Bäume dienten noch anderen Zwecken als lediglich der Abstützung von Dach und Wänden der großen Kaverne, aber diese Funktion würde im Laufe der nächsten Monate, wenn der Halleysche Komet sich auf seiner gefährlichsten und möglicherweise letzten Sonnenumkreisung dem Zentralgestirn näherte, entscheidende Bedeutung gewinnen.

Saul berührte den nächsten der Bäume, dessen Stamm einen Meter Durchmesser hatte und dessen Borke phosphoreszierendes Licht ungezählter kleiner Lebewesen verbreitete, die sich dort angesiedelt hatten. Der Fusionsreaktor der Kolonie versorgte den Höhlenraum mit geregelter Temperatur und – über Ultraviolettlampen – mit Licht, das von allen Seiten in den Raum drang und die Photosynthese förderte.

Die mit gentechnischen Mitteln entwickelten Bäume waren eine erfreuliche Überraschung gewesen, als Saul vor einem Jahr aus einem weiteren jahrzehntelangen Schlaf erwacht war. Die Kolonisten waren offensichtlich nicht untätig gewesen. Die Kunst gentechnischer Maßschneiderei und der Steuerung von Ökosystemen war seit den früheren Wachen zur Zeit der Sonnenferne sehr viel weiter vorangetrieben worden.

Selbstverständlich waren zu jeder Zeit zwei oder drei von Sauls geklonten Duplikaten vorhanden gewesen, um zu helfen. In einem Sinne war Saul also an den meisten der Wunder dieses Höhlenraumes beteiligt gewesen – durch seine jüngeren Versionen, die den Großteil seiner Erinnerungen und Fähigkeiten teilten. Es ließ sich sogar behaupten, daß er die Säulenbäume erfunden hatte ...

Trotz allem war genug von dem unbußfertigen Individualisten in ihm übriggeblieben, daß er von der Vorstellung nichts wissen wollte. Egal wie metaphysisch er wurde, er wußte doch, wer er war. Sein Blick folgte dem Flug der Vulpine, und er betrachtete den Stamm des Säulenbaumes mit einem Anflug von Neid. Sie waren schön.

Er hatte das Entkommen der federlosen Henne begrüßt. Sie war eine seiner eigenen Entwicklungen.

Durch den Stamm des Säulenbaumes fühlte er eine leise Vibration. Schon mehrte sich die Zahl der Beben, als die Wärme von der näherrückenden Sonne in die eisige Kruste abwärts drang. Immer häufiger war jetzt ein fernes Rumpeln und Grollen zu vernehmen, wenn größere oder kleinere Mengen amorphen Eises an der Oberfläche plötzlich den Aggregatzustand änderten und von der Oberfläche explodierten, wobei Staub, Gestein und sogar größere Blöcke in großen Ausgasungswolken in den Raum ausgestoßen wurden. Der Lärm wurde von Tag zu Tag lauter.

Und schon hatte sich die dunstige, ionisierte Wolke des Kometenschweifes gebildet und schnitt den Radioempfang vom Rest des Sonnensystems ab. Der aufsehenerregende Doppelschweif wurde zusehens heller und bereitete sich auf die Hauptvorstellung im Perihel vor.

Die Säulenbäume, Stützwurzeln und sonstigen vorbereitenden Maßnahmen würden während der bevorstehenden Wochen einer harten Prüfung unterzogen. Carl meinte, sie hätten wenig Aussicht, durchzukommen, aber Saul war optimistischer. Er hatte Carl immer für einen Pessimisten gehalten.

Er lächelte, inhalierte den frischen, üppigen Duft des Lebens.

Selbst wenn die Sonnenhitze sie in Stücke reißen und in die Umarmung des Vakuums hinausschleudern sollte, er war nicht bereit, Wetten gegen ihr Überleben anzunehmen.

Es war wunderbar, einfach am Leben zu sein. Ein kleines, purpurrotes Lebewesen summte vorbei und landete auf den Blütenblättern einer Orchidee. Die Pflanze war fast unverändert von einer Form, die in den nebligen Bergwäldern tropischer Zonen wuchs, aber der kleine Bestäuber hatte in der schweren grünen Heimatwelt nicht seinesgleichen. Er war ein entfernter Vetter der gefürchteten einheimischen Formen, welche die Menschen in der Frühzeit der Expedition in Angst und Schrecken versetzt hatten, und war genetisch völlig umgekrempelt, um eine nützliche und harmlose ökologische Funktion auszuüben. Saul nahm sich vor, am Geschmack des Honigs zu experimentieren, den die Tiere erzeugten. Er hatte erst vor kurzem davon gekostet und ihn zu süß gefunden. Eine mehr säuerliche Variante würde zweifellos größte Beliebtheit erlangen . . .

Ein Rascheln im Laubwerk . . . Saul blickte auf und sah eine kleine Gestalt auf dünnen Beinen durch den Bodenbewuchs nähereilen. Sie hob ein winziges, glimmendes Stielauge, drehte es in seine Richtung, betrachtete ihn kurz, piepte und kam zitternd vor ihm zum Stillstand.

»Saulie«, quiekte die winzige Stimme.

Er streckte die Hand aus, bückte sich und die kleine Maschine lief ihm wie eine schlanke Spinne von der Größe eines Zwergpinschers den Arm hinauf. Ihre klebrigen Füße kitzelten seine Haut mit jedem Schritt.

»Hallo, kleine Ginnie«, begrüßte er die winzige Maschine. »Wie geht es deiner großen Schwester?«

Die Augenzelle zwinkerte. »Gut, Saulie. Virginia sagt, sie möchte mit dir sprechen. Es eilt nicht, sagt sie.«

Er lächelte. Virginia hätte unmittelbar durch die kleine Maschine sprechen können. Schließlich ›lebte‹ sie überall in dem komplexen kybernetischen System unter dem Eis. Aber die umfassende Speicher- und Programmeinheit, die ihre Essenz

627

enthielt, hatte aus irgendeinem Grund entschieden, dies so selten wie möglich zu tun. Freilich war etwas von ihr in jeder der Maschinen, von diesen kleinen ›Ginnies‹ bis zu den kybernetischen Krankenpflegern, die mit den Patienten Karten spielen und schwatzen konnten. Aber wenn man mit Virginia sprechen wollte, mußte man es im allgemeinen von einem bestimmten Ort aus tun, den sie wählte.

»Gut. Sag deiner Herrin, daß ich im Park mit ihr sprechen werde!«

Der kleine Robot summte, konsultierte, und antwortete.

»Auch deine Herrin, Saulie!«

Er lachte laut auf. Dieses Modell war sicherlich nicht imstande, ihn mit solchen Schlagfertigkeiten zu necken. Virginia selbst mußte mitgehört haben.

»Du bist ein kluges kleines Ding«, sagte er der Maschine. »Ich will dir was sagen, wir könnten mal zusammenkommen, wenn Mama nicht aufpaßt, du und ich.«

»Biest!« Ein kleiner Greifarm kam herab und zwickte ihn in die Schulter.

»Au!« Aber die Maschine sauste davon, bevor er sie erwischen konnte und war im Nu zwischen schwankenden Halmen und Laub verschwunden.

Ich könnte ein Tier machen, das dich einfängt, dachte er. Wenn wir das ewige Leben hätten, du mit deinen Maschinen und ich mit meinen Tieren ... welche Spiele könnten wir spielen ...!

Wenn wir die Zeit hätten.

Saul drehte sich um, stützte die Füße gegen den Baum und stieß sich durch das Dickicht weiter zu einem Ausgang, dessen Aussehen zwischen einer klassischen Keramik-Metall-Luftschleuse und der Klappe eines riesigen lebenden Herzens ungefähr die Mitte hielt.

Die Stollen waren trüber erhellt und etwas kühler als die bewohnten Räume. Elektrische Beleuchtungskörper legten Inseln weichen Lichtscheins entlang den bewachsenen Stollen.

Saul war seit langem die unter dem Gefrierpunkt liegenden Temperaturen gewohnt und trug normalerweise nicht viel mehr als einen Umhang und Stiefel. Die Kälte machte kaum etwas aus, solange man gut ernährt war und unter einer Decke schlafen konnte, die aus dem weichen Material der Seidenraupe gewebt war.

Außerdem hatten sie alle mittlerweile Häute entwickelt, die wenig abstrahlten und die meiste Körperwärme festhielten – ein weiteres Produkt sorgfältig geschneiderter Symbiose.

Sauls neuestes Projekt war eine Organelle, die tatsächlich einen Platz im Inneren menschlicher Körperzellen finden würde ... etwas wie Mitochondrien, nur kleiner. Sie würde die meiste Zeit im Ruhezustand verbleiben, aber wenn die auslösende Situation eintrat, wie etwa ein rasches Absinken der Temperatur, würde sie Glykogene erzeugen und die Zellwände versteifen, um Zellschäden auch beim Gefrieren des Körpers zu verhindern.

Sollte die Methode erfolgreich sein, würden Kühlfächer überflüssig. Jede Person würde jederzeit über die Fähigkeit verfügen, sich in einer Eisnische niederzulassen und einfach einzuschlafen, um dort Jahre, Jahrzehnte oder gar Jahrhunderte zu überdauern.

Freilich würde die Entwicklung einer derart fundamentalen gentechnischen Veränderung bei Warmblütern lange Zeit dauern. Dies war nicht so einfach wie die Modifikation eines bereits existierenden Organismus wie dem eines Fuchses oder einer Henne. Diese Entwicklung bedeutete Eingriffe in die Arbeitsweise der Biochemie der Zelle.

Ohne die Gewißheit, daß sie den kommenden Monat überleben würden, fragte er sich manchmal, warum er so angestrengt an diesem Vorhaben arbeitete.

Er betrachtete es gern als eine Art Geschenk. Die Menschheit der Erde würde diese neue Möglichkeit ebenso begrüßen wie die Expeditionsteilnehmer, denn die Technik würde unter Umständen den Weg zu den Sternen öffnen.

Vielleicht würde es ein Abschiedsgeschenk sein, weil die vor ihnen liegenden Monate voller Gefahren waren. Und selbst wenn sie die Zeit des Perihels überlebten und das nachfolgende Jupitermanöver zum Übergang in eine kurzperiodische Umlaufbahn gelingen würde, gäbe es keinerlei Garantie, daß die Regierungsstellen zu Hause in der Frage, ob man ›Seuchenträger‹ in das innere Sonnensystem eindringen lassen sollte, anderen Sinnes geworden waren.

Jedenfalls trug Saul sich mit der Absicht, sein Datenmaterial in einer maschinengesteuerten Kapsel abzusenden und die Gefälligkeit zu erwidern, welche die Leute der Phobos-Station ihnen in einem anderen Jahrhundert erwiesen hatte. Verhüte, o Herr, dachte er, daß wir jemals die Heimat vergessen – oder was wir einst waren.

Unterwegs schaute er kurz in die Krankenstation, um nach den ›kritischen Fällen‹ zu sehen, die früher einmal als hoffnungslos angesehen worden waren, nun aber aus den Kühlfächern geholt wurden, weil neue Techniken ihre Erkrankungen behandelbar machten und sogar Wiederbelebungen sinnvoll erscheinen ließen.

Es gab dort wenig für ihn zu tun. Ismael, der diensthabende Saulklon, schien weit besser als er selbst zu wissen, was vorging. Er und seine Helfer arbeiteten gerade an Nikolai Malenkow, reparierten Schäden, die vor einem Menschenalter hoffnungslos ausgesehen hatten. Nikolai wird sich wundern, dachte Saul, während er auf seinen Freund hinabblickte. Der sah so jung aus, so stämmig und muskulös von seinem Erdenleben, selbst nach vielen Jahrzehnten im Kühlfach.

Es ist eine andere Welt, Nikolai. Ich hoffe, sie wird dir gefallen.

Im Park war es voll. Mehr und mehr Menschen kamen aus den Kühlfächern und die Bevölkerung näherte sich einem Stand, der noch über dem lag, der geplant gewesen war, als Kapitän Cruz und Bethany Oakes mit der alten *Edmund Halley* und vier Segeltransportern ins Unbekannte aufgebrochen waren.

Der Höhlenraum war kleiner als die große Kaverne. Wenige Säulenbäume stützten mit Stämmen und Ästen Wände und Decken, aber sie waren bedachtsamer angeordnet, und auch der übrige Pflanzenwuchs war weniger vom Überschwang natürlicher Fülle geprägt als vielmehr von den ästhetischen Gesichtspunkten jahrhundertealter Gestaltungskunst.

An einem Ende war das Zentrifugalrad der alten *Edmund Halley* instandgesetzt und wieder seiner Bestimmung zugeführt worden. Nun rotierte es langsam wie ein Riesenrad. Zwei Quadranten waren noch abgeschlossen und enthielten Laboratorien für gewichtsabhängige Verfahren, der Rest aber war jetzt offen und bepflanzt mit zwergwüchsigen Eichen und Ahornbäumen. Es war wie ein Streifen der alten Erde, zum Kreis gebogen und eingelassen in eine riesige, unwirkliche Gruft.

Die Zentrifugalkraft des Rades entsprach nur einem Zwanzigstel der Erdanziehung, aber das war genug. Die Leute gingen gern dorthin, um sich in der geheimnisvollen Kunst des ›Gehens‹ zu üben oder unter einem Baum zu sitzen und Gegenstände fallen zu lassen.

Als er sich der rollenden Grenze näherte, vernahm Saul ein ebenso seltenes wie hochgeschätztes Geräusch. Kinder lachten und sausten an ihm vorbei zum Rad, sprangen in den weichen Sand der Landefläche, als der riesige Zylinder sich drehte und drehte.

Sie sahen viel besser aus als ihre Vorläufer vor dreißig Jahren. Gleichwohl schienen die zappeligen Gestalten nur bedingt menschlich zu sein. Nur wenige konnten sprechen.

Nach der Zeit der Sonnenferne waren die armseligen Geschöpfe in die Kühlfächer gekommen, und diese wenigen, die in den letzten fünfzehn Jahren noch geboren worden waren, verdankten ihr Dasein der Unbelehrbarkeit und dem sentimentalen Verlangen einzelner verantwortungsloser Eltern. Die lange Rivalität zwischen Ortho und Percell war in den Kriegen ausgebrannt, und nach jahrzehntelangen Wirren waren die Verhältnisse zur Ruhe gekommen. Auch in der Nachwuchsfrage hatte sich allmählich die Vernunft durchgesetzt: bis die Probleme der embryonalen und postnatalen Entwicklung in der Schwerelosigkeit gelöst wären, galt es als herzlos und egoistisch, Kinder in die Welt zu setzen.

Die Gründe, warum der Mensch größere Schwierigkeiten hatte als andere Tiere, waren vielfältig, aber Saul und seine

Assistenten hatten das Problem bereits vor mehr als zehn Jahren gelöst. Theoretisch war denkbar, daß dieser Park vom Gelächter gesunder Kinder widerhallte, nur in der Praxis sah es anders aus. Es mußte noch Faktoren geben, die sich dem bisherigen Erkenntnisstand entzogen.

Hinzu kam, daß die herannahende Zeit des Perihels Untersuchungen in dieser Richtung nicht begünstigte. Kinder verdienten eine Zukunft. Gegenwärtig glaubten wenige, daß es eine geben würde.

Saul durchschwebte eine schimmernde Grenzzone und landete trotz seines vorgerückten Alters gewandt auf der rollenden Wiese. Als er das Gleichgewicht gefunden und sich der Rotationsbewegung angeglichen hatte, entstand hinter ihm ein holographisches Bild und schnitt die Aussicht auf den Rest der Halle ab. Plötzlich war es, als ob er in einem Park auf Erden lustwandelte. In einer Richtung überragten die Türme einer Stadt eine bewaldete Anhöhe. Auf der anderen Seite sah man durch eine Baumkulisse Sonnenschein auf einer Wasseroberfläche funkeln.

Damit wir nicht vergessen, dachte er.

Noch zweimal waren im Laufe der langen Jahrzehnte Sendungen technischen Datenmaterials eingetroffen, gesendet von namenlosen Wohltätern im inneren Sonnensystem. Projektionen wie diese – entfernte Abkömmlinge der einstigen Projektionswände – hatten zu den verblüffendsten Geschenken gehört ... Und dieses Gedenken bewies, daß nicht alle, die unter der Sonne wohnten, Verwandschaft und Erbarmen vergessen hatten.

Zum Teil geschah es ihretwegen, daß Saul an den Überwinterungs-Organellen arbeitete. Solche Menschen verdienten die Teilhabe auch an seinen Erkenntnissen.

Er schlenderte unter den Ästen der Zwergbäume, vorbei an alten Bekannten, die ihm freundlich zunickten, und anderen, die er noch immer kaum kannte, weil sie immer dann Dienst getan hatten, wenn er im Kühlfach geschlafen hatte.

Es hatte wirklich manches von einem Parkspaziergang daheim auf Erden. Natürlich konnte es niemanden täuschen. Alle Illusionsmechanismen hatten ihre Grenzen. Und wo hätte man auf Erden eine Person mit blaugefärbter Haut sehen können, die mit einer menschlich geformten Gestalt, die von einem dichten Pelz grüner Algen und gelblichgrauer, symbiotischer Flechten überwachsen war, Schach spielte?

Durch Vielfalt und Experimente hatten sie zu leben gelernt.

Er passierte die Statue von Samuel Clemens, nach dem der Park benannt war, und kam zum Wasservorhang eines Springbrunnens ... oder vielmehr einer nahezu perfekten holographischen Projektion von Myriaden herabstürzender Wassertropfen, in denen sich der Sonnenschein in Regenbogenfarben brach, bevor sie in ein breites Auffangbecken rauschten. Die Illusion ließ ihn durch, ohne ihn zu befeuchten, und er betrat eine abgelegene kleine Parklichtung.

Unter dem Dach einer Trauerweide lag ein winziges japanisches Teehaus, umgeben von Rhododendren. Saul setzte sich mit gekreuzten Beinen ans Ufer eines klaren Teiches und sah den Karpfen zu, die träge darin umherschwammen und Algen abweideten.

Es war friedlich hier. Das Rumpeln der Lager, auf denen das riesige Rad lief, das gedämpfte Brausen der Ventilation ... dies waren Geräusche, die er kannte und von denen er wußte, daß sie irgendwo existieren mußten. Aber sie waren längst in Gewöhnung untergegangen wie das Klopfen seines Herzens, bildeten einen Hintergrund, den er kaum noch wahrnahm.

»Hallo, Saul.«

Er blickte auf, als sie aus dem Teehaus kam, einen lockeren Kimono um die gebräunten Beine, mit Sandalen, die auf dem sandigen Pfad knirschten. Sie trocknete sich das schwarze Haar mit einem Handtuch.

Diese Begegnungen mit ihrer Projektion verfehlten nie ihre Wirkung auf ihn. Ihr Körper war längst in das Ökosystem eingegangen. Sie aber hatte ihre Schönheit bewahrt.

»Selbst Hallo«, sagte er. »Wie ist das Wasser?«

Sie lächelte und ließ sich keine drei Schritte entfernt ins Gras nieder. »Herrlich. Ein wenig windig, aber die Brandungswelle war einsfünfzig hoch, gut zum Surfen.«

Ihre Blicke begegneten einander. Stummes Lachen. Was ist Illusion? dachte Saul. Was ist Realität?

Der Unterschied war nur in einer Weise klar. Sie war ihm so nahe, daß die ausgestreckte Hand sie erreichen mußte. Aber er konnte sie nicht berühren, und würde es niemals wieder können.

»Gut siehst du aus«, sagte sie.

Er zuckte die Achseln. »Alt und grau, wolltest du sagen.«

»Selbst mit dem vollkommenen symbiotischen System«, neckte sie ihn.

»Ja, selbst mit dem vollkommenen symbiotischen System. Natürlich muß man sich fragen, ob es wichtig ist. Oder ob Zeit und Alter Dinge sind, über die man sich sorgen sollte.« Er beobachtete sie aufmerksam, denn obgleich sie Bilder fast perfekt steuern konnte, vermochte ihr Gesicht nicht mehr als früher vor ihm zu verbergen. Sie war geheimnisvoll. Und für ihn ein offenes Buch.

Es könnte schon wichtig sein«, sagte sie und blickte in die Ferne. »Wir könnten es schaffen.«

»Selbst nach dem Perihel?« Er sah sie skeptisch an.

Sie schlug den Blick nieder und betrachtete die Fische, das wirkliche Wasser, das sie in keiner anderen Weise als mit Licht und Schatten berühren konnte. »Vielleicht. Gelingt es uns, werden wir mit einer ganzen Reihe neuer Herausforderungen konfrontiert. Im Laufe der letzten dreißig Jahre bin ich zu der Erkenntnis gekommen, daß die Zeit sich für mich zu einer Ewigkeit erstrecken könnte. Sollte es wirklich so sein ...«

Er seufzte, da er ihre Gedanken zu lesen vermeinte. »Meine Duplikate besitzen den größten Teil meiner Erinnerungen und meinen guten Geschmack in Frauen. Sie lieben dich alle, Virginia.«

Sie lächelte. »Meine Maschinen lieben dich auch alle, Saul.«

Ihre Blicke begegneten sich wieder. Ironie war darin, und streng beherrschte Trauer.

»Nun?« fragte er und reckte die Arme. »Du wolltest mir etwas sagen?«

Sie nickte und unterließ es nicht, in ihrer Simulation tief Atem zu holen. »Der Alte von den Höhlen ist tot.«

Saul prallte zurück. »Suleiman? Ould-Harrad?«

»Was hattest du erwartet? Nach den Kriegen in der Sonnenferne kehrte er nie in die Kühlfächer zurück ... hielt die ganze Zeit über Wache, um sicher zu sein, daß wir uns an unsere Abmachung hielten. Er war sehr alt, Saul. Seine Leute betrauern ihn.«

Saul blickte auf seine Hände nieder und dachte, was Halley ohne die Mystiker der tieferen Bereiche sein würde.

Wer würde dann den Mut haben, Saul Lintz zu erinnern, daß er dem wirklichen Schöpfer weder gleich noch auch nur im entferntesten ähnlich war?

»Er hinterließ dir ein Vermächtnis«, fuhr Virginia fort. »Es erwartet dich unten in der Gegend, die früher im Scherz Höllenpfuhl genannt wurde.«

»Ich bin nie dort unten gewesen.« Saul fühlte ein merkwürdiges Empfinden. War es Furcht? Er hatte vergessen, was das war, aber es mochte dem ähneln, was er jetzt verspürte.

»Ich auch nicht«, sagte Virginia. Keine ihrer Maschinen hatte sich je in die tiefsten Bereiche des Kometenkerns hinabgewagt, wo die seltsamsten Gestalten in völliger Finsternis Zuflucht fanden. Sie schüttelte sich.

»Ein Führer wird dich morgen um fünf Uhr dreißig am Grund von Schacht 1 erwarten. Ich ...«

Sie blickte auf, und er bemerkte, daß sie einen Moment brauchte, bis sie ihn wieder ins Auge fassen konnte. »Ich muß jetzt gehen. Carl und Jeffers haben eine Simulation angefordert, die eine Menge Vorarbeit erfordert.« Sie stand auf und strich ihren Kimono glatt. »Zeit, diesen Körper abzulegen und sich nur auf die bloßen Elektronen zu beschränken.«

Er stand gleichfalls auf. Sie sahen einander an. Er hob die Hand, streckte sie zu ihr aus.

»Laß!« flüsterte sie, und ihre Stimme war zugleich sanft und gespannt. »Saul ...«

Seine Finger strichen knapp vor der Glätte ihrer Wange durch die Luft. Einen Augenblick wurden die Fingerspitzen vom Braunrosa der Projektion erhellt, und er spürte, beinahe ...

»Komm bald wieder!« sagte sie. »Oder ruf einfach an und sprich mit mir!«

Darauf machte sie kehrt und ging mit raschelnder Seide schnell zurück in das kleine Teehaus.

Seine neuen Gibbons, Simon und Shulamit, hingen an ihm, während er dem Führer folgte – einem Mann, der einst Barkley genannt worden war und Gewächshäuser geleitet hatte, bevor er sich Ould-Harrad angeschlossen hatte. Heutzutage war Barkley sein eigenes Gewächshaus, sein eigenes Habitat. Er trug ein Ökosystem aus grünem und orangefarbenem Bewuchs und ernährte sich von diesem und jenem – einigen Flechten hier, etwas kohlenhaltigem Material dort ...

Es gab Arten von Symbiose, die selbst Saul das Fürchten beibringen konnten. Mit gemischten Gefühlen folgte er dem anderen durch ein Labyrinth enger, gewundener Gänge, die sie tiefer und tiefer hinabführten. So gering die Anziehungskraft des Kometen an der Oberfläche war, nun fühlte er sie ganz schwinden. Dies war der Kern, der Mittelpunkt. Hier unten hatten sich die ersten Brocken Materie zusammengeschlossen, vor viereinhalb Milliarden Jahren, und einen Prozeß der Anhäufung in Gang gesetzt, der aus freier kosmischer Materie diesen Ball hatte entstehen lassen.

Sie zwängten sich durch die dicken, öligen Blätter einer Siegelpflanze, die in mancher Hinsicht eine Luftschleuse ersetzen konnte, da sie auf undichte Stellen reagierte, indem sie ein Blatt über das andere schob, bis jeder Luftzug aufgehört hatte. Es war eine wirkungsvolle Technik, aber Saul fand sie ziemlich lästig, als sie sich durch die klebrige Masse wanden. Die Gibbons klammerten sich zitternd an seine Schultern, ertrugen es aber klaglos.

Hier war die Energie vom Fusionsreaktor rationiert und wurde nur wenig in Anspruch genommen. Im Schein seines Leuchtballs glitzerten die Gänge, wie er es aus den frühesten Tagen erinnerte, in der dunklen, gefleckten Schönheit des urtümlichen Felsgesteins und Clathratschnees. Seine Nase witterte den Bittermandelgeruch von Blausäure und das schleimhautreizende Aroma von Stickstoffoxiden – erträglich gemacht durch die gentechnisch angepaßten Symbionten in seinem Blut, aber stärker als er erinnerte.

Unterwegs machte er einige Male halt, um Proben zu nehmen. Jedesmal wartete sein Führer in unerschütterlicher Geduld.

Die Spuren wurden zahlreicher, je tiefer man stieg, wie er seit Jahren vermutet hatte.

Es war rätselhaft. Warum sollten die Formen des Protolebens den Urstoff hier unten dichter besiedelt haben, wo die periodischen Wärmewellen von den aufeinanderfolgenden Sonnenannäherungen niemals durchdrangen? Es war ein Geheimnis, doch die Beweise lagen hier vor ihm. Zwar hatten sich die komplexeren Formen weiter oben entwickelt, aber die Ausgangsformen waren am dichtesten beim Kern.

Er seufzte. Fragen, nichts als Fragen. Wie konnte das Leben so gütig und so grausam sein, daß es Wunder bot, die nach Beantwortung verlangten, und so wenig Zeit gab, so wenige Hinweise?

Sie setzten ihre Wanderung fort, vorbei an schmalen Klüften, wo gelegentlich eine grün überwucherte Gestalt zu sehen war, die eine Pflanzung riesiger Pilze pflegte oder vor einer kleinen Konsole saß und für die Kolonie arbeitete, aber wo er oder sie es für richtig hielt.

Saul fühlte sich beengt, eingeschlossen. Das von Eisadern durchzogene Gestein war schwer und massiv um ihn herum, die Luft drückend, feucht und dunkel. Er spürte, daß sie dem Mittelpunkt nahe sein mußten.

»Wir sind angelangt.« Barkley machte ihm Platz, und Saul blickte zweifelnd in eine enge Stollenöffnung, die einen ausgewachsenen Menschen kaum durchlassen würde. Er räusperte sich.

»Bleibt hier, Simon, Shulamit.«

Die Zwerggibbons schauten unglücklich drein. Er mußte sie von seiner Kleidung pflücken und an die Wand setzen. Von dort sahen sie ihm mit großen Augen nach, als er sich bückte und in den muffigen Gang kroch.

Die klaustrophobische Beengung wuchs, je weiter er kroch. Die Wände und der Boden waren im Laufe vieler Jahre von ungezählten Pilgern abgeschliffen. Irgendwie fühlte sich dieser Stollen viel kälter an als die Gänge draußen. Seine Länge betrug nur wenige Meter, doch als voraus ein matter Lichtschein in Sicht kam, gesellte sich eine schwer erträgliche innere Spannung zu dem Gefühl von Beengung.

Als er die Öffnung erreichte, sah er eine gruftartige kleine Höhle vor sich.

Vier phosphoreszierende kleine Lichtquellen glommen über den vier Ecken eines aus Stein gemeißelten Katafalks. Auf diesem lag eine Gestalt. Suleiman Ould-Harrad.

Saul schwebte in die Höhle hinaus. Kein Gewicht zog ihn nieder. Er war vollständig schwerelos.

Er hielt sich an einer hornartig herausgemeißelten Ecke des altarähnlichen Katafalks fest und neigte sich über den Toten. Der symbiotische Bewuchs war abgefallen und zeigte Ould-Harrad als einen sehr alten Mann, der nach mehr Jahren, als er gewählt haben würde, seine letzte Ruhe gefunden hatte. Die im letzten Schlaf geschlossenen Augen und die asketischen Züge trugen noch in der friedvollen Entspannung des Todes einen Ausdruck ernster Sammlung und Weihe – seinem Volk und der Gottheit, die ihn so sehr enttäuscht und doch genährt hatte.

Saul verharrte in stummen Gedenken.

Schließlich sah er sich um. Virginia hatte von einem ›Vermächtnis‹ gesprochen. Doch war die Kammer leer, kahl bis auf die Leuchtkörper, den Leichnam und den gemeißelten Katafalk.

»Moment ...«, murmelte er. Er beugte sich tiefer und betrachtete den Stein genauer. »Ich ... es ist nicht zu glauben.«

Er tastete nach seinem Gürtel und zog die selten gebrauchte Taschenlampe hervor. In ihrem Lichtkegel berührte er in ehrfürchtigem Staunen das Gestein, strich über schwach ausgeprägte, aber eindeutig symmetrische Umrisse.

»Dies fand Suleiman, als er seine Wahrheit im Herzen des Kometen suchte«, murmelte er. »Dies ...«

Es war eine wissenschaftliche Entdeckung, und mehr. Dies war eine Offenbarung.

Er fuhr mit den Fingern über die Rippen eines urzeitlichen Meerestieres, fossiliert in sedimentärem Gestein. Da waren die Rippen, hier ein rauhrandiges Maul, aufgerissen in einem letzten Luftschnappen oder in vergeblicher Gegenwehr ... und sofort wußte er intuitiv, daß die Umrisse, die er hier abtastete, viel älter sein mußten als die Sonne selbst.

Die ringsum lastende Masse von Trillionen Tonnen Stein und Eis war wie nichts vor dem plötzlichen Gewicht der Jahre.

2

CARL

Lanis Atem seufzte wie das leise Rascheln windbewegter Gräser. Eine müde Kriegerin auf dem weichen Schlachtfeld, dachte Carl träge. Er schmiegte sich an sie, und sie schob sich im Schlaf rückwärts, suchte seine Nähe und Wärme. In solch unbewußten Gesten erkennen die Menschen einander, dachte er. Vieles konnte verborgen werden, aber nicht das elementare Verlangen nach Geborgenheit und Nähe. Ein feiner Glanz von Schweiß überzog Lanis Stirn, und ihre Beine regten sich, stießen gegen die seinen. Dann kam sie mit einem kleinen Erschauern wieder zur Ruhe, der Atem ging erneut in die frühere Regelmäßigkeit über, und sie sank tiefer in einen Schlaf, aus dem sie auch vorher nie ganz aufgetaucht war.

Etwas später läutete ein leises Signal. Carl blickte zu den Leuchtziffern der Wanduhr, seufzte und kroch vorsichtig unter der Decke heraus. Es war Zeit, seine Runden zu machen, aber unnötig, Lani zu wecken.

Seine Arme und Beine gemahnten ihn mit Steifheit und Schmerzen an die gestrigen Mühen. Selbst in kaum wahrnehmbarer Schwere fühlte er jetzt des öfteren ein Zwicken hier, ein Stechen dort ... Ich habe die Übersicht verloren, aber ich muß über die Fünfzig hinaus sein, dachte er, als er sich im Nebenraum die Zähne putzte. Der Spiegel war gleicher Meinung: ein Netz kleiner Fältchen breitete sich um die Augen aus, die grauen Schläfen waren gelichtet, die klare Linie des Unterkiefers hatte sich ausgefüllt ... Alles Anzeichen langer Pflichterfüllung.

Von den letzten dreißig Jahren hatte er ein gutes Drittel im Dienst verbracht. Die Krisen waren gekommen und gegangen, aber keine war den Schwierigkeiten während der Ausreise gleichgekommen. Und jedesmal hatte Carl, der alte Lazarus, wie er sich gern sah, die Dinge wieder ins Lot gebracht. Er streckte seinem Spiegelbild die Zunge heraus. Und sie hatten ihm das Verdienst zuerkannt. Niemand hatte bemerkt, daß er sie nur dazu brachte, laut zu denken, bis die Antworten offensichtlich waren.

Er zog einen frischen blauen Overall an und genoß das saubere Gefühl des weichen Stoffes aus heimischer Produktion. Er war früher immer unordentlich herumgelaufen, hatte selten bemerkt, daß Kleider schmutzig waren, bis eine zufällige Luftbewegung seine Nase alarmiert hatte. Durch solch scheinbar geringfügige Einzelheiten verstand es Lani, seine Welt zu verwandeln. Sie teilten sich die Haushaltsarbeiten, so daß es insgesamt nicht weniger Arbeit für ihn gab, doch schien jetzt alles irgendwie in Ordnung zu sein, aufgeräumt und sauber.

Ja, sie hat mich zivilisiert, dachte er. Vor dem Hinausgehen beugte er sich über sie und gab ihr einen leicht hingehauchten Kuß. Sie murmelte im Schlaf und grub sich tiefer in ihr Kissen.

In den Stollen herrschte regeres Leben als in irgendeiner Zeit seit dem Beginn der Bahnveränderung. Während der langen dunklen Jahre hatte nur eine Notmannschaft Dienst getan – mehr Leute als ursprünglich vorgesehen war, weil die Bahnveränderung niemals hatte vollendet werden können. Es gab Ausstoßrohre zu reinigen und neu auszurichten, die Rückstoßgeräte selbst mit neuen Stoßpolstern und Einstellwinkeln zu versehen. Hinzu kam ein stets gleich hoher Anteil von Instandhaltungs- und Wartungsarbeiten anderswo, da immer wieder Teile brachen oder durch Abnutzung ausfielen. Die Rückstoßgeräte um den Nordpol hatten bis zur letzten Minute gearbeitet, als die Ausgasung des Oberflächeneises weitere Operationen unmöglich gemacht hatte. Es war notwendig gewesen; der Jupiter-Swingby auf der Ausreise erforderte eine große Geschwindigkeitsveränderung.

Jetzt lagen die Rückstoßgeräte sicher in ihren Gruben, dreißig Meter tief vergraben, und warteten auf ihre Wiederbelebung. Denn sie hatten noch mehr Geschosse zu den Sternen zu spucken, mehr Rückstoßenergie weiterzugeben – wenn jemand die nächsten Monate überlebte.

Rasch glitt er Schacht 3 abwärts und besah unterwegs die Einzelheiten und bekannten Schwachstellen. Es war eine alte Gewohnheit aus den Tagen bevor gentechnisch gezüchtete Tiere die Wände von Schächten und Stollen patrouillierten, um unerwünschte Lebensformen zu verzehren. Einmal machte er halt, zwei Hybriden von Mangusten und Wieseln zu streicheln, die Saul zu diesen Überwachungszwecken maßgeschneidert hatte. Sie krabbelten an ihm herauf, beschnüffelten seine Hand, entdeckten, daß sie kein geeignetes Nahrungsmittel war, und verloren das Interesse.

Er kam in die Zentrale und ließ sich, wie es ihm zur Gewohnheit geworden war, von den Monitoren die täglich Bestandsaufnahme geben. Sie waren nur noch sechs Wochen vom Perihel entfernt, und mit jedem Kilometer beschleunigte der Komet seine Passagiere dem fast sicheren Verhängnis entgegen. Carl forderte die Zustandsaufnahmen an, die von den wenigen noch intakten Videokameras an der Oberfläche eintrafen.

Es war schlimmer heute. Viel schlimmer.

Er wählte eine Kamera, die zur Dämmerungslinie gerichtet war. In weiter Ferne wehten elfenbeinfarbene Staub- und Gasfahnen von Anhöhen, die das Licht der aufgehenden Sonne erfaßt hatte. Mit einer sich rasch ausbreitenden Linie strahlender Helligkeit schlitzte sie den Himmel vom Eis. Goldene Finger tasteten zwischen den Erhebungen am Horizont durch und brachten die Ebene zum Rauchen. Wo sie auf Eisbuckel stießen, eruptierten Ausgasungen von bläulicher und schmutziggrüner Farbe. Hoch über der Oberfläche wehten Plasmabanner, Nordlichter, die schon jetzt gewaltiger als alles waren, was Amundsen oder Perry gesehen hatten.

Sie hatten Halley wieder in Rotation versetzt, um die Wärmebelastung auszugleichen. Außerdem hatte Jeffers eine Anordnung von lichtabsorbierenden Platten aufgebaut, um die Ausgasung wenigstens teilweise zu kontrollieren und sie vielleicht als Navigationsmittel einzusetzen, aber in diesem heulenden Chaos war es unmöglich, auch nur eine genaue Himmelsmessung zu machen und zu berechnen, welchen Erfolg – wenn überhaupt – ihre Bemühungen hatten.

Wir segeln in den Sturm, dachte er. Ohne Kompaß.

Die Oberfläche des Kometenkerns hatte sich verändert und ähnelte nun einer Schneelandschaft, die von geheimnisvollen Kratern und Aufwerfungen übersät war. Die meisten Spuren menschlicher Tätigkeit waren ausgelöscht. Die Gase mit niedriger Verflüchtigungstemperatur entwichen als erste und hatten die staubigen Ebenen tausendfach durchlöchert, um sich auszudehnen und im Vakuum zu verflüchtigen. Der Schnee gefrorener Gase mit höherem Verflüchtigungspunkt lag vermischt mit Schichten kosmischen Staubes und verschmierte die Explosionslöcher. Gelegentlich flogen braune Flecken plötzlich davon und gingen in die aufwärtsschießende Bewegung des leuchtenden gelbgrünen Schweifes über, der Carl als ein diffuser Dunst sichtbar war, welcher sich über dem Himmel erstreckte. Während er das Geschehen beobachtete, ging ein langsam pulsierendes Dunkeln durch die diffuse Helligkeit, eine auswärts gerichtete Welle von irgendeiner Stauberuption auf der Sonnenseite.

»Ziemlich übel«, sagte Jeffers neben ihm. Er war im Kühlfach noch magerer geworden, und sein gelblich-fahles Gesicht gemahnte an einen Toten. »Der Partikelausstoß pro Sekunde hat sich seit letzter Woche verdreifacht.«

»Er wird sich von nun an beinahe exponential erhöhen«, sagte Carl. Er gab es als Tatsache aus, obwohl es bisher nur Virginias Voraussage war; aber ihre Berechnungen waren in letzter Zeit so präzise, daß es kaum einer Unterscheidung bedurfte.

»Wir haben den letzten der Geschwindigkeitsmesser verloren.«

»Nicht überraschend.«

»Einfach weggeblasen.«

»Temperatur?«

»Die Nachtseite ist bei einhundertachtzig Kelvin. Die Tagseite ungefähr fünfzehn Grad höher. Ein ziemlich hoher Wärmegradient.«

Die Wärmebelastung war der entscheidende Faktor. Mit der gleichmäßigen Erwärmung der Oberfläche drang Wärme auch in den Kern ein. »Wie ist die Ablesung unten in den Schächten?«

»Ungefähr sieben Grad kälter als die Oberfläche.«

»Viel.«

»Ja.«

Eis war elastisch. Die wärmere Oberfläche expandierte, dehnte sich – und brach auf. Die unaufhörlichen Hammerschläge der Rückstoßgeräte hatten das Eis zweifellos bis tief in den Untergrund verformt und in Spannung versetzt. Mit der zunehmenden Erwärmung würden Brüche als Druckausgleich unvermeidlich werden. Aber wie und wo? Keine numerische Simulation konnte das voraussagen. Der Kometenkern war von der insektenhaften Wühlarbeit der Menschen bereits durchlöchert. Es war durchaus denkbar, daß er ganz auseinanderbrach und mit einem letzten Husten alle winzigen menschlichen Parasiten ausstieß, die ihn befallen hatten.

Während sie die Monitore beobachteten, durchbrach eine perligweiße Gasentladung die Oberflächenkruste und explodierte in einer wirbelnden Symphonie aufgeregter Farben: bohnengrün, violett, schwefelgelb.

»Vidor schon aufgewacht?«

»Ich habe gestern Anweisung zum Auftauen gegeben, aber es wird noch einen Tag dauern, bis er da ist.«

»Nun, es eilt nicht mehr. Seine Burg ist weg.«

Jeffers zeigte zu einer zusammengesunkenen Masse nahe der Dämmerungslinie. Das reichverzierte, mit Gesimsen, Bogenfriesen und Säulen geschmückte Kunstwerk war Vidors

Meisterstück aus Eis gewesen, drei Jahre nach der Schlacht am Äquator gefertigt. Um seinem Zweck – strukturelle Stützung für Schacht 20 – zu genügen, hätte ein viereckiger Klotz oder eine Art Iglu ausgereicht. Vidor hatte Brustwehren, Türme und eine Brücke hinzugefügt ...

»Er wird nicht erwarten, daß sie noch steht. Eine Sandburg steht nur bis zur nächsten Flut.«

»Wie viele läßt du herausholen?«

»Alle«, sagte Carl, »ausgenommen diejenigen, die so tot sind, daß es keine Hoffnung mehr gibt.«

Jeffers verzog den Mund zu einer vertrauten, skeptischen Grimasse. »Und du meinst, die Leute in der Krankenstation können das schaffen, mit den erforderlichen neuen Behandlungen und allem?«

»Virginia hat Maschinen zur Mithilfe geschickt. Die können eine Menge mechanischer Arbeit abnehmen.«

»Und was macht ihr mit denen, die partielle Gehirnschäden haben?«

»Sie werden nicht viel nützen können, aber auch sie haben die Wiederbelebung verdient.«

»Ja. Die haben wahrhaftig für ihre Fahrkarten bezahlt. Da können sie genausogut das Finale miterleben.«

»Ja. Wird hübsch werden.«

Einige hatten sich seiner Entscheidung widersetzt, aber er hatte ihre Einwände hinweggefegt. Das vernünftigste Argument war, daß sie in Krisensituationen mit einer möglichst großen Mannschaft besser durchkommen würden. Carls private Motivation war jedoch gänzlich emotional. Wenn der Komet zerbarst und in einer gewaltigen irisierenden Wolke ausbrechender Gase auseinanderbrach, würden sie alle wenigstens die letzten Augenblicke bewußt durchleben und dem Ende entgegensehen, wie sie das Unternehmen begonnen hatten – als Mannschaft. Als Expeditionsteilnehmer.

Das ist etwas, dachte er bei sich. Besser als schlafend ins Nichts hinübergehen.

»Sir?«

Carl wandte sich um, da er die Stimme nicht erkannte.

Es war Kapitän Miguel Cruz.

»Ah ...« Carl starrte den Mann an, dessen Erscheinung sich gegenüber dem Bild, das in seinem Gedächtnis verwahrt war, nicht verändert hatte. Das Kinn war fest und selbstsicher, die Augen blickten ruhig, Zuversicht einflößend. Selbst die purpurnen Ringe vom Aufenthalt im Kühlfach vermochten den Eindruck nicht zu beeinträchtigen.

Dennoch wirkte er sehr unbeholfen. Er trug Schuhe und stand da, als sei die Schwerkraft eine Sache, auf die es ankam.

»Ich möchte mich zum Dienst melden«, sagte Cruz. »Ich bin noch nicht völlig wiederhergestellt, aber ich bin überzeugt, daß es Arbeit für mich ...«

»Nein, nein, Sie – ruhen am besten aus. Lassen Sie sich Zeit!« sagte Carl schnell. Er hatte nicht daran gedacht, daß die Wiederbelebung so rasche Fortschritte machen würde. Jemand hätte ihn warnen sollen.

Cruz sprach mit einem leichten Akzent ... es war die Sprache, die sie alle von der Erde mitgebracht hatten. Auch hier war der Zeitabstand spürbar. »Sir, ich würde es vorziehen, Dienst zu tun. Vielleicht ...«

Carl schüttelte den Kopf. Er war verlegen. »Nennen Sie mich nicht Sir, Kapitän. Ich bin Carl Osborn, ein Astronaut, vielleicht erinnern Sie sich an mich. Ich ...«

»Selbstverständlich erinnere ich mich an Sie. Ich habe mich mit den Ereignissen seit meinem Tod oberflächlich vertraut gemacht«, sagte Cruz mit einem schwachen Lächeln. »Ich habe das Logbuch gelesen – es ist unglaublich –, und ich glaube, daß es durchaus angemessen ist, wenn ich Sie ›Sir‹ nenne.«

Carl starrte den Mann einen langen Augenblick an und wußte nicht, was er sagen sollte. Trotz seiner schrecklichen Krankheit sah Cruz ... jung aus. Ungereift. »Ich ... dachte, Sir, daß Sie das Kommando wieder übernehmen könnten, nachdem Sie ein paar Tage ausgeruht und sich mit den Verhältnissen vertraut gemacht hätten.«

Cruz warf einen Blick zu den über die Bildschirme flimmernden Daten und Ansichten der Oberfläche. »Ich würde Monate brauchen, um auch nur zu verstehen, was vorgeht.

Ihre Werkzeuge, Techniken, und ... Unterwegs sah ich eine Frau, die wie ein fliegender Pilz aussah!«

»Die gehört zu den Eremiten, Sir«, sagte Carl. »Das sind Leute, die unterhalb von Schacht 2 in ihrer eigenen Biosphäre leben.«

»Aber diese Algen und Flechten, all dies grüne Zeug – es war sogar in ihrem Gesicht und in ihren Haaren!«

»Es sind Symbionten, die dem Körper Flüssigkeit aus der Luftfeuchtigkeit zuführen und die Sauerstoffverarbeitung verstärken. – Die Einzelheiten kenne ich nicht.«

Cruz schüttelte den Kopf. »Unglaublich. Wie ich sagte, ich habe keine Ahnung, wie die Verhältnisse tatsächlich sind.«

»Aber ich hatte gehofft ...«

»Ich verstehe«, sagte Cruz, der zu begreifen begann. »Nun, da wir ins innere Sonnensystem zurückgekehrt sind, dachten Sie, ich könnte vielleicht etwas mit den vorgesetzten Stellen aushandeln?«

»Nein, Kapitän, wir haben erkannt, daß das eine Sackgasse ist. Ich wollte nur ... nun, Sie sind der Kapitän!«

Cruzs Lächeln war geistesabwesend und nachdenklich, als blicke er in weite Fernen. »Ich war Kapitän der *Edmund Halley*, und für eine kurze Zeit danach, als wir hier Stollen gruben und lebten. Aber nun ist der Komet selbst ein Schiff geworden. Es segelt seit Jahrzehnten unter seinem wahren Kapitän. Ich ... ich bin seit langem nur noch ein Passagier.«

»Nein, das ist nicht ...«

»Eines Tages werde ich es vielleicht zum Schiffsoffizier bringen. Aber nicht zum Kapitän. Und ich werde nicht vergessen, wer so lange auf der Brücke gestanden hat.«

Cruz streckte ihm die Hand hin. Carl zögerte, dann schlug er ein.

Die ganze Zeit hatte er gehofft, daß Sauls Wunderkinder Cruz würden wiederbeleben und heilen können. Nun hatten sie es getan, in allerletzter Minute ... und es war doch kein Allheilmittel. Er hätte das sehen sollen. Cruz hatte recht. Miguel Cruz-Mendoza war nicht älter als am Tag seines Todes, aber Halley war in siebzig Jahren von den Händen dieser zänkischen, besitzergreifenden, einfallsreichen und zugleich hoffnungslos beschränkten Lebensform, die zu abenteuerlustig und dickköpfig war, um zu Hause zu bleiben, statt auf kosmischen Eisbällen ins Nichts zu reisen, vollständig umgewandelt worden.

Zu seiner eigenen Verblüffung merkte Carl, daß er seinen früheren Kapitän bereits einschätzte und seinen möglichen Platz in der Mannschaft zu bestimmen suchte. Ein guter Mann, dachte er. Ich werde ihn an die Arbeit setzen.

Stunden später kehrte er von einer Inspektion der Pflanzungen zurück, die von den Gewächshäusern an der Oberfläche in Höhlensysteme und neu angelegte Spiralstollen verlegt worden waren. In den letzteren wurde durch kluge Anordnung Abwärme aus der Abfallaufbereitung und Abwasserreinigung genutzt. Ultraviolettes Licht wurde durch eine axiale kühle Plasmaentladung erzeugt, der die Pflanzen sich von allen Seiten entgegenstreckten. Er bewunderte noch nachträglich die prometheische Mühsal und Leistung der Verlegung dieser lebenswichtigen Anbauflächen in den Kern, und hatte auf dem Rückweg Schacht 4 erreicht, als ihn ein langsames, grollendes Knirschen aus seinen Gedanken riß. Es schien aus den Wänden zu dringen.

Er schaltete auf seine private Frequenz. »Jeffers!«

»Hab schon gehört. Die Akustik nimmt es überall auf.«

»Eine Explosion?«

»Kein Druckabfall. Ich glaube, es kam von der Oberfläche.«

Carl eilte zum nächsten Datenanschluß und ließ sich eine Darstellung der verbliebenen Oberflächenkameras geben. Die meisten zeigten Bilder von Dampffontänen, die aus dem Eis emporschossen und sich in langen Bögen aufwärts zu einem dunstigen Schleier vereinten. Der Druck des Sonnenwindes bog diese Fontänen auswärts und überführte das Material der Ausgasungen in die geisterhaften Lichtströme des Kometenschweifes. Über dem Horizont kreiselte ein unregelmäßiger Klumpen aus körnigem Eis kilometerhoch in den Himmel. Nahebei gähnte ein riesiges unregelmäßiges Loch, eine Quelle frischer Ausgasungen von grünlichen und bräunlichen Strängen, die wie Rauchgekräusel aus der Öffnung stiegen, offenbar das Nachwirken eines kurz zuvor stattgefundenen Ausbruches.

»Seismischer Ausbruch? Oder vielleicht eine Zelle aus amorphem Eis, die plötzlich den Zustand wechselte?«

Wenn das Krusteneis durch unterliegende Ausgasungen zum Bersten gebracht wurde, konnte es ganz losgerissen werden. Damit gelangte die Sonnenwärme unmittelbar in bislang noch kältere Schichten, wo leicht flüchtige Gase alsbald neue Kanäle aushöhlten und die Risse und Öffnungen sich weiter ausbreiten konnten.

»Ja, scheint nach letzterem auszusehen«, meinte Jeffers. »Darin hatte Virginia auch recht.«

»Sie sagte, bis zum Perihel würde nicht sehr viel geschehen.«

»Na, ich nehme an, dies ist bloß eine Kostprobe davon.«

Carl nickte zu sich selbst und setzte seinen Inspektionsrundgang fort. Er passierte kleine Gruppen von Ould-Harrads Anhängern, eingehüllt in grünen und bräunlichen Bewuchs, die kaum Notiz von ihm nahmen. Sie untersuchten die alten Abdichtungen nach eingedrungenen älteren Lebensformen, die sie wegkratzten und durch mutierte, menschenfreundliche Arten ersetzten, die Saul entwickelt hatte.

Ein Stück weiter begegnete er zwei Saulduplikaten, die einen wiederbelebten Schläfer zu einer der Erwärmungskammern beförderten. Sie nickten ihm zu und riefen: »Nur noch zwanzig weitere Kandidaten.« Carl lachte.

Sie waren inzwischen voll entwickelte Erwachsene mit eigenem, individuellem Denken. Allerdings hatten sie viele Einzelheiten bis zu den Gesten und dem Akzent gemeinsam, und er konnte nicht umhin, sie als Ersatz-Sauls zu sehen. Der Umstand, daß Saul sich selbst erfolgreich geklont hatte, während Versuche zur Duplizierung anderer Mannschaftsmitglieder gescheitert waren, bedeutete, daß seine eigentümliche symbiotische Anpassung entscheidend war. Möglicherweise konnte nur er in der Halley-Umgebung kopiert werden. So war es gekommen, daß die Ersatz-Sauls im Laufe der letzten Jahrzehnte wegen ihrer Widerstandsfähigkeit gegen neue Krankheiten und durch ihre merkwürdige innere Disziplin zu hochgeschätzten Kräften geworden waren. Saul hatte Johnvons Möglichkeiten zum Gedächtnistransfer benutzt, um große Teile seines Könnens auf die Duplikate zu übertragen.

Carls Funksprechgerät summte, und Virginias Stimme sagte: »Du hattest meine Prognose bezweifelt?«

»Dieser Ausbruch kam ein bißchen früh, meinst du nicht?«

»Nein. Schließlich beschäftige ich mich mit Wahrscheinlichkeiten, nicht mit Voraussagen. Wenn du willst, kannst du Lon d'Amaria anrufen. Er kann dir helfen, meine Berechnungen zu überprüfen.«

Irgendwie überrieselte es ihn noch immer, wenn er ihre Stimme hörte. »Gut. Ich beklage mich ja nicht. Du brauchst dich nicht in deiner Berufsehre gekränkt zu fühlen. Überwachst du die Spannungsmesser, die Jeffers überall eingesetzt hat?«

»Selbstverständlich. Ich kann immer eine oder zwei Nanosekunden erübrigen.«

»Und?«

»Kleinere Beben da und dort. Entlang Schacht 2 hat sich eine Verwerfung herausgebildet. Vorläufig besteht noch kein Grund zur Beunruhigung.«

»Großartig. Hast du Kapitän Cruz informiert?«

»Du bist Kapitän, Carl. Alle sagen dir das, auch wenn es dir nicht gefällt.«

»Ich habe den Posten nicht angestrebt.«

»Kein anderer könnte damit fertig werden, was auf uns zukommt.«

Der alte Zorn stieg plötzlich wieder in ihm auf. »Was auf uns zukommt, ist der Tod, Virginia.«

»So etwas kenne ich nicht.« Die Stimme klang steif und reserviert.

»Du hast die Simulationen selbst durchgeführt.«

»Das Jonglieren mit Zahlen ist nicht die Wirklichkeit. Das sollte ich wissen, nicht wahr, Freund Carl? Es kann Abweichungen in den aufeinander bezogenen Matrizen geben.«

»Erzähl mir keine Geschichten! Halley kratzt eine enge Kurve um die Sonne, und nach allem, was wir gegraben und gebohrt haben ... Die einzige Frage ist, ob wir geröstet oder gekocht werden, wenn dieser Eisberg auseinanderfliegt.«

»Es gibt viele Imponderabilien. Aber wir können auch Vorkehrungen treffen.«

Carl war durch einen Stollen geglitten, als diese Bemerkung ihn zum Stillstand brachte. Er hielt sich am Wandbewuchs fest und sagte: »Was können wir tun?«

»Wir könnten etwas von der Oberflächenwärme durch Rohre nach innen leiten, um einen Teil der aus den Temperaturunterschieden entstehenden Spannungen abzubauen. Mit anderen Worten, wir könnten die nach außen abfließende Strömung umkehren und die Oberflächenwärme in tieferes, kälteres Eis leiten.«

»Und wenn das innere Eis verdampft? Der Explosionsdruck würde ...«

»Wir leiten entstehende Gase ab. Das wird die Abschirmung gegen die Sonneneinstrahlung verbessern.«

»Hm.« Er sah einen Hoffnungsschimmer. »Wie kommt es, daß du vorher nichts davon erwähnt hast?«

»Es ist mir gerade erst eingefallen. Entschuldige, ich bin nur eine Maschine.«

Im Hintergrund hörte er leises Brandungsrauschen, das Rascheln des Passats, ein fernes Gewittergrollen. Virginias Heimatprojektion innerhalb des Netzes. Irgendwo lachte eine Stimme und rief: »Ke Pii mai nei ke kai!«

Also hatte sie irgendwie Gesellschaft. Er lächelte. »Hör zu! Ich werde eine Versammlung einberufen. Wir sollten uns ...«

Sie lachte. »Immer noch derselbe alte Carl. Du malst schwarz und nörgelst an allem herum, aber wenn man dir ein Problem gibt, an dem du arbeiten kannst, ist alles vergessen!«

Er errötete. Sie hatte immer eine unheimliche Fähigkeit gehabt, ihm einen Schritt voraus zu bleiben. Er stieß sich ab und segelte einen Stollen entlang, der heimwärts führte.

»Es ist noch genug Zeit, die technische Durchführung zu berechnen, Kapitän. Gehen Sie Ihren Tagesgeschäften nach!« Das helle Lachen klang ihm in den Ohren. »Lani wartet.«

Und so war es. Sie umarmte ihn stumm, und sie drehten sich in der Mitte des Raumes umeinander, selbstvergessen.

Carl hatte endlich gelernt, die Geschäfte beiseite zu lassen, wenn er in ihre kleine Wohnung kam, und diesmal machte er es wieder so, obwohl Virginias Idee und die sich daraus ergebenden Folgerungen ihn stark beschäftigten. Er war versucht, Lani davon zu erzählen, ließ es dann aber sein. Zu oft war im Laufe der Jahrzehnte Hoffnung wachgerufen worden, nur um von der brutalen Gewißheit irgendeiner unnachgiebigen astronomischen Tatsache ausgelöscht zu werden. Also schob er alle sorgenvollen Gedanken beiseite und küßte sie.

»Du meine Güte!« Sie holte tief Atem. »Ziemlich heiß für mittags – vor allem nach einer anstregenden Nacht.«

»Wir tun unser Bestes.«

»Ich muß bald zur Schicht. Laß uns schnell etwas essen!«

»Gut.« Er schwebte zu ihrer winzigen Küche, die nur brauchbar war, weil sie Wände und Decke nutzen konnten.

»Dein Datenanschluß hat übrigens etwas ausgedruckt«, sagte Lani, als sie einen Rest Soße von dem Sojafleisch brachte, das sie am Abend zuvor mit gedünstetem Gemüse gegessen hatten. »Von Virginia.«

»So?«

Er schwang sich zum Datenanschluß. Gewöhnlich wurde er nur in Notfällen oder zu Unterhaltungszwecken verwendet, nicht für die Tagesgeschäfte.

Es war ein Gedicht.

> Die Natur weiß nichts vom Tod.
> Nicht im trägen Miauen der Katze,
> Noch im letzten Aufbäumen der Antilope,
> Die der Löwe geschlagen.
> Nicht im langsamen Atem ruhiger See,
> Im Nicken der Blume, dem Tanz des Insekts.
> Leben ist alles, was jemals sie sagt,
> Von anderem ist sie stumm.
> Nur in uns und unsrer Vorwärtsgeneigtheit
> kann Tod leben.
> Jeder wache Augenblick ist frei.
> Und alles, was geschehen könnte,
> Mag noch kommen.

Carl las es, die Stirn gefurcht. »Sie wird besser.«

Lani kam herüber und las mit. »Ich bin immer wieder überrascht«, sagte sie leise. »Virginia steckt wahrhaftig irgendwo da drinnen.«

Carl schüttelte den Kopf. »Sie ist nicht *in* etwas. Sie ist überall. Das System hat sich weit über Johnvons Datenspeicher ausgedehnt. Sie ist jetzt Halley.«

Lani wandte sich plötzlich zu ihm und legte ihm die Arme um den Hals. »Wir alle sind Halley.«

Er atmete die aromatische Wärme ihres Haars und fühlte eine Linderung alten Schmerzes. Warum hatte er solange gebraucht, zu sehen, daß diese großartige Frau ihm eine ganze Welt sein konnte? Und wie, wenn er es nie gesehen hätte?

Er spürte, daß Virginia um sie alle war, spürte die ganze Gemeinschaft als eine Matrize, die das alte Eis mit ihren Verästelungen durchzog. Sie waren nicht mehr im Inneren begraben, auf ein Abenteuer aus. Es war nicht mehr wichtig, ob einer Percell war, oder Ortho. Sie waren eine neue, belagerte Gesellschaft, und zugleich eine neue Art und Weise, wie ein vielseitiger Primat sich weiterentwickeln und mehr sein konnte, als er war. Sie waren nicht bloß inmitten des alten toten Eises, sie waren das Herz des Kometen.

»Ja, ich denke, das sind wir«, sagte er.

3
———

VIRGINIA

Es war ein Schauspiel, wie Menschen es nie zuvor gesehen hatten und sehr wahrscheinlich niemals wieder sehen würden. Das gleichmäßige Hämmern der Rückstoßgeräte hatte in mehr als drei Jahrzehnten die Bahn des sonnenwärts fliegenden Eisballs verändert und die Endpunkte der langgezogenen Ellipse verlagert. Die Umlaufbahn der Erde hielt fast immer denselben Sonnenabstand ein und wich um weniger als zwei Prozent von einer Kreisbahn ab. Aber Halleys Exzentrizität hatte schon sechsundneunzig Prozent betragen, bevor die Maschinen der Menschen ihr beharrliches Abdrängen begonnen hatten. Nun verengte sich die Wendekurve mit jeder Stunde und brachte einen sengenden Sommer. Halley war der erodierenden Hitze niemals so nahe gekommen.

Die Stollen und Schächte gaben ausgezeichnete akustische Röhren ab. In dem Maß, wie im Eis neue Spannungen entstanden und Entladung suchten, drang der Widerhall des Knirschens und Ächzens bis tief in den Kern und weckte die Schläfer – obgleich es von diesen nur wenige gab, als die entscheidenden Stunden heranrückten.

Mit einer Geschwindigkeit von fünfzig Kilometern pro Sekunde stürzte der Komet auf seinen alten Feind zu. Jedes frühere Treffen hatte ihm eine Eisschicht abgerissen, nun aber zerrten neue Kräfte an ihm, die ihn auf dem Amboß seiner Sonne zu zerschmettern suchten.

Virginia beobachtete den heulenden, blendenden Sturm durch elektronische Augen. Ausfallende Kameras ersetzte sie mit Hilfe von Maschinen durch andere. Die Sonne glühte doppelt so groß wie von der Erde ausgesehen, aber von der Oberfläche des Kometen war keine weißglühende Scheibe zu erkennen. Der Komet rotierte wieder, erlebte aber keinen Sonnenaufgang. Statt seiner bedeckte die grelle Lohe der Korona den Himmel. Eine Stelle siedender Helligkeit kennzeichnete den Bereich, wo die Sonnenstrahlung auf die vom Kometen explodierende Ionenflut traf, und der Sieg fiel unausweichlich der Hitze zu. Gespalten und ionisiert, wurden die Gase seitwärts abgelenkt und fluteten in einer magnetisierten Decke um die kleine Eiswelt zurück.

Diese brodelnde Atmosphäre kannte keine Loyalität zu ihrem Erzeuger, sondern verbreitete sich rasch auswärts.

Halleys doppelter Schweif erstreckte sich nun über eine Spanne, die weit über die Merkurbahn hinausreichte. Das schimmernde Plasmabanner enthielt weniger Wasser als ein größerer Teich, aber die Lichtflut der Sonne machte ihn zum auffallendsten Objekt im Sonnensystem. Mit astronomischen Fernrohren ausgerüstete Bewohner eines benachbarten Sternsystems hätten die beinahe geraden, schimmernden Vorhänge ionisierter Gase beobachten können. Der Staubschweif war im Gegensatz dazu ein gebogener Streifen, durchzogen von dunklen Spuren, funkelnd von Eiskristallen und kleinen Gesteinstrümmern.

Jene aber, die im Kometenkern saßen, konnten den schönsten Schweif nicht sehen, der in der gesamten niedergeschriebenen Geschichte je einen Kometen zierte. Als er sich dem Schwerezentrum seines Zentralsterns weiter näherte, breitete sich der Lichtschweif aus und verschlang den ganzen Himmel. Geblendet, konnten Halleys Bewohner nicht einmal seine Nemesis sehen. Wohin das Auge auch blickte, überall schlug ihm blendender Lichtglanz entgegen.

Virginia hatte diesen Effekt sorgfältig berechnet, denn er war der Schlüssel. Wäre der Komet ohne Eigenrotation geblieben, so wäre die der Sonne zugekehrte Seite zu der Vierhundert-Grad-Temperatur aufgeheizt worden, die ein fester Himmelskörper in dieser Sonnenentfernung haben würde. Nun galt ihre Aufmerksamkeit vor allem den Temperaturmessern, die zur Kontrolle in verschiedenen Tiefen im Eis vergraben waren. Die Rotation der Eiswelt bewirkte eine ausgeglichene Erwärmung der oberen Schichten, die allmählich weiter nach innen vordrang, und zugleich ermöglichte sie der Nachtseite die Wärmeabstrahlung in den Raum.

Aber die Schwärze verblaßte mehr und mehr. Bald reflektierte die Gashülle des Kometen Sonnenlicht von allen Seiten auch auf die sonnenabgewandte Hälfte, und die Temperaturen stiegen viel rascher, als der Himmelskörper ins Perihel kam.

»Sieht schlecht aus.« Carl beobachtete die Monitoraufnahmen auf den Bildschirmen der Zentrale. Lani stand an seiner Seite. »Wir haben bereits zwanzig Meter Eis durch Ausgasung verloren!« sagte er. »Wie lange wird es noch dauern, bis wir auseinandergerissen werden?«

Virginia spürte seine ungeduldige Gereiztheit. Er war ein Mann, der Probleme löste, und in dieser großen Krise fiel ihm keine Rolle zu. Wie die anderen, war er ein hilfloser Passagier an Bord seines eigenen Schiffes.

»Wir sind sicher«, sagte sie aufmunternd und unterlegte

die Stimme mit Modulationen im Alt, die ihre Stimme voller machten, als das Original je gewesen war.

»Die Schachtversiegelungen?«

»Intakt«, sagte Virginia und zeigte Ansichten der Stahldeckel, die zweihundert Meter im Inneren aller Schächte angebracht worden waren. Über ihnen wehrten mächtige Eisstopfen der Hitze das Vordringen.

»Hör auf, dich zu sorgen!« sagte Lani und legte Carl eine Hand auf die Schulter. »Wir müssen jetzt abwarten, also können wir uns genausogut der Bilder erfreuen.«

Es war wie eine Ironie des Schicksals, daß Lanis Worte von einem langen, anhaltenden Dröhnen untermalt wurden, das bis in die Zentrale drang und den Höhlenraum in deutlich spürbare Vibrationen versetzte. Da und dort lösten sich Gegenstände aus ihren Halterungen.

»Ein Einsturz«, verkündete Virginia, und kurz darauf erschien eine Abbildung auf dem zentralen Schirm. Eine Masse von Eis und Schutt hatte die Wände eines Stollens eingedrückt und füllte ihn aus.

»Verdammt!« sagte Carl mit gepreßter Stimme. »Wo?«

»3C, wie die Projektion erkennen ließ.«

»Druck?«

»Alles dicht. Keine Einbrüche.« Virginia analysierte Carls Stimme und fand einen hohen Spannungsgrad. Wenn er bloß mehr auf Lani hören würde ...

Die grundlegende menschliche Reaktion auf Ereignisse ungeheurer Größe ist, sich niederzukauern.

Virginia hatte dies in den letzten Tagen vor dem Perihel beobachtet. Ihre Maschinen durchstreiften das Labyrinth der Stollen auf der Suche nach Lecks und gefährlichen Wärmestaus. Selten trafen sie Personen an. Selbst der Park lag jetzt verlassen, das Rad stand still.

Die Leute taten ihre Arbeit, leisteten ihren Schichtdienst – und verkrochen sich mit ein paar engen Vertrauten, um über Video das Chaos draußen zu verfolgen. Jeffers hatte eine neuartige leichte Röhre entwickelt, die von einer tief im Eis vergrabenen Kamera ausgefahren werden konnte und das

Risiko verminderte, aber immer wieder öffneten sich unter dem Hochdruck plötzlicher Veränderungen im Aggregatzustand Öffnungen, aus denen Gasfontänen schossen, vermischt mit Schutt, Staub und Gesteinsbrocken, die viele von Virginias Beobachtungsstationen beschädigten oder verschütteten.

Ein kleines Stück Erinnerung reservierte sie für ihr Arbeitszimmer. Dort saß sie inmitten summender Geräte, fühlte die ermutigende Festigkeit eines Stuhles, die blinkenden Lichtsignale von Kontrolleuchten auf den Konsolen. Ich wünschte, ich könnte genug Zeit einsparen, um schwimmen zu gehen, dachte sie. Auch ich fühle meine Spannungen ...

Als Art, überlegte sie, war der *Homo sapiens* niemals wirklich über die Stammesgrenzen hinausgelangt. Die Geschichte der letzten hunderttausend Jahre hatte gezeigt, wie geschickt er sich größeren Anforderungen anpassen konnte. Unter dem Druck der Notwendigkeit schloß er sich zu größeren Verbänden zusammen und bewohnte Städte, Großstädte und bildete Nationen. Aber seine persönliche Wärme und seine aufopfernden Gefühle galten nach wie vor einem engen Kreis von Freunden und Verwandten, der sicherlich nicht größer war als in der Steinzeit. Er war bereit, für die Erhaltung der Familie, der Sippe, des Stammes zu sterben.

So war es erklärlich, daß die Menschen vor einem Hintergrund immer häufigerer Erschütterungen, rumorender Geräusche einbrechender Höhlen und dem unheilverkündenden Knirschen und Ächzen von Spannungen im Eis im Inneren des Kometenkerns Zuflucht suchten. Nicht aus Solidarität, sondern um die körperliche Nähe und den Trost von Mitmenschen zu finden, seien sie Arcisten, Astronauten, Hawaiianer oder gar Symbionten der einheimischen Flora. In den Stunden intensivster Endzeiterwartung zog es die Menschen zueinander.

Mit Ausnahme einer einsamen Gestalt, die selten die Zentrale verließ.

»Saul«, sagte sie zu dieser Gestalt, als ein bräunlicher Gas- und Schlammgeysir aus der Oberfläche spritzte und Lichtreflexe über das vertraute, tief zerfurchte Antlitz warf. Er hatte lange vor den Videoübertragungen ausgeharrt, doch schienen seine Gedanken anderswo zu sein, weit entfernt. Er hielt einen kleinen Stein in der Hand, den er mit den Fingern hin und her rollte. »Saul?«

»Ah – ach, ja?« Er blickte von dem Stein auf und wie suchend umher.

»Ich bin sicher, du könntest die Übertragung auch anderswo sehen.«

Er hob eine Schulter. »Der Park ist geschlossen. In der Krankenstation werde ich nicht benötigt. Es gibt keinen anderen Ort, wo ich gern wäre.«

»Carl und Lani würden dich sicherlich willkommen heißen. Sie sind wach und verfolgen ...«

Er winkte ab. »Nein, die möchte ich nicht stören. Ich mag mich nirgendwo dazwischendrängen, wo ich nur ein fünftes Rad bin.«

»Du machst dir Gedanken wegen dieses alten Steins«, sagte sie, um das Thema zu wechseln. Er hatte ihn seit Stunden mehr oder weniger geistesabwesend in den Händen gehalten.

Er hielt ihn hoch. »Seit Wochen trage ich das Ding mit mir herum und studiere es. Es ist eine Besessenheit. Aber daran hatte ich im Moment nicht gedacht.« Sein Blick wanderte zu der Kühleinheit, die sechzehn Liter tiefgekühlten organischen Prozessor enthielt. Virginia glaubte zu verstehen.

»Ganz gleich, wo du dich aufhältst, Saul, du bist bei mir.«

Er nickte. »Ich weiß ... es ist bloß ...«

»Bloß, daß die physikalische Nähe meiner organischen Erinnerung hier am stärksten ist?«

Er zeigte das alte schiefe Lächeln mit den zusammengekniffenen Augen, das eine Ironie mitteilte, die bei ihm immer nahe an der Oberfläche war.

»Bin ich so leicht durchschaubar?«

»Für einen, der dich liebt, ja«, sagte er. »Es gibt Zeiten, da wünschte ich ...«

»Ja?«

»Ich hätte eine Möglichkeit finden können, ein geklontes Duplikat von dir zu machen.«

»Damit du mich – oder jemand wie mich – in den Armen halten könntest?«

»Die Erinnerung macht manches nur noch viel schlimmer.«

»Es gibt ...« Sie fühlte kein wirkliches Zögern, und in ihrem Fall hätte jede Unschlüssigkeit ohnedies nicht länger als Millisekunden gedauert, aber sie mußte Redegewohnheiten und Nuancen einer lebender Person aufrechterhalten. »Es gibt unsere Aufzeichnungen.«

Er schmunzelte. »Du weißt, wie oft ich sie abgespielt habe.«

Eine Andeutung von Schüchternheit. »Ich könnte ... sie vermehren.«

»Nein!« Er schlug mit der Faust auf das Stuhlgeflecht. »Ich möchte die wirkliche Virginia.«

»So würde es sein.«

»Als wir die Aufzeichnungen machten, war es ein Ulk, wie bei Leuten, die im Schlafzimmer Polaroidbilder von sich machen. Wir hatten niemals die Absicht, daß nur einer von uns sie abspielen würde.« Er schüttelte den Kopf. »Auf diese Weise, ohne dich – ohne deine wirkliche Person ...«

»Aber ich bin ich. Wirklicher als jede holographische Darstellung! Und wenn ich mich in die sensorische Verbindung einschalte, ist es eine ältere und wahrscheinlich weisere Virginia, die du dort treffen wirst.«

Saul hatte diesen Vorschlag früher schon widerstanden, aus Gründen, die ihr nicht ganz klar geworden waren. Nun aber, vielleicht unter dem Eindruck der Einsamkeit und Gefahr, hob er den Kopf und starrte in ihre Optik. »Ich ... würde es so sein?«

Sie konnte nicht garantieren, daß es eine echte Virginia sein würde, in Bernstein fixiert. Sie war nicht die Persönlichkeit, die in Johnvons enge Persona geflutet war und sie überschwemmt hatte. Langsame Entwicklung und selbst eingeleitete Fortschritte hatten sie seit jenen Jahren ein weites Stück vorangebracht. Aber das brauchte Saul nicht zu wissen, und auch sonst niemand.

»Komm zu mir, Saul!«

Er streckte die Hand nach dem Helm aus. Zu ihrer Überraschung verspürte sie Nervosität.

Vielleicht würde es auch für sie eine Rückkehr sein.

Kurz vor dem Perihel hörte der Rückzug der Sonne nach Süden auf, und sie begann wieder zu steigen. Mit ihrem Anwachsen näherte sie sich dem Äquator. Der Komet erzitterte und eruptierte in der nichtendenwollenden Glut des immerwährenden Mittags. Die südliche Hemisphäre, ein Jahr lang ausgebrannt und ausgehöhlt, kühlte nun ab, während der Norden unter der Wildheit des Angriffs erbebte.

Wasser und Kohlendioxid leiteten mit ihrer Verflüchtigung Wärme vom rotierenden Kometenkern ab. Seine Oberfläche brach an vielen Stellen auf, vor allem entlang den schwächenden Abdrücken, die der Mensch in sieben Jahrzehnten darauf hinterlassen hatte. Weitere Elemente wurden flüchtig und explodierten, scharfkantige Brocken verwitterten innerhalb von Minuten zu rundlichen Knollen, als wären sie einem Sandstrahlgebläse ausgesetzt. Staub und Gesteinsschutt erhoben sich, durch die Ausbrüche hochgerissen, von der Oberfläche und verteilten sich zu schwebenden Schichten, die kurzzeitig das Eis darunter abschirmten, bevor sie fortgerissen wurden und in den Staubschweif eingingen.

Am Nordpol, dem bis dahin das Ärgste erspart geblieben war, biß die Sonnenwärme tief ins Eis. Seit den Zeiten der großen Seuchen hatten einige Fraktionen ihre unwiderruflich Toten nahe dem Pol im Eis vergraben. Nun wurden sie von der Wärme exhumiert.

Der Zufall wollte es, daß das Geschehen durch ein Sehrohr, welches in einem geschützten Winkel am genauen Nordpol die Oberfläche durchstieß, von einer Videokamera aufgezeichnet wurde. Explodierende Gase hoben die eingewickelten Eismumien aus ihren Gräbern und schleuderten sie himmelwärts. Die Strahlungshitze entließ ionisierten Sauerstoff aus dem Eis, und die Körper gingen in Flammen auf und erhellten die Landschaft mit orangefarbenen Feuerbränden. Diese Fackeln, von den chaotischen Urgewalten hoch- und niedergerissen, vollführten einen wahren Teufelsreigen, bevor sie erloschen und für immer in der Strömung verschwanden, die von der Sonne ausging.

»Verdammt! Wir sind durch!«

Carls verblüfftes Gesicht schob sich in das dreidimensionale Simulationsmodell, das sie im holographischen Projektionsraum aufbaute.

»Ja. Du kannst frohlocken«, sagte sie.

»Wie hast du es gemacht?«

»Vektormechanik, nichts weiter.«

»Das war großartig!« sagte Lani. Ihre großen Augen schienen verwundert, daß sie noch am Leben war. Und Virginia begriff in einer mehr theoretischen Art und Weise, daß sie alle wirklich zu sterben erwartet hatten.

»Ich habe die Wahrscheinlichkeiten erklärt«, sagte Virginia. »Sicherlich ...«

Carl lachte erleichtert. »Wir dachten, du wolltest uns nur Mut machen.«

»Ich hatte die Berechnung zugänglich gemacht – ach, Carl.« Virginia schickte diesem Satz ein leises Lachen hinterher, denn hätte tatsächlich jemand ihre Berechnung überprüft, so wäre dabei herausgekommen, daß sie eine Überlebenswahrscheinlichkeit von drei zu eins gemeldet hatte, wo sie in Wirklichkeit nur zweiundfünfzig Prozent betragen hatte. Aber sie war sicher gewesen, daß niemand die gesamte komplizierte Kalkulation nachrechnen würde. Im Laufe von dreißig Jahren hatten alle gelernt, sich auf sie zu verlassen, geradeso wie sie sich auf Sauls biologisch-medizinische Wunder verließen.

Lanis Augen leuchteten. Sie war voll froher Erwartung. »Wann können wir hinausgehen? Ich möchte wieder in einem Gewächshaus in der Sonne stehen.«

»Das wird noch ein halbes Jahr dauern«, sagte Virginia in erstem Ton.

»Macht nichts, wir werden hier drinnen genug zu tun haben«, sagte Carl und schlug Lani zärtlich aufs Hinterteil.

Es war unschwer zu erraten, woran er dachte. Man konnte es aus seinem psychologischen Profil herauslesen, aber Virginias Intuition sagte ihr noch mehr. Carl war seit Jahrzehnten emotional blockiert gewesen, und das war vielleicht entscheidend für das Überleben der Expedition gewesen. Nun hatten Zeit und Umstände seltsam zusammengewirkt und ihn befreit. Der jugendliche Carl hatte auf Lanis stille, bescheidene Gaben nicht reagiert – nicht reagieren können. Dieser älter gewordene, weisere Carl konnte es und sollte es auch.

Irgendwo in den kompakten Räumen organischer Erinnerung entfachte der Gedanke eine Regung von Humor und Ironie. Er bekommt, was er brauchte, auch wenn es nicht das ist, was er wollte. Virginia nahm sich vor, Lani innerhalb von vierzig Tagen für eine ärztliche Routineuntersuchung einzutragen.

Der Hitzesturm wollte nicht nachlassen. Obwohl sie im Perihel das Schlimmste überlebt hatten, drang noch immer Wärme nach innen. Virginia sandte Männer und Frauen und Maschinen hierhin und dorthin, eingestürzte Stollen und ganze Schächte, deren Wände zu sprudeln und zu verdampfen begannen, ringsum abzuriegeln. Im Vakuum erwärmt, verflüchtigt sich Eis unmittelbar zu Dampf, ohne flüssig zu werden. Ebenso verhielten sich Gase mit niedrigem Gefrierpunkt wie Ammoniak, Methan und Kohlendioxid. Als Halleys narbenbedeckte Haut fortgerissen war und die allmählich einsetzende Abkühlung den Ausgasungsprozeß verlangsamte, begann Virginia ihr großes Experiment.

Maschinen wagten sich aus den erodierten Öffnungen noch intakter Schächte ins Freie. Sie schafften Tafeln aus amorphen Silikaten an die Oberfläche, Schlamm, Sand und Schutt, der im Laufe jahrelanger Bergbauarbeiten als Abraum angefallen, getrocknet, gesiebt und gepreßt worden war. Rasch bedeckten die Maschinen ausgewählte Flächen nahe dem Halley-Äquator mit Feldern von schiefergrauen Tafeln und verbanden sie miteinander. Die Tafeln waren zu schwer, als daß normale Ausgasungen von unten sie hätten fortreißen können, und die Maschinen sicherten sie zusätzlich durch verankerte Kabel.

Die Wirkung der Maßnahme ließ auf sich warten. Halley rotierte jetzt mit einem Tag von nur drei Stunden um seine Achse. Zu einem genau berechneten Zeitpunkt schirmten die Silikattafeln das Eis gegen die Sonneneinstrahlung ab. Über dieser Zone ließ die Ausgasung nach. Weitere Flächen folgten, und dieser Unterschied im Gasausstoß, verbunden mit der Rotationsgeschwindigkeit, begann sich auf die Umlaufbahn auszuwirken. Astronomen hatten seit langem diesen ›Raketeneffekt‹ an rotierenden Kometenkernen festgestellt, die vorübergehend Staubfelder der Sonne zukehrten, aber es waren stets spontane und zeitweilige Erscheinungen gewesen. Nun geschah es planmäßig.

Virginia setzte ihre Maschinen ohne Rücksicht auf Verluste ein. Einige fielen durch Überhitzung aus, andere wurden von den großen Tafeln, die im sonnengetriebenen Gassturm flatterten und schlugen, zerschmettert. Geschickt und entschlossen inszenierte sie mit den wütenden Sturmgewalten, die ihre Maschinen und die Lasten hin und her stießen, ein dynamisches Ballet. Tage- und wochenlang kanalisierte sie die Ausgasungen des Kometen zu neuen Zwecken. Die unausgeglichenen Triebkräfte der natürlichen Elemente, ausgerichtet entlang der Umlaufbahn des Kometen, wurden so zu einem beharrlich wirkenden Steuerungselement, das sie in eine neue Richtung führte.

Vier Monate nach dem Perihel wartete Virginia auf das Unvermeidliche. Sie hatte Infrarot- und Mikrowellen-Radargeräte an der Oberfläche aufgebaut und auf den vorausberechneten Himmelsabschnitt konzentriert. Hinter ihnen standen Hochleistungslaser und zwei Rückstoßgeräte bereit, zusammengebaut aus noch verwendbaren Teilen ihrer in den Stürmen des vergangenen halben Jahres unbrauchbar gewordenen Vorgänger.

Die erste war langsam und klein, ein Wunderding verstohlener Technologie. Breite, transparente Flügel, die nur im Infrarotbereich sichtbar waren, reflektierten die Sonnenhitze. Allein ihr Mehrphasen-Richtantennennetz, das mit zehn Gigahertz arbeitete, fing den schwachen Schatten auf. Sie hatte die feinen Drähte des Netzes über ein Volumen ge-spannt, das hundert Kilometer umspannte, um eine hohe Auflösung zu erzielen. Wäre die fliegende Bombe schneller gewesen, wäre es Virginia vielleicht nicht gelungen, die ver-schiedenen Signale rechtzeitig zu integrieren. Doch wie die Dinge lagen, brachte sie das stumpfnasige Ding in zehn Ki-lometern Höhe zur Explosion.

Hinter ihm kam wenige Augenblicke später etwas Großes und Schwerfälliges. Es nutzte die Sonne und eine bläuliche Protuberanz, die erst eine Stunde zuvor aus der Gashülle hinausgeschossen war, als elektronische Rückendeckung.

Im letzten Augenblick fing sie die Rakete mit einem Laser-strahl ab. Niemals hätte sie die verräterischen Hitzewellen im ultravioletten Bereich bemerkt, die den herankommenden Gefechtskopf begleiteten ... nur hatte sie als Teil ihres lau-fenden Forschungsprogramms die Protuberanz überwacht. Jeffers hatte recht gehabt, als er darauf bestanden hatte, an der wissenschaftlichen Diagnose festzuhalten; es zahlte sich aus, wenn man weiterlernte.

Die dritte Rakete war schnell und kam mit hundert Kilome-tern pro Sekunde, noch immer unter Beschleunigung durch einen Lichtionenantrieb. Virginia wunderte sich, daß sie den elektrostatischen Beschleuniger angelassen hatten, weil er das Projektil viel deutlicher sichtbar machte. Sie feuerte mit den Rückstoßgeräten darauf und wartete zuversichtlich die zwei Sekunden Verzögerung auf das Abschußsignal.

Es blieb aus. Ihr Richtantennennetz verriet ihr den Grund. Das Ding manövrierte seitwärts und wich den Eisengeschos-sen aus. Offenbar konnte es die starken elektromagnetischen Entladungen der Linearbeschleuniger orten und die Schuß-richtung bestimmen.

Sofort feuerte sie mit allen verfügbaren Lasern. Auch sie verfehlten ihr Ziel. Inzwischen blieben nur vier Sekunden, und sie hatte nicht einmal Zeit, in den Stollen und Quartieren das Alarmsignal zu geben.

Verzweifelt steigerte sie die Energieebene des Gigahertz-Netzes und schaltete das System von Empfang auf Sendung. Die Anlage war niemals auf diese Weise gebraucht worden.

Für die Dauer eines kurzen Augenblicks hätte sie bei dieser Sendeleistung einen Ruf zu einer Zivilisation am anderen Ende der Galaxis senden können, sollte es dort im Streubereich des Strahles hunderttausend Jahre später eine geben. Zuvor aber zielte der Impulsstoß elektromagnetischer Energie auf den Punkt in Virginias triangulierter Weltsicht.

Diesen Gefechtskopf hatten sie störsicher gemacht. Als der elektromagnetische Wirbelsturm über ihn herfiel, feuerte der chipgesteuerte Bordrechner die komprimierenden Explosivstoffe, und zwanzig Megatonnen weißglühender Fusionsenergie erblühten im schwarzen Himmel über Halley und brannten eine stoßartige Gasentladung elfenbeinfarbenen Nebels aus dem verwitterten Eis.

Während des ganzen Kampfes hatte Virginia keine Zeit gehabt, jemanden zu alarmieren. Die Männer und Frauen gingen unbesorgt ihren Tätigkeiten nach. Erst als ein Arbeitstrupp an der Oberfläche angesichts des jähen Aufflammens der thermonuklearen Entladung und der nachfolgenden Hitzewelle einen Notruf sendete, rief sie Carl an und teilte ihm die Neuigkeit mit, daß in der Zeit, die er brauchte, um seine Tasse Kaffee auszutrinken, ihr großer Kampf begonnen und geendet hatte.

4

CARL

»Irgendwelche Zeichen von weiteren?« fragte Carl.

»Keine«, antwortete Virginia. »Ich habe die Suche auf eine Lichtstunde im Umkreis ausgedehnt und finde nichts.«

Lani kam mit bleichem Gesicht und ängstlichen Augen in die Zentrale. »Ich hörte die Bekanntmachung, Virginia. Wie nahe sind sie herangekommen?«

»Wie Wellington nach der Schlacht bei Waterloo sagte ...« Virginias Stimme nahm einen aristokratischen britischen Akzent an. »Es war eine verdammt knappe Sache.«

»Und sie werden es wieder versuchen, wenn wir unseren

geplanten Kurs beibehalten«, sagte Carl nüchtern. »Sie werden nicht dulden, daß wir die Jupiterbegegnung nutzen, um uns in das innere Sonnensystem zu katapultieren. Vergessen wir nicht, daß sie Jahre haben, um auf uns zu schießen. Wenn wir wieder hereinkommen, werden sie abermals zuschlagen. Auch der Angriff mag fehlschlagen. Und der nächste. Aber schließlich ...«

»Diese Mörder!« rief Lani. »Wir waren bereit, die Quarantäne zu akzeptieren, aber das war ihnen nicht genug! Lieber töten sie uns, als daß sie sich selbst auch nur der geringsten Gefahr durch fremde Erreger aussetzen würden.«

Carl fühlte die Unausweichlichkeit dessen, was er zu sagen hatte, das Ende so vieler Hoffnungen. »Es ist Zeit, daß wir uns den Tatsachen stellen. Wir können nicht zurück aus der Kälte.«

»Aber das bedeutet ...«

»Richtig. Daß wir eine Bahn wählen müssen, die uns im Anschluß an die Jupiterbegegnung ins äußere Sonnensystem führen wird. Es ist der einzige Weg, außer Reichweite der Erde zu bleiben.«

Virginia fragte: »Du meinst, darauf wird man von weiteren Angriffen absehen?«

Carl schüttelte den Kopf. »Wir werden es hoffen müssen. Wir werden einen Kurs weit hinaus ins äußere Sonnensystem planen.«

Lani schaute ihn stumm an und biß sich auf die Lippe.

»Irgendwie«, sagte Virginia, »glaube ich nicht, daß man sich mit etwas Geringerem als einer endgültigen Abreise zufriedengeben wird.«

Lanis Augen weiteten sich. »Was? Das Sonnensystem ganz verlassen?«

»Dann werden sie überzeugt sein, daß die hiesigen Lebensformen sie niemals erreichen können.«

Carl nickte. »In dem Fall wäre es auch sinnlos, uns zu verfolgen. Und zu teuer.«

»Aber was sollen wir da draußen anfangen?« fragte Lani ungläubig.

»Wir werden leben. Wir werden sterben.« Carl starrte abwesend zu den Bildschirmen, wo Zahlen von oben nach unten wanderten. »In die Oort-Wolke«, sagte er wie in Gedanken. »Dort soll es unzählige Eiswelten von Asteroidengröße geben. Angeblich soll auch unser Komet von dort herstammen, bevor er durch irgendein Ereignis in den Anziehungsbereich der Sonne geriet.«

»Und sobald wir dort sind?« fragte Lani. »Können wir die als Rohstoffreservoir gebrauchen?«

Er zuckte die Achseln. »Vielleicht. Wir werden Hunderte von Jahren Zeit haben, darüber nachzudenken.«

»Dann werden wir alle lange vorher tot sein, mit oder ohne Kühlfächer.«

Carl verspürte eine eigentümliche, distanzierte Resignation. Irgendwie hatte er gewußt, daß er diesen Ort niemals mehr verlassen würde. Sie überantworteten nicht nur sich selbst, sondern alle weiteren Halley-Generationen – sollte es jemals welche geben – einem Leben in äußerster Dunkelheit und grenzenloser, unbekannter Leere. Sie flohen in den Abgrund.

Lani sagte: »Ich nehme an, wir müssen planen, was wir tun können, nicht was wir am liebsten tun möchten.«

Das Leben, dachte Carl, besteht darin, daß wir einem Untergang nach dem anderen entgehen. Er wußte, daß sie es schaffen konnten, wenn sie sich einfach weigerten, sich der Verzweiflung zu überlassen. Wenn sie etwas hatten, wofür zu leben sich lohnte.

5
————

2144:
SAUL

Die Hälfte des Parks war in einen Kindergarten verwandelt worden. Das alte Zentrifugalrad war verstärkt und drehte sich schneller, so daß es ein volles Zehntel irdischer Schwerkraft erzeugte, die den jungen Knochen helfen sollten, kräftig zu werden. Für einige betagte Angehörige der älteren Generation, die jeder nennenswerten Schwerkraft seit Jahrzehnten vollständig entwöhnt waren, mochte das hart sein, doch kamen sie noch immer oft, den Kindern beim Spiel zuzusehen und dem Geschrei der hohen Stimmen zu lauschen.

So war auch Saul zumute, als er mit vorsichtigen Schritten den grasgesäumten, gewundenen Weg am Rand des Rad-Parks dahinging, wo Hologramme die Illusion einer Stadtlandschaft jenseits der Büsche und Bäume erzeugten, mit blauem Himmel, in dessen Tiefe warme, feuchte Wolken schwammen. Mütter und Kinderpfleger kümmerten sich um die wachsende Zahl lärmender Schützlinge, beobachteten ihre Spiele, bewunderten die feingliedrige, kläraugige Schönheit der Kleinen.

Die Kinder hatten die Halley-Kolonie gerettet, und wenn auch nur dadurch, daß sie den Sinn jener aufheiterten, die nun wußten, daß sie die Erde und ihre Schönheiten ebensowenig wiedersehen würden wie irgendein unvertrautes menschliches Gesicht.

Wir sind das erste echte Raumschiff, dachte Saul bei sich, zwei oder drei Jahrhunderte vor dem Fahrplan.

Zwar hing der Komet immer noch am Schürzenzipfel der alten Sonne, befand sich aber nun unwiderruflich auf einem Kurs zur Oort-Wolke, wo Millionen von Eisbällen im nicht völlig leeren Raum zwischen den Sternen trieben. Sie waren nun ganz auf sich selbst, ihre Findigkeit und die Dinge gestellt, die sie mit sich genommen hatten.

Über dieses Thema hatte Saul soeben eine wichtige Untersuchung beendet, eine Inventur des genetischen Reservoirs, das den kommenden Generationen zur Verfügung stand. Die Frage war bedeutsam, da sie den Unterschied zwischen dem Überleben der Kolonie oder einem langen, allmählichen Absinken in Degeneration und Tod ausmachen konnte.

Er war zu dem Schluß gelangt, daß es genug Heterozygotie gab, einen breiten Querschnitt der Genotypen, welche die Erde bevölkerten. Das sollte genug Vielfalt liefern, insbesondere mit der hohen, zu erwartenden Mutationsrate. Das größere Problem sah er in der Erhaltung einer zahlenmäßig ausreichenden Population.

Der Komet hatte genug Rohstoffe, die Kolonie auf unbegrenzte Zeit zu erhalten. Deuterium, das aus dem Eis abgebaut werden konnte, würde den Fusionsreaktor in Gang halten, und ihre Erfahrungen und Techniken im Pflanzenbau wie in der Wiederverwertung von Abfallstoffen waren bereits eindrucksvoll und würden sich weiter verbessern.

Bei sparsamem Umgang konnte die Trillion Tonnen Eis, Gestein, Meteoreisen und Kohlenwasserstoffe ein paar hundert Menschen mit ihren Pflanzen und Tieren über viele Generationen am Leben erhalten.

Saul fragte sich, wie es hier in ein paar tausend Jahren aussehen würde, wenn die Geschwindigkeit des Kometen nachließe und er weit draußen, wo die Sonne nur noch der hellste Stern war, das neue Aphel erreichte. Dort wurden Millionen oder gar Millarden von anderen Zusammenballungen urzeitlicher Materie vermutet, Überbleibsel aus der Entstehungszeit des Sonnensystems, die dort langsam trieben. Sobald die gegenwärtig nahezu hyperbolische Geschwindigkeit auf wenige Meter pro Sekunde zurückgegangen wäre, sollte es an Möglichkeiten, andere treibende Ansammlungen von Eis und Gestein zu bergen, nicht fehlen – vorausgesetzt, es würde auf Halley dann noch Menschen geben, die zu technischen Leistungen fähig waren.

Saul blieb an einem Punkt stehen, wo die Hecke, die das Geländer am Rand des Rades kaschierte, sich zum Ausstieg öffnete. Er dachte noch über die Bilder nach, die Virginia ihm vor ein paar Minuten auf der kleinen Wiese unter ihrem Teehaus gezeigt hatte – eine Simulation jener so weit entfernten Tage, da die Menschen und Maschinen – deren Existenz auch in ferner Zukunft die rechnerische Projektion der gegenwärtigen Verhältnisse als gegeben ansah – des Kometen ihre erschöpfte und ausgebeutete kleine Welt in der großen Schwärze an andere, noch unberührte Eisbälle heranmanövrieren würden. Vielleicht würden sie zwei, drei oder mehr in Besitz nehmen und auf ihren neuen Kolonien wieder auseinandertreiben.

Ihre Darstellung hatte auf ihn geradezu einschüchternd gewirkt. Sie dachte bereits in Äonen ... Er spürte, daß es ihm sehr viel schwerer fallen würde, in so langen Zeiträumen zu denken. Seine Art von Unsterblichkeit war anders. Sie konnte von der Zeit nicht als einer Freundin denken.

Er kam an Lani Nguyen-Osborn vorbei, die unter einem Zwergahorn auf einer Parkbank saß und ihren Sohn stillte. Ihr ältestes Kind, die kleine Angelique, spielte nahebei im Gras.

Lani lächelte und winkte ihm zu. Saul lächelte zurück. Sie hatten erst vor einer Stunde gesprochen, als er auf dem Weg zu Virginias Teehaus hier vorbeigekommen war. Später am Abend sollte er bei Carls Familie zu Abend essen. In der Zwischenzeit aber gab es noch Arbeit zu tun.

Sein Abschnitt des Rades näherte sich dem Höhlenboden. Er trat durch die Öffnung in der Hecke in die minimale Schwerkraft der Höhle und sank weich in den Sand der Böschung nieder. Eine Wolke kleiner Staubteilchen und Sandkörner flog auf, als er landete, sank langsam wieder zu Boden.

Durch die weite Halle mit ihrem üppigen Grün und die pflanzliche Temperaturschleuse, die ihn mit einem leisen, feuchten Schmatzen durchließ, kehrte er zu seinem Laboratorium zurück.

Die Untersuchung des Genreservoirs der Kolonie hatte ein sehr ermutigendes Ergebnis gehabt, mochte es ihn auch daran erinnert haben, daß weder er noch Virginia jemals würden dazu beitragen können. Seine geklonten Duplikate waren allesamt unfruchtbar, und Virginias Körper war schon vor langer Zeit in die Ökosphäre eingegangen.

Vielleicht war es gut so, denn seine Duplikate würden die Generationen überdauern. Die Abkömmlinge Carls und Lanis und Jeffers' und aller anderen würden ihr Erbgut vermischen und wieder vermischen, und wenn am Ende auch keine neue Gattung des *Homo sapiens* herauskäme, so wäre es für den gesamten langfristigen Prozeß nur nachteilig, wenn all diese Saul Lintz-Duplikate über die Jahrhunderte hinweg eigenen Nachwuchs hinzufügten.

Gott behüte! Er lachte bei dem Gedanken. Mit der Ironie seiner Situation, die Segen und Fluch zugleich war, hatte er sich längst abgefunden.

Nun aber beschäftigte ihn eine andere Art von Forschung, die ihm sogar noch bedeutsamer erschien und erstaunliche Ergebnisse verhieß.

Am Ende eines wenig begangenen Stollens sprach er ein paar Kodeworte in Aramäisch, und die Tür zu seinem privaten Laboratorium öffnete sich zischend. Er machte es sich bequem und befahl seinem nicht mit dem Zentralrechner gekoppelten Computer, das kosmologische Programm einzuschalten.

Im holographischen Projektionsraum erschien jener gruftartige Raum im Herzen des Kometen, wo Suleiman Ould-Harrad sein ihm gemäßes Ende gefunden hatte. Die ferngesteuerte Kamera wanderte langsam um den aus Stein gehauenen Katafalk.

Zur Rechten zeigte eine weitere Darstellung eine diesem uralten Gestein entnommene Probe. Weitere Bildschirme zeigten die Ergebnisse chemischer Analysen, mikroskopische Schnitte, Vergrößerungen und detaillierte isotopische Profile.

Seit einem Jahr war Saul wieder in Verbindung mit Spezialisten auf der Erde. Seit feststand, daß der Halleysche Komet auf einer nahezu hyperbolischen Bahn das innere Sonnensystem verlassen hatte, war die Hysterie auf Erden in Schuldgefühle und Beschämung umgeschlagen, wenn es auch an Rechtfertigungsversuchen für das eigene Verhalten nicht fehlte. Manche der von den Kolonisten ausgestrahlten Informationen hatten auch die Meinung gestärkt, daß man Verbindung halten solle, solange der mit zunehmender Entfernung ansteigende Geräuschpegel solarer und kosmischer Störungen Gespräche zwischen Brüdern erlaubte.

Auf der Erde hatten Wissenschaftler an seinem Datenmaterial gearbeitet und durch eigene Untersuchungen im Detail bestätigt, was er in großen Zügen bereits ausgearbeitet hatte.

In einem der an freien kosmischen Gasen und Staubmassen reichen Spiralarmen der Galaxis hatte vor annähernd fünf Milliarden Jahren ein großer und heißer Stern sein kurzes Leben in der gigantischen Explosion einer Supernova beendet. In der Explosion hatte er die äußere Gashülle abgestoßen und den benachbarten Raum mit glühenden Wolken verschiedener Elemente, von Kohlenstoff und Sauerstoff bis zu Osmium und Plutonium durchdrungen. Sie alle waren im Laufe des kurzen, aber ereignisreichen Lebens des blauen Riesen entstanden. Mit Ausnahme von Wasserstoff und Helium haben alle Elemente, aus denen die Planeten – und alle Lebewesen – zusammengesetzt sind, ihren Ursprung in den aufeinanderfolgenden Verbrennungsprozessen der Sterne.

Diese Supernova spie nicht nur gewaltige Massen schwerer Elemente in den Raum. Sie trieb auch ungeheure Stoßwellen in den Raum vor, die interstellare Gas- und Staubmassen komprimierten, Strömungen und wirbelnde Konzentrationen bildeten.

Da und dort kondensierten inmitten der angereicherten, von der Stoßwelle durcheinandergewirbelten Materiewolken Wirbel zu Verdichtungszonen, flachten sich ab und bildeten unter dem zunehmenden Druck glühende Zentralpunkte: Sonnen.

Und um diese neuen Sterne bildeten sich aus Teilen derselben Verdichtungszone kleinere Gravitationszentren, von ausgegasten Gesteinskörpern im Strahlungsbereich des Zentralgestirns bis hin zu großen Gaskörpern weiter draußen und gewaltigen Schwärmen kleiner Bruchstücke aus Gestein, Meteoreisen und gefrorenen Gasen ...

Die Bildung des Sonnensystems war für alle kosmologischen und chemischen Untersuchungen stets der Ausgangspunkt gewesen. Niemals war Materie, die außerhalb jenes Geschehens ihren Ursprung hatte, in menschliche Hände gelangt. Bis jetzt.

Der Felsblock, den Suleiman Ould-Harrad im Herzen des Kometen entdeckt und freigelegt hatte, wies keines der isotopischen Verhältnisse auf, mit denen die Wissenschaftler von Meteoriten oder Erdgestein vertraut waren. Dieses Material entstammte einer anderen Epoche im Leben des Universums.

Joao Quiverian hätte seine Freude daran, dachte Saul. Er betrauerte den Verlust eines guten Verstandes an den Wahn jener langen, hoffnungslosen Jahre.

Und Otis Sergejow. Es war nur zu hoffen, daß sie aus den damaligen Ereignissen gelernt hatten.

Vor ihm war das Datenmaterial ausgebreitet, die Bestätigung der Vermutungen, Untersuchungen und Denkanstrengungen mehrerer Jahre.

Der Block entstammte ozeanischen Sedimenten, die abgelagert worden waren, lange bevor sich der Verdichtungskern der Erde aus kosmischem Schutt und Staub gebildet hatte. Die kleinen Wirbeltiere, deren versteinerte Reste er gefunden hatte, mußten in den Meeren einer Welt gelebt haben, die der Erde nicht sehr unähnlich gewesen war, deren chemische und biologische Entwicklung keine allzu verschiedenen Wege genommen hatte. Aber sie hatten gelebt, bevor die Sonne als Stern von ihrem wolkendurchzogenen Himmel geblinzelt hatte.

Saul überflog Teile der Botschaft, die ihn von der Erde erreicht hatte.

»Veränderungen in der Struktur deuten auf Strahlungsschäden durch Nähe zum Explosionsherd hin. Die Entfernung betrug vermutlich nicht mehr als ein Viertel eines Lichtjahres von der Supernova.«

Er hob das Bruchstück des Steinblocks auf und drehte es in der Hand. Die Oberfläche glänzte und war an den Rändern bereits geglättet, so oft hatte er es durch die Finger gehen lassen. Der Planet, von dem dieses Stück kam, mußte eine weitaus kleinere Sonne umkreist haben, die das Unglück gehabt hatte, dem explodierenden Riesen nahe gewesen zu sein, der sie und ihre Trabanten zertrümmert und den Staub und die Bruchstücke mit der Stoßwelle hinausgeschleudert hatte.

Hatte es damals Beobachter gegeben? Hatten intelligente Wesen das Unheil am Himmel kommen sehen und verzweifelte Pläne gemacht, oder resignierten Frieden mit einem unbarmherzigen Geschick?

Die Wahrscheinlichkeit sprach dagegen. Wahrscheinlich waren Pflanzen und Tiere die einzigen Bewohner des Planeten gewesen, und das Ende war rasch und unerwartet über sie gekommen. Das machte das Ereignis nicht weniger furchtbar, nahm ihm nicht den biblischen Schrecken.

Alle einheimischen Geschöpfe, von den Mikroben über die Pflanzen zu den Tieren – alle waren in dem Prozeß untergegangen, der unmittelbar zur Entstehung des Abenteuers Erde geführt hatte.

Welch ein Universum, dachte er.

Es war jetzt beinahe nebensächlich, daß diese entwicklungsgeschichtliche Theorie auch half, das Vorhandensein von Leben auf Halley zu erklären. Anfangs eher ungläubig, hatten die Wissenschaftler der Erde endlich der Folgerung zugestimmt, daß Bruchstücke von der Biosphäre des zertrümmerten Planeten mit der Stoßwelle davongetragen worden waren, um in der Weltraumkälte zu gefrieren. Größere Gesteinsbrocken, auch solche, die mit einstmals belebter Materie durchsetzt waren, hatten als Konzentrationskerne gedient, um die sich Gase und Staubwolken von den Rändern des neuen Sonnensystems konzentriert hatten. So hatte sich der Halleysche Komet offenbar um ein Bruchstück des alten Planeten gebildet, so wie Regentropfen sich in der fruchtbaren Erdatmosphäre um treibende Staubkörnchen sammeln.

Kein Wunder, daß die Spuren autochthonen Lebens reichhaltiger wurden, je tiefer man ins Innere des Kerns vordrang. Es hatte in jenen frühen Tagen bereits eine Keimzelle gegeben, um welche sich die präbiotischen Verbindungen des Verdichtungskerns gesammelt hatten.

Saul konnte nur mutmaßen, wie viele andere Kometen und Himmelskörper sich um solche Keimzellen gebildet hatten. Nicht viele, dachte er sich. Es mußte ein Einzelfall gewesen sein. Wir hatten einfach Glück, dachte er ironisch.

Oder bargen die alten Geschichten von Kometen als Unheilsbringern wirklich einen wahren Kern? War es möglich, daß die Erde seit jeher von Zeit zu Zeit mit neuen Proben der Urbiologie in Berührung gekommen war, die jedesmal, wenn im benachbarten Raum ein Komet vorbeizog, in seinem Gefolge in die Atmosphäre herabgeschwebt waren? Das würde die Erklärung erleichtern, warum die Lebensformen so vergleichbar waren. Vielleicht vereinnahmte das Erdenleben immer wieder neue Bestandteile und Stückchen aus dem Lagerhaus des Weltraums.

So ließ sich in gewissem Sinne sagen, daß der zerstörte alte Planet fortlebte. Bruchstücke eines präsolaren organischen Kodes waren in ihnen allen, und insbesondere in den Kolonisten des Kometen. Nach dem Tod und den Ängsten der frühen Tage mutete es ironisch an, daß aus dieser Verbindung langfristig segensreiche Vorteile erwachsen sollten, die zu einer Vielfalt beitrugen, die sie in den vorausliegenden Jahrhunderten brauchen würden.

Vielleicht waren die Halley-Leute überhaupt nicht mehr im klassischen Sinne ›menschlich‹. Wir werden am wirklichen Universum teilhaben, dachte er, an den weiten dunklen Räumen zwischen den Sternen.

Die Simulation, die Virginia ihm vorgeführt hatte, kam ihm wieder in den Sinn, und er lächelte. Als er den Helm mit seinen Neuralanschlüssen überstülpte, spürte er beinahe augenblicklich das leise Vorbeistreifen einer Gegenwart. »Schon wieder beim Belauschen, Liebling?« sagte er.

– Ja, mein Lieber, du solltest dich daran gewöhnen. Wir stecken zusammen in dieser Geschichte, auf lange Sicht.

»Ja.« Er lächelte. Denn selbst wenn dieser alte Körper, in dem er hauste, längst vergangen wäre, würden seine Erinnerungen in den Duplikaten weiterleben und fortfahren, Virginia zu lieben. Der Ewige Jude und die Lady in der Maschine ... sie würden eine Hilfsquelle für die Leute sein und der Kolonie dienen, solange man sie wollte.

Unsterblichkeit ist Dienst, dachte er.

Sie umfingen einander mit kühlen Elektronenarmen. Und beide bildeten sich ein, daß sie schwach und geisterhaft in der Ferne ein leises, bestätigendes Lachen hörten.

6
_____

VIRGINIA

Lani ließ das kleine Kind auf dem Knie reiten, was Quietschlaute des Vergnügens und Entsetzens hervorrief. Carl strampelte methodisch auf seinem Ergometer und strahlte die beiden an. Sie mußten die Hälfte ihrer Zeit im Gravitationsrad verbringen, um die Kalziumbildung im kindlichen Organismus den Normalwerten anzunähern. Ein Zehntel der Erdschwere war für Halleysche Verhältnisse viel, bedeutete aber für niemanden eine wirkliche Härte.

»Willst du Tante Ginnie sehen?« fragte Lanie die ältere Schwester des Kleinen, die mit dem Daumen im Mund nickte.

Ein Schimmer erschien in der Luft, dann kam eine gebräunte Virginia daraus hervor und winkte ihnen zu. »Hallo, Kinder. Die Brandung ist da. Wollt ihr mit zum Wellenreiten?«

Die kleine Angelique lachte, und der Säugling quiekte vergnügt. Lanis zweite Geburt war, in Sauls Worten, »bis zum Überdruß normal« gewesen. Beide Kinder schienen mit jedem Tag zu wachsen und zuzunehmen.

Carl deutete mit einem Kopfnicken zur grünen Wildnis des Parks. »Meinst du, wir könnten hier im Rad einen kleinen See anlegen?«

»Und dann Wellen erzeugen?« fragte Lani zurück.

Er nickte. »Angelique wird wahrscheinlich ihre Tante nachahmen wollen.«

»Nun komm!« sagte Lani. »Es gibt eben manches, was wir nicht können, weißt du.«

Carl grinste. »Wollen wir wetten?«

Virginia erinnerte sich des Sturzes ins Schwerefeld des Jupiter. Es war, wie erwartet, eine Zeit der Spannung und der Gewissensbisse gewesen.

Ihre genau berechnete Steuerung der Ausgasungen hatte die Kometenbahn verkantet und die Geschwindigkeit beschleunigt. Die Abweichung vom ursprünglichen Kurs erweiterte sich mit zunehmender Entfernung immer mehr. In astronomischen Begriffen war es nur eine geringfügige Abweichung, aber sie war entscheidend. Sie waren hinter Jupiters Bahn gekommen, durch den Protonenhagel der enormen magnetischen Gürtel gejagt und hatten das picklige Gesicht von Io gesehen, das ihnen unheimliche vulkanische Grüße zugeschleudert hatte.

Durch den Vorbeiflug hinter diesem Riesenplaneten hatte der Komet weitere Beschleunigung erfahren, und statt um den Jupiter eine verlangsamende Schleife zu ziehen und zum inneren Sonnensystem zurückzukehren, war der Kometenkopf mit noch wachsender Beschleunigung nach außen gelenkt worden, fort von der Sonne, die nun weit hinter dem davonsausenden Staubkorn zurückblieb und deren Strahlung und Einfluß von Tag zu Tag abnahmen.

Während des Vorbeiflugs an den gestreiften Riesen hatte Virginia die Mienen derjenigen beobachtet, die das Manöver auf den Bildschirmen verfolgt hatten. Sie waren still und beklommen gewesen, hatten jetzt erst die Ungeheuerlichkeit dessen begriffen, was vor ihnen lag.

Jetzt, Jahre später, war die trübe Resignation jener Tage gewichen. Mehrere Jahrhunderte würden verstreichen, ehe sie jene Regionen erreichten, wo die kleinen Eiswelten sich in einem riesigen Bienenschwarm zusammendrängten. Enorme Entfernungen trennten sie voneinander, doch bedeuteten enorme Entfernungen draußen im interstellaren Raum wenig.

Diese entfernten Eisbälle wurden nun, da alle greifbaren Hoffnungen zerstoben waren, zum verheißungsvollen Ziel. Sie enthielten frische Vorräte an Metallen und flüchtigen Elementen. Es würde eine nächste Generation geben, und eine übernächste. Sie brauchten diese Hilfsquelle; sie brauchten Hoffnung.

Carl, Lani und alle anderen waren gefangen im natürlichen Prozeß des Alterns und Vergehens. Da sie Kinder aufzuziehen hatten, konnte sie nicht zurück in die Kühlfächer; eine Rückkehr zur normalen Lebenserwartung und natürlichen Generationenfolge zeichnete sich ab. Saul hingegen konnte vielleicht überdauern, es sei denn, ein Unfall raffte ihn hinweg. Und selbst im Falle seines Todes lebte er in seinen Duplikaten fort. Sie würden immer einen Saul haben.

Zorn, Frustration, Verzweiflung – sie alle lernte Virginia als zeitweiliges Wetterleuchten der individuellen Seele kennen, Flächenblitze über einer immerwährenden Dunkelheit. Menschen hatten eine Reaktionszeit, die aus der Notwendigkeit entsprang, entweder zu kämpfen oder die Flucht zu ergreifen. Ihr Dasein verhielt sich zum langsamen Gang der Welten wie das Leben einer Eintagsfliege zum Römischen Reich.

Mit der allmählichen Verlangsamung des Kometen auf seinem Weg aus dem Anziehungsbereich der Sonne wandte Virginias Aufmerksamkeit sich von wissenschaftlichen Fragen ab – obwohl sie weiterhin Daten sammelte, Theorien formulierte und mit Saul und den anderen diskutierte – und größeren Zusammenhängen zu.

Was Descartes einst gedacht hatte, mußte sie nachvollziehen. Sie fragte sich, welche Schlüsse aus Grundprinzipien zu ziehen waren. *Cogito, ergo sum?* Aber wer war das Ich, das die Erklärung abgab?

Im wissenschaftlichen Sinne war sie ein neues Phylum, nicht mehr ein Wirbeltier, sondern bio-kybernetisch. Sie war eine Vereinigung des Organischen mit dem Elektronischen, mit einem Schuß menschlichen Bewußtseins. Streng genommen, sollte ein Phylum oder Stamm durch die natürliche Auslese der Evolution entstehen. Aber sobald die Intelligenz auf dem Plan erschienen war, wollte sie diesen seit Äonen gültigen natürlichen Prozeß für sich selbst nicht mehr anerkennen. Höherentwicklung durch naturgemäße biologische Auslese erschien ihr politisch untragbar. Ein neues menschliches Phylum durfte, wenn überhaupt, nur durch Planung und gesteuerte Entwicklung entstehen.

Die Virginia, die jetzt in gekühlten Synapsen und holographischen Projektionen hauste, war genau genommen nicht mehr menschlich. Gleichwohl hatte sie eine Unzahl menschlicher Kennzeichen und Effekte, Facetten und Fehler. Sie konnte die Beunruhigungen und Kümmernisse von Saul und Carl und Jeffers und Lani ebensowenig ignorieren wie sie ihre Kindheit vergessen konnte, die rauhe Zärtlichkeit ihres Vaters.

Aber sie war mehr. Die Freude, die Carl und Lani in ihrer kleinen Familie gefunden hatten, schmerzte sie bisweilen; Sauls sehnsüchtiges Heimweh nach ihrer körperlichen Gestalt brachte ärgeren Schmerz. Doch obgleich sie dies alles verstand und wußte, sah sie es als den größeren Sachverhalten, die sie konfrontierten, untergeordnet. Diese hinfälligen Menschen waren eingebunden in das vergängliche Leben, das Gesetze natürlicher Selektion ihnen bestimmt hatten; ihr Tod war schon bei der Geburt als Keim in ihnen angelegt. Selbst Saul, ihr Gefährte in der Unsterblichkeit, war von Flut und Ebbe der Hormone abhängig.

In der Oort-Wolke kreisten ungezählte Kometenkerne unter einem schwarzen Sternhimmel, mehr Land, als irgendeiner zerlumpten Horde von Siedlern jemals versprochen worden war. Die Kolonisten würden Carl als ihren Josea haben – eine Ironie, die Saul unzweifelhaft bereits in den Sinn gekommen war –, und er würde sie führen.

Aber während Virginia ihnen helfen und sie in ihren Bedürfnissen und Wünschen nach bestem Vermögen beraten konnte, hatte sie auch ihr eigenes, einzigartiges Schicksal als die Erste einer neuen Art.

Wenn sie ein neues Phylum verkörperte, mußte dessen oberstes Gesetz das Überleben sein. Deshalb betrachtete sie den Angriff von der Erde jetzt als ein unvorhergesehenes, glückliches Ergebnis menschlicher Dummheit. Die Erde hätte sie haben können, hätte ihre Befürchtungen überwinden und das neue Phylum willkommen heißen können. Aber nun befand sie sich auf einem neuen Kurs, der sich einmal vorteilhaft für sie auswirken mochte.

Sie brauchte Zeit, nachzudenken, zu erforschen. Die alte Spezies des *Homo sapiens* würde sich in Form von Stützpunkten und Kolonien vielleicht über das Sonnensystem ausbreiten. Sie hatte ihre Feindseligkeit gegenüber dem Fremdartigen, das in der Eiswelt verschlossen war, bereits überdeutlich zu erkennen gegeben. Diese Ängste würden sich wahrscheinlich erst nach Jahrhunderten legen.

Selbst wenn ihre menschliche Fracht es nicht wußte, Virginia war bewußt, daß es niemals eine Rückkehr zum Königreich der Sonne geben würde. Menschliche Gesellschaften, einmal auseinander entwickelt, können sich selten auf freundlicher oder auch nur gleichberechtigter Ebene begegnen. Zwei entwicklungsgeschichtlich getrennte Stämme erst recht nicht.

> Die Phantasie, wo jedermann
> Sein eigen Gleichnis finden kann,
> Schafft gleichwohl über dies hinaus
> In anderen Welten sich ein Haus.

Sie hatte Zeit für Gedichte, für endlose Betrachtungen. Sie dachte sogar, daß sie sehen könne, wie es sein müsse, wenn sie die große Wolke von Eiswelten erreichten, die sie anzog.

Die menschliche Art würde nun ein geteiltes Schicksal haben, zwei Stränge, die eine Weile auf verschiedenen Wegen fortschreiten konnten. Es würde weniger schmerzhaft sein, wenn sie getrennt blieben.

Sie berechnete die wahrscheinliche Evolution von Carl Osborns neuer Gattung und ihrem eigenen Phylum und war erfreut. Reproduktion, Anpassung – diese Probleme waren noch ungelöst, aber sie fühlte sich ihnen gewachsen.

Und was die Menschheit betraf ... Nach ihren Berechnungen würde das neue Phylum und die alte Art erst in viertausend Jahren wieder zusammentreffen. Gut. Es war Zeit genug, darüber nachzudenken.

NACHWORT UND DANKSAGUNG
DER AUTOREN

Dieser Roman entstand auf der Grundlage der besten zur Zeit verfügbaren Informationen über Kometen im allgemeinen und den Halleyschen Kometen im besonderen. Er wurde in dem Bewußtsein und in der Hoffnung geschrieben, daß die erfolgreichen Halley-Sonden des Jahres 1986 und die Internationale Kometenforschung zu einer Vervielfachung unseres Wissens über diese faszinierenden Überbleibsel der Schöpfung führen sollten. Es mag sich erweisen, daß einige der neuen Erkenntnisse die eine oder die andere Prämisse unserer Geschichte umstoßen werden; in diesem Fall hoffen wir, daß der Leser uns wenigstens Wagemut zubilligen wird.

Die Autoren sind folgenden Fachleuten für ihre freundliche Hilfe bei der Vorbereitung dieses Buches zu Dank verpflichtet: Prof. Mike Gaffey, Prof. John Lewis, Prof. John Cramer, Prof. Bert King, Prof. Karl Johannson und Dr. Eric Jones von Los Alamos Labs, sowie Dr. Ray Newburn und Dr. Donald Yeomans vom Jet Propulsion Laboratory und Dr. Neal Hulkower von TRW Inc.

Des weiteren danken wir Anita Everson, Joan Abbey, Dan Spadoni, Nancy Grace, William Lomax, Bonnie Graham und Diane Brizolara. Karen und Poul Anderson und Astrid und Greg Bear waren gleichfalls sehr wohlwollend.

Louis d'Amaria vom JPL half uns mit seinen großartigen Berechnungen der planetarischen Begegnungen, die Handlung voranzubringen. Er bekommt ein Abendessen und eine Flasche.

Und Lon Aromica von Bantam Books zeigte wie immer Verständnis für die Nöte von Autoren, die unter ›astronomischem‹ Termindruck arbeiten mußten.

In der Zukunft werden wir vieles sein. Aber die Notwendigkeit, Mut zu zeigen, wird fortbestehen.

David Brin und
Gregory Benford,
Juli 1985

Kometen sind, wie alle Himmelskörper, von einer unerbittlichen Präzision und Pünktlichkeit – was man von den meisten Autoren nicht behaupten kann, auch nicht von den beiden des vorliegenden Romans. Sie hatten sich auf den Wettlauf mit der Zeit eingelassen, dieses Epos von der nächsten Wiederkehr des Halleyschen Kometen im Jahr 2061 fristgerecht zum Durchgang von 1985 im Handel zu haben – doch das hatte offenbar seine Tücken. Da wir durch das Handicap einer fristgerechten Übersetzung in einem noch engeren Zeitkorsett steckten, warteten wir bang auf die ersten Manuskriptseiten, die für April angesagt waren, aber bis zum Juni auf sich warten ließen. Das war der Anfang eines Nervenkriegs. Es trafen zwar immer wieder Manuskriptfragmente ein, aber die Paginierung war ein Chaos; dazu kamen Korrekturen, Neufassungen ganzer Textpassagen, die widersprüchliche Handlungsverläufe eher schufen als ausräumten, und vieles andere mehr. Während der Redakteur der amerikanischen Ausgabe – mit mehr Zeit zur Verfügung, da er nicht zugleich mit dem Problem einer Übersetzung konfrontiert war – dem Eintreffen des Halley im Dezember mit einiger Zuversicht entgegenblicken und im Spätsommer, als ein mehr oder weniger komplettes Manuskript vorlag, an die »Aufräumungsarbeit« gehen konnte, um daraus im ständigen Kontakt mit den Autoren rechtzeitig ein Buch zu machen, stand Walter Brumm, außerstande, das endgültige Ergebnis dieser Arbeiten abzuwarten, vor dem schwierigen Problem, so rasch wie möglich aus dem vorliegenden Material – ursprünglich ca. 400 Seiten avisiert, schließlich waren es über 800 – einen Roman zu rekonstruieren, wie er den Autoren womöglich vorgeschwebt hatte, Disparates, durch verschiedene Intentionen der Autoren entstanden, zu vereinheitlichen, Widersprüchliches, das sich durch mangelnde Koordination eingeschlichen hatte, auszuräumen, Stilbrüche zu glätten. Wenn der Roman sich in seiner deutschen Übersetzung nun liest, als sei er aus einem Guß, dann ist dies das Verdienst von Walter Brumm. Er hat es möglich gemacht, daß wir dieses Buch an dem enteilenden Halley noch festmachen konnten, wie die Expedition in diesem Roman, um uns auf die abenteuerliche Reise hinaustragen zu lassen in die äußeren Weiten unseres Sonnensystems. Es war ein hartes Stück Arbeit. Ich möchte ihm an dieser Stelle herzlich dafür danken – auch im Namen der Autoren.

DER HERAUSGEBER
November 1985